A CONTAGEM DOS SONHOS

CHIMAMANDA NGOZI ADICHIE

A contagem dos sonhos

Tradução
Julia Romeu

3ª reimpressão

COMPANHIA DAS LETRAS

*Grafia atualizada segundo o Acordo Ortográfico da Língua Portuguesa de 1990,
que entrou em vigor no Brasil em 2009.*

Título original
Dream Count

Capa
Alceu Chiesorin Nunes

Imagens de capa e quarta capa
Adobe Stock

Preparação
Gabriele Fernandes

Revisão
Thaís Totino Richter
Eduardo Santos
Luís Eduardo Gonçalves

Dados Internacionais de Catalogação na Publicação (CIP)
(Câmara Brasileira do Livro, SP, Brasil)

Adichie, Chimamanda Ngozi
    A contagem dos sonhos / Chimamanda Ngozi Adichie ;
tradução Julia Romeu. — 1ª ed. — São Paulo : Companhia das
Letras, 2025.

    Título original: Dream Count
    ISBN 978-85-359-4026-8

    1. Romance nigeriano I. Título.

24-241551   CDD-Ni823

Índice para catálogo sistemático:
1. Romances : Literatura nigeriana Ni823

Cibele Maria Dias – Bibliotecária – CRB-8/9427

Todos os direitos desta edição reservados à
EDITORA SCHWARCZ S.A.
Rua Bandeira Paulista, 702, cj. 32
04532-002 — São Paulo — SP
Telefone: (11) 3707-3500
www.companhiadasletras.com.br
www.blogdacompanhia.com.br
facebook.com/companhiadasletras
instagram.com/companhiadasletras
x.com/cialetras

Em memória da minha linda e amada mãe,
Grace Ifeoma Adichie (née Odigwe).
29 de novembro de 1942 — 1º de março de 2021.
Uwa m uwa ozo, i ga-abu nne m.

CHIAMAKA

Sempre desejei que outro ser humano me conhecesse de verdade. Às vezes, passamos anos convivendo com anseios que não conseguimos nomear. Até que uma fenda surge no céu, se alarga e nos revela para nós mesmos, como a pandemia fez, pois foi durante o confinamento que comecei a esquadrinhar minha vida e a dar nome a coisas há muito não nomeadas. No começo, jurei que aproveitaria ao máximo esse isolamento coletivo; se a única escolha era ficar em casa, então eu iria passar óleo todos os dias nas pontas cada vez mais finas do meu cabelo, beber oito grandes copos d'água, correr na esteira, me dar ao luxo de dormir muitas horas e massagear meu rosto com séruns caros. Escreveria novas matérias a partir de anotações de viagens antigas que nunca tinha usado e, se o confinamento durasse tempo suficiente, talvez finalmente tivesse o fôlego necessário para escrever um livro. Mas em pouco tempo, já estava dando voltas dentro de um poço sem fundo. Era um turbilhão de palavras e alertas, e senti que todo o progresso humano estava sendo revertido até atingir um estágio de confusão ancestral que, àquela altura, já deveria estar extinto. Não toque no rosto, lave as mãos, não saia de casa, passe álcool em gel, lave as mãos, não saia de casa, não toque no rosto. Lavar o rosto contava como tocar nele? Eu sempre usava uma toalha de rosto, mas certa manhã a palma da minha mão roçou na minha bochecha e congelei, com a torneira ainda aberta. Claro que aquilo não tinha importância, já que eu não havia posto o pé fora de casa em nenhum momento, mas o que "não toque no rosto" e "lave as mãos" significavam quando ninguém sabia como aquilo tinha começado, ou quando terminaria, ou mesmo o que era? Todos os dias eu acordava com a ansiedade atacada, como se meu coração estivesse participando de uma corrida sem minha permissão, e às vezes eu tinha que pressionar a mão contra o peito e ficar assim. Estava sozinha na minha casa em Maryland, na quietude do subúrbio, com as ruas ermas ladeadas de árvores que pareciam elas próprias imobilizadas pelo silêncio. Nenhum carro passava. Olhei pela janela e vi um bando de cervos atravessando a clareira do meu jardim. Cerca de dez deles, ou talvez quinze, bem diferentes do cervo solitário que às vezes via mastigando timidamente a grama. Tive medo deles, de sua ousadia incomum, como se meu mundo estivesse prestes a ser atropelado não apenas por eles, mas por outras criaturas à espreita que eu não conseguia imaginar. Às vezes eu mal comia, só entrava distraída na despensa para mordiscar uma bolacha água e sal, e em outras ocasiões pegava pacotes esquecidos de vegetais congelados e fazia feijão apimentado que me lembrava da minha infância. Os dias amorfos se misturavam uns com os outros, e eu tinha a sensação de que o tempo estava virando do avesso. Minhas juntas latejavam, assim como os músculos das costas e as laterais do meu pescoço, como se meu corpo soubesse muito bem que não fomos feitos para viver daquela maneira. Não escrevi porque não consegui. Nem cheguei a ligar a esteira. No Zoom, todos se repetiam como ecos, tentando se alcançar sem sucesso, com a distância entre nós cada vez mais oca.

Minha melhor amiga, Zikora, que morava em Washington, D.C., me ligou uma tarde e contou que estava no Walmart comprando papel higiênico.

"Você saiu!", quase gritei.

"Estou de luvas e com duas máscaras", explicou ela. "A polícia está aqui organizando a fila para o papel higiênico, dá para imaginar?" Zikora trocou para igbo e continuou: "As pessoas estão gritando umas com as outras. Estou com medo de alguém pegar numa arma daqui a pouco. Tem um cara branco na minha frente meio suspeito. Chegou numa caminhonete enorme e está usando um boné vermelho".

A gente nunca falava igbo puro, o inglês sempre pontilhava nossas frases, mas Zikora tinha tomado o cuidado de tirar todo o inglês para o caso de estranhos ouvirem, e agora seu jeito de falar soava falso, como numa novela ruim sobre os tempos pré-coloniais. *Um homem que chegara num grande barco terrestre usando um chapéu cor de sangue.* Comecei a rir e ela começou a rir também, e por um instante me senti relaxada, renovada.

"Francamente, Zikor, você não devia ter saído."

"Mas a gente precisa de papel higiênico."

"Acho que enfim chegou o momento de a gente começar a lavar a bunda", respondi e, no instante seguinte, eu e Zikora falamos juntas: "Vocês não são limpos!".

Já tinha contado aquela história muitas vezes ao longo dos anos, sobre Abdul, nosso porteiro em Enugu, o esguio Abdul com sua longa jilaba, indo certa tarde até o banheiro dos fundos, segurando sua chaleira plástica cheia de água e se virando tranquilamente para me dizer: "Vocês, cristãos, usam papel depois de usar a latrina. Vocês não são limpos".

Na chamada de vídeo com minha família, comentei: "O maior crime que se pode cometer nos Estados Unidos hoje é atrapalhar as filas enormes para comprar papel higiênico no mercado. A polícia está muito ocupada vigiando essas filas de papel higiênico no país inteiro".

Esperava que todos dessem risada — a gente ria tanto —, mas só meu pai riu. Meus irmãos gêmeos estavam prestes a começar mais uma discussão.

Minha mãe disse: "Nunca entendi por que os americanos chamam de papel. Papel higiênico. Soa grosseiro. Por que não lenço higiênico ou rolo higiênico?".

Nós nos falávamos por Zoom dia sim, dia não — meus pais em Enugu, meu irmão Afam em Lagos e o gêmeo dele, Bunachi, em Londres. Cada chamada de vídeo era como um dia nublado, cinza e com o peso das más notícias mais recentes.

Meus pais falavam de morte, dos moribundos e dos mortos, e meus irmãos trocavam farpas abertamente, não se incomodando mais em proteger meus pais da hostilidade deles. Era como se não pudéssemos mais ser nós mesmos, porque o mundo não era mais o mesmo. Falávamos sobre o número crescente de casos na Nigéria, que mudava dia após dia, estado após estado, numa competição macabra, com Lagos ganhando a dianteira seguida por Cross River. Afam mandou um vídeo de uma ambulância em Lagos, a sirene esganiçando rua abaixo, e incluiu a mensagem "Um já foi". Bunachi disse que os médicos do Reino Unido não receberiam roupas de proteção tão cedo porque as pessoas que as fabricavam na China estavam mortas. Eu sempre entrava por último no Zoom, fingindo estar ocupada em reuniões com editores, quando na verdade estava olhando para meu celular, tomando coragem para clicar em "Entrar". Meus pais tinham voltado para a Nigéria de Paris logo antes do confinamento, e minha mãe com frequência dizia: "Imagine se tivéssemos ficado presos na Europa. Lá, as pessoas da nossa idade estão morrendo aos montes desse troço".

"Imagine o desastre se tivéssemos as taxas de óbito da Europa", disse meu pai.

"Deus está salvando a Nigéria, não há outra explicação", falou Afam.

"É mágica", disse Bunachi, mordaz. E então, acrescentou: "A Europa não está mentindo nos registros de mortes por coronavírus, só isso".

"Não, não, não", disse meu pai. "Se tivéssemos taxas de mortalidade altas, não conseguiríamos esconder. Somos desorganizados demais; não somos a China."

"Jesus, Maria, José. Todos esses números são pessoas, pessoas", disse minha mãe com o rosto virado, assistindo à televisão.

"Eu levei uma colher para o caixa eletrônico hoje", contou Afam.

"Uma colher?", perguntou minha mãe, voltando a olhar a tela.

"É que eu não queria tocar na máquina, então usei a colher pra inserir a senha e depois joguei a colher fora", explicou Afam.

"Você não usou luvas?", perguntou minha mãe.

"Usei, mas quem sabe se o coronavírus não consegue atravessar elas?", disse Afam.

"O vírus morre depois de segundos em superfícies sólidas. Você desperdiçou uma colher", falou Bunachi, sabe-tudo como sempre. Alguns dias antes, ele tinha declarado que o uso de ventiladores pulmonares não era o tratamento adequado para o coronavírus. Bunachi é contador.

"Mas você nem devia ter saído, Afam", disse meu pai. "Aliás, para que foi pegar dinheiro vivo? Vocês estão bem abastecidos."

"Preciso de dinheiro vivo. Lagos está muito tensa", explicou Afam.

"Tensa como?", questionou Bunachi, e Afam o ignorou até meu pai perguntar: "Como assim, tensa?".

"Tem grupos tomando propriedades por toda a Ilha, pedindo dinheiro e comida. O senhor sabe que muita gente vive com o dinheiro contado, que não tem nada guardado para se sustentar. Os ambulantes na estrada são assim. Vi num vídeo uma pessoa de um desses grupos dizer que eles não querem o lockdown, são os ricos que saem do país e pegam coronavírus, e que, como eles lavavam nossa roupa e enchiam nossos pneus antes do confinamento, agora nós precisávamos dar comida para eles. Sendo justo, até que tem lógica."

"Não tem nenhuma lógica. São criminosos, só isso", afirmou Bunachi.

"Eles estão com fome", disse Afam. "Eu até fui andando para o caixa eletrônico. Tão dizendo que se você sair num carro caro, eles correm atrás com pedaços de pau."

Afam vivia num condomínio de casas enormes, onde os visitantes precisavam colocar uma senha de uso único para cruzar os portões eletrônicos da entrada. No dia seguinte, ele contou que uma multidão tinha espancado os guardas e estava esmurrando os portões, tentando desativar o sistema de segurança.

"Botaram fogo bem na entrada", disse. "Nosso grupo de WhatsApp nunca esteve tão ativo. Todo mundo contribuiu com dinheiro, tentando decidir a melhor maneira de repassar a doação para eles."

"Você ainda acha que eles são inofensivos?", provocou Bunachi.

"Nunca disse que eram inofensivos. Disse que estavam com fome."

Na tela de Afam, vimos uma fumaça cinzenta subindo para o céu da tarde. Ele parecia frágil e inexperiente, parado ao lado de uma folhagem robusta, em sua varanda de mármore. A planta estava tão verdejante, com folhas tão cheias e viçosas, que lembrei, num susto, de quando a vida era normal e meu irmão era o senhor de seus dias, administrando seus negócios, um Big Man jovem de Lagos com o poder no bolso. Naquele momento, ele estava ali parado, enquanto a esposa e os dois filhos se escondiam na cozinha, porque era o cômodo com a porta mais forte da casa. Tentava não demonstrar medo, mas isso só o fazia parecer amedrontado, e pensei em como a gente é frágil, e em quão facilmente nos esquecemos de que somos frágeis. Um estrondo rasgou o ar e dei um pulo, sem saber, por um instante, se tinha vindo da tela de Afam ou do lado de fora da minha casa.

"Ouviram isso?", perguntou Afam. "Uma explosão no portão."

"Não é nada sério", disse meu pai. "Eles devem ter jogado uma lata de inseticida no fogo."

"Afam, entre e tranque todas as portas", falou minha mãe.

Para mudar de assunto, comentei que a vitamina C concentrada estava esgotada em todos os cantos da internet. Bunachi, é claro, o sabichão, disse que vitamina C não prevenia o vírus, mas que ele ia nos mandar a receita de uma infusão com manjericão fresco que deveríamos inalar todos os dias.

"Ninguém tem manjericão fresco", se irritou Afam.

Bunachi começou a recitar as últimas estatísticas de mortes por país e eu disse "Minha bateria está acabando" e desliguei. Mandei uma mensagem de texto para Afam, com uma linha de emojis de coração vermelho no final: *Aguente firme, meu irmão, vocês vão ficar bem.*

Minha prima Omelogor disse que nada do tipo estava acontecendo em Abuja. Como sempre, Abuja estava mais tranquila do que Lagos; era como Lagos desbotada pelo sol, com os nutrientes indo embora.

"Tem gente morrendo e gente fazendo festa de aniversário", disse ela.

"Como assim?"

"O ministro da Casa Civil morreu ontem de coronavírus e, hoje de manhã, Ejiro me convidou para a festa de aniversário dela. Eu disse que, se quisesse arriscar minha vida, escolheria um jeito melhor do que a festa de aniversário dela."

Era chocante ouvir Omelogor dizer "morreu"; ela raramente falava em sintomas ou no número de mortos. Falava em fechar caixas de miojo Indomie com fita adesiva antes de deixá-las no portão de um lar para crianças sem mãe; ou do aumento, desde o início do confinamento, do acesso ao seu site, o Só para Homens. Mais visitantes únicos de mais países, muitos pedindo que ela fizesse um vídeo para finalmente revelar sua identidade. "Parece quase pessoal me pedirem para gravar um vídeo", disse Omelogor, com um tom risonho. De todas as pessoas que eu amava, Omelogor era a que tinha mudado menos, não parecendo derrotada por aquele desconhecido compartilhado; sempre parecia desperta, de banho tomado, cheia de planos. "Chia, isso vai passar. Os seres humanos já sobreviveram a muitas pestes ao longo da história", dizia com frequência, sentindo meu desânimo, e seu tom me encorajava, apesar de a palavra "peste" por algum motivo me fazer pensar em sanguessugas.

"Não chame isso de peste", pedi.

Às vezes não dizíamos nada, deixando nossos celulares apoiados num livro ou numa caneca, compartilhando o silêncio e o som ambiente. Só com Omelogor o silêncio ainda era tolerável. Em chamadas de vídeo com amigos, o silêncio parecia um fracasso, então eu falava sem parar, pensando em quão rapidamente a gente se adapta, ou finge se adaptar, a uma vida reduzida a telas e sons. Zikora disse que gostava de trabalhar de casa, na cama, pois conseguia ouvir o chorinho agudo de Chidera na sala e o tom baixo da voz suave de sua mãe consolando-o. Chidera esperneava tanto pedindo para ir ao playground, que ela finalmente deixou que ele visse desenhos pela primeira vez na vida, e ele tinha se assustado quando o primeiro programa começou, mas agora ficava hipnotizado na frente da televisão e caía no choro quando a mãe desligava o aparelho. LaShawn, na Filadélfia, fazia pão de fermentação natural e deixava pratos com frango frito no patamar da escada para a mãe, que estava de quarentena no andar de cima, porque elas não iam correr nenhum risco. Hlonipha, em Joanesburgo, tinha desligado o Wi-Fi e pintava aquarelas, mas elas a deixavam triste, porque pareciam aguadas demais, apagadas demais. Lavanya, em Londres, estava sempre bebendo vinho tinto, erguendo a garrafa para a tela do celular conforme se servia de mais uma taça. Sua vizinha havia morrido de coronavírus, uma velhinha que morava sozinha com o cachorro, que não tinham vindo buscar, e ela o ouvia latindo e isso acabava com ela, mas não sabia se os cachorros pegavam coronavírus também.

Logo, as chamadas de vídeo no Zoom se tornaram uma mistura de imagens alucinatórias. Ao final de cada uma, me sentia mais solitária do que antes, não porque a chamada tinha terminado, mas porque fora feita. Conversar era lembrar de tudo o que tinha sido perdido. Ansiava por ouvir outra pessoa respirando ao meu lado. Sonhei que abraçava minha mãe no vestíbulo da nossa casa em Enugu e acordei surpresa, porque não tinha pensado conscientemente em abraçá-la. Queria não estar sozinha. Se ao menos Kadiatou tivesse concordado em vir com Binta passar a quarentena comigo. Mas, apesar de eu estar morrendo de preocupação, entendia por que Kadi queria ficar em seu apartamento. Alguns dias antes do início do confinamento, ela disse: "Eu espero no apartamento". Eu espero. Estávamos todos só esperando. O lockdown era uma espera desconhecida por um fim desconhecido, e a espera de Kadiatou era piorada por uma grande dor. Eu ligava para ela todos os dias e, quando ninguém atendia, ligava para Binta para ter certeza de que estavam bem. A gente se falava por chamada de vídeo no WhatsApp porque ela não tinha Zoom. "Como vocês estão, Kadi?", eu perguntava, e ela respondia: "Estamos bem, graças a Deus". Às vezes ela dizia: "Dona Chia, não preocupe comigo". A voz baixa, sem querer dar trabalho. Mas semanas antes essa mesma voz, em pânico, tinha gritado ao telefone: "Ele vai mandar alguém me matar! Ele vai mandar alguém me matar!". Kadiatou tinha se recusado a fazer terapia, balançando a cabeça e dizendo: "Não posso falar com estranho, não posso falar com estranho". Tudo que ela queria era que o julgamento acabasse, mas os processos agora estavam suspensos e eu temia que, presa no limbo do confinamento, ela sucumbisse à escuridão.

"Como vou arrumar outro emprego depois disso? Como vou arrumar outro emprego?", perguntou ela, e pareceu tão abatida que eu tive vontade de chorar.

"Você pode abrir seu restaurante depois do julgamento, Kadi", sugeri.

"Ninguém vai voltar a ir a restaurante depois do corona", disse ela, desalentada.

Numa chamada, um lampejo de agressividade de Kadiatou me assustou. "Não mande dinheiro de novo, dona Chia. A senhora já me deu muito." Ela nunca tinha usado aquele tom comigo antes. Uma tensão silenciosa pairou sobre a distância que nos separava, entre a minha tela e a dela.

"Tudo bem, Kadi", disse eu, afinal. Ela desligou sem se despedir e eu esperei alguns dias antes de ligar de novo. Sempre que perguntava a Binta "Como está sua mãe?", ela respondia a mesma coisa: "Ela chora à noite".

Ninguém vai voltar a ir a restaurante. Eu não conseguia imaginar essa nova vida isolada, em que as pessoas não saíam mais para comer, porque eu precisava acreditar que o mundo ainda conseguiria voltar a ser um lugar encantado.

O silêncio lá fora me assustava. O noticiário me assustava. Li sobre homens e mulheres mais velhos morrendo sozinhos, como se não fossem amados, enquanto as pessoas que os amavam choravam do outro lado de barreiras de vidro. Na televisão, vi corpos sendo carregados como manequins rígidos envoltos em pano branco, e chorei a perda de estranhos. Fuçava o Twitter em busca de hashtags sobre o coronavírus, e joguei no Google Tradutor tuítes de médicos italianos que pareciam saber o que diziam. O que não era muito, pois no fim das contas todo mundo sabia tão pouco, todos tateavam no escuro. Achava que estava sentindo qualquer novo sintoma sobre o qual tinha acabado de ler, e os sintomas mudavam toda hora — a cada dia uma nova surpresa, de irritações no rosto a feridas no pé, como um apocalipse desgovernado, sem sinal de um fim. Se sentia uma coceira no dedo do pé ou a garganta arranhando de manhã, ficava em pânico e dizia a mim mesma "Respire, respire", imitando os aplicativos de meditação que nunca tinha levado a sério antes.

Com frequência, sentia uma dormência surda que entorpecia meu corpo e, às vezes, a crescente febre da inquietação. Falar pelo Zoom soava artificial devido ao esforço para demonstrar alegria, principalmente nas chamadas em grupo com amigos, em que cada um empunhava uma taça de vinho. Comecei a evitá-las, e a evitar as chamadas de vídeo com a família. Ignorava até as com Omelogor, e ninguém era mais próximo de mim do que Omelogor, mas conversar com ela se tornou um esforço porque falar se tornou um esforço. Ficava deitada na cama sem fazer nada, e me sentia mal por não fazer nada, mas ainda assim não fazia nada. Mandava mensagens para amigos para dizer que estava escrevendo e, por estar mentindo, dava detalhes demais em vez de ser breve. Para apaziguar aquela sensação de ruína, decidi parar de acompanhar o noticiário. Ignorei a internet e a televisão e li os livros de mistério da Agatha Christie, feliz em escapar para sua improbabilidade refinada. Então, o noticiário voltou a me engolir. Bebi água morna com gengibre, acrescentando suco de limão de uma garrafa velha e rachada do fundo da geladeira e pimenta-caiena, alho e açafrão-da-terra do meu porta-temperos, até que a mistura me deixou enjoada. A cada manhã não queria levantar, porque sair da cama era voltar a me aproximar da possibilidade de sofrer.

Um dia, em meio a essa nova vida suspensa, encontrei um cabelo branco na cabeça. Apareceu da noite para o dia, perto da minha têmpora, bem crespo, e, no espelho do banheiro, a princípio achei que fosse um fiapo de roupa. Um fio branco solitário, com um leve brilho. Estiquei-o completamente, soltei e depois estiquei de novo. Não arranquei. Pensei: Estou ficando velha. Estou ficando velha, o mundo mudou e ninguém nunca me conheceu de verdade. Uma torrente de pura melancolia encheu de lágrimas meus olhos. Isso é mesmo tudo, esse frágil inspirar e expirar. Para onde foram todos os anos, será que aproveitei a vida ao máximo? Mas qual é a medida absoluta de aproveitamento máximo da vida, e como eu poderia saber?

Olhar para trás, para o passado, era ser inundada de pesar. Não sei o que veio primeiro — se comecei a nutrir arrependimentos e então dei um google nos homens do meu passado, ou se procurar os homens do meu passado me fez afundar num mar de arrependimentos. Pensei em todos os começos, e na leveza de ser que surge com eles. Lamentei pelo tempo perdido na esperança de que aquilo que eu tinha se transformasse em maravilhamento. Lamentei por uma coisa que nem sabia se era verdadeira: que, em algum lugar, havia alguém que cruzou meu caminho e que poderia não apenas ter me amado, mas ter me conhecido de verdade.

Tinha um menino coreano numa aula de música que fiz quando era caloura, há tanto tempo, no meu primeiro ano nos Estados Unidos, quando tudo ainda era novo. Introdução à música. A franzina professora branca falava depressa, empolgada, e a torrente de seu inglês americano, com um forte sotaque regional, era tão estranha, como um infindável som de broca, que muitas vezes eu ficava perdida. Um dia, olhei para o aluno ao meu lado, para ver se ele tinha compreendido as últimas palavras dela, e na página dele havia não letras que eu reconhecia, mas imagens delicadas, feitas de traços muito breves e elusivos. Fiquei encarando, fascinada pela linda caligrafia do coreano, impressionada por ele conseguir escrever aquilo e fazer com que tivesse significado. Na minha cabeça, foi assim que o notei pela primeira vez, mas nossas memórias mentem. Como soube que era coreano se não sabia a diferença entre japonês, chinês e coreano? Não sei como, mas soube, e também soube que, se ele escrevia em coreano, então devia vir da Coreia; não era americano, éramos similares, e, portanto, seus dias, assim como os meus, deviam ser repletos de solidão. Quis muito que ele me notasse, mas não fiz nada para atrair a sua atenção. Ele era bonito, atarracado e sólido, com um cabelo bem curto e espetado, que me pareceu de uma rebeldia maravilhosa. Sempre entrava na sala com o rosto baixo, como se fosse tímido ou estivesse preocupado, deixando a mochila cair no chão antes de se sentar. Eu imaginei a gente de mãos dadas, sentado na grama onde os estudantes americanos comiam sanduíches no sol. Seríamos como eles, que iam até a praia de carro, voltavam e estacionavam na frente do alojamento estudantil, levemente bêbados, sem inquietações, pingando areia e água salgada. Toda quarta e sexta antes da aula de música, eu ensaiava anotar meu telefone num pedaço de papel; aquilo parecia ousado e promissor, algo que as pessoas faziam nos filmes, pessoas que sabiam como as coisas eram feitas. Durante semanas, me sentei ao lado do menino na aula, sua proximidade sendo uma corrente elétrica no ar, mas só anotei meu telefone no papel uma semana antes das provas finais. Escrevi também *Quer se encontrar comigo mais tarde?*. Então rasguei o papel e, quando estávamos nos preparando para fazer a prova, escrevi só meu nome e telefone no verso da nota de um café. Não entreguei a ele. Devolvi minha prova e fui embora. Nunca mais vi o menino, meu coreano bonito do cabelo espetado. Procurei em salas e corredores ao longo de todo o semestre seguinte e, uma ou duas vezes, vi um asiático com traços angulares que encarei até ter certeza de que não era ele. Talvez tenha voltado para a Coreia. Estaríamos juntos agora, eu e meu coreano, com um ou dois filhos, visitando Seul e Lagos, e morando em Nova York? Não gosto de Nova York. O ar de lá tem um toque azedo; seu anonimato queima a pele. A cidade faz eu me sentir à deriva, como uma pedrinha chacoalhando em uma grande cabaça qualquer. Morei um ano lá, logo depois de me formar na faculdade, num apartamento de um quarto na esquina da rua 42 com a Lexington Avenue, depois de convencer meu pai de que aspirantes a escritores precisavam morar em Nova York. Então o que na cidade me dava o impulso de me esconder, de modo que eu passava dias encolhida no apartamento, pedindo delivery e evitando o olhar do porteiro simpático? Quando desisti de escrever o romance, arrumei um emprego numa agência de publicidade e me mudei, sem nunca mais querer voltar. Mas Nova York muitas vezes fazia parte das minhas vidas imaginadas, talvez por ser a cidade que deveria fazer parte das vidas imaginadas. Paris aparecia também, outra cidade de que não gosto. Paris se gaba demais do distintivo de cidade especial, e, portanto, com deselegância, presume que vai te encantar simplesmente por ser encantadora. E os negros parisienses têm a aparência acinzentada, como se o desprezo cordial que a França reserva para os negros franceses tivesse formado uma camada de cinzas sobre a pele deles. Essa descrição de parisienses negros vem de um homem que pensei ter amado durante três anos da minha vida. Não, um homem que amei durante três anos, mas, depois que tudo terminou, desejei não ter amado. Darnell. O nome dele era Darnell.

"Eles têm a pele cinza e desbotada. Os franceses tratam os negros que nem merda, mas se você é afro-americano eles meio que te toleram", disse ele.

Darnell me contou que uma vez tinha acabado de sair de um trem em Paris quando homens de uniforme chegaram de repente e começaram a pedir os documentos só das pessoas negras: *Les papiers! Les papiers!* Após uma olhada rápida no passaporte americano azul dele, eles acenaram para Darnell seguir; quando olhou para trás, viu quatro caras negros franceses humilhados e reunidos ao redor da pilastra da estação de trem, enquanto outros franceses passavam, indiferentes. Eu quis que Darnell dissesse que tinha ficado comovido, arrasado ou furioso com isso, mas ele explicou que era a reificação do paradigma neorracial subjetivo. Ou alguma coisa assim.

Nós nos conhecemos num jantar de aniversário. Minha amiga LaShawn contou que ele era conhecido como o Denzel Washington acadêmico, que suas turmas de história da arte tinham longas listas de espera e que alunos alvoroçados ficavam cercando seu escritório. Darnell não se parecia com o ator, mas é claro que Denzel era só uma metáfora para homens como ele, de uma beleza envolvente. Eu o olhei e a gravidade afrouxou e sumiu. A atração que senti foi imediata, absoluta, fundamental, com cada átomo meu de repente voando em sua direção. Naquele momento, alguma coisa não foi bem perdida, mas entregue. Ele tinha a pele escura e o cenho sempre franzido. Algumas vezes nossos olhos se encontraram e sustentamos o olhar, mas então ele desviava o rosto e mal prestava atenção em mim. Havia algo de preguiçoso e desinteressado em sua postura, na maneira como Darnell vestia seu poder; ele sabia que não precisava se esforçar muito, com o mundo cedendo tão facilmente a sua luz. Quando falava, todos à mesa pareciam extasiados, como se estivessem sentados a seus pés, esperando caírem migalhas de uma inteligência extraordinária.

"Ele foi contra os direitos civis e apoiou o apartheid na África do Sul, e agora querem que eu lamente sua morte?", perguntou Darnell, muito devagar, como se achasse que seus ouvintes deveriam saber que era errado até mesmo abordar aquele assunto. "A gente esqueceu o discurso de campanha dele sobre os direitos dos governos estatais? Não estou nem falando daquela guerra às drogas desastrosa. Cara, a *Reaganomics* nos destruiu."

Eu nunca tinha ouvido a palavra "Reaganomics" antes e, mesmo anos depois, sempre que a ouvia, era tomada por uma saudade agridoce. O jantar tinha acabado, todos estavam se despedindo e Darnell ainda assim não tinha tomado a iniciativa. Quis ser como Omelogor e ter a coragem de tomar a iniciativa eu mesma, mas não sabia como ser aquele tipo de mulher com os homens, a que dava o primeiro passo. Ele finalmente pediu meu telefone, mas sem parecer muito ávido, como se tanto fizesse, e eu, mesmo assim, me senti triunfante.

Nunca na vida menti tanto quanto mentia para Darnell. Mentia para agradá-lo, para ser a pessoa que ele queria que eu fosse, e às vezes mentia para receber restos miseráveis de apoio dele. *Estou doente*, escrevia, para forçá-lo a me mandar mensagem depois de dias sem resposta. Às vezes ele respondia imediatamente e, às vezes, esperava um ou dois dias. *Melhoras*, escrevia apenas, não uma pergunta que abrisse a porta para mais, não *Como você está se sentindo agora?* ou *O que houve?*. Meus dias passavam vazios até voltar a vê-lo. Meu celular sempre ficava a meu lado na mesa, nunca no mudo; receava perder sua ligação. Quando o aparelho apitava com uma mensagem, eu o agarrava e ficava irritada com quem quer que fosse que a havia mandado, como se estivesse ocupando o espaço que era de Darnell. Seus silêncios me deixavam perplexa: como a força do que eu sentia não causava uma obsessão parecida nele? Eu o imaginava examinando caixas de papéis nas entranhas da biblioteca, espirrando com a poeira, sem pensar em mim, enquanto cada instante meu era soterrado de pensamentos sobre ele. Estava tentando escrever um romance mais uma vez, e já fracassando de novo, mas, durante seus silêncios, fracassava mais. Começava e recomeçava, fazendo conexões tênues com

Darnell em tudo o que lia e me demorando em frases que tinham a ver com o amor, os homens, ou os relacionamentos, como se elas pudessem esclarecer o mistério que era Darnell.

"Estava preocupada com você", eu dizia quando ele finalmente ressurgia.

"É que fico mergulhado na pesquisa sempre que posso, e você está escrevendo seu romance."

"A gente ainda pode checar como está o dia do outro, não? Mesmo que seja só um oi antes de você dar sua aula ou quando vai ao banheiro", falava, me sentindo desesperada e incapaz de dissipar meu desespero. Darnell respondia apenas com um olhar, um olhar que me fazia murchar, tão eloquente em sua decepção majestosa; um olhar que dizia que minhas necessidades eram ordinárias. Eu queria amor, um amor tradicional. Queria que meus sonhos flutuassem com os dele. Ser fiel, compartilhar nosso eu mais verdadeiro, brigar e ficar num breve luto, sempre sabendo que a doçura da reconciliação estava próxima. Mas isso era prosaico, disse ele, essa ideia de amor, um produto da juvenília burguesa que Hollywood enfiava goela abaixo das pessoas havia anos. Ele queria que eu fosse incomum, interessante, e demorou um pouco até eu compreender o que isso significava.

"Que safadezas você já fez?", perguntava ele. "Conta pra mim."

Contei coisas que nunca tinham acontecido, histórias ricas em detalhes tirados do nada: o massagista de mãos ágeis que parou no meio da massagem para pegar um vibrador embrulhado em tecido prateado. O sexo, aquele entrelaçar primitivo de corpos, para mim sempre teve a ver com a esperança de conexão, significado, beleza, até mesmo êxtase. Mas eu mentia para Darnell porque ele queria o incomum, mais do que o verdadeiro. Ele me observava a cada nova história como se decidisse o valor que ela tinha. Às vezes, queria que eu recontasse as histórias de que gostava e, toda vez que fazia isso, eu dava uma pequena floreada. Sempre tinha a sensação de que algo estava prestes a fugir do meu controle. Éramos dois adultos, e Darnell ganhava a vida dando aulas para adultos, mas havia uma terrível infantilidade nas minhas mentiras e nas expectativas dele. Ele me contou que sua ex-namorada tinha feito cortes nas coxas com lâminas de barbear até sair sangue. Uma mulher somali chamada Sagal. Até aquele nome. Sagal. Eu a imaginava leve e ligeira, fluida como um líquido que se movia por aí. Darnell contou que ela era brilhante e aventureira, mas não explicou o que queria dizer com "aventureira". Eu não quis saber o que tinha acontecido com Sagal. Ela era um fantasma que existia apenas para me deixar insegura.

Uma vez, Darnell apareceu após ficar uma semana em silêncio e disse que tinha estado no Alabama, olhando litografias de arte afro-americana.

"Como assim? Eu não fazia ideia", disse.

"Bom." Ele deu de ombros, se recostando na cadeira, como se já estivesse entediado com nossa conversa, e passou os olhos pelas pessoas na fila diante do caixa do café. Parecia não uma pessoa conhecida, mas um mistério que aumentava a cada dia.

"Digo, achei que você ia me contar se fosse viajar para outro estado", continuei.

"Que diferença ia fazer? Eu podia estar na biblioteca."

Mas fazia diferença. E se tivesse acontecido um acidente de avião, um tornado, um furacão? E se nada tivesse acontecido, mas eu quisesse, não, merecesse saber que ele não estava no campus, a poucos quilômetros de mim como sempre. Merecia saber, mesmo se ele tivesse ido de carro para algum lugar fora da Filadélfia; mas sair do estado, ir até lá longe, no Sul, a mil e quinhentos quilômetros, no Alabama, e me ignorar durante uma semana? Meus olhos se encheram de lágrimas.

"O que a gente está fazendo juntos? Eu sou sua namorada?", perguntei. Ouvi, e detestei, o tom nasal da minha voz.

"O que a gente está fazendo juntos?", repetiu Darnell, com aquela retorcida rápida de sorriso. Às vezes, isso era uma demonstração de irritação, às vezes de desprezo. "Essa é uma pergunta batida, tirada do pântano contemporâneo que é a cultura pop. Esse tipo de linguagem é inimiga do pensamento."

Virei o rosto, piscando para tentar me livrar das lágrimas. Na parede do café havia desenhos alegres, uma taça de vinho inclinada com um morango na borda, um pirulito grudado numa caneca de café.

"O importante é que estou aqui", disse ele, seu rosto suavizando por um momento; debaixo da mesa, Darnell encostou a perna na minha.

"Eu amo você", disse eu. Ele não respondeu, é claro, e então falei: "Darnell, quero ouvir você dizer que me ama".

"Eu não estaria aqui se não amasse."

"Mas diga, por favor. Quero ouvir."

"Eu amo você." Foi um resmungo, mas, para mim, uma vitória. Eu era uma mendiga sem nenhuma vergonha.

"Adoraria ouvir isso na cama", disse eu.

"O quê?"

"Quando você diz 'Merda, merda, merda', é tão pouco romântico."

"Menina, você está na TPM."

Eu ri. Sempre dava risadas falsas bem rápido. Tinha contado a Darnell que um médico enfim havia encontrado um nome para o horror que vivi por anos, um sofrimento, sofrimento de verdade que me tomava durante alguns dias do mês, me deixava com a mente paralisada pelo autodesprezo, o corpo inchado sem energias nem esperanças — transtorno disfórico pré-menstrual.

"Isso não é TPM?", foi só o que Darnell tinha me perguntado, num tom clínico, como se eu fosse um estudo de caso sem alma. Sempre que eu expunha minha intimidade, ele reagia num tom distante ou com uma zoação leve que me doía. Mas eu escondia a mágoa no riso, porque a mágoa teria me feito parecer carente, e Darnell dizia que a carência era chata. Meu amor por ele era desprovido de racionalidade. Nem mesmo a parte física era um consolo. Para um homem atraído por histórias sobre o incomum, ele era individualista, cheio de hábitos, alheio a necessidades que não as suas, e, perto do êxtase, quando dizia "Merda, merda, merda", eu bloqueava a mente para suas palavras, o que por sua vez fazia com que meu corpo fechasse. O amor pode ser uma autodestruição, se é que é amor. Será que precisamos de outro nome para esse estado de euforia nauseante? Essa total ausência de contentamento. Eu procurava Darnell na internet e lia coisas que já tinha lido antes, e analisava fotos que já tinha visto antes. Criava contas falsas e mandava e-mails fingindo que eram de alunas apaixonadas por ele, e ficava aliviada quando ele não respondia, mas com medo de que isso ainda pudesse acontecer. Hoje em dia, fico atônita ao pensar na loucura de minhas emoções.

Todo ano, meu pai nos levava para Portugal de férias; primeiro para Lisboa e depois para o Porto e a ilha da Madeira, a única ocasião em que era mão-aberta. Dizia que era para demonstrar sua gratidão a Portugal por ter ajudado Biafra durante a guerra. Da mesma maneira, na Copa do Mundo, sua torcida ia para Portugal assim que os times africanos negros eram eliminados. Ao longo dos anos, vi Lisboa mudar. Éramos os únicos africanos fazendo compras na avenida da Liberdade, e os vendedores falavam inglês assim que entrávamos nas lojas. Então, veio o boom do petróleo de Angola e a rua ficou repleta de angolanos vestindo Gucci e Prada, que iam comprar mais Gucci e Prada, e os vendedores passaram a falar conosco em português, presumindo que também fôssemos angolanos.

"A ironia da história: Angola está salvando a economia portuguesa", disse meu irmão Bunachi, quando vimos um vendedor português ficar apoiado num joelho para ajudar uma elegante angolana a experimentar um par de sapatos de marca. Discretamente, tirei fotos dela, seu cabelo com permanente puxado para trás, os olhos semicerrados com uma expressão altiva enquanto os sapatos eram colocados. Mandei as fotos para Omelogor e escrevi brincando que Portugal estava de joelhos, e ela respondeu: *Que engraçado, você devia deixar o romance de lado e escrever literatura de viagem.* Foi uma piada, mas fez uma nova ideia nascer em mim. Muito do turismo tinha a ver com o passado, mas e quanto ao presente? Os restaurantes e as boates diziam mais sobre um lugar do que museus e castelos velhos. Larguei meu emprego, eufórica com essa nova expectativa, já imaginando meus artigos e uma carta de apresentação que dizia "Observações leves a partir de uma perspectiva africana".

Eu viajava com conforto, pegava táxis, fazia compras e caminhava sozinha. Escrevi sobre comer uma omelete salgada num hotel famoso em Paris, ir a uma boate de techno em Budapeste com outras mulheres que também viajavam sozinhas, e contar as peças de roupa secando nos varais das ruas de paralelepípedo de Trastevere, em Roma. Todas as revistas de turismo rejeitaram meus artigos. Uma delas mandou a carta de apresentação de volta e nela estava escrita, em letras maiúsculas, a palavra "NÃO", seguida de um ponto de exclamação. O ponto de exclamação me abalou. Tão agressivos, aquela linha e aquele ponto. Reli meu artigo, procurando pistas que explicassem por que ele tinha merecido aquela bofetada. Um simples "não" teria sido suficiente, mesmo que escrever letras tão grandes — e maiúsculas — sobre a página ainda fosse excessivo. Outras revistas mandavam um fino pedaço de papel, um quarto de página, com duas linhas genéricas dizendo que aquele artigo não se encaixava no perfil delas.

Perguntei num fórum online sobre literatura de viagem se mais alguém tinha recebido um "não" com um ponto de exclamação. Ninguém tinha. Mas eles compartilharam histórias de suas próprias rejeições, uma sobre um editor que tinha aceitado a matéria para rejeitá-la depois da revisão final. Alguém disse que o ponto de exclamação talvez tivesse sido um erro de digitação. Não, respondi, foi escrito à mão. Outro comentou que as submissões eram todas por e-mail e que, em breve, ninguém mais receberia respostas grosseiras escritas à mão de algum editor que estava tendo um dia ruim. Outro escreveu: *Julgamentos editoriais sobre seu trabalho nunca são permanentes. Esse editor do ponto de exclamação pode muito bem gostar da sua próxima matéria e publicá-la.*

Obrigada, respondi. Na selvageria da internet, ainda existia a gentileza de estranhos. Encontrei dicas e ideias nesses fóruns, me tornei amiga virtual de pessoas que tinham publicado em revistas de turismo de verdade, e às vezes viajava para os mesmos lugares onde elas haviam estado.

Nos voos de volta eu me sentia energizada, com a mente a toda, as páginas do caderno cheias. As ideias rodopiavam na minha cabeça, mas quando me sentava no escritório e tentava entrelaçá-las em frases, elas escorregavam, teimavam em se manter separadas, se recusavam a formar uma unidade. E, numa névoa de frustração, escrevia frases que não eram bem o que eu queria dizer, e sentia que minhas verdadeiras palavras estavam próximas, dolorosamente próximas, mas jamais conseguia alcançá-las.

"Agora é literatura de viagem?", perguntou minha mãe. "Você virou exploradora de terras estrangeiras?"

"Não, sou mais uma observadora de pessoas e experimentadora de comidas em terras estrangeiras", respondi, sorrindo.

Minha mãe olhou para o céu e espalmou as mãos, como quem diz "toda hora uma novidade". Não me ressenti de sua desconfiança. Ali estava eu, com uma nova ambição, depois de entrar e sair de empregos sem importância desde que tinha me formado, em vez de voltar para casa e trabalhar nos negócios da família com meu pai e Afam.

"Você só ganha dinheiro quando sua matéria é publicada? Como vai pagar por todas essas observações e experimentações?"

"Com meu dinheiro."

"Ou seja, com o dinheiro do seu pai, que ele coloca na sua conta."

"Mamãe, se alguém coloca dinheiro na sua conta, ele não vira seu dinheiro?"

"Mas você não trabalhou por ele."

Ela também não trabalhava e gastava mais do dinheiro do meu pai do que ele mesmo. Mas eu nunca diria isso, claro. Mais tarde, ouvi meus pais conversando e soube, pelo tom teatral dela, que queria que eu escutasse.

"Primeiro ia escrever um romance, agora vai escrever sobre viagens. E se a gente não pudesse pagar por todas essas coisas que ela não para de fazer?"

"Mas a gente pode."

"Você devia parar de mimar sua caçula. Não é bom, ela sempre foi mole demais e você não ajuda."

Meu pai exprimiu um som neutro, que buscava a paz. Em algum lugar, sob sua natureza astuta e cautelosa, havia uma parte dele que sonhava, reconhecia os sonhos e deixava os outros sonharem. Minha mãe me protegia da única maneira que sabia, com bordoadas diretas de senso pragmático, aquilo que fora testado e aprovado, a regra. Muitas vezes, ela me observava com os olhos baixos de perplexidade, sua caçula, a única filha mulher, se recusando a voltar para casa, voando por aí como uma folha assoprada pelo vento. Eu não tinha o tipo de ambição que lhe era familiar e, por isso, ela culpava os Estados Unidos. Levou anos para que parasse de perguntar quando eu ia voltar para a Nigéria, como se minha vida nos Estados Unidos fosse um mero prelúdio. A América era como uma festa cujo anfitrião tinha se preparado para qualquer eventualidade. Eu queria ficar porque nunca seria estranha demais aqui. Mas não disse isso a minha mãe, pois achava injusto esperar que ela compreendesse.

Darnell pesquisou meu pai no Google e perguntou: "Porra, esse é mesmo o patrimônio líquido dele?".

"Você sabe que essas coisas sempre são exageradas", respondi.

"Não, não sei. Gente como eu tem pais que nem sabem o que 'patrimônio líquido' significa. Eu sabia que você era uma princesinha, com esse apartamento chique em Center City, e essa coisa de largar o emprego do nada para se concentrar em escrever literatura de viagem", disse ele, fazendo aspas com os dedos ao dizer "literatura de viagem". "Mas isso aqui? Caramba."

Depois desse dia, Darnell passou a fazer piadas frequentes sobre a fortuna da minha família, suas provocações sempre espinhosas. O amigo dele estava cuidando pro bono do visto de imigração de uma família africana de Nova Jersey, disse ele, acrescentando, "Uma família africana de verdade, não que nem a sua", como se a riqueza material fizesse com que os africanos se tornassem impuros.

Com o álcool, seu humor ácido, que não era bem um humor, se inflamava e tomava qualquer cômodo. Após alguns drinques com os amigos, Darnell gostava de dizer: "A família da Chia provavelmente vendeu a minha, sabia? Eles são de uma linhagem igbo que tem dinheiro há séculos. Não era só dendê que eles vendiam para os brancos na costa oeste da África".

Os amigos ficavam imóveis, com uma expressão entre querer rir e não poder rir. No começo, eu brincava: "A Guerra de Biafra deixou todos os igbos pobres, então esse dinheiro é novinho em folha". Mas ninguém ria da piada, assim passei a dar apenas um sorriso com um quê de arrependimento. Qualquer coisa para abrandar aquela latência em Darnell. Era um ressentimento estranho, o dele, pois tinha toques de admiração. Num evento de gala em Nova York que o amigo dele nos convidou para angariar fundos, Darnell disse, como quem conta vantagem, para o homem branco de família americana tradicional que tinha pagado por nossa mesa: "Aqueles sabonetes chiques que seus ancestrais encomendavam de Londres na década de 1880 eram feitos com o óleo de palma que a família da Chia exportava da Ibolândia".

"Que maravilha", disse o homem, assentindo sem parar, com o rosto vermelho alcoolizado, se esforçando para ocultar sua confusão.

Aquilo me inquietava, mas eu dizia a mim mesma que pelo menos não era tão ruim como quando a consultora dos intercambistas da faculdade perguntou à colega, enquanto eu esperava para preencher um cadastro: "E aí, quão sujo é o dinheiro da família dela?".

Fiquei em silêncio, chocada. Só depois que fui embora pelo corredor pensei numa resposta, que jamais teria coragem de dar, de qualquer maneira: "A fortuna da minha família é mais limpa do que seu corpo jamais será".

Adiei minha primeira viagem à Índia porque Darnell ressurgiu de repente de seu silêncio. Apareceu na porta do meu apartamento, depois de dias de mensagens sem resposta, com a mochila preta atravessada no peito. Assim que o vi, o céu se alinhou com a terra e tudo ficou bem. Meu entusiasmo me deixava trêmula como se tivesse tomado cafeína demais. Andei de um lado para outro, perguntando o que ele queria fazer, se eu deveria pedir alguma coisa para jantar ou se ele queria sair, e o moletom dele estava com uma mancha na frente, queria que eu colocasse na máquina rapidinho? Darnell se esparramou no sofá e eu me sentei a seu lado e toquei sua bochecha ternamente. Em geral, só o tocava se ele me tocasse primeiro, porque minha fraqueza pelo toque talvez pudesse ser mais um defeito entre muitos. Darnell pressionou a palma da minha mão contra o rosto e, por um instante, senti que nos conhecíamos e que nosso futuro estava assegurado. Mais tarde, perguntei se ele leria meu artigo. Nunca tinha pedido isso antes, pois sabia que não devia, mas aquele dia parecia especial, banhado de esperança. A matéria, que se chamava "Como nós, nigerianos, viajamos antes de começar a viajar", era sobre os obstáculos que meu passaporte trazia, os vistos negados, o tempo de espera extra, a desconfiança da funcionária carrancuda no escritório da embaixada indiana. O passaporte nigeriano despertava suspeitas.

"É um pouco diferente, quero saber o que acha", disse eu.

"Você precisa dar para alguém objetivo", respondeu Darnell. Não olhou para o laptop aberto que eu tinha empurrado em sua direção. Dizer que eu precisava de alguém objetivo era sua maneira de dizer "não".

"Mas você faz revisão por pares dos artigos dos seus amigos", argumentei.

"É diferente", disse ele, lacônico.

Nunca voltei a pedir, assim como não compartilhava minhas ansiedades com ele, para protegê-lo do fardo que eu podia ser.

Estava fazendo a reserva do meu hotel em Delhi quando Darnell perguntou: "É considerado literatura de viagem se sua viagem for de luxo?".

"Não é luxo de verdade."

"Talvez não para você. O povo vai de mochila, fica em hostel, essas coisas."

"Mas tem gente que viaja como eu. Não acho que a literatura de viagem seja só sobre viajar com pouco dinheiro."

"Leitores, conhecei vossa classe! Os ricos e poderosos assim ordenam!", caçoou ele.

"Se você lesse minhas matérias, ia saber que não é assim."

Darnell me olhou de soslaio, e percebi que ele tinha achado minha resposta desafiadora, e não foi minha intenção.

"Eu quis dizer um 'você' geral, não um *você* você", afirmei, rindo. "Quis dizer que, se alguém ler o que escrevo, vai ver que não é tão de luxo assim."

"Ok, ok", disse ele, com aquele canto da boca retorcido que aniquilava minha autoestima. Passei a recear que estivesse sendo condescendente. Fui reler minha matéria mais recente e cortei o parágrafo em que contava sobre ter pagado um táxi para dirigir por horas pela zona rural ao redor de Zurique. Talvez fosse arrogante pegar um táxi em vez de fazer um passeio de ônibus. Mas era verdade, então por que fingir? Colei o parágrafo de volta e deletei-o de novo. Senti um aturdimento parecido com o que sentira no último ano da faculdade, durante uma viagem ao México com um grupo de amigos no recesso de primavera. Uma menina, que eu não conhecia bem, me perguntou: "Você vai de táxi para Tulum? Quem faz isso? É tão caro que dá pra alimentar as crianças lá nas montanhas com o dinheiro". Eu me lembrava das sobrancelhas pálidas dela, de seu rosto acusatório brilhando, como se, de alguma maneira, eu tivesse me apropriado do dinheiro reservado para alimentar as crianças nas montanhas. Não sabia nem de que montanhas ela falava. Mas cancelei o táxi e peguei o ônibus com todo mundo. Depois, LaShawn disse: "Por que você fez isso? A gente super queria ter ido de táxi com você".

Lamentava não ter me defendido na época. Voltei a colar o parágrafo sobre passear de carro nos arredores de Zurique durante quase sete horas, com um motorista simpático e tagarela, vindo de uma família de fazendeiros de Vnà que falava romanche, uma língua que eu não sabia que existia até então. Será que era condescendente falar dele também? Por fim, deletei o parágrafo de novo.

Os amigos de Darnell eram daquele tipo de gente que pensava saber das coisas. Suas conversas eram sempre besuntadas de reclamações; tudo era sempre "problemático", mesmo as coisas das quais gostavam. Eles eram tribais, mas de uma maneira ansiosa, sempre rodeando uns aos outros, observando-se, tentando farejar um defeito, uma falha, uma sabotagem incipiente. Eram irônicos sobre gostar do que gostavam, por medo de gostar do que não deviam, e eram incapazes de sentir admiração, de modo que criticavam pessoas que poderiam simplesmente ter admirado. *Ninguém recebe uma bolsa* tão rápido, a não ser que esteja transando com um branco careca. Metade daquele livro foi totalmente roubada de um trabalho de pós-doutorado. Ele terminou aquela merda depressa demais. Não é pesquisa de verdade, ele é um zé-ninguém.

Com eles, eu me sentia desesperadamente inferior. A filha de um homem rico que tinha publicado duas matérias numa revista online, da qual ninguém nunca ouvira falar. Se ao menos escrevesse artigos complicados em periódicos de prestígio...

"Darnell contou que você já viajou pela América Central e pela América do Sul", disse Shannon, a mulher negra que dava aula de estudos americanos. Ela parecia mais moderna e muito mais jovem do que os outros, sempre usando camiseta com estampa geométrica, com lindos *sisterlocks* cor de cobre presos em dois coques no topo da cabeça como uma menina.

"Viajei", respondi.

Ela me olhou, esperando por mais.

"Descobri o quão miscigenados muitos países latino-americanos são", disse eu, e imediatamente achei que tivesse soado idiota.

"É interessante pensar nas maneiras como a diáspora negra é invisível na América Latina", disse Shannon. Ela dizia "as maneiras como" com muita frequência. Todos eles diziam.

Pensei na minha matéria sobre o Brasil, comparando dois restaurantes: "Seja despreocupado no Rio ou presunçoso em São Paulo". Tinha achado essa frase bem bolada, mas agora via o quanto a matéria inteira era fraca. Mas, de qualquer maneira, Shannon nunca leria uma revista de viagem desconhecida online com sede na Nova Zelândia.

"Não acreditei quando soube que metade da população do Brasil é preta. Nunca tem gente preta nas imagens famosas do Brasil", disse eu, torcendo para isso ser mais substancial.

Darnell se ajeitou e apertou os lábios; percebi que não tinha se impressionado e que talvez estivesse irritado. Ah, se eu soubesse conversar com seus amigos...

"É um apagamento estrutural, um genocídio simbólico, porque, se você não for visto, então não existe", disse ele.

"Exatamente. Mas o genocídio não é meramente simbólico", falou Charlotte, a mulher branca que era professora de sociologia.

"Eu sobrevivi ao genocídio", disse secamente Thompson, o garífuna de Belize, artista visual cuja barba era como um mapa preto pintado em seu queixo. Eu ri, grata, porque Thompson sempre suavizava a severidade dos outros.

Quando nos conhecemos, ele me perguntou se Chia era um apelido e repetiu "Chiamaka" de uma maneira que fez eu me sentir uma pessoa que poderia ser interessante.

"Por falar em literatura de viagem", enunciou ele, "seria ofensivo dizer que você é linda demais para escrever sobre viagens, Chia? Podia ter sido atriz."

Olhei de soslaio para Darnell. Ele pareceu achar aquilo divertido, então eu ri e disse: "Não conseguiria atuar nem sob risco de vida".

"Assim como muitos atores", disse Thompson.

"Presta atenção, Thompson. Uma mulher pode ser linda e trabalhar com uma coisa que não é relacionada à sua aparência", disse Shannon, muito séria, como se Thompson não tivesse dito aquilo de brincadeira. "Além do mais, precisamos de mais mulheres escrevendo sobre viagens. Viajar sendo mulher tem dificuldades únicas."

"É verdade", disse Thompson.

"A literatura de viagem é um gênero autoindulgente", proclamou Charlotte, me olhando. Ela era pequena e magra, com o rosto pálido e ranzinza de uma pessoa que desabrochava com suas indignações.

"Entendo o que você quer dizer", respondi, depressa. "Mas espero que minhas matérias não sejam autoindulgentes demais. Acabei de voltar de Comores, e é um lugar tão interessante."

"Uma amiga minha de Brown passou um tempo trabalhando lá", contou Charlotte.

"Ah, é?", disse eu. Para ela, a África era apenas o lugar onde seus amigos tinham "passado um tempo trabalhando"; fulano tinha passado um tempo trabalhando na Tanzânia, em Gana, no Senegal, em Uganda, e eu imaginava a África de Charlotte, cheia de pessoas brancas labutando sob o sol abrasador, sem que ninguém lhes agradecesse. Era hilário, mas eu sempre tentava parecer atenta e interessada.

"Bonita essa camiseta", disse Thompson para Shannon.

"Essa coisa velha", afirmou Shannon, olhando para a própria camiseta, com uma foto de Mary J. Blige com um chapéu e parte do rosto escondida pelas sombras.

"É impressão minha ou a beleza de Mary J. não é suficientemente reconhecida? Um tópico que deve ser analisado", disse Thompson.

"Qual é a sua hoje, com essa obsessão misógina com a beleza?", perguntou Shannon.

"Por que misógina?", questionou Thompson.

"A pergunta deveria ser: por que o talento de Mary J. Blige não é suficientemente reconhecido?", disse Charlotte.

"O talento dela é indiscutível. Ela é linda, e é evidente que a indústria musical não valoriza a aparência em certos tipos de mulheres negras", falou Thompson.

"Com o apoio das mulheres que são valorizadas", disse Charlotte, como se desaprovasse não apenas o fato de as mulheres serem objetificadas, mas de serem bonitas como um todo. Era sem dúvida um recado para mim, de que a sedução da beleza não estava à sua altura, de que a beleza em si era problemática, sendo a beleza, pelo visto, meu único atrativo. Charlotte me encarou e eu desviei o olhar, cortando meu filé bem passado. Cortei com cuidado, vagarosa pela minha autoconfiança cada vez menor.

"Nem acredito que me vendi e comprei um iPhone. A Apple é tão problemática", disse Shannon, aninhando o celular na mão como se fosse uma oferenda dada com relutância.

"O projeto da Apple é homogeneizar nossos pensamentos e ações. Eles não querem incentivar a criatividade ou solucionar problemas, é um plano de conformidade e banalidade em massa. De alguma maneira esse plano corre em paralelo com a heteronormatividade", disse Charlotte. Então, ela se voltou para mim e acrescentou: "Você está comendo a morte".

Tentei freneticamente entender qual era a ligação entre a Apple, o que eu estava comendo e a morte.

"Ah. Você está falando da carne. Bom, acho que é uma morte bem gostosa, então", respondi com aquele meu lindo sorriso falso. Queria que Darnell me defendesse — ele comia carne também, apesar de ter pedido um cuscuz marroquino vegetariano. Mas ele não disse nada.

Charlotte ainda não tinha acabado comigo. "Se as pessoas vissem quanta carne fica parada no intestino, sem ser digerida. É um nojo. Sem falar que comer carne tem consequências mortais para o Sul Global, principalmente para a África."

"Charlotte, Charlotte, Charlotte", disse Thompson. "Não é assim que recrutamos adeptos para a causa do clima. Precisamos de uma maneira melhor de passar nossa mensagem."

"A política de apaziguamento nunca fica bem na foto", disse Charlotte, e Thompson, sorrindo, se esticou e deu um rápido abraço lateral nela.

"Você já escreveu sobre Belize, Chia? Deveria ir lá. Eu te levo", disse ele, piscando o olho para mim de um jeito exagerado.

"Ei, Thompson. Quem disse que minha mulher precisa ir com você para algum lugar?", perguntou Darnell.

Esse traço possessivo de Darnell, mesmo que de brincadeira, me deu uma injeção de felicidade. *Minha mulher*. Eu amava ouvir aquilo, e ele quase nunca dizia. Às vezes, era tão distante de mim em público que eu temia que estivesse só esperando o dia acabar para terminar comigo.

"Podemos ir no verão, quando Darnell estiver fazendo o trabalho de campo dele com escultores camponeses ou sei lá o quê", disse Thompson, dando sua risada gostosa.

"Na verdade, no verão Chia vai se isolar para escrever", declarou Darnell. "Na casa dela em Maryland. O pai dela comprou uma casa no subúrbio de Maryland porque ela queria um lugar tranquilo para escrever um livro. E Chia vai só ficar sentada escrevendo nessa casa, que tem uma lareira de verdade e uma empregada."

"Uau", disse Thompson. "Essa é a vida que eu quero!"

"É uma violência que os ricos comprem casas que só ficam ocupadas durante parte do ano enquanto acontece uma crise de moradia", disse Charlotte.

"A casa é da família, na verdade. Meus pais ficam lá quando vêm visitar", expliquei. Soou muito defensivo, então experimentei fazer uma brincadeira: "Darnell esqueceu de dizer que a empregada não veio junto com a casa". Ninguém riu, claro. Um desprezo suave ardeu nos olhos de Charlotte. Mastiguei a carne, abominando aquela mulher e ansiando por sua aprovação. Já tinha visto fotos que Darnell tirara na casa de campo dos pais dela, com cachorros peludos e a decoração sem graça e puída dos ricos da Nova Inglaterra. Eu me perguntei se aquela casa também era uma "violência", ou talvez a violência só acontecesse quando pessoas que não se pareciam com Charlotte tinham uma segunda residência. Jamais diria algo assim, é claro, porque não era corajosa como Omelogor. Em vez disso, abri um sorriso infeliz e desesperançado. Mais tarde, disse a Omelogor: "Charlotte não gosta de mim, mas, se eu fosse uma africana pobre, desgostaria menos".

"Que besteira, você não precisa que ela goste de você", respondeu Omelogor de imediato. "Eles não suportam pessoas ricas de países pobres, porque isso significa que não podem sentir pena delas."

"Charlotte não é bem assim", disse eu, sabendo que não estava defendendo Charlotte, mas Darnell. Nossos amigos mais próximos são pequenos vislumbres de nós. Afinal de contas, nós os escolhemos, eles não nos são dados pela natureza, como nossa família, e a proximidade com Charlotte dizia algo sobre Darnell. Omelogor podia ser muito mordaz com as pessoas que eram ignorantes sobre a África, e eu não queria Darnell preso na armadilha de seu desdém. Eu já suavizava e editava as histórias sobre ele quando as contava para Omelogor, com um receio profundo de que ela notava isso, pois me conhecia muito bem. Certa vez, eu tinha dito que, desde que conhecera Darnell, estava recebendo respostas mais simpáticas dos editores, e Omelogor respondeu: "Graças à essência mágica de Darnell?".

Era mais fácil pelo celular, assim ela não ficava me observando fixamente com a cabeça inclinada — nenhum olhar era mais penetrante que o dela. Omelogor via as pessoas, via através delas. Era só dois anos mais velha e sempre pairara sobre mim, vigilante, pronta para saltar e me proteger de mim mesma. Contei a Darnell o quanto ela era brilhante e destemida, reluzindo aonde quer que fosse, uma estrela desde o nascimento fazendo coisas de estrela no mundo das finanças em Abuja.

"Você fala como se ela fosse um mito", disse Darnell.

"Falo?"

"Fala. Como se fosse incapaz de cometer erros. O pai dela é rico também?"

"Ah, não. Ele é só um professor", respondi depressa e, assim que o fiz, senti a vergonha se espalhando lentamente dentro de mim. Por que eu tinha falado daquele jeito do meu adorado tio Nwoye? Sim, ele não era rico, e não se importava nem um pouco com dinheiro, mas dizer "só um professor" naquele tom era um menosprezo desnecessário só para agradar Darnell em vez de contar a verdade sobre meu tio.

"Ele é um professor universitário pioneiro e estudou em Cambridge. É mundialmente famoso na área dele", acrescentei. "Irmão da minha mãe. Ele é querido, muito gentil e também distraído com várias coisas. Gostamos de dizer que ele é o único professor universitário do mundo que não sabe usar um controle remoto."

Um editor da *Out Wonder* me escreveu dizendo que tinha gostado da minha matéria sobre Copenhague e queria ver uma versão revisada que tivesse um pouco mais de ousadia. Um editor de verdade, não uma revista online de uma pessoa só que trabalhava de casa em Auckland. Era a *Out Wonder*, uma revista com um conselho editorial que pagava em dinheiro, não em cópias da revista. Fechei os olhos e vi o índice, com os nomes de escritores de verdade espalhados pela página e, em algum lugar ali no meio, o meu. Naturalmente, uma matéria publicada abriria portas para outras, para pedidos de artigos, e para editores de livros em busca de novos talentos. Aquela poderia ser a origem do meu livro: uma história que começava com um artigo sobre Copenhague. Um romance era demais para mim, mas um livro de viagens eu era capaz de fazer, uma coleção de ensaios leves, cujo título já estava pronto na minha mente: *As aventuras não aventureiras de uma mulher africana*. Eu ia ser a maioral. Minha mãe seguraria meu livro e folhearia as páginas, finalmente convencida, mandando exemplares para todos os que duvidavam dela, reais ou imaginários. Reli o texto sobre Copenhague como se não o houvesse escrito para tentar extrair a mágica que causara o interesse da *Out Wonder*.

Uma mulher elegante de bicicleta quase me atropelou esta manhã porque eu, distraída, olhava algumas mulheres elegantes indo de bicicleta para o trabalho do outro lado da rua. E usando sapatos chiques, não tênis. Será que elas não suavam? E por que todo mundo no meu hotel falava inglês, quando eu queria ouvir dinamarquês? Será que meu hotel-butique estava fazendo uma espécie de declaração patriótica com aquela extraordinária variedade de doces de alcaçuz no frigobar? Eram essas as perguntas que me atormentavam. Estava morrendo de fome à noite e quis bala, bala de verdade, não balinhas coloridas, cada uma com mais gosto de remédio do que a outra.

Eu não sabia o que ter mais ousadia queria dizer, mas iria voltar para Copenhague e a encontraria e reescreveria a matéria lá. Estava tão entusiasmada que quicava, flutuava. Contei a Omelogor e a Zikora sobre a *Out Wonder*, mas não contei a Darnell, pois tive medo de sua indiferença e de como ela abateria meu ânimo. Mesmo assim, quis que ele viesse comigo, pois queria que fizesse tudo comigo.

"Sabia que a Dinamarca comercializava escravizados africanos?", perguntei.

"Claro", respondeu Darnell, como se todo mundo soubesse, menos eu.

"Estou lendo sobre o forte dinamarquês onde ficavam escravizados em Gana", continuei. Não estava interessada no tráfico de escravizados da Dinamarca, mas queria que Darnell pensasse que sim, pois esse era um assunto desolador e profundo o suficiente. "Estou pensando em ir para a Dinamarca de novo. Para Copenhague e Aarhus. Quer vir? Suas aulas só começam daqui a duas semanas."

"Cara, não sei se gosto dessa história de ser bancado pelos outros. Passo mal toda vez que penso no quanto você pagou pela viagem para as ilhas Maurício."

"Mas eu vou usar minhas milhas dessa vez, então tecnicamente as passagens vão ser de graça", expliquei, embora não fosse verdade.

"Não sei", disse ele, em dúvida. Mas eu sabia que iria. Só precisava, primeiro, fazer esse ritual de conflito. Sempre dizia "não" quando eu bancava as coisas, embora soubesse que ele queria que eu pagasse. Às vezes, demorava para tirar a carteira do bolso mesmo nas menores compras, como um *pack* de cervejas tarde da noite no supermercado. No aniversário dele, Darnell rasgara com vontade o papel cobre no qual eu tinha embrulhado um MacBook e um iPhone, e dissera: "Obrigado, gata, mas sério, isso é exagero, chega quase a ser vulgar".

"A tela do seu celular está rachada e você vive dizendo que seu laptop é lento."

"É, mas mesmo assim. Você podia ter escolhido uma coisa só." Mas ele ficou com os dois. E quando eu, timidamente, coloquei uma passagem de primeira classe dentro de um livro que Darnell estava lendo, ele disse: "Ei, está tentando me subornar?".

Ri. Mas estava sim, de certa maneira. Pagava por vinhos bons, massagens, restaurantes, uma faxineira para o apartamento dele: mudanças de vida que o faziam caçoar de si mesmo por gostar, experiências que teria apenas se continuasse comigo. Era uma espécie de compra. Darnell tinha passado a viagem de aniversário inteira de mau humor, como se se ressentisse daquilo que tinha aceitado, e eu estava atenta e hesitante, pisando em ovos para não ofender. "Nossa, caramba. Tem um chuveiro de spa de luxo de verdade dentro do aeroporto", disse ele na sala VIP da primeira classe, e eu quase me desculpei por isso. Nas ilhas Maurício, tudo o irritava, nada merecia elogios. Darnell queria cancelar o passeio de barco, não queria ver a cachoeira, tinha muito trabalho da faculdade atrasado. Talvez sua rabugice fosse uma expiação; era problemático gostar de viagens luxuosas, por isso o mínimo que podia fazer era não desfrutar daquela. Mo, o motorista enrugado que parecia indiano, dirigia pelas ruas tortuosas e apontava animadamente conforme dirigia. *A mãe da minha mulher mora aqui. Esse lugar só tinha árvore.*

Conversava com Mo e quis que Darnell conversasse também, mas ele ficou olhando pela janela e só abriu a boca para dizer que levou uma picada de mosquito no pescoço que estava coçando. Mo olhava Darnell pelo retrovisor, esperando uma reação, de homem para homem. "Que interessante!", eu exclamava, empolgada e alegre demais, tentando compensar a frieza de Darnell. No aeroporto, no dia em que fomos embora, abri a carteira para dar uma gorjeta a Mo em dólares americanos. Tinha algumas notas de vinte e uma de cem. Dobrei a de cem e a coloquei na mão dele.

"Obrigado!", disse Mo, se virando para ir embora. "Boa viagem! Até a próxima!" Instantes depois, ele voltou correndo. "A senhora me deu…", começou a dizer, mas parou. "Foi isso mesmo que quis me dar? Ou foi um engano?"

"Não foi um engano, Mo. Muito obrigada."

"Obrigado, obrigado", disse ele, fazendo uma mesura, se abaixando.

Parei para vê-lo se afastar depressa, até que seu corpo franzino desapareceu pela saída do aeroporto. Então, desatei a chorar. Era demais, a frieza de Darnell que, por mais que tentasse, eu não conseguia derreter, e a subserviência nas ilhas Maurício, como se não fosse ar o que as pessoas inspiravam e expiravam, mas nuvens de servilismo. Omelogor certa vez disse que ficava feliz pela Nigéria não ser um ponto turístico, porque "as pessoas se tornam parte do cenário, e os países deixam de ser lugares e viram performances". Achei que ela estivesse sendo um pouco intensa, como de costume, mas estava certíssima. Subitamente, tudo me pareceu fadado ao fracasso, além da salvação. Minha lombar doía e minhas têmporas latejavam. Fiquei ali, chorando.

"O que foi?", perguntou Darnell, impaciente, empurrando a mala de mão dele e a minha.

"O turismo nos países pobres faz alguma coisa com as pessoas que acaba comigo."

"Você está de TPM", disse Darnell.

Era verdade. Faltavam dois dias para minha menstruação descer e eu me sentia inchada e perigosa e constantemente à beira das lágrimas. Mas ele disse "Você está de TPM" de uma forma tão descuidada, como quem atira uma pedra em mim, que chorei ainda mais, procurando na minha mochila um lenço para limpar o nariz escorrendo.

"Chia, se controla. As pessoas estão achando que eu te fiz chorar", disse Darnell.

No voo de volta, mergulhei dentro de mim mesma, cansada e indisposta, falando pouco, mas o bastante para Darnell saber que eu estava apenas tentando sobreviver, não o trancando para fora. Meu corpo inchado estava tenso, dolorido, quase explodindo. Senti uma vontade súbita de falar sobre Darnell, realmente falar sobre Darnell, não da maneira cuidadosa de sempre, mas com minha capa protetora arrancada. Comecei a escrever uma mensagem de texto para Omelogor e então parei. Muitas vezes na minha vida, bastava falar com Omelogor para nascer em mim uma coragem que eu não sabia que tinha, devida às palavras sempre tão penetrantes e certeiras dela. Mas, naquele momento, não queria que me dessem força. Só queria reclamar da minha fraqueza e depois voltar a me refugiar dentro dela. Não havia sentido em ser embrulhada pelas altas expectativas de Omelogor, já que não estava procurando ajuda para largar Darnell, não largaria Darnell, só queria conversar. Seria melhor fazer isso com Zikora. Sobre estar num relacionamento, mas nunca me sentir em casa; sobre me sentir insegura e nunca ter um indício de que um dia minha insegurança poderia diminuir. Com Darnell, eu era como um animalzinho, recém-nascido e pelado, inatamente incapaz e sempre débil. Eu diria isso para Zikora só por dizer, sem procurar soluções ou uma resolução. Me senti melhor na mesma hora, pelo simples fato de ter tomado essa decisão. Assim que fiquei sozinha no meu apartamento, liguei para Zikora.

"Zikor", eu disse, e ela desatou a chorar. Zikora não era chorona. Provavelmente alguém morreu ou estava para morrer. Minhas mãos começaram a tremer com violência e desejei não ter ligado, para adiar o momento de ouvir a má notícia.

"Zikor, *o gini?* O que houve?", perguntei.

"Eu estou com trinta e um anos", respondeu ela, com dificuldade, seus soluços distorcendo a voz. Senti a incisão rápida do medo, de que *ela* tivesse sido diagnosticada com uma doença séria, de que não fosse outra pessoa que estava próxima da morte. "Trinta e um anos. Achei que a essa altura já ia estar casada, com meu primeiro filho."

"Ah", eu disse, tão incrédula e incrivelmente aliviada que quase comecei a rir.

"Trinta e um anos, sem nenhuma perspectiva", continuou Zikora.

"Mas ainda faltam duas semanas para o seu aniversário", comentei, como uma idiota, como se Zikora fosse arrumar alguém e se casar em duas semanas.

"O casamento da minha amiga Nkechi é nesse sábado, em Nova Jersey. As pessoas vão falar disso e sussurrar pelas minhas costas. Você sabe que 'Ela é casada?' é o que todas perguntam das outras hoje em dia."

Eu não tinha notado, mas o círculo de Zikora era em sua maioria de nigerianos, ao contrário do meu. Suas amizades eram um pouco mais velhas, com preocupações um pouco diferentes.

Eram minha mãe e minhas tias que comentavam sobre casamento; no último Natal, uma tia que vivia na aldeia havia me dito: "Chiamaka, estou com muita sede de vinho, tenho andado sedenta por vinho há tempo demais". Olhei para ela, perplexa, e então sorri quando entendi que estava falando da minha cerimônia de carregamento de vinho. Dei-lhe a resposta padrão que as fazia me deixar em paz: "Estou rezando, tia. Está nas mãos de Deus".

Não tinha certeza do que consolaria mais Zikora, desdenhar do casamento ou dizer a ela que fosse positiva e acreditasse que aconteceria em breve. Por isso, disse: "Você não precisa ir ao casamento. Diga a Nkechi que está em Hong Kong ou Londres a trabalho, já que tem um emprego incrível num escritório de advocacia maravilhoso na capital, e então compre a coisa mais cara da lista de presentes dela".

Pelo menos, Zikora deu uma risadinha.

A ligação me deixou com uma inquietação latente, uma agitação na alma. Zikora chorava por não estar casada aos trinta e um anos — chorava tanto que teve que assoar o nariz algumas vezes, engasgando com as lágrimas, resfolegando ao falar —, parecia algo que acontecia em outro lugar, com outras pessoas que não eram minha melhor amiga. Ela havia terminado com seus dois ex-namorados porque eles evitavam conversar qualquer coisa sobre o futuro, mas, depois de cada término, ela sacudia a poeira, com os olhos sempre voltados adiante. Parecia bem, nem um pouco vulnerável a ser tomada de assalto pelas expectativas alheias. Além do mais, aquele tipo de colapso acontecia quando a gente fazia trinta anos, ou quarenta, apenas pelo simbolismo dos números redondos que causavam pânico pela sensação de ponto-final. Trinta e um anos era cedo, cedo demais, e ainda mais preocupante por não ser um número redondo. Quando esse desespero de Zikora tinha começado? Desde o nascimento, uma mão inquestionável havia escrito a palavra "casamento" nos nossos planos de vida, e ele se tornou um sonho com prazo-limite, mas desde quando a espera de Zikora havia passado para o desespero feroz? Zikora, a advogada brilhante e bem-sucedida; Zikora, organizada, cautelosa e ambiciosa; Zikora com seu jeito de sempre recusar a ruína. Eu me perguntei se não tinha percebido um movimento, uma fenda aberta na certeza de que nossa vida sairia conforme planejado. Será que eu choraria se não estivesse casada dentro de dois anos? Não. Não pensava no casamento como algo moldado pelo tempo — como a fusão de duas almas poderia ser moldada pelo tempo? Com Darnell, eu sonhava não com um casamento, mas com uma maneira de nos tornarmos realmente entrelaçados, com uma maneira de o medo desaparecer. Mais do que o casamento, eu buscava por alguma coisa que, na época, não sabia: o esplendor de alguém que me conheceria de verdade.

Naquele fim de semana, peguei o trem até Washington e fiz uma surpresa para Zikora; jantamos no Busboys and Poets; uma roda de poesia estava prestes a começar, então nos sentamos e escutamos a leitura cantarolada de uma mulher, cujo grande black tinha sido pintado de vermelho. Depois, caminhamos pela U Street de mãos dadas, rindo de piadas que já tínhamos contado muitas vezes uma para a outra. Cuidar de Zikora mudou o motivo da minha inquietação e, logo, quando meu corpo não estava mais esmigalhado pelos hormônios, voltei a falar de Darnell como antes.

Meus pais iam me visitar naquele verão, mas só por uma semana antes de seguirem para Londres, já que minha mãe não gostava de passar muito tempo nos Estados Unidos. "Esse país não é civilizado. Tudo é 'faça você mesmo'. Tudo é casual demais. Olhe só para as companhias aéreas americanas, a primeira classe é uma porcaria. Eles não sabem fazer um serviço com finesse. Até o jeito como falam. 'Vamos fazer uma boquinha.' Por que não 'vamos almoçar'?" Ela sempre dava um jeito de dizer isso, ou algo parecido; e então vinha a réplica do meu pai, como um dueto azeitado ou uma música com chamada e resposta.

"Os Estados Unidos são ótimos porque têm as melhores pessoas de todas as partes do mundo", dizia ele. Ou, às vezes: "Os Estados Unidos são ótimos porque são o único país que acredita ser igualitário em teoria, ainda que não na prática".

Meu pai gostava dos Estados Unidos e teria passado mais tempo no país se não fosse por minha mãe; sempre fazia as vontades dela, sem ressentimento, como quem dava petiscos a um bichinho de estimação já alimentado, achando graça de seus ronronados de prazer. Eu gostava de observá-los, minha mãe que falava sem parar, reclamando de alguma coisa, enquanto meu pai murmurava em concordância, não totalmente presente, mas muito satisfeito. Ele, que vinha de família rica, quase nunca reclamava, enquanto minha mãe agia como se a vida que adquirira com o casamento sempre fosse sua de direito. Mas suas reclamações eram uma comédia-pastelão, indiscriminadas e superficiais, ditas com um vestígio de sorriso, como se ela também soubesse como era difícil levá-la a sério.

Eu estava ansiosa para vê-los. Gostava de suas breves visitas; era sempre uma satisfação lânguida o tempo que passávamos juntos, ao contrário de minhas idas à Nigéria, quando nada era imóvel ou lento — a casa pululava de motoristas e empregados, bandejas de drinques eram levadas e trazidas para as visitas no salão; meu pai trabalhava até tarde e chegava em casa cansado e se desculpando; minha mãe com as fofoqueiras do clube na sala, onde o cheiro de Guinness pairava no ar. Durante a semana que eles passavam comigo, eu regredia e virava sua filhinha de novo. A única filha mulher. A caçulinha. Minha mãe e eu íamos fazer compras na capital, e ela me comprava bolsas caras ou joias desnecessárias e almoçávamos num hotel, onde escutava sem muita atenção sua tagarelice divertida. *Eu agora deposito o salário do Emmanuel na conta da mulher dele, porque aquele lá é um irresponsável e quero ter certeza de que seus filhos estão comendo. Vou tirar satisfações com a tia Njide nesse*

*Natal, estou cansada de todas essas mentiras que ela espalha sobre mim. Não
sei o que esse homem com quem sua prima quer se casar faz da vida, não gosto
da cara dele, tem cara de ritualista. Seu pai está deixando que esse povo da
aldeia o manipule de novo. Já fez tanto por eles. Nosso povo é muito ingrato.*

Contei a Darnell que meus pais iam me visitar, na esperança de que fosse querer conhecê-los, mas ele disse: "Ah, ok".

Então criei o máximo de coragem que consegui e falei: "Adoraria que você fosse a Maryland enquanto meus pais estiverem lá".

"Não sei se é uma boa ideia. Você precisa aproveitar a visita dos seus pais. Não quero que se sinta pressionada."

Quem falou alguma coisa sobre me sentir pressionada? Eu estava perguntando se Darnell queria conhecer meus pais e ele estava dando pra trás, pintando sua atitude como um gesto de consideração por mim, e tudo que consegui dizer foi "Tá bem".

"Posso ir na semana seguinte", disse ele.

Eu não soube o que mais dizer. Stevie Wonder cantava ao fundo.

"Tá bem", repeti, e então reuni toda a leveza de que era capaz e disse: "Bom, pelo menos você vai conhecer a Kadiatou quando me visitar!".

"Sua empregada?"

"Bom, é, mas ela é como se fosse da família."

"Tem uns estudos que falam que os escravizados e os donos de escravizados eram como se fossem da família, já que a preta velha criava os bebês brancos e tal."

"Não tem nada a ver, Darnell."

"É só brincadeira, vai."

Meus pais mal tinham entrado em casa quando minha mãe perguntou: "Chia, você e o filho do dr. Ojukwu decidiram para quando é o casamento?".

Era a piada de sempre. O filho do dr. Ojukwu era um rapaz sem traquejo social, um engenheiro brilhante, que aproximava demais o rosto das pessoas quando falava. Durante anos, tinha me mandado atormentadas cartas de amor.

"Mãe!"

"Quando o americano negro vem nos ver?"

Lamentei ter falado sobre Darnell num momento de descuido.

"Ele ia vir, mas está imerso na pesquisa, está escrevendo um livro, ganhando cada vez mais prestígio nos círculos acadêmicos." Eu me arrependi daquelas palavras assim que as disse. Tinha falado demais, desesperada para que acreditassem em mim. Devia ter dito que não estávamos mais juntos e pronto, assim me livrava de mais perguntas.

"Qual é a área dele?", perguntou minha mãe.

"História da arte."

"História da arte." Um muxoxo. Não era engenharia ou medicina.

"Virou um figurão. Várias universidades querem roubá-lo."

"Ele está escrevendo um livro sobre história da arte e é por isso que não veio a Maryland visitar seus pais? Você não está escrevendo um livro também?"

"Não, mamãe, não é bem isso." Parei de falar, confusa, e me senti como se um crime estivesse prestes a ser descoberto.

"Minha filha, meu raio de sol, está tudo bem?", perguntou ela, seu olhar alerta de preocupação. Sob sua habilidade impecável de encontrar defeitos, havia uma profunda apreensão. Minha mãe queria que o mundo fosse perfeito para quem merecia, e quem merecia eram as pessoas que ela amava.

"Está tudo bem." Eu a abracei e afundei o rosto no forte aroma floral de seu pescoço. Sempre que passava pelo Duty Free dos aeroportos, o cheiro de qualquer perfume floral despertava uma saudade tão intensa que quase chegava a doer, saudade da minha infância, quando minha mãe e eu nos sentávamos diante de sua enorme penteadeira e ela prendia meu cabelo em coquezinhos no alto da cabeça, sem nunca apertar demais, sempre cantando uma música cheia de elogios para mim: *Omalicha m, nwa m mulu n'afo, anyanwu ututu m*. Minha linda. Filha do meu ventre. Meu raio de sol da manhã.

Minha mãe queria que meu pai tivesse comprado outra casa para mim, pois se preocupava com a mata densa nos fundos de árvores preservadas. "Por que eles disseram que a gente não pode cortar algumas dessas árvores? Por que esses brancos gostam de viver no meio de uma floresta perigosa? Qualquer dia desses, essas cobras e animais selvagens vão matar alguém", murmurava em igbo sempre que me visitava. E fazia isso antes de sairmos, parada diante das portas de correr de vidro que davam no deque, olhando para as árvores de uma forma quase acusatória.

Eu a observei, com o cabelo liso da peruca na altura do queixo, fazendo perguntas imperiosas nas lojas do CityCenter e então dizendo alto: "Devíamos ter ido a Nova York". Observei-a durante o almoço, girando a taça de vinho, deixando o guardanapo cair de leve no colo. Ela adorava tudo aquilo, e eu adorava que ela adorasse.

"Ah, não tem nada para o seu pai comer em casa", disse.

"Kadi falou que ia ficar para cozinhar."

"E desde quando o que Kadiatou cozinha é comida?", perguntou minha mãe, desdenhosa. "Por que alguém ia querer comer folha de mandioca, comida de cabra? *Tufia*."

Eu ri. Qualquer comida africana que não fosse igbo tinha o mesmo destino nas mãos de minha mãe. Depois de uma viagem a Nairóbi com meu pai, ela só disse: "Será que ninguém ensinou aos quenianos que existe tempero e pimenta?".

Quando finalmente chegamos em casa, meu pai estava afundado no sofá, com as pernas pro alto num banquinho, assistindo ao noticiário com o volume um pouco alto demais.

"Abandonamos você. Eu estava preocupada com o que você ia comer", disse minha mãe.

"Kadiatou me fez um prato gostoso antes de ir, arroz com molho."

"Você comeu essa comida guineana?"

Meu pai deu um sorriso envergonhado, sem querer admitir que gostava da comida de Kadiatou.

"O motorista pode ir?", perguntou minha mãe. "Só vamos precisar dele amanhã."

"Pode."

Ela desmoronou, como se nossas compras a tivessem exaurido. Mas eu sabia que aquilo a energizava, que ela ganhava vida diante de objetos expostos. O desmoronar era um sinal para meu pai, e ele ficou de pé num pulo, dizendo: "Pode sentar. Eu falo com o motorista".

Ele foi lá para fora, até a suv preta parada diante da casa. Meus pais sempre usavam o mesmo serviço de transporte e sempre pediam o mesmo motorista, Amir, da Jordânia. Mas Amir não estava disponível e o motorista da vez era um sul-asiático que minha mãe afirmou ser descuidado, pois freava com força demais. Ao voltar para dentro, meu pai perguntou: "Comeram alguma coisa boa?".

"Sim."

Ela mostrava as sacolas de compras para ele, como sempre — *olhe esta, era a última dessas que eles tinham, procuro essa cor exata há anos* —, enquanto ele olhava, distraído.

"Aquela loja da Dior era minúscula. Devíamos ter ido a Nova York", disse minha mãe.

"Londres e Paris estão esperando por você", brincou meu pai.

Ela tirou a peruca e a colocou numa mesa de canto, afundando mais no sofá ao seu lado. Sem a peruca, as tranças enraizadas levantavam suas feições, repuxando as duas joias cor de amêndoa que eram seus olhos. Eu tinha oito anos quando, pela primeira vez, vi minha mãe como os outros a viam. Tínhamos ido passar o Natal na aldeia, nossa casa o turbilhão de sempre, com pessoas entrando e saindo aos montes e um cheiro de fumaça no ar das muitas fogueiras acesas pela vila. Minha mãe estava parada de pé perto da fonte que ficava próxima da colunata da entrada, cercada por um grupo de crianças pequenas, entregando notas de naira para cada uma e dizendo com firmeza: "Pra você eu já dei, pode ir!". Eu estava amuada, perto da porta da frente e, a meu lado, havia diversos aldeões sentados em bancos que tinham passado ali para comer arroz de Natal. Duas mulheres, enfiando arroz jollof na boca com colheres de plástico, observavam minha mãe.

"O dika ife akpulu akpu", disse uma delas. Parecer com uma escultura, com uma obra de arte, era ser extraordinariamente linda, e tomei um susto, pois até então não tinha pensado na minha mãe como uma pessoa diferente, que não fosse simplesmente minha mãe. Depois disso, senti uma onda de tristeza, como se o fato de ouvir estranhas a admirando tivesse feito com que a privacidade única entre nós se perdesse. Aprendi, mais tarde, como era raro o tom daquela admiradora, pois por onde minha mãe passava ela deixava inveja, amargor e até ódio.

46

O destino fora bondoso demais com minha mãe — beleza, fortuna, um marido que a idolatrava e nunca olhava para o lado —, e ela seguia despreocupada, como se merecesse tudo aquilo. As pessoas queriam que ela fosse humilde, para provar que nenhuma mulher merecia tanto. Minha mãe era acusada de ser um pavão, e também uma pedra irremovível no caminho até meu pai. Ele nunca dava um kobo, dizia-se, sem primeiro obter sua permissão. Da multidão de detratores dela, os mais furiosos eram homens ressentidos cujos negócios inverossímeis meu pai se recusara a custear.

"Quer chá?", minha mãe perguntou a meu pai.

"Quero. Chia, espero que você tenha comprado descafeinado."

Eu me levantei para fazer o chá. Outro ritual da infância, meus pais bebendo Lipton depois do jantar, com os saquinhos espremidos e encolhidos juntos no pires da minha mãe. Eram em noites como aquela que meu pai contava histórias sobre a Guerra de Biafra e, enquanto falava, ele me parecia um feiticeiro abençoado, fazendo surgir coisas do nada. Meus irmãos e eu chamávamos isso de "A conversa do papai sobre o Bank of British West Africa".

"Comecei do zero depois da guerra, do zero", dizia ele. "O governo da Nigéria roubou minhas casas e meus armazéns em Lagos, em Porto Harcourt, em Kaduna. Durante a guerra, os bancos confiscaram nossas contas empresariais e, depois da guerra, os mesmos bancos se recusaram a me dar empréstimos. Cada cidadão igbo ganhou vinte libras, vinte libras, por todo o dinheiro que tinha antes da guerra. Todo o dinheiro das minhas contas privadas, o que eu tinha ganhado e o que tinha herdado, sumiu. Meu bisavô vendia pimenta para os portugueses e construiu a primeira mansão moderna em Porto Harcourt. Meu avô foi um dos principais comerciantes a fazer negócio com os britânicos. Foi o primeiro homem igbo a abrir uma conta no Bank of British West Africa. O primeiro! Meu pai trabalhou duro, multiplicou o que herdou do meu avô. E então, durante a guerra, evaporou! O governo roubou tudo, tudo!"

Quando ele dizia "tudo", suas mãos desenhavam um arco no ar. Meu pai nunca erguia a voz, seu rosto mantinha a calma de sempre, mas naquele gesto eu entendia tanto dele, sua cautela, sua paranoia cozinhada a fogo baixo. Ele sempre guardava, debaixo da cama, uma pequena mala feita e num cofre, cuja combinação todos sabíamos, um envelope cheio de dinheiro vivo intocado. A guerra tinha acabado antes de eu nascer, mas ele ficou para sempre sob a sombra do Só Pra Garantir, sem nunca relaxar de todo, constantemente atento, dizendo que o povo igbo podia voltar a ser atacado em massa a qualquer momento, como tinha acontecido nos anos 1940, 1950 e 1960. Meu pai insistia para que nós três estudássemos administração, mesmo quando eu continuava a repetir em economia, dizendo: "Meus filhos precisam levar isso adiante. Quando eu morrer, quero ter certeza de que os negócios vão continuar crescendo".

Um dia perguntei, de brincadeira: "Por que isso é importante, papai, se o senhor não vai estar aqui?".

"Queremos que aquilo que fizemos permaneça muito tempo depois de termos ido embora. É assim que buscamos a imortalidade", disse meu pai e, como quase nunca falava desse jeito solene sobre um futuro sem ele, senti vontade de chorar — "buscamos a imortalidade".

Eu prestava atenção quando os amigos de Darnell falavam sobre livros que tinham lido — nunca romances, sempre obras acadêmicas com dois-pontos no título —, e os comprava sem contar a Darnell. Tentava lê-los, mas eram como os textos sagrados de uma seita exclusiva, cujo código secreto eu não entendia. A cada vez que desistia de um, jogava-o atrás de um pufe no meu escritório e agora me apressava a escondê-los todos no porão para que ele não os visse.

"Que horas ele vem?", perguntou Kadiatou.

"O voo dele chega no BWI às sete. Vou buscá-lo."

Por favor, goste dele, Kadi, pensei. Por favor, goste dele. Se ela gostasse de Darnell, seria um bom presságio. Kadiatou, com seu rosto calmo e olhos sábios, de inglês vacilante e dignidade contagiosa. Às vezes, é bem raro, você conhece uma pessoa que entra na sua vida como se quem desenha o destino tivesse há muito tempo deixado espaço para ela. Alguma coisa em Kadi me aproximou dela desde o começo, uma clareza de espírito. No início, ela trançava meu cabelo no salão de sua família em Laurel, e depois na minha sala de estar, um silêncio confortável pairando sempre entre nós. Kadi limpava o chão cheio de apliques depois de cada sessão de trança, e então começou a fazer faxina, primeiro na cozinha e depois na casa toda, até eu dizer que precisávamos combinar um preço, não bastava ela dizer "Me dê qualquer coisa, dona Chia, você já me ajuda muito". A atenção amorosa e territorial que ela prestava à casa me fazia lembrar de parentes bem-intencionados da Nigéria. Um rasgão na tela da janela que dava para o deque, uma lâmpada queimada no andar de baixo. Eu dizia que ia chamar o Pedro e ela bufava rindo, subia numa escada e trocava a lâmpada. "Em Conacri, eu cuidava de casa bem grande", disse. Sempre ficava por perto, observando discretamente quando alguém vinha consertar o aquecedor ou cuidar de um vazamento. Depois que Zikora a ajudou a arrumar um emprego no George Plaza de Washington, Kadi passou a vir em seus dias de folga. Às vezes, trazia a filha, Binta, cuja pele era da cor de mirtilos reluzentes. A seriedade de Binta, a ausência daquele atrevimento adolescente, me surpreendia. Ela parecia mais velha que os jovens americanos de sua idade. No começo, Kadiatou dizia: "Não perturbe a dona Chia", e fazia Binta ficar sentada no saguão de entrada ou passar aspirador de pó na escada, e eu dizia: "Deixa ela, Kadi". Binta perguntava sobre minhas viagens, examinando com reverência minha coleção de gravuras e esculturas, em especial a bonequinha negra, sentada, da Colômbia; uma mulher negra num mercado de Cartagena a colocara com afeto na minha mão depois de eu dizer que era da Nigéria.

"Tia Chia, vou ser escritora de viagem também", disse ela, com seu sotaque inteiramente americano, tão diferente do da mãe.

"Não deixa sua mãe ouvir isso! Acho que ela quer que você seja enfermeira."

E dávamos uma risada conspiratória.

"Binta está dizendo o quê?", perguntava Kadiatou.

Kadiatou não falava muito, nem na língua pulaar. Eu a escutava no celular às vezes, sempre murmurando ou em silêncio, suas palavras escassas. Ela quase nunca falava do passado. Eu sabia que tivera um casamento arranjado, bem nova, e que seu marido tinha morrido. Sabia que sua avó certa vez dera uma bofetada na vaca deles por não dar leite, e que a vaca era tão ossuda e malnutrida quanto as pessoas.

"O que a pobre vaca ia fazer?", perguntara Kadi depois de me contar a história, sem dizer mais nada. Com muita frequência, como se fosse uma pontuação, ela dizia a frase: "Estou feliz de ter vindo para esse país, agora Binta tem esse país".

Um dia, eu me levantei e vi que tinha deixado uma mancha enorme de sangue no banquinho da cozinha; minha menstruação intensa tinha vencido dois absorventes. Kadiatou estava ao meu lado, e, depressa, olhou do sangue para mim.

"Ah", eu disse, quase envergonhada. Minha mãe tinha me ensinado a esconder todas as manifestações carnais do meu corpo feminino, a queimar absorventes usados de noitinha nos fundos da casa, quando não havia ninguém por perto, a lavar manchas de sangue de forma furtiva para ninguém notar.

"Eu limpo", disse Kadiatou.

"Não, Kadi, pode deixar."

Ela já vinha trazendo o alvejante e a esponja do armário embaixo da pia.

"Eu tenho miomas", disse eu, como para pedir desculpas, me explicar, ou até ser absolvida.

"Você tem miomas?", repetiu Kadi com a voz embargada, me encarando com os olhos marejados, mas ela não disse mais nada e eu não perguntei. Talvez miomas a tivessem impedido de ter outros filhos, talvez grandes tumores tivessem brotado nas paredes de seu útero, invadindo o espaço sagrado onde um bebê deveria estar. Fiquei esperando Kadiatou me contar sobre os miomas, mas não contou, e resolvi não mencionar mais o assunto para não cutucar qualquer que fosse a dor que ela estivesse resguardando.

Quando Kadiatou abriu a porta, notei que tinha passado pó no rosto. Achei encantador que ela houvesse seguido o costume africano de "estar apresentável" para um convidado, e que tivesse feito isso para Darnell.

"Darnell, essa é a Kadiatou. Kadi, meu namorado, Darnell."

Darnell mal a olhou, dizendo algo como "Tudo bem?" antes de seguir na direção de um quadro no saguão. Às vezes eu me perguntava se ele ao menos sabia que sua grosseria informal era de fato uma grosseria.

"Bem-vindo", disse Kadiatou para as costas de Darnell, com uma expressão serena, enquanto ele se mantinha postado com as pernas bem abertas, examinando o quadro.

"É do Ben Enwonwu", expliquei.

"Eu sei."

Darnell estava de mau humor e eu já sentia que tinha feito alguma coisa errada, ou ia fazer alguma coisa errada, e saber disso parecia um peso inevitável, que me impedia de me mexer.

"Não tinha me ligado de como aqui é grande. Seu vizinho tem uma piscina. Vocês não têm por quê? Terreno que não falta."

Emiti um som, um meio riso. Não existia uma resposta certa para a pergunta "Por que vocês não têm uma piscina?". Principalmente não naquele momento, com seu humor cada vez pior.

"Lembra daquela bolsa que eu estava tentando ganhar?", perguntou Darnell.

"A da Europa? Na Alemanha?"

"Não ganhei."

"Ah, não", respondi, e a decepção me correu pelas veias como se meu corpo a houvesse sugado do corpo dele.

"Aquela ideia de que na terceira vez dá certo está errada. Só pode ter alguém no comitê de seleção que me odeia", disse ele.

"Sinto muito, Darnell."

Seu raciocínio me pareceu infantil: alguém deve me odiar. Mas talvez ele estivesse certo e a rejeição aconteceu mesmo por um motivo pessoal. Eu queria ajudar, mas não sabia como. Sempre que ele estava numa de suas crises de humor, eu ficava tateando o que dizer ou fazer, com medo de piorar a situação. Perguntei se queria sair para comer alguma coisa. Respondeu que não estava com fome. Enquanto tomava banho, fiquei sentada na cama, de bobeira e incerta, pensando no que poderia fazer para melhorar seu ânimo. O celular de Darnell vibrou a meu lado e, na tela, vi as palavras *Você vai ter que usar a imaginação*. Vibrou de novo e eu disse a mim mesma para não olhar, mas não consegui evitar. *Eu ia mandar um recurso visual, mas melhor não.*

Fiquei olhando, confusa, surpresa. Quase dei um pulo quando Darnell saiu do banheiro com uma toalha enrolada na cintura e pegou o celular. "Não custa nada mandar uns e-mails de trabalho enquanto estiver no trono."

Eu não ia perguntar sobre aquelas mensagens de texto. Hoje não. Mas perguntar o quê? Não sabia que direitos tinha, ou se tinha algum direito. Darnell ia dizer que o celular dele era assunto particular, ou que aquilo era infantil ou melodramático, ou alguma coisa sobre a cultura pop, ou talvez dissesse que meu comportamento era a semiótica disso ou daquilo. Naquela noite, ele não tocou em mim. Virou de costas e disse que estava cansado, e fiquei horas acordada, pensando que talvez tivesse exagerado no spray orgânico que botava nos travesseiros. No dia seguinte, Darnell disse que ia embora porque precisava de espaço.

"O que houve?", perguntei.

"O que houve?", repetiu ele.

Antes que pudesse dizer mais, acrescentei: "Desculpe. Não quis ser insensível. Por favor, fique. Vamos fazer alguma coisa pra te alegrar."

Ele estava chamando um táxi.

"Darnell, por favor."

Mesmo assim, ele foi embora. Um táxi chegou e parou na frente da garagem e Darnell entrou e foi embora. Quando estava se afastando, vi a cabeça dele debruçada sobre o celular, como se eu já tivesse sido dispensada, esquecida, e sua mente estivesse a quilômetros de distância.

Ouvi Kadiatou entrar na casa e, instantes depois, ela estava diante da porta do meu quarto. "Você não come faz três dias."

"Comi, sim. Estou bem, Kadi."

"Nada na geladeira, nenhum prato no lava-louças, nada no lixo da cozinha."

"Comi amendoim."

Kadiatou saiu e voltou com um prato de ovos mexidos e torradas. Os ovos oleosos certamente estariam salgados demais.

"Dona Chia, por favor, come", disse ela.

Eu sorri, e me senti falsa por dar um sorriso falso para Kadi. Não queria sorrir. Darnell não respondia a minhas ligações ou mensagens, e eu não sabia por quê.

"Daniel fez alguma coisa?"

"Darnell. Não Daniel. Ele foi embora e até agora não me ligou nem mandou mensagem."

Kadi me olhava com uma expressão que não consegui decifrar.

"Uma coisa dentro de você, não o coração. A alma. A alma não parte nem quando o coração parte. Sua alma continua forte", disse ela.

"Kadi, não é tão sério!", exclamei. Ela estava fazendo presunções, flertando com a possibilidade insuportável do fim; um coração partido, ou mesmo em vias de ser partido, queria dizer um fim.

"Quer arroz?", perguntou ela.

"Não, Kadi. Obrigada."

Omelogor mandou uma mensagem de texto me perguntando se tive notícias de Darnell. Não, respondi. Ligue para ele de novo, disse ela. Ligue vinte vezes seguidas. O mínimo que ele deve a você é uma resposta. Omelogor parecia irritada e senti que era comigo tanto quanto com Darnell. Minha prima achava que todos nasciam fortes e ousados como ela e, mesmo se não o fossem, acreditava que podiam se tornar. Como estava errada. Não liguei para Darnell vinte vezes seguidas porque tive medo de que isso fosse aborrecê-lo. Por fim, ele me ligou uma semana depois e nem mencionou sua partida tão abrupta. Disse que ia voltar a Maryland para me visitar, se não tivesse problema. Falei que não tinha.

Pensei com frequência nas palavras de Kadiatou: *A alma não parte nem quando o coração parte*. Aquilo tinha me irritado, mas minha irritação talvez fosse a negação involuntária de uma verdade indesejada. Ela estava me reconfortando e, talvez, me alertando. Não deixe que sua alma seja destruída, nem se ele partir seu coração. Seu coração pode se partir, mesmo se a alma continuar inteira. Mas o que acontece quando a alma se parte?

Ele vai mandar alguém me matar! Ele vai mandar alguém me matar!

Anos mais tarde, quando Kadiatou estava ficando na minha casa com Binta para evitar a multidão alarmante de jornalistas que a perseguia, entrei no quarto de hóspedes sem bater, para tentar convencê-la a comer alguma coisa, e lá estava ela, rolando de um lado para o outro no chão. Não, não rolando. Punindo-se. Fazendo aqueles movimentos espasmódicos violentos, que não se importavam com seu corpo.

"Eles me chamaram de prostituta! Prostituta!", disse ela. "Meu pai no paraíso consegue ouvir. Me chamaram de prostituta!"

Que africanismo primal o dela ali, de costas no chão, como quem repreendia seus ancestrais, mas também implorava para eles, dizendo "Me ajudem" e perguntando "Como deixaram isso acontecer?". Kadiatou gemia, emitia sons guturais, primais e arrastados, com uma dor tão grande que suportá-la calada seria uma desonra. Eu me abaixei para tocá-la sem tentar impedi-la de se mover, para lhe dizer que ela não estava só, e durante o tempo todo, pensava: Será que eles partiram a alma dela?

* * *

Eu sempre passava o Natal na Nigéria, mas disse a Omelogor que dessa vez não tinha certeza se ia, pois estava torcendo para Darnell dizer "Vamos passar o Natal juntos". Esperava que a resposta de Omelogor fosse energética, algo como que eu não devia deixar Darnell mandar na minha vida, o que eu não queria ouvir. Mas ela só disse: "Quero comprar ingressos VIP para irmos ao show da Heineken em Lagos antes de partirmos para a aldeia. Vou comprar mesmo assim, caso Darnell esqueça de convidar você".

Darnell não me convidou para passar o Natal com ele. Perguntou quando eu ia voltar da Nigéria, e eu nem tinha ido ainda. Ah, se soubesse que queria passar o Natal onde quer que ele quisesse... Queria que Darnell demonstrasse algum interesse em visitar a Nigéria, dissesse algo sobre querer conhecer o país, para que eu pudesse responder: "Por que você não vem me visitar?". Suas paredes duras se suavizariam se ele conhecesse meus pais e visse que eles não se resumiam a um "patrimônio líquido". Mas eu tinha medo de convidá-lo; receava que recusasse com palavras mordazes.

Omelogor veio aos Estados Unidos para uma conferência e meu estômago se comprimia e descomprimia quando eu a imaginava conhecendo Darnell. Tinha medo do que ela veria. Melhor jantar em casa, acender algumas velas, servir um vinho, e teríamos uma ótima noite, eu, Omelogor e Darnell. Talvez chamasse Zikora também, para neutralizar tudo. E talvez LaShawn para equilibrar as coisas um pouco, mas LaShawn estava na Itália, e como era ridículo me inquietar tanto por causa de um simples jantar. Com Zikora e Omelogor estaria perfeito, minha prima mais próxima e minha amiga mais próxima, embora sempre houvesse uma névoa entre elas, uma atmosfera nunca de todo límpida. Mas não era antipatia. Elas apenas não compreendiam uma à outra por serem tão diferentes, e, como eu era a cola do grupo, o motivo de se conhecerem, me sentia responsável.

Certa vez, Zikora disse: "A Omelogor é violenta", e respondi: "Ela não é não, mas às vezes pode ser intensa demais". Mas entendi de onde isso veio. Omelogor via os outros com tanta clareza e, no entanto, era cega sobre si mesma — como suas certezas podiam intimidar, como suas palavras escaldavam mesmo que essa não fosse a intenção. E, talvez, também fosse casual demais em relação à própria genialidade. Algumas pessoas reagiam a Omelogor como se seu esplendor não fosse indiferente, mas uma conspiração para forçá-las à sua inferioridade. Zikora sempre detestava estar errada, mas principalmente se Omelogor estivesse por perto. Com Omelogor, falava apenas de suas vitórias, nunca de suas vulnerabilidades. Quando estava tentando entrar na faculdade de direito, Zikora parou de atender a meus telefonemas, e então, preocupada, fui bater à porta de seu apartamento. Ela abriu, com os olhos vazios, usando uma camiseta suja e puída, suas tranças enraizadas emaranhadas. Não tomava banho havia dias. Sorriu e começou a falar de arquitetura brutalista ou alguma coisa assim. Fiquei tão espantada que nem prestei atenção. Encontrei o frasco de pílulas rosadas que Zikora tinha comprado online, com um rótulo que dizia "Vire a noite estudando", numa fonte duvidosa estilo grafite. Havia outros dois frascos de pílulas brancas.

"Zikora! O que você tomou?"

Ela continuou a falar e, por um instante, temi que nem sequer soubesse quem eu era, até que disse: "Chia, estou acordada desde domingo. Hoje é que dia?".

"Quarta."

Liguei para um amigo da família, dr. Maduka, um cirurgião que morava em Connecticut. "O que ela fala está fazendo sentido?", perguntou ele, e respondi: "Acho que sim. Bom, está, mas o que ela está dizendo não tem nada a ver com o que deveria estar estudando".

Ele me disse para garantir que Zikora bebesse bastante água, escurecer o quarto, guardar seus livros e obrigá-la a se deitar. Zikora concordou em se deitar, só por cinco minutos, ainda falando — "O concreto aparente é dominante, e padrões são criados usando fôrmas", disse ela algumas vezes, até que essas palavras se enterraram nos meus ouvidos, e durante anos a palavra "fôrmas" me fez lembrar daquela noite frenética.

Zikora estava deitada, mas se coçando e tremendo, não conseguia parar quieta, por isso enchi uma tigela de gelo e água, e virei na cabeça dela. "Chia!", gritou ela, mas o grito soou menos robótico e ela aceitou a toalha que estendi para se secar. Antes de finalmente cair no sono, Zikora murmurou: "Chia, tenho que entrar na faculdade de direito de Georgetown".

Fiquei ali até que ela estivesse estável e levei as pílulas comigo, mas relutei em jogá-las fora, como se precisasse de provas da estranheza daquele dia. Aqueles frascos ficaram no fundo da minha gaveta durante anos. "Não conte para Omelogor", foi tudo o que Zikora disse, e nunca mais tocamos no assunto. Não conte para Omelogor. Talvez porque ela soubesse que Omelogor teria conseguido entrar facilmente na Georgetown, sem nunca considerar o uso de remédios para estudar.

O jantar estava indo bem. Duas velas acesas. Vinho tinto sendo servido. Kadiatou empratou a comida de bufê, frango e aspargos prontos para serem levados ao forno, vindos diretamente de Washington em elegantes embrulhos de papel. Estava indo bem, sim, mas Omelogor me elogiava excessivamente, e me lembrei de um romance sobre uma noiva indiana feia e com um dote inexpressivo, cuja família desesperada listava suas virtudes para noivos em potencial enquanto ela permanecia num canto, olhando para os pés.

"Nossa família vive falando como Chia é corajosa por decidir seguir seu próprio caminho", disse Omelogor, o que era mentira. Omelogor mentia apenas quando achava que valia a pena. Por que estava mentindo? Zikora fitou-a com olhos apertados que diziam "O que ela está inventando agora?". Darnell estava abrindo uma segunda garrafa, falando como aquele vinho era bom. Zikora e Darnell conversavam alegremente sobre música, algo que não entendi, mas estavam rindo, e eu amava ver Darnell rir. Omelogor perguntou a Darnell sobre o trabalho dele, e ele ficou surpreso por ela conhecer arte afro-americana.

"Assim que tive dinheiro para comprar uma passagem para os Estados Unidos, quis visitar o MoMA só para ver as obras de Jacob Lawrence", disse Omelogor, e vi que Darnell tinha gostado daquilo.

Kadiatou veio perguntar se podia tirar alguma coisa da mesa e Zikora respondeu: "Kadi, seu fonio é melhor que essa comida, não tem nem comparação".

"Esse tipo de comida eu não como. Não tem gosto", disse Kadiatou com seu sorriso tranquilo.

"Quando você viaja, ela fica aqui na casa?", perguntou Darnell depois que Kadiatou tinha saído.

"Ela vem e vai. Cuida de tudo. Confio nela, dependo dela, é maravilhosa."

"É porque ela é muçulmana", disse Omelogor.

"O quê?", perguntou Darnell, encarando-a.

"Ela é de confiança porque é muçulmana. Que nem o porteiro muçulmano da minha casa em Abuja. Também confio cem por cento nele."

"Ela é de confiança porque é muçulmana?", Darnell falou essas palavras devagar, para enfatizar seu espanto.

"Na África toda, é mais provável um muçulmano praticante ser honesto no dia a dia do que um frequentador de igreja. Pode perguntar a qualquer empregador nigeriano a quem eles confiam seu dinheiro, se ao empregado cristão ou ao porteiro muçulmano."

Eu me senti tensa de desconforto. Essa conversa seria normal num jantar em Lagos ou Abuja, onde todo mundo falaria como Omelogor, com declarações ousadas e extravagantes, uma pior do que a outra. Mas, ali, as palavras tensionaram o ar. Omelogor não tinha versões diferentes de si mesma, como eu. Eu levantava a voz na Nigéria e engolia meus discursos nos Estados Unidos. Fiquei com medo de olhar a expressão no rosto de Darnell.

"Então a questão são os estereótipos religiosos, não é?", perguntou Darnell.

"Estereótipos são um exagero da realidade", disse Omelogor, dando ênfase na palavra "realidade" e esticando o braço para encher a taça de Darnell.

"Interessante", disse ele.

"Os muçulmanos são dignos de confiança até começarem a quebrar tudo e matar gente por causa de um desenho publicado na Dinamarca", disse Zikora.

Ah não, não Zikora também. Ela era americanizada o suficiente para saber que não devia falar assim, mas estava reagindo a Omelogor; era aquele atrito entre elas, mais uma vez.

Omelogor me olhou com uma expressão melancólica e eu sabia que aquelas palavras, "quebrar tudo e matar gente", a tinham feito lembrar de nosso tio Hezekiah. Torci para que não o mencionasse, para que deixasse a sombra passar. Como se tivesse me escutado, ela deixou seu rosto se abrir num sorriso e resolveu ignorar o tom sarcástico de Zikora com uma risada rápida.

"Pode apostar. Minha amiga Ejiro dá um dinheiro extra para o porteiro todo mês. Diz que é uma mesada por informação, para o porteiro avisar com antecedência sempre que os muçulmanos forem começar um quebra-quebra!"

"Essa conversa toda sobre empregados", disse Darnell.

"Vida dura", falou Omelogor, e torci para que não fizesse mais piadas sobre empregados domésticos, pois não dava para saber o que poderia ofender Darnell.

"Você e Chia são o que mesmo, primas?", perguntou Darnell. "A família de Chia provavelmente vendeu a minha, sabia? Esses igbos que têm dinheiro há séculos. Não era só dendê que eles vendiam na costa oeste da África, porque com certeza ganharam uma grana."

Fez-se um silêncio. A piadinha preferida de Darnell quando estava bêbado não se encaixava ali, na minha mesa de jantar, com duas velas acesas derretendo.

"Isso é uma coisa tão preguiçosa de dizer", comentou Omelogor, com tanta frieza que foi difícil acreditar que tinha acabado de rir.

"Por que é uma coisa preguiçosa de dizer?" Darnell deixou de lado sua postura indiferente e altiva e se enrijeceu, desacostumado a ser repreendido. "Vai me dizer que tinha escravização na Roma antiga e toda essa merda, e que então não dá para ninguém culpar os africanos?"

Omelogor o encarava com aquele seu modo direto, a cabeça inclinada.

"É preguiçoso porque é uma bobagem simplista."

"A escravização existiu ao longo de toda a história humana", comentei, e imediatamente me senti idiota. Não sabia por que tinha dito aquilo. Só queria que voltássemos para um tema seguro.

Omelogor me lançou um olhar impaciente e então disse, devagar: "Se seu ancestral foi um escravizado na Ibolândia cem anos atrás, ninguém saberia disso hoje. Você teria sido absorvido pela família dos senhores de escravizados".

"Caramba", disse Darnell. "A gente está fazendo uma hierarquia de escravização aqui."

"É claro que existe uma hierarquia: um sistema era muito mais bárbaro do que o outro. Isso é um fato. Os vendedores de escravizados igbos nunca poderiam ter imaginado o tráfico transatlântico de escravizados, porque ele era muito diferente da escravização que conheciam. Os europeus e os americanos industrializaram a escravização. Transformaram as pessoas em coisas, como se elas fossem pedaços de pau. Um pedaço de pau nunca poderia fazer parte de sua família. Um pedaço de pau não pode ser humano. Na Ibolândia, um escravizado ainda era humano."

"Em que página do compêndio de apologia da escravização fica isso?", perguntou Darnell, afastando a cadeira, mas sem se levantar.

"Sabe por que mais é preguiçoso? Porque você está esquecendo que os africanos também foram vítimas. Acha que as pessoas que foram vendidas como escravizados não deixaram saudade e luto? Acha que elas não eram amadas? Meu avô quase foi vendido quando era menino. Na Ibolândia, eram os homens de Aro que capturavam os escravizados. As pessoas morriam de medo deles. Eles apareceram na fazenda do meu bisavô e raptaram meu avô e o irmão dele, que estavam colhendo cará. Meu avô estava com uma ferida feia na perna e por isso, depois de andar um dia inteiro, eles o libertaram, dizendo que ninguém o compraria por causa disso. Ele se recusou a deixar o irmão, mas os homens o espancaram. O irmão dele foi vendido. Meu avô voltou para a casa do litoral, um menino que foi salvo por estar machucado, mas que perdeu o irmão. Ele ficou de luto por esse irmão o resto da vida. Deu o nome do irmão perdido ao primeiro filho. Nunca comia cará, e é por isso que a sopa de onugbu da minha mãe hoje é diferente, porque ela não usa cará. Minha mãe nasceu quando meu avô já era bem velho, mas disse que, mesmo nessa época, ele sempre falava do irmão que tinha perdido."

Todos ficamos imóveis, como que petrificados, até mesmo Omelogor. Eu estava à beira das lágrimas. Tinha me esquecido dessa história sobre o avô materno dela. Tia Chinwe a contara em uma véspera de Natal. Todos tinham se reunido em nossa casa antes da missa do galo e, conforme ela falava, minha mãe se ajeitava e suspirava, como se não se importasse com aquela história sobre escravização.

"Olha só, o que eu quero dizer é que os africanos têm um problema em assumir responsabilidade, alguns africanos", disse Darnell, afinal.

"E o que eu quero dizer é que você não pode esquecer que essa dor é compartilhada", afirmou Omelogor.

"Vamos torcer para a palestra ter acabado", disse Zikora.

"Aliás, acredito que o grupo étnico mais impressionante do mundo é a tribo dos americanos negros. Olhe só, tanta coisa foi roubada deles, mas sua cultura dominou o mundo", disse Omelogor. Minha prima louca que simplesmente não sabia quando parar. Eu queria que pelo menos dissesse "afro--americanos" para parecer mais atual. E por que tinha dito "eles", como se quisesse excluir Darnell, que estava bem a sua frente? Darnell olhava para

Omelogor, sem saber que conclusão tirar daquilo. Vê-lo tão abertamente inseguro foi algo novo para mim.

"Vamos jogar cartas?", perguntei.

"Sim, e talvez possamos aprender um pouco de responsabilidade com Uno", disse Omelogor, e riu, e a expressão de Darnell relaxou num sorriso leve, quase relutante.

"Você esconde o seu valor com ele", Omelogor me disse mais tarde.

"Estou feliz."

"Chia, é quase idólatra."

"O quê?"

"Seu amor por ele."

"Idólatra. Fale como uma pessoa normal, por favor."

"Lembra aquele seu namorado mestiço do ensino fundamental? O Eric?"

"Lembro."

"Lembra como o cadarço do seu tênis desamarrou durante o campeonato interclasses da escola, e você ia amarrar, mas ele disse 'não, espera', e se abaixou e amarrou para você?"

"Você nem estava lá. Eu que te contei essa história."

"É isso que você merece, Chia: ser venerada."

"É diferente, mas estou feliz."

"Não decida que é ele e pronto. Essa pessoa não é o amor da sua vida."

"Quem falou alguma coisa sobre ele ser o amor da minha vida?"

"Digo, além do Nnamdi, claro", disse Omelogor, com gentileza. Ela sabia quão doloroso ainda era, tantos anos depois. Nnamdi, que tinha morrido num acidente de carro quando eu estava com dezessete anos. Nnamdi, que nas manhãs em que o harmatã soprava violento, colocava seu suéter vermelho e preto em meus ombros durante a reunião matinal de alunos e professores do ensino médio. Nnamdi, a umidade trêmula e deliciosa do primeiro beijo da minha vida, nós dois de pé, pressionados um contra o outro, sob o beiral da parte de fora da cozinha. Nnamdi. Será que teríamos ficado juntos? Será que a vida teria nos separado? Aos dezessete anos, eu tinha tanta certeza. Já tinha escolhido o nome dos nossos dois filhos, Richard e Daphne — isso antes de eu ficar esnobe demais para querer nomes ingleses. *Vou amar você para sempre*, escrevi em seu último cartão de aniversário, semanas antes de ele morrer. Se alguém foi o amor da minha vida, foi Nnamdi.

Darnell não estava com esperanças acerca da outra bolsa, a que levava americanos para Paris por um ano. A bolsa alemã era mais fácil e, como ele não tinha ganhado essa, a de Paris com certeza não ia acontecer. Por isso, após olhar de relance para o celular numa manhã fria de outono, ele deu um pulo, socou o ar e me abraçou. Naquela única vez, tive um vislumbre dele desprovido de veneno, com a armadura aberta, o rosto liberto e lindo.

Darnell disse casualmente: "Você devia ir comigo, Chia. Eles vão me dar um apartamento para morar. Com certeza não é do seu nível, mas acho que dá para aguentar".

Estava me convidando para morar com ele. Três anos, e essa possibilidade nunca tinha sido mencionada. Certa vez, depois de passar a noite na casa dele, deixei meu suéter jogado no sofá e, no dia seguinte, ele tinha dobrado e colocado em cima da mesa, dizendo: "Você esqueceu isso". Guardei o suéter na bolsa imediatamente. Entendi o que ele quis dizer, que eu não podia reivindicar território. Mas, sobre Paris, falou "Você devia ir comigo" e, por isso, comprei uma passagem, ávida. Senti uma leveza, o surgimento da esperança. Em Paris, finalmente iria aparar suas arestas. Iria arrastá-lo para a luz. Curaria sua insônia e, com delicadeza, lhe mostraria que era possível precisar um do outro sem se perder. Minhas ilusões foram tão luminosas naquela ocasião. No aeroporto Charles de Gaulle, o jovem negro que carimbou meu passaporte disse "Seus olhos, muito lindos", e puxou os cantinhos dos seus, para mostrar que se referia ao formato amendoado de meus olhos.

"Obrigada!", exclamei, deliciada pela surpresa daquele homem, com seu fulgor travesso, sua pele cor de canela, sentado numa guarita de vidro carimbando passaportes. Seu elogio decerto era um augúrio da minha nova vida com Darnell em Paris: uma vida cintilante de entusiasmo e livre de silêncios.

Quando saímos da área de imigração, Darnell disse: "Aquilo foi vulgar".

"Vulgar?", perguntei. "Como assim?"

"Você deu abertura demais a ele."

"Um elogio era a última coisa que eu esperava, com meu rosto todo inchado de sono. Foi uma surpresa boa, porque não estou me sentindo nada linda. Não me sinto linda a maior parte do tempo."

"É sempre tão interessante ouvir uma pessoa bonita reclamar que não se sente bonita."

"Darnell, só estou tentando explicar."

"Não torna menos vulgar."

Não soube bem o que ele quis dizer, mas concordei e senti a reprimenda. Eu teria adorado se Darnell sentisse ciúmes de mim, mas aquilo não era ciúme, pois ele sabia que eu não tinha olhos para mais ninguém. Era controle, um racionamento do que me era permitido. Darnell esmagava meus menores prazeres e eu o ajudava a achatá-los, me afundando nas fendas mesquinhas de sua vontade. Quando olho para trás agora, minha fraqueza é tão vívida; vejo como era flexível e dócil em troca de nada. A clareza da percepção tardia é tão absoluta que me deixa tonta. Ah, se conseguíssemos ver nossas falhas enquanto estamos falhando.

Darnell amava Paris, mas só por causa de James Baldwin; que Deus o livrasse de amá-la por qualquer motivo convencional. Para ele, algo tinha valor simplesmente por sua obscuridade; era um homem do povo que detestava aquilo de que o povo gosta. Nós terminamos em Paris. Terminamos porque eu pedi um mimosa em Paris. Se nosso término tem uma trilha sonora, é a voz do amigo senegalês de Darnell, Mamadou, dizendo "O coração de Voltaire está na Biblioteca Nacional".

Hélène, amiga de Mamadou, nos convidou para tomar um drinque porque queria conhecer Darnell. Darnell disse que ela era "Da realeza cultural parisiense", e estava trabalhando numa exibição de artistas americanos para a qual o convidaria a participar.

"Mamadou me contou que tem uma pilha de dinheiro de família financiando essa mulher", disse Darnell, com um tom de desaprovação e admiração; ele tinha se preocupado com o que ia vestir e trocado de camisa duas vezes. Estávamos num elegante bar de hotel e o garçom chegou, com um bloquinho na mão. Mamadou pediu algo numa torrente de francês rápido. Hélène pediu uma Perrier. Darnell, um vinho tinto. Eu tomava vinho tinto, assim como Darnell, por causa de Darnell. Mas tive um desejo súbito. "Queria uma mimosa, por favor", disse, a primeira a falar inglês.

"Mimosa?", perguntou o garçom, perplexo. "O que é isso, 'mimosa'?"

"Não a leve a sério", disse Darnell em seu francês americanizado, que eu não teria compreendido tão facilmente se fosse mais fluente. "Mimosa é um drinque ordinário. Ela vai tomar a mesma coisa que eu."

"Ah", falou o garçom, com a expressão de alguém que não entendeu a piada.

"Tudo bem", disse eu. "Vou tomar o mesmo Bordeaux, obrigada."

Algo mudou na atmosfera. Uma frieza letal veio de Darnell e me desestabilizou. Eu tinha feito alguma coisa errada, mas não sabia o quê. Mamadou estava dizendo "O coração de Voltaire está na Biblioteca Nacional".

"O coração dele de verdade?", perguntei.

"De verdade. Está encolhido e preto. Os franceses o removeram em homenagem a sua genialidade e o colocaram na biblioteca. Se nós, africanos, fizéssemos isso, iam dizer que era vodu de gente não civilizada."

Darnell riu, com o corpo voltado para longe de mim.

"Não sabia que Voltaire era tão sem coração", disse eu, tentando desesperadamente ser engraçada, corrigir um erro desconhecido.

Mamadou e Hélène riram. Darnell não.

"Chia, seu rosto tem tanta simetria, é tão lindo", disse Hélène gentilmente.

"Obrigada."

"Tem uma fluidez contínua e de alguma maneira é formalmente significativo, mas a beleza está na inquietude. O sucesso estético vem de não se conformar, de ser não convencional, se desviar um pouco", disse Darnell, pegando as fotos que Hélène tinha trazido, como se estivesse falando das instalações de arte. Quando as vi pela primeira vez, pedaços de metal pendurados em cordas ásperas, achei-as frias e feias.

"Concordo, elas são maravilhosas", disse eu, e Hélène me olhou com pena, mas não desdém, como se reconhecesse mulheres como eu. Durante o resto da noite, Darnell conversou numa boa sem nunca olhar para mim e, em alguns momentos, flertou com Hélène. Beberiquei o vinho, com um nó apertado no estômago. As palavras de Darnell jorraram — o cosmopolitismo na pintura afro-americana, a arquivística dos modernismos afro-americanos e a visualidade afro-americana, ou alguma coisa do tipo. Não falei um A. Não sabia o que dizer e temia que abrir a boca pudesse piorar o pecado horrível que tinha cometido, qualquer que tenha sido. O fato de Darnell não me olhar sequer uma vez me feriu. Era como se eu fosse uma escultura, uma estátua de sal, nada além de ar.

Quando voltamos a seu apartamento, ele esperou até que nós dois tivéssemos tomado banho, como um diretor de escola mantendo o suspense da punição, e só depois perguntou: "Você pediu uma mimosa no Hotel Montalembert? Como se fosse sua franquia de cafés preferida para tomar brunch em Washington, D.C.? Sério?".

"Qual é o problema nisso?"

"Que merda, que coisa mais americana. Até parece que você não conhece o mundo todo."

O óleo de barba de Darnell brilhou na luz. Tive uma irritação que fazia coçar minhas bochechas quando ele começou a deixar a barba crescer. Disse que era alérgica ao óleo e ele respondeu: "Você deve estar de TPM". Nunca trocou de óleo de barba e, toda vez que fazíamos sexo, ele me observava levantando para lavar o rosto. Detestava aquele óleo de barba. Cheirava a mofo. Meus dedos estavam tremendo. Algo em mim, havia muito submerso, se erguera com as garras de fora.

"Você está com raiva porque pedi uma mimosa? Não entendo."

"Mencionar algo para você não é ficar com raiva."

"Eu gosto de mimosa. Não tenho que fazer um teatro do que você acha que Paris deveria ser só porque quer impressionar uma francesa qualquer."

"Tá, isso é uma babaquice condescendente e elitista."

"Por quê?" Por um instante, me perguntei se estava errada, mas não sabia como podia estar errada. Ele fez com que eu duvidasse de meu direito à raiva. "Por quê?", repeti.

Darnell se afastou e ouvi o clique de quando trancou a porta do quarto. Ele trancou a porta para me deixar para fora, para manter afastada essa pessoa terrivelmente culpada por pedir uma mimosa em Paris. Dormi no sofá estreito e acordei em uma espécie de luz fria. Enquanto Darnell fazia café em silêncio, procurei online passagens de avião para Washington, D.C.

Mandei uma mensagem para Omelogor dizendo que ia embora de Paris naquele dia e que Darnell e eu tínhamos terminado. A resposta dela foi *Amo você. Me liga do táxi.*

Pronto. Contar a Omelogor fazia com que se tornasse real e ouvi mentalmente o som dos feitiços sendo quebrados. Tinha aguentado firme durante tanto tempo e, no momento em que abri as mãos, fiquei surpresa com o quão rapidamente o mistério se transformou em pó. Não houve nenhuma hesitação, nenhum medo. Nós amamos e então não amamos mais. Para onde o amor vai quando deixamos de amar?

Em janeiro, quando o mundo já sabia que havia um vírus fermentando na China, mas o lockdown ainda era inimaginável, tia Jane veio até nossa casa na aldeia e pediu para falar comigo. A irmã da minha mãe e sua sombra maníaca, que se metia na vida de todo mundo. Eu arrumava as malas para voltar para os Estados Unidos. Me sentia inchada de tanto comer chin-chin de Natal. Não estava com vontade de ver tia Jane; já sabia sobre o que ela queria falar, mas nunca tinha aprendido a desobedecer a parentes mais velhos do que eu.

"Chia, você está ficando sem tempo!", disse ela assim que pisei na sala de estar. "Sua única opção agora é FIV. Conheço alguém que acabou de ter gêmeos com quarenta e cinco anos. Mas você precisa correr se quiser usar seus próprios óvulos. Pare de viajar para cima e para baixo e encontre um homem para fazer FIV com você. Ou então pode usar um doador de esperma. Com essas viagens todas, um dia você ficará cansada e, sem um filho, sua vida vai ficar vazia e sem sentido."

Podia parecer cruel, mas não era; ela estava apenas sendo benignamente direta, algo típico dos nigerianos. Eu estava com quarenta e quatro anos, e não tinha nem marido nem filho, uma calamidade ainda mais assombrosa por não ter acontecido por falta de pretendentes.

"Quer dizer que um marido não é mais necessário, tia? A senhora devia ter me dito isso dez anos atrás", respondi, rindo.

As especulações da minha mãe e das minhas tias, maternas e paternas, começaram quando eu tinha vinte e poucos anos, firmes, agudas e repetidas com frequência: ele precisa ser católico, ser igbo, ter um diploma universitário e conseguir sustentar você. "Sustentar você", sempre dito em inglês. Uma expressão tão estranha, como se eu fosse um teto e precisasse de pilastras que me segurassem. Quando estava com trinta e poucos, as condições começaram a afrouxar, com minha vida já enraizada nos Estados Unidos. Um cristão estava bom, de qualquer igreja; um nigeriano, de qualquer etnia; ou um africano; ou só um homem negro; ou, bem, um homem. Agora que eu tinha quarenta e poucos, e meus óvulos tornavam-se rápida e cruelmente inúteis, um casamento se tornara secundário. Tenha um filho, quaisquer que sejam os meios. No Natal, minha mãe, olhando o presépio que fora montado para as crianças da aldeia, disse: "Um filho é mais importante que um casamento".

Como as moralidades são escorregadias, como elas giram, escasseiam e mudam com as circunstâncias. Imagine se eu tivesse decidido ter um filho dez anos atrás, sem um marido. Imagine o horror explosivo da minha mãe.

"Tia, ainda estou rezando por um marido."

Tia Jane parecia cética, me avaliando como se quisesse adivinhar o que exatamente havia de errado. Eu queria, sim, um marido e um filho, mas não de qualquer jeito. Não queria ficar solteira, mas isso não era intolerável. Muito pior era a perspectiva de um casamento que não era uma fusão de almas, de um bebê nascido de um amor não intenso. Mesmo minhas amigas não compreendiam muito bem. Achavam que toda aquela minha conversa de querer o amor mais verdadeiro era só uma pose, um truque defensivo. Afinal, o que eu ia dizer, já que não tinha conseguido arrumar marido? Quem vivia num conto de fadas? Uma colega do ensino médio escreveu em nosso grupo de WhatsApp: *Quem ia acreditar que a Chia, filha de rico, com toda essa beleza, ainda está solteira, enquanto tem gente aqui com filho já quase se formando no colégio?* Segui num silêncio amargurado no grupo e tentei me lembrar quem era a pessoa que escreveu a mensagem, já que não parecia familiar na foto de perfil. Era mais fácil fingir que eu estava tão arrasada com a solteirice quanto esperavam que estivesse. As pessoas não acreditavam facilmente que você esperava pelo extraordinário. Eu sempre dizia o mesmo que mulheres acusadas pelo crime da solteirice: estou rezando, por favor reze por mim, que minha vontade coincida com a graça de Deus.

"Chia, o que aconteceu com o Chuka, de verdade?", perguntou tia Jane.

"A gente não combinava, só isso."

"Mas vocês ficaram noivos."

Como dei de ombros em silêncio, ela insistiu: "Você descobriu alguma coisa?".

"Não. Não deu certo, só isso", respondi com firmeza, torcendo para que ela deixasse o assunto para lá. Se tivesse dito que ele me batia, ou que não tinha se divorciado de verdade, ou que tinha uma amante, minha tia teria compreendido. Eram motivos reais, substanciais, que me renderiam compaixão e a ele, a degradação. Mas ela nunca teria compreendido a verdade: terminei com Chuka porque não podia mais ignorar a imensa dor de querer amar uma pessoa digna de ser amada, mas que você não ama.

Nós nos conhecemos num casamento nigeriano em Indiana. Não queria ir, mas minha mãe disse que eles não podiam vir e que eu precisava representá-los. Febechi me disse: "Tem alguém aqui que é perfeito para você. Vocês se combinam, filhos de Big Men".

Eu não conhecia Febechi muito bem, tínhamos sido colegas no ensino médio e, mesmo naquela época, ela brincava sobre meu pai num tom que me parecia próximo demais do desdém.

"Febechi, por favor, me deixe comer meu arroz em paz, *biko*."

Ser apresentada para alguém num casamento nigeriano era algo tão desprovido de deslumbramento, tão previsível, tão planejado, e não podia acabar num casamento como eu acreditava que devia ser, uma fusão de duas almas. E que xepa mais triste: homens cansados em busca de uma esposa nigeriana, qualquer esposa nigeriana, mas de preferência uma enfermeira, porque alguém em algum lugar tinha convencido os nigerianos dos Estados Unidos que enfermeiras ganhavam bem, e que homens não podiam exercer essa profissão no país. Certa vez, num casamento em Houston, eu tinha entreouvido um homem perguntar: "Você estaria disposta a fazer enfermagem se formos em frente?".

Febechi ignorou meus muxoxos e trouxe Chuka até nossa mesa. Ele tinha a pele cor de úmbria, porte de quem jogava rúgbi, um bigode ligado à barba curta por linhas finas bem-feitas, uma cabeça raspada que brilhava à luz do lustre. Havia algo de leonino em Chuka. Ele chamava a atenção; tomava o espaço. Fiquei surpresa por precisar ser apresentada a alguém. Tinha uma segurança extraordinária, como se fosse lidar com emergências com genuína tranquilidade. Era nove anos mais velho do que eu, mas parecia mais; não envelhecido, mas evidentemente maduro, como o arquétipo de um adulto, tão cortês e correto, tão sensato. Provavelmente foi monitor no ensino médio, do tipo que tanto os alunos como os professores gostam, que conseguia silenciar uma turma, mas também saía às escondidas da escola com os amigos para beber cerveja e fumar cigarro.

"É legal nós dois morarmos na Grande Washington", disse Chuka naquele primeiro dia, com uma expectativa tímida, e sorri e respondi: "É".

A sala de estar de sua casa no norte da Virgínia me fez lembrar de nossa casa em Enugu: sofás de couro bege, uma mesa de centro bege e cortinas bege pesadas e com borlas. Por um instante, tive a estranha sensação de ser perseguida pelo passado.

"Tudo combinando", disse eu, decepcionada, sem querer soar tão decepcionada.

"Isso é ruim?", perguntou ele.

"Não, não, claro que não."

"Você pode mudar o que quiser."

Chuka quase imediatamente indicou que desejava algo sério. "Chia, estou velho demais para ficar de joguinhos. Vi sua foto no perfil da Febechi no Facebook e disse a ela que queria te conhecer. Minha intenção é me casar", disse ele, e não respondi nada, sabendo que ele ouviria uma aquiescência em meu silêncio. Sempre tinha imaginado que minha escolha de marido seria como a de fazer literatura de viagem, diferente, mas não a ponto de afastar meus pais com isso. Alguém estrangeiro, com poesia na alma. Não um engenheiro igbo bem-sucedido que ainda engraxava os sapatos com a graxa da Kiwi, que qualquer pai nigeriano usava antigamente. Onde ele comprava a latinha? Chuka tinha os modos de alguém bem-criado: se interessava pela minha família, meus amigos, as pessoas que eram importantes para mim. Queria cumprimentar Afam e Bunachi quando eles ligavam, quis conhecer Omelogor, foi comigo visitar Zikora depois de ela ter o bebê.

"Sua amiga é sempre tão hostil?", perguntou, depois que saímos da casa de Zikora.

Ela estava sentada no sofá, segurando o filho, parecendo cansada e abatida. Quando Chuka se aproximou, para se inclinar e olhar o bebê, Zikora subitamente se ajeitou, dando-lhe as costas, e protegendo a criança com o corpo. Em meio ao constrangimento que se seguiu, Chuka se virou e se sentou longe de Zikora, perto da mãe dela. Durante o tempo todo que ficamos lá, Zikora não o olhou em nenhum momento. Mas a mãe dela impediu que nossa visita fosse um desastre, conversando com naturalidade com Chuka e lhe falando das duas escolas em Enugu das quais era dona.

"Não é pessoal. A Zikor está numa situação complicada", expliquei.

"Pareceu pessoal, como se ela soubesse de alguma coisa ruim que fiz no passado", disse Chuka.

Como eu queria defender a privacidade da história de Zikora, perguntei, brincando: "E então, que coisa ruim você fez no passado?".

Mais tarde, Zikora explicou que a cara dele de "bom moço" tinha causado aquela reação, e que até ela tinha sido pega de surpresa com a imensa hostilidade que sentiu, o que significava que a profundidade real de sua mágoa ainda lhe era desconhecida. Respondi que entendia e que Chuka também, embora ele não entendesse. Chuka sempre permaneceu alerta com ela depois disso, mesmo quando contei a história dela para ele, como se esperasse um ataque de comportamento estranho da parte de Zikora a qualquer momento.

"Ela não é fácil", era tudo o que Chuka dizia de Zikora. Mas, de Omelogor, disse: "Gostei da sua prima!". Ele tinha ouvido minha chamada de vídeo com Omelogor, não, com a pessoa distorcida que Omelogor tinha se tornado durante a pós-graduação nos Estados Unidos. "Por que esses americanos gostam tanto de uma degustação? 'Degustação de queijo.' 'Acho que você vai gostar do nosso menu degustação.' Como você sabe disso? É tão presunçoso; vem de uma mentalidade de quem se acha dono do mundo."

"Ela tem razão!", disse Chuka, divertido, mas não achei graça, pois estava preocupada com Omelogor. Estava assustada ao ver, tão logo começou a pós, que ela havia mudado e que sua luminosidade foi sugada dela. Um dia, me ligou chorando. Eu a vira chorar tão poucas vezes que o choque me deixou paralisada, como se a genética de Omelogor fosse diferente e ela não tivesse o gene do choro. Lembro-me de tê-la visto aos prantos, realmente aos prantos, só uma vez, muitos anos atrás, quando um homem foi decapitado no Norte, depois da morte de tio Hezekiah. Ela estava na faculdade naquela época. Mas fora diferente, seu pesar fora amolado como uma faca, concentrado numa causa, distinto desse desmoronamento amorfo.

"Omelogor, Omelogor, *o zugo*, não chore", eu dizia, perdida.

Quando não chorava, Omelogor ardia com uma raiva serrilhada, diferente de sua ira usual, com a qual argumentava afiadamente com clareza. Essa raiva era áspera, como se a enfraquecesse, como se ela estivesse perdida. Omelogor reclamava de coisas sobre as quais valia a pena reclamar, de coisas triviais e de coisas que eu não compreendia.

"Eu não sabia que 'focar' tinha virado verbo", disse ela, com uma amargura que o assunto não valia. "Eles vivem falando em 'focar minorias'. Já é ruim o suficiente os americanos terem transformado 'colapso' num verbo, mas agora focar também?"

"Acho que 'focar' sempre foi um verbo", argumentei.

"Não do jeito que eles usam. Usa-se 'focar' ou 'focalizar' querendo dizer colocar algo em foco, mas não, por exemplo, 'focar os povos indígenas', como quem diz deixar eles falarem."

"Tá."

"É que nem aquela palavra americana absurda, 'compartilhar', que agora o mundo inteiro usa. 'Compartilhe o documento com ela, ah, ela compartilhou que não vai estar na reunião.' Que coisa sem sentido."

Não entendi bem por que "compartilhar" era uma palavra sem sentido.

"A gente começa a falar com os americanos e, de repente, eles dizem: 'É que nem naquele filme'. E estão sempre falando de um filme americano idiota."

Na maior parte do tempo eu apenas a escutava num silêncio perplexo. Suas queixas pareciam balões com ar demais, desnecessários, que fatalmente acabariam estourando. Certo dia, Omelogor me chamou de "Chia, a americana", o mais próximo que já tinha chegado de me tratar com escárnio. E o escárnio não era seu estilo, assim como o rancor. "O problema de Zikora é que ela sempre teve muita daquela característica abundante nas mulheres: a habilidade de tolerar bobagens dos homens", comentou quando falei da situação de Zikora, num tom nada típico seu, com palavras que pareciam armas. Decidi não discutir mais Zikora com ela, pelo menos não até que voltasse ao normal. Quando Omelogor me disse "Os Estados Unidos fazem mais sentido quando a gente está olhando de fora", pensei: Ela devia ter continuado olhando de fora. Estava deprimida. Estava deprimida, mas ficava furiosa quando eu dizia isso. Não devia ter deixado a carreira no mercado financeiro para vir aos Estados Unidos fazer pós-graduação em pornografia. "Quero fazer alguma coisa que ajude de verdade as pessoas", tinha dito Omelogor, como se quisesse compensar seu sucesso no mercado financeiro.

"Estudando pornografia?", perguntei, achando graça. Achei que Omelogor só estivesse sendo Omelogor, mas ela acabou me convencendo. A pornografia ensinava tanta gente, e era uma péssima professora, e ela queria estudar como a indústria era construída, para descobrir como sua influência poderia ser desfeita. Até daquela tese tinha desistido então, dizendo que sua orientadora a detestava, e "Ela me detesta" era uma frase que eu achava que nunca fosse ouvir de Omelogor. Agora, escrevia em seu site, o Só para Homens, e às vezes me ligava e fazia perguntas do tipo "O que você acha de asfixia erótica?".

Chuka encontrou o site e leu dois posts em voz alta, rindo, e pensei que era muito raro o ver rindo daquele jeito, gargalhando, sem ser contido por sua constante seriedade.

Querido homem,
Você sabe que ela sabe que você a ama. Talvez ela saiba, mas quer te ouvir dizer isso todos os dias, assim como passa óleo na barba todos os dias para deixá--la bonita. (Você tem barba? Não? Tá, então seu cabelo, ou sua axila, ou seja lá o que for que precise de cuidado todo dia.) É o seguinte, o amor precisa ser cultivado.
Fale "Eu te amo tanto". Se conseguir ser convincente usando um pouco de criatividade, fale: "Amo como você anda, ou fala, ou sorri. Amo ouvir o que você achou dos filmes. Amo a cara de maluca que você faz quando está meio dormindo. Amo quando você está feliz e sorri. Amo você".
Sei que é muita coisa. Dizer uma ou duas frases a mais cansa muito. Mas tente e veja os benefícios que você vai receber. Lembre que estou do seu lado, querido homem.

Quando Chuka leu o outro post, ergueu os olhos e disse: "Espero que você não tenha esse problema comigo".

Querido homem, soluções para três variações do mesmo problema.
1. Você disse a ela "Desculpe se eu te magoei" e ela ficou com mais raiva ainda. Sei que não foi sua intenção, mas, da próxima vez, não diga "se". "Se" significa que alguma coisa pode ou não ter acontecido. Para você, o "se" é inofensivo, mas para ela parece um sinal de indiferença, como se você não estivesse se desculpando de verdade. Tente de novo, sem o "se".
2. Às vezes, você faz coisas legais para ela depois de uma briga e esse é seu jeito de pedir desculpas, mas o melhor jeito de pedir desculpas é pedindo

desculpas. Não fingir que tudo está ótimo e fazer coisas legais para ela. É legal fazer coisas legais, mas fazer coisas legais não é pedir desculpas. Pedir desculpas é pedir desculpas.

3. Ela disse que você está ignorando a questão, apesar de ter pedido desculpas. Sei que você não faz por mal quando pede desculpas. Mas, para ser eficaz e reduzir o ressentimento, seja sempre específico ao pedir desculpas. Não diga simplesmente "Desculpe", diga "Desculpe por não ter feito X. Eu devia ter feito X. Errei."

Sei que conversar é um saco, eu entendo, de verdade. Lembre que estou do seu lado, querido homem.

A risada mais forte de Chuka foi depois que ele leu o último post.

Querido homem,

As mulheres nem sempre ouvem o que você diz, ouvem o que querem ouvir. Por isso, por favor, seja bem claro. Se não estiver interessado, não diga que está ocupado, diga que não está interessado. Entendo que você quer ser legal e não quer magoar ninguém, mas é por isso que se meteu nesse problema. Disse que estava ocupado quando ela te chamou para sair de novo e, então, ela mandou uma mensagem de texto furibunda te acusando de ser um enrolador de mulheres. Se for simpático demais para dizer que não está interessado, invente uma namorada ou esposa. Se não estiver interessado, não deixe o menor espaço para dúvida, pois na sociedade secreta das mulheres solteiras à procura, você vai ser acusado de feitiçaria e queimado vivo. Lembre que estou do seu lado, querido homem.

Eu deparava com a peculiaridade de Chuka a cada dia. Ele fazia a cama assim que se levantava, deixando os lençóis esticados e retos, e usava as camisas arrumadinhas para dentro das calças, mesmo nos fins de semana. Aquilo que se aprende num internato nigeriano. No armário, suas meias ficavam enroladas em fileiras perfeitas. Ele lia livros que eu não considerava livros de verdade, sobre liderança e gerenciamento de projetos. Escrevia seu nome na folha de rosto, no canto superior direito, com uma letra quadrada, *Chuka Aniegboka*, o que me fazia sentir uma estranha onda de nostalgia, pois a última vez em que eu tinha feito isso foi no ensino fundamental. Ouvia a BBC

World News toda manhã. Gostava de filmes que me entediavam, thrillers esquemáticos, assistindo a eles com intensa concentração. Se eu quisesse conversar, pausava e dizia: "Não quero perder nada".

"Mas a gente já sabe o que vai acontecer!", eu brincava.

Chuka era forte, levantava pesos no porão, suas caixas de ferramenta ficavam bem organizadas na garagem, e ele fechava o pote de geleia com tanta força que eu não conseguia abrir sozinha. Certo dia, ao observá-lo trocar uma maçaneta de porta em seu deque, pensei, culpada, que Chuka era como aquela porta: robusto, reconfortante, sem graça. Só pedia filé bem passado em restaurantes, nunca outra coisa, e, em casa, imediatamente esquentava no micro-ondas uma porção de arroz jollof, que vinha em marmitas frágeis de plástico, de um fornecedor nigeriano em Baltimore, dizendo que comida de restaurante nunca o enchia direito. Fazia o sinal da cruz antes de comer e eu pensava em como tinha parado de fazer isso anos antes, por me parecer desnecessário e exibicionista. Planejei uma ida à Broadway, mas ele caiu no sono no meio da peça. Eu o cutuquei para acordá-lo e Chuka disse "Desculpe, devia ter tomado um café no hotel", como se fosse a cafeína, e não o interesse, que pudesse mantê-lo acordado. Ele sugeriu um brunch no Four Seasons e eu sugeri algo menos formal.

"Ok", respondeu ele à minha sugestão, em dúvida, mas disposto. "É que o Four Seasons é um hotel conhecido." A vida dele era uma crença em marcas conhecidas. Chuka só pegava voos de companhias aéreas que fossem "as principais", mesmo que tivesse que fazer múltiplas escalas, e ficou atônito ao saber que eu nunca tinha voado com a British Airways. Ele concordava que a companhia era esnobe e que, sim, uma espécie de prazer mesquinho sempre iluminava o rosto dos comissários de bordo ao menosprezar passaportes nigerianos, mas isso era motivo suficiente para me levar a escolher companhias que ninguém conhecia bem? Sempre que eu viajava, ele me deixava ou me apanhava no aeroporto, perguntando apenas se a viagem tinha sido boa, sem querer nenhum detalhe sobre minhas aventuras. Ele não entendia, não conseguia entender. Eu o imaginava dizendo: "Você se formou numa boa faculdade, por que não arruma um emprego de verdade? Ainda vai poder escrever nos fins de semana". Chuka, claro, não disse isso, nunca disse, mas eu imaginava as palavras na ponta de sua língua. Ele lia minhas matérias e sempre dizia "Legal", como quem tivesse acabado de provar uma comida tolerável, que não o seduzira.

O arquipélago de San Blas. Sim, o mar realmente era transparente como vidro e dava para ver estrelas-do-mar da canoa, mas todo aquele passeio tradicional isolado fica muito entediante. Depois de algum tempo, as pessoas que estavam na canoa ficaram entediadas também e passaram a ver fotos no celular. O ponto alto para mim foi um drinque que tomei quando saímos da canoa. Alguém abriu um coco fresco, colocou uma dose generosa de rum dentro, enfiou um canudo e me deu. Estava uma delícia, pois era sujo. A faca parecia suspeita. O rum era barato. O homem não lavou as mãos em lugar nenhum. E eu quero voltar lá só para beber aquilo de novo.

"Você gostou porque era sujo?", perguntou Chuka, me olhando do jeito que se olha para pessoas ocidentais que fazem tolices de gente ocidental, como não cumprimentar os mais velhos. Ele leu minha matéria sobre a Grécia, que começava com a frase "Como os outros turistas toleram o cheiro de merda de burro em Santorini?". Depois, disse vagamente: "Muito legal". Não apenas o "Legal" de sempre, mas "Muito legal", o que provavelmente significava que o "merda de burro" tinha ofendido a correição da sua alma.

"Gostei das outras ilhas", expliquei, para me desculpar. "Podíamos ir juntos quando você estiver de férias."

"Devíamos ir a Dubai. É um milagre da engenharia e da vontade política. Tudo que a Nigéria deveria ser."

Eu tinha achado Dubai toda de uma cafonice estéril, mas não fiquei surpresa por Chuka gostar de Dubai, pois os nigerianos gostavam de Dubai. Chuka era uma volta a minha vida nigeriana, uma vida familiar, porém tornada exótica devido ao enorme abismo que me separava dela, como um adorável anacronismo. Ele me disse "Não quero pressionar você", como os meninos falavam para as meninas com quem queriam compromisso; aquela frase tornava você especial, a salvo da pressa sexual reservada para meninas menos merecedoras. Eu nem sequer sabia se queria transar com ele. Levei meses até deixá-lo me despir em seu quarto, sem muita vontade, mas sentindo que deveria, porque gostava de Chuka, porque quase tudo indicava que eu já era sua namorada e porque, de certa maneira, ele merecia, por ser tão correto e atencioso. Seria previsível, eu tinha certeza, talvez até rotineiro, mas, pelo menos, não seria desagradável. Quão indescritivelmente errada eu estava. Chuka me assombrou com prazeres novos e inesperados; portas que nunca tinham se aberto subitamente se escancararam, nossos corpos se rebelaram e todas as antigas leis caíram por terra. "Você é tão gostosa, você é tão gostosa", disse ele com vigor e urgência, até eu estar arrebatada de poder mundano. Pela primeira vez na vida senti um intenso esquecer, breves momentos crus de êxtase corporal, de um aniquilamento de tudo que é físico. Depois, fiquei ali deitada, perplexa. "Eu amo você", disse ele. "O que você fez comigo?", perguntei. Eu já queria repetir. Queria e queria.

Eu estava contando a Chuka uma história sobre o ensino fundamental, sobre como as outras crianças me chamavam de Leite Manteiga porque minhas mãos eram macias.

"Eu tinha mais ou menos nove anos e os alunos de outra escola tinham vindo para a nossa para um debate. Pediram que a gente se cumprimentasse e um dos meninos largou a minha mão muito depressa, como se a palma estivesse quente, e disse: 'Sua mão é macia demais!'. Lembro do tópico do debate: 'médicos são mais importantes do que os advogados?'. Nossa escola ganhou. Acho que aquele menino ficou com raiva de perder, porque começou a me provocar, 'Mão macia, você não trabalha em casa, não é forte, só come leite e manteiga', e logo as outras crianças começaram a me chamar de Leite e Manteiga, que depois virou Leite Manteiga."

"Leite Manteiga", repetiu Chuka, pegando minha mão. "Tão macia. Aquele menino não estava errado." Ele passou o polegar na palma da minha mão e pensei em sua língua. Minha vida passara a ser pontilhada por erotismos inesperados.

"Você tem mãos de trabalhador braçal", provoquei. "Tão ásperas."

"Ah, meu pai não estava para brincadeira, com oito anos eu já sabia trocar pneu. Quando me mudei para Lagos para cursar a faculdade, fiquei muito chocado de ver homens fazendo as unhas nos salões."

"Você devia ir comigo fazer as unhas."

"Faço qualquer coisa por você, mas unhas num salão? *Mba*." Adorei quando ele não quis fazer as unhas, e não gostaria disso de mais ninguém. Partindo de outros homens, teria sido risivelmente antiquado. Mas Chuka era minha fantasia à moda antiga, um homem másculo, que conseguia me pegar, me levantar como se eu não pesasse nada, me carregar, me proteger. A recusa de fazer as unhas se encaixava perfeitamente em seu perfil.

Eu via Chuka imerso no trivial e enxergava apenas sensualidade: Chuka limpando o balcão de sua cozinha, com seus ombros largos e sua atenção aos detalhes; Chuka pagando pelas compras no Wholefoods; Chuka dirigindo, com os olhos fixos na estrada. Até a maneira de ele ser reservado com os amigos me parecia sensual.

Eu o observava nos churrascos no quintal de seus amigos, durante os lindos dias lânguidos daquele verão. Gostava de ficar sentada ouvindo as vozes nigerianas falando alto, de me abrigar em sua presença, desfrutando da novidade daquilo, porque nem sempre ia a reuniões com nigerianos.

"Tire a menina daquela escola pública antes que ela só queira saber de rebolar", disse alguém.

"Imagine, esse paciente branco entrou no meu consultório e me perguntou onde estava o médico, aqui em Maryland!", exclamou outro.

"Conheço uma pessoa em Bowie que consegue organizar um cabrito para você", afirmou um terceiro.

Os amigos mais próximos de Chuka nos Estados Unidos, Enyinnaya e Ifeyinwa, recebiam os amigos todos os sábados em sua casa em Bethesda. Ifeyinwa era o tipo de mulher igbo que me intimidava, segura, transbordando habilidades, sempre capaz de lidar com tudo e sem paciência para bobagens. Ela tinha um cargo importante no governo e eu imaginava sua ascensão árdua ao mesmo tempo que criava os filhos e terminava um ou dois mestrados. Era alta e usava uma peruca curta partida na lateral, que não fazia a menor questão de parecer realista. Eu queria desesperadamente que ela gostasse de mim. Levava garrafas de vinho quando os visitávamos. Ficava de pé num pulo para ajudá-la a servir puff-puff e empadões de carne.

"Obrigada, meu bem, mas pode se sentar e relaxar", dizia Ifeyinwa.

Não era antipática, mas a frieza de seu tom criava uma distância. Certo sábado, Chuka disse que a irmã de Ifeyinwa estava de visita da Nigéria, mas só a vi no final do dia, quando os outros convidados já tinham ido embora. Ela entrou na cozinha, em meio a uma nuvem de perfume forte. A animosidade de algumas mulheres irrompe de forma espontânea quando veem uma mulher bonita. Eu sabia, por experiência, diagnosticar esse problema. A princípio, achei que a irmã de Ifeyinwa tivesse sido acometida por isso, por causa da maneira como ela irradiou hostilidade, sem me cumprimentar, de um jeito que deixava claro que não estava me cumprimentando. Ela encheu um copo d'água no filtro, e então percebi que não era comigo. Era com Chuka. Aqueles gestos afetados. Ela estava ignorando Chuka. Aquele ar de desafio, e até vingança, era para Chuka. Eles tinham um histórico. Ou mais do que um histórico. Qual seria a explicação? Senti uma pontada de ciúmes que me deixou desestabilizada. Os longos cabelos lustrosos dela cascateavam até a altura dos ombros. Ela usava um jeans de marca cara, ligeiramente apertado na virilha. Para extinguir a descarga elétrica que ficara na atmosfera após sua irmã ter saído com o copo d'água, Ifeyinwa disse: "Chuka, *biko*, venha me ajudar a abrir isto aqui".

Ver o efeito de Chuka sobre a irmã de Ifeyinwa me deixou abalada. Eu o vi e o admirei com outros olhos, sua vitalidade, a energia controlada e constante que partia dele. Quando ele foi para a sala de estar, me levantei e fui atrás. Sentei a seu lado. Até irmos embora, o mantive sempre à vista, e meu ciúme aumentou, inflou e me envolveu inteira.

"A irmã da Ifeyinwa não é muito sociável", comentei no carro, e depois quis ter simplesmente perguntado qual era a história deles.

Chuka suspirou e disse que Ifeyinwa apresentou a irmã a ele logo depois de seu divórcio, e depois de saírem só uma vez ele não havia se interessado. Jamais lhe dera nenhuma esperança, jamais brincara com ela. Não entendia por que ela tinha ficado com tanta raiva.

"Porque ela quer você", eu disse, subitamente leve de alívio. "Quem não ia querer?"

O sorriso de Chuka mal apareceu, como se ele não soubesse o que fazer com elogios.

Ouvi Ifeyinwa dizer a uma amiga, rindo: "Qualquer homem igbo do estado de Anambra trai a esposa com uma mulher que cozinhar ukwa para ele. É por isso que casei com um homem do estado de Imo. Não queria perder meu marido para a ukwa".

Chuka e eu sempre éramos os últimos a ir embora, portanto, quando a tarde ia morrendo, fui até a pia e comecei a passar água nos copos e a encher o lava-louças.

"Ah, não…", começou a protestar Ifeyinwa.

"Ify, minha irmã, ando procurando ukwa para fazer para Chuka", disse eu, uma mentira que não planejara até ela sair galopando da minha boca. Detestava a consistência pastosa e oleosa de ukwa, era a única pessoa da família que não gostava, e não fazia ideia de como preparar uma.

Ifeyinwa apertou de leve os olhos para me examinar, surpresa, sem dúvida pensando que aquela filha de um Big Man, que fazia essa bobagem de "literatura de viagem" da vida, ainda era sensata o bastante para querer preparar ukwa para seu homem. Aquilo era uma possibilidade de redenção para mim. Ela me disse para tentar o mercado africano em Catonsville. Dias depois, dos fundos da loja, com seu cheiro embolorado de pescada, mandei uma mensagem para Ifeyinwa dizendo: *Acabei de comprar ukwa, obrigada!*.

No balcão, quando a caixa estava tirando minha nota, uma mulher afro-americana na fila atrás de mim espiou a registradora e disse: "Não sei o que é isso, mas espero que valha o preço!".

Sorri para ela. "Vale, sim. É uma iguaria do sudeste da Nigéria. Fruta-pão africana. Vou preparar para o meu noivo."

Meu noivo. Mais palavras zarpando sem que eu as planejasse. Como era possível eu estar vestindo aquela nova personalidade como se fosse uma camiseta? Aprendi a preparar ukwa vendo um vídeo do YouTube e fiz uma surpresa para Chuka ao colocá-la na minha mesa de jantar.

"Chia!", disse ele, levantando a tampa da caçarola de ferro fundido. "Olha só! De onde saiu isso? Você sabe fazer ukwa? Meu amor, obrigado, obrigado demais!" Algo em sua expressão me deixou à beira das lágrimas. Como era fácil fazê-lo feliz, quão descomplicadas eram suas condições para se sentir realizado.

Pouco depois, Ifeyinwa começou a provocar Chuka sobre nos casarmos. A aprovação dela pareceu um feito meu e me deu o calor de um elogio.

"Por que você está perdendo tempo, Chuka? Olhe o nariz arrebitado da Chia. Seus filhos vão ganhar concursos de beleza."

"Chia é o motivo da demora", disse Chuka.

"Não acredite nele!", exclamei, para parecer ansiosa por me casar, como ela esperaria.

Enyinnaya ergueu os olhos do celular.

"Olhe essa jovem escritora nigeriana. Ela está indo muito bem, estamos orgulhosos, mas ouvi dizer que se casou e decidiu continuar com o nome de solteira. Por que está confundindo as meninas assim? Se algo não está quebrado, não precisa consertar." Ele me olhou de soslaio, como se eu também pudesse cometer aquele crime.

Enyinnaya era um homem baixinho e barrigudo, neurocirurgião. Na minha primeira visita, empurrou para mim uma revista de hospital, que tirou de uma pilha na mesa de centro com uma foto sua na capa, e ficou por ali, esperando, até eu, constrangida, abrir na página tomada por seu rosto. "Parabéns", disse eu, sem saber o que mais dizer, e Enyinnaya assentiu, como um monarca aceitando a adulação que lhe é de direito. Como aquele podia ser o amigo mais próximo de Chuka? A televisão deles estava sempre ligada na Fox News.

"A verdade é que a imigração ilegal está acabando com esse país! Os democratas não querem admitir", disse Enyinnaya.

"Seu irmão é um imigrante ilegal, que está no Texas procurando alguém para conseguir o green card", disse Ifeyinwa sem rodeios, e me perguntei sobre o que eles conversavam quando estavam a sós, se é que conversavam.

Chuka riu e disse para Enyinnaya: "Continue a apoiar pessoas que não querem você".

Ele estava diante do balcão, girando um saca-rolhas e removendo a rolha com um movimento fluido. Horas antes, estava deitado na cama de samba-canção, com aquele seu peito largo, dizendo "Chia, estou esperando você". Chuka não se esforçava para soar sugestivo. Não era seu estilo. Ele simplesmente dizia "Chia, estou esperando você", e seu tom tranquilo acendia um incêndio de desejo em mim.

Ifeyinwa estava lhe dizendo algo e Chuka respondeu, sensato como sempre: "Eles deviam te mandar a nota fiscal primeiro".

Não teria como Ifeyinwa saber como a natureza de Chuka mudava tão completamente com a paixão a ponto de ele virar outra pessoa. A superfície de alguém nunca era tudo, ou sequer o principal. O fato de eu saber isso de Chuka, de termos esse segredo compartilhado, era um frisson em si. De repente, eu mal podia esperar para voltar para a casa dele. Levantei e disse em seu ouvido: "Eu quero você". Chuka apertou brevemente minha mão, outro gesto plácido que não dizia nada sobre desejos latentes. Mais tarde, ardemos e, depois que ardemos, ficamos deitados num silêncio satisfeito e suado, e pensei em como o desejo pode viver ao lado do amor sem se tornar amor.

"Às vezes você sente vontade de escapar e descobrir outra vida?", perguntei.

"Descobrir outra vida?" Chuka se ergueu para me fitar, esperando por mais detalhes, mas algumas coisas são resistentes às explicações; é preciso instinto, intuição, um saber em seu cerne que ou está lá, ou não está. No instante em que eu vira aquela sala de estar certinha, os móveis combinando, soube que havia vastas regiões minhas que ele jamais compreenderia.

Então, surgiu um momento de esplendor. Era uma tarde de sexta-feira e Chuka e eu tínhamos planejado ir à cidade à noite para ver um show ao vivo. Uma editora chamada Katie enviou um e-mail me perguntando se poderia me ligar. Uma editora de verdade, de Nova York, finalmente estava interessada na ideia do meu livro. Finalmente. Antes de atender o telefone, lavei o rosto e prendi as tranças num coque para ficar apresentável, como se Katie pudesse me ver. No telefone, ela falava do meu livro, realmente falava dele, com um interesse sério, sem palavras vagas e sem dizer "Vamos ver". Sua voz era reconfortante, de um tom macio e bem-educado. Ela pontilhava as frases com "não é?". Disse que *As aventuras não aventureiras de uma mulher africana* era maravilhoso, mas que talvez *Uma mulher preta em trânsito* fosse mais forte, porque "africana" era limitador e "preta" abria mais. Eu achava "preta" generalizante demais, "preta" não explicava as humilhações do meu passaporte nigeriano, os vistos rejeitados, as embaixadas desconfiadas de uma nigeriana viajando apenas para explorar. Mas eu disse sim, era uma ideia incrível, eu gostava de *Uma mulher preta em trânsito*. Disse obrigada, obrigada, muitas vezes. Disse que estava entusiasmada e que queria que o livro fosse divertido e pessoal. Claro, disse Katie, e então, com mais delicadeza, acrescentou que estava pensando se não seria melhor se eu escrevesse outro livro primeiro, com mais relevância, para chamar bastante atenção para minha estreia, não é? Respondi que talvez minha matéria "Jantando nas três Guinés" devesse abrir o livro, porque Conacri, Malabo e Bissau não eram cidades nada conhecidas e comer em restaurantes desses lugares dava uma leitura interessante. Ela continuou a falar de um livro com relevância e me dei conta, com uma ansiedade azeda, que não falávamos da mesma coisa.

"Você poderia me explicar o que quer dizer com relevância?", perguntei, e Katie respondeu: "Vi uma matéria no noticiário sobre o Congo, sobre o que as mulheres de lá estão passando, não é? Aqueles estupros horríveis. Vem acontecendo há anos. Não quero dizer que você tem que viajar até lá, a gente ia precisar ter certeza de onde seria seguro ir, mas um livro sobre o Congo e as dificuldades do seu povo faria bastante barulho nesse momento".

Assim que ela disse "dificuldades", esticando a palavra com reverência, enunciando-a com emoção, soube que Katie me via como uma intérprete de dificuldades. Ela estava dizendo: "A Somália ou o Sudão funcionariam também. Uma introdução mais geral sobre o que está acontecendo nesses lugares. As pessoas vão comprar o livro mesmo se não lerem; vão comprar para mostrar que se importam, não é?".

Havia um cinismo sob a superfície em suas palavras. Katie perguntou se eu poderia pensar no assunto e respondi sim, claro, e desliguei depressa antes que minhas lágrimas me traíssem. No mais breve instante, a insegurança pode se abater sobre você, te engolindo inteira sem deixar nada para trás. Não fazia sentido, nada disso. Subitamente, me pareceu delirante pensar que qualquer pessoa publicaria um livro de viagens leve e curioso, escrito por uma mulher negra nigeriana, ainda por cima de família rica, com uma vida sem dificuldades, e que amava as regiões mais refinadas das cidades. Talvez eu devesse voltar e trabalhar para a família, como meus pais queriam. Poderia, pelo menos, escrever relatórios, já que planilhas sempre seriam enigmas incompreensíveis para mim. Minha autoconfiança foi espremida gota a gota até secar por completo. Chorei, parei e recomecei a chorar.

Mandei uma mensagem de texto para Chuka, dizendo que não estava com ânimo para sair, e ele me ligou na mesma hora. Disse que não estava me sentindo bem e ele falou que minha voz estava estranha. "Estou bem", garanti, pensando que não ia adiantar contar para Chuka, ele não entenderia. Chuka não me disse que já estava entrando no carro enquanto estávamos no telefone, mas, quando minha campainha tocou, soube que era ele. Abri a porta. As lágrimas me enganaram. Não tinha esperado chorar, mas assim que vi Chuka na porta, de jeans e a camisa abotoada para dentro da calça como sempre, estável e firme, caí no choro. Ele me abraçou, me envolveu com seu perfume de almíscar, em silêncio, durante um longo instante, como quem quisesse dizer que, para qualquer que fosse o problema, havia uma solução.

"O que aconteceu?"

Contei. Chuka pelo menos ia me ouvir, e talvez eu precisasse disso. "Como ela pode querer que eu escreva sobre a guerra no Sudão? A guerra no Sudão!"

Chuka não disse nada.

"Você não percebe?", perguntei, desesperada para fazê-lo compreender. "Quero escrever textos leves e engraçados sobre viagens e, para ela, sou só uma africana que deveria escrever sobre dificuldades."

"O problema é que muitos desses brancos acham que a gente também não sonha."

Eu o encarei, atônita. "Isso", disse. "É exatamente isso."

"Chia, você vai encontrar o editor certo. Sem dúvida existe alguém em alguma editora que vai entender. Você só não pode desistir."

Minhas lágrimas mudaram de teor. Solucei sem parar, abraçando Chuka com uma longa exalação de todo o oxigênio do meu corpo. Ele me entendia, sim. Via todos os lugares onde eu brilhava e todos os lugares onde poderia brilhar.

"Você entende", disse, quase sem acreditar.

"É claro que entendo."

"Você nunca diz nada."

"Você sabe que eu não sou de falar muito."

Fortificada pelo momento, com o êxtase de ser reconhecida, senti que nosso futuro juntos assumia uma forma pela primeira vez. Falei de Chuka para minha mãe, que ele era divorciado, sem filhos, um engenheiro, católico e não apenas igbo, mas de Anambra. Por um instante, minha mãe ficou em silêncio, perplexa, pois quais eram as chances — sua filha sem rumo, sem nenhuma amarra à vida que se esperava dela, encontrando o homem-modelo. E ainda por cima uma filha com quase quarenta anos. Em que mundo um homem igbo bem-sucedido e sem filhos se casava com uma mulher de trinta e nove anos? Ela desatou a cantar, *Abu m onye n'uwa, Chineke na-echelu m echiche oma*, o que me deixou com lágrimas nos olhos, porque durante minha infância era essa a música de igreja que ela sempre cantava quando estava feliz. Chuka disse que o pai dele já estava planejando a cerimônia *iku aka*, e pensei como soava lindo, a primeira etapa de um casamento igbo: *iku aka*, bater à porta, pedir permissão, ter esperanças.

* * *

À nossa paixão foi então acrescentada a esperança. Nosso relacionamento era como o leito macio de um rio, meus pés facilmente emergindo e submergindo na água. Falávamos igbo em público, caçoando dos americanos nos restaurantes, e era como engatinhar juntos para dentro de uma deliciosa barraca secreta. Chuka leu sobre o mercado editorial e disse que não fazia sentido como insistiam em publicar escritores que tinham acabado de sair da adolescência. O que eles podiam saber, se não tinham vivido a vida?

Concordei, entusiasmada. Vivia procurando matérias sobre escritores que tinham publicado seu primeiro livro já mais velhos. Outra editora de Nova York, uma mulher chamada Molly que fora criada em Londres, disse: "Entendi o que você quer fazer, mas o que tem aqui não dá um livro. Você precisa de mais fôlego".

"Então, você vai conseguir mais fôlego", disse Chuka quando lhe contei. "Chia, isso é um progresso. Você está determinada a fazer isso. Vai conseguir."

"Vou", disse eu. Não há elixir mais potente do que o encorajamento genuíno de alguém amável.

Chuka me chamava de Linda, num tom que me fazia lembrar de uma pessoa mais velha, de um tempo antigo. Na festa de formatura do ensino médio do filho de Enyinnaya, ele falou alto "Linda!" e pelo menos cinco mulheres olharam. Elas também eram Linda. Eu tinha me juntado a uma legião de mulheres que eram chamadas de Linda. Levantei e fui em direção a Chuka, sorrindo, pensando que, na imagem que eu tinha na cabeça, da vida que queria, não seria chamada de Linda. Talvez Gata ou Amor, mas não Linda.

Chegamos cedo à festa. Minha frente única começou a se desfazer assim que saí do carro. Chuka, achando graça, perguntou se precisaríamos voltar para casa para eu me trocar; não tinha me avisado que esses cordões não eram práticos? Ele segurou minha bolsa enquanto eu amarrava a blusa com mais firmeza atrás do pescoço.

Só soube que Enyinnaya tinha se aproximado de nós por trás quando ele disse: "Ora ora, Chuka, por que você está segurando a bolsa dela como se fosse um empregadinho?". Foram suas primeiras palavras. Sem nenhum cumprimento. Foi um momento estranho, tenso, com Enyinnaya rígido e sem sorrir, parecendo realmente consternado. Como se o fato de Chuka segurar minha bolsa fosse um fracasso existencial. Uma tensão súbita e gigantesca pairou entre nós no estacionamento, com o burburinho dos convidados que chegavam sendo abafado por nosso silêncio. Tudo isso por causa de uma bolsa? Tudo o que eu queria era ir para uma festa de formatura num dia alegre de verão. Estiquei o braço para pegar a bolsa, mas Chuka não deixou.

"Estou segurando a bolsa dela porque quero segurar a bolsa dela", disse, sem erguer a voz. Enyinnaya deu de ombros e foi caminhando na frente. Chuka olhou com suavidade para mim e falou: "Desculpe, às vezes Enyinnaya parece que tem um parafuso solto, mas não é por mal". Entramos, com Chuka ainda carregando minha bolsa e, a meus olhos, ele cresceu e se tornou um deus imenso e glorioso. Mais tarde, disse a ele que não entendia por que Enyinnaya era seu amigo mais próximo; não havia nada de errado com Enyinnaya, é claro, acrescentei depressa, mas eles eram tão diferentes.

"Ele ficou do meu lado quando eu estava no meu pior", respondeu.

Olhei para Chuka e pensei: Ele é meu. Esse pedaço de mau caminho, menino de ouro maciço é meu. Esse homem que escolhe de que lado vai ficar e segue firme. Esse símbolo vivo da lealdade. Eu estava contente, saciada, estava onde deveria estar.

Ainda assim, nos momentos de silêncio e solidão, temia que meu contentamento fosse uma espécie de resignação.

Chuka disse que sua família ia conversar com a minha no final do mês.

"Acho que a gente deveria ganhar o máximo de tempo possível, fazer todas as cerimônias tradicionais em um dia e depois se concentrar no casamento", disse ele. Quando dizia poupar tempo, Chuka estava se referindo a minha idade. Aos trinta e nove anos, havia um período cada vez mais curto para os dois filhos que ele tanto queria ter.

"Eu não ia me incomodar de fazer uma cerimônia pequena aqui, mas você sabe que eles vão querer que o casamento seja na Nigéria", disse ele.

Eu o encarei. O casamento. Não tinha visualizado isso. Existia apenas como algo de que estava vagamente consciente, no fundo da minha cabeça.

Só consegui pensar na minha mãe dizendo "Por que ela usou uma gráfica local?" sobre os convites de casamento da filha da sra. Okoye, ao mesmo tempo que examinava o convite defeituoso com profunda satisfação. Ela e a sra. Okoye se detestavam e se diziam amigas. Imaginei os convites que minha mãe ia mandar imprimir em Londres, dois Cs de bom gosto intercalados, num papel cor de champanhe. Com papel vegetal macio dentro do envelope. *Chiamaka e Chukwuka* numa fonte sofisticada. Na cerimônia, ela usaria cores vivas e uma blusa de mangas bufantes dramáticas, com as contas de sua vestimenta de tecido George reluzindo conforme caminhava. E faria questão de dar duas ou três sacolas de lembrancinhas luxuosas para a sra. Okoye. Nossos pais nos dariam presentes generosos, talvez um apartamento em Londres, dos pais de Chuka, quem sabe uma casa maior em Maryland, dos meus. Eu me aconchegaria numa vida não mais solitária, teria um filho, contrataria uma babá jamaicana e tentaria ter o segundo. Sabia que Febechi tinha tido seu segundo aos quarenta e três anos. Vi o pai atencioso e paciente que Chuka seria, inclinando-se para proteger nossa menina de um ou dois anos quando ela andasse no triciclo ou sentando no chão com ela para construir uma casa de Lego. Era tão atraente essa visão, como uma fotografia numa boa luz. Mas eu só conseguia sentir um temor crescente, um turbilhão no estômago, encarando algo que lamentava ser verdade: eu não queria aquilo que gostaria de querer.

"Não", disse, baixinho.

"O quê?"

"Não sei se estou pronta."

Chuka pareceu confuso. Eu disse "pronta" porque era mais suave, e sabia que isso era covardia minha, pois podia ser entendido como um adiamento, e não uma conclusão.

"O quê?", perguntou ele.

"Não quero que sua família vá conversar com a minha", expliquei.

Algo despertou nele, suas narinas inflamaram.

"Como assim, Chia? Eu falei qual era minha intenção desde o primeiro dia."

Mais tarde, pensei naquela palavra: "intenção". Mulheres de toda a Nigéria assombradas pela palavra "intenção", pais num silêncio fumegante, mães e tias perguntando "Quais são as intenções dele?". Perguntando sem parar, e o que eles queriam dizer era que você tinha deixado de fazer uma intenção acontecer, pois as intenções muitas vezes precisavam ser cutucadas, aduladas e manipuladas para se tornarem reais.

"Eu sinto muito, Chuka", disse. "Sinto muito."

"Sente muito pelo quê?" Ele parecia incrédulo. "Você tem outro?"

"Não."

"Chiamaka, o que você está querendo dizer? Que bobagem é essa?"

A raiva de Chuka me surpreendeu. Ele estava com tanta raiva, raiva por ter sido rejeitado, ou talvez sua dor tivesse assumido a forma da raiva, como acontece tantas vezes com a dor. Seu rosto tinha se transformado, com cada feição endurecida pela raiva, e ele parecia outra pessoa. Tive um medo súbito de que fosse me dar um tapa. Mas não deu. Nunca daria. Não era de sua natureza. "Eu não entendo. Quero que me diga por quê. O que você está querendo dizer?", perguntou Chuka diversas vezes. Mas eu não sabia o que dizer, e nem o que dizer para mim mesma, e por um breve instante lembrei que minha tia Chinwe certa vez contara que alguém na igreja dela estava possuída. Era uma espécie de possessão, o conhecimento incompleto de nós mesmos.

"Chia, desde o começo deixei claro que não gostava de joguinhos. Quero honrar você", disse Chuka.

"Eu sei. Sinto muito. Sinto muito mesmo." Honrar você. Eu queria ver o casamento como uma honra, uma condecoração recebida. Mas não conseguia. O casamento com Chuka parecia o ato de truncar minha vida para fazê--la caber num novo molde, e eu só conseguia pensar no que mudaria contra minha vontade.

Mais tarde, mandei mensagens de texto para Chuka pedindo desculpas, e ele nunca me respondeu. Até minhas mensagens eram sem conteúdo. Estava pedindo desculpas por quê? Quem é que magoa uma pessoa e depois pede desculpas? Eu sabia que meu pedido de desculpas seria aceitável para Chuka se eu pedisse outra chance, implorasse que voltássemos. Mas não fiz isso. A raiz de seu amor era o dever, ele amava como alguém confiável cumprindo seu dever, e não seria infantil de minha parte considerar isso enfadonho, desejar um amor incandescente, devorador, livre de todo ônus? Passei as semanas seguintes cambaleante, com a mente envolta por uma camada espessa de melancolia. Fiquei perplexa com o tamanho de minha própria incerteza. Acordava com visões vívidas da nossa paixão, sua urgência, minhas roupas abertas e puxadas. O que fui fazer, eu me perguntava, esse desperdício absurdo, essa perda que tinha criado para mim mesma? Mas havia algo faltando: estava lá, no eco após o sexo, no silêncio em que caíamos, que não era confortável, mas vazio. Será que os sonhos tinham um propósito, e era real imaginar o que eu queria, e será que isso existia? Febechi me ligou algumas vezes, deixando mensagens breves que diziam apenas "Por favor, me ligue"; a casamenteira irritada cujo projeto tinha fracassado. Quando finalmente retornei a ligação, ela disse: "Chia, esse homem é um partidão. Não existe nenhum melhor por aí. A vida não é um livro".

Febechi não tinha como saber que eu secretamente sonhava em escrever um livro, mas pareceu um soco injusto no estômago, considerar irrelevante aquilo que eu sentia, fosse o que fosse, chamando-o de ficção. Por que um livro era uma metáfora para algo não realista, afinal de contas? Os romances sempre tinham me parecido mais próximos da realidade.

"Sinceramente, você nunca pareceu grata pelo amor dele", disse Febechi, com um suspiro. Durante um longo tempo, pensei em sua acusação, pois era uma acusação, de que eu não sentia gratidão por ter sido amada. Como deveria ser essa gratidão? Era estar num estado de espírito, viver à deriva na gratidão porque um homem ama você?

Antes de conhecer Chuka, certa vez eu tinha dito para um homem "Eu me sinto grata por ter você". Mas era diferente da gratidão de Febechi. Febechi falava da gratidão de uma mulher por ser amada e ponto, o que não é a mesma coisa de uma mulher ser amada de uma maneira que a faz se sentir completa. Disse essas palavras — "Eu me sinto grata por ter você" — no café de uma livraria em Londres, para o inglês casado que não me contou que era casado. Ele usava uma pulseira de prata fina no pulso. Gostamos de homens que usam joias? Não, mas gostávamos desse. Começou online, num site de fãs da Jan Morris. Os comentários ponderados do inglês me fascinavam e eu os cobria de estrelas, antes mesmo de salvar sua foto de perfil, mostrando um homem branco bonito e de rosto afilado. Nunca tinha salvado uma foto de perfil antes, mas não havia nada de errado com uma leve curiosidade. Ele era tão atraente. Eu sentia, lendo o que aquele homem escrevia, que estava aprendendo com uma pessoa que desejava o bem para os outros. Ele podia ter noventa anos e usar no perfil uma foto que tinha tirado da internet. Isso foi alguns anos depois de Darnell, e eu ainda estava cismada, alerta, sem querer nem mesmo ir a encontros casuais. O inglês deu estrelas para meus comentários também. Escrevi: *O verdadeiro benefício de viajar é que você encontra a trivialidade reconfortante das outras pessoas.*

E ele comentou: *Não poderia ter dito isso de maneira melhor.* Logo, estávamos enviando mensagens privadas um para o outro, reflexões e links para artigos e, quando o inglês não respondia nos fins de semana, eu escrevia ESPERANDO GODOT no assunto da mensagem.

Vou a Londres, escrevi para o inglês, uma viagem que não tinha planejado. *Quer me encontrar para tomar um chá?*, perguntou ele, sugerindo uma livraria independente. Mais tarde, me contaria que tinha tirado a aliança no metrô, logo antes de percorrer a distância curta da estação até a livraria. A pele em seu dedo devia estar mais clara, mas não estava; e nem sequer me lembrei da existência do dedo anelar do inglês até a tarde, semanas depois, em que ele me contou que era casado. Naquele primeiro dia, tomamos chá Earl Grey, o dele com açúcar, o meu sem, e o inglês ficou mexendo o seu por tempo demais. Estava nervoso, com gestos hesitantes. Eu me senti tensa, não conseguia encará-lo. Trocar mensagens tinha sido tão fácil, e então ali estava a realidade, ruminando o desconhecido. Ele pelo menos se parecia com a foto, com um cabelo claro caindo, despenteado, sobre o rosto. Mas era muito mais alto do que eu tinha imaginado e era menos refinado, com suas unhas ásperas e uma jaqueta de couro marrom já puída e bege nos cotovelos. Os chás de ambos estavam pela metade quando o inglês perguntou abruptamente: "Vamos dar uma volta?".

"Que ideia perfeita!", exclamei, me sentindo um pouco boba.

Conforme andávamos, o constrangimento se dissipou. Ele disse que nunca tinha se sentido tão bem em estar em Londres; que não visitava a cidade havia algum tempo, hibernando em casa enquanto escrevia seu livro. Disse que achava que muito da poesia era, na verdade, literatura de viagem, e respondi que muito da poesia era poesia, fazendo-o rir. O inglês jogava o cabelo para trás quando ria. Olhou para mim — para baixo, por ser tão alto — com uma expressão terna e surpresa, como se também estivesse atônito por sentir tanto prazer apenas em caminhar pelas ruas de Londres, em meio a um vento fresco. "Desculpe!", ele disse para um homem em quem quase esbarrou numa esquina.

"Você não estava prestando atenção", provoquei.

"Não", ele admitiu, e aquele "não" sugeria mistérios sendo revelados. Numa rua estreita, o inglês fez um gesto e disse que aquilo era um vestígio de um século antes. Seu braço roçou no meu. Com a tarde morrendo, senti a garganta apertada, como se fosse cair no choro com uma sensação de perda iminente.

Talvez tenha me apaixonado naquele dia; o amor acontece muito antes de o chamarmos de amor. Nas semanas seguintes, fizemos muitas longas caminhadas. Descobri como uma cidade, através dos olhos de outra pessoa, pode se transformar num santuário iluminado, com tudo luzindo de interesse, tudo valendo a pena explorar. Fomos olhar os livros na Daunt Books, o lugar que o inglês mais frequentava, e ele perguntou se eu sabia que, no começo, a especialidade daquela livraria tinha sido livros de viagem. Comemos num pequeno restaurante abaixo do nível da rua na Strand Street, comemos pizza num italiano em Marylebone, nos demoramos lendo cardápios em portas de restaurantes. Certo dia, o inglês deslizou um manuscrito fino por sobre a mesa de um café e me disse que eu seria a primeira a ler; que nem seu editor tinha visto ainda. Uma história da literatura de viagem na Inglaterra; havia largado o emprego numa editora para escrevê-la. Li com cuidado, sentindo-me aquecida por sua confiança. Ele quis ler algo meu e, a princípio, recusei. "Não está muito bom", disse, quando finalmente mostrei minha matéria sobre uma viagem ao Catar. Estávamos caminhando por um parque úmido de chuva e ele se sentou num banco sob um carvalho e leu em voz alta.

"'Nunca ouvi um som tão bonito quanto o chamado para oração dos muçulmanos no alvorecer em Doha.' Que começo maravilhoso."

Sua voz me fez gostar das minhas próprias palavras. O inglês lia poemas em voz alta de um aplicativo no celular e, mesmo quando eu não gostava dos poemas, sua voz era só o que importava. Era nostálgica, aquela voz, um som rouco de homem, e ao ouvi-lo, em especial quando lia, eu me sentia envolvida por um desejo bruto. O inglês leu trechos de *Arabian Sands*, um livro que amava, e disse que talvez pudéssemos ir para Oxford por um dia para ver as fotografias de Wilfred Thesiger. Uma viagem, juntos.

"Claro, eu adoraria", respondi. Num jato de entusiasmo, acrescentei: "Admiro a curiosidade e a coragem que as pessoas precisavam ter para ir a lugares desconhecidos".

"Não é mais por desencanto com a própria vida do que por curiosidade por outras?", perguntou o inglês.

"Talvez sejam as duas coisas", respondi. Mencionei um escritor famoso que fazia literatura de viagem, mais ou menos da idade dele, cujo livro eu tinha acabado de ler. "Acho que ele tem as duas coisas."

"Ah, ele é uma enganação", disse o inglês, e seus lábios se afinaram e se retorceram, e sua beleza desapareceu por um breve instante. Era ciúmes, sem o amargor da inveja. Fiquei absurdamente decepcionada, como se ele devesse estar acima dos instintos vis de nossa natureza.

"Você está vivendo a vida que imaginou que ia viver?", perguntei.

"Não, mas quem está?"

"Acho que algumas pessoas estão."

"Algumas pessoas acham que algumas pessoas estão."

"O que quer dizer? Que ninguém está? Isso é deprimente."

"É? Eu acho reconfortante."

"Preciso acreditar que algumas pessoas estão. Senão, qual é a razão disso tudo?"

Ele ficou sério. "Não te ajuda saber que o mundo está cheio de pessoas mais tristes que você?"

"Mas não sou triste, eu só sonho", disse, e ri, para dar mais leveza ao que subitamente estava parecendo ser um declive deprimente. Mais tarde, pensei nas palavras do inglês, "Não te ajuda saber que o mundo está cheio de pessoas mais tristes que você?", porque ele as disse quando eu não sabia que era casado e, depois de saber, elas adquiriram novos significados.

Por causa dele, passei a usar um sotaque inglês falso. Não percebi quando comecei, de tão imersa que estava naquele homem e em nossas longas conversas, mas logo parei de pronunciar os erres e, talvez tenha gostado de como soava, porque continuei a fazer isso. "Acho que estou começando a falar como você", comentei, e o inglês disse que tinha adquirido seu sotaque chique em Oxford, mas suas raízes de Essex apareciam em algumas palavras. Havia uma grandiosidade em sua simplicidade, naquilo que dava valor: nunca usava um dicionário de sinônimos, terminava todo livro que começava, não comia frutas que não vinham de agricultores locais. Eu via o peso do destino nas coincidências, sinais em nossas semelhanças. Como era possível não haver significado do fato de nós dois não gostarmos de cachorros?

"Joyce também não gostava de cachorro", disse o inglês. "Levava pedras no bolso para jogar neles."

Apalpei o bolso dele de brincadeira, fazendo-o rir.

"Não desejo nenhum mal a eles", disse ele. "Só quero que fiquem longe de mim. Mas adoro os bichos na natureza."

"Eu também."

Sentia que, com ele, podia desnudar todos os meus anseios silenciosos. Disse-lhe que desejava amar com extravagância e ser amada com extravagância. Fiquei envergonhada ao dizer isso, mas vi em seus olhos que ele entendeu. Num restaurante minúsculo perto do Victoria and Albert Museum, a garçonete, cujo cabelo tinha pontas tingidas de turquesa, me disse: "Como você é linda!".

"Ah. Obrigada", respondi.

"Essa é a maior verdade do mundo, mas você parece surpresa em ouvi--la", disse o inglês, me observando. "É meio como ganhar na loteria, não é, ser tão linda?"

"Como eu poderia saber?", brinquei, um pouco constrangida.

"Uma mulher pode se sentir pressionada com isso, imagino."

Eu o encarei, grata pela delicadeza de sua observação. Contei que, quando era pequena, os adultos me perdoavam mais fácil e me deixavam fazer várias coisas, minha mãe ficava nervosa com as espinhas no meu rosto adolescente e, certa tarde, minha tia Jane comentou que uma apresentadora de noticiário era tão linda e minha mãe respondeu: "Ela não é nada perto da minha Chiamaka". Minha mãe se pavoneava de tanto amor e orgulho, mas só consegui pensar que não era possível que eu fosse tão linda, e se eu não fosse mais linda amanhã?, e como poderia continuar sendo linda?

"Também me lembro de outra coisa no clube de debate do ensino médio, na ss2", falei.

"ss2?"

"Sênior do segundo secundário", expliquei.

"Fiquei um pouco preocupado com essa história de ss", disse ele, e eu ri.

"Fui finalista do prêmio do debate, junto com dois meninos. Um deles ganhou. Ele mereceu, foi melhor do que eu. Mas também fui bem, e, para falar a verdade, debate era a única coisa na qual era boa mesmo. Quando a líder do nosso grupo falou de nós três, elogiou os meninos por serem inteligentes e depois disse que eu era muito linda. Fiquei tão magoada que fui para casa e chorei, mas não contei a ninguém, pois sabia que iam achar que estava reclamando sem motivo. Na verdade, até hoje nunca tinha contado isso para ninguém."

"Contou para mim", disse ele, segurando minha mão sobre a mesa. Senti uma vontade desesperadora de o beijar. A garçonete voltou com nossas bebidas, olhou de relance para nossas mãos dadas e deu um sorriso benevolente de fada madrinha. Já tinham se passado semanas e ainda não tínhamos nos beijado. Não tínhamos nos beijado porque ele não tinha tentado. Sempre que nos despedíamos, dávamos um abraço forte e cheio de magnetismo, com nossos corpos pressionados um contra o outro, antes de ele se desvencilhar e se afastar. Esse afastamento me parecia uma urgência instintiva.

"Vamos devagar", disse o inglês, parte pergunta e parte afirmação; ele tinha decidido, mas ainda precisava que eu concordasse. Uma excentricidade inglesa, pensei, charmosa e meio antiquada, que apenas o tornou mais desejável. Eu não o tocava, mas ele entrava por minhas narinas, meus poros. Imaginei que morasse num apartamento pequeno e desgastado repleto de livros, e me imaginei redecorando um apartamento que nunca tinha visto. O inglês não se interessava por dinheiro, e me divertia pensar no que minha mãe acharia dele, minha mãe com seus ideais igbos. O preferível era que um homem tivesse dinheiro, e, se não tivesse, então "ter potencial" e "ser esforçado" seriam temporariamente suficientes, mas um homem sem interesse por dinheiro? Era estranhíssimo. Queria que ele conhecesse meus pais. Já imaginava nossa vida compartilhada, entre países, a Inglaterra e os Estados Unidos. Certa tarde chuvosa, quando estávamos sentados num bistrô casual, com uma pizza marguerita entre nós, eu o vi erguendo o copo d'água para tomar e, subitamente, me dei conta do quanto estava feliz. Muito feliz. De tempos em tempos, alguém entrava no restaurante, trazendo um sopro de vento frio e o cheiro de ruas molhadas.

"Nos Estados Unidos, essa pizza ia ter o dobro do tamanho e duas vezes mais sal", comentei, rindo.

"Quando fui aos Estados Unidos, fiquei perplexo quando me serviram batatas no café", disse ele. "Batatas!"

"Bom, pelo menos elas são preparadas de um jeito diferente das batatas do jantar."

"Os americanos têm uma espécie de falta de sofisticação agressiva, não é?"

Eu sabia o que ele queria dizer e até concordava, mas me ressenti de suas palavras. "Todo país tem seus filisteus", disse.

"Não aborreci você, aborreci?"

"Não."

"Existe um poema chamado 'América', de Claude McKay. Você conhece?", perguntou ele, num tom solícito, apaziguador.

"Não."

"'E vejo seu poder e suas maravilhas de granito'", citou ele.

"Não conheço."

O inglês me observava. "Aborreci você."

"Não, não. É que acho que quero que você goste dos Estados Unidos, ou pelo menos que não desgoste tanto. Só porque é onde moro, e gostaria que você me visitasse ou talvez só passasse algum tempo… É bobagem, eu sei." Por que eu estava tão chateada, como se um tijolo estivesse prestes a escorregar de debaixo de uma casa perfeita e precária? Eu me sentia quase assustada pelo peso dos meus sentimentos.

"Não desgosto dos Estados Unidos, de jeito nenhum. E agora mais do que nunca. Por que acha isso?"

"Quando estávamos falando das capas americanas e britânicas dos livros da Jan Morris, você disse que os editores americanos tendem a ser espalhafatosos."

Comecei a rir porque sabia que estava sendo boba, e o inglês riu e disse: "Melhor não falarmos sobre capas de livro, então". Ele tirou seu copo d'água de perto da borda da mesa. "Você não vai voltar muito em breve, vai?" Havia uma hesitação em seus modos que poderia, em circunstâncias diferentes, ser interpretada como fraqueza.

"Ah, não", afirmei.

Ele se recostou, como se quisesse me ver de todos os ângulos. Nós nos olhamos. "Parece tão precioso."

"O quê?"

"Tudo isso."

"É", concordei. Estava me apaixonando. Tinha me apaixonado.

Pegamos o mesmo metrô até a estação de trem e nos despedimos lá, o inglês foi para Essex e eu para a casa de meus pais em Buckinghamshire. Semanas se passaram e ficamos mais próximos, mas ele continuava me abraçando e se afastando. Já tínhamos ido devagar o bastante. Por que sempre precisávamos nos encontrar em Londres? Por que ele não me chamava para jantar na casa dele? Morava perto de onde tinha passado a infância, e falava de lá como se fosse muito longe, uma distância intransponível, mas, quando joguei no Google, vi que era só a cerca de quarenta minutos de trem. Comecei a temer que ele estivesse no armário; afinal de contas, tinha modos ligeiramente afeminados. Não tinha aquela masculinidade desgovernada que se põe no centro de tudo. Quando era menino, provavelmente compartilhou as coisas de bom grado, sem precisar levar bronca da mãe. Contei a Omelogor que estava apaixonada pelo inglês, mas que ainda era uma coisa platônica. Estava confusa, reduzida a ler sinais ilegíveis.

"O único problema que tenho com os brancos é que eles não usam sabonete quando tomam banho", disse Omelogor.

"Omelogor!"

"Quando os brancos tomam banho nos filmes, você já viu algum usar sabonete? Eles só ficam debaixo d'água por dois segundos. Não esfregam as dobras nem os buracos. Como alguém pode ser limpo assim?" Ela estava dando aquela sua risada estrepitosa. "Como estamos lidando com um homem branco que não usa esponja e que ainda por cima não quer dar no couro?"

Pedi que ela falasse sério.

"Chia, você nunca disse isso antes", disse Omelogor baixinho.

"O quê?"

"Que estava apaixonada. Nunca disse isso do Darnell. Não com essas palavras."

"Dessa vez é tão diferente. Não sabia que o amor poderia ser tão fácil."

"Talvez ele seja tímido. Tome a iniciativa. Se for tímida demais para dizer para ele, então demonstre."

Incorporei a coragem de Omelogor. Quando nos abraçamos na estação de trem, gentilmente abaixei o rosto do inglês até a altura do meu e o beijei, com língua e mais língua, e senti seu desejo até que se afastasse.

"Estou esperando você me convidar para ir até sua casa", murmurei.

"Chia", disse ele. Ergui os olhos para encará-lo. Havia algo espalhado por seu rosto que me deixou ansiosa, como se uma grande chama que engolfaria tudo estivesse próxima, e, de repente, não quis que ele dissesse o que estava prestes a dizer.

"Qual o problema?", perguntei.

"Eu sou casado."

As palavras saíram quase num sussurro, um segredo só para mim.

Eu o encarei sem entender. "Como assim? Você é separado?"

Mas o inglês não era separado, era casado, e ela trabalhava longas horas num hospital e ele voltava para ela todas as noites quando ia para casa.

"Eu queria contar, mas, a cada dia que não contava, ia ficando mais impossível."

Estava zonza. Pensei no que isso mostrava da minha capacidade de ver apenas o que queria ver: seu silêncio nos fins de semana, as respostas vagas sobre os detalhes cotidianos da vida.

"Estava com medo de perder você. Sei o quão absurdamente insano isso parece, mas é verdade", disse ele.

Não respondi.

"Desculpe", falou.

Não respondi.

"Entendo se você não quiser mais me ver", disse ele.

"Não", respondi, porque o amanhã sem ele já parecia um exílio.

O inglês exalou longamente, aliviado, pegando minhas mãos. "O que vamos fazer?", perguntou ele. Puxei-as de volta. Sentia que tinha caído numa emboscada, que estava injustamente presa numa culpa que não era minha. "O que vamos fazer?" Como ele podia me perguntar isso, por que me faria essa pergunta, tão pouco tempo depois da revelação, como se não houvesse me enganado? Eu quis dizer "Como você se atreve" e "Isso é coisa sua, não nossa", mas sabia que, como não tinha lhe dado as costas e ido embora assim que contou que era casado, a coisa de fato tinha se tornado nossa. Entramos no último café que ainda estava aberto, perto da escada rolante, e conversamos, e me perguntei como o inglês justificaria para a esposa ter chegado em casa tão tarde. Fiquei chocada ao ver quão depressa a ideia de uma esposa foi absorvida. Quão calma eu estava. Ele disse que ela era um amor, mas que seu casamento estava embolorado. Embolorado. Durante muito tempo depois disso, não suportava ouvir ninguém descrever um pão como embolorado.

* * *

Fizemos amor pela primeira vez na casa dos meus pais, sobre a colcha florida do meu quarto, que me fazia lembrar do ano em que prestei os exames de qualificação para a universidade e não passei, o ano em que morei ali, quase o tempo todo sozinha.

"Estou menstruada", disse, hesitante, e o inglês respondeu: "Sangue é o que nós somos".

Ele se levantou para pegar uma toalha no banheiro e toquei as pintas cor de café espalhadas por suas costas. Elas se tornariam tão intimamente conhecidas por mim, aquelas pintas. Ele beijou minha clavícula e pousou a face contra a minha. Tanta ternura. A sensação era de que não era algo físico. Era a fusão das partes em nós que sonham, o desvendamento total de dois seres humanos. Depois, o inglês foi ao banheiro, voltou e começou a se vestir às pressas. Sentou numa cadeira, longe de mim, e vi em seus olhos algo como arrependimento, um olhar distante. Momentos antes, pairando sobre mim, ele tinha dito "Quero ver você", mas depois se manteve empertigado e frio, sua expressão fechada, a camisa um pouco amarrotada. Senti vontade de chorar. Senti seu afastamento, aquele homem que não ficava à vontade com mentiras, que nunca tinha traído a esposa. Eu não ia chorar. Não ia chorar. Devia ter ido embora quando ele contou que era casado, mas não fiz isso, e aquela culpa era minha. Pensei na pergunta dele, "O que vamos fazer?", e senti uma onda de raiva. Eu me cobriria de raiva, minha raiva me protegeria até o inglês ir embora; e então eu ia chorar. Ele se levantou e se sentou na cama ao meu lado. "Tudo parece tão precioso", disse baixinho, e tudo no mundo voltou ao lugar certo.

Nos sites sobre literatura de viagem, os posts do inglês ficaram diferentes. *Talvez ajude*, escreveu ele, *ser mais específico quando mandamos diretrizes sobre certos locais. A cidade tem diversidade, mas de qual tipo? Uma região é sem preconceitos, mas sem preconceitos contra quem? Uma aldeia pode, por exemplo, receber bem viajantes japoneses, mas não zambianos. Uma lésbica negra e uma lésbica branca podem ter experiências diferentes num país que consideramos aberto a minorias sexuais.*

Fiquei orgulhosamente entretida, me perguntando o que seus leitores iam achar. Será que um deles pensaria: "Ele se apaixonou por uma africana negra e agora está vendo o mundo com um olhar diferente?". Quanto a mim, eu escrevia minhas matérias pensando só nele. Ele era meu público, antes até de mim mesma. Li que Escópia era a capital mais chata da Europa e decidi ir lá, com o inglês em mente quando pensei numa matéria intitulada "Entediada num lugar entediante". Eu ia passar dois dias lá e, antes de ir, ficamos sentados num banco de parque vendo fotos de Escópia em blogs, com tanta coisa não dita entre nós, como o fato de que devíamos ir juntos, como o fato de que não devíamos estar daquela maneira.

Em Escópia, mandei mensagens de texto para o inglês de um restaurante rústico. Ali, eles não tentavam deixar a comida decorativa; meu prato principal foi um naco de porco com alho-poró jogado de qualquer forma. Uma mulher na mesa ao lado perguntou num inglês com sotaque carregado se podia tirar uma foto comigo. Ela era educada e estava vestida de maneira sofisticada, com um lenço de seda no pescoço e a barra da jaqueta desfiada, como estava na moda. Pensei em dizer que não era famosa, mas então me dei conta de que ela não achava que eu fosse. Tinha pedido porque eu era negra. Concordei e fiquei constrangida a seu lado, enquanto um homem sorridente, talvez seu marido, tirava a foto. Eles pareciam ser locais; aquele não era um restaurante para turistas. Quase desejei ser famosa, para dar algum valor às fotos deles. Mandei para o inglês uma foto furtiva tirada do casal quando eles voltaram para sua mesa. Isso nunca tinha acontecido comigo antes, mas eu já tinha ouvido falar de viajantes negros sendo seguidos e fotografados na Europa Central e Oriental e também na Ásia. "Não pode ser, no mundo de hoje?", respondeu o inglês. Ele estava me mandando notícias sobre um vulcão que entraria em erupção na Islândia, uma nuvem de cinzas sendo formada, o que significava que os aviões não iam poder decolar. Pensei naquelas cinzas mínimas mantendo aviões enormes no chão. "Estou preocupado", escreveu ele. "Não quero você presa aí com pessoas tirando fotos suas como se estivesse num circo." De fato, meus voos foram cancelados, de Escópia para Budapeste e de Budapeste para Londres. No aeroporto, senti uma torrente quente de pânico se espalhar por dentro do peito, pensando em ficar presa ali durante dias ou semanas, longe do inglês, naquela cidade onde eu era uma curiosidade. Todos os voos foram cancelados, os funcionários das companhias aéreas pareciam atordoados nos balcões, dizendo que lamentavam, mas não tinham nenhuma informação. Eu não estava me sentindo muito bem, com o estômago revirado, o cheiro de alho saindo dos meus poros. Em Londres, o inglês procurou opções na internet e disse que eu poderia pegar um ônibus até a Alemanha, vinte e quatro horas na estrada, e talvez ficasse presa na Alemanha, mas era melhor lá do que em Escópia, onde as pessoas me fotografavam como se eu fosse um pássaro de plumagem extraordinária. Disse a ele que aquelas fotos não tinham me incomodado muito.

"Você acha que eles teriam pedido se eu estivesse aí também?", perguntou o inglês.

A pergunta me surpreendeu. "Não sei."

"Queria estar aí. Quero ficar com você, preso num lugar que nenhum de nós dois conhece."

Quando enfim voltei para Londres, dias depois, o inglês me deu um abraço apertado que pareceu quase dramático, como se uma nuvem de cinzas pudesse ter durado para sempre. Aquilo deve ter abalado seu equilíbrio, pois naquela noite ele disse numa voz aguda, tentando se convencer: "Chia, vou para casa terminar meu casamento". No dia seguinte, o inglês disse que sua mulher não tinha ninguém — os pais morreram quando ela era jovem e, no ano anterior, a irmã tinha morrido de câncer nos braços dela. E assim, começou um ciclo: ele ia contar a ela naquela noite, no próximo fim de semana, no fim do mês. Então, disse que não tinha contado porque não conseguia contar, pois ela não tinha ninguém, e sua dor pela perda da irmã ainda era tão recente. Se a nuvem de cinzas não houvesse acontecido, toda essa conversa sobre contar talvez não tivesse começado. Eu estava dormindo mal, acordando de madrugada e me perguntando se ele finalmente tinha contado. Mas quando via seu rosto, sabia que não, e coisas antes preciosas se tornaram baratas e ordinárias. Eu disse ao inglês que o amava, mas que aquilo não era o bastante. Diversas vezes, parei de falar com ele, de mandar mensagens e de encontrá-lo na casa de meus pais. Mas começava de novo. Mentia para amigos e fingia que ele era solteiro, mas vivia sempre à beira do pânico, com medo de que alguma coisa fosse ser revelada e alguém fosse descobrir. Só Omelogor e Zikora sabiam que ele era casado.

Um dia, íamos da estação até a casa dos meus pais e o inglês disse algo sobre comer *crumpets* na infância e exclamei *"Crumpets!"* e comecei a rir, e ele começou a rir e, em meio à minha risada, olhei um trecho de grama morrendo com a chegada do inverno e pensei: Estou triste. Havia uma suavidade na minha tristeza, mas eu estava triste. Da última vez em que o vi, na estação de trem, disse-lhe que ia voltar para os Estados Unidos de vez. "Posso ir visitar você? Eu vou, dou um jeito...", o inglês disse, sua voz enfraquecendo. Ele segurou minha mão durante um longo tempo antes de largar. Não voltei àquela estação por muitos anos e, quando um dia fui, entrei e as lembranças me assaltaram, rápidas como um soco. O cheiro de uma estação de trem agitada de Londres, café, comida, perfume e pessoas, painéis com os horários dos trens piscando, as lojas iluminadas e as escadas rolantes. Meu corpo estacou, sozinho, sem que eu comandasse. Tropecei. Tão visceral, tão profunda foi a maré de lembrança, arrependimento, perda e saudade do que poderia ter sido.

ZIKORA

Sua mãe passou a noite toda ao seu lado, sem nunca tocá-la. No quarto de hospital abafado, elas ficaram praticamente em silêncio. Quando Zikora gritou, um som súbito que pareceu ter sido arrancado dela, a mãe disse calmamente, em igbo: "Parto é assim mesmo".

Zikora falou "Porra, jura?", mas só mentalmente, porque nem em sua agonia se atrevia a faltar ao respeito à mãe. Ela tinha se preparado para a dor, mas aquilo não era só dor. Era uma dor e algo diferente da dor, se espalhando das costas para as coxas e partindo-a ao meio — perverso, aniquilador, implacável. Era como o Velho Testamento. Uma praga. Seu corpo abandonado, uma tempestade primitiva e desgovernada estraçalhando-o. No entanto, disseram que Zikora não estava progredindo. Cada vez que o dr. K a examinava, com uma invasão de dedos enluvados, ele anunciava "Você não está progredindo", como se fosse culpa dela. O que queria dizer progredindo, afinal? Como ela podia não estar "progredindo" se esse tormento permanecia em seu nível máximo, hora após hora, um serrote retalhando-a loucamente por dentro, partindo seus intestinos e sua medula, procurando apenas a destruição. Zikora ficou com a vista embaçada. Do que ele está falando e o que estou fazendo aqui? Ela não estava pronta, é claro que não estava pronta, faltavam duas semanas para a data do parto. Chia ainda não tinha voltado de Bolzano e sua camisola de amamentação escrita Mãe de Primeira Viagem ainda não tinha chegado e até sua mãe só veio no dia anterior. Uma sensação monstruosa de despreparo tomou conta de Zikora. E então veio uma nova onda de dor cortando suas costas, seu estômago se revirando e o corpo confuso, sem saber se precisava vomitar ou fazer cocô. Se houvesse um instante de alívio, e isso parasse por tempo o suficiente apenas para ela voltar a si mesma. Mas esperar era a única cura. Uma espera infeliz e desamparada. Zikora tinha planejado rezar o rosário entre as contrações, mas seu terço estava jogado em cima da mesa. A oração, um forte inalcançável. Com frequência ela dizia "Não acredito", sobre um monte de coisas triviais, mas só agora aquelas palavras pareceram realmente se aplicar. O parto transcendia a imaginação; se Zikora não estivesse presa ali, nunca teria sido capaz de imaginar o desamparo vulgar de parir um filho. Tão pouco parecia controlável e tanto parecia insuportável, aquele quarto minúsculo e opressivo, a sensação do tecido contra sua pele. Ela arrancou a camisola do hospital, aquela coisa frágil com cordinhas afeminadas e a imensa abertura nas costas que parecia ter sido pensada para humilhar quem usava. Nua, Zikora se equilibrou na borda da cama e vomitou. As luzes do quarto a ofuscaram, inflamadas de impossibilidade. Ela ficou de pé e se sentou, buscando em vão uma posição confortável, e então ficou de quatro, com a barriga imensa pendurada entre as mãos e os joelhos. A enfermeira dizia "Respira" ou qualquer coisa parecida. Em suas costas, cólicas torturantes iam e vinham, como surpresas nefandas. Zikora queria sair de dentro da própria pele; queria se despir daquilo tudo. Se aquilo era dor, então nada que experimentara antes na vida merecia ser chamado de dor.

"Eu preciso agora!", gritou Zikora. "Preciso da anestesia agora!"

O sangue subiu até seus ouvidos e sua cabeça, e os lábios da enfermeira estavam se movendo, mas ela não ouviu nenhuma palavra.

"Preciso agora!", gritou Zikora de novo.

"Vou ajustar isto aqui, é um monitor fetal eletrônico, isto aqui bem na sua barriga", disse a enfermeira. Cílios falsos espessos brotavam das pálpebras superiores da enfermeira como se fossem plumas pretas, e faziam com que seus olhos parecessem pesados, semicerrados, como se ela não estivesse tão alerta quanto deveria estar para aquele trabalho. A enfermeira moveu o monitor na barriga de Zikora e puxou o cinto que a mantinha no lugar, com movimentos que tinham um toque de impaciência; queria que aquele parto acabasse logo. Zikora ficou furiosa. Provavelmente estavam falando sobre ela na sala de enfermagem, como tinha sido mandona e mal-humorada desde o começo, sem conseguir parar quieta durante a triagem. O ressentimento subiu a sua garganta como um gosto acre, pelas enfermeiras e por todas as mulheres que passavam firmes pelo parto como guerreiras ilesas.

"Quero avaliar você, só para ter certeza", disse a enfermeira.

Zikora ficou tensa ao pensar em ser cutucada de novo. As unhas da enfermeira deviam ser garras pontiagudas, para combinar com aqueles cílios ridículos, e quem garantia que não iam furar a luva e ferir seu colo do útero ou o que quer que estivessem checando?

"Bote os pés para cima e deixe as pernas caírem, uma de cada lado", disse a enfermeira.

"O quê?"

"Bote os pés para cima e deixe as pernas caírem, uma de cada lado."

Deixe as pernas caírem, uma de cada lado. Como as pernas podiam cair? Imagine! Zikora começou a rir. De algum ponto fora de si mesma, ouviu o som agudo e frenético de sua risada. A enfermeira olhou-a com a expressão resignada de alguém que já viu todo tipo de loucura que acometia mulheres parindo deitadas de costas, com o corpo aberto para o mundo.

Zikora estava cansada, tão cansada, e flutuava num vácuo, longe do próprio corpo. A fadiga vinha em ondas, como se não fosse possível que ela ficasse mais cansada antes de um novo cansaço se espalhar. Parecia úmida e sufocante, aquela fadiga, mas também prometia alívio, bastava Zikora sucumbir e se deixar levar. Aquilo a assustou. Todas as histórias que conhecia de partos que tinham dado errado emergiram, vívidas em sua mente. Ela podia morrer. Podia morrer aqui, agora, hoje, como a prima de Omelogor, Chinyere, morrera na maternidade de um hospital em Lagos quando estava prestes a ter o terceiro filho. A história era que Chinyere estava andando e respirando durante as contrações, que conversava com as enfermeiras, mas então, no meio de uma frase, parou, desmaiou e morreu. Zikora mal a conhecia, mas tinha lamentado sua perda. E, naquele momento, estava com o coração disparado. O dr. K disse que viria vê-la dali a uma hora. Ela poderia estar morta dali a uma hora, e não confiava que aquelas enfermeiras fossem saber o que fazer.

Mas não podia morrer ali, ali não, não nos Estados Unidos, num bom hospital perto de Washington, D.C., coberto por seu bom plano de saúde. Chinyere estava num bom hospital, Zikora se lembrava de Chia dizer que todos os quartos tinham enormes televisores de tela plana, mas, por melhor que fosse o hospital, todos ali ainda respiravam a mediocridade que era o ar nigeriano. Mas Zikora lera em algum lugar que a mortalidade materna era mais alta nos Estados Unidos do que em todo o mundo ocidental, ou talvez fosse mais alta para as mulheres negras americanas, ela não tinha mais certeza. Devia ter prestado mais atenção. A morte acontecia nos Estados Unidos também. Se ela morresse naquele quarto de hospital, com aquela bandeja de rodinhas e as flores desbotadas na parede, se tornaria apenas mais um pontinho minúsculo e sem nome nos dados, mais uma entre as multidões esquecidas de mulheres cuja causa da morte fora a bênção da gravidez.

O dr. K entrou, insuportavelmente calmo.

"Dr. K, não estou me sentindo bem, alguma coisa está errada", disse Zikora, porque alguma coisa tinha que estar errada; o parto não podia ser tão horrível, tão gratuitamente cruel.

"Não tem nada errado, Zikora, está tudo normal."

"Estou tão cansada."

"A anestesia está quase chegando. Sei que é desconfortável, mas o que você está sentindo é perfeitamente normal."

Ele falou como se ela estivesse sendo irracional e precisasse ser apaziguada com um tom condescendente.

"Você não sabe como é!", disse Zikora. Até aquela data, ele tinha sido o médico iraniano simpático escolhido por ela por ter compaixão no olhar. Naquele dia, era um homem obtuso, dando um sermão vago sobre uma experiência que jamais teria. "Desconfortável", ora, que palavra branda, inapropriada. E o que era "normal", o fato de a natureza ter em si uma dor supérflua? Os intestinos *dele* não estavam em chamas, o corpo *dele* não estava enjaulado em ondas aterradoras que se espalhavam das costas até a frente.

"Contenha-se", disse sua mãe em igbo, quase num sussurro, como se mais alguém pudesse entender. *Jikota onwe gi*. Essas palavras, com tanta frequência sussurradas, murmuradas ou ditas com um suspiro, sempre que Zikora fazia algo num lugar público e não podia levar uma bofetada imediata. Contenha-se: era um alerta e um lamento, dizendo para não deixar as coisas transbordarem, e, se tivessem transbordado, para pegar de volta o que você revelou. Fraqueza e carências, mas principalmente carência; sua mãe desprezava que ela demonstrasse qualquer tipo de carência, não importava quão inofensiva fosse.

Zikora tinha nove anos quando a segunda esposa de seu pai, tia Nwanneka, teve seu irmão Ugonna (meio-irmão, como sua mãe sempre dizia). Para visitar o bebê, a mãe prendera o cabelo de Zikora num coque muito apertado e mandou que colocasse seu vestido de sair, rosa e de saia rodada, como se estivesse indo à missa de domingo. A casa de tia Nwanneka estava com um cheiro delicioso de fritura. O bebê dormia.

"Quer banana-da-terra e peixe, Zikky?", perguntou tia Nwanneka.

Antes que Zikora pudesse responder, sua mãe disse educadamente: "A Zikora já comeu, obrigada".

Enquanto isso, Zikora estava respirando banana-da-terra e peixe, e sonhando com eles; tinha almoçado em casa, mas não importava. Podia sentir o gosto do ar, e era tão delicioso que ela quase foi flutuando até a cozinha, em transe. E se levantou mesmo, mas foi para fazer xixi, e, quando saiu no corredor, encontrou tia Nwanneka indo ver o bebê e disse-lhe que estava com fome, só um pouquinho. Tia Nwanneka lhe trouxe um prato, pedaços ovais de banana-da-terra, frita até dourar, e um pedaço de peixe, o rabo, ainda por cima, frito e crocante.

"Você sabe como é criança", disse tia Nwanneka para a mãe de Zikora, rindo.

Zikora olhou o prato e comeu sem encarar a mãe.

"Estávamos indo para o Nike Lake", disse sua mãe abruptamente, já se pondo de pé, quando Zikora ainda tinha pedaços de banana-da-terra no prato. Lá fora, perto do carro, Zikora sentiu uma tontura, uma sensação de surpresa e não dor, quando a palma da mão da mãe bateu com força na sua bochecha.

"Nunca mais me humilhe desse jeito", disse a mãe, baixinho. E então ali estava ela, humilhando a mãe ao não lidar com o parto como uma estoica muda. Parte da filosofia de sua mãe era suportar a dor com orgulho, principalmente o tipo de dor exclusivo das mulheres. Quando Zikora tinha cólicas na adolescência, a mãe dizia: "Aguente, é isso o que significa ser mulher", e passaram-se anos até ela descobrir que outras meninas tomavam Buscopan para as dores da menstruação.

* * *

O anestesista esbanjava alegria falsa, um sardento com bigode ruivo. Ele estava falando demais, e depressa demais. Fez Zikora lembrar de um colega de trabalho, Brad, também ruivo, que tagarelava sem parar em reuniões, com uma animação para disfarçar sua incompetência.

"Preciso da sua ajuda para fazer isso, ok? Preciso que fique bem quietinha, ok? Vai levar só um minuto, ok?"

Ele não inspirava nenhuma confiança. Zikora se perguntava se era qualificado e onde tinha estudado. Não havia mulheres que ficavam paralíticas por causa de anestesias epidurais malfeitas?

"Essa é sua mãe?", perguntou o anestesista. "Oi, mamãe! Quero que você ajude a gente, ok? Ótimo. Ajuda ter alguém da família. Se você puder segurar para ela não se mexer…"

Sua mãe, ainda sentada na poltrona, disse: "Ela consegue sozinha".

"Ah, ok", disse o homem, constrangido.

"Ok", repetiu a enfermeira, e Zikora sentiu uma torrente de fúria, por causa da desnecessidade de um comentário daquele, feito apenas para provocá-la, aquela enfermeira dizendo "Ok" com as sobrancelhas erguidas numa expressão de falsa surpresa.

Por que fazer essa cara se a mãe não queria segurá-la?

Será que as outras mães não ficavam imóveis como caixões, com o rosto perfeitamente maquiado e os óculos de armação dourada no lugar? Então, por que a surpresa?

Talvez a enfermeira estivesse pensando que o pai do bebê deveria estar ali em vez de sua mãe fria, o que seria um enorme atrevimento, porque aquelazinha provavelmente tinha três filhos com três homens ausentes diferentes, filhos mal-educados com quem ela gritava enquanto grudava aqueles cílios em algum apartamento apertado e quente demais em Baltimore. Zikora se sentiu feia e furiosa, e acolheu as sensações num refúgio amargo. O meio da sua cabeça latejava. Que mesquinharia da parte do parto, insistir em todas as formas de dor, até dores de cabeça comuns. O anestesista não parava de falar. "Fique bem quietinha, ok?" Num silêncio impassível, ela se debruçou e abraçou o travesseiro, mantendo-se imóvel quando ele passou um líquido frio em suas costas e depois a espetou brevemente com a agulha. Seus olhos se encheram de lágrimas; sua raiva começou a azedar e se transformar numa escuridão parecida com a tristeza. A anestesia estava espalhando uma estranheza em Zikora, uma sensação fantasma, como se metade de seu corpo tivesse sido cortado e a outra metade estivesse apegada à lembrança daquela perda. Realmente, deveria ser Kwame ali com ela, sentado naquela poltrona, encontrando um jeito de fazer uma brincadeira com a palavra "acastanhado". Num impulso, Zikora pegou o celular e mandou uma mensagem para ele: *Estou em trabalho de parto no East Memorial*. Ficou segurando o aparelho, checando-o, mentalizando a resposta de Kwame na tela, até que o dr. K a mandou começar a fazer força.

Eles se conheceram no lançamento de um livro de receitas veganas ao qual Zikora quase não foi. Pessoas estilosas circulavam sem rumo num espaço no terraço de um prédio, no centro da cidade, enquanto alguém ao microfone descrevia os complicados canapés sendo servidos em bandejas. A autora era uma chef particular, casada com seu colega Jon.

"Vocês se conhecem?" Foi assim que Jon a apresentou a Kwame, e Kwame inclinou-se em sua direção, um gesto de intimidade casual, surpreendente, mas não inapropriado, como se eles se conhecessem, sim, mas fossem apenas bons amigos.

"Quando eles dizem que alguma coisa tem sabor acastanhado, a gente sabe de que castanha estão falando? Porque uma castanha-do-pará não parece nada com uma castanha-de-caju", disse Kwame.

"Acho que eles querem dizer uma textura, não um sabor", respondeu Zikora, rindo, um pouco ansiosa demais, pois não estava esperando encontrar alguém interessante no lançamento desse livro de receitas vegano, e ali estava um homem negro bem-apanhado e as possibilidades começaram a zunir baixinho. No primeiro encontro deles, Kwame disse "Você está acastanhada de tão bonita!". Ele tinha um quê de menino, o que não era, como em alguns homens, mero disfarce para a imaturidade; Kwame era um adulto que ainda conseguia encontrar dentro de si a curiosidade e inocência da infância. "Acastanhado" virou a palavra deles. Passaram a usá-la como advérbio, como apelido carinhoso, como adjetivo e, mesmo quando não tinha graça, era algo que era deles.

No dia em que terminaram, Kwame disse: "Oi, sua pessoa linda e acastanhada". Nenhum dos dois sabia que ia terminar naquela noite quando chegaram de mãos dadas ao evento de gala do escritório de advocacia dele, ele de terno escuro e ela de vestido esmeralda, um casal negro elegante em Washington, D.C., repleto de possibilidades brilhantes e estreladas. Zikora nunca tinha conhecido um homem tão atencioso e desprovido de inquietação. Ele compartilhava abertamente detalhes de sua vida e, no começo, sua franqueza a desorientou, pois ela havia namorado homens tão reservados que guardavam segredo das coisas mais simples. Quando Kwame a via, deixava que seu rosto se iluminasse; não mascarava seu deleite ou fingia que não se importava tanto. Ele disse "Eu te amo" antes dela. Kwame deveria ser como os outros homens negros, heterossexuais e bem-sucedidos da cidade: intoxicados com a própria raridade, repletos de oportunidades românticas, sempre esperando uma coisa melhor. A princípio, Zikora se manteve alerta, esperando que Kwame mudasse, se rompesse e revelasse seu cerne lamacento e sinistro. Mas ele continuou igual e, assim, ela se abriu por inteiro para aquela vida a dois. Zikora era treze meses mais velha, mas às vezes se sentia muito mais velha, como se soubesse melhor do que ele como as costuras da vida podem ser tortas. Kwame não parecia perceber a falta de sinceridade das pessoas e a inveja dos amigos, frequentemente evidentes para ela. Ele dizia, brincando, que Zikora precisava aprovar os amigos dele, para protegê-lo, uma piada que tinha um fundo de verdade. "Você provavelmente teria me alertado sobre a Maya", disse Kwame certa vez, rindo. Maya, a namorada de longa data da faculdade e da pós em direito, que disse a ele que queria terminar porque estava entediada, deixando-o abalado e celibatário durante anos. Zikora sabia que, quando Kwame dizia que adorava como eles se entendiam, o que estava insinuando era que com Maya não fora assim. Ou que, quando ele dizia que adorava o fato de eles terem histórias parecidas, estava querendo dizer que Maya não era africana, e ser africana era um ponto positivo. Isso agradava ao espírito competitivo de Zikora, ter essa vantagem sobre a ex. Mas a infância americana de Kwame fora pesada de maneiras muito diferentes da sua na Nigéria. Kwame tinha sido criado no norte da Virgínia, com seus sonhos já sonhados para ele. A intensidade de imigrante de seu pai ganense misturada com a de sua mãe afro-americana, determinada a abrir para o filho as muitas portas que a história tinha fechado em sua cara. Kwame e o irmão mais novo tinham feito aulas de violino e estudado em escolas particulares, onde o uniforme era formal, e todo verão o pai contratava professores particulares e pregava listas de leitura na geladeira. Ele mal tinha aberto sua carta de aceitação na Cornell quando os pais começaram a discutir sua pós em direito. A primeira vez que Kwame a levou para o almoço de domingo na casa de seus pais em McLean, Zikora ficara surpresa com a amabilidade deles. Pelas histórias que Kwame contava, esperara que fossem recebê-la com cautela e passar a refeição inteira decidindo se ela estava à altura de seu filho. Zikora não esperava ficar tão à vontade com eles, mas sabia que sua aprovação teria sido mais lenta se não tivesse as credenciais certas. A mãe de Kwame lhe perguntou sobre sua empresa de advocacia, Watkins Dunn. "O marido da prefeita, que já faleceu, foi um dos fundadores", contara, algo que Zikora nem sabia. O pai perguntou sobre os negócios de petróleo do pai dela em Enugu, e ela respondeu: "Bom, é uma prestadora de serviços de petróleo", um pouco surpresa por Kwame ter lhes contado tantos detalhes de sua vida. O pai dele ouvia com atenção quando os outros falavam, inclinando a cabeça grisalha com o ar de um diplomata simpático. A mãe dele a mimou, dizendo você não comeu direito, você come carne, não come, a torta de frutas está boa? Depois do almoço, a mãe disse que eles tinham que fazer uma performance especial para Zikora, e sentou-se ao piano e começou a tocar, enquanto Kwame grunhia e o pai cantava o hino nacional de Gana.

"Que bom que ele finalmente seguiu em frente", disse a mãe no ouvido de Zikora enquanto davam um abraço de despedida.

No carro, Kwame afirmou: "Podia ter sido um pouquinho melhor", e ela socou o ombro dele de brincadeira.

"Para sua casa ou a minha?", perguntou Kwame.

"Para a minha."

Ele sempre perguntava, embora eles passassem mais tempo no apartamento dela; era maior do que o dele, com janelas mais altas, uma sala de estar banhada de luz. Kwame dizia que toda aquela luz natural fazia seus video games ficarem mais bonitos na tela. Todo domingo, Kwame ia com Zikora à missa e depois, no brunch, brincava dizendo que não foi preparado pela igreja batista negra que frequentava para todo aquele senta e levanta dos católicos. "Mas é tudo amor", disse ele. "Martin Luther King disse que Jesus era 'um extremista do amor'."

Kwame lhe contou que as visitas a Gana que fazia na infância tinham diminuído até deixarem de existir, depois que seu pai se afastou dos familiares por causa de questões de herança que ele nunca entendera direito.

"Meu pai se recusa a tocar no assunto", disse.

"É triste como essas coisas podem dividir as famílias."

"É. Mas nós vamos me fazer voltar às minhas raízes africanas, não vamos?"

"Vamos", respondeu Zikora, beijando-o nos lábios.

Então aquilo era a felicidade, viver na primeira pessoa do plural. *Precisamos comprar leite. Vamos ficar uma noite em casa esse fim de semana? Vamos nos atrasar para esse negócio. Vamos ao museu ou não?*

Eles foram à reunião da família da mãe de Kwame, e Zikora ficou comovida ao ver que ele tinha encomendado uma camiseta para ela também, com o sobrenome da mãe impresso sobre uma árvore repleta de galhos. Ela a usou, exultante por pertencer, enquanto o observou jogar *frisbee* com os adolescentes da família num campo ladeado de cerejeiras. Eles gritavam e se provocavam, e Zikora viu como gostavam de Kwame e o admiravam, aquele primo mais velho bem-sucedido, um advogado na capital, rico e descolado. As mulheres da família flertavam com Kwame e ele as elogiava de maneira generosa e inofensiva. Ele era amado, rodeado por todos, que o queriam tocar, conversar com ele. Zikora ficou sentada na sombra comendo melancia com os pais de Kwame e, de tempos em tempos, eles riam das palhaçadas do filho, com uma linguagem corporal fluente de orgulho: havia se tornado exatamente o homem que esperavam. Quando riam, a mãe de Kwame cutucava Zikora, num convite para que ela participasse daquela alegria. Zikora percebeu que estava com as costas mais eretas e comendo de uma forma mais delicada, como se tivesse ganhado um prêmio que não tinha certeza se merecia e, portanto, precisasse mostrar seu melhor lado.

Zikora sempre tinha imaginado seu futuro como uma linha do tempo vívida — primeiro, um emprego lucrativo e prestigioso, depois uma cerimônia de casamento luxuosa numa igreja católica, logo seguida por dois filhos, talvez três. Pequenos detalhes mudavam de tempos em tempos — às vezes ela se visualizava em Londres, caminhando depressa para o trabalho nas manhãs enevoadas, ou em Lagos, lendo peças processuais em sua SUV com ar--condicionado, ou numa costa diferente dos Estados Unidos, na Califórnia talvez, usando sapatos abertos para o trabalho — mas os elementos essenciais permaneciam inalterados. Zikora fez sua parte, correndo atrás do emprego de forma persistente na Watkins Dunn, e então esperou que o universo providenciasse o restante, como deveria. Mas o descuidado universo parecia ignorá--la. Ela viu os anos passarem depressa e os relacionamentos começarem e acabarem, sempre pensando: "Tem que ser o próximo homem, não é possível que não seja o próximo homem". Por que não acontecia com ela? Zikora nunca tinha duvidado de que um casamento aconteceria com a mesma naturalidade com que o dia virava noite. Um casamento aos vinte e sete ou vinte e oito anos era ideal, mas podia ser aos vinte e nove também, e, quando ela fez trinta anos, sentiu-se abandonada nos desertos da própria mente. Convites de casamento estavam chegando, de amigas na Nigéria e dos Estados Unidos, e Zikora ficava nauseada com os envelopes de cor discreta com palavras escritas em fontes rebuscadas. O universo tinha virado uma chave e casamentos choviam para todos, menos para ela. Quando seu aniversário de trinta e um anos estava próximo, Zikora se sentiu mais otimista porque começara a rezar novenas, para são José, marido da Virgem Maria; para o arcanjo Rafael, que ajudara um casal no Livro de Tobias; e, com mais frequência, para o Imaculado Coração de Maria. Rezava orações simples durante nove dias e, depois, recomeçava. A repetição trazia tranquilidade, como uma nuvem se movendo devagar, um vento soprando devagar e depois mais depressa, a certeza de que o que era dela chegaria, e logo. Zikora sabia que o papa não estava bem — ele parecia mais abatido a cada dia, dolorosamente curvado e apoiado em seu cetro —, mas, no dia em que ela acordou e soube de sua morte, o choque se espalhou por seu corpo, deixando-a dormente. João Paulo II tinha morrido, suas certezas estavam se estilhaçando e os pedaços a cegavam. Zikora tinha oito anos quando o Papa visitou a Nigéria, e a visita pareceu ainda mais importante porque sua mãe lhe disse: "Essa é a primeira vez que ele viaja desde que levou um tiro, e ele veio para cá", como se isso fosse um sinal de quão especiais eram os nigerianos e de como ela e a mãe eram especiais. O rosto bondoso do papa sorria no broche com bordas douradas, pregado no colarinho da mãe de Zikora, na foto emoldurada e pendurada na parede da sala de jantar delas, nos almanaques da igreja espalhados pela casa. Um rosto que Zikora conhecia tão bem, mas quanto estava despreparada para ver aquele sorriso em pessoa, e ele, menor do que esperava, vivaz e vigoroso, com a pele ficando rósea ao sol, mas ainda assim não menos cristão. O papa parecia vir de um lugar abençoado e espectral, um lugar generoso, para trazer-lhes apenas o bem. Aquele dia, no meio da multidão que ladeava a rua que levava ao campo, Zikora, a mãe e as tias estavam na frente, perto suficiente para esticar o braço e tocar o papamóvel, porque padre Damian lhes reservara um lugar, e o sol se escondeu brevemente quando o papa ergueu a mão e acenou para ela. O papa acenou para ela, sorriu para ela, e, naquele momento, quando estava com a mão erguida, uma alegria que Zikora jamais sentira desceu do céu e pousou sobre ela. Zikora ficou tão feliz, tão indiscutivelmente feliz. O papa a vira. Ela nunca duvidou de que ele a vira. Sua vida estava aberta; o caminho de seus sonhos, seguro. E agora o papa estava morto e seus sonhos não estavam mais aninhados onde deveriam. Ela tinha quase trinta e um anos, não estava casada nem havia nenhum homem sério em cena. A respiração dela acelerou e o ânimo desabou. O celular estava tocando, era Chia, e ela exalou calmamente antes de atender, mas Chia mal disse "Zikor" e ela caiu no choro. Seu nariz escorria e ela tossia, pois as lágrimas a sufocavam. Nunca tinha perdido tanto o autocontrole, chorando daquele jeito. Devia estar casada e com um filho àquela altura, sua vida não estava onde deveria estar, e ela não sabia por que outras pessoas estavam recebendo o que ela merecia também. Seu choro deixou Chia alarmada e confusa. Ela não parava de falar "Zikor, por favor, pare de chorar. *Biko I bezina*".

Quando Chia veio da Filadélfia para vê-la naquele fim de semana, Zikora estava arrependida e um pouco envergonhada do desespero cru que demonstrara. Chia insistiu, mais uma vez, para que ela tentasse conhecer homens online e Zikora, mais uma vez, resistiu. Só conseguia pensar naqueles comerciais de TV com casais improváveis parecendo plenos demais, com a luz suave e a música esperançosa com um quê de fraudulentas, como se tivessem sido pensadas para a persuasão. Tentar se vender online estava fora de questão, seria a humilhação suprema. E se um de seus colegas de escola visse sua foto na internet? Bom, disse Chia, se seu colega vir a foto, vai estar no site de namoro também.

"Eu usaria esses sites de namoro se meu coração não estivesse tomado pelo Darnell", disse Chia. A querida e sonhadora Chia, com aquela expressão enevoada, igual desde o ensino fundamental, quando ela era apenas "a irmã mais nova dos gêmeos", duas séries mais nova que Zikora. Ela ia à casa deles nadar na piscina, que era maior do que a do Hotel Presidential, e lá estava Chia, com vestidos bonitos demais para só ficar em casa, paparicada mas não mimada, se oferecendo para pegar uma toalha ou uma Fanta para Zikora, lisonjeando-a, tão ansiosa para que gostassem dela e tão inconsciente das próprias atrações. "Essa não é das mais espertas", disse a mãe de Chia sobre ela, e Zikora sentiu um impulso de defendê-la, mesmo antes de elas se tornarem amigas de verdade. Só quando estavam nos Estados Unidos depois do ensino médio, e foram parar primeiro na Filadélfia e em Maryland em seguida, uma amizade verdadeira, entre iguais, tivera início.

"Zikor, faço o seu perfil no site. Você só precisa experimentar e ver", disse Chia, e Zikora aceitou.

Chia usou uma foto de Zikora sentada em um café ao ar livre, dando uma risada despreocupada, numa luz entrecortada. Não era uma foto ruim. Ela fez login e olhou matches em potencial, clicando em cada um com um dedo relutante, mas logo começou a olhar sua caixa de entrada, sempre cheia, com uma deliciosa expectativa; uma dessas mensagens talvez seja do meu futuro marido, pensava. Conversou com alguns por telefone. Um deles perguntou "Como está seu gato?" e Zikora desligou. Era a segunda conversa e ele ainda a confundia com outra pessoa. Apenas com um ela marcou um encontro num bar no centro da cidade. No site de namoro, ele era do subgrupo ao qual Zikora dera preferência desde o começo, Negros Internacionais, o que, para ela, significava Negros Não Americanos. Um advogado jamaicano alto, musculoso e com a pele cor de chocolate na foto de perfil, com uma voz responsável ao telefone. Ela gostou de seu sotaque jamaicano. Zikora se empoleirou, animada, num dos banquinhos do bar, preparando-se para encontrar alguém mais gordo ou mais baixo, pois sabia que as pessoas usavam fotos antigas, mas, absurdamente, surgiu um homem magrelo e de pele clara e disse "Zikora?", como se aquilo fosse normal. Era mesmo o homem, a voz e o sotaque eram iguais. Ele fez menção de sentar enquanto ela pegava o celular e a bolsa e ia embora.

Zikora tentou outro site de namoro, para pessoas negras que moravam na Grande Washington, onde a maior parte dos perfis exibia viagens internacionais gloriosas, fotos de páginas de passaporte e da Torre Eiffel, imagens tiradas de um avião que pousava. *Eu amo viajar, você ama viajar?* Ela achava aquilo um símbolo de status baixo, essa obsessão com viagens internacionais que americanos negros tinham, como gente da roça se gabando de ter ido à cidade. *Posso ir para aí?*, muitos homens negros perguntavam após algumas mensagens de texto. *Posso ir para aí agora?* Como eles podiam saber se ela não estava esperando com uma faca afiada ou uma bebida envenenada?

Zikora experimentou um site para cristãos, mas ele lhe pareceu fantasmagórico, com poucos homens, e menos homens negros ainda. O único com quem deu match se parecia com o homem no noticiário que tinha acabado de matar duas mulheres e colocar seus corpos em sacos de lixo. Zikora deletou todas as suas contas. Usar sites de namoro parecia falta de fé, como se ela duvidasse da certeza de que o que era seu chegaria.

Quando Zikora considerou congelar os óvulos, já estava com trinta e tantos anos. "Eu não aconselharia a fazer isso na sua idade. Aconselharia a começar a FIV e tentar engravidar agora", disse o médico, enquanto ela assentia serenamente para ocultar sua decepção. Tentar engravidar agora. Se ela pudesse engravidar agora, não estaria no consultório da clínica de fertilidade para discutir o congelamento dos óvulos. Ou talvez o médico quisesse dizer um doador de esperma, o que não era uma possibilidade, era quase uma blasfêmia ter um bebê sozinha, com um pai de origem desconhecida. Zikora saiu da clínica e foi dirigindo para o trabalho, e não sabia então, mas em breve teria dois relacionamentos com homens que eram ladrões de tempo, pois ficou com eles à espera de que a pedissem em casamento, à espera enquanto o final de seus trinta anos escorria por seus dedos, ainda à espera. Se quisesse um colar bonito, tirar umas férias ou comprar um apartamento, podia usar seu cartão de crédito e eles logo eram seus, mas o que mais queria, um casamento, dependia de outra pessoa.

O primeiro ladrão de tempo tinha olhos que nunca sossegavam. Era furiosamente ambicioso, inquieto, procurando por qual oportunidade de investimento se aventurar, quais novos picos tentar alcançar. Quando se sentava diante dele em restaurantes, Zikora sempre ficava tentada a olhar pra trás ou para o lado a fim de ver o que estava olhando. Ele usava um perfume forte demais e tudo o que tocava, todos os cômodos onde entrava, tinha cheiro de rum coriáceo. Aquele perfume dava uma leve dor de cabeça em Zikora, mas ela nunca disse a ele. O homem tinha se formado em direito em Enugu, feito um MBA em algum lugar do centro-oeste dos Estados Unidos e concluído um mestrado em saúde pública em College Park. Vivia indo ao porto de Baltimore para enviar contêineres para Lagos e usava muito a palavra "mexer". Eu mexo com fundo imobiliário. Mexo com o mercado financeiro. Mexo com a indústria farmacêutica. A primeira vez que Zikora o visitou ficou chocada com o estado de sua casa. Teias de aranha pendiam finas do teto, havia iogurtes não terminados com camadas de mofo na mesa de cabeceira e, no chão perto da cama, copos com restos de um líquido espesso, cerveja choca ou, quem sabe, suco. As migalhas secas de salgados espalhadas no sofá não pareciam ter sido só ignoradas, mas nem vistas. Como ele conseguia aparecer em público limpo e com a roupa passada, com um corte de cabelo bem-feito e os sapatos brilhando, e viver naquela imundície como se nada fosse? Ela ficou quase assustada, como se aquela falta de higiene terrível tivesse um significado, ou fosse uma pista ainda não decifrada, mas sem dúvida tenebrosa.

"Desculpe, é que faz muito tempo que não vem uma mulher nesta casa; você é a primeira", disse ele, sorrindo, e esperando que Zikora parecesse satisfeita. Na visita seguinte dela, pratos com pilhas dos restos mastigados de ossos de frango tinham sido deixados na mesa de jantar, como se ele não soubesse de sua vinda. Havia uma colher oleosa dentro de uma tigela suja ao lado da cama. Ele disse: "Vou limpar, desculpe", mas soou pouco convincente, quase imperturbado, meio que esperando que Zikora se oferecesse para fazer ela mesma. E Zikora fez, de salto alto — limpou as superfícies da cozinha e lavou a louça antes de eles saírem para ver um filme.

"Você quer filhos?", perguntou ele, quando Zikora já estava esperando havia mais de um ano.

"Quero, muito."

"Você já ficou grávida?"

A pergunta foi feita com leveza, mas ela discerniu ali um sondar implacável. Ficou surpresa e aborrecida ao descobrir que ele era o tipo de homem igbo que queria uma prova de fertilidade antes de pedir uma mulher em casamento. Homens atrasados e ignorantes tomavam essa precaução feia, esse escambo de um bebê pelo casamento, não homens como ele, com muitos diplomas, que faziam doações para o Partido Democrata e jogavam golfe com americanos no Turf Valley. A camada progressista dele devia ser fina, seletiva, talvez só um disfarce, e Zikora se preocupou com o que mais seria revelado. Em outro momento da vida, teria mandado aquele homem à merda por causa daquela pergunta.

"Não", respondeu ela.

"Sua mãe teve dificuldade para ter outros filhos?"

"Ela ficou grávida várias vezes, mas sofreu abortos espontâneos", disse Zikora, ouvindo o tom defensivo na voz. Foi quando entendeu por que ele tinha perguntado: como era filha única, talvez tivesse sido infectada com a maldição dos filhos únicos, na melhor das hipóteses, ou, na pior, com a infertilidade.

"Podemos começar a tentar. O que você acha?" Ele tinha se empertigado na cama e olhava Zikora com uma expressão magnânima, de alguém satisfeito consigo mesmo, como se estivesse lhe dando uma dádiva. Aquilo era um pedido de casamento? É claro que teria sido melhor um pedido de casamento antes de pedir que engravidasse, mas ainda assim seu entusiasmo era crescente.

"Acho que não é má ideia", disse Zikora, e riu.

"Eu não acredito em babás."

"Oi?"

"Quando acontecer, você precisa organizar sua situação no trabalho, porque eu não acredito em babás."

Zikora se recostou no travesseiro e não disse nada. Até o edredom tinha o cheiro do perfume dele.

"Dou tudo o que você precisar, meu bem", disse o homem, puxando-a gentilmente para perto. "Claro que dou; não precisa se preocupar."

Ele achou que Zikora precisasse ter certeza de que seria sustentada. Não entendia que ela talvez não quisesse passar anos desempregada, ou que também quisesse realizar coisas no mundo, ter coisas só suas. Como era incompreensível aquela cegueira em alguém tão ambicioso. Ou talvez fosse da natureza da ambição não conseguir enxergar outros exemplos de si mesma. Zikora tinha sentido desde o começo que sua visão e a do primeiro ladrão de tempo sobre a forma da vida eram muito diferentes, como naquelas imagens que as pessoas enviavam perguntando se você enxergava cinza ou rosa, pois cada um via uma cor diferente, embora estivessem olhando a mesma coisa. Ainda assim, ela continuou, pois as pessoas mudavam, e ela poderia mudá-lo. Vamos casar primeiro, pensou, deixe que eu engravide primeiro. Zikora continuou a lavar os pratos que o homem largava na mesa; houve pelo menos um progresso, já que ele não deixava mais nenhum debaixo da cama.

Certa vez, quando Zikora tinha parado de tomar pílula anticoncepcional, o homem disse, pensativo: "Meu pai é um membro importante da igreja anglicana em Mbaise. Não me importo com um casamento católico, mas não sei se ele vai aceitar".

"Sou flexível", disse ela, um pouco depressa demais, antes que seu rosto demonstrasse sua consternação. Crateras surgiram em seu coração quando pensou num casamento que não fosse católico, uma cerimônia insípida numa igreja protestante; ela nem se sentiria casada depois, mas não quis ficar pensando muito naquilo. Eles podiam receber uma bênção católica depois do casamento e, uma vez que estivessem planejando tudo de maneira mais firme, ela talvez ainda pudesse convencê-lo de que os protestantes não se incomodavam tanto com casamentos mistos quanto os católicos. O importante era zarparem de uma vez. Então, Chidimma lhe mandou uma foto de um convite de casamento. Zikora tinha saído do trabalho e estava numa farmácia cvs procurando um suplemento sobre o qual tinha lido que aumentava a fertilidade. Mais tarde, se lembraria disso com uma ironia amarga, ela segurando um frasco de pílulas rosa e azul enquanto olhava a imagem na tela. Chidimma era uma colega insignificante do ensino médio, mas, depois de se mudar para Houston e casar com um homem que depois acabou na prisão, ela se tornara uma fonte de fofocas, enviando atualizações sobre todos para todos os outros. A princípio, Zikora ficou confusa ao ver o nome dele em fonte cursiva, mas então, com um arrepio gélido, entendeu que ele estava prestes a se casar com uma moça na Nigéria. Ela balançou a cabeça, e depois balançou de novo. Sentiu-se num filme de Nollywood, que usava truques baratos como caprichos e coincidências. Zikora refletiu sobre a natureza da dissimulação. Parecia tão desnecessário ele ter se prestado àquela encenação elaborada. Ela já estava transando com o homem, então ele não precisaria ter mentido e falado de casamento se o que queria era sexo. Ou será que tinha feito o pedido para diversas mulheres, planejando dar o prêmio do casamento a quem quer que engravidasse primeiro. Zikora queria saber, queria mesmo, para acalmar sua mente, mas Chia lhe disse para não ir tirar satisfações com ele, para simplesmente bloquear o número e esquecer. "O que ele poderia te dizer que vai fazer sentido?", perguntou Chia.

Zikora sentiu uma bifurcação de si mesma, duas partes suas existindo em paralelo. No trabalho, era meticulosa, cética, lia e questionava tudo duas vezes, mas, com os homens, seguia em frente aos tropeços, querendo acreditar em tudo o que lhe diziam.

O outro ladrão de tempo foi um homem que fazia birra como uma criança. Às vezes, sem motivo nenhum, ele ficava em silêncio por horas ou dias, com o lábio inferior fazendo beicinho como o de um menino de dois anos que acreditava que havia sido injustamente privado de algo. Se Zikora tentasse falar com ele antes que estivesse pronto para conversar, ele começava a murmurar uma melodia, desafinado. Ela se sentia como uma médium nesse relacionamento, adivinhando motivos e consertando defeitos cujas fronteiras lhe eram desconhecidas. "Eu sinto muito", Zikora acabava dizendo, sem saber bem o motivo de estar se desculpando. O homem gostava mais quando as desculpas eram acompanhadas por lágrimas. Derramava elogios sobre Ellen Johnson Sirleaf e Angela Merkel, dizendo com frequência "Amo mulheres poderosas", mas, sempre que Zikora discordava dele, se irritava e declarava: "Isso é falta de respeito!". Ele gostava de falar sobre política nigeriana e americana, e era perspicaz e engraçado — "Os políticos americanos são mendigos e os políticos nigerianos são ladrões, mas, no fim das contas, todos são obcecados por dinheiro", disse certa vez —, mas, sobre o relacionamento deles, falava pouco, e ela precisava buscar significado em seus gestos. Certo dia, ele trouxe um presente de surpresa para ela, num saco de papel elegante, e não era típico dele dar um presente só por dar. Era frugal, achava que os restaurantes fossem uma enganação; batia os olhos nos cardápios e dizia: "Essa entrada paga por uma semana de mercado". Era uma caixa quadrada envolta em papel macio cor de creme. Zikora sentiu o estômago contrair e soltar, certa de que era uma aliança, já que não podia ser mais nada. O homem nunca tinha perguntado de que tipo de aliança ela gostava, mas não importava, pois ela sempre podia comprar outra para si mesma e, é claro, dizer para todo mundo que fora presente dele. Zikora ergueu o papel macio folha por folha, para saborear o momento antes de chegar à caixa, e, ao erguer os olhos, viu-o sorrindo para ela. Na caixa havia uma vela cor-de-rosa, com um longo pavio espetado.

"Lembrei que você disse que gostava de velas perfumadas."

Zikora fez uma pausa antes de dizer obrigada. A humilhação se espalhou naquela pausa como um creme espesso. Jamais havia dito que gostava de velas perfumadas, porque não gostava de velas perfumadas. Usá-las era correr risco de incêndio por uma recompensa trivial; ela não via sentido em acendê-las quando era tão fácil comprar um aromatizador. Zikora deixou a vela perfumada ainda na caixa em cima de sua cômoda. Se ele tinha dado uma vela perfumada para ela, significava que a pessoa que gostava de velas perfumadas deixara de fazer parte de sua vida; ou talvez a pessoa que gostava de velas perfumadas rejeitara aquela furiosamente e estava aguardando outras formas de expiação da parte dele. Zikora nunca perguntaria; o silêncio era seu único refúgio da força total da humilhação que a diminuiria e a tornaria minúscula. Ela poderia ter escondido ou jogado fora a vela, mas, sempre que passava pela cômoda, via aquele lembrete do que escolhera suportar. E de fato suportaria, pois estava penosamente ciente do tempo que passava. Zikora tinha trinta e oito anos e ele era um igbo católico que trabalhava no CDC e que não era desagradável nos dias bons. Se ele a pedisse em casamento em breve, ela poderia ter seus dois filhos, um atrás do outro, antes de fazer quarenta e dois. Tinha lido em algum lugar que o risco de autismo aumentava com a idade da mãe, como se já não tivesse o bastante com que se preocupar. Alguém, num dos grupos de católicos online dos quais ela participava, postou: *Todas vocês que estão esperando por Deus, lembrem que Sara teve Isaac com uma idade avançada. Lembrem-se de santa Isabel e são João Batista. Não se desesperem.* Zikora se desesperava, sim, porque essa era exatamente a raiz de seu medo, ter um filho com uma idade avançada. Ela queria parar de tomar o anticoncepcional, mas só se tivesse certeza de que ele estava planejando pedi-la em casamento, e tentou perguntar pelas beiradas, mas não conseguia perguntar diretamente. Alguns restos de orgulho precisavam ser preservados.

"O que estamos fazendo?", perguntava Zikora, e ele respondia: "A gente tá se curtindo". "Que futuro você imagina para nós?", e ele dizia: "Um futuro maravilhoso". Livros de autoajuda para quem queria se casar sempre tinham parecido bobos para Zikora, com generalizações amplas e grosseiras demais, mas ela começou a lê-los, pois não faria mal só dar uma olhada. *Seja intencional. Mostre que quer se casar, sem mostrar que quer se casar. Ele vai fugir se você for insistente demais. É verdade que homem se pega pelo estômago.* Às vezes, ele a encontrava na estação de metrô e, assim que chegavam ao apartamento de Zikora, ela deixava de lado a bolsa de trabalho e lhe servia uma cerveja, já esquentando arroz, picadinho e botando o salmão no forno. Isso para mostrar com que facilidade conseguia trabalhar e cuidar da casa. Quando ele dormia lá, Zikora fazia uma marmita para ele levar para o trabalho, sanduíches de peru com cheddar embrulhados em papel-manteiga para que o pão não amolecesse. Nos fins de semana, fazia picadinho, sopa de quiabo e arroz jollof e levava para o apartamento dele em potes que iam ao congelador. O homem não a pediu em casamento. *Finja que está grávida,* disse o livro de autoajuda, mas isso ela não conseguia fazer. Simplesmente não conseguia, e não era só porque uma gravidez ainda fazia surgir uma leve sombra de dor passada. Num domingo, ele estava esparramado no sofá vendo uma partida de futebol da Premier League inglesa, num canal de esportes do qual Zikora nunca tinha ouvido falar, gritando de tempos em tempos: "Vai, Arsenal! Vai, Arsenal!".

Do lado do alto-falante estava seu PlayStation, com o fio enrolado, como uma amante paciente lhe esperando. Ele se ajeitou para abrir uma caixa de asinha de frango que tinha pedido numa pizzaria. Olhou-a de lado e perguntou: "Quer uma asinha, gata?". Zikora balançou a cabeça e ele comeu duas asinhas e voltou a ver o jogo. Ela soube, naquele momento, que nunca seria pedida em casamento. O homem gostava dela, gostava da conveniência de tê-la, mas não suficiente para perturbar sua vida antes de estar preparado. E ele não estava preparado, não precisava estar, não estava martirizado com a idade de seus óvulos. Quando estivesse preparado, surgiria outra mulher disposta a fazer seus sanduíches e colocar uma maçã na maleta dele do trabalho. Zikora quase sentiu inveja disso, esse luxo de caminhar no ritmo que quisesse, livre das amarras histéricas da biologia.

"Achei mesmo que ele ia fazer o pedido no seu aniversário, Zikor", disse Chia sobre aquele segundo ladrão de tempo. Zikora se contorceu. Não queria ter se exposto enquanto comia panquecas num lugar novo de brunch no Dupont Circle. Principalmente não com Omelogor a seu lado. Ela sempre ficava nervosa na presença de Omelogor, como se precisasse se manter alerta e de vigília, mas nunca sabia explicar bem por quê. Omelogor era sempre tão inigualavelmente segura, tão confiante, com certezas repletas de críticas, como se quisesse dizer que todos os outros eram falhos.

"*Você* devia ter feito o pedido, Zikora", disse Omelogor. "Se o relacionamento é sólido, não importa quem o faz."

Zikora não respondeu, a irritação se aninhando em suas têmporas como uma tensão. Ela bebericou seu latte e passou os olhos pelas manchetes na tela do celular. Devia ter recusado o convite de Chia em vez de ir naquele estado de espírito só para ficar mais desanimada ainda. "Omelogor está aqui, vamos a um brunch, Zikor, vem, por favor, só vem", dissera Chia, que sempre queria que todo mundo desse as mãos e fizesse uma ciranda sob o pôr do sol.

"Os homens podem ser tímidos e fracos. Às vezes, precisam de um empurrão para fazerem o que querem fazer", disse Omelogor.

Zikora quis que ela calasse a boca, com aquela sua onisciência fajuta, dando opiniões que achava que fossem verdades absolutas. Imagine, dizendo para ela pedir um homem igbo em casamento, como se Omelogor não soubesse a extinção completa de dignidade que isso seria. A ideia de Omelogor era do tipo tão distante da realidade que só poderia ser sugerida para os outros, nunca para si mesma. E, de qualquer maneira, o segundo ladrão de tempo tinha desaparecido. Zikora deu uma freada nos cuidados com ele para ver se se preocuparia em perdê-la, mas a reação dele fora simplesmente se afastar aos poucos.

"O problema é que os homens estão confusos. O mundo está mudando e eles ouvem muito o que não devem fazer, mas ninguém está dizendo o que devem fazer." Omelogor continuava tagarelando. Tinha comida demais na mesa delas, burritos de feijão, ovos com trufas, rabanadas e torradas com abacate. Omelogor tinha pedido pratos demais, só "para experimentar". Zikora reconhecia essa tendência à extravagância nos nigerianos abastados — seu pai também a exibia quando vinha aos Estados Unidos, pedindo um excesso de coisas que não queria comer e das quais não precisava, mas, pela primeira vez, isso a enojou.

"Se ele quisesse pedir a Zikor em casamento, teria pedido", disse Chia. Ela estava tomando sua segunda ou terceira mimosa, com unhas rosa-claro, que pareciam femininas, quase delicadas, contra a haste fina da taça de champanhe.

"Zikora não está com tempo para nós hoje", provocou Omelogor.

Zikora deu de ombros, sem erguer os olhos do celular. "Só estou lendo sobre o papa."

"Eu não sabia que os papas podiam renunciar", disse Chia.

"Aposentar", disse Zikora. "Ele se aposentou; renunciar parece feio."

"Abdicar. Ele abdicou do trono", disse Omelogor, com uma risadinha. O garçom se aproximou com uma jarra de água gelada para encher os copos delas de novo.

Omelogor tinha colocado a caixa dos óculos escuros do lado do copo, uma caixa alta em forma de domo, feita de camurça azul-escura que demonstrava imenso estilo. O garçom disse "Adorei isso!", e Omelogor respondeu "Obrigada", e o garçom comentou "Linda que nem a dona", e Omelogor disse "Como você sabe?", fazendo o homem rir. Aquilo fazia sentido? "Como você sabe?" Como ele sabia que ela era tão linda quanto a caixa de óculos? Mas o garçom, de *dreadlocks* curtos e tatuagem de dragão no pescoço, já parecia apaixonado, rodeando a mesa e sorrindo para Omelogor. Ela pediu um uísque, ele perguntou se ela quis dizer um drinque com uísque e ela respondeu que queria dizer uísque puro, perguntando: "Você não gosta das suas coisas puras?".

Omelogor estava gostando daquilo, olhando o garçom nos olhos com seu ar de mistério, seu jeito ousado e brincalhão que tinha um quê de zombeteiro, como se aquele fosse um convite que dizia que o caminho poderia ser liso como turbulento. Chia certa vez dissera que Omelogor tinha recusado dois pedidos de casamento em questão de meses. Por que os homens eram tão atraídos por ela? Omelogor até que era bonita, não deslumbrante como Chia, e tinha o tipo de corpo carnudo que os homens gostam, peitos grandes e uma bunda completamente desproporcional, que ficava obscena numa calça jeans apertada. Mas suas interações com homens tinham um ar pouco caridoso. Ela não acalentava, não cuidava dos homens, e havia nisso certa arrogância, pois não precisava fazê-lo. Por que eles não paravam de correr atrás dela?

Omelogor já tinha se esquecido do garçom e estava falando sobre pedir demissão para fazer pós-graduação nos Estados Unidos. Zikora sabia que deveria participar da conversa, mas aquilo parecia um truque. Quem em sã consciência resolve fazer pós-graduação para estudar pornografia, pelo amor de Deus? Omelogor provavelmente só queria fugir da Nigéria. Todo mundo sabia que ela seria bem-sucedida, mas a rapidez de seu sucesso fora suspeita. Dez anos antes, já tinha dinheiro para mandar o irmão mais velho fazer pós-graduação na Inglaterra. Impossível só com o salário de um trabalhador de banco honesto. Os bancos nigerianos eram uma podridão; se você raspasse as mãos de todos os banqueiros bem-sucedidos, encontraria estrume. Omelogor, sem dúvida, sujara as dela. Talvez estivesse prestes a ser pega e a pós-graduação nos Estados Unidos fosse seu plano de fuga.

"O chefe do departamento disse que não preciso passar pelo processo seletivo, o que é bom", disse Omelogor. Tinham feito uma exceção para ela, claro. Mesmo antes de elas se conhecerem, na ss3 do ensino médio, Zikora via Omelogor como alguém que esperava que fizessem exceções para ela, porque isso vivia acontecendo mesmo. Zikora e seus amigos da escola de ensino médio no campus de Enugu sabiam da lenda de Omelogor no campus de Nsukka, a menina cool atrás de quem os rapazes corriam e que vivia na zoeira, embora sempre acabasse entre os melhores sem precisar se esforçar. E ela era tão inteligente que a deixaram fazer literatura e geografia, sem precisar escolher só uma matéria. E tinha obtido as melhores notas de um calouro na história dos dois campi da escola. E tinha começado a namorar caras mais velhos, que já estavam na faculdade.

"A pornografia não é uma questão moral, é uma questão social. Minha teoria é que ela se tornou a professora de pessoas jovens, uma péssima professora, pois não é realista, humilha as mulheres e dá uma falsa noção do que é o sexo. Os jovens recebem as ferramentas erradas e acabam usando-as pelo resto da vida", disse Omelogor.

"Isso é interessante, para falar a verdade. Não tinha pensado por esse ângulo", Chia exclamava, como sempre hipnotizada pela prima.

"Devíamos perguntar quem está ensinando o que é sexo para as crianças. Onde você aprendeu o que era sexo, Chia?"

"Aprendi com você, não é à toa que estou solteira", disse Chia, e elas riram.

"Aprendi quase tudo com romances", contou Omelogor. "Eles também não são os melhores professores."

"Talvez depois da pós você fique e venha morar aqui, e tente sobreviver sem ser uma madame nigeriana", disse Chia, em tom de provocação.

"Nada é melhor do que morar no próprio país se você tem dinheiro para levar a vida que quer", disse Omelogor.

"Até você ter um acidente", disse Zikora, erguendo os olhos do celular. "Não tem um hospital decente na Nigéria inteira."

"É verdade, dá medo", disse Omelogor, imperturbável, e Zikora ficou decepcionada por não ter conseguido irritá-la.

"Então, você quer fazer as pessoas pararem de ver pornografia? Com uma tese acadêmica?", perguntou Zikora.

"Ah não, as pessoas sempre vão ver pornografia. Só quero que algumas riam do quanto ela é idiota."

Zikora tinha torcido para Omelogor ficar um pouco na defensiva, e não soube mais o que dizer. "Estudar pornografia, por si só, parece envolver muito sensacionalismo."

"A pornografia é uma das maiores indústrias do mundo, com consequências sociais reais. Só envolve 'sensacionalismo' se você pensar nela como uma questão moral que a gente devia fingir que não existe."

O tom de crítica das palavras de Omelogor a aborreceu. "E quais são as consequências sociais reais da pornografia? As pessoas fazerem sexo?"

"Algumas mulheres morrem por causa daquilo que a pornografia ensina aos homens", disse Omelogor. "Um dia desses estava vendo umas estatísticas de gente que foi parar no hospital por causa de anal forçado, e de mortes e quase mortes por asfixia."

"O seu garçom está nos rodeando. Você quer mais um?", perguntou Chia, apontando para o copo de Omelogor. E então, como que para suavizar a atmosfera, ou alegrar Zikora, ou ambos, ela disse: "Quem será que vai ser o novo papa, Zikor?".

"Espero que seja alguém como o João Paulo II", disse Zikora.

"Rá!", exclamou Omelogor, um som provocativo e zombeteiro.

"O papa João Paulo era um amor", disse Chia. Chia era uma católica errante que às vezes ia à missa e às vezes não, mas Zikora sabia que ainda mantinha aquela hesitação em criticar a Igreja, que todos eles tinham absorvido na infância.

"O papa João Paulo era muito político, muito teatral", disse Omelogor.

"O que você está falando?" Zikora sentiu a irritação voltando a apertá-la.

"Sem falar no Bento, o soldado da Wehrmacht na Alemanha nazista", acrescentou Omelogor, e se recostou rindo, divertida. Ela pronunciou a palavra alemã com o som de V. Tinha aquela leveza intrépida dos blasfemadores deliberados, aqueles católicos que se achavam espertos demais, informados demais acerca da Igreja. Zikora nem sabia se Omelogor ainda ia à missa ou se havia entrado para alguma daquelas igrejas pentecostais lideradas por pastores nigerianos com jatinhos particulares. Zikora se sentia em paz com o agnosticismo dos outros, sua fé podia ser uma planta solitária que se bastava, se necessário. Mesmo assim, essas exibições a irritavam.

"Zikora, onde você aprendeu o que era sexo?", Omelogor perguntou, e Zikora fingiu que não ouviu. Subitamente, sentiu vontade de estar na solidão de seu apartamento. Levantou-se e disse para Chia que estava com trabalho atrasado, mas foi embora para escapar do buraco de desespero que ameaçava engoli-la inteira.

Zikora jamais admitiria isso para ninguém, mas o papa Bento deixava um amargor em sua alma. Havia algo de suspeito em seus olhos fundos de pálpebras caídas. Sabia que ele nunca tinha sido nazista, apenas um jovem indefeso forçado a se alistar no Exército alemão, mas ficava inquieta ao vê-lo na TV, como se algum segredo imoral pudesse escapulir de repente e cobrir a Igreja de vergonha. Não esperava que nenhum outro fosse se comparar a João Paulo II, mas ao menos queria sentir uma força espiritual ao ver o papa. O fato de o papa Bento ter escolhido se aposentar a deixou esperançosa e secretamente feliz. Zikora leu matérias em sites católicos sobre o conclave papal que aconteceria mas a análise parecia ordinária demais, secular demais, falando em como os italianos queriam um italiano, e os latino-americanos queriam um dos seus e ninguém sabia quem os norte-americanos iam apoiar. Dava uma qualidade mundana e vil a uma eleição que ela acreditava que devia ser celestial, guiada apenas pelo Espírito Santo. Por isso, ela parou de ler e não quis mais saber. Assim como se recusava a pensar nos padres de seu país envolvidos em histórias sórdidas: o padre professor de faculdade que atraía meninas adolescentes para seu quarto e trancava a porta, o capelão do campus que tinha mulher e filhos e batia nos acólitos que auxiliavam na missa. Se não se interessasse, não teria que pensar, um hábito de evasão repleto de um tipo de medo que Zikora nem ousava chamar de medo, pois, se chamasse, então sua fé não era forte bastante para suportar aquilo que seus pensamentos poderiam revelar. "Se você começa a pensar, não para nunca, então melhor não começar", dissera alguém certa vez num grupo cristão da faculdade, e Zikora tinha decorado aquela frase, sem concordar, exatamente, mas vendo a utilidade dela. Assim, não queria saber. Nunca queria saber. Se via matérias na imprensa sobre padres católicos abusando de crianças, deslizava a tela depressa, sem nunca ler, pois o abuso sexual de crianças lhe parecia separado da Igreja que conhecia; era coisa de americano, de ocidental, uma coisa depravada e estrangeira. Mesmo tendo parado de ler sobre o conclave papal, Zikora ainda se perguntava quem seria o papa. E se acabasse sendo o cardeal Azinze? Era maravilhoso demais até de imaginar, um nigeriano, um igbo, parente distante de sua mãe de Eziowelle, como vigário de Cristo. Mas, mesmo em sua determinação de não pensar naquilo em termos políticos, ela sentiu que era improvável demais que um africano se tornasse papa.

No primeiro dia do conclave, sua mãe ligou para perguntar: "Você está acompanhando?".

"Estou", disse Zikora. Elas quase nunca se falavam, Zikora e a mãe, e seus silêncios muitas vezes tinham o peso das coisas não ditas. O único silêncio desprovido de um fardo de que Zikora se lembrava entre elas acontecia na igreja, quando chegavam um pouco mais cedo para a bênção, nas tardes vazias de domingo, e se ajoelhavam lado a lado na nave tranquila com aroma de incenso, tão próximas que seus braços quase se tocavam, até que os acólitos chegavam para preparar o altar.

"Eles devem eleger o cardeal Scola, aquele de Milão, mas o argentino é uma escolha melhor, pois é a inteligência dos jesuítas que vai salvar a Igreja no próximo século", disse sua mãe, e Zikora fez um som para demonstrar que concordava, embora não soubesse nenhum detalhe sobre os cardeais.

Uma fumaça preta subiu da Capela Sistina no primeiro dia do conclave e Zikora ficou vendo-a no televisor acinzentando e desaparecendo, e se perguntou o que será que eles queimavam para deixá-la daquele jeito, sentindo uma decepção profunda que a perturbou. Um novo papa queria dizer um novo começo, e Zikora queria desesperadamente acreditar que não era tarde demais para ela, com trinta e nove anos e um futuro despovoado de bons partidos. Quando da chaminé surgiu uma fumaça branca, como uma nuvem pura, no dia seguinte, seu coração deu um salto. E lá estava o papa Francisco surgindo no balcão da basílica de São Pedro, solene, majestoso e humilde. Ele tinha uma naturalidade, Zikora viu logo, não parecia se dar muita importância, não buscava se admirar através dos olhos dos outros, e, nesses aspectos, era como Jesus Cristo, e, quando falou, fez uma brincadeira, uma piada que fez surgir um sorriso em milhares de rostos. Tão bonito ver seu humor, sua humanidade, e, quando ele começou a rezar com a multidão, ela já estava chorando. Santa Maria, mãe de Deus, rogai por nós pecadores, agora e na hora de nossa morte.

Zikora viu uma bênção naquilo, um sinal. O entusiasmo a fez recobrar o ânimo. O destino de suas preces estava ligado àquele novo papa. Nada mais poderia explicar por que, no fim de semana seguinte, ela fora ao lançamento de um livro de receitas vegano ao qual não tinha planejado ir e, minutos depois de sua chegada, Kwame inclinou-se em sua direção e perguntou: "Quando eles dizem que alguma coisa tem sabor acastanhado, a gente sabe de que castanha estão falando?".

No dia em que terminaram, eles foram para o apartamento de Zikora depois do evento de gala e ela disse a Kwame: "Olha, estou muito atrasada e nunca me atraso".

Ele parecia confuso.

"Talvez eu esteja grávida." Zikora tinha tanta certeza de que Kwame ia ficar deliciado que falou num tom brincalhão, quase cantarolou. Mas o rosto dele, em vez de se iluminar e se derreter de alegria, ficou imóvel, com a boca franzida e, subitamente, o mais comunicativo dos homens se refugiou em frases crípticas.

"É um choque", disse ele.

"Você sabe que eu parei de tomar pílula", disse ela.

"É um choque", repetiu ele. Kwame andou até a sala de estar e depois voltou para a cozinha, onde Zikora estava, e disse: "Estamos em momentos diferentes da vida".

"Como assim?"

Ele não respondeu.

"Kwame", disse ela finalmente, numa súplica e numa prece, olhando-o e amando-o. Aquela conversa parecia um ensaio malfeito e não a conversa real que eles tinham que ter. Zikora queria voltar atrás naquele dia, apenas algumas horas, para que eles entrassem no apartamento de novo, rindo, e ela dissesse vamos fazer margaritas e ele, vamos pedir um hambúrguer, o que era aquele troço minúsculo de badejo que serviram no jantar.

"Kwame", repetiu ela. E foi então que o viu dar de ombros, quase imperceptivelmente. Ele deu de ombros. Sua reação foi essa. Do mais profundo cerne de seu ser, ele deu de ombros, para se livrar de uma carga.

"Acho que eu deveria ir embora. Tudo bem?", perguntou Kwame, como se precisasse de sua permissão para abandoná-la. Mas, mesmo enquanto perguntava, já estava fugindo na direção da porta.

Com frequência os dois faziam sexo no sofá de veludo de Zikora, ela montada nele. Naquele mesmo sofá, ela ficou deitada, pasma, lendo as mensagens de texto antigas de Kwame enquanto as horas escoavam, um tempo passado em lembranças e um tempo perdido em lembranças. Demorou-se numa mensagem que ele tinha enviado quando foi de carro até o restaurante árabe em Silver Springs para pegar homus para ela. *Não tem mais normal, só com pimentão vermelho. Foi mal, amor.* Como ele a conhecia bem. Para ela, tinha que ser homus de verdade ou nada, não queria saber desses sabores inventados para agradar a necessidade dos americanos por variedade. Zikora lera em algum lugar que o amor verdadeiro era isso, essas pepitas de conhecimento sobre a pessoa que amamos e que eram tão fáceis de carregar. A cada vez que ligava para Kwame, ela se assustava, como se fosse pela primeira vez, com o brrr-brrr-brrr da ligação não atendida, e torcia para que, de alguma maneira, o número tivesse sido desconectado, até ouvir aquela voz de menino bonzinho dizendo: "Aqui é o Kwame. Você sabe o que precisa fazer!".

Aquela voz que Zikora conhecia tão bem. Ela conhecia suas preocupações, suas piadas, sabia interpretar as menores variações em seu humor. Sentia, mesmo antes de Kwame contar, quando ele estava com alguma dificuldade no trabalho ou um probleminha com um cliente. E ele sempre contava as coisas para ela, sempre se abria para ser conhecido. Ou será que ela tinha visto apenas o que queria ver em Kwame? Meramente o banhara com a luz de uma prece atendida? Mas outras pessoas também tinham visto o brilho dele, não podia ser só uma fantasia da sua cabeça. Depois que Chia o conhecera, ela dissera: "Ele é tão genuíno. O melhor ficou para o final". Eles foram jantar na casa de Chia, e Kwame tinha comido duas porções do fonio com molho de amendoim de Kadiatou, dizendo que se lembrava de comer molho de amendoim em Gana quando era criança. Ele conversou facilmente com Kadiatou, perguntando se ndappa era um tipo de polenta, e contando que certa vez tinha feito um trabalho de ensino médio sobre línguas africanas e o pulaar tinha sido uma delas. Kadiatou sorriu e repetiu a palavra "pulaar" para mostrar como se pronunciava.

"Eu queria saber mais sobre o meu lado africano", Kwame disse a ela, o que, para Zikora, pareceu uma confidência desnecessária, mas ficou comovida ao ver Kadiatou desabrochar com aquela atenção e ficar extraordinariamente tagarela, falando da fazenda do tio em seu país natal. "Tudo era fazenda", disse ela, sorrindo. "Ele plantava tudo, fonio, amendoim, batata-doce."

Na vez seguinte que Zikora viu Kadiatou, ela afirmou: "Dona Zikora, Deus já trouxe seu marido", parecendo maravilhada, como se o efeito de Kwame ainda não tivesse passado. E ainda tinha os pais de Zikora. Kwame foi com ela para Enugu passar o Natal e tentou ajoelhar ao conhecer o pai de Zikora, e o pai riu, fazendo um gesto para que ele se levantasse, dizendo "Não, não, os igbos não fazem isso, são os iorubás", e Kwame respondeu "Não acredito, devia ter feito minhas pesquisas". A frase "devia ter feito minhas pesquisas" virou uma piada dos dois, do pai dela e de Kwame, daquele jeito efusivo dos homens que não se sentem ameaçados um pelo outro. Na tarde em que o pai levou Kwame sozinho para o clube de tênis, ele disse brincando que era para Kwame fazer uma pesquisa. O pai de Zikora tinha gostado de Kwame logo de cara, mas sua mãe o observara durante algum tempo antes de se render também. Zikora ouviu-a dizer ao telefone para uma amiga "O noivo de Zikora", embora Kwame não a tenha pedido em casamento nos três dias em que passou em Enugu, antes de precisar pegar um avião de volta a trabalho sem ela.

Kwame não a pediu em casamento, mas perguntou ao pai dela os ritos de casamento igbo nos menores detalhes. Não a pediu em casamento, mas dizia coisas como "Você sabe que não vou aguentar esse ritmo quando a gente tiver cinquenta anos" ou "Vamos guardar isso para quando a gente se aposentar". Certa vez, quando ele disse de brincadeira que eles iam viajar pelo mundo depois da aposentadoria, ela disse "Só se a gente tiver economizado o bastante para a faculdade das crianças", e uma sombra passou pelos olhos de Kwame, que mudou de assunto, como se não estivesse interessado em falar sobre ter filhos. Mas ele teria contado se não quisesse ter filhos. Kwame simplesmente não tinha a crueldade necessária para não ser honesto com alguém.

Kwame era amável, amável de verdade. O silêncio não era sua arma; ele era um homem que conversava sobre as coisas. Mas, dia após dia, ignorava seus telefonemas e suas mensagens, e então devolveu a chave do apartamento dela por mensageiro, num envelope lacrado, contendo apenas o objeto de metal embrulhado num papel branco.

Zikora se apegou a uma esperança perturbada, pois Kwame não tinha pedido que ela devolvesse a chave dele. O porteiro do prédio fez cara de pena na terceira vez em que ela apareceu lá, dizendo-lhe novamente que Kwame tinha avisado que ia passar um tempo fora. No espaço cavernoso e sem alma que era a recepção do escritório dele, sua assistente, Keisha, disse "Sinto muito, mas ele não quer ver você" e, em vez de dar-lhe as costas, voltar pela porta de correr de vidro e sair para o sol, Zikora perguntou: "Ele disse mais alguma coisa?".

Keisha arqueou uma sobrancelha irônica.

"Ele disse mais alguma coisa?", Zikora perguntou de novo.

"Como assim, além de que não quer ver você?"

Foi só então que Zikora foi embora, afundada nas ruínas da vergonha. Aquela assistente insolente estava rindo dela, dava para ver; Zikora sentiu os olhos da jovem nas costas. Ela ligou para a mãe de Kwame e tentou discernir algo em seu tom, uma pista, um motivo, qualquer coisa. Perguntou se poderia lhe fazer uma visita e a mãe dele disse, após uma pausa, "Talvez não seja uma boa ideia". Zikora se imaginou na sala de estar deles, toda coberta de bege e cores neutras, com as almofadas perfeitamente afofadas, como se sempre preparadas para impressionar quem quer que chegasse. Ela se sentaria educadamente e, quando os pais dele estivessem sentados sem suspeitar de nada, ficaria de pé num pulo e correria para o andar de cima, para ver se Kwame estava lá.

"Ele disse que vocês tiveram uma briga e pareceu muito chateado", disse a mãe de Kwame.

"Não consigo falar com ele. Preciso conversar com ele." Zikora fez uma pausa e acrescentou: "Por favor".

"Pelo que entendi, foi *você* que não quis ter uma conversa", disse a mãe dele, seu tom encorpado numa acusação justificada, que Zikora se perguntou se o que tinha acontecido era real ou se tinha sonhado tudo. Deveria contar para a mãe de Kwame, deveria dizer "Eu estou grávida", mas as palavras se recusaram a se formar em sua boca. Em meio àquele silêncio hostil do outro lado da linha, sua esperança foi sendo ceifada.

"Tudo bem. Obrigada", disse Zikora. Ela desligou, olhou através das janelas compridas e sentiu a profunda desolação de estar sozinha. Deus tinha batido em retirada, e seus rogos à Virgem Maria pareciam débeis, perdendo força assim que eram enunciados, incapazes de chegar a seu destino. De fora, Zikora viu a si mesma se esvaindo, sua queda na depressão, e temeu que o estresse estivesse fazendo mal ao bebê, e seu temor só acrescentou mais camadas ao estresse. Ela dizia a si mesma que conseguiria suportar a besta da solidão sozinha, como fizera no passado, que precisava derrotar aquele desalento que a cobria como uma bruma. Precisava fazer isso pelo bebê, precisava. Com isso, sua resolução aumentava, mas então desmoronava de novo quando sua mente desinflava, ferida pelas alfinetadas da dúvida. Num impulso, Zikora foi à basílica na Michigan Avenue. Anos morando em Washington, D.C. e ela nunca tinha estado lá. Parecia-lhe uma mera atração turística, a maior igreja católica dos Estados Unidos; até o nome parecia exagerado: basílica do Santuário Nacional da Imaculada Conceição. Assim que entrou, Zikora sentiu os pelos do corpo se arrepiarem de espanto. A magnificência do local a impressionou, e ela olhou ao redor como se estivesse num país das maravilhas divino, olhou as imponentes colunas de mármore e os mosaicos, tão vívidos, com detalhes minúsculos feitos com devoção; Jesus no domo com um olho raivoso e um olho amoroso, quase piscando. Aquilo era a fé gritando, ousada, "Não vamos nos reprimir". Um testemunho, uma censura a toda dúvida. Zikora acendeu uma vela para seu bebê. Demorou-se nas capelas no subsolo, cada uma tão diferente e tão docemente íntima. Na luz pálida dourada da capela de Nossa Senhora de Pompeia, sua fé alçou voo e ganhou vigor. Aquele lugar majestoso e imenso construído para Deus, todas as pessoas que o tinham construído para Deus, que adoravam e viam Deus ali; aquele Deus, certamente, não iria abandoná-la agora.

"Não faz sentido. Aconteceu mais alguma coisa?", perguntou Chia, como se Zikora pudesse estar escondendo o motivo real do abandono de Kwame. Então, Chia se deu conta e disse: "Zikor, um bebê, um bebê! Isso é tudo o que importa agora, o que você sempre quis".

"Não assim."

Chia falou em dar um chá de bebê e Zikora respondeu que ela estava maluca, pensando num chá de bebê enquanto ainda lutava contra o monstro da vergonha. Zikora não tinha dito a ninguém que Kwame a abandonou, mas era perseguida pela sensação de que todos sabiam. A paranoia dos abandonados. Toda vez que um amigo ligava, seu coração afundava, pensando que já sabiam e estavam ligando para lhe oferecer uma solidariedade falsa, enquanto riam pelas costas.

"Chia, o que vou dizer para as pessoas? Sei que todo mundo manda a gente não se preocupar com o que os outros dizem, mas eu me preocupo. Eu me importo com o que as pessoas vão dizer quando descobrirem que estou grávida e sem homem."

"Vão falar, mas depois de um tempo vão parar e falar de outra pessoa."

"Quando eu penso no futuro, tudo parece tão difícil."

"Não vai ser fácil, mas não vai ser tão difícil quanto você pensa, Zikor. Como a gente imagina que algo vai ser é sempre pior do que como acaba sendo", afirmou Chia. Aquela sabedoria fácil, palavras suaves ditas de maneira tão branda, deixaram Zikora ressentida e não consolada. Ela se lembrava de que Chia certa vez dissera que preferia ter um filho sozinha, com esperma doado, a ter um bebê com um homem que não amasse de verdade. Chia era meio maluca, Chia não conseguiria entender.

"Que sobrenome o bebê vai ter?", perguntou Zikora, com uma risada breve e amarga. "Nunca imaginei que daria à luz sozinha."

"Você não vai estar sozinha. Sua mãe vai estar com você. Eu vou estar com você."

Zikora suspirou. "Chia, por favor não conte a Omelogor, ainda não." De que importava contar a Omelogor? Ela só não queria que Omelogor soubesse por enquanto.

"Ela não está muito bem na pós", disse Chia.

"Como assim?"

"Acho que é depressão, mas ela não aceita que é depressão. Talvez não devesse ter vindo para os Estados Unidos. Estou preocupada de verdade. Um dia desses ela estava chorando sem dizer nada, só chorando."

Zikora ficou animada com essa notícia, com a sensação de que a infelicidade agora estava sendo repartida de maneira igualitária. Omelogor chorando? Omelogor sabia chorar? O que quer que os Estados Unidos tivessem feito com ela, Deus abençoe os Estados Unidos.

Numa morte inacabada, você sente que precisa viver o luto, mas não consegue nem começar, pois não chegou a um final que é capaz de compreender. Kwame foi uma morte inacabada. Zikora não conseguia aceitar que tinha acabado, havia tanta coisa solta e incompleta. Ela esquadrinhou suas lembranças por motivos, como quem procura no entulho de um incêndio, tentando encontrar fragmentos que o fogo deixou intactos. Kwame sempre queria que eles tomassem todas as decisões juntos, e Zikora às vezes achava graça em como levava isso a sério, até em coisas pequenas, como que mesa escolher ao fazer uma reserva online num restaurante. "Pode ser, amor?", perguntava ele, esperando que ela assentisse.

Será que foi como ela contou que estava grávida? Kwame deve ter discernido a falta de dúvida em sua voz, o quão certa era a notícia. Foi dito para ele como uma caixa fechada. Mas Zikora disse que poderia estar grávida, não que estava, e se estava sentindo que a decisão aconteceu sem ele, poderia ter tentado conversar, daquele seu jeito relaxado e franco, que logo desapareceu naquele dia. Eles conversavam o tempo todo, mas, justamente quando mais precisavam fazer isso, Kwame tinha atravessado uma parede e desaparecido.

Ele podia fazer isso, ir embora, incólume, escolher a opção de não fazer nada, mas ela jamais teria essa opção, pois era o corpo dela, e um bebê precisava ser parido ou não. Naquele sentido, a decisão jamais poderia ser realmente conjunta. Se Kwame ia ser pai, é claro que devia participar da decisão, mas até que ponto, ela não sabia, já que a natureza exigia muito mais da mãe. O ato de conceber tinha sido a única decisão conjunta, talvez, pois ambos tiveram participação sabendo qual poderia ser o resultado. Era aquela velha história, a mulher quer um filho, o homem não, e não existe um meio-termo. E qual seria um meio-termo? Não podiam ter meio filho. Mas Zikora rejeitava aquela como sendo a história dos dois. Não conseguia aceitar que Kwame tivesse apenas fugido da paternidade, como tantos homens covardemente fizeram ao longo dos tempos. Aquilo era comum demais, e Kwame não era comum. Ela tinha visto o pai maravilhoso que ele poderia ser quando foram visitar sua amiga Ijemma, em Delaware. Ijemma tinha ido aos Estados Unidos para ter o segundo filho e trouxe junto a menina mais velha e uma babá. Zikora se divertiu com a rapidez com que Kwame roubou o lugar da babá durante toda a visita, ficando de joelhos, a mão engolida por um fantoche, mexendo os dedos e falando com uma voz aguda engraçada, enquanto a menininha de dois anos dava risadas fofíssimas, fascinada.

"É assustador quando alguém que você conhece muda completamente", ela disse a Chia. "É como se uma artéria tivesse rompido dentro do Kwame, como se o corpo todo dele estivesse funcionando de outro jeito, e ele não fosse mais quem era. Não entendo como eu paro o anticoncepcional e aí a gente transa sem por tanto tempo, pra, quando eu engravidar, ele reagir como se não soubesse que isso podia acontecer."

"Zikor, você já parou para pensar que ele talvez não soubesse?"

"Como assim?"

"Os homens sabem muito pouco sobre o corpo das mulheres."

"Até parece. Até adolescentes, que não deviam estar transando, sabem quais são as consequências."

"Você não ia acreditar. Um dia desses, Omelogor escreveu algo sobre isso. Ela criou um site chamado Só para Homens, onde pede que os homens mandem seus problemas e dá conselhos."

Zikora abafou um grunhido. A última coisa de que precisava era daquela certeza arrogante, mas não resistiu: clicou e passou os olhos pelo link que Chia enviou.

Querido homem,

As mulheres sabem mais sobre como seu corpo funciona do que você sabe sobre o delas.

Não que haja muito para saber sobre o seu. As mulheres sabem que seu cérebro fica no meio das pernas. Brincadeira (só que não). As mulheres sabem que você tem medo de broxar mesmo quando tem noventa e oito anos e sabem que tem uma glândula perto do saco que começa a dar problemas quando você envelhece, que, na melhor das hipóteses, faz você ir ao banheiro demais e, na pior, vira câncer.

Mas e o corpo das mulheres? Nossa. Por onde começo?

O que você aprendeu nas aulas de educação sexual na escola? Te separaram das meninas e você acabou não aprendendo nada sobre as engrenagens do corpo feminino.

Colocaram uma camisinha numa banana. Não sabem por onde o xixi das mulheres sai.

Então, os milhões de vocês no mundo que querem saber mais sobre sexo e sobre o corpo das mulheres acabam aprendendo onde? Nos filmes para adultos. É engraçado dizer que os filmes pornô são para adultos, porque na realidade eles são muito imaturos. Tipo um desenho animado ruim, só que para gente grande. Mesmo se você gostar de pornô, pelo menos saiba que está assistindo a uma fantasia, e a questão da fantasia é justamente não ser vida real. Você assiste a filme pornô e acha que as mulheres estão sempre depiladas, que elas nunca ficam menstruadas e que a gravidez não existe. A pornografia na verdade é muito desrespeitosa com você, porque parte da premissa de que homens são idiotas e, com isso, ensina um monte de besteira sem nenhuma consequência. As estatísticas são espantosas: mais de sessenta por cento dos homens assistem pornô com frequência. Você, que está lendo isso, onde VOCÊ aprendeu como o corpo das mulheres funciona? Pare com essas noções vagas e vá fazer o dever de casa.

Lembre que estou do seu lado, querido homem.

O post irritou Zikora. Ela leu na voz de Omelogor, reagindo à arrogância e à certeza que havia ali. Que absurdo, infantilizar os homens daquele jeito. Mas pequenas interrogações começaram a se infiltrar em sua mente.

Numa manhã preguiçosa de um fim de semana, eles estavam no apartamento de Kwame e, depois de um sexo lento e de um brunch ainda mais lento, em que ela fez ovos, e ele panquecas, Kwame jogava um jogo barulhento e cheio de luzes coloridas e Zikora lia as notícias online, quando ela ergueu os olhos e disse: "Dá para acreditar que um político eleito dos Estados Unidos da América está realmente perguntando por que as mulheres não conseguem segurar a menstruação dentro do corpo?". Zikora riu e Kwame também, mas ela se lembrou da primeira reação rápida dele, a mais leve hesitação, como se estivesse se contendo para não perguntar "Quer dizer que não conseguem?".

Mesmo assim, mesmo se Kwame não soubesse nada sobre menstruação, ele sem dúvida entendia de anticoncepcional. Ou será que não? Seria possível que as noções de Kwame fossem tão vagas que, quando ela disse "Vou parar com a pílula" e ele respondeu "Tudo bem, amor", eles não chegaram à mesma conclusão sobre o significado daquilo? Naquela noite, eles tinham tomado banho juntos e Zikora estava passando creme no rosto e examinando um pedaço de pele arroxeado e descolorado parecido com um mapa que tinha aparecido em seu queixo. "Deve ser a pílula anticoncepcional que está causando isso", ela tinha dito, e Kwame se aproximou para olhar. "Dói?"

"Não, é uma reação." Então Zikora disse, olhando-o: "Quero parar de tomar pílula", e ele respondeu: "Tudo bem, amor".

Talvez ela devesse ter sido mais clara, talvez eles devessem ter conversado com franqueza, como conversavam sobre tantas coisas. Por que não tinha sido mais clara? Escolheu presumir que ele tivesse entendido porque não queria dar a chance de Kwame dizer que não queria ter um filho? E agora estava se flagelando, colocando a responsabilidade sobre os ombros, procurando um motivo para justificá-lo. Mas a alternativa era aceitar que ela não conhecia Kwame de verdade, que talvez nunca seja possível conhecer de verdade outro ser humano.

Zikora temia não estar comendo suficiente e, em momentos silenciosos de um pânico contido, imaginava o bebê flutuando em seu útero, doentio e amarelado, desprovido de nutrientes. Ela mal conseguia manter a comida sem botar para fora. Chupava balas de gengibre naturais porque o site de gravidez mandava evitar remédios para náusea, mas se sentia sempre a um passo de vomitar. A náusea se tornou o seu normal. Zikora não se lembrava mais como era não sentir gosto de bile. Chia encomendou garrafinhas de uma bebida proteica orgânica, de um site que vendia a mistura que você escolhesse, e, durante semanas, isso foi tudo o que ela conseguiu manter no estômago. Sentiu desejo de comer cheddar curado, mas o site de gravidez dizia que não era para comer queijos macios e ela decidiu não comer queijo nenhum. Uma culpa desesperada tornava um desalento tudo o que ela fazia e tudo o que não fazia, pois já tinha fracassado com seu bebê devido àquelas circunstâncias tão imperfeitas, nascer sem pai, sem clareza sobre os moldes do futuro.

"Vai ficar tudo bem, Zikor", Chia vivia dizendo, antes mesmo que ela abrisse a boca, como se não quisesse dar nenhuma brecha. "Vai ficar tudo bem."

Em alguns dias, Zikora ficava bem e em outros, sentia-se debaixo d'água, mal respirando. Na ultrassonografia de vinte e duas semanas, repleta de um renovado bem-estar, sua náusea diminuindo, ela riu da imagem cinzenta e granulada se mexendo na tela e acenou alegremente para as mulheres da recepção quando saiu do consultório, mas, sozinha no elevador, desabou no chão, com o mundo se dissolvendo de súbito a sua volta. Mandou uma mensagem para Kwame. *Fiz vinte e duas semanas hoje.*

Ele não respondeu. Uma mulher de calça jeans rasgada entrou no elevador e olhava para ela. "Tudo bem? Quer ajuda?"

"Não", disse Zikora, se levantando. "Não, obrigada."

Seu trabalho passou a ter uma nova importância fulgurante; não foi traída por ele e ela não tinha fracassado nele, naquela parte de sua vida que se mantinha estável, um refúgio onde não havia nada de confuso. Zikora começou a chegar um pouco mais cedo e sair um pouco mais tarde, e se ofereceu para pegar mais tarefas. No começo, usava vestidos largos estilosos que ocultavam a barriga crescente e, quando a leve protuberância não podia mais ser disfarçada, passou a sair mais tarde todos os dias, fazendo questão de marcar sua presença e, nas reuniões matinais, comentava de maneira falsamente casual o quanto o trânsito melhorava depois das nove da noite, para todos saberem que estava no escritório até então. Ela saía de reuniões para vomitar na privada e depois voltava caminhando com uma desenvoltura estudada, como se tivesse ido só fazer xixi e reaplicar o batom. Donna a observava com os olhos de uma pessoa que torcia por um tropeço, pois elas eram as duas únicas mulheres tentando se tornar sócias do escritório. Donna falava com frequência sobre escolher ser livre de crianças, e sempre dizia "livre de crianças" com deleite, como se soubesse o quanto aquilo irritava Zikora, uma expressão que fazia uma criança parecer uma doença. Donna era magra, vegana, fazia ioga e usava vestidos feitos para mulheres sem peito, decotados, mas não vulgares, pois não existia nenhuma carne para ser exposta. Donna passou a perguntar como estava a gravidez dela, bem alto para os homens ouvirem, com seus olhos cor de mel hostis fixos em sua barriga.

"Vai dar para aguentar, Zikora?"

"Tudo bem? Quer uma água? Está com tontura?"

"Você parece exausta. Está difícil dormir, né?"

"Não estou com nenhuma doença terminal, Donna. Só estou grávida", respondia Zikora, com uma risada que torcia para soar natural. Ela fazia piadas sobre a gravidez. Vamos ver se dá para equilibrar esse arquivo na minha barriga! E dizia que ainda bebia de vez em quando, pois sua mãe tomava Guinness quando estava grávida dela. Não era verdade, sua mãe não tinha bebido e ela também não, mas queria parecer no controle, até mesmo um pouco imprudente, como se a gravidez fosse uma aventura glamorosa que não impediria sua ascensão na Watkins Dunn. Às vezes, quando Zikora via o corpo magro de Donna se aproximando no corredor, pensava num pássaro ossudo e demoníaco, à espreita, se preparando para roubar o último ovo do ninho de outro pássaro.

"Decidi que era melhor ter esse bebê, pois talvez seja minha última chance. Provavelmente não ia querer ter seguido com a gravidez dez anos atrás", disse ela despreocupadamente para Donna. "É engraçado como a gravidez é que nem pelo no corpo. A gente raspa as axilas, o buço e as pernas, porque detestamos ter pelo nesses lugares. Mas cuidamos com carinho do cabelo na cabeça, porque amamos ter cabelo lá. Mas cabelo e pelo é tudo a mesma coisa. É o querer que faz a diferença."

"Não acredito que você está falando que um bebê é igual a pelo no corpo", disse Donna, fingindo não entender, com os lábios formando uma curva para baixo, a mesma curva que fazia quando falava de pessoas que comiam carne.

"Ah, não estou dizendo que um filho é igual a pelo no corpo. Estou dizendo que nossa maneira de ver os pelos do corpo é parecida com nossa maneira de ver a gravidez. Pode ser algo que a gente quer de qualquer forma e também algo que a gente não quer de jeito nenhum."

Donna, com os lábios ainda para baixo, mudou de assunto. "Você está dormindo bem?"

"Estou ótima, dormindo muito bem", respondeu Zikora alegremente, mas ela mal dormia, apoiada em três travesseiros, virando para lá e para cá, em busca de um conforto elusivo, com o peito ardendo de azia e uma dor latejante e teimosa nas juntas dos dedos. Todas as manhãs, passava corretivo nas bolsas escuras sob os olhos e botava batom vermelho para atrair a atenção para os lábios. Às vezes, Zikora achava que um outro colega, Jon, percebia tudo. Ele era sensível e a auxiliava de maneira sutil, ajudando-a sem chamar atenção para a gravidez, como se soubesse quanta energia era necessária para fingir, como aquilo a sugava e esmagava, e o quanto ela chorava e depois ralhava consigo mesma por chorar, pois chorar era estressante, e o estresse fazia mal para o bebê.

Zikora estava deitada num sábado de manhã, num sono inquieto do qual entrava e saía, quando o toque insistente da campainha a sobressaltou.

Sonhava que Kwame aparecia em seu escritório com um cesto coberto, que colocava em sua mesa, e depois se afastava, de costas. No cesto havia um bebê morto, curvado e frio. O sonho foi tão vívido que Zikora viu uma pinta na bochecha do bebê morto, tão assustador, e ela deu um salto e foi cambaleando até a porta, meio que esperando ver Kwame ali parado com o cesto.

"Dona Zikora, sou eu. Kadiatou. Vim trançar seu cabelo."

Zikora estacou, ainda confusa. "Trançar meu cabelo?"

"Isso."

Ela abriu a porta. Kadiatou segurava uma grande sacola plástica. Os cabelos de sua peruca curta brilhavam e ela estava com a expressão melancólica das pessoas que vão visitar alguém enlutado, levando álcool e dinheiro vivo.

"Dona Chia me contou", disse ela.

Zikora sentiu uma onda de irritação. Chia precisava calar aquela boca, ninguém mais precisava saber. Ela não queria pena dos outros.

Mas podia ter esbarrado com Kadiatou quando estivesse a caminho do trabalho ou voltando de lá, e então como esconderia o aumento da barriga, o ser humano crescendo dentro de seu corpo? Zikora deixou Kadiatou entrar. Ela estava com um leve cheiro de jasmim. Sua presença foi imediatamente tranquilizadora. Kadiatou tinha uma calma elegante, uma falta de aspereza que Zikora considerava um traço dos africanos francófonos. Uma versão nigeriana de Kadiatou teria uma energia diferente, mais forte, e deixaria a atmosfera inquieta, até mesmo desagradável.

"Trouxe coisas para ajudar seu estômago", disse Kadiatou, fazendo uma mímica de quem vomita.

"Obrigada, Kadi."

"Você não come. Tem comida?"

"Um pouco."

Kadiatou estava tirando as coisas da sacola plástica, revelando seus tesouros: gengibre recém-ralado num pote, ervas frescas, um pequeno frasco de algo que parecia ser óleo.

"Alguém jogou uma maldição no Kwame. Que nem os feitiços de juju em filme de Nollywood. Alguém tem ciúme de você", disse Kadiatou.

Zikora riu. "Kadi, você vê Nollywood demais; essas coisas que você vê não são de verdade." Mas aquilo a consolou, o fato de Kadiatou ainda acreditar que Kwame era a pessoa que ela também queria que ele fosse, uma pessoa boa demais para abandoná-la por vontade própria; mas indefeso diante de uma maldição demoníaca.

"Ele volta. Está com medo de ser pai, por isso fugiu. Os homens fogem, mas voltam", disse Kadiatou.

Uma pontada de irritação na pele de Zikora. Kwame não estava fugindo da paternidade, não era possível, ela se recusava a aceitar, e Kadiatou não fazia ideia do que estava falando.

"O cabelo que eu tenho é cor dois", disse Kadiatou, dispondo os longos rolos de apliques.

"Kadi, por favor, lembre de não apertar demais."

"Dona Chia sempre diz que o africano faz trança perfeita, mas quebra cabelo, e o afro-americano faz trança ruim, mas o cabelo não quebra. Escolhe um."

Era uma piada, uma piada de Chia, e Zikora sabia o final. "Eu escolho os dois", disse ela.

"Mesmo se o seu Kwame não voltar, sempre vai ter seu bebê", disse Kadiatou baixinho, pondo a mão no coração. "Seu bebê é seu."

Zikora teve um menino. Ele era enrugado e silencioso, com escamas na pele e cachinhos molhados grudados na cabeça. Saiu com cocô na boca, e a enfermeira soltou um muxoxo e disse "Não é a melhor primeira refeição" enquanto alguém o levava depressa para sugar o mecônio. Então ali estava ele, embrulhado como um belo rolinho de salsicha e colocado no peito de Zikora. Era cálido e pequeno, tão pequeno. Ela o aninhou, dura, suspensa num vão entre si própria e seus sentimentos, esperando sentir. Era como se todas as emoções tivessem sido apagadas em Zikora, até a habilidade de ter uma emoção. Ela não conseguia separar o momento da sua imaginação daquele momento presente — de todos os filmes e livros sobre aquela cena, a mãe e o filho, a mãe conhecendo o filho, o filho nos braços da mãe. Não foi transcendental. Zikora não foi inundada por hormônios de felicidade. Olhou seu bebê sabendo que era ele, mas, no lugar onde devia estar a alegria, não havia nada. Uma névoa a rodeava, uma espécie de torpor. Ela tremia, com o corpo todo dividido em fragmentos pequenos, e cada fragmento vibrando, e a enfermeira disse que era normal. Em algum lugar de sua consciência, uma leve sensação de triunfo pairava, pois tinha acabado, finalmente acabado, e ela tinha parido o bebê. Uma coisa tão animal e violenta — a força, a pressão, o sangue, a pele, os órgãos e os ossos se abrindo e se esticando. Após fazer força pela última vez, Zikora pensou que ali, naquela sala de parto, nós nos transformamos, rápida e brutalmente, nos animais que realmente somos.

"Um menino lindo, um menino lindo", disse a mãe dela, sorrindo para ele. Para Zikora, falou "Parabéns, *nwa m*", parabéns, minha filha, e a abraçou. O primeiro toque de sua mãe. Zikora dispôs o bebê devagar nos braços da mãe e pegou o celular. Nenhuma resposta de Kwame. Ela mandou outra mensagem: *É um menino*. Ele ia responder, agora que sabia que aquilo não girava mais em torno de Zikora, mas de outro ser humano, cujos genes eram em parte dele, uma pessoa inteira, uma pessoa nova, que poderia parecer com ele, ou rir como ele um dia. Ou talvez aparecesse no hospital na próxima hora, com um balão e flores, flores meio murchas de supermercado, porque não teria tido tempo de ir à floricultura.

"Você teve uma pequena laceração", disse o dr. K, segurando uma agulha. Não acabava nunca? Aquele processo tinha se tornado um exagero de si mesmo. A natureza não deve querer que os seres humanos se reproduzam, ou o parto seria fácil: os bebês simplesmente escorregariam para fora e as mães permaneceriam inteiras e sem marcas, apenas abençoadas por terem dado à luz uma preciosa vida. Por que fazer tão torturante algo que não precisava ser? Quando a agulha furou sua pele sensível e vermelha, ela gritou. "A anestesia não está mais fazendo efeito! Dr. K! Como pode a anestesia parar de fazer efeito?"

A mãe dela a fitou com olhos eloquentes. Contenha-se e pare de fazer escândalo. Então, a mãe desviou o olhar e fez uma pergunta ao dr. K: "Será possível fazer a circuncisão dele hoje?".

"Só depois de ele urinar", respondeu o dr. K. "E não faço circuncisões. Outro médico vai fazer."

"E quando ele deve urinar?", perguntou a mãe.

Zikora gritou de novo por causa da agulha e de sua dor injusta e inesperada. Seus olhos se encheram de lágrimas. É claro que Kwame não viria. Ela sabia que não viria, mesmo enquanto o imaginava parado na porta do quarto de hospital, usando um jeans e os sapatênis azuis que ele dizia ser para bater perna. Sua mãe estava perguntando sobre os formulários de consentimento de circuncisão. "Podemos obtê-los hoje?"

"Podem, claro", respondeu o dr. K. "Estamos quase acabando, isso deve cicatrizar muito bem."

Eles estavam batendo papo enquanto aquele homem enfiava uma agulha em sua carne e retirava. Ela não importava para eles, assim como não importava para Kwame; era um farrapo velho e esfiapado, uma coisa sem sentimentos, fácil de ignorar e descartar.

"Não vou fazer a circuncisão", disse Zikora.

"Claro que vai", disse sua mãe.

"Já disse que não vou fazer a circuncisão!" Zikora nunca tinha erguido a voz para a mãe antes. Até o dr. K parou, como que prestando homenagem à importância do momento. Mas sua mãe, impassível, imutável, perguntou friamente: "E não vai por quê?".

"Porque é uma coisa bárbara", disse Zikora, surpreendendo a si mesma. Ela se lembrou de um post no site de gravidez. *Vocês, americanos, podem circuncidar, mas não fazemos essa coisa bárbara aqui na Europa. Não causamos dor desnecessária aos nossos bebês. O único motivo de isso ser tolerado aqui é para a gente não ser acusado de ser islamofóbico.* Zikora havia ignorado posts sobre meninos, porque tinha certeza de que teria uma menina. Ela sentia isso, além de ter tido todos os sinais míticos: sua barriga estava alta, ela teve muito enjoo e sua pele tinha ficado oleosa. Lembrou-se daquele post só porque aquilo chamou sua atenção, irritada, pensando que era um ataque injusto aos americanos por uma pessoa preconceituosa, que não conhecia todos os povos do mundo que circuncidavam seus meninos. Naquela ocasião, ele se tornou uma munição conveniente.

"A circuncisão é uma coisa bárbara", disse ela. "Por que eu deveria causar dor ao meu filho?"

"Causar dor ao seu filho?", repetiu sua mãe, como se Zikora não estivesse em seu juízo perfeito.

Zikora olhou o celular. Nada de Kwame ainda. Enviou outra mensagem: *Seu filho.* Sentiu, por um instante, uma vontade intensa de desmaiar e escapar da própria vida. Mandou outra mensagem: *Ele nasceu com 3,1 quilos.* Já tinha destroçado sua dignidade, então, era melhor espalhar os restos dela logo; por isso, ligou para ele. O celular tocou e foi para a caixa postal, e Zikora ligou mais uma vez, e mais uma, e na quarta ou quinta vez ouviu um bipe em vez do sinal de telefone chamando e entendeu que Kwame tinha acabado de bloquear seu número.

"Está ligando para Chiamaka?", perguntou sua mãe.

"Estou. Ela já está voltando."

"Está onde mesmo?"

"No Tirol do Sul."

"Ah, sim, onde os italianos falam alemão."

Sua mãe sabia, mas Zikora não fazia ideia de que aquele lugar existia até Chia dizer que estava indo para lá. Sua mãe tinha passado a noite em claro também, mas não parecia cansada, aquela mulher nos seus sessenta e tantos anos; sua resiliência, sua excelência, começaram a parecer uma afronta para Zikora.

"Vou pedir à enfermeira para trazer os formulários", disse a mãe.

"Não vou fazer a circuncisão!", exclamou Zikora, falando ainda mais alto.

Sua mãe a ignorou e pegou um panfleto sobre amamentação, que a enfermeira tinha deixado sobre a mesa. Ela queria brigar com a mãe, atirar palavras nela, arranhar aquela superfície tão imaculada.

"Eu soube que estava grávida porque já estive grávida antes", disse Zikora de supetão.

Sua mãe ergueu o rosto, vagamente intrigada, como se não tivesse certeza de ter ouvido bem, e então continuou a ler o panfleto. Seu silêncio arranhou o ar entre as duas.

"Fiquei tão aliviada quando fiz o aborto", soltou Zikora.

Sua mãe continuou sem responder. Ela queria uma reação, uma raiva chamejante, recriminações sussurradas com fúria, uma feiura que combinasse com seu interior, mas a mãe estava lhe recusando a satisfação de uma reação, qualquer que fosse. Meros instantes antes, Zikora jamais teria acreditado naquela cena, nela contando para a mãe aquilo que tinha jurado nunca contar a ninguém, principalmente para a mãe. Por que tinha dito aquilo? Não sabia, mas agora já disse. Não se sentiu mais leve ou melhor, sentiu apenas que tinha deixado escapar um segredo de muitos anos e sua mãe reagira com o silêncio.

"Quer alguma coisa da lanchonete?", perguntou a mãe afinal, se levantando. "Tem que comer outra coisa além de purê de maçã."

Zikora fechou e abriu os olhos. Sentia-se destroçada e desesperançada. Havia uma dor vermelha e purulenta entre suas pernas e uma fome súbita e voraz em suas entranhas.

"Batata frita?", perguntou a mãe.

"Sim", disse Zikora.

Zikora nunca contou sobre isso ao menino que não a amava, o menino que ela estava tentando fazer com que a amasse quando ainda não sabia que ser tão legal com alguém não garante que a pessoa vá se apaixonar por você. Sua primeira vez foi com ele. Zikora o conhecera no segundo ano da faculdade, seu segundo ano nos Estados Unidos. Ele era jogador de basquete, quase cômico de tão arrogante, alto, com a cabeça sempre erguida, e caminhando com certa ginga. Dizia com frequência "Eu não quero compromisso", com um ritmo na voz, como se estivesse cantando um rap, mas Zikora não ouviu essas palavras; ouvia o que queria ouvir: que ele não queria compromisso por enquanto. Desde o início, ela não importara muito para ele. Zikora sabia disso, pois era impossível não saber, mas tinha dezenove anos e estava alimentando as inseguranças fétidas daquela idade. Da primeira vez que se ajoelhara, nua, diante dele, o menino puxara com força um punhado de tranças dela e empurrara sua cabeça até fazê-la engasgar. Foi um gesto que transbordava rudeza, uma ação cujo tema era a palavra "vagabunda". Zikora não disse nada. Ela se transformou num ser invertebrado e dócil. Passava os fins de semana torcendo para que o telefone fixo ao lado de sua cama tocasse. Muitas vezes, não tocava. Então ele ligava, antes da meia-noite, para perguntar se ela ainda estava acordada, para que pudesse visitá-la e ir embora antes de o sol nascer. Quando a avó de Zikora morreu, ela ligou para o menino chorando e ele disse sinto muito e, na frase seguinte: "Sua menstruação já acabou para eu poder ir aí?". A menstruação não tinha acabado e, por isso, ele não foi. Ela acreditava, naquela época, que o amor tinha que ser como a fome para ser verdadeiro.

"O preservativo saiu", disse o menino despreocupadamente naquela noite. Ele tinha bebido e Zikora não.

"É tão engraçado como você diz 'preservativo'", respondeu com uma risadinha, lamentando que a mente dele já estivesse em outro lugar enquanto catava as roupas, de olho na chave do carro. Mas não tinha se inquietado, porque certamente não teria nenhuma importância a camisinha sair uma vez. Os sintomas não significam nada se a mente está convencida, se algo é impossível, e então os mamilos doloridos e as ondas imensas de cansaço tinham que ter outros significados, até que não puderam mais ter e ela foi andando até uma farmácia Rite Aid depois da aula e comprou um teste de gravidez. Como é rápido o instante em que sua vida se transforma numa vida diferente. Zikora nunca tinha considerado a hipótese de engravidar, nunca tinha imaginado aquilo e, por longos minutos depois do teste dar positivo, ficou ali, afogando-se na incredulidade. Não sabia o que fazer, pois nunca achara que precisaria saber. Foi até o centro médico e mentiu para a enfermeira, dizendo que a camisinha tinha saído na noite anterior. A mulher de olhos tristes deu-lhe uma pílula do dia seguinte branca, que Zikora engoliu com água tépida do filtro na sala de espera. Já era tarde demais, é claro, ela sabia, mas mesmo assim fez outras coisas desesperadas e sem sentido: pulou e se atirou no chão com violência, e aquilo a deixou estupefata, abalada demais para tentar de novo. Bebeu diversas latas de refrigerante de limão, dissolveu sachês de remédio para o fígado em copos d'água. Deformou um cabide do armário e segurou--o com firmeza na mão, tentando imaginar o que mulheres atormentadas faziam em filmes antigos, mas então desistiu e jogou-o longe. Um turbilhão de emoções a paralisou, mesclando-se umas às outras, nojo-horror-pânico-medo. Ela dispôs diversos testes de gravidez sobre a pia como se eles fossem talismãs finos, e, cada vez que urinava em um, torcia para que desse negativo. Todos deram positivo. Algo estava crescendo dentro dela, algo alienígena que não tinha sido convidado, e era como uma infestação. Há algumas gentilezas que você nunca esquece; você as leva para o túmulo, acalentadas em algum lugar, para serem lembradas e saboreadas de tempos em tempos. Era assim a gentileza da afro-americana de cabelo curto alisado que trabalhava na clínica de controle de natalidade da Walnut Street. Ela deu um sorriso que iluminou todo o seu rosto franco, tocou o ombro de Zikora quando se deitou de costas, tensa. Ficou segurando a mão dela durante os longos minutos. "Não tem problema, vai dar tudo certo", disse ela. Seus dedos apertaram os de Zikora quando as cólicas laceraram seu ventre. Zikora estava completamente só, e aquela mulher sabia. "Obrigada", agradeceu depois. "Obrigada." Sentiu-se leve de tanto alívio, sem aquele peso, aquele fardo. Tinha acabado. Na volta para casa de ônibus, Zikora chorou, olhando pela janela para os carros e as luzes de uma cidade que sabia de sua solidão. Durante anos, evitou se confessar, não conseguia ter coragem de dizer em voz alta o que tinha feito. Não dizia nem para si mesma, e, se trancasse aquilo na mente, então um dia seria como se não tivesse acontecido. Ela sabia que merecia a punição de Deus, mas também Sua misericórdia, e continuou a receber a comunhão na missa, mas com mais humildade do que antes, mais gratidão. Uma semana antes de se formar na faculdade de direito de Georgetown, Zikora passou o fim de semana com Chia e, na manhã de domingo, perguntou onde poderia ir à missa, pois não queria dirigir até a capital. Chia tinha uma ideia vaga e, tentando ajudar, disse o horário errado. Quando Zikora chegou à igreja de São João Evangelista em Columbia, a missa já tinha acabado. Mas um padre estava ouvindo confissão e ela, quase sem querer, foi na direção do confessionário, e ficou de joelhos no cubículo escuro, com o padre atrás de uma treliça. Ele perguntou seu nome e Zikora sentiu o medo nauseabundo de sua adolescência, quando disfarçava a voz para se confessar, temendo que padre Damian contasse a sua mãe o que ela tinha dito. Mas o padre, aquele branco americano que lhe disse que se chamava padre Tillman, não era como padre Damian ou como os outros padres que ela conhecera na Nigéria. Não falou com uma voz monótona e doutrinadora, não ralhou asperamente, não deu uma penitência genérica de "Cinco pais-nossos e cinco ave-marias" com o tom enfadado e automático de quem já tinha dito a mesma coisa cem vezes naquele dia. Padre Tillman pareceu realmente ouvi-la. Talvez porque não tivesse tanto trabalho para fazer; todo mundo se confessava na Nigéria, diferentemente dali, onde era raro.

"Não há pecado que Deus não possa perdoar", disse o padre Tillman. "Tudo o que Deus pede é um arrependimento verdadeiro."

"Mas o que é um arrependimento verdadeiro?"

"Um arrependimento verdadeiro é o que fez você vir aqui hoje."

Quando sua mãe saiu para ir até a lanchonete, a enfermeira trouxe os formulários de consentimento de circuncisão.

"A questão é mesmo se vai causar dor ao bebê?", perguntou a enfermeira com gentileza.

Zikora a encarou, encarou aqueles cílios que faziam com que fosse difícil levá-la a sério.

"O bebê não vai se lembrar da dor. Se todo mundo na sua cultura faz, você deveria fazer também. As crianças odeiam ser diferente. Eu trabalhava no consultório de um pediatra e isso foi uma coisa que aprendi. Ainda não temos filhos, meu noivo está tentando virar policial, mas vou me lembrar disso quando tiver os meus filhos."

A enfermeira ficou segurando os formulários um instante antes de colocá-los na mesa. Algo no comportamento dela fez com que uma avalanche de soluços fechasse a garganta de Zikora. Era compaixão; aquela enfermeira achava que aquilo que Zikora estava sentindo importava. Será que não tinha percebido isso antes, ou a enfermeira mudou de repente?

"Obrigada", disse Zikora, querendo esticar o braço para pegar a mão da enfermeira, embora soubesse que podia ser um pouco demais, mas a enfermeira já tinha se virado para ir embora. Na porta, ela quase colidiu com o dr. K, que tinha vindo se despedir.

"Sua mãe é maravilhosa. Ela fala tão bem. Gosto de ouvir inglês de verdade. Meus parentes do Irã falam assim. Ela é dona de uma escola particular na Nigéria?"

"É", disse Zikora, perguntando-se quando sua mãe dissera isso para ele.

"Que maravilha ela poder vir ficar com você", disse o dr. K.

"É", falou Zikora. Ela nunca tinha duvidado de que a mãe viria para ficar com ela, mas quando telefonou e contou "Estou grávida e o Kwame desapareceu", ficou tensa, como acontecia quando era adolescente e alguém a dedurava por ter feito algo ruim. Zikora esperava ser duramente repreendida pela mãe, sem meias-palavras, por ter engravidado e por ter perdido Kwame. Mas sua mãe disse: "Qual é a data provável do parto para eu me planejar?".

Na sala de procedimentos do berçário, seu filho foi colocado numa tábua e contido, com braços e pernas amarrados, sob uma luz de aquecimento. Parecia um sacrifício. Zikora quis empurrar o médico para o lado, arrancar aquelas amarras e libertá-lo. Por que tinha feito aquilo? Por que tinha assinado aqueles formulários com a mãe olhando por cima de seu ombro? Quase chegou a acreditar na declaração furiosa que fizera mais cedo, sobre causar uma dor desnecessária a seu filho. Seu filho. Aquelas palavras: seu filho. Ele era seu filho. Era dela. Zikora tinha dado à luz aquele menino e era responsável por ele, e o bebê já a reconhecia, movendo o rosto cegamente na direção de seus peitos. Reflexo de busca era como se chamava. Como os recém-nascidos sabiam fazer aquilo? Ele era dela e seus braços minúsculos e translúcidos estavam ali, preciosos, sobre sua pele. Ele era dela. Ela morreria por ele. Zikora pensou nisso e ficou espantada, pois sabia que era verdade; algo que nunca tinha sido verdade antes em sua vida, subitamente, era verdade. Ela morreria por ele. Surgiu um empuxão novo em seu peito, completamente alienígena, uma intensa vontade de viver, de ficar viva, por mais alguém além dela mesma. Depois que eles o soltaram das amarras, sua boquinha cor-de-rosa se abriu e dela saiu um lamento agudo. Seu menininho, com a pele descamada, as gengivas sem dentes e, entre suas pernas, uma ferida vermelha aberta. Zikora o ninou, o acalentou e colocou o mamilo em sua boca. "Eu morreria por ele", gravou ela no telefone e mandou para Chia, pois precisava dizer em voz alta aquela milagrosa coisa momentânea que era verdade. Chia estava em Milão, prestes a entrar no voo para o Dulles, e enviava uma mensagem de texto atrás da outra, com mais emojis de coração do que palavras:

Mande mais fotos!

Zikor, você conseguiu. Odogwu! *Que orgulho. Amo você!*

Essa cor da pele dele é normal?

Talvez eles devessem dar uma olhada, Zikor.

Faz um vídeo.

Zikor ndo.

Ele continua chorando?

No Wi-Fi fraco do hospital, o rosto do pai de Zikora congelou na tela no meio de um sorriso e, por um instante, ele pareceu uma caricatura de si mesmo, com os dentes à mostra e os olhos arregalados.

"Bebezinha!", disse ele para Zikora.

Seu pai contava piadas, ria, encantava todo mundo, quebrava coisas e dançava nos cacos sem nem perceber que tinha quebrado nada.

"Oi, papai", disse Zikora, feliz. Vê-lo com todo aquele bom humor, sendo travesso, era lembrar de sua vida como já fora, quando era só filha, não mãe.

"Parabéns, minha princesa! Minha bebezinha! Cadê meu neto?"

Zikora tinha oito anos quando sua mãe lhe contou que o pai ia se casar com outra mulher, mas nada ia mudar, ele continuaria morando na casa delas e, de vez em quando, visitaria a esposa nova em outra casa.

"Seu pai vai morar aqui. A casa dele sempre vai ser a nossa", dissera sua mãe, enfática. Ela fez com que aquilo soasse como uma vitória.

"Mas por que ele vai casar com outra mulher? Não quero uma mãe nova."

"Ela não vai ser sua mãe. Só sua tia."

Tia Nwanneka. Seu pai a levou à casa de tia Nwanneka pouco depois, para uma visita breve, quando eles estavam a caminho do clube de tênis dele. Tia Nwanneka era carnuda e tinha uma pele reluzente que parecia ter sido mergulhada no óleo. Ela sorria sem parar. Entrava e saía da sala de estar e sempre ressurgia com uma nova fonte de encantamento para Zikora, um tubo de confeitos de chocolate, um saquinho de chin-chin, um copo de Ribena. Ela a chamou de Zikky, não de Zikor, como todas as outras pessoas, e Zikora gostou, pois parecia um apelido mais legal de uma menina mais velha, como se tia Nwanneka a levasse a sério. Zikora gostou dela. Só mais tarde viu que, para sobreviver, tia Nwanneka brandia sua bondade como uma faca sutil e afiada. Quando Zikora foi fazer faculdade nos Estados Unidos, começou a chamar tia Nwanneka de a outra esposa do pai, pois as pessoas presumiam que "segunda esposa" fosse a mulher com quem seu pai havia se casado depois de se separar de sua mãe. Mas, para Kwame, ela disse "segunda esposa", pois ele entendia. Zikora e Kwame riam sempre que ela imitava sua colega da faculdade de direito, uma mulher americana intensa que lhe perguntara: "Como devemos compreender a contradição que é sua mãe?". Isso foi após a apresentação de Zikora sobre as leis de propriedade tradicionais dos igbos, quando ela usara a história da mãe para fazer o que estava apresentando ganhar vida: uma mulher com boa formação de uma família importante se casa com um homem com boa formação de uma família importante, tem uma filha e diversos abortos espontâneos e, depois disso, o marido decide se casar de novo porque precisa ter filhos homens, e a mulher concorda porque o marido precisa ter filhos homens, e são esses filhos que vão herdar todos os bens dele.

"Minha mãe não é uma contradição. Ela é incomum, mas normal", respondera Zikora à mulher, depois se corrigiu: "Incomum e normal".

"Foi uma resposta perfeita", Kwame dizia sempre que eles riam daquela história. Ele sabia de um tio em Gana, um ministro do governo, que tinha se casado com uma segunda esposa.

"Não deve ter sido fácil para nenhuma das duas esposas", disse Kwame, e ela concordou, amando-o por sua sensibilidade. Eles contavam e recontavam histórias do passado um para o outro, até sentirem que tinham estado lá também. Zikora sentiu-se inundada de tristeza naquele quarto de hospital com suas luzes fortes demais. Não conseguia imaginar estar com outra pessoa, alguém que não fosse Kwame, que não a conhecesse como Kwame, que não dissesse as coisas que ele dizia e não tivesse sua risada fácil.

"Ele é igualzinho a mim!", comemorou seu pai quando a mãe colocou o celular sobre o rosto de seu filho.

"Parabéns, Zikky, Deus nos abençoou", disse tia Nwanneka, e um pedaço de seu rosto redondo apareceu acima do rosto do pai na tela. "Como você está se sentindo?"

"Cansada", respondeu Zikora, e sentiu a desaprovação da mãe. Ela queria que tivesse dito que estava ótima, obrigada.

"Parabéns, senhora", disse tia Nwanneka para sua mãe. Ela sempre a chamava de "senhora", para demonstrar respeito.

"Obrigada", respondeu a mãe de Zikora, serenamente.

"Bebezinha, tem mais alguém aí com você além da mamãe?", perguntou o pai.

"Não, papai."

Kwame está aí? Kwame ligou? Kwame sabe? As perguntas que ele queria fazer, mas não fez. A mãe também não. Zikora sentia a desconfiança da mãe, como se ela não tivesse contado toda a verdade sobre Kwame, pois como ele poderia tê-la abandonado só porque engravidou, logo Kwame, que fora a Enugu e pedira que seu pai lhe explicasse os costumes matrimoniais dos igbos?

Seu pai estava pedindo para ver o rosto do bebê de novo, e a mãe baixou o celular sobre o minúsculo ser adormecido.

"Bebezinha, não vou conseguir ir no final das contas, mas definitivamente vou ver meu neto antes de ele fazer um mês de idade", disse seu pai.

"Tudo bem, papai." Zikora tinha esperado aquilo. Quando ele disse que viria de Lagos para estar lá no nascimento do bebê, ela soube que era apenas uma das muitas promessas que fazia.

"Estou com um resfriado teimoso. Então, é melhor não ficar perto de um recém-nascido."

"É", concordou Zikora, embora soubesse que o resfriado era uma desculpa tão boa quanto outra qualquer. Podia ter sido uma reunião de trabalho, ou uma questão de última hora com um contrato. Sua mãe lhe entregara o celular e fora para a janela.

"Já estou com esse resfriado há duas semanas e não ajuda essa casa parecer um freezer. O ar-condicionado é tão gelado, mas sua tia mesmo assim quer diminuir a temperatura. Já falei que vamos ter que chegar num meio-termo, pois eu não tenho o mesmo problema que ela!" Seu pai estava rindo, dando aquela risada travessa de quem sabia que sua piada não era muito correta. Mas qual era a piada? Zikora riu um pouco também, porque sempre ria das piadas do pai. Então, se deu conta de que era sobre tia Nwanneka sempre sentir calor quando ninguém mais sentia, uma piada sobre menopausa. Ela olhou a mãe na janela, de costas, à parte e distante da conversa. Seu pai jamais teria feito piadas sobre a menopausa dela. Com a mãe, as piadas dele eram pequenas e mais seguras, com o cuidado de nunca faltar ao respeito. O respeito, uma deferência engomada, uma série de rituais empalidecidos. O respeito era a recompensa da mãe por aquiescer, por não ter dificultado a questão da tia Nwanneka, por não brigar com o pai e por não semear discórdia na família. Em vez disso, sua mãe sempre comprava presentes de Natal e de aniversário para os filhos de tia Nwanneka. Era educada, correta, contida, administrando suas escolas, suas vestimentas sempre convencionais, com um brilho discreto nos óculos de aro dourado. A esposa sênior. Era sua mãe quem sentava ao lado do pai em casamentos e cerimônias. Foi a foto dela que apareceu no lugar da esposa no panfleto que o clube de tênis dele mandara imprimir em seu aniversário de sessenta anos. Era sua mãe que tinha se casado na igreja, enquanto tia Nwanneka tinha tido apenas uma cerimônia de carregamento de vinho, de acordo com a lei tradicional, mas não uma cerimônia na igreja. Esposa sênior. Tia Amala, irmã de seu pai, dizia "esposa sênior" como se fosse um título cobiçado, algo que vinha com uma coroa. "Você é a esposa sênior, nada vai mudar isso", tia Amala disse para sua mãe alguns dias depois de o pai se mudar da casa dela.

Ugonna, o irmão (meio-irmão) de Zikora, ainda no ensino fundamental, tinha sido pego colando numa prova. Um professor o viu tirando um pedaço de papel do bolso e ordenou-lhe aos gritos que o entregasse, mas, em vez de obedecer, Ugonna enfiou-o na boca e engoliu. O pai decidiu ir morar com tia Nwanneka para endireitar Ugonna. "Ele precisa me ver toda manhã quando acordar. Os meninos podem se perder tão fácil, mas as meninas não", disse à mãe. Era domingo, com aquela lassitude lenta dos domingos, e eles estavam na sala de estar do andar de cima, jogando palavras cruzadas de tabuleiro, como sempre faziam depois do almoço antes de o pai sair para passar o resto do dia na casa de tia Nwanneka, e Zikora e a mãe irem tomar a bênção. Zikora se lembrava daquela tarde em imagens isoladas, estáticas: o pai murmurando aquelas palavras de repente, com os olhos fixos no tabuleiro do jogo, palavras que provavelmente passou dias pensando em como dizer, e a mãe olhando-o, atônita, com o corpo tão rígido, tão imóvel. Mais tarde, a mãe postou-se no topo da escada, para bloquear o pai, que tentava descer. Ela esticou o braço e empurrou-o para trás e ele, surpreso, cambaleou. "Não foi isso que combinamos!", gritou a mãe. Naquele dia ela se comportou como outra pessoa, abalada, quebrada, e se segurou no corrimão como se corresse o risco de cair. O pai foi embora mesmo assim. No dia seguinte, os funcionários dele levaram suas roupas e sua coleção de raquetes de tênis para a casa de tia Nwanneka. Durante semanas, Zikora se dirigiu à mãe apenas com monossílabos emburrados, pois achava que ela poderia ter lidado melhor com a situação. Se a mãe não tivesse gritado, se não o tivesse empurrado, talvez o pai tivesse ficado.

Durante meses, seus pais não se falaram. O pai não as visitava; mandava o motorista pegar Zikora nos fins de semana para levá-la até o clube de tênis, onde eles bebiam ponches e ele contava piadas, mas não dizia nada sobre ter saído de casa. Devagar, as coisas foram se tornando menos frias, e a mãe aceitou que a casa dele não seria a delas, que elas agora eram a família que seria meramente visitada. A mãe começou a pendurar seus vestidos mais novos no guarda-roupa dele, que estava quase vazio, com apenas algumas camisas penduradas, de que não gostava muito.

Zikora olhou para a mãe, parada diante da janela do hospital. Como era possível que jamais a tivesse enxergado de verdade? Fora seu pai quem destruíra tudo, e fora a mãe que ela culpara pelas ruínas deixadas para trás. Seus pais tinham decidido havia muito tempo que ela faria faculdade fora e, nas tardes depois da escola, professores particulares vinham a sua casa para prepará--la para os exames de qualificação americanos e britânicos. O pai queria que ela estudasse nos Estados Unidos, pois os Estados Unidos eram o futuro, e a mãe queria que ela fosse para o Reino Unido, pois a educação de lá era mais rigorosa. "Eu quero ir para os Estados Unidos", disse Zikora. Será que ela queria mesmo, ou queria o que o pai queria, ou não queria o que a mãe queria? A maneira como a mãe dizia "rigorosa" a irritara; o vício da mãe em dignidade a irritava, a distanciava, mas ela sempre desviara o olhar do motivo.

Seu filho acordou e começou a chorar. Sua linguinha tremeu quando ele emitiu o choro agudo e estridente. A mãe correu até o berço transparente ao lado da cama de Zikora, pegou-o no colo e começou a caminhar para a frente e para trás, aninhando-o até que dormisse.

* * *

Na certidão de nascimento, ela pôs seu sobrenome e Bebê Menino como primeiro nome; mudaria quando tivesse um nome.

"Não pensei em nenhum nome de menino", contou à mãe. "Tinha tanta certeza de que era menina."

"Seu pai vai escolher um nome."

"Tem algum nome que a senhora gosta?"

"Chidera", disse a mãe. "Mas vamos ver o que seu pai vai escolher."

E, baixinho, Zikora repetiu o nome, Chidera, essa é a decisão de Deus, Deus já decidiu, essa é a vontade de Deus.

Elas saíram do hospital no início da tarde. A mãe dela vestiu seu filho com um macacãozinho amarelo da bolsa de maternidade, tamanho recém-nascido, mas mesmo assim grande demais para ele, com as mangas sobrando ao redor dos braços minúsculos. No táxi, com a cadeirinha presa entre ela e a mãe, Zikora sentiu um vento trespassá-la, esvaziando-a. Teve uma vontade intensa de se esconder da mãe e do filho. Seu apartamento pareceu-lhe estranho. Ao sair dele ela era uma pessoa diferente da que era então, uma pessoa sem filhos, e retornava com novos olhos. Andava desajeitada por causa da dor entre as pernas e, quando se sentou numa almofada para ajudar, só se sentiu instável e desconfortável. Tudo era desconfortável. Não sabemos como os absorventes são ásperos até usar absorventes pós-parto no hospital e trocar pelos normais em casa. Zikora estava constipada e, na privada, tentou não fazer esforço, mas se esforçou mesmo assim, hesitante, sentindo um pânico no corpo todo, com medo de rasgar os pontos. Sentou na bacia para banho de assento com água morna, e receou não ter ficado tempo suficiente, apesar de ter colocado um timer de quinze minutos. E se pegasse uma infecção? Precisaria de um remédio que comprometeria seu leite e afetaria seu filho. Seu filho. Seu filho não conseguiu pegar seus bicos direito; o bico sempre escorregava para fora da boquinha faminta dele. Ele chorava e chorava. Seu lamento perfurou a cabeça de Zikora e a deixou tão trêmula que ela quis sair quebrando coisas. A mãe chamou uma consultora domiciliar de amamentação, uma mulher minúscula, de cabelo platinado, que deu incentivos doces e tentou fazer a boca do filho dela abrir e fechar, mas ele continuava se afastando e chorando. Será que era alguma coisa no apartamento? Tinha amamentado no hospital.

A consultora de amamentação deu-lhe um protetor de mamilos de plástico, para colocar entre o seio e a boca do filho e, por um breve instante, ele sugou em silêncio para depois voltar a chorar. Zikora extraiu leite com uma máquina que vibrava, com funis presos aos mamilos, vendo esguichos do líquido ralo enchendo os frascos acoplados. A extração era uma tortura de tão lenta; seus seios recuavam de horror da máquina, dando seu leite com relutância, como quem dizia que mais uma vez havia falhado em fazer as coisas como deveriam ser feitas. O filho dormia num bercinho ao lado da cama. No começo, a mãe dela dormiu no quarto ao lado, mas depois arrastou o colchão para o quarto de Zikora e o colocou ao lado da cômoda. À noite, a mãe dela dava a seu filho uma mamadeira de leite materno com um bico encurvado e fino.

"Durma, tente dormir", dizia sua mãe; mas Zikora não conseguia dormir, mal dormia, e podia ouvir, no silêncio de seu apartamento de luxo, o ruído do filho engolindo. Entre suas pernas, o rasgão costurado coçava muito. Seu apetite tornou-se voraz e ela comeu pães inteiros, porções enormes de salmão. A luz do sol entrava em raios oblíquos pelas persianas que a mãe abria todas as manhãs. A música tilintante do móbile de seu filho. As ondas frequentes de saudades pesarosas. Ela sentia falta de Kwame. Olhava para o futuro e o via morto, com o peso da ausência dele. Pensou em comprar um chip novo e ligar para Kwame, dizer a ele que eles podiam dar um jeito, que ele poderia participar tão pouco quanto quisesse como pai, desde que estivesse ali. Mas estava se cansando daquela rejeição, de ele ignorar suas mensagens, bloquear seu número, e sentia-se translúcida, tão frágil que mais uma rejeição a faria desmoronar por completo.

Algumas noites, Zikora e a mãe rezavam uma dezena do rosário juntas, as duas ajoelhadas ao lado da cama, passando os dedos pelas contas. Se o bebê chorava ou acordava de uma soneca, a mãe de Zikora sempre parava e ia vê-lo, como se nada no mundo fosse mais importante.

"E eu se eu ligasse para os pais dele para informá-los? Eles merecem saber", disse a mãe certa tarde, enquanto alimentava seu filho.

Zikora ficou paralisada pela pergunta. "Quem?", indagou tolamente.

A mãe encarou-a. "Do Kwame."

"Não, não", respondeu ela. "Ainda não."

"Seu pai não foi a primeira pessoa com quem eu quis me casar", disse sua mãe.

Zikora a encarou, com medo de dizer qualquer coisa e fazer sua mãe parar de falar. Ela nunca tinha lhe dito nada parecido com aquilo.

"Quando eu estava na faculdade, em Ibadã, houve outra pessoa. Ele era do norte. Nossas famílias recusaram, e ele me disse uma coisa. Disse 'Sempre vou pôr você em primeiro lugar'. Foi isso que ele me disse. A religião era uma questão importante; se o problema fosse apenas a tribo, poderíamos até ter dado um jeito, mas não a religião. Da última vez que eu o vi, logo antes de ele se casar, ele ainda me disse: 'Sempre vou pôr você em primeiro lugar'."

A mãe dela colocou o neto no ombro para que arrotasse. "Muito bem, meu amor, que menino bonzinho", disse para ele, docemente. Ela ergueu os olhos para Zikora. "Os homens dizem todo tipo de coisa. O que importa é o que eles fazem."

Zikora não disse nada, sentindo-se um pouco atônita. Sua mãe estava se transformando numa pessoa ali, na sua frente.

"Não estou produzindo leite, não entendo por que não estou produzindo leite", disse Zikora, chorando, com os seios doloridos, os mamilos ardendo, o estômago em chamas de ansiedade, apavorada de fracassar com o filho mais uma vez. "Preciso amamentar exclusivamente com meu leite", disse. "Há estudos que mostram que amamentar é melhor para o bebê e…"

"Chega, Zikora. Vou sair e comprar fórmula infantil, e vamos dá-la para o bebê e ele vai ficar bem. Na minha época, a gente considerava leite materno um suplemento. Eu te dei fórmula, e aconteceu alguma coisa? Olhe só para você, sempre foi tão forte e agora é forte e bem-sucedida. Olhe só para você."

Zikora tentou esconder sua surpresa. Sua mãe a achava forte? Ela só conseguia se lembrar de suas críticas, como uma chama diretamente na pele, a sensação de nunca ser o bastante, sempre ciente dos muitos buracos que cavara nas expectativas da mãe.

"Eu nunca ia ter conseguido fazer amamentação exclusiva quando tive você. Seu parto foi extremamente difícil. Fiquei sabendo que as enfermeiras no hospital-escola contaram minha história durante muitos anos depois. Quase morri. Teria morrido se não fosse meu médico. Fiquei dois dias em trabalho de parto. É por isso que tive que fazer uma histerectomia."

"Teve?" Zikora não sabia disso.

"Tive."

"Já li sobre mulheres que fizeram histerectomias quando outras coisas poderiam ter sido feitas para salvar o útero", disse Zikora, pois estava tão pasma que não sabia mais o que dizer.

"Não, meu médico era o melhor do hospital-escola, dr. Nkanu Esege. Ele era o melhor obstetra do leste, as pessoas vinham de toda parte implorar para serem pacientes dele. Aquele homem fez tudo por mim. Quando o dr. Nkanu Esege disse que não havia mais nada a ser feito, então tive certeza de que não havia mais nada a ser feito."

O bebê começou a chorar e a mãe de Zikora correu até ele. Depois de dar a última mamadeira de leite materno a ele, não continuou a história. Chamou um táxi para levá-la até o supermercado, e Zikora também não disse nada, com o coração ainda formigando com a sensação estranha de estar próxima da mãe.

Alguns dias mais tarde, sua mãe disse, enquanto preparava uma mamadeira de fórmula. "Seu pai não sabe que eu não tenho útero. Nunca contei isso para ele."

"O quê?"

"Naquela época, os homens não entravam na sala de parto e particularmente seu pai não tinha nenhum interesse nessas coisas. Ele dizia que íamos ter muitos filhos, três ou quatro, porque na família dele há muitos meninos. Quando concluíram que eu teria que fazer a histerectomia, senti um pânico enorme. Ser uma esposa sem útero era ser inútil. Eu sabia o quanto filhos significam para seu pai e sabia que tinha acabado de ter uma menina.

Zikora se empertigou, tentando absorver aquelas palavras.

"Então, a senhora não contou para ele?"

"Não."

"Achou que ele ia te largar?"

"Seu pai é um bom homem", disse a mãe dela. "Não é um homem ruim", acrescentou, como se isso fosse mais palatável.

"Então..." Zikora fez uma pausa. "Seus abortos espontâneos foram antes de mim?"

Ela sabia fazia muito tempo dos abortos espontâneos da mãe depois de seu nascimento, mas então aquilo não fazia sentido, e talvez tivesse se enganado quando a mãe lhe contou a história, o que fazia com frequência aos domingos, com o pai presente. Contava a história com um humor casual e corajoso. "Quando sofri o terceiro aborto espontâneo, achei que o dr. Esege ia começar a se recusar a me atender!"

A mãe estava sacudindo a mamadeira de fórmula.

"Não sofri nenhum aborto espontâneo", disse ela.

Zikora olhou-a, atônita. "Como assim?"

A mãe suspirou. "Não sofri nenhum aborto espontâneo."

Ela alimentava o bebê, que bebia e engolia, sorvendo o líquido depressa, feliz. Zikora voltou a se recostar, tomada por uma onda de tristeza doce, intensamente pungente, pois viera-lhe à mente uma lembrança delas duas na bênção, ajoelhadas lado a lado na igreja meio vazia, numa tarde chuvosa de domingo, com as vozes se erguendo juntas num canto gregoriano, em meio ao aroma de incenso. *Tantum ergo Sacramentum, veneremur cernui.*

Chia os visitava com frequência, segurando o Bebê com um ar de espanto reverente, pedindo para alimentá-lo, contando de suas viagens para a mãe de Zikora.

"Zikor, Chuka quer vir comigo ver o Bebê no domingo e finalmente conhecer você", disse Chia.

E Zikora respondeu: "Não".

Sua mãe, sentada ali perto, disse: "Zikora, deixe quem quer ver o Bebê vir ver o Bebê". O que ela queria dizer era que não havia nada do que se envergonhar, nada a esconder. Mas Zikora não estava se escondendo, não mais, ou pelo menos não da mesma maneira como estivera antes de seu filho nascer. Só precisava de algum tempo para aperfeiçoar o rosto que desejava mostrar ao mundo. Já estava treinando a mente para esperar os comentários das pessoas, sussurrando para si mesma o pior que poderia ser dito, para mitigar o veneno deles e abrandar sua futura mágoa.

"Tá bem", disse ela.

O novo namorado de Chia seria administrável, alguém neutro, e seus julgamentos, se os tivesse, não importariam tanto, pois ele não a tinha conhecido antes. Chuka chegou com uma sacola de presente, atrás de Chia, com o corpanzil tomando a moldura da porta. Grande, careca e barbado; ele era masculino demais e, num segundo, seu excesso de masculinidade tornou a sala sufocante. Como se isso não bastasse, havia aquela sua aura de "bom homem", polida e brilhante, a atitude respeitosa e atenciosa tão óbvia em seus modos. Aquela enganação vil que era a bondade pública de um homem. Aquilo enfureceu Zikora. Quando ele veio cumprimentá-la, ela sentiu incontroláveis jatos ferventes de hostilidade. Que tipo de monstros estavam escondidos sob sua pele de cara legal e quanto tempo até que eles emergissem e atormentassem Chia? Abruptamente, Zikora deu-lhe as costas; nunca antes tinha dado as costas para alguém daquela maneira. Depois que eles foram embora, olhou desconfiada para a sacola de presente azul-clara pontilhada de estrelinhas. Lá dentro, havia roupinhas de bebê e diversos mordedores.

"Um pouco cedo para nascer dente", disse Zikora amargamente.

"Zikora." Sua mãe a observava. O bebê dormia na dobra de seu braço. "Nunca mais trate um convidado para quem você abriu a porta da sua casa dessa maneira."

"Tem alguma coisa nele que não confio", disse Zikora, nervosa com a dureza do tom da mãe.

"Chuka não é Kwame. Nenhum outro homem além de Kwame é responsável pelo que Kwame fez."

Zikora sentiu-se culpada, e irritada por se sentir culpada. Ela não queria ser sensata, merecia responsabilizar quem quisesse pelo fato de sua Terra ter se soltado e se estilhaçado e não mais girar numa órbita ordeira.

"Os mordedores são muito bons", disse a mãe, examinando-os. "Eu me lembro que seu pai dava ossos de galinha para você quando seus dentes estavam nascendo. Ele achava engraçado ver você roendo os ossos. Eu nunca deixava você ficar com eles por muito tempo. Sempre tinha medo de que um pedaço fosse fazer você engasgar ou arranhar sua língua."

Como algumas lembranças insistem em aparecer, mesmo não sendo bem-vindas? Zikora se lembrava da noite da festa de aniversário de tia Nwanneka, uma festa grande, com arcos de balões espalhados por toda a propriedade. O pai de Zikora pediu-lhe que fosse, mas sua mãe pediu-lhe para não ir. Foi pouco depois de o pai ter se mudado da casa delas e a tensão entre seus pais ainda era uma ferida aberta.

"Não vá, fique comigo", disse sua mãe, e Zikora, sem expressar seu desdém, disse que o pai precisava de ajuda para organizar a festa. E foi. Ao voltar para casa, cambaleando por causa do vinho que ela e alguns amigos tinham tirado do isopor e bebido direto das garrafas, a empregada deixou-a entrar. A mãe estava na sala, lendo. Zikora sentiu uma angústia, parte apreensão e parte outra coisa, talvez vergonha. "Boa noite, mamãe", cumprimentou. A mãe não disse nada. Ergueu os olhos do livro, como para mostrar que a ouvira, e virou o rosto.

O pai escolheu o nome Okechukwukelu, Deus nos deu nosso quinhão. "O apelido dele vai ser Okey. É um nome lindo", disse a mãe.

Era lindo, mas Zikora teve a sensação de que algo estava errado. "Eu vou chamá-lo de Chidera", disse.

Seu filho começou a chorar. Tinha sido alimentado, estava com a barriguinha proeminente, mas mesmo assim continuava a chorar. Chorava sem parar.

"Ele chora tanto. Será a fórmula? Talvez seja indigesta para ele", disse Zikora.

"Alguns bebês choram mais", afirmou a mãe calmamente.

O que vou fazer com ele?, pensou Zikora. Haveria mais dias e semanas daquilo, de não saber o que fazer com uma pessoa que chorava e cujas necessidades ela temia jamais ser capaz de compreender. Só nos braços da mãe dela o choro do bebê diminuía um pouco, para logo depois continuar. Só quando dormia suas lágrimas paravam de rolar. A mãe de Zikora o nanou no bercinho e, após um instante, disse: "Olhe como ele levanta os braços!".

Sua mãe estava rindo. Zikora nunca tinha visto um deleite tão óbvio no rosto da mãe. Os bracinhos de seu filho estavam erguidos no ar, como se ele estivesse fazendo uma saudação ao sono. Aquilo a fez rir também. Mais tarde, quando ele acordou, Zikora viu sua mãe niná-lo, abaixando a cabeça para inalá-lo, tocando a pele de seu rosto com a pele do rosto dela.

"*Nne*. Que bênção pode ser maior do que essa?", perguntou a mãe.

A enorme vontade que Zikora vinha sentindo nos últimos dias, de pedir desculpas à mãe, só crescia. Mas ela não sabia colocá-la em palavras e ainda não sabia pelo que pedir desculpas. Ou talvez fosse porque um mero pedido de desculpas parecesse inadequado, um gesto tão pequeno e tão tardio que seria melhor nem fazê-lo. Zikora olhou a mãe, que estava esfregando as laterais do nariz no lugar onde os óculos tinham deixado pequenos entalhes na pele.

"Mamãe, não sei o que vou fazer quando a senhora for embora", disse ela.

"Meu visto é de longa estada", disse sua mãe. "Não vou a lugar nenhum por enquanto."

KADIATOU

De manhã, à luz diluída da alvorada, Kadiatou acordou com uma sensação de perda, sabendo que Papa já tinha partido. Ela tentou levantar cedo só para vê-lo ir, mas era sempre tarde demais, quando acordava naquele cômodo azedo de sono e ouvia a respiração lenta dos irmãos e das irmãs. Às vezes, na hora de dormir, ela beliscava os dedos das mãos e as bochechas para espantar o sono, mas acabava pegando no sono, e acordava assustada por ter adormecido, sabendo que ele tinha partido por causa da luz azulada que entrava em raios oblíquos pela persiana de madeira. Sempre a fazia pensar numa perda, aquela quietude após a alvorada, antes de a manhã se revelar por completo. Certo dia, Kadiatou perguntou ao pai por que ele saía tão cedo, no escuro, e ele respondeu que a mina ficava muito longe, onde ele trabalhava retirando ouro do estômago da terra. Ela o imaginava descendo por um buraco, com as paredes pontilhadas de pepitas de ouro reluzentes, mais bonitas que os brincos de sua avó, Nembero Joulde, soldados em suas orelhas.

Binta disse que não era nada daquilo: Papa e os outros homens não haviam nem achado ouro e, se achassem, ainda não ia brilhar como os brincos. Binta tinha razão, Binta sabia das coisas, mas mesmo assim Kadiatou imaginava Papa descendo devagar e virando em todas as direções para ver o ouro radiante. Se ficava longos períodos longe deles, só podia ser por estar trabalhando em algo extraordinário, digno de sua exaustão. Ele sempre voltava para casa morto de cansaço, com as unhas sujas de terra preta, grunhindo enquanto Mama massageava suas costas. Mas só precisava de uma boa noite de sono para seu cansaço desaparecer. De manhã, ele vestia seu bubu mais novo, cujas bainhas não estavam desfiadas, e ia à mesquita, visitava amigos e conversava com os vizinhos no quintal. Com os braços longos e musculosos, jogava os meninos pequenos para cima, pegava-os no ar e girava com eles, fazendo-os gargalhar. Jantava enquanto todas as crianças o observavam, esperando pela história que viria depois da refeição. A contação de lendas folclóricas sempre começava com uma canção. As crianças se juntavam e se sentavam aos seus pés, o bebê engatinhando para cima e para baixo por entre as pernas da cadeira. Mama ficava por ali, ocupada com seus afazeres, descascando amendoim e dizendo que aquele detalhe estava errado, e que os homens não sabiam contar histórias, e que aquele outro detalhe estava errado, aí ele dizia que ela devia contar então, e ela respondia que era melhor ele continuar logo, afinal já tinha começado, e os dois riam. À luz bruxuleante do lampião de querosene, um calor envolvente acalentava a todos. Papa contava histórias sobre vacas, hienas e serpentes mágicas, sobre vampiros que viravam vaga-lumes, e sobre como o mundo tinha começado com uma gota de leite gigante. Ele fazia caretas e mudava a voz, gesticulando e batendo palmas. Às vezes, suas palavras ficavam tão arrastadas, como o primeiro balbuciar de uma criança, que todos desatavam a rir antes do final da história. Kadiatou sentava com as costas apoiadas na parede, encarando os pés de Papa e suas sandálias de couro plantadas com tanta firmeza no chão. Os pés pequenos dela eram iguais aos dele, chatos, sem um arco. Quando a última história chegava ao fim e eles começavam a cantar uma música, a tristeza invadia a mente dela, pois Kadiatou sabia que Papa partiria de novo antes do amanhecer.

Anos mais tarde, Mama lhe contou que ela sempre se agarrava às pernas de Papa nas noites anteriores à sua partida, com tanta força que eles imploravam para ela abrir as mãos. Kadiatou não se lembrava disso. Binta lhe mostrou uma foto de um homem usando um bubu e um chapéu e disse que o chapéu de Papa era parecido. Mas ela não se lembrava do chapéu de Papa; não se lembrava nem de vê-lo de chapéu. Quanto mais velha Kadiatou ficava, mais as lembranças escorregavam por entre seus dedos. Até o rosto de Papa parecia mais distante, como uma imagem cujos traços desbotavam. Mas ela se lembrava do dia em que ele não voltou para casa, da brisa fria que tinha soprado, fugaz, lá fora, e do aroma das primeiras chuvas da estação, da água tocando o solo ressecado.

Papa não voltou para casa porque morreu num deslizamento de terra na velha mina. Disseram que ele gritou tentando avisar os outros homens antes da chuva de pedras, apesar do perigo que corria. Kadiatou apertou as mãos contra as orelhas para não deixar essas histórias entrarem. Os outros é que deviam ter ficado naquela mina, presos e esmagados pelas pedras. Não Papa. Ela chorou até as lágrimas secarem, até todo o corpo ter se espremido e então caiu num sono agitado. Em sonhos violentos, viu uma torrente feroz de pedras, tantas pedras desabando, pedras enormes, e o corpo dele um alvo indefeso, apenas carne e ossos. Quando finalmente tiraram Papa de lá, ele não parecia mais uma pessoa. Ou foi o que o primo Bhoye disse. Nenhum deles viu Papa antes de ser enterrado, mas Bhoye contou que não tinha sobrado nem mesmo uma parte dele inteira. Nem mesmo uma parte inteira. Essas palavras atormentaram Kadiatou. Ela imaginou o corpo de Papa virando areia, mas isso não parecia verdade, não parecia justo, e ela chorou e chorou. Binta disse que Bhoye estava mentindo; ele era muito astucioso, vivia inventando histórias, com os olhos brilhando naquele rosto fingido dele. A cada Eid, quando eles iam à aldeia e as crianças se reuniam para comer, eram os dedos egoístas de Bhoye que mergulhavam na tigela de namma da mesa, procurando pedaços de peixe antes da hora de dividir.

"Ele está mentindo, Kadi. O Papa parecia uma pessoa sim", disse Binta. "Parecia com o mesmo de sempre." Kadiatou ouviu, na firmeza da voz de Binta, quão determinada estava a confortá-la, e a confortar todos eles. Quando visitas vinham lhes dar os pêsames, Binta segurava o choro para mostrar um rosto sem lágrimas, um testemunho de que o teto deles tinha caído, mas eles sobreviveriam mesmo assim.

Binta. Binta nasceu sonhadora, sempre falando de outros lugares, outros mundos, onde meninas iam à escola e a água saía limpa e abundante da torneira. Andava com passos rápidos, como se tentasse conter uma fome enorme, ansiosa por se libertar; fazia tudo depressa, tremia com a inquietação de sonhos ainda presos dentro da casca. Seus olhos e coração já tinham cruzado os caminhos de seu futuro. Você olhava para Binta e imaginava o que seria dela, pois alguma coisa haveria de ser, e não era uma questão de se isso aconteceria, mas de quando. Kadiatou a amava como se ama a luz do sol. Ela se dava por satisfeita de ficar na sombra encantada de Binta, feliz nos bastidores de suas vontades. Para Kadiatou, o fato de meninas irem à escola parecia um desperdício, aprender com os livros em vez de aprender a cuidar de uma casa, mas ela disse sim quando Papa lhe perguntou: "E você, Kadi? Quer ir para a escola também?". Disse sim por Binta, por causa de Binta, Binta que sempre pedia a Papa que as mandasse para a escola, ao que Papa sorria e dizia que elas eram preciosas demais e que as escolas ocidentais estragavam as meninas.

Mas Papa não impediu que Binta olhasse os livros escolares do vizinho deles, Idris; Binta ficava sentada na escada do lado de fora, com os livros no colo, virando uma página atrás da outra, demorando-se nelas. Idris contava histórias sobre a escola e Binta ouvia, fascinada. Um dia, Idris disse que o professor tinha batido num aluno porque ele falou em língua mandinga e só era permitido usar francês na escola. Idris fez uma demonstração da surra, rindo e batendo no ar com a mão, dizendo que o aluno tinha se urinado. Binta assentiu e riu também, mas Kadiatou ficou assustada; esperou que estivessem a sós para dizer: "Como é que a gente vai pra escola, Binta? A gente não fala francês".

"Vamos aprender na escola", falou Binta. Kadiatou não se convenceu; como aprenderiam uma nova língua num lugar onde não podiam falar a língua que conheciam? Mas não disse nada. Mais tarde, Binta afirmou que ir à escola mudaria a vida delas. Quando aprendessem francês, poderiam ganhar dinheiro traduzindo cartas francesas para o pulaar, e poderiam morar num lugar melhor, não numa casa de um cômodo só, com o quintal dividido. Não teriam que sair às pressas, bem cedo, para mergulhar o balde no poço antes de a água ficar marrom por ter sido remexida. Não teriam que usar a latrina geral que estava sempre úmida, sempre escura. Nunca ocorreu a Kadiatou reclamar da vida que levavam, uma vida que ela considerava confortável; usar a latrina era melhor que ir no campo aberto com as moscas-tsé-tsé rodeando, e o poço era melhor que caminhar até um riacho, mas os sonhos de Binta cintilavam quando ela os sonhava, e Kadiatou ouvia, hipnotizada, desejando, por Binta, que eles se tornassem realidade.

Se aquelas pedras malévolas não tivessem caído do céu, disse Binta, Papa finalmente teria concordado em mandá-las para a escola; ele só estava esperando a mina dar ouro. E agora Bappa Moussa queria que eles se mudassem para a aldeia, a quilômetros de qualquer escola ocidental, dizendo que ali não passariam fome, pois ninguém nunca passava fome numa aldeia fula, sempre havia algo para comer. Ao ouvir falar da aldeia, Binta se fechou em uma recusa teimosa. Disse que Bappa Moussa só queria mais gente para trabalhar em sua fazenda; eles não estavam passando fome ali na cidade, oras, e Mama sempre conseguiu alimentá-los com o que ganhava vendendo iogurte havia anos.

"Você sabe que precisamos obedecer a Bappa Moussa", disse Kadiatou.

Dos dezessete irmãos de Papa, Bappa Moussa era o mais velho. Ele falava com murmúrios abafados, como se tivesse poças d'água dentro da boca. Quando Kadiatou o olhava nos olhos, via o mundo refletido ali, um lugar amedrontador que o amedrontava. Sem motivo nenhum, Bappa Moussa com frequência balbuciava: "Eles vão mandar alguém te matar e ninguém vai falar nada". Binta contou que o governo tinha matado gente do povo fula e fechado os negócios deles, incluindo a transportadora onde Bappa Moussa trabalhava.

"Mas aconteceu há muito tempo e ele já devia ter arrumado outro emprego a essa altura", disse Binta, e Kadiatou não respondeu, com medo de falar mal de uma pessoa mais velha, do novo chefe da família deles. Binta era tão resistente à vida na aldeia que uma ideia louca brotou em sua cabeça: iria para Conacri morar com a irmã de Mama, Tantie Fanta. Kadiatou abriu a boca de espanto. Conacri! O centro de tudo, aquele mundo distante onde as histórias eram criadas. Ir morar lá tão jovem parecia um plano grandioso e ousado, até para Binta.

Em sussurros urgentes, Binta disse a Mama que poderia ir à escola lá e trabalharia como assistente de um comerciante depois das aulas, e logo conseguiria mandar dinheiro para casa. Mama falou que Binta precisava ter paciência, ficar na aldeia por um tempo, apaziguar Bappa Moussa, mas Binta pedia todos os dias, insistindo e teimando, até Mama dizer que não era para ela voltar a mencionar Tantie Fanta nem Conacri. Durante todos os anos que eles passaram na aldeia, o ânimo de Binta voou em círculos, sem nunca aterrissar, esperando até sua vida poder começar em Conacri com Tantie Fanta. As visitas de Tantie Fanta à aldeia transformavam dias comuns em dias de festa. A mágica Tantie Fanta, alta e esguia, com uma pele que era como gaze, deixando a luz entrar. Levava sardinhas, queijo embalado e broas frescas para eles. O carro sempre parava na praça da aldeia, pois a rua que ia até a casa deles era estreita demais, e Kadiatou e Binta corriam até Tantie Fanta e brigavam para ver quem ia tirar a bolsa do ombro dela e segurá-la durante o trajeto até a casa. Kadiatou nunca brigava de verdade; deixava Binta segurar. A presença mágica de Tantie Fanta era suficiente, seus braços ao redor dos ombros delas, conversando com elas, fazendo perguntas. Tantie Fanta tinha o cheiro da cidade, um aroma intoxicante e intimidante de perfume e metal. Binta disse que era o cheiro de lindas avenidas ladeadas de árvores, por onde dava para ouvir com algum esforço crianças mimadas aprendendo a tocar piano. Não que Tantie Fanta morasse num lugar assim, isso Kadiatou sabia, pois a tia era secretária num ministério do governo. Kadiatou observava a maneira como os dedos longos de Tantie Fanta pegavam a comida, seu cabelo alisado, brilhante e de fios finos, o luzir de seu colar de ouro, seu vestido cingido na cintura, suas unhas vermelhas. Binta observava também, mas de um modo diferente, não admirando, e sim absorvendo, para imitar o que poderia ser. Ela poderia ser muito mais que isso, pensava Kadiatou, e aquilo a fazia feliz, imaginar Binta no futuro, com as unhas vermelhas, o cabelo alisado, voltando para vê-la, trazendo sardinhas e pão para os seus filhos.

Binta não exigia isso dela, mas Kadiatou lamentou não desgostar da aldeia também, em solidariedade à irmã. Mas gostava de sua atmosfera lenta e plácida, das reuniões na praça no final da tarde, das crianças brincando com uma liberdade tão desconhecida na cidade. As rãs que faziam barulho à noite na estação das chuvas, os dias longos e úmidos, os cupinzeiros tão altos que pareciam cogumelos gigantes ao longo das trilhas, o murmúrio das cascatas não muito longe. Gostava de enxotar as galinhas no raiar do dia, se juntar aos irmãos e primos ao redor da mesa, tagarelando e comendo fonde e namma, lambendo grãozinhos de fonio que se perdiam em seus lábios. A avó deles, Nembero Joulde, os observava de sua pequena cama de madeira, com seu terço e um saco de noz-de-cola, piscando os olhos enquanto mastigava. Seu rosto envelhecido e bonito prestava atenção em cada criança, cada movimento, cada cabra ou galinha que se afastasse. Kadiatou achava que noz-de-cola era doce, até que um dia a avó foi à mesquita e Binta pegou uma do saco e mordeu. "Muito amargo", disse ela, cuspindo a noz. A palavra de Binta bastava. Kadiatou não provou.

"Binta, da próxima vez que você quiser comer noz-de-cola, me fale", disse Nembero Joulde ao retornar.

Binta riu. "Como a senhora soube?"

Nembero Joulde balançou a cabeça como quem diz que ninguém pode com as crianças hoje em dia. Mas havia uma faísca em seu olhar, uma luz que só as travessuras de Binta traziam. Esse brilho também apareceu nos olhos de Mama no dia em que Binta e Kadiatou escalaram uma árvore.

Estavam voltando de uma tarefa que tinham ido fazer na casa da tia Yaaye quando Binta disse para Kadiatou: "Vamos subir nesta árvore".

"Mas meninas não sobem em árvores. E se alguém contar?"

"Ninguém vai contar."

"A gente vai cair", falou Kadiatou.

"E vamos levantar", disse Binta. Era um pé de acácia bem firme, com galhos espalhados como membros, prontos para receber um abraço. O dia estava ofuscante de sol, e Kadiatou prendeu a saia na mão e subiu atrás de Binta, seu coração batendo depressa, receosa de não estar seguindo suas linhas cuidadosas. Ela parou num galho bifurcado, mas Binta subiu mais. Dava para ver os telhados inclinados da aldeia lá embaixo e o vale majestoso banhado numa bruma melancólica ao longe. Ela tinha mesmo subido numa árvore, estava em cima de uma árvore, bem lá no alto. Que estimulante descobrir que conseguia ultrapassar os limites que tinha imposto para si mesma. Mais tarde, ao descer, Kadiatou sentiu-se feliz por ter subido, mas tinha certeza de que nunca mais faria aquilo de novo. Elas não souberam ao certo quem contou a Bappa Moussa. Ele ralhou com elas e disse que traiam vergonha para a família se comportando daquele jeito, como meninas sem modos. Kadiatou pediu desculpas, enquanto Binta apenas o encarou, carrancuda e em silêncio. E então Kadiatou pediu desculpas várias vezes, para compensar o silêncio de Binta. Aquilo fez Kadiatou se lembrar de que, quando o chefe da aldeia passava, ela o cumprimentava com olhar baixo e respeitoso, enquanto

Binta o encarava, levando a irmã a fazer uma mesura ainda mais profunda, como se quisesse compensá-la. Kadiatou sabia se encolher na presença de seus superiores, mas Binta nem sequer sabia que tinha superiores. Mais tarde, Binta disse para Mama: "Eu consigo subir mais alto até do que Bhoye", e Mama, espalhando pétalas de hibisco num tapete, riu com um brilho nos olhos e disse: "Binta!". Kadiatou sabia que a mãe a amava por cumprir seus deveres e ser confiável, mas às vezes, secretamente, queria que a mãe a amasse como amava Binta, por ser livre.

Na primeira vez que Kadiatou fez ndappa e folèrè para a família, Mama provou, surpresa, e comentou que ela, tão nova, já fazia um molho maravilhoso, com a quantidade perfeita de água para o azedo do hibisco.

"Seu pai amava folèrè", disse Mama. "Você lembra?"

"Sim", respondeu Kadiatou, sem ter certeza se era verdade. Eles não tinham morado na aldeia com Papa, não havia nada ali que despertasse suas lembranças com ele, nenhuma cadeira, árvore ou cheiro. Mas Kadiatou o sentia por perto, sua presença e sua essência, pois ele tinha passado a infância ali, muito antes de ela existir, e também tinha colhido grãos no solo úmido e passado por cabanas com cabaças pregadas na porta. Kadiatou estava levando a mesma vida que Papa um dia levara. Ela o via nos meninos que brincavam na parte rasa enquanto lavava roupas no rio. Ele tinha trabalhado na horta de Nembero Joulde; agora, Kadiatou regava aquela horta, arrancava ervas daninhas, alimentava o solo com restos de cozinha e esterco do curral. O espírito de Papa pairava sobre ela até quando cozinhava. Catar fonio cru a reconfortava de uma maneira extraordinária, quase espiritual, os dedos afundados nos grãos minúsculos lhe davam uma sensação acalentadora quando desapareciam e voltavam a emergir. Kadiatou cortava quiabo, macerava azedinha e fazia purê de mandioca, sabendo por instinto que não amaria tanto fazer isso se não tivesse começado a cozinhar ali, com a mãe, perto de onde a mãe de seu pai tinha cozinhado.

"Kadi cozinha tão bem, ela vai dar uma boa esposa, mas ainda não foi cortada", disse Yaaye para Mama.

"Ainda não é tarde demais", respondeu Mama, com um tom defensivo. Elas estavam do lado de fora, descascando amendoim, e Mama atirou uma casca longe com um movimento rápido e irritado.

"As meninas da idade dela já foram todas cortadas", disse Yaaye.

Mais tarde, Binta perguntou a Mama: "O que acontece de verdade quando você é cortada?".

"Pare de perguntar."

No dia em que elas foram cortadas, Kadiatou pensou: "Elas vão cortar a gente hoje, mas não disseram que vão cortar hoje". Foi durante a estação das chuvas, na cabana da avó. O ar cheirava a umidade, a mofo aparecendo no celeiro. Mama acordou Kadiatou e Binta, balançando-as gentilmente, enquanto figuras se moviam nas sombras. Mama e as tias conversavam aos sussurros. Era noite cerrada, de um preto-azulado, nenhum galo cantava e fumaça saía do fogão no canto. A mãe segurou Kadiatou, pressionando-a com força contra o tapete, enquanto a tia Nenan Mawdo se inclinou entre as pernas dela. Na mão de Nenan Mawdo estava a lâmina, morna da água fervente. Provavelmente foi amolada várias vezes para atravessar a carne humana tão rápido. Kadiatou sentiu o toque cálido do metal e depois a pressão contra a pele antes da dor explosiva. Ficou chocada de ter sido cortada, tão chocada que não emitiu nenhum som. Uma dor horrível. Sua cabeça parecia uma cascata inteira presa dentro de uma concha. Binta gritava, enquanto as tias a mandavam ficar quieta, ser corajosa, ser mulher. "Mama, a senhora é perversa!", gritou Binta. "Desgraçada! Como pode fazer isso com a gente?" Mama as aquietou, consolou, colocou entre as pernas delas um pano embebido em chá de ervas. O pano ardeu, como cem picadas de inseto ao mesmo tempo. Kadiatou flutuava, sem peso, drenada de toda substância. O rosto de Mama se transformou no rosto de uma serpente mágica, e Kadiatou arregalou os olhos, perturbada demais mesmo para gritar, até as feições se suavizarem e voltarem a ser o semblante de Mama. Um trono apareceu, pairando no ar. Havia pimentas no assento, e o trono começou a sacudir de um lado para o outro, e depois a girar, fazendo as pimentas voarem.

"Kadi, Kadi", disse Mama. "Quer um pouco d'água?"

Kadiatou tentou dizer não, mas sua língua tinha dissolvido na boca.

Uma tia comentou: "Deixe as duas descansando. Daqui a alguns dias não vão nem lembrar".

Outra tia disse: "Me lembro do meu. Saiu pus. Era um cheiro horrível".

Passaram-se dias antes de Kadiatou conseguir olhar, amedrontada, para baixo, para a parte inferior de seu corpo que parecia ter sido separada e não lhe pertencer mais. Todos os dias, Mama as limpava, cantando baixinho e acariciando suas pernas. Binta sempre se afastava de Mama. "A senhora não contou", dizia ela, num tom acusador. "Não contou o que ia acontecer com a gente."

Mas, quando estava sozinha com Kadiatou, Binta disse: "Elas tiveram que cortar, porque, se não fizessem isso, a gente não ia poder casar".

"Sim", concordou Kadiatou. Mama e as tias tinham dito a mesma coisa, mas, na boca de Binta, as palavras trouxeram tranquilidade, e, devagar, o choque de Kadiatou ficou menos vívido.

"Nossa menstruação precisa descer primeiro", disse Binta.

Kadiatou não sabia detalhes sobre a menstruação, mas sabia que as mulheres velhas iam à mesquita porque não menstruavam mais e que as mulheres jovens não podiam ir se estivessem menstruadas, que era preciso menstruar para ter filhos e que as meninas podiam se casar assim que a menstruação descesse. Kadiatou sonhava em se casar com seu primo Tamsir, ter sete filhos e vender iogurte, então ela esperava ansiosamente pela menstruação. A de Binta chegou pouco tempo depois de elas terem sido cortadas, um sangue escuro e abundante cheio de coágulos que pareciam pedaços de fígado cru, e durante alguns dias a irmã ficou deitada, contorcendo-se de dor. Binta levantou a saia para mostrar a Kadiatou o pano de menstruação dobrado dentro da roupa de baixo, e Kadiatou recuou, com certa repulsa. Sua própria menstruação a confundiu quando veio, porque ela não sentiu dor nenhuma, foi um simples anúncio da chegada do sangue, e Kadiatou quis sentir dor, porque a sua pareceu-lhe errada, uma espécie de imitação, enquanto a de Binta era a verdadeira.

Anos mais tarde, mergulhada numa tristeza brutal, Kadiatou pensou que devia ter sabido que algo estava errado, Mama devia ter sabido, Tantie Fanta devia ter sabido. Mas o que elas poderiam ter feito, mesmo se tivessem sabido? Se o destino já estava traçado, podemos mudar o que estava escrito para nós? E Binta, como podia ser tão esperta e não saber que algo estava errado? Binta, que aprendeu sozinha a ler e escrever em francês. Kadiatou sabia que Binta olhava os livros escolares de Idris, mas não sabia o quanto ela havia aprendido até aquele dia na clínica. Kadiatou estava com febre de novo; tinha febre com muita frequência, e Mama dizia que era porque os mosquitos adoravam crianças que haviam nascido durante a estação das chuvas. Binta esfregava as juntas de Kadiatou, dizendo "Quero tirar sua dor de você", esfregando com um pouco de força demais, como se a força pudesse deslocar a dor da irmã. A clínica pública dava remédio de graça, mas ficava na próxima aldeia, a espera era longa demais e Mama não podia passar um dia inteiro sem vender iogurte, ou eles não teriam nada para comer no jantar. Por isso, Mama colhia ervas e fazia infusões, que Kadiatou inalava. Binta disse que as infusões não ajudavam. Elas mal tinham idade para ir tão longe sozinhas, mas Binta insistiu. "Eu levo a Kadi, Mama, vou na clínica com ela. Conheço o caminho. A gente dá um jeito."

Na clínica, os corredores estavam cheios de gente, pessoas esperando, bebês chorando, e Binta falou com a mulher que entregava cartões num francês alto e ligeiro, e Kadiatou olhou, pasma, porque Binta de repente tinha virado um novo ser, um anjo alado feito de raios solares, e não era mais a irmã com quem ela havia caminhado mais de uma hora no calor úmido.

"Você sabe falar francês!", exclamou Kadiatou.

"Kadi, eu ouço rádio", disse Binta, como se Kadiatou não ouvisse o mesmo rádio também, como se qualquer pessoa que ouvisse rádio conseguisse abrir a boca para palavras francesas saírem flutuando. Quando Bappa Moussa finalmente permitiu que Binta fosse para Conacri, anos depois, ela veio visitá-los e falou com todo mundo, até a avó, num pulaar todo pontuado por palavras francesas. Disse "É para todo mundo" em francês quando deu um pacote de biscoitos para as crianças mais novas. Pareceu novamente transformada pelo francês, mas de uma maneira diferente, um anjo sombrio, com olhos pintados de *kohl* preto. Binta estava louca para falar com Kadiatou de um rapaz mandinga chamado Fodé: ele isso, ele aquilo, ele pensa, ele gosta, ele lhe ensinou não sei o quê, comprou para ela não sei o que mais; Binta estava tão presa no feitiço do rapaz que nem se dava conta de que o feitiço existia. Uma inquietação vaga envolveu Kadiatou como uma nuvem. Binta desdobrou a longa saia jeans que tinha comprado para Kadiatou com dinheiro dado por Fodé. "Experimente, Kadi. Todas as meninas de Conacri usam", disse ela, e, quando a irmã pareceu demorar a se trocar, Binta apanhou a saia e abriu o zíper. Kadiatou não gostou muito da peça, estava apertada no quadril, mas fingiu entusiasmo quando as duas olharam seu reflexo no espelho partido encostado na parede. Sentiu que havia algo novo em Binta que não aceitaria uma reação desanimada. Teria de ser ou a nota mais alta, ou o silêncio total. Binta pegou uma fita cassete dos discursos de Sékou Touré escondida debaixo das roupas em sua bolsa e mostrou a Kadiatou.

A transgressão irradiou na atmosfera. Kadiatou olhou para a porta como se Bappa Moussa pudesse entrar. Ela não sabia como o primeiro líder da Guiné havia lesionado o povo fula, mas lembrava, da época da infância, os sentimentos intensos que ele despertava, a amargura de tios e tias. Alguns fulas nem sequer mencionavam o nome dele dentro de casa. E ali estava Binta, declamando suas palavras.

"A Guiné prefere a pobreza na liberdade à riqueza na escravização!", entoou Binta, rindo. Kadiatou já ouvira aquelas palavras em francês antes. Binta contou que Tantie Fanta tinha visto a fita e ficado furiosa, mandando a sobrinha jogá-la fora e pensar no que aquele homem havia feito com o povo fula, mas Binta explicou que ele não tinha prejudicado todos os fulas, só os oponentes políticos que haviam sido injustos com ele.

"Quer ouvir a fita?", perguntou Binta. "A gente aprende tanto. Podemos colocar no tocador de Bhoye."

"Não, eu não vou nem entender", respondeu Kadiatou, ficando ainda mais preocupada. Binta estava trocando de pele muito rápido, sua chama ardia de forma descontrolada, exagerada, podendo fazer o mundo recuar, ofuscado. Ela sentiu os pelos do corpo arrepiando ao pensar em Fodé, aquele estranho que se inseriu na vida da irmã. Se Binta não conseguisse mais se ver com clareza, se seus sonhos fossem envolvidos pela névoa de Fodé, ela jamais alcançaria a grandeza para a qual estava destinada. Kadiatou quis ver Fodé. Perguntou a Mama se podia voltar com Binta para passar uma ou duas semanas na cidade; afinal, Tantie Fanta vinha lhe convidando para ir vê-la, para visitar Conacri. Binta ficou furiosa quando Mama pediu mais alguns dias para conseguir o dinheiro da passagem de Kadiatou. Estou perdendo minhas lições, disse, irritada, mas Kadiatou pensou com tristeza que aquele não era o motivo. Em Conacri, Binta mostrou a Kadiatou a escola para secretárias onde aprendia datilografia e taquigrafia, a barraca no mercado em que trabalhava de assistente, e a parte da cidade onde as avenidas frescas sob as sombras das árvores fluíam umas para dentro das outras. Mas não apresentou Fodé. Ele estava num curso de treinamento, explicou Binta, e Kadiatou assentiu, embora não soubesse o que era um curso de treinamento. Só sabia que uma pessoa tão próxima de Binta deveria ter tirado um tempo para conhecer sua irmã. Kadiatou fez latchiri e kossan para Tantie Fanta, peneirando bem o fubá na cozinha minúscula do conjugado dela. À noite, elas assistiam TV, filmes ingleses com legendas em francês rastejando de um lado a outro da tela, e dormiam na cama encostada na parede, seus corpos uma mistura só, ela, Tantie Fanta e Binta. Uma espécie de felicidade aqueceu Kadiatou, um sentimento longínquo da infância, de quando eles moravam na cidadezinha com Papa, todos num cômodo só. Um dia antes de ela ir embora de Conacri, Binta lhe deu algum dinheiro e disse que Fodé tinha mandado. Elas estavam de pé ao lado da mesa sobre a qual ficava o espelho de mão de Tantie Fanta, virado para baixo, e seus cremes e perfumes dispostos em fileiras perfeitas como se estivessem num mostruário de loja. "Ele disse que é para você comprar alguma coisa para a nossa família."

Kadiatou disfarçou a hesitação. Se ele estava fora, como havia lhes mandado dinheiro? "Como posso agradecer a ele?", perguntou a Binta, e a irmã desviou o olhar e respondeu: "Da próxima vez que você vier". Kadiatou sentiu vontade de implorar a Binta, de dizer por favor, por favor, por favor, mas sem saber direito por quê. Por favor, vamos voltar a ser como éramos. Por favor, não evite meus olhos. Então, uma lembrança surgiu para Kadiatou em cores vívidas, dela sentada no chão enquanto Papa jantava ndappa, alerta, observando-o, ansiosa por colocar mais água na xícara esmaltada dele, mas, assim que ele deu o último gole, Binta deu um pulo e pegou a xícara.

Na volta para a aldeia, espremida num Peugeot velho, Kadiatou quase se sentiu aliviada. Tinha sido bom visitar Conacri, mas ela não conseguiria morar naquele lugar que nunca descansava, respirando o ar exalado por tantas pessoas. Gostava de coisas menores e mais sossegadas; não via por que esticar o braço para tocar ou sentir o que poderia trazer discórdia.

Quem diria que ela, Kadiatou, teria um namorado antes de Binta, e ficaria sentada com ele debaixo da árvore ao lado da casa abandonada que ficava em cima do morro. Foi um ano antes de Binta ir para Conacri. Eles chamavam a casa abandonada de A Cozinha de Mariama e, durante as reuniões da aldeia à tardinha, os adolescentes perambulavam por ali e ficavam sentados conversando, as meninas um pouco afastadas dos meninos. Alguns dos meninos levavam galhos e cutucavam os beirais em busca dos cupins pretos grandes escondidos. Uma mulher chamada Mariama tinha morado na casa abandonada alguns anos antes, quando o marido bateu nela até seu olho se fechar de tão inchado porque ela lhe serviu kossan estragado, feito com iogurte azedo. Ele vivia ameaçando se casar com uma segunda esposa, e Mariama sempre lhe implorava que não fizesse isso, mas, daquela vez, com a mão no olho ferido, ela disse: "Por favor, se divorcie de mim". Estava farta. Mesmo quando os anciões e imãs intervieram, continuou a dizer que estava farta. Binta gostava de se empoleirar na varanda da pequena casa malcuidada, onde o teto já estava quase ruindo e se ouviam ratos andando no único quarto. "Talvez Mariama esteja na cidade, talvez esteja trabalhando em Conacri", dizia Binta com um ar sonhador.

"Talvez ela seja mendiga e more na rua", dizia Amadou, e ele e Binta começavam a discutir, com Amadou falando que outras mulheres apanhavam, mas não abandonavam os maridos, e Binta dizendo imagine todos os anos de surras, já que Mariama tinha se casado aos quinze anos.

Eles eram bons amigos, Amadou e Binta, e parecidos; ambos tinham nascido sonhadores. Havia um osso que trazia coragem, e Kadiatou acreditava ter nascido sem ele, ou, mesmo que o tivesse, seu osso era fraco, macio e mastigável como cartilagem. Os ossos da coragem de Binta e Amadou eram fortes, resistentes, podiam dobrar, mas jamais quebrariam. Kadiatou ficou atônita quando Binta lhe disse "O Amadou quer você". Ela era tão diferente deles; era quieta e tímida e não sabia as coisas que eles sabiam. Como Amadou podia querê-la? Ele era popular e fanfarrão, com as mãos sempre enfiadas nos bolsos do jeans, um menino descolado da cidade, que visitava a aldeia. Dizia coisas engraçadas e vivia falando dos negócios que abriria assim que deixasse de ser aprendiz na loja de artigos de couro do tio. Apontou para um caminhão que passava fazendo barulho, repleto de sacos de grãos, e disse que teria vinte iguais àquele, para transportar fonio, tecidos e objetos de cerâmica, e teria dez peruas para transportar pessoas por todas as principais estradas da Guiné. Amadou fumava cigarros abertamente no pequeno bosque da aldeia. Os outros meninos se reuniam ao seu redor e ouviam, querendo ser como ele, querendo ser ele. Diante do fogo que era sua atenção, Kadiatou floresceu, e nunca deixou de se espantar por ele a ter escolhido. Eles ficavam parados, de mãos dadas, atrás da Cozinha de Mariama, e olhavam o vale lá longe, coberto por uma bruma onírica. Ele a beijou, o primeiro beijo da vida dela, com uma língua que era como um peixe escorregadio e cálido em sua boca. Não foi agradável, mas também não foi desagradável, porque nada com Amadou podia ser desagradável. Kadiatou sempre estava disposta a aproximar o rosto do dele. Amadou descascava pedaços de cana para ela, que os mastigava devagar, com o suco grudento escorrendo pelos dedos como prata líquida. "Você vai ser minha esposa", disse ele. Kadiatou queria um lar harmonioso e, se você queria um lar harmonioso, se casava com um parente próximo, para manter a linhagem limpa. Como Papa e Mama, que eram primos de primeiro grau. Por isso, ela sonhava em se casar com o primo Tamsir. Ele tinha olhos pacientes como Papa e estava indo bem, trabalhando no comércio no Senegal com alguns parentes, e Mama e a mãe dele comentaram que os dois dariam um bom casal. Nas poucas vezes em que Kadiatou vira Tamsir, na aldeia durante o Eid, ela o olhava timidamente, e ambos, em seu silêncio acanhado e profundo, estavam cientes de um futuro já decidido. Mas, de repente, Kadiatou não quis mais Tamsir. Tinha escolhido o primo sem conhecimento, o tinha aceitado inconsciente da alegria interminável que era conversar com um menino. Ela queria ser a esposa de Amadou, não queria mais nada, mas Bappa Moussa rejeitaria Amadou: ele não era parente deles nem rico, era jovem demais, quase da idade dela. Amadou falava do futuro dos dois como um cego, sem enxergar as pedras no caminho. "Eu vou ganhar dinheiro, comprar um Peugeot branco e levar você para Conacri", sempre dizia.

Em outras ocasiões, falava: "Existe uma coisa chamada loteria de vistos. Eu vou ganhar, me mudar para os Estados Unidos e mandar buscar você".

O que aconteceria primeiro, perguntava ela, provocando gentilmente Amadou, ele ia comprar um grande carro branco para levá-la até a cidade ou mandar alguém dos Estados Unidos para buscá-la? E ele respondia: "O que Deus trouxer primeiro". Da última vez em que viu Amadou, Kadiatou não sabia que seria a última, até que seu primo veio lhe trazer um recado, dizendo que ele tinha partido para os Estados Unidos às pressas, seus documentos haviam saído de repente e ele não pôde esperar. O primo dele colocou um envelope nas mãos de Kadiatou. Dentro, havia uma foto de Amadou bebê, um retrato preto e branco meio apagado. Mesmo bebê, ele tinha aquele sorriso exuberante. "Amadou disse que é para você guardar e levar quando for aos Estados Unidos encontrar com ele."

Kadiatou pegou a foto e falou "Tá". Paris era uma fábula que se podia tocar, ela já tinha ouvido falar da Champs-Élysées e da Torre Eiffel, mas os Estados Unidos eram distantes demais do formato esférico de sua imaginação; Kadiatou não conseguia se ver morando lá. Quando pensava nos Estados Unidos, só pensava em filmes.

Kadiatou guardou a foto no fundo de sua caixinha de metal, protegida por bolinhas de cânfora. Meses se passaram com Amadou em silêncio, e completaram-se quase dois anos sem nenhuma carta, nenhum recado, nenhuma notícia. Um sinal, se é que ela precisava de algum, de que aquele não era o seu destino. Não que Kadiatou um dia houvesse acreditado que ia se casar com Amadou ou ir para os Estados Unidos; seu futuro estava gravado na pedra, talhado demais para ser mudado sem causar o caos, e ela tinha pavor de caos. Era insuportável pensar em não ter a aprovação da família, em ser renegada, abandonada. Mas, durante todo aquele tempo, Kadiatou continuou a imaginar seu casamento com Amadou, os imãs rezando em meio às canções alegres das tias, e os filhos que eles teriam, quatro meninos e três meninas. Um dia, num momento de rara ousadia, quando Mama estava debruçada sobre uma fogueira e Kadiatou descascava mandioca, ela falou de Amadou para a mãe, contando que ele tinha ido para os Estados Unidos e ia mandar buscá-la assim que pudesse. Mama se empertigou e disse: "Kadi, você deve manter a linhagem limpa e se casar com alguém próximo".

"Sim", respondeu Kadiatou. O que ela esperava, abrindo a boca daquele jeito? É claro que Mama ia dizer aquilo, qualquer boa mãe o teria feito. Mama comentou que o pai de Tamsir mandaria notícias dali a muito breve. "Tamsir é seu marido, Kadi", afirmou Mama, e Kadiatou respondeu "Sim" e resolveu banir os anseios de sua mente. Foram Yaaye e outra tia que trouxeram as notícias, arrastando os pés num fim de tarde, com o rosto baixo, mas os olhos acesos com a empolgação de um escândalo. Elas contaram que Tamsir tinha se casado com uma menina sosso no Senegal, que ela estava grávida e que os pais dele estavam mortos de vergonha. Kadiatou ouviu, sem entender direito.

"A menina é senegalesa?", quis saber Mama. Uma pergunta estranha, como se, em meio ao choque, não tivesse conseguido pensar em nada melhor para dizer.

"Não, guineana. Mas mora no Senegal, como ele", respondeu Yaaye.

"Uma menina sosso", disse Mama, dando uma risada incrédula de desdém. "O sangue daquela tribo herege agora vai envenenar a linhagem."

Mama olhou de relance para Kadiatou, que desviou o olhar. A linhagem teria continuado limpa se *ela* fosse a mãe dos filhos de Tamsir. Kadiatou se sentiu envergonhada, até culpada, como se seu desejo por Amadou houvesse causado o escândalo da renegação de Tamsir. Uma foto foi passada de mão em mão, mostrando uma menina esbelta de pele escura, mais ou menos da idade de Kadiatou. A pessoa escolhida por Tamsir. A herdeira do futuro de Kadiatou. A julgar apenas pela foto, ela parecia irrepreensível: tinha o rosto bonito, um aspecto pio, um sorriso meigo. Mais tias e primas chegaram, atirando seu desprezo sobre a menina sosso como se fosse uma fumaça ardente, e já não mais falando baixo, dizendo que ela devia ter feito uma armadilha para Tamsir, que era diabólica, como podia Tamsir, tão sensato e responsável, passar aquela vergonha? Em meio a sua desorientação, Kadiatou sentiu um alívio tenso, um grão de esperança. Amadou poderia chegar e revelar sua intenção naquele momento, enquanto a decepção causada por Tamsir ainda era uma ferida aberta. Bappa Moussa o aceitaria, mesmo que fosse apenas para acobertar a vergonha deles, pois, com ou sem a menina sosso, Tamsir a rejeitara. Tinha preterido Kadiatou. Mas o tamanho e a surpresa de sua traição eram quase redentores e, por eles, Kadiatou sentiu uma gratidão obscura — eles ocuparam tanto a atenção de todos que sua humilhação se tornou invisível. Se Tamsir a houvesse abandonado por outra menina fula, a rejeição teria sido uma mácula maior.

Nos meses seguintes, Kadiatou ficou à deriva. Não estava mais à espera de se casar com Tamsir e ter filhos. Tinha a sensação de estar com as mãos vazias, o que era diferente da sensação de vazio. Acreditou que havia conseguido, finalmente, deixar de pensar em Amadou, parar de construir castelos com um homem que a esquecera. No lugar daqueles castelos, agora havia um buraco opaco. Mama lhe disse que Tamsir não era a vontade de Deus para ela, e que um marido melhor apareceria, mas havia uma vergonha em Mama, na coragem falsa de suas palavras. Apenas Binta seguiu tranquila e ficou até satisfeita.

"Eu te disse que Tamsir não era o seu marido", afirmou Binta. "O Amadou vai voltar. Nem a família teve notícias desde que ele foi embora. As coisas não são fáceis lá no exterior. O Amadou deve estar tentando se ajeitar antes de mandar buscar você."

Kadiatou balançou a cabeça para espantar as palavras de Binta, com medo de que elas fossem trazer sua esperança de volta. Binta retornou a pedido de Bappa Moussa, e ele disse que ela precisava se casar primeiro, por ser a filha mais velha, como se quisesse tirar a atenção do fracasso de Kadiatou. Só o primo delas, Thierno, conseguiria lidar com Binta, afirmou Bappa Moussa. Ele tinha terminado o ensino médio e era comerciante na Costa do Marfim, era rico e tinha a cabeça aberta, condenava homens que se casavam com uma segunda esposa e havia garantido a Bappa Moussa que Binta poderia trabalhar de secretária se quisesse.

Um par perfeito, pensou Kadiatou: um noivo bem-sucedido e impressionante e uma cerimônia linda, remendos perfumados para o orgulho quebrado de Mama.

"Eu não gosto dele, Kadi", disse Binta.

"Você só o viu três vezes. Vai aprender a gostar dele", disse Kadiatou.

"Ele não fala muito", continuou Binta.

"Porque sabe que você vai falar pelos dois", provocou Kadiatou.

"O colar que ele me mandou é tão barato."

"Ele vai começar a comprar coisas mais bonitas depois de trazer seu *taignai*."

Binta deu um muxoxo. Depois, disse: "Os homens mandingas não são mãos-fechadas que nem os homens fulas".

Kadiatou ficou em silêncio.

"Eles cuidam bem das esposas. Tantie Fanta disse que só querem esposas fulas como nós por causa da nossa beleza, mas isso não é verdade."

Kadiatou continuou em silêncio, com um aperto no peito. Nunca se escandalizava com Binta, mas, naquele momento, sentia algo próximo disso; Binta podia ter todos os amigos mandingas que quisesse, mas, quando o assunto era casamento, ela teria bom senso. Casar com aquele Fodé, ou com qualquer homem que não fosse fula, seria uma blasfêmia, uma calamidade grande demais para ser considerada.

"Kadi, você não está dizendo nada."

"Não há nada a dizer."

"Tamsir se casou com uma menina sosso e, tudo bem, ninguém ficou feliz, mas, quando ele trouxer o filho aqui, eles vão receber a criança e daqui a pouco vão receber a menina sosso", disse Binta.

"É diferente para os homens."

"Em Conacri, vejo mulheres fulas casadas com homens mandingas."

"Elas não devem ser de boa família. Nós somos de uma boa família."

"É verdade", disse Binta, e suspirou, resignada. Kadiatou exalou de alívio. Binta não tinha falado sério, não era possível, estava só brincando, deixando o pé pairar sobre águas lamacentas.

Mais tarde, Kadiatou se perguntou: e se Binta tivesse insistido em seu homem mandinga, será que as coisas teriam sido diferentes? Ou era o destino de Binta, escrito em sua vida, algo que ia acontecer independente de com quem ela se casasse? Kadiatou sempre se espantava com pessoas que buscavam conhecer o próprio futuro. Por que iam querer saber das tragédias que estavam em seu caminho e das quais não seria possível se desviar? Foi Binta quem quis fazer a cirurgia antes de sua cerimônia *djamougol* com Thierno. Tantie Fanta concordou, mas foi Binta quem quis fazer. Um médico em Conacri lhe disse que o sangramento intenso ia parar, os dias que passava curvada de tanta dor teriam fim. Binta não contou a Thierno, pois segundo ela os homens ficavam assustados quando pensavam que a esposa poderia não ter filhos com facilidade. Só Kadiatou, Mama, Tantie Fanta e Bappa Moussa sabiam. Binta não queria contar nem a Bappa Moussa, mas Mama disse que elas deviam contar, em sinal de respeito. Talvez elas devessem ter escutado Bappa Moussa. Ele relutou, tinha medo de qualquer cirurgia, perguntava: "Por que ela precisa fazer uma operação em vez de aguentar como as outras mulheres?". Havia coisas crescendo dentro do útero de Binta, explicou Tantie Fanta, e a cirurgia removeria essas coisas, o que faria com que o sangramento mensal intenso parasse. Nem assim Bappa Moussa se convenceu. Só quando Tantie Fanta disse que Binta não conseguiria engravidar sem essa cirurgia ele concordou.

A primeira coisa que Kadiatou pensou foi: por que Tantie Fanta veio, era para ela ter mandado notícias, e por que veio com todos esses parentes?

Na mente de Kadiatou, a escuridão já crescia. Tantie Fanta abriu a boca e disse três palavras, e sua voz se estilhaçou. "Binta não acordou."

Kadiatou não entendeu. "Como assim, ela não acordou?", indagou Mama, fazendo exatamente a pergunta que ela queria fazer.

"Eles fizeram a cirurgia e, depois da operação, ela não acordou", disse Tantie Fanta.

"Quando ela vai acordar?", perguntou Mama, dessa vez aos gritos. "Fanta, quando ela vai acordar?"

Um repentino movimento borrado de fúria. Mama estava no chão, tendo espasmos violentos, e do chão erguiam-se nuvens de poeira, e alguém tentava segurar Mama, mas seu corpo se recusou a ser subjugado. Do fundo de sua garganta, veio um lamento gutural, tão ancestral quanto a terra amorfa, o som mais arrepiante que Kadiatou já tinha escutado. Ele estraçalhou a atmosfera congelada pelo choque. Naquele instante, Kadiatou entendeu que a irmã estava morta. Sentiu uma implosão no coração, o começo de uma tristeza sem fim, o momento em que o amor se transformou para sempre em perda. Durante anos, ela acordaria sobressaltada quando sonhava com Binta, um sonho tão dolorosamente vívido, que sempre a fazia vasculhar o cômodo ao redor, como se a irmã pudesse estar ali. No sonho, Binta se espantava com a própria morte, e ficava parada no hospital público, que parecia estranhamente com a Cozinha de Mariama, usando um caftã que ia até o chão e dizendo: "Kadi, você disse que o sangramento ia parar. Kadi, por que você disse que o sangramento ia parar?".

A casa inchou e foi tomada pela sombra de Binta, seu cheiro, sua voz. Às vezes, no balançar das palmeiras e no surgimento da brisa perto da casa abandonada, Kadiatou sentia Binta, um pequeno tremor, o arrepio de seus pelos. Binta estava em toda parte. Uma cruel oferenda de falsa esperança. Kadiatou viu Mama e os irmãos chorarem e não sentiu nenhuma vontade de consolá-los. Eles estavam no mesmo cômodo, mas tão distantes. Mama, de lenço branco, um lenço de viúva, sobre a cabeça. Será que passaria a usar outro lenço? Mas não havia um lenço para quem estava de luto por um filho, uma mãe não deveria perder seus filhos.

Mama falava para as visitas que chegavam com pequenos presentes para expressar seus pêsames: "Eu tenho outros filhos, Deus me deu outros filhos". Mas era uma mentira e Kadiatou ficou com raiva de ouvir Mama dizer aquilo, como se Binta pudesse ser substituída. Binta era a luz do sol de sua mãe, e o coração de Mama tinha morrido com ela. "Você é minha filha mais velha agora, Kadi", a mãe lhe disse, e Kadiatou não respondeu, sentindo mais uma vez a raiva se espalhar por seu corpo. Eu não sou sua filha mais velha, sentiu vontade de responder, ninguém além de Binta pode ser sua filha mais velha. Quando ela ouviu a mãe comentar com uma amiga próxima "Binta ia ser alguém. Ela ia me dar orgulho", ficou com raiva também, mas a raiva foi purificadora, porque era, finalmente, uma reação à verdade. Binta teria dado orgulho para Mama. Era verdade, Binta era a filha abençoada com aquelas dádivas que dão orgulho, e Mama não devia fingir que ela poderia ser substituída. Kadiatou começou a sentir raiva de Binta por ter morrido, porque, ao morrer, a irmã tinha deformado a vida de todos eles, deformado seu futuro, e deixado Kadiatou com um fardo que ela não sabia como carregar. O fardo de dar orgulho para Mama, de se tornar alguém.

Foi um ano maligno, aquele que levou Binta. O harmatã foi cruel, as colheitas murcharam e os carneiros caíram mortos como pedaços de pano amassados em fazendas secas. Kadiatou preparava namma com mais água para fazer render para todos, com pedacinhos de quiabo flutuando na superfície daquela sopa triste. As clínicas pararam de disponibilizar vacina e remédio gratuitos para a malária. Tantie Fanta disse que os Estados Unidos e a França tinham forçado o governo a parar de oferecer o ensino fundamental de graça e de dar remédio de graça; essa era a única maneira de reatar a amizade com esses países, não se comportando como comunistas. O neto de Yaaye, Lamin, morreu de malária. Quando Mama e Kadiatou foram fazer sua visita de pêsames, Yaaye as encarou sem ver e ficou arranhando a poeira do chão. A morte estava em todos os cantos, a vida se evaporava a cada esquina e, quando um dia Bappa Moussa mencionou um parente deles chamado Saidou, Kadiatou achou que ele também tinha morrido. Kadiatou o conhecia vagamente, da época em que ele ainda morava na aldeia, antes de ir trabalhar numa mina em algum lugar no nordeste do país. "Ele é seu marido", disse Bappa Moussa a Kadiatou. "Você está vendo como as coisas estão difíceis. Ele vai nos ajudar."

"Não quero desobedecer ao senhor, Bappa Moussa, mas não vou me casar com um homem que trabalha numa mina."

"O trabalho dele é diferente. Não é uma mina artesanal pequena, mas uma grande, administrada pelos brancos", disse Bappa Moussa.

Kadiatou começou a repetir "Não quero desobedecer ao senhor…", mas Bappa Moussa interrompeu, dizendo: "Meu irmão teria aprovado".

O fato de ele mencionar Papa deixou Kadiatou aborrecida. Bappa Moussa sabia que mencionar Papa confundiria suas emoções. Teria Papa aprovado Saidou? Suas lembranças estavam ainda mais borradas, como fotos lavadas com água, e a imagem de Papa estava congelada em sua infância; Kadiatou conseguia imaginá-lo cantando as músicas das lendas folclóricas, mas não conversando com ela sobre um marido. Será que teria aprovado um marido que trabalhava numa mina? Mas o que ela tinha a perder? Caso se casasse com Saidou e ele morresse num desabamento, que fosse. Binta estava morta. Amadou estava nos Estados Unidos, o que era o mesmo que estar perdido. Era melhor ela se casar logo com Saidou, que era muito mais velho e tinha veias grossas na testa. Ele apareceu usando um relógio com um mostruário grande e lustroso. Veio com o tio, um homem bem velho que trabalhava em Conacri, e ele e Tantie Fanta conversaram sobre a situação no país, enquanto Bappa Moussa e Mama escutavam como se estivessem entendendo. Binta teria entendido; Kadiatou não entendeu e nem quis.

Nós produzimos bauxita que países do mundo todo usam para fazer alumínio, mas veja como sofremos. Programa de austeridade isso, programa de austeridade aquilo. Por que precisamos cortar dinheiro da educação e da saúde para pagar dívidas se não sabemos o que estamos devendo? Aquelas empresas francesas e russas que estão roubando nossa bauxita deveriam ser expulsas imediatamente.

Tantie Fanta contou que um homem fula da Guiné tinha sido morto nos Estados Unidos. Era imigrante lá. Estava tirando a carteira do bolso quando policiais atiraram nele quarenta vezes, cravando seu corpo com muitas balas, balas demais para um corpo só. "É terrível", disse Saidou. Tantie Fanta fez uma piada de mau gosto, dizendo que ele era um homem fula, mão-fechada, e que só estava querendo se certificar de que não iam tomar seu dinheiro. Nem Saidou, nem o tio dele pareceram achar graça na piada. Saidou disse que havia ouvido falar que muitos jornalistas americanos estavam indo a Conacri para escrever sobre o caso.

"Nenhum deles tinha ouvido falar da Guiné até matarem esse Amadou", disse o tio de Saidou.

Amadou? O nome do homem morto era Amadou. Um calafrio se espalhou pelo corpo de Kadiatou, seu estômago se contorceu, prestes a sair por sua boca.

"Ouvi dizer que ele é da linhagem dos comerciantes famosos, os Diallo", disse Tantie Fanta.

E Kadiatou relaxou, zonza de alívio. Não era Amadou, seu Amadou.

"Nos Estados Unidos, a polícia atira nas pessoas sem motivo", disse Saidou.

"Pelo menos, eles fazem barulho quando isso acontece. Todo mundo lá está falando sobre isso", disse o tio de Saidou.

"Aqui, eles matam você e todo mundo fica quieto", afirmou Bappa Moussa depressa, conseguindo finalmente participar da conversa.

Kadiatou viu que Tantie Fanta havia aprovado Saidou; ela sorriu quando ele contou, orgulhoso, que tinha um ótimo apartamento de dois quartos num condomínio de mineradores, e disse que a mina tinha uma clínica para os funcionários e suas famílias, com médicos de verdade que não tratavam só malária, mas também consertavam ossos quebrados. Bappa Moussa assentiu, tentando não parecer tão impressionado quanto estava. Seus olhinhos miúdos brilharam com um prazer inesperado, como se ele tivesse conseguido vender mercadoria velha pelo preço de nova. Ele não disse a quantidade de vacas que a família de Saidou trouxe de *taignai*, murmurando apenas que tinha sido boa, muito boa. Elogiou até as nozes-de-cola que eles trouxeram para o *djamougol*, dizendo que pareciam caras, sem riscos e recém-descascadas. Uma tia colocou uma dessas nozes-de-cola na boca de Kadiatou antes de a girarem sete vezes, verificando, a cada volta, se ela tinha cuspido a noz. Não tinha, claro, mas se perguntou o que aconteceria se tivesse. Será que elas começariam tudo de novo, com Kadiatou usando aquele véu brilhante, seu vestido bordado, as preces dos imãs, a multidão de tias cantando, os conselhos matrimoniais urgentes, todos misturados e felizes por ela, a dança e o barulho, e todos os rituais purificadores para o lar de seu marido? Até que, no final, Kadiatou bebeu o leite fermentado cerimonial, subitamente ciente de um eco de ausência ao seu redor. Uma ausência melancólica, tão tátil quanto uma presença. No abraço perfumado das tias, ela começou a chorar, lágrimas que a maioria acreditou serem de alegria.

A cidade mineradora era só barulho e poeira. Kadiatou acordava com o zum-zum-zum interminável de máquinas quebrando, cavando e extraindo na mina, caminhões indo, voltando e indo embora de novo. A poeira a deixou perplexa: estava por todo canto, poeira nas galinhas que ciscavam a terra, poeira no cabelo das crianças brincando. Seu corpo começou a reclamar depois de apenas um dia, com milhares de bolinhas surgindo na pele, no rosto, no torso, nas pernas. Ela tossia e chiava o dia todo, e sentia tanta coceira que queria se rastejar para fora da própria pele. Lágrimas escorriam de seus olhos vermelhos e uma aspereza constante se acumulou em sua língua. Saidou a levou para fazer um passeio de moto para mostrar o lugar, e eles saíram do condomínio dos funcionários, passaram pela mina e foram até a cidade. Percorreram campos de grãos de aspecto doentio, com caules novos já murchos, parecendo palha. O riacho tinha se transformado num pudim lamacento, em cuja superfície alguns peixes mortos boiavam com olhos esbugalhados. Kadiatou observou tudo, incrédula, se virando de um lado para o outro. Sentia-se como se houvesse sido largada num mundo depenado. O ar era maculado; o solo, árido. Olhar a mina em si no caminho de volta foi estremecer diante de uma imensidão estéril de terra sem entranhas, aberta e inútil, nua e desprovida de vida. Ela sentiu uma vontade imensa de correr até o estacionamento e voltar para sua aldeia, onde a grama ainda crescia como deveria crescer.

"Aqui sempre foi tão ruim?", perguntou Kadiatou a Saidou, que a olhou, surpreso.

"Você vai se acostumar. É só um pouco de poeira", respondeu ele.

"As crianças vivem tossindo?"

"Você quer que os brancos fechem este lugar e que a gente perca o emprego?"

"Os riachos secaram, as pessoas daqui não têm água."

"Chega!" A expressão de Saidou foi como a de Bappa Moussa ao ralhar com Binta: raiva, mas também espanto por ela ter dito o que disse, e Kadiatou sentiu uma onda súbita de orgulho, por ter causado o tipo de reação que

Binta causaria. Ser como Binta. Talvez o espírito de Binta estivesse ali, guiando-
-a até a coragem.

Saidou mudou de assunto e comentou que sua mãe tinha perguntado se ela estava grávida.

"Mas acabamos de nos casar", respondeu Kadiatou.

"Ela perguntou", disse Saidou, dando de ombros.

"Vai acontecer, com a graça de Deus", declarou ela, mas sua determinação inicial já estava murchando.

Kadiatou sentia falta da languidez lenta da sua casa, de seus irmãos e suas tias, da silhueta majestosa dos cupinzeiros altos nas noites de luar. Para abrandar a saudade, se concentrou completamente em seus deveres: cozinhar, lavar roupa, varrer, se ajoelhar para servir a comida de Saidou. Nada daquilo era desagradável, nem Saidou — não sempre. Ele elogiava sua comida e, às vezes, elogiava sua pele, cuja maciez ela mantinha com manteiga de karité, fazendo sumir as manchas vermelhas e reduzindo a coceira, já com o corpo em sintonia com o ar pesado de dejetos da mina. Saidou começou a lhe ensinar francês. Ninguém falava pulaar naquela região da Guiné, e como ela ia conseguir se entender com os comerciantes no mercado onde comprava comida? O tom de Saidou continha uma leve crítica por Kadiatou não saber falar nem um pouco de francês, como a maioria das pessoas. Ele tinha razão, devia ter aprendido algumas palavras, podia ter seguido o exemplo de Binta. Então, decidiu que iria adquirir os novos movimentos de língua e lábios que o francês exigia. Saidou disse que eles não iam falar pulaar nos fins de semana e Kadiatou concordou, tropeçando no francês e se esforçando para compreender. Por que tudo naquela língua, as cadeiras, as árvores e até a própria terra, tinha que ser masculino ou feminino? Era algo que não entendia. Nem por que uma pessoa só ou um grupo de pessoas precisavam de palavras diferentes para explicar a mesma ação. Saidou lhe pediu para repetir frases que ouvia no rádio e, enquanto cozinhava e fazia faxina, ela sussurrava palavras para si mesma. Começou a entendê-las cada vez melhor, mas elas saíam de sua boca de um modo muito diferente de como saíam do rádio. Saidou disse que Kadiatou precisava praticar conversando com os vizinhos, mas ela viu a zombaria nos biquinhos que eles faziam, como se estivessem se segurando para não dar risada do sotaque rural de seu francês imperfeito. Certa vez, ouviu alguém chamá-la de "A esposa caipira do Saidou".

A poeira a derrotava; ela passava pano no chão de joelhos, esticando os braços para alcançar debaixo da mesa e torcendo o pano molhado, mas, instantes depois, uma nova camada cobria o chão, as poltronas, a televisão, tudo, como se jamais tivessem sido limpos. Ela limpava e limpava, esfregando as superfícies conforme as lágrimas caíam, e ralhava consigo mesma por chorar. Por que estava chorando, afinal? Imagine que bobagem, chorar só porque a sala estava empoeirada. Ela imaginava Amadou nos Estados Unidos, dirigindo um grande carro branco, e vislumbrava o próprio futuro, tirando poeira dia após dia, com os joelhos feridos de tanto ajoelhar e uma solidão que doía nos ossos.

Certo dia, Saidou voltou para casa e ela sentiu o cheiro dele mesmo antes de entrar.

"Você bebeu!", disse, horrorizada, indo para trás.

Ele entrou, cambaleando, e então se virou para puxá-la e envolvê-la com seu hálito maldito. Kadiatou sabia que devia se entregar, porque era esposa dele. Nunca se recusava. Sempre se lembrava do conselho dado por Mama antes de se casar: "Nunca recuse, nunca recuse". Mas se sentiu profundamente violada pelo álcool; aquele era o cheiro dos *djinns* malévolos. Como Saidou podia beber? Como ele podia se arriscar a lançar uma maldição na família? Todos conheciam a história do parente deles, Mammadou, e de seus vários negócios, tão bem-sucedidos que ele construíra uma mesquita na aldeia, recebendo a *baraka*, as bênçãos especiais de Deus, pois aquele que constrói uma mesquita constrói uma casa para si no paraíso. Mas então Mammadou começou a beber e seus negócios fracassaram, um por um, e ele foi à falência. Como Saidou podia beber?

Kadiatou prendeu a respiração para que o cheiro do álcool não entrasse em seu corpo. "Por favor, tome banho primeiro, Saidou." Mais tarde, depois que ele tinha tomado banho, e o odor do álcool estava mais fraco, ela lhe disse: "Você vai jogar uma maldição na gente".

Kadiatou só soube que estava grávida quando teve um aborto espontâneo. Fazia dois meses que não menstruava, era verdade, mas sua menstruação sempre tinha sido irregular. Certa tarde, enquanto limpava as janelas, sentiu algo molhado e grudento entre as pernas, pontadas de dor que iam da barriga para as costas, e se apoiou na parede, sentindo-se indefesa e sem fé; sabendo que não havia mais nada que pudesse fazer. Prendeu a respiração, sem se mexer por medo de que as coisas piorassem, pensando que, talvez, se ficasse o mais imóvel possível, poderia adiar aquilo, ou até fazer parar. Mas adiar o quê? Ela já conseguia sentir mais daquela coisa grudenta, gelatinosa, escorrendo pela parte de dentro das coxas. Seu corpo estava destruindo o que lhe era precioso. Kadiatou pensou em Binta, sangrando, não acordando no hospital público, e se perguntou se aquele sangue era como o da irmã. Mas não podia ser, claro. O sangramento de Binta vinha de tumores vingativos que invadiam seu útero, enquanto o dela vinha de uma rejeição que estava acontecendo em seu corpo sem sua permissão. Kadiatou deslizou até o chão com muito, muito cuidado, zonza de dor, e esperou que seu corpo acabasse de cometer aquela traição contra ela.

Saidou disse a Kadiatou que o aborto tinha sido culpa dela, por ter lavado as roupas dele debruçada sobre o balde e não com as costas retas. Kadiatou não falou nada. O fato de Saidou ter bebido tinha causado o aborto. Ele sabia. Saidou jogou aquela maldição sobre eles e, para se defender, estava dizendo bobagens sobre lavar roupa com as costas retas. "Você vai engravidar de novo", disse Saidou. "Mas precisa tomar cuidado."

Kadiatou voltou a engravidar mesmo, poucas semanas depois, e, embora não acreditasse em Saidou, ainda assim tomou cuidado para não lavar roupas curvada até ter o filho no hospital da mina, num quarto branco, arejado e tão sereno que ela não quis ir para casa depois. Seu filho parecia com Papa, o rosto magro e a testa, e Kadiatou ficou bem ciente de como os mistérios da vida eram íntimos e imensos. Ela o enrolou num cobertor macio que Saidou tinha levado para o hospital e o segurou contra o peito, acariciando a pele lisa do rosto onde as sobrancelhas ainda iam crescer. Seu corpinho a fez sentir um deleite que jamais conhecera antes, avassalador, mas sublime. Kadiatou queria ficar ali, só ela e o bebê, naquele hospital com ar-condicionado em cima de um morro, longe daquela poeira interminável e predadora. Mas eles foram para casa, tinham que ir para casa, num táxi, com Saidou segurando sua bolsa. Naquela noite, o bebê teve diarreia, sua barriga ribombou durante a noite toda e, de manhã, ele estava morto, já endurecendo no colchão ao lado dela. Um boneco assombrado de olhos vítreos estava deitado ao seu lado, e tudo o que Kadiatou queria era seu filho de volta. Saidou chorou alto, como uma mulher. Quando seus colegas vieram levar o corpinho rígido, Kadiatou continuou sentada, congelada, chamando pelo filho. Um vento frio lhe trespassara o peito à noite e ela soube então que a causa não foi a amamentação: era um espírito anunciando aquele horror, mas por que avisá-la de algo que não seria capaz de mudar? Sentiu uma frieza enorme no coração, uma frieza gélida e entorpecente, e sua frieza se transformou num ressentimento furioso de Saidou. Às vezes, o ressentimento chegava a virar ódio. Kadiatou olhava a nuca de Saidou enquanto ele assistia à televisão e se imaginava erguendo uma panela e batendo com força contra a cabeça dele. A violência de seus pensamentos lhe parecia normal. Certa vez, Kadiatou o viu sentado do lado de fora, observando com lágrimas nos olhos algumas crianças que brincavam. "A gente nem tirou uma foto dele", disse Saidou sobre o bebê. Aquela demonstração de tristeza a enfureceu. O atrevimento dele de achar que tinha o direito de sentir melancolia. Saidou sabia o que beber álcool causaria, mas bebeu assim mesmo, e agora seu filho tinha partido, ele que era a cara de Papa, o bebê que Deus havia mandado para lhe consolar, o único companheiro verdadeiro que ela podia ter tido. A ação maligna de Saidou levou a criança. E ele ainda cheirava a álcool, mesmo após sua maldição ter destruído a vida deles. Kadiatou mal falava com o marido, fazendo e servindo sua comida em silêncio. Quando Saidou tentava tocá-la à noite, ela congelava, resistindo a princípio; depois, ficava ali deitada, imaginando que também estivesse morta, ou moribunda.

Sua menstruação atrasou duas vezes e Kadiatou foi tomada pelo medo. O medo a engoliu. Precisava proteger do domínio da maldição aquela vida delicada que brotava, mas como? Não sabia. Ia esperar a barriga começar a crescer e depois diria a Saidou que não sabia que estava grávida. Os homens, claro, nunca percebiam essas coisas.

Iria evitar Saidou, evitar o toque dele, evitar qualquer comida que ele tivesse comido também; talvez a maldição ficasse só nele. Era Saidou quem devia ter sido levado, em vez de um presente inocente enviado por Deus. Era Saidou quem tinha cuspido nas leis divinas. Naquelas primeiras semanas Kadiatou rezou sem parar, e estava limpando a mesa e orando quando uma mulher chamada Salamata, a única outra pessoa fula no condomínio, apareceu na sua porta com alguns operários da mina. Quando eles apareciam na sua porta com Salamata porque ela fala pulaar, e é o mais próximo que há de um parente ali, você sabe que vieram dar não uma notícia ruim, mas uma notícia terrível. Salamata disse: "Algo aconteceu, Kadiatou. Você precisa ir à clínica", e Kadiatou, com o vestido que usava em casa e chinelos de borracha, foi com eles sem dizer nada e encontrou o corpo de Saidou imóvel, coberto dos pés à cabeça com um lençol florido, numa cama onde o colchão estava sem lençol.

Kadiatou cambaleou. O choque a atingiu como uma saraivada de bofetadas. Ela estava rezando quando Salamata veio até sua porta, mas orava para algo de ruim acontecer a Saidou? Tinha desejado mal a ele, sim, mas não aquilo, não que sua morte fosse apressada. Ou será que sem saber tinha rezado por aquilo? Ela implorava para Deus quebrar a maldição, proteger a vida que crescia em seu corpo. Não queria que Saidou morresse. Os irmãos de Saidou foram ao hospital. Alguns operários estavam contando a eles que Saidou tinha tocado em algo ou pisado em algo. Kadiatou não teve certeza, o significado das palavras em francês de repente se tornou impossível de desvendar. Ela não perguntou, não ousou perguntar, ficou sentada muito imóvel, engolida pela culpa. Seu ódio devia ter causado aquilo. Não podia ser o destino de Saidou morrer daquele jeito.

"Eu não queria que ele morresse", disse Kadiatou.

"O quê?", perguntou o irmão dele. "Como assim?"

"Você envenenou ele? Você envenenou ele?", gritou a irmã de Saidou.

Salamata conversou com os irmãos de Saidou, acalmando-os, dizendo que Kadiatou era uma viúva em choque, e eles não sabiam que a tristeza era uma espécie de loucura? Não sabiam da loucura que saía da boca dos enlutados? O que Kadiatou ia ganhar matando o marido que a vestia e alimentava? A irmã de Saidou pareceu ter compreendido, mas um dos irmãos continuou a encarar Kadiatou, furioso. Eles enrolaram o corpo de Saidou num pano branco. Levaram a moto, a televisão e o fogão. E então a irmã dele olhou na bolsa e nas gavetas de Kadiatou para se certificar de que ela não tinha roubado e escondido o dinheiro de Saidou. "Se Kadiatou ao menos estivesse grávida, ainda teríamos uma parte dele", disse a irmã, observando-a após o velório, e Kadiatou foi depressa para longe do olhar astuto de uma mulher que tinha, ela própria, muitos filhos. Se a família de Saidou soubesse da gravidez, iriam querer que ela ficasse, mas ela não sobreviveria vivendo com a mãe dele, carregando o fardo da culpa e o medo da maldição.

* * *

Dez dedinhos nas mãos e dez dedinhos nos pés. Seu bebê tinha dez dedinhos nas mãos e dez dedinhos nos pés. Kadiatou contava quase todas as manhãs e quase todas as noites, às vezes acordava só para contar, e era reconfortante saber que havia dez dedinhos nas mãos e dez dedinhos nos pés. Um bebê completo, e seu, só seu. Depois de se libertar da paisagem melancólica daquela cidade mineradora, seu consolo tinha sido ir morar em Conacri com Tantie Fanta, levando uma vida sossegada e observando a barriga crescer.

Kadiatou deixava sua menininha na cama e dormia no chão, com medo de rolar sobre ela à noite, e acordava várias vezes para tocar seu peito minúsculo e sentir sua respiração de bebê, tamanho era o terror no âmago de seu amor. Deu a ela o nome de Binta. Amarrava Binta nas costas para ir trabalhar; às vezes sentia o calor do xixi da filha se espalhando por suas costas. Tantie Fanta a ajudou a arrumar aquele emprego. Era empregada de uma família rica em Conacri, fazia faxina e cozinhava no frescor da mansão de mármore. Nas horas livres, Kadiatou deitava Binta perto do chafariz alto que havia no jardim, e o barulho da água era relaxante, como a eternidade. Ela enviou um recado para a família de Saidou, dizendo que levaria a bebê em breve, mas sem dizer quando. A raiva era visível nos recados de resposta. Como ela se atrevia a enviar um recado sobre uma bebê quando eles nem sabiam de sua gravidez? Parentes intervieram, pedindo para ver Binta, para levar Binta para a família do pai. Kadiatou nunca ergueu a voz nem os olhos, o que seria um desrespeito. Obedientemente, dizia que levaria Binta, mas por enquanto, não. Queria que Binta ficasse um pouco mais velha, para ter certeza de que a maldição teria se dissipado, mas não contou da maldição para a família de Saidou. Já tinha apressado sua morte sem querer, e não iria desonrá-lo mais expondo seu pecado. Boatos correram pela aldeia, e Mama acreditava que a família de Saidou é que os havia espalhado: diziam que a bebê não era filha de Saidou, ou já teria sido trazida para eles. "Não vou deixar que eles manchem o nome da minha filha", afirmou Mama, e, assim, contou à fofoqueira da aldeia, Aminatou, que a bebê era filha de Saidou, mas que havia a questão da maldição. A maldição tinha, primeiro, que perder a força. "Que maldição?", perguntou Aminatou, e Mama respondeu num sussurro, sabendo que o escândalo de Saidou ter bebido álcool se espalharia pela aldeia toda antes do raiar do dia. O que de fato aconteceu, e os pais dele pararam de falar com Mama. Às vezes, Kadiatou torcia para Saidou aparecer em sonho para ela, para que pudesse implorar seu perdão, mas ele nunca apareceu. Nenhuma lembrança dele persistiu. Kadiatou não sentia sua falta nem pensava nele, e o culpava, cheia de mágoa, por ter perdido seu filho, mas também sentia que não tinha agido de maneira correta com ele. A morte era absoluta demais. Ela havia desejado para Saidou uma punição que acabasse um dia.

O patrão disse que gostava de como ela era quieta, trabalhando sem atrapalhá-lo. Ele sempre pedia a ela que fizesse fonde e namma, e amava latchiri e kossan, como um fula de verdade, pois era fula afinal de contas, apesar de ter hábitos estrangeiros e um pulaar maculado pelo francês. Recebia convidados à noite, homens ricos como ele, às vezes homens do governo, e Kadiatou levava pratos de comida para os motoristas. A patroa morava em Paris, as crianças estudavam lá, e, de tempos em tempos, eles vinham para Conacri nas férias, dando aqueles passos de burro das pessoas nascidas no exterior e olhando com desdém para o fonio que Kadiatou servia. Quando a patroa trouxe um senegalês sofisticado, um chef de restaurante, para ensinar Kadiatou a cozinhar, ela disfarçou o quão ofendida tinha ficado.

"Você boceja tão alto", foi a primeira coisa que o chef senegalês falou para Kadiatou. "Por que faz esse barulho quando boceja, e por que está bocejando?"

Kadiatou só tinha bocejado uma vez. Binta não se sentia bem, estava febril, com uma tosse que fazia seu corpinho tremer, e por isso ela passou a noite segurando a filha e estava cansada, mas só tinha bocejado uma vez. "Com licença, sinto muito", disse. Aquele senegalês queria apenas mostrar seu desprezo por ela; a arrogância dele era similar à da patroa. Kadiatou ficou ouvindo e observando enquanto ele refogava frango num molho de cebola, misturava arroz com molho de tomate, fazia purê de batata. O senegalês preparou frango yassa, *riz gras* e sabe-se lá qual outro prato sem inspiração. Ele mandou Kadiatou colocar a mesa e disse: "Eu vou lá inspecionar". Ela ficou indignada, mas manteve o silêncio. O patrão, que tinha acabado de chegar em casa do trabalho, estava deitado num sofá na sala de estar.

"Chamei o chef do Chez Simone para ensinar a ela", disse a patroa para ele quando Kadiatou começou a dispor a mesa.

"Ah, mas a Kadiatou é muito boa, não precisa de aulas de ninguém. Ela devia abrir um restaurante no futuro", disse o patrão. Kadiatou continuou a colocar os talheres calmamente na mesa, enquanto seu coração dançava. Não conseguiu resistir e olhou de relance para a patroa, que observava o patrão com adagas no olhar. O patrão comeu a comida do chef senegalês, mas, depois, quando a patroa tinha ido embora com as crianças, disse a Kadiatou: "Agora você pode voltar a me dar comida boa".

Kadiatou morava no alojamento para empregados que ficava nos fundos, num cômodo grande com um ventilador de teto e um belo piso de linóleo. Ela perguntou ao patrão se podia pegar algumas das coisas velhas das crianças empilhadas num dos quartos e ele disse que sim, com um gesto vago. Kadiatou mandou roupas, brinquedos e duas bicicletas pequenas para Mama, e então começou a pegar coisas sem dizer ao patrão, pois sabia que ele nunca ia notar e que a patroa, em suas breves visitas, nem entraria nos cômodos do andar de baixo. Mama não fazia ideia do que fazer com a máquina de costura que ela lhe mandou, e Kadiatou disse que podia vendê-la. Em outra ocasião, ela mandou pares velhos de sapatos do patrão e Mama falou que ia vendê-los também, e não os mostrou a Bappa Moussa.

Sempre que o patrão ia a Paris, pedia que Kadiatou cuidasse da casa e que quaisquer parentes dele que estivessem de visita fossem embora, dizendo que confiava mais nela que na própria família. Kadiatou se sentia satisfeita, grata; talvez, finalmente, estivesse tendo um pouco de paz e, por isso, ela rezava em agradecimento. O patrão estava em Paris na manhã em que os soldados invadiram a propriedade. Kadiatou teve a impressão de que tinha piscado os olhos e de repente apareceu um bando de soldados, com boinas vermelhas, armas pretas compridas que pareciam foscas mesmo com as luzes acesas. Foi como num filme, homens indo para a guerra, homens cujos pés batiam fortemente no chão com o propósito de matar. Tinham ido ali matar o patrão. Alguém no governo os tinha mandado matar o patrão e, como ele não estava, o que iam fazer com ela? Kadiatou agarrou sua bebê, com as pernas tremendo tanto que teve medo de cair. Um dos soldados abriu a geladeira e pegou uma lata de suco de laranja. Os outros se espalharam pela casa como se já conhecessem o lugar. Entraram na sala, escancarando armários e os deixaram abertos, saquearam o quarto do patrão. Arrancaram o colchão da cama e o sacudiram. Insultaram o patrão, dizendo que ele era um cretino. Binta estava chorando aquele choro alto e agudo. O líder disse "Vamos", e um dos soldados virou-se para Kadiatou e ordenou: "Venha!". Mas o líder deu uma risada de escárnio e disse: "Ela é só a empregada. De que adianta interrogar? Deixa ela aí".

Kadiatou arrumou suas coisas o mais depressa que pôde e chamou um táxi para levar a ela e Binta até a casa de Tantie Fanta.

Os homens se alvoroçavam quando descobriam que Kadiatou era viúva. Teriam se alvoroçado mesmo se ela tivesse um rosto horroroso. Ela era viúva, e uma viúva emanava um aroma de disponibilidade indefesa. Kadiatou trabalhava como garçonete no restaurante à beira da praia, suportando seus olhares obscenos, sabendo que eles a viam como uma oportunidade, pois homens eram assim mesmo. Ela começou a cobrir o cabelo e mantinha uma expressão agradável apenas com os olhos, não com os lábios; não havia nenhum sorriso para um homem interpretar mal. Ela não esperava que o dono, François, um homem ocupado e importante, a protegesse, mas ele brigava com qualquer um que fizesse mais que olhar: como um sujeito que roçou seu quadril e outro que agarrou seu braço quando ela estava colocando um prato na mesa. François era dono de outros restaurantes, e ela planejava impressioná-lo com seu trabalho e então perguntar se podia trabalhar como cozinheira, não garçonete. Mencionou que cozinhava ao começar no emprego, mas François disse que já tinha duas cozinheiras. Certo dia, Kadiatou o ouviu gritar com uma das cozinheiras, dizendo que as batatas fritas estavam com sal de mais. Ela ia pedir que ele, ao menos, a deixasse ajudá-las. Diria que tinha sido treinada por um chef senegalês, o que não era bem uma mentira, mas parecia. Enquanto servia e limpava as mesas, Kadiatou se imaginava dona de um restaurante, com as palavras do patrão sempre frescas na mente. Seu sonho a enchia de ânimo. Ela serviria comida da Guiné, não o frango com batatas fritas que todos comiam nos restaurantes, e deixaria tudo lindo, assim como aquele chef senegalês apresentava a comida, fazendo um montinho elegante com o arroz, usando a calda para desenhar na sobremesa como um artista.

Se François concordasse em deixá-la trabalhar na cozinha, ela aprenderia como os restaurantes armazenavam a comida, qual quantidade de alimento compravam para servir etc. Kadiatou ficava envergonhada de pedir a François, mas pediria; ele via como ela trabalhava duro servindo comida, e a protegia daqueles homens; talvez concordasse. François tinha a pele clara e os olhos grandes como bolas de gude, além dos cabelos encaracolados que puxou da mãe libanesa. Era tão bonito que parecia um ator de televisão. Jamais notaria Kadiatou, é claro, não daquele jeito. Ela gostaria, mas não perdeu tempo sonhando com aquilo, porque só sonhava com coisas atingíveis. Certa noite, François passou no restaurante quando Kadiatou estava fechando a despensa, onde havia engradados de refrigerante empilhados. Ele parou na porta e disse "Muito bem, Kadiatou", e ela corou de empolgação por ter sido elogiada por François, por estar ali com François. Ele entrou na despensa. Cheirava a gengibre. Vivia chupando alguma coisa, talvez bala de gengibre, fazendo um bico que tinha um quê de insolente. Kadiatou pensou que talvez devesse pedir sua transferência para o outro restaurante naquele momento, mas achou melhor não, era tarde, eles estavam fechando, o cômodo era abafado e François só tinha dado uma passada rápida ali. Talvez na semana seguinte. Ela achou que François fosse embora após olhar de relance os engradados, mas ele não foi. Kadiatou tinha terminado, mas seguiu ali, respeitosamente esperando que François fosse embora primeiro. Ele andou na sua direção. A despensa era pequena demais para ela, ele e os engradados. Em geral, quando a outra garçonete entrava ali, Kadiatou esperava do lado de fora até que ela terminasse. François estava a poucos centímetros dela, e Kadiatou ficou constrangida, querendo pedir desculpas e perguntar se poderia ajudá-lo com alguma coisa. Ele a empurrou contra a mesa, dizendo "Só um pouquinho, só um pouquinho, seja boazinha comigo". Surpresa, ela o olhou. Então, teve um lampejo frio e assustador de clareza ao se dar conta de que ele pretendia machucá-la.

"Não senhor, não senhor", disse Kadiatou. Assim não, quis acrescentar. Assim não. O choque do enorme peso alheio sobre ela. Ele era tão pesado, como um saco gigante de mandioca a pressionando e a impedindo de respirar. Por que ele não tinha perguntado, por que tratá-la como se ela não merecesse a pergunta? Poderia ter sido diferente, ele podia ter perguntado, ela teria tocado delicadamente seu cabelo estrangeiro macio. Quando François terminou, depois de um ou dois minutos, ele a encarou e por um segundo Kadiatou, incrédula, achou que fosse dizer que se importava com ela. Mas ele, com a boca retorcida de nojo, disse "Cubra-se". François estava mandando-a se cobrir, mas fora ele quem subiu seu vestido à força, que arrancou sua roupa de baixo. Aquele homem grande a olhou de cima, com uma repugnância tão palpável que fez o ar ficar rançoso. Ela ouviu o ódio em sua voz. Ele não a conhecia, mas a odiava, e não precisava conhecê-la para odiá-la. "Cubra-se", repetiu, num tom ameaçador. Será que ele a machucaria de novo? Queria que ela se cobrisse e acobertasse seu crime, que ficasse com a mesma aparência que tinha antes de ele entrar na despensa. Como se nada tivesse acontecido. Uma vergonha que era como água fervente a escaldou. E o choque. A vergonha e o choque. Kadiatou abaixou o vestido e se abraçou. Suas pernas tremiam, mas ela ergueu o rosto e o encarou, olhou-o nos olhos, para deixar claro que o via, que via que ele era um monstro, não um homem. Não merecia ser um ser humano. Seu coração estava cheio de folhas mortas. François desviou os olhos, se virou e foi embora. Kadiatou ficou ali durante algum tempo para acalmar a respiração, olhando os engradados de refrigerante empilhados e encostados na parede, com diversas teias de aranha em cima. Finalmente, ao abrir a porta, ela tropeçou e quase caiu, mas se segurou, com dificuldade. O cômodo a cuspiu para fora. Ela agora era tão sem valor que repelia até uma despensa. Kadiatou se sentiu envolvida pela vergonha, uma vergonha forçada aos inocentes, incandescente de injustiça. Ela não fez nada de errado, era ela quem tinha sido machucada, e, no entanto, sentia a vergonha como uma ruptura intensa de sua ordem interna. Kadiatou, então, decidiu que chegaria ao fim de seus dias com aquela vergonha enterrada. Ninguém jamais saberia. Diria a Tantie Fanta e a Mama que François a demitiu porque tinha pedido para trabalhar como cozinheira, não como garçonete.

Amadou apareceu sorrindo na casa de Tantie Fanta, assim mesmo, depois de todos aqueles anos. "Como você está, minha Kadi?", perguntou. Aquele homem piadista, de pés ligeiros, de sonhos grandes, que ela amava. Ainda era o mesmo Amadou, mas também tinha um frescor orvalhado, estava mais encorpado, mais cheio; caminhava com uma ginga estrangeira. Ele implorou que Kadiatou o perdoasse por seu silêncio, dizendo que sentia muito, que tinha tido problemas, que seus documentos estavam incompletos, que estava na correria. Disse "na correria" muitas vezes, e aquela expressão em inglês deixou Kadiatou repleta do encantamento pelo desconhecido. Amadou abraçou Binta com tanta força que o corpinho dela se espremeu para fora do abraço. "Ela se parece com Binta", disse ele, franzindo o rosto, com os olhos cheios de lágrimas. "Você está chorando", falou Binta, observando-o curiosamente, e Amadou respondeu: "Não, não, tem areia nos meus olhos, você pode soprar para mim?". Binta soprou os olhos dele com entusiasmo, inflando e desinflando as bochechinhas, e Amadou disse que agora estava tudo certo com seus olhos e perguntou se ela podia fechar os dela e abrir a mão. Um pacotinho de balas coloridas e macias apareceu. Para Kadiatou, um frasco de perfume. Amadou tirou a tampa e, com o dedo, colocou um pouco atrás das orelhas dela. "Agora, você está com cheiro de jasmim", disse ele. Kadiatou ouviu o som da própria risada diminuindo e se deu conta de que a última vez que havia rido daquele jeito foi quando sua irmã estava viva. Sentiu a onda de lembranças, a volta de emoções fugitivas: o amor, a confiança, a vontade de ser feliz, a fé de que isso era possível.

Amadou visitou velhos amigos e lugares antigos, e jogou futebol no mesmo campo onde jogava antes de partir. O clamor de sua presença continuava igual, atraindo as pessoas. Trocou alguns dólares por um grande saco de francos guineanos, e dividiu o dinheiro em pequenas pilhas em cima da cama, listando o nome de muitos parentes, tentando se certificar de que cada um receberia alguma coisa, pouco que fosse. Havia uma decência em Amadou, uma bondade que era sua dádiva desde o nascimento. Ele disse a todos que tinha vindo buscar Kadiatou e Binta para levá-las aos Estados Unidos, e Kadiatou fez xiu, dizendo que não se devia falar daquilo que era incerto. Ela sentia uma alegria profunda ao ouvi-lo dizer "e Binta" daquela maneira tão casual, ao ver quão facilmente o coração dele tinha se aberto; Amadou entendia que ela não existia mais como uma pessoa só.

"Incerto? Quem disse que é incerto? Kadi! Vocês duas voltam comigo", disse Amadou.

Ele conhecia alguém, um homem chamado Dee, que trabalhava na embaixada americana.

"Dee disse que a única opção que temos é pedir asilo", explicou Amadou para Kadiatou, como se ela soubesse que outras opções existiam.

Conforme Amadou falava de seus grandes planos para eles, Kadiatou sorria, saciada, sentindo-se aquecida em seus braços no pequeno cômodo na casa do primo dele. Tantas pessoas eram rejeitadas na embaixada, pessoas instruídas, que falavam inglês bem, e ela não via por que não seria rejeitada também. Não se importava de Amadou morar nos Estados Unidos. Conhecia um casal assim, amigos de Tantie Fanta; o homem morava nos Estados Unidos e a mulher ali, e ele a visitava duas vezes por ano. Ela e Amadou podiam se casar e ela tentaria ter um filho logo em seguida. Contanto que Amadou mandasse dinheiro e a visitasse sempre que pudesse, ela estaria contente. "Não, não, não", disse Amadou, quando ela falou sobre isso com ele. "Vamos ficar juntos."

Ele disse que eles comprariam uma casa nos Estados Unidos, era fácil comprar uma casa e pagar um pouquinho todo mês, com um quarto de brincar. Imagine um quarto para Binta brincar, disse Amadou, um quarto inteiro só para brincadeiras. Kadiatou achou aquilo um desperdício e uma solidão, uma criança sozinha brincando num quarto. Então, Amadou mencionou as escolas e Kadiatou começou a sentir o sonho na língua. "Binta vai frequentar uma escola muito boa, de graça, e vai aprender ciência, e música, e vai poder viajar para outros países com os colegas e poder ser o que quiser, o que quiser mesmo", disse ele. Kadiatou pensou na irmã e sabia que Amadou estava pensando nela também. De súbito, ela se viu nos Estados Unidos, onde comprar uma casa era tão comum quanto achar uma concha na praia, e viu Binta florescendo exuberante.

"Então, como a gente consegue esse asilo?", perguntou ela.

"Dee falou que você precisa falar da MGF para ter o asilo", disse Amadou.

"MGF?"

"Mutilação Genital Feminina. O corte que fazem nas mulheres."

"O corte?", repetiu Kadiatou, intrigada. "Por quê?"

"É isso que os americanos querem ouvir. Se você contar a verdade e dizer que quer uma vida melhor, vão recusar. Diga que eles cortaram tudo, costuraram, e que agora você não consegue fazer xixi direito." Amadou estava rindo, uma risada que retumbava, lenta e grave, e Kadiatou sentiu aquele tremor estranhamente doce que vem quando o corpo lembra.

"Diga que está fugindo para proteger Binta de sofrer o mesmo que você sofreu, embora a gente saiba que você não vai cortar a menina", disse ele.

Kadiatou o olhou, sem entender. "Mas eu vou."

"Você vai levar Binta para ser cortada?"

Aquilo era decepção na expressão dele?

"Vou, claro."

"Kadi, Kadi, não, você não precisa concordar com esse ato bárbaro."

"Mas como ela vai conseguir casar?"

"Kadi, muitas mulheres não fazem mais isso e elas se casam."

Kadiatou mordeu o lábio. Os Estados Unidos tinham penetrado na pele de Amadou. Em alguns casos, isso era bom, mas, em outros, como naquele, não era tão bom, com ele dizendo que o costume ancestral de seu povo era bárbaro.

"Tudo bem", disse ela. "Eu falo sobre quando me cortaram."

Amadou transbordava de planos, e saiu ligando para pessoas e correndo de um lado para o outro, até que, bem rápido, Kadiatou conseguiu o passaporte e uma entrevista para tentar obter o visto americano. Dias antes da entrevista, ele comentou: "O Dee falou que está com um mau pressentimento, que só a MGF não é suficiente, porque gente demais está mencionando isso. Vamos precisar de algo mais. Então vamos dizer que você foi estuprada. Que muitos homens estupraram você".

Kadiatou estremeceu e sentiu uma dor instantânea perfurando sua cabeça.

"Ele me deu uma fita cassete para você usar para treinar", disse Amadou.

"O que tem nela?"

"Uma história sobre o estupro." Ele deslizou a fita em um tocador. Era a voz de uma mulher, parecia uma radionovela. *Eles disseram que eu tinha desobedecido ao toque de recolher. Já chegaram bêbados no restaurante... Um dos homens disse que ia usar uma arma na vez dele...*

Kadiatou estava perturbada, com um aperto tão grande no peito que teve medo de que o ar estivesse sendo espremido para fora de seu corpo.

"Eu não quero contar essas mentiras, Amadou", disse.

Amadou se aproximou e a beijou com ternura.

"É só uma história, meu amor. Precisamos de uma boa história que te ajude a ir para os Estados Unidos. Você não vai estar mentindo. É só uma história. Dee falou que eles vêm rejeitando cada vez mais gente que pede asilo, então a nossa história tem que ser melhor, pra gente se destacar. Ele disse que primeiro você deve falar de quando foi cortada, e sobre como quer proteger Binta de também ser cortada, antes de contar essa história do estupro da fita."

Já chegaram bêbados no restaurante... Um dos homens disse que ia usar uma arma na vez dele... Eu fiquei toda sangrando...

Kadiatou ensaiou e decorou as palavras, mas só de modo superficial, mantendo seu eu interior preservado, bem longe daquilo. Da última vez que ensaiou com Amadou, começou a chorar, porque suas muralhas desabaram e ela se viu na despensa depois que François mandou que ela se cobrisse.

"Meu amor, o que foi? O que foi?", perguntou Amadou, abraçando-a. "Não chore. É só uma história."

"Mas aconteceu com alguém", respondeu Kadiatou. "Eu já ouvi falar do que os soldados faziam na época do toque de recolher."

Amadou continuou em silêncio, abraçando-a.

Uma ambulância que atravessava depressa as ruas cheias de gente para salvar uma única vida. Só uma vida. Que país. Se algo acontecesse com ela, uma ambulância viria correndo salvá-la também, e ninguém pediria para ela pagar adiantado. Por esse motivo apenas, sem precisar de nenhum outro, Kadiatou teve vontade de ficar para sempre nos Estados Unidos. Era um milagre atordoante pensar que aquela era a herança de Binta, aquela terra de conforto. O processo de pedido de asilo foi fácil demais, e ela ainda sentia um desconforto, a sensação de algo inacabado, por ter sido tão fácil. A mulher na embaixada que fazia as entrevistas para a obtenção do visto, simpática e paciente enquanto Kadiatou falava, depois assentindo ao ouvir as palavras do tradutor, como se se importasse com o casamento ao qual Kadiatou disse que iria em Nova York. A pessoa no aeroporto, outra mulher branca simpática, estremecendo levemente quando Kadiatou disse que sua tia a tinha cortado com uma lâmina de barbear, oferecendo um pirulito para Binta, dizendo "Boa sorte" para Kadiatou. Kadiatou tinha feito uma pausa. A história do corte havia sido fácil de contar, as palavras saíram em torrentes, a lembrança tão distante que parecia ter acontecido com outra pessoa. Mas ela tinha feito uma pausa antes de começar a outra história. Para se recompor, para se munir da coragem necessária, porque soar como a voz naquela fita cassete era cutucar fantasmas que ela havia amarrado e banido. Estava contando a história de outra mulher, de uma mulher desconhecida, mas de uma dor que conhecia. Por isso, a pausa. Erguendo os ombros, ela começou. Estava prestes a dizer "eram quatro soldados", quando a mulher branca simpática falou "boa sorte" e lhe passou uma folha de papel. Kadiatou olhou para a mulher e para o tradutor. "Acabou", disse o tradutor em francês. "Você foi aprovada." Kadiatou respirou fundo para esconder seu espanto. Seria uma pegadinha? Como era possível já ter acabado? Amadou disse que seria muito difícil, que ela devia falar primeiro sobre o corte, como introdução, antes de repetir a história da voz na fita cassete. Ele explicou que a história da fita iria convencê-los, torná-la uma candidata mais forte. Mas a mulher branca simpática estava dando um sorriso encorajador, com um leve movimento de cabeça que dizia "Pode ir". Tinha acabado mesmo e ela não havia contado a história ensaiada. Não queria contá-la, mas se sentiu decepcionada por não precisar fazê-lo. Todo aquele esforço para decorar, manchando a si mesma com palavras, tudo em vão. Havia outra parte do processo? Talvez eles a chamassem de novo para fazer perguntas. Mas Amadou disse que não havia outro processo. "Viu? Você não mentiu! Não queria mentir, e Deus ajudou e não mentiu! Você está nos Estados Unidos, meu amor! Agora, só temos que esperar os documentos chegarem pelo correio!"

Ela passou os primeiros meses numa bruma linguística, ora compreendendo, ora não. O inglês americano era falado num tom mais agudo do que o normal e Kadiatou se perguntou se um dia imitaria com perfeição aquele agudo, mesmo se conseguisse acertar as palavras. Ela não sentia firmeza ao pisar nas ruas lotadas do Queens, como se o segredo de realmente pertencer àquele lugar ainda não houvesse sido revelado. Ficava desorientada com a proximidade de estranhos, com os grafites rabiscados nos prédios, com os ônibus compridos que andavam aos solavancos. O metrô a princípio a amedrontou, descer tão fundo na terra, mas quando subiram as escadas e reemergiram no exterior iluminado, ela ficou exultante, como se tivesse alcançado um pico inesperado.

"Quero que você e Binta fiquem com o meu tio. Não quero desonrar sua família", disse Amadou.

"Amadou, para mim, eu sou sua esposa."

"Eu preciso de tempo, meu amor. Para fazer as coisas direito. Você pode passar o dia todo comigo, mas quero que durma na casa do meu tio até a gente casar de verdade."

"E quando vai ser isso?", ela quis perguntar, mas não perguntou. Em Conacri, Amadou disse que mandaria as nozes-de-cola para a Guiné assim que eles chegassem aos Estados Unidos, para poderem começar a vida já casados, mas agora pedia mais tempo. Kadiatou se mudou com Binta para a casa do tio dele, ficando num quarto no porão onde, mesmo à tarde, era escuro. O tio de Amadou, Elhadji Ibrahima, era cordial e sábio, e ela se sentia em paz perto dele. Elhadji Ibrahima contava com frequência da época em que trabalhou na construção do Monument du 22 Novembre 1970, junto dos chineses e de outros estrangeiros, todos orgulhosos pela Guiné ter massacrado os portugueses naquela tentativa terrível de golpe de Estado. Kadiatou não entendia do que ele estava falando, mas compreendia sua nostalgia, sua necessidade de conversar sobre seu país natal com alguém recém-chegado de lá. Ele ficava na cozinha enquanto ela preparava a comida, perguntando como podia ajudar; ela tentava disfarçar o constrangimento por ter um homem na cozinha.

"Dizem que nós, fulas, não sabemos governar e que devíamos continuar cuidando só do comércio. Criamos um homem como Diallo Telli e eles dizem que não sabemos governar? Eles mataram Diallo em Camp Boiro e obrigaram tantos de nós a sair da Guiné e ir para o Senegal, para Serra Leoa, para a Costa do Marfim. Muito bem, e o que aconteceu? O país está mais dividido hoje. Mas ainda acredito que podemos nos unir. Esse governo precisa reconhecer a injustiça que cometeu contra os fulas e nós também precisamos nos identificar primeiro como guineanos e depois como fulas. Ou eles terão razão de nos chamar de forasteiros. Dizem que não somos cidadãos como eles, porque eles são os verdadeiros herdeiros do Império do Mali, mas ser cidadão não é isso. Sékou Touré foi um grande libertador, mas também um grande ditador, e podemos ensinar uma história que contemple a história toda."

"Sim", disse Kadiatou. Quando estava com pessoas eruditas como ele, pensava, com uma pontada de saudades, que Binta teria sabido o que dizer. Na maioria das noites, Elhadji falava e falava, e ela ficava meio atônita com seu comportamento emotivo, sem a reserva estoica de um homem fula de verdade. Mas Elhadji foi gentil, infinitamente gentil, explicou os Estados Unidos para Kadiatou, levou-a à escola pública para matricular Binta, ensinou-a a dirigir e indicou quais programas de TV deveria assistir para aprender inglês.

* * *

Amadou comprou um short jeans para Kadiatou e pediu que o usasse num churrasco ao ar livre, mas ela se recusou; parecia que estava nua. Não conseguiria usá-lo para sair, ficava horrorizada com as mulheres na rua que mostravam tanta pele, de shorts e tops minúsculos. Mas usou para Amadou, no apartamento dele, e Amadou pediu que andasse de um lado para o outro para ele ver; ela obedeceu, timidamente, rindo como uma menina, e depois desabou no sofá ao seu lado. Não estava acostumada a olhar o próprio corpo, e suas coxas expostas não pareciam familiares, com aquela pele tão mais clara, e as veias finas se cruzando. Quando os amigos de Amadou vinham visitá--lo, ela corria para o quarto dele para que não a vissem descoberta, e Amadou ria. "Você precisa se soltar um pouco, Kadi. Só um pouco", disse ele. Kadiatou não usou o short no churrasco no parque, mas comeu um pouco da comida sendo servida em panelões cobertos de papel-alumínio como parte de seu esforço para se soltar mais, pois sabia que era isso o que Amadou queria. Salada de batata, salada de macarrão, macarrão com queijo, tudo sem gosto como giz. Binta ficou correndo para lá e para cá, dando gritinhos de alegria, com Amadou em seu encalço. Ele pintou o rosto da menina de azul e vermelho, e uma gota de sorvete de baunilha que tinha caído da casquinha deixou uma mancha na parte da frente de seu vestido. Kadiatou os observou com uma sensação de pura alegria no peito. Torceu para se lembrar daquele momento para sempre, com o céu de um azul-claro e infinito e a vida delas começando no mundo novo de Binta.

Mas Amadou era diferente nos Estados Unidos, não tinha os pés tão ligeiros e nem a alma tão leve quanto no país deles. Ele não respondia inteiramente às perguntas de Kadiatou, seus olhos desviavam depressa para as distrações. "Quero levar Binta a Coney Island", disse Amadou. "Quero levar Binta ao zoológico do Bronx; é o maior do mundo." A ansiedade se espalhava por seu rosto sempre que o telefone tocava, e depois de relancear a tela fitava Kadiatou com um sorriso falso e forçado. Às vezes, sentava desalentado na beira da cama, olhando para o nada, e dizia que um negócio seu tinha dado errado, algo a ver com um fornecedor da China. Ela sentia que ele ainda não estava onde queria estar, e que seus sonhos não realizados, seus fracassos, o remoíam. Com ela ali, ele não podia mais se esconder.

"Amadou, me diga como estão as coisas de verdade, por favor", disse Kadiatou.

"Está tudo bem, meu amor. Não tem problema nenhum", respondeu Amadou.

"Eu quero arrumar um emprego. Estamos juntos nessa."

Kadiatou decidiu que não ia mais esperar saber falar inglês bem antes de procurar trabalho. Começou a trabalhar num salão especializado em tranças, cuja dona era uma marfinense rabugenta, e recebia uma comissão em dinheiro vivo no fim de cada dia, algumas notas de dólares dobradas. O salão era lotado de gente tagarelando, ouvia-se francês sendo falado com sotaque marfinense, guineano e maliano, e ela aprendeu muitas informações úteis com as mulheres, qual era o melhor iogurte grego para fazer kossan, onde ficava o mercado africano em que era possível comprar azedinha e até, de vez em quando, jilós frescos. Mas o salão pagava mal, e Elhadji Ibrahima disse que Kadiatou poderia arrumar coisa muito melhor; afinal, tinha documentos, enquanto muitas das outras moças trancistas, não. Ele encontrou um emprego de cuidadora para cuidar de um velho americano, mas, depois de falar com alguém ao telefone, eles a dispensaram, dizendo que não conseguiam entender seu inglês. Elhadji Ibrahima lhe contou que havia um bom emprego disponível num hotel, de camareira, mas em Washington, D.C. Kadiatou não queria sair de Nova York sem Amadou. O tempo estava esfriando, e o verão virava outono. Amadou passava muito tempo fora. Às vezes, dizia a Kadiatou que ficaria alguns dias longe, que estava "na correria", e fazia aquilo só para dar uma vida melhor para ela e Binta. Ele levou Kadiatou ao banco para abrir uma conta e disse que precisava guardar algum dinheiro na conta dela, explicando algo sobre impostos que ela não entendeu nem precisou entender. Kadiatou só queria que os planos deles dois se fundissem, se misturassem uns aos outros.

Os amigos guineanos de Amadou eram fulas, mandingas e sossos, e havia até alguns cristãos da Guiné Florestal. Eram como mariposas atraídas pelo charme rebelde de Amadou. Em seu apartamento, ficavam com os pés descalços, misturando inglês e francês em discussões calorosas sobre a política da Guiné, futebol e coisas aleatórias e inúteis. Amadou sempre impulsionava essa intensidade toda, mas então terminava a conversa com brincadeiras e gargalhadas. Um dia, Kadiatou os ouviu falando aos risos sobre carne de porco, um amigo dele chamado Joseph estava gaguejando, e ela não entendeu direito a piada. Torceu para não ter ouvido o que ouviu. Todos estavam agitados naquele dia, olhando os celulares, acompanhando o protesto no estádio em Conacri. "Eu ia estar bem na frente!", declarou Amadou. E um dos amigos disse: "O governo não vai conseguir ignorar isso, é algo bem grande!".

Kadiatou o chamou até o quarto para cochichar, sem conseguir esperar até os amigos dele irem embora.

"Você comeu carne de porco na casa do Joseph?" Até a pergunta saindo de sua boca a horrorizava, o simples pensamento de que Amadou pudesse ter aberto a porta para outra maldição, agora que ela e Binta pareciam finalmente livres.

"O Joseph disse que você comeu carne de porco na casa dele?", perguntou de novo, querendo que Amadou ficasse ofendido só de ouvir a pergunta. Ele franziu o cenho e Kadiatou viu sua mente passando do protesto em Conacri para a carne de porco. "Hein? Ah, deixa o Joseph pra lá."

"Comeu?"

"Comi o quê, meu amor?"

"Carne de porco."

"E se carne de porco fosse a única comida que tivesse sobrado no mundo?" Pelo tom de Amadou, Kadiatou viu que ele estava rindo dela sem de fato rir dela. Um dos amigos o chamou para dizer que as coisas não estavam boas em Conacri, e Kadiatou o observou voltar para a sala e ser reabsorvido por eles.

Kadiatou não conseguia imaginar Tantie Fanta participando de um protesto em massa, mas, mesmo assim, comprou um cartão telefônico para ligar e ver como ela estava. Depois, contou a Amadou: "Tantie Fanta disse que os soldados mataram gente fula no protesto".

"Não só os fulas. A gente tem que parar de se vitimizar o tempo todo. Os soldados atiraram em todo mundo que estava protestando."

"O Bhoye contou. Disse que teve que se deitar do lado dos cadáveres e se fingir de morto."

"O Bhoye é um mentiroso!", exclamou Amadou.

Isso espantou Kadiatou, a antipatia de Amadou por Bhoye era mais furiosa do que ela imaginava, seu tom foi mais agressivo que o necessário. A sensação era de que ele tinha encontrado um defeito nela ou preferido outra coisa a ela. Kadiatou ficou em silêncio e se afastou de Amadou.

"Desculpe, meu amor", disse ele. "Só estou dizendo que somos todos guineanos e que isso que aconteceu em Conacri foi horrível."

A falsa santidade brilhando no rosto de Amadou a perturbou.

"Você comeu carne de porco na casa do seu amigo, Amadou?", perguntou ela, baixinho.

"Por que você quer tanto saber, Kadi?"

"Se comeu, vai jogar uma maldição na gente."

Ele riu, riu com gosto, uma risada breve e grosseira. Amadou sabia tanta coisa, mas não tinha sabedoria para entender que maldições existiam de verdade.

"Não, Kadi, eu não comi carne de porco na casa de ninguém."

Ela achou que ele tivesse comido porco, que tivesse ouvido Joseph dizer isso, mas Amadou jamais mentiria para ela. Seu alívio dissipou as nuvens carregadas.

Nos fins de semana em que Amadou não estava em casa, Kadiatou ia ao apartamento dele para fazer uma faxina, enquanto Binta assistia televisão. Certo dia, encontrou na gaveta de Amadou duas fotos de uma criança de cerca de dois anos, usando uma touca de lã e sorrindo num carrinho. Era filho dele, bastava olhar o rosto para saber. Aquele sorriso exuberante. Um rosto tão parecido com aquele no retrato preto e branco de Amadou bebê que ela levava na bolsa.

Kadiatou gritou e esperneou com ele. Isso era incomum para ela, cuja existência era melhor num tom mais baixo, mas ela gritou para mostrar que sua mágoa era algo que urrava. Amadou contou que tinha sido um caso passageiro havia muito tempo acabado, e que o menino estava no Texas com a mãe, uma mulher do Mali, que descontava os cheques que ele mandava, mas se recusava a deixá-lo ver o filho. Até a mulher maliana sabia de Kadiatou, afirmou ele, sabia que ela era seu único amor, sua esposa destinada. Conforme ele falava, Kadiatou ouvia em sua mente a dúvida rangendo alto.

"Um filho. Um filho todinho seu, uma preciosidade dessas e você não me contou", disse ela.

"Eu ia contar no momento certo."

"Achei que tinha me contado tudo", disse ela. Sentiu-se traída, não porque Amadou tinha um filho, mas porque ele não tinha contado. Se ela era mesmo seu verdadeiro amor, devia ter contado. Kadiatou sentiu o chão movediço sob seus pés, com a súbita realização de que havia outras coisas que deveria saber, mas não sabia. Naquela noite, disse a Elhadji Ibrahima que sim, iria para Washington, D.C. e ficaria com aquela vaga de camareira de hotel se ainda estivesse disponível. Elhadji Ibrahima pareceu surpreso. "Você conversou com o Amadou?"

"Sim."

"Ótimo. Eles pagam bem. Eu conheço uma mulher fula com quem você pode ficar até conseguir um apartamento só seu."

"Obrigada", disse Kadiatou. Tentou não demonstrar o quanto sua própria decisão a assustava. As batidas galopantes de seu coração. Um apartamento só dela. Dela e de Binta.

"Washington, D.C. não fica muito longe", disse Elhadji, como se quisesse reconfortá-la.

"Sim." Ela pensou no futuro e se viu vazia sem Amadou, viu Binta chorando por Amadou e o abismo doloroso da distância entre eles. Mas também viu, se desdobrando devagar, os primeiros frágeis brotos da própria autonomia.

Kadiatou bateu à porta, dizendo: "É a camareira". A família que estava na suíte pediu que ela entrasse e limpasse, já estavam saindo, a mãe pegava as sacolas de compras. Eram nigerianos, Kadiatou percebeu, devido ao ar de autoconfiança deles e à peruca cara da mãe, o tipo que ela só via em mulheres nigerianas, sedosa suficiente para parecer cabelo estrangeiro de verdade. Africanos que tinham condições de ficar naquele hotel a deixavam orgulhosa, e quase sempre eram nigerianos. A família provavelmente era igbo; a mãe e a filha tinham o mesmo tom de pele amarelado dos comerciantes igbos que ela conheceu em Conacri. Eram tão bonitas que podiam ser fulas, com aqueles ossos finos do rosto.

"Qual é o seu nome?", perguntou a filha, sorrindo e surpreendendo Kadiatou; devia morar havia muito tempo nos Estados Unidos, os africanos ricos nunca perguntavam o nome dos empregados.

"Eu me chamo Kadiatou Bah."

"Ah, você é africana!", disse a filha. "Eu estava em dúvida. Achei que talvez fosse do Haiti. Você é senegalesa?"

"Sou da Guiné-Conacri."

"Vida longa a Sékou Touré!", o pai disse e sorriu.

A filha tinha o mesmo sorriso que ele, aberto, caloroso, receptivo.

A mãe estava preocupada demais consigo mesma para sorrir. Ela comentou "Ah, francófona", parecendo desapontada, mantendo a atenção em suas sacolas de compras.

"Seu cabelo está tão perfeito, onde você trançou?", perguntou a filha, como se quisesse compensar a altivez da mãe. Kadiatou respondeu que ela mesma trançava, e seguiu-se mais admiração da parte da filha e uma troca de números de telefone. O nome da filha era Chiamaka, e ela disse que os pais estavam hospedados naquela suíte porque ela começou a reformar a cozinha da casa deles e a obra ainda não havia terminado. Kadiatou achou aquilo excesso de informação, mas os americanos viviam fazendo aquilo, dando detalhes que ninguém pediu, e Chiamaka devia morar havia muito tempo nos Estados Unidos. Chiamaka contou que tinha acabado de voltar do Senegal, e que, aliás, estava com um livro na bolsa que havia comprado lá, e do qual talvez Kadiatou gostasse. Kadiatou nunca tinha se sentido tão lisonjeada, imagine ser considerada uma pessoa que sabia ler.

Mais tarde, elas ririam disso. "A senhora me deu o melhor presente que eu jamais usei", dizia Kadiatou e Chia cobria o rosto com as mãos. De trançar o cabelo de Chia, ela passou a fazer faxina em sua casa. Chia pagava bem e ficava maravilhada com coisas triviais que Kadiatou fazia. *Como você conseguiu tirar aquela mancha do carpete, Kadi? Já trocou a tela da janela?* Os ricos, os que eram boas pessoas, podiam ficar tão impressionados com coisas banais que nunca faziam, e isso os fazia pagar a mais por essas coisas. Quando o hotel fechou para reformas, e o gerente disse que não tinha certeza se Kadiatou seria recontratada, Chia falou que Zikora conhecia alguém que poderia ajudar, e logo Kadiatou foi contratada no George Plaza, um emprego melhor, com um salário melhor. A linda Chia, sempre tentando fazer as pessoas felizes, sendo fiadora do aluguel de Kadiatou, ensinando Binta a tocar piano. A primeira vez que elas passaram a noite na casa de Chia foi porque ela disse que Binta precisava estudar piano, e aquela acabou sendo a primeira de muitas noites, até Kadiatou se tornar uma espécie de governanta da casa, com sua própria chave, indo e vindo até quando Chia estava viajando. A prima de Chia, Omelogor, estava visitando naquela primeira noite e se sentou à mesa do jantar enquanto Chia e Binta tocavam piano. Ela as observava, o que deixou Kadiatou constrangida. Omelogor era estranha, difícil de compreender; olhava friamente para você, mas então dizia algo gentil, e depois sorria antes de lhe chamar de boba. Será que estava pensando que Chia perdia tempo ensinando a filha da empregada a tocar um instrumento que ela nunca teria em casa? Mas tudo o que Omelogor disse foi "Chia, sai daí, deixe Binta ganhar autoconfiança". Kadiatou sentia uma cautela inundando seu corpo sempre que Omelogor estava por perto. Uma necessidade de tomar cuidado, embora não soubesse dizer por quê. Omelogor morava na Nigéria e não fingia não ver que na vida havia quem mandava e quem obedecia; ela mandava Kadiatou fazer coisas sem pedir desculpas. *Kadi, ferva água para o chá. Kadi, você pode limpar esses sapatos para mim?* Chia jamais pediria assim, nem Zikora. Os Estados Unidos tinham se infiltrado em ambas e as ensinado a salpicar desculpas sobre as realidades da vida, como quem dizia "Lamento ter que pedir, mas ainda assim vou pedir". *Kadi, pode lavar isso, por favor?*, falava Chia. A mesma coisa acontecia com alguns brancos que a olhavam com pena quando Kadiatou chegava para limpar seus quartos, agradecendo demais, fazendo-a lamentar ser a causa de sua pena, uma pena que não era útil para ela de nenhuma maneira. Seus colegas, que eram chineses, caribenhos e outros africanos, brincavam sobre isso uns com os outros, compartilhavam o lanche, contavam histórias. Lin tinha as melhores histórias; era a mais animada, a minúscula Lin, uma chinesa. Foi Lin quem treinou Kadiatou, e ela ficou espantada com a força de Lin, com o quão depressa ela tirava os móveis do lugar, virava o colchão, passava aspirador nos corredores compridos.

Lin disse que o gerente sempre acompanhava os hóspedes até o andar dela — o vigésimo oitavo, o andar especial, com todas as suítes — como se eles não conseguissem subir de elevador sozinhos. Uma vez, um hóspede que ficou no andar de Lin destruiu o quarto, rasgando os lençóis, quebrando os espelhos, deixando buracos nas paredes. O cômodo parecia uma zona de guerra, disse Lin. Kadiatou ficou abismada. Por que um hóspede destruiria um quarto de hotel assim? "Os brancos são estranhos", afirmou Lin. "Os pretos ricos não fazem isso, os asiáticos ricos não fazem isso, os hispânicos ricos não fazem isso; só os brancos ricos. Eles ficam entediados, por isso destroem."

A história preferida de Lin era sobre uma hóspede que a chamou no quarto para reclamar que as flores de cortesia estavam murchas.

"E ela me mostrou um caule da flor! Só um! Eles são doidos", dizia Lin, rindo. Kadiatou dava uma risada breve; ficava constrangida de caçoar dos hóspedes, e sempre olhava disfarçadamente ao redor, para ver se havia algum gerente por perto, com medo de que sua risada pudesse, de alguma maneira, colocar seu emprego em risco. Quando os outros perguntavam se algum hóspede de um quarto limpo por ela tinha feito alguma coisa maluca, ela hesitava e dizia que não, nada. O que era verdade. Mas ela não conseguia se imaginar contando histórias sobre hóspedes malucos. "Você nunca reclama", disse o gerente para ela certa vez, num tom de admiração, mas as palavras dele não a agradaram. O gerente fez o comportamento de Kadiatou parecer um repúdio aos colegas dela. Lin sussurrou para Kadiatou, com semanas de antecedência, que ela ganharia o prêmio de melhor funcionária na festa de Natal, e Kadiatou só acreditou quando sua supervisora, Shaquana, a chamou no escritório do gerente para lhe contar e eles deram a ela o certificado. Sempre que Kadiatou olhava o selo lustroso na parte inferior, escrito "George Plaza", sentia que agora era uma pessoa instruída, com um certificado que tinha seu nome em letras douradas.

O telefone de Kadiatou tocou e uma voz perguntou se ela queria atender a uma ligação a cobrar. Queria, sim. O Arizona a fazia pensar num deserto, pois foi isso que Elhadji Ibrahima disse quando contou que Amadou ia para a prisão. *Eu estava torcendo para ser em algum lugar perto, mas ele vai para o Arizona e lá é um deserto.* Kadiatou nunca mais esqueceu daquilo — *lá é um deserto* — e, toda vez que eles se falavam, ela imaginava Amadou com sede, num lugar inóspito, até que sua voz e seu riso faziam essa imagem se dissipar. O tom dele era animado, ele ria das próprias histórias sobre a vida de presidiário, de como eles eram obrigados a usar cuecas cor-de-rosa e como em seu almoço sempre havia uma maçã podre. Amadou falava dos outros presos como se estivesse morando com eles por acaso, por um motivo inofensivo: eram rapazes legais e ele tinha feito muitos novos amigos. A comida era horrível, contou ele, uma refeição quente por dia, uma maçaroca cujos ingredientes era impossível distinguir.

"Eu sonho com seu fouti e seu latchiri todos os dias, Kadi. Não, sonho com você, mas também com fouti e latchiri!", disse Amadou. Depois de ele ganhar alguns privilégios por manter um bom comportamento, Kadiatou colocava créditos em sua conta no presídio e Amadou contava o que comprava com eles na cantina, como frango empanado frito em óleo usado, sanduíches de filé com queijo no pão duro. "Eles deviam contratar você para fornecer a comida do presídio, meu amor! Ninguém ia querer ser solto!" Quando ele não estava rindo, estava pedindo desculpas, dizendo que não tinha contado que vendia maconha porque queria que ela continuasse limpa. Ele usava a palavra "limpa" em inglês no meio de uma frase no pulaar, como se o significado desse termo em inglês fosse diferente da definição de "limpa" em pulaar.

Ela dizia que não tinha importância, porque era verdade. Kadiatou aprendeu que a desonestidade tinha matizes, camadas, torções e nós. Às vezes, mentimos porque amamos, e às vezes mentimos para a serventia ou a salvação daqueles que amamos. Ela não conseguia deixar de se sentir culpada, nem se livrar daquele conta-gotas de pesar, pois, assim que se mudou de Nova York, Amadou desmoronou, primeiro perdendo o apartamento e depois sendo preso. Se ela tivesse ficado, talvez tivesse conseguido o manter intacto. E ele não roubou nada; apenas vendeu algo que deram para ele. Não havia nenhuma desonra real naquilo. Kadiatou logo começou a economizar para comprar uma passagem de avião semanas depois de Amadou ser preso, porém mais de um ano havia passado quando finalmente pegou um voo para o Arizona. Sentiu um frio na barriga, como uma noiva a quem tinham permitido escolher o próprio marido; Chia cuidou dos documentos, preenchendo os formulários e provando que Kadiatou tinha a ficha limpa, e Binta leu as regras para visitas no site do presídio. Ela não podia vestir nada que fosse transparente ou acima do joelho, nada que tivesse decote, nenhuma peça de elastano, nada com estampado de camuflagem, nada laranja. Kadiatou estranhou aquelas regras tão específicas, como se quem visitasse um ente querido no presídio estivesse preocupado com as próprias roupas.

Chia pagou para que ela ficasse num hotel barato não muito longe do presídio e por um carro alugado, um pequeno sedã com rodas limpas e reluzentes. Kadiatou dirigiu devagar, estranhando a paisagem; até o sol era diferente, refletindo no para-brisa. Quando se aproximou dos diversos prédios do presídio, sentiu seu entusiasmo se retrair e as primeiras pulsações da vergonha. Não era vergonha pelo que Amadou tinha feito, mas uma vergonha mais íntima que rastejava por debaixo de sua pele enquanto esperava na fila, com um detector de metal passando em seu caftã, uma guarda apalpando-a depressa. Dois cachorros marrons vieram farejá-la e o nojo fechou-lhe a garganta. Cães, cães imundos. Ela era de uma família honesta e honrada, apesar de humilde. Eles não eram ladrões. E Amadou não tinha roubado nada. Mas ali estava ela, sendo farejada por cães, criaturas imundas que julgariam se ela estava limpa. Uma mulher na fila ao lado, de vestido vermelho comprido, começou a gritar com os guardas: "Que porra é essa, como assim não é apropriado?", enquanto suas duas filhinhas, de tranças com miçangas brilhantes que faziam tique-taque, perguntavam: "Então a gente não vai ver o papai? A gente não vai ver o papai?".

Os guardas, com o rosto gélido, estavam dizendo para a mulher que ela devia ter lido quais eram as roupas proibidas nas visitas. Kadiatou observou-os, atônita. Aquelas pessoas realmente faziam valer as regras sobre o que vestir; controlavam não apenas os homens trancados do lado de dentro, mas as mulheres que tinham ficado do lado de fora também. Que mal podia fazer um vestido dentro de um presídio? O tecido vermelho cobria a pele da mulher, se agarrando em tudo, na barriga, nos seios, na bunda; era o tipo de vestido que as americanas usavam o tempo todo. A mulher se virou para ir embora e chamou as crianças, que hesitaram antes de ir, olhando para trás conforme avançavam. Aquelas crianças inocentes, tendo o acesso ao pai negado por causa de um vestido apertado. Mas por que a mãe resolveu usar aquilo? A taça da vergonha de Kadiatou estava cheia, transbordando, para incluir aquela mulher desconhecida e suas duas filhinhas.

Ela se sentou num cubículo, sentindo-se sufocada pelas paredes de acrílico ao redor. O telefone preto usado para falar com os presos à sua frente parecia velhíssimo e troncho, com uma linha fina de sujeira abaixo do bocal. Havia um melancólico rolo de papel higiênico na beirada, talvez para os visitantes que precisassem enxugar as lágrimas. Amadou foi trazido por um guarda, o mesmo Amadou confiante e entusiasmado, vestindo algo que parecia ser um saco laranja. Ele deu um sorrisinho tímido para o guarda antes de se sentar. Embora não tivesse perdido peso, Kadiatou achou-o menor. O côncavo de suas saboneteiras tinha ficado mais fundo. Naquele momento, ela compreendeu a verdadeira humilhação da prisão: o fato de você não mais pertencer a si próprio. De repente, não quis mais estar ali, não quis ver aquele Amadou, que estava sorrindo, radiante, para ela através do vidro e falando depressa no telefone. Kadiatou levou o fone ao ouvido com as mãos moles.

"Você está linda, meu amor", disse ele.

"Ver você é que nem ver o raiar do dia", disse ele.

Diante do silêncio dela, ele finalmente perguntou: "O que foi, Kadi?".

"Eu quero ir embora", respondeu Kadiatou. Ela largou o fone e ficou de pé, deixando Amadou aturdido. Se ele chamou seu nome, ela não escutou, pois, ao colocar o fone de volta no gancho, tinha aberto mão do desejo de ouvi-lo. Não devia ter ido ali para ver Amadou como se ele fosse um animal numa jaula. Sentar diante dele separada pelo acrílico duro, tão longe que ele não podia nem sentir o cheiro de seu perfume de jasmim.

Quando Kadiatou voltou para o Arizona, Chia disse "Ah, Kadi. Eu amo seu amor", num tom sonhador, como uma criança que deseja um doce inventado. Chia amava a ideia do amor, com tanta ânsia, com tão pouca sabedoria. "Amo que você está esperando por Amadou", falou Chia. "Acho bom soltarem ele logo, para ele já mandar as nozes-de-cola." Elas estavam na cozinha com Omelogor, e Kadiatou não sentia a menor vontade de falar de Amadou. Estava fazendo fouti; Omelogor tinha acabado de chegar da Nigéria e trazido a mãe para fazer um check-up, e Chia achou que a tia ia gostar do molho. Os vegetais ferviam numa panela pequena. Chia começou a falar alegremente de Amadou para Omelogor, revelando detalhes da vida de Kadiatou como quem a despisse: ele era o amor de infância dela, tinha trazido Kadiatou para os Estados Unidos, estava preso por porte de maconha.

"O juiz que deu a sentença dele provavelmente foi para casa e fumou um baseado para relaxar", disse Omelogor.

Kadiatou não entendeu, e queria entender. Derramou os vegetais num coador, berinjela, quiabo e pimentão, todos moles da fervura. Mas demorou a batê-los no liquidificador, pois queria ouvir melhor o que Omelogor dizia.

"Ele não devia passar tanto tempo na prisão só por vender maconha", disse Omelogor. "Um dia desses eu estava lendo sobre encarceramento. A mesma porcentagem de negros e brancos fuma maconha, mas os negros americanos têm quatro vezes mais chances de serem presos por isso."

"Eu não fazia ideia disso!", exclamou Chia. "Só sabia que eles lidam com crack e cocaína de jeitos diferentes."

"É uma insanidade total. Os Estados Unidos são o país que tem mais gente na cadeia no mundo. Muitos dos presos não deviam estar lá."

Kadiatou fez uma pausa para digerir essas palavras antes de ligar o liquidificador. Ela não devia ter deixado Amadou daquele jeito; de súbito, sentiu-se fraca e desleal, e envergonhada por ter sucumbido à vergonha. Ele não merecia realmente estar lá, não tinha roubado nem matado, ela não devia ter sentido vergonha nenhuma. Tomou a resolução de melhorar seu comportamento com Amadou, de se livrar das emoções que não beneficiariam a ambos. Iria economizar para comprar outra passagem, voltar ao Arizona e, da próxima vez, eles sorririam sem parar um para o outro pela parede de acrílico.

"Kadi, o Amadou não fez nada para passar tantos anos preso. Você não pode desistir dele; não vai ser fácil, mas não desista do seu amor", disse Chia, como se estivesse lendo os pensamentos dela. Pela primeira vez, Kadiatou viu o lado bom de Chia ver o amor dessa maneira sonhadora. Havia algum tempo vinha sentindo uma insatisfação crescente nela em relação ao próprio namorado, o sr. Luuk, um branco alto que parecia incapaz de parar quieto. Chia iria deixá-lo em breve, ela não tinha encontrado o que procurava, e não sabia que jamais encontraria, porque simplesmente não existia. Kadiatou gostaria que Chia descesse das nuvens e se casasse; um filho a deixaria mais estável, acalmaria sua inquietude. Kadiatou se perguntou se deveria dizer a Chia que seria um erro deixar o sr. Luuk, mas ela nunca dava sua opinião sem que lhe perguntassem, sempre esperava. No fim de semana que ele veio do México fazer uma visita, não parava de entrar na cozinha para falar com Kadiatou, que desejou que ele a deixasse cozinhar em paz. Mas ela gostava do sr. Luuk, pois ele amava Chia; era bem diferente daquele professor, o Darnell. Darnell, que se esforçou e reservou um tempo para ignorar o cumprimento dela, Kadiatou, uma mera empregada. Ela nunca tinha visto tanto desdém desnecessário. Havia rezado muito por Chia naquela época, para que Chia pusesse um fim naquilo.

Kadiatou desligou o liquidificador, satisfeita com a mistura; a textura aguada estava perfeita. Ela sentiu o olhar intenso de Omelogor enquanto derramava o fouti em cima de um pouco de arroz e depois colocava óleo de dendê quente por cima.

"Jesus, que coisa nojenta", disse Omelogor.

"Omelogor!", declarou Chia, mas ela deu uma risada e Kadiatou não pôde deixar de sorrir. Ela achava graça na maneira como os nigerianos tinham certeza de que sua comida sem graça era superior. Assim como a patroa, a mãe imperiosa e majestosa de Chia.

"Nozes-de-cola", disse Omelogor de repente. "Todos somos parentes, nós, negros africanos, com certeza somos, as bases culturais são as mesmas. É lindo, é tão lindo." Seus olhos chamejavam de paixão, uma paixão desproporcionada, grande demais para a causa. E já fazia algum tempo que elas não estavam mais falando de nozes-de-cola. Havia um quê de instabilidade em Omelogor, como se ela pudesse um dia se levar a enlouquecer.

Kadiatou adorava dar a caminhada rápida até o hotel ao sair do metrô, e depois descer pelo elevador dos fundos rumo à área dos funcionários para vestir o uniforme. Já tinha se acostumado a usar meia-calça, embora sentisse coceira no começo, a meia-calça grudava na pele, e Kadiatou a puxava e levantava, pois não tinha o hábito de usar nada tão apertado. Seu uniforme a fazia se sentir como uma profissional: um vestido com botões na frente e um avental amarrado por cima. Com ele, ela se transformava em alguém com um propósito, pronta para trabalhar. Às vezes, murmurava uma melodia enquanto trabalhava, ao pendurar a plaquinha que dizia "limpeza", tirar os lençóis da cama, restaurar a ordem perdida. O zumbido alto do aspirador de pó a acalmava. Certa vez, um empresário branco veio pegar a mala enquanto ela arrumava o quarto. "Obrigado pela arrumação", disse ele, enfiando a mão nos bolsos e oferecendo-lhe um punhado de notas amassadas.

Era raro os hóspedes darem gorjeta e, quando davam, Kadiatou sentia nascer dentro de si primeiro o embaraço, depois a gratidão. Não era ganância ganhar gorjeta quando já recebia vinte e cinco dólares por hora e ainda tinha plano de saúde para ela e Binta? Recentemente, tinha ganhado ainda mais benefícios, auxílio-doença, e aquilo parecia um milagre, ter um sindicato que batalhava pelos direitos dos trabalhadores. Kadiatou sempre pedia que Deus desse a eles suas bênçãos especiais.

Muitas vezes quando estava cozinhando, ou arrumando um quarto, ou conversando com Binta, ela parava para pensar que aquela era sua vida, era mesmo sua vida, uma vida de coisas estáveis, enfeitada por pequenos prazeres. Kadiatou mandava dinheiro para a mãe e pagava a mensalidade da escola de seus irmãos em Conacri. Pagava o aluguel de seu apartamento de dois quartos. Tinha um carro. Binta estava cursando disciplinas avançadas, com um sotaque americano perfeito, e às vezes a deixava zonza com sua mistura de familiaridade e estrangeirismo. Sua superioridade infantil tinha dado as caras: ela agora se recusava a comer pão com maionese. "Maionese é um condimento de sanduíche, é manteiga que a gente tem que passar no pão", disse Binta. Kadiatou sentia um pequeno luto sempre que a menina misturava mais inglês em seu pulaar, mas o que mais queria para a filha era a habilidade de ser dona de dois mundos. De manhã, Kadiatou rezava, um desabafo de preocupações que queria tentar abrandar. Relaxe, ela dizia a si mesma, mas algo sempre permanecia. Nuvens que vinham ou que já estavam ali. A cruel promessa da perda, sempre presente.

Os anos se passaram em espera. Às vezes, Kadiatou se perguntava, numa dúvida que era sempre fugaz, se seu futuro com Amadou poderia suportar o peso do passado deles, a espera no passado deles. O abraço forçado da solidão. A falta de toque, um relacionamento apenas com uma voz. Houve um ano de tristeza incessante em que ela abriu sua vida para um homem chamado Mamady, pois foi tomada por um desejo súbito de preencher os buracos com a presença de um homem, uma figura paterna para Binta. O desejo abrandou e passou; ela tirou Mamady de sua vida aos poucos. Quando disse a Binta que gostaria que ela tivesse uma figura paterna, Binta ficou surpresa. "Por quê, mãe?" Às vezes, sentia-se indigna de ter dado à luz Binta, uma criança tão fácil de satisfazer. Binta também esperava por Amadou. Mandava-lhe fotos e cartas, dizendo que não queria que ele fosse o preso que nunca recebia nenhuma correspondência, e Amadou falava a Kadiatou "Binta está escrevendo tão bem em francês e inglês!", com um tom muito satisfeito, como um pai orgulhoso. Kadiatou pensava com frequência no filho dele, a cópia menor de Amadou, um segredo descoberto, vivendo com a mãe maliana no Texas. Amadou sempre evitava ao máximo falar do filho, com medo de ofendê-la, mas ela sabia que a maliana tinha se recusado até a enviar fotos do menino. Ela não culpava a mulher, Amadou devia ter-lhe causado feridas profundas, mas, se ele não merecia conhecer o filho, o filho, pelo menos, merecia conhecer o pai. Kadiatou estava disposta a fazer coro com Amadou, a argumentar com a maliana, quando ele finalmente fosse solto.

Conforme a data em que Amadou sairia da prisão se aproximava, eles começaram a falar apenas do futuro, e Kadiatou ficava mais entusiasmada e esperançosa a cada dia, com uma sensação que era como a de descascar uma fruta doce. Os telefonemas deles pareciam mais urgentes, com uma percepção mais intensa do tempo, embora havia anos se falassem com o mesmo limite de quinze minutos, sempre cientes de que um estranho estava ouvindo e registrando suas palavras.

"Eu vou levar você à Flórida", dizia ele, ou "Vamos sair em uma lua de mel bem bonita" e, para Kadiatou, aquilo era como o comecinho deles na Cozinha de Mariama, quando Amadou falava em levá-la embora num grande carro branco. Tantos planos, cada um lindamente embrulhado em papel brilhante, para serem desembrulhados, saboreados e guardados de novo. Ela estava planejando seu *djamougol*, queria fazê-lo em Nova York, mais perto das pessoas que eles conheciam, principalmente de Elhadji Ibrahima. Amadou vivia dizendo, rindo, que daria todas as vacas e todas as terras de Futa Jalom para o seu *taignai*.

Um dia, Omelogor lhe perguntou: "Kadi, onde você aprendeu o que era sexo?".

Foi quando Omelogor estava hospedada na casa de Chia, depois de ter abandonado os estudos, dizendo que precisava se recuperar, embora Kadiatou não entendesse como uma pessoa se recuperava de estudos que nem tinha terminado. Omelogor passava dias sem tomar banho e comendo pouco; de vez em quando, digitava furiosamente no laptop por um curto espaço de tempo e depois ficava o restante do dia dormindo no sofá. Sempre que Kadiatou a via acordada, Omelogor parecia estar servindo uísque num copo ou bebendo uísque num copo. Kadiatou sentia náuseas com o cheiro de álcool na sala, vindo dos copos com as últimas gotas do líquido castanho largados em vários lugares. Ela sabia o quanto Chia estava preocupada. Mas achava uma fraqueza indulgente se voltar para o álcool no momento de angústia, e ficou decepcionada em vez de preocupada, até o dia em que encontrou o celular de Omelogor dentro da máquina de lavar. Tinha aberto a tampa para colocar alguns lençóis e lá estava um iPhone prateado dentro da máquina vazia. Kadiatou o pegou e deu para Omelogor.

"É meu?", perguntou Omelogor, parecendo confusa.

Fazia alguns dias que a máquina de lavar não era usada, e Omelogor deixou o celular lá dentro. A estranheza daquilo assustou Kadiatou. Aquilo não era apenas autoindulgência, Omelogor estava sob domínio de algo externo. Kadiatou passava na casa de Chia todos os dias depois do trabalho para ver como Omelogor estava, oferecendo comida para ela e fazendo sua cama e não conseguia evitar: toda vez espiava dentro da máquina de lavar. Omelogor sempre balançava a cabeça, dizendo que não queria comida; comia castanhas-de-caju e bebia uísque. Finalmente, Chia a convenceu a comer algo que Kadiatou tinha cozinhado. "É que nem swallow nigeriano, mas não é tão pesado quanto garri", disse Chia.

"O que é?", perguntou Omelogor, olhando para o prato posto à sua frente.

"Fonio", respondeu Kadiatou.

"Ah. Então isso é fonio. Alguém disse que é o novo superalimento americano."

"Superalimento", repetiu Kadiatou, balançando a cabeça. "Meu povo come fonio há muito tempo, mas agora eles dizem que é superalimento."

Omelogor deu uma gargalhada. Riu sem parar, batendo palmas. Kadiatou ficou perplexa, pois não tinha sido tão engraçado. Mais tarde, Chia sussurrou para ela: "Fiquei tão feliz por você ter feito a Omelogor rir, Kadi". Ela contou que a risada, ou o fonio, ou ambos tinham deixado Omelogor energizada como se fossem um tônico, e, no dia seguinte, ela tomou um banho e ficou com a expressão um pouco mais alegre. Foi no mesmo dia em que perguntou: "Kadi, onde você aprendeu o que era sexo?".

Kadiatou tinha entrado para acender as luzes de segurança e Omelogor ergueu o rosto do laptop e perguntou: "Kadi, onde você aprendeu o que era sexo?".

Kadiatou não deixou que nenhuma expressão transparecesse em seu rosto. "Com a minha irmã Binta. Ela me contou o que o marido faz com a mulher."

"E onde está a Binta?"

"Ela morreu."

"Ah, sinto muito. Sinto muito mesmo, Kadiatou."

"Obrigada." Kadiatou via um pouco do espírito de Binta em Omelogor, em quão livre das amarras do medo ela era. E elas tinham o mesmo jeito de olhar para as pessoas, um olhar penetrante e assustador, como o de alguém em busca de algo que você não deseja revelar. Kadiatou nunca falava da irmã com mais ninguém além de sua filha Binta, mas, naquele momento, surpreendeu a si mesma. Sua boca se destrancou e ela disse: "Minha irmã, Binta. Ela não tinha medo, igual a você".

Omelogor ficou em silêncio.

"Igual a você também", respondeu ela, após algum tempo.

"Eu?"

"É, você", Omelogor disse, voltando-se de novo para o laptop. Kadiatou sentiu uma onda súbita de prazer, com a pequena e surpreendente compreensão de que Omelogor a respeitava.

Em outra ocasião, Omelogor perguntou: "Kadi, qual é o seu sonho?".

"Meu sonho?" Ela ficou em dúvida se tinha entendido.

"Sim, o que você ia querer fazer da vida se pudesse escolher qualquer coisa?"

Kadiatou achou que aquela pergunta fosse o tipo de coisa que só quem era desocupado podia conceber. E deu de ombros. "Eu adoro meu trabalho. Estou feliz de ter vindo para esse país, agora Binta tem esse país."

"Não seja tão grata!", disse Omelogor, irritada, com uma veemência que assustou Kadiatou. Num tom mais calmo, acrescentou: "Kadi, esse país não é maravilhoso. E você não está aqui de graça, você trabalha e é parte daquilo que faz os Estados Unidos serem o que são".

Kadiatou respondeu "Sim" só para acalmar Omelogor.

"Eu estava lendo sobre o seu país. Você sabe o que foi a Operação Persil?"

"Persil, de cozinha? Salsinha?"

"Ah, claro que *persil* é salsinha em francês. É interessante os paralelos da salsinha, o Massacre da Salsinha ocorreu quando os dominicanos assassinaram os haitianos na década de 1930. Eles mandavam todos os pretos dizerem a palavra 'salsa' e, se eles falavam com um sotaque de francês haitiano em vez de um sotaque espanhol, eram mortos."

Kadiatou não respondeu nada. Não era a primeira vez que Omelogor dizia algo do qual ela não entendia nada, e não seria a última. Estava fazendo fonio para Omelogor e tinha ficado satisfeita por ela ter gostado tanto. O que quer que houvesse enfeitiçado Omelogor logo após ela abandonar os estudos havia perdido um pouco a força, agora só havia um copo de uísque largado pela casa por dia, e ela colocava a roupa no cesto, ou seja, estava se trocando.

"A Operação Persil foi uma coisa terrível que a França fez para desestabilizar o seu país. O seu país foi o único na África francófona que disse não para a constituição de De Gaulle, por isso De Gaulle mandou destruir tudo na Guiné que estava sob posse dos franceses, como uma criança mimada quebrando um brinquedo só para ninguém mais usar. E então eles puseram em prática a Operação Persil, quando imprimiram dinheiro guineano falso, espalharam pelo país inteiro e fizeram a economia entrar em colapso."

"Tá bem", disse Kadiatou.

Omelogor riu. "Então tá bom. Pode fazer um chá para mim? English Breakfast."

"Tá bem."

Quando Kadiatou voltou com o chá, Omelogor a encarou e disse: "Kadi, você deve sonhar com alguma coisa. E quando você se aposentar? Sei que vocês, fulas da Guiné, são parecidos com a gente, os igbos, bons de comércio. Você sonha em ter um negócio?".

Kadiatou estacou. Era verdade, ela sonhava, sim.

"Quando eu sair do meu emprego, vou abrir um restaurante. Quando Binta terminar a faculdade. Agora, preciso manter meu emprego para o dinheiro cair todo mês. Eu faço trança, às vezes. Dinheiro extra. Um dia, quem sabe, vou vender aplique de cabelo."

"Você podia fazer isso agora."

"Vou economizar primeiro."

"Me passa o número da sua conta. Meu banco tem um fundo especial para pequenos negócios de mulheres empreendedoras. É um fundo, não é um empréstimo. O dinheiro cai na sua conta e pronto. Mas você precisa usar só no seu negócio."

Kadiatou arregalou os olhos. Omelogor estava instável e aquilo era bom demais para ser verdade, nada na vida era de graça. Mas ela viu no rosto de Omelogor que era verdade. "Obrigada", disse ela. "Deus abençoe a senhora."

O dia que mudou sua vida começou de maneira normal, como a maioria dos dias extraordinários. Não surgiu nenhum vento frio em seu peito, nenhuma sensação de terror iminente. Kadiatou acordou pensando no filme que elas iam ver, feliz por Binta ainda gostar de ir ao cinema com a mãe. Ela e Binta se sentariam uma ao lado da outra no cinema escuro com pipocas grandes, dedos melados de manteiga derretida. A pipoca sempre fazia mal ao seu estômago, mas o prazer estava em sentar ao lado da filha, na calidez da filha, tão conhecida, porém tão nova. E pensar que agora elas falavam do tempo, como os americanos.

"Não vai fazer muito frio hoje, mãe", disse Binta.

"Não", respondeu. A temperatura de dezembro tinha amenizado um pouco.

Kadiatou colocou um suéter marrom macio que tinha comprado na Ross no mês anterior, bonito suficiente para o cinema; iria do trabalho direto e encontraria Binta lá. Sua calça jeans estava um pouco apertada, estava ganhando mais peso do que queria. Amadou adorava seus quadris largos, dizia que seu corpo era "para-trabalho", pois o distraía; mas talvez ela devesse prestar atenção. Não queria que, quando saísse da prisão, achasse que ela estava maior do que ele gostava.

Kadiatou comprou um café no *food truck*, o de sempre, com leite e açúcar.

O *food truck* era de um homem hispânico que tinha uma barba bem cuidada. Ela não sabia o nome dele, mas, depois que comprou um chocolate quente para Binta certa vez, ele passou a perguntar todos os dias "Como está sua filha?", ao que Kadiatou respondia "Bem, obrigada".

Lin estava em casa doente, e por isso Kadiatou ficou responsável pelo vigésimo oitavo andar. Estava torcendo para os hóspedes não terem check-out tardio, assim poderia sair cedo e, quem sabe, até passear com Binta pela loja que ficava ao lado do cinema.

Quase todos os quartos do andar estavam com a plaquinha de "não perturbe" na porta. Kadiatou passou diante de todos, desanimada, pensando em quanto tempo a mais levaria para terminar por causa daquilo. Perto do armário de roupa de cama, Jeff, do serviço de quarto, passava com um carrinho.

"Não tem ninguém no 2806", disse ele. "É todo seu."

"Ai, que bom", respondeu ela. O tipo de coisa que dizia para soar americana. *Ai, que bom. Caramba.* Palavras que pareciam estranhas em sua boca, mais estranhas que outras palavras em inglês. Kadiatou sabia que o 2806 era a maior suíte do andar, mas, se começasse a limpá-la agora, talvez ainda conseguisse sair a tempo, se nenhuma outra suíte tivesse check-out tardio. Só para confirmar que o quarto estava vazio, bateu com força à porta e disse alto: "Olá! É a camareira! É a camareira! Olá!".

Ela destrancou a porta e entrou no quarto. Como se pudesse ser chamado de quarto aquele espaço decorado em tons suaves que era maior que o seu apartamento. Sempre que Kadiatou entrava numa suíte, pensava que aquilo era uma bobagem, um desperdício de espaço, com camas largas como prados e seções inteiras onde, muitas vezes, os hóspedes nem pisavam. Os hóspedes gostavam de suítes, mas Kadiatou tinha a impressão de que gostavam mais da ideia de terem se hospedado ali do que das suítes em si. Como nossas reflexões serenas se tornam perfuradas por um choque? Ela registrou um movimento rápido antes de ver o homem branco nu. Ele tinha cabelo prateado, não era alto, era gordo, tinha uma barriga gorda e vinha em sua direção. Antes de Kadiatou desviar o olhar, registrou sua ereção como um borrão rosado agressivo. "Desculpe! Desculpe!", disse ela, com as mãos cobrindo depressa o rosto para tapar os olhos, dando passos para trás, mortificada, pensando em como explicaria para Shaquana o fato de ter invadido a privacidade de um hóspede VIP. *O Jeff disse que o quarto estava vazio, e ninguém respondeu quando eu bati à porta, e da próxima vez eu vou esperar mais um minuto...*

Mas o homem ainda estava se movendo, agora ao seu lado; não estava nem tentando se cobrir. Ele estendeu o braço e fechou com força a porta que Kadiatou tinha deixado meio aberta.

"Não precisa pedir desculpas", disse o homem, pegando os seios dela. Ambas as mãos em ambos os seios, como se eles fossem dele, como se o corpo dela fosse dele, como se ela o conhecesse e ele a conhecesse. A irrealidade estava baixando ao redor de Kadiatou, como uma névoa.

"Por favor, senhor, não. Por favor, pare, por favor, senhor."

O homem a empurrou na direção da cama e a jogou ali, fazendo-a sentar. Ele era forte, o que a surpreendeu, pois não era um homem jovem. O empurrão foi uma propulsão, uma energia desgovernada. Kadiatou ficou chocada, zonza, se perguntando se aquilo estava acontecendo, embora soubesse que estava.

"Senhor, por favor. Pare. Minha supervisora está aí fora", disse ela.

"Não tem ninguém lá fora", declarou o homem.

Aconteceu depressa, a rapidez a deixou tonta. O homem subiu com força seu vestido e, quando ela tentou abaixá-lo, ele arrancou sua meia-calça e enfiou os dedos furiosamente entre suas pernas. Ela empurrou o homem, mas não com muita força — ele era um hóspede VIP, ela não podia perder aquele emprego — e foi a toda para o corredor, mas ele era implacável, assustadoramente rápido, logo estava em cima dela de novo, animalesco, possuído, um bicho selvagem. Forçava-a a se ajoelhar, pressionando suas costas contra a parede, empurrando seus ombros com violência, para fazê-la se abaixar, para mantê-la onde queria, e o ombro dela girou e estalou num protesto. Estava tentando enfiar o pênis na sua boca. Kadiatou trancou os lábios, balançando a cabeça. A mão dele, apertando-a subitamente, a forçou a abrir a mandíbula. Kadiatou entendeu, naquele momento, que o homem não a considerava um ser humano como ele. Ela era uma coisa, uma coisa a ser possuída, invadida e descartada, e isso a amedrontou. O pênis dele estava dentro da sua boca e, com ambas as mãos, o homem empurrou o rosto dela na direção da própria virilha. Ele estava enfiando depressa e grunhindo, e ela deixou a boca aberta, porque mesmo em choque teve medo de machucá-lo, aquele hóspede VIP, aquele homem branco nu. Uma última estocada violenta e ele se afastou. A boca de Kadiatou estava cheia de vermes. Ela saiu correndo do quarto, cuspindo aquele azedume vil. Sua garganta coçava e seu estômago estava revirado, e a sensação avassaladora nela foi a de um corpo, um espírito, uma alma em rebelião. Ela cuspia sem parar. Cuspia no chão opulento que era paga para limpar, mas não conseguia se conter. Perto do elevador, parou de andar, agarrando a barriga para controlar o vômito.

Então o homem apareceu, de paletó e sapatos engraxados, puxando uma mala de mão preta. Aquilo a chocou, a rapidez com que ele se vestiu, o quão pouco afetado estava pelo que tinha acabado de fazer. Ele a viu parada ali e a olhou sem expressão, a olhou sem ver, e entrou no elevador. Os pelos do corpo de Kadiatou se arrepiaram. Parecia mesmo que aquele homem era um *djinn* malévolo, algo não humano, parte fantasma e parte animal. Kadiatou não sabia o que fazer. Entrou no quarto 2820, que estava vazio, e ficou olhando, confusa, para a cama perfeitamente feita e saiu. Seu estômago estava se revirando. Será que aquilo tinha mesmo acontecido? Kadiatou havia entrado num quarto e, como a personificação do mal, um hóspede VIP branco nu tinha vindo correndo em sua direção. Ela ouviu passos e teve um sobressalto, nervosa.

Era Shaquana. "Tudo bem, Kadi?"

Kadiatou quis assentir e dizer que estava tudo bem, mas foi tomada pela sensação líquida de perda de controle. Falar inglês já era difícil e, naquele momento, as palavras se recusaram a vir.

"O que pode acontecer se um hóspede…" Ela parou, sentindo o vento frio dentro do peito, um medo crescente de que o mundo ia se despedaçar.

"O que aconteceu, Kadi? O que aconteceu?"

"O hóspede me empurrou e me forçou. Na minha boca, ele colocou… Eu cuspi", disse ela, fazendo gestos.

Shaquana arregalou os olhos. "Ai, meu Deus. No quarto 2806?"

Kadiatou assentiu.

"Ele é hóspede VIP, mas eu não quero nem saber", disse Shaquana, já pegando o celular.

Seu ombro esquerdo dói, como se algo dentro dela tivesse sido tirado do lugar. Ela sente vontade de segurar aquele ombro, para tentar mantê-lo intacto, para impedir que se fragmente mais, mas não quer chamar atenção para ele. Entre as pernas, onde o homem agarrou com uma força animal, ela não sente dor, mas uma violação surda, um latejar distante. Externamente, se mantém empertigada, de pé ao lado de Shaquana, mas seu corpo todo oscila, cambaleante, desorientado. Todas as partes dela que antes estavam em harmonia não estão mais. Mike, o chefe dos seguranças, está falando com ela. Kadiatou o vê às vezes nos corredores e ele sempre diz "Olá, tudo bem?". É alto e tem um ar de autoridade, as costas eretas. Está usando um tom gentil, dizendo:

"Vamos lá para baixo agora, vamos para o escritório da gerência", falando devagar, como se achasse que aconteceu algo que a tornou incapaz de compreender. Quando a porta do elevador se abre, Mike se afasta para deixá-la entrar primeiro. Shaquana está ali perto, um borrão de uniforme preto, dizendo "Você vai ficar bem, Kadi, vai ficar tudo bem". No elevador, ninguém diz nada. A boca de Kadiatou está azeda. O nojo a preenche quando ela pensa no que permanece em sua boca, os vestígios de vermes, restos de vermes rastejantes e gosmentos que ela não cuspiu de todo, e agora sua garganta se ergue, resistindo, seu estômago se embrulha, e o movimento do elevador a faz querer morder os lábios para se manter imóvel, mas a mordida só vai fazer os vermes afundarem mais dentro de sua boca, sua saliva, e conspurcá-la, maculá-la de uma maneira que ela jamais poderá reverter.

"Eu quero lavar a boca", diz ela.

"Não dá para você passar água na boca, Kadi", diz Shaquana. "Por enquanto, não."

Shaquana estica a mão para massagear o ombro de Kadiatou, para demonstrar seu apoio, mas é o ombro esquerdo, o que está dolorido, e ela tenta não se encolher de dor. O gerente está de pé diante da porta do escritório, parecendo inquieto e agitado, segurando um celular bem grande. Shaquana diz o nome do hóspede para o gerente, ele exclama "Meu Deus!" e olha para o teto, como se aquilo fosse demais, clamando por seu Deus.

"Conte o que aconteceu, Kadiatou", diz ele.

"Eu quero lavar a boca", ela repete.

"Não, não pode. Você tem que ir ao hospital para eles poderem fazer exames e coletar provas", explica o gerente. "E vamos chamar a polícia."

Mike diz para o gerente: "Você liga para a polícia. Eu entro em contato com o detetive".

"Não, não", diz Kadiatou. "Eu não quero ir para o hospital. Não quero polícia. Por favor."

Tudo está acontecendo muito depressa, se inflando e agigantando. Ela está causando problemas demais, com essa conversa de hospital e polícia. Só precisa lavar a boca e tomar um Tylenol e vai ficar bem, vai seguir na luta. Ela não pode perder aquele emprego.

Kadiatou olha para o gerente, temendo que ele vá demiti-la por causar aquela confusão, por fazê-lo ficar tão nervoso, um homem que sempre pareceu tão confiante em sua posição de comando.

"Conte o que aconteceu", diz o gerente.

Shaquana massageia delicadamente o ombro dela de novo.

"Jeff falou que o hóspede tinha saído, mas mesmo assim eu bati, bati, bati. Disse 'É a camareira!'. Disse duas vezes. Entrei e olhei o quarto, não tinha ninguém, então eu quis começar o serviço. De repente, vi um homem pelado, vindo do outro lado, do banheiro. Eu disse 'Desculpe, desculpe!'. E comecei a sair. Tomei um susto porque quando entrei não tinha barulho, eu não sabia que tinha alguém lá. Ele veio rápido para cima de mim, muito rápido, disse que não precisava pedir desculpas. Foi rápido para a porta e fechou, me empurrou com força. Ele... pegou nos meus peitos. Eu disse por favor, senhor, não, por favor, disse que minha supervisora estava ali do lado de fora, porque queria que ele parasse. Disse que não queria perder o emprego. Ele disse que eu não ia perder o emprego. Tudo rápido. Eu morri de medo. Isso aconteceu na minha segunda semana no andar VIP. Nunca vi nada assim nesse trabalho antes, nunca. Ele levantou meu vestido, mas eu segurei e disse não, não. Então ele puxou isto, minha meia-calça, e colocou a mão na minha... parte íntima. Então, me empurrou. Ele era forte, muito forte. Empurrou com força. Tomei um susto, porque ele não é jovem. Ele me empurrou. Só me empurrou com muita força."

"Empurrou onde?"

Kadiatou aponta o ombro. "Aqui. Então eu caí. Ele empurrou o... a coisa dele para dentro da minha boca. E depois segurou minha cabeça e... ele terminou e eu saí correndo e cuspi."

O gerente a olha, pasmo, e não diz nada.

Mike diz: "Eu lamento muito, Kadiatou".

"Eu não quero polícia. Não tem problema", diz Kadiatou.

"Kadiatou, nós temos que chamar a polícia. Isso é crime. Temos que fazer a coisa certa", diz Mike.

"Não, por favor, está tudo bem", insiste Kadiatou.

O gerente já está no telefone com a polícia. Parece hesitante, inseguro. Diz: "Uma camareira nossa foi agredida por um dos nossos hóspedes importantes".

Shaquana pede que ela se sente. Mike diz que eles têm que ser rápidos, o detetive que cuida de vítimas especiais está a caminho. Kadiatou ouve as palavras "vítimas especiais" e se lembra de um programa de TV do qual Binta gosta. O ar está quente, ela quer lavar a boca, lavar o rosto e esfregar o corpo. Sente-se suja, tão suja. "Sua meia-calça está rasgada", diz Shaquana, e ela olha para baixo e vê o furo irregular na meia-calça que desce por sua perna, e sua pele exposta, em contraste com o tecido, parece uma ferida. Ela a toca, como se quisesse escondê-la.

"Vamos para o hospital agora, Kadi", diz Shaquana. "Vá pegar suas coisas, sua bolsa com as suas roupas."

"Minha bolsa?" Ela quer voltar e terminar de arrumar os quartos. Se eles querem que ela leve suas coisas logo, talvez seja porque queiram demiti-la.

"Eles vão precisar ficar com seu uniforme, ele vai ser considerado uma prova", diz Shaquana.

Kadiatou vai até a área dos funcionários, torcendo para que não haja ninguém lá para vê-la pegar suas coisas. A nova camareira haitiana está lá. "O que está acontecendo?", pergunta ela, e Kadiatou diz "Nada, nada" e pega a bolsa às pressas. Ela se sente suja, marcada, e segura a bolsa lá embaixo na esperança de que ela esconda o rasgo na meia-calça.

No carro a caminho do hospital, Kadiatou se encolhe no canto do banco para não macular Shaquana, segurando a bolsa contra o peito. Sua bolsa marrom com monograma e um zíper só, bem forte. É uma das melhores bolsas falsificadas, disse Amadou quando a deu para ela. Já faz alguns anos e a bolsa durou. Kadiatou sente, por baixo do couro falso, o volume da calça jeans e do suéter dobrados, a firmeza da carteira. Ela não para de ouvir as palavras do gerente. *Uma camareira nossa foi agredida por um dos nossos hóspedes importantes.* Presa no trânsito, Kadiatou vê as pessoas andando de casaco, segurando um café, puxando um cachorro felpudo, com vidas normais que não mudaram, com os dias transcorrendo exatamente como elas esperaram quando acordaram de manhã. Seus olhos se enchem de lágrimas, mas ela não vai chorar, não vai. Já tem alguém esperando por eles no saguão do hospital. Uma enfermeira séria de uniforme azul. Ela os leva lá para cima e diz a Kadiatou que a enfermeira que vai examiná-la está a caminho. "Ela vai chegar logo", garante.

Kadiatou é tomada por uma onda de raiva enquanto está andando, ao pensar que estava fazendo seu trabalho, só isso, fazendo seu trabalho, e um hóspede se transformou num animal selvagem e ela foi parar ali naquele hospital, com gente doente passando em cadeiras de rodas, mas não devia estar ali, afinal não está doente. Uma enfermeira a olha, intrigada, como se se perguntasse o que ela está fazendo ali, com uniforme de camareira, o avental branco amarrado com um laço perfeito nas costas. Elas vão para o terceiro andar, e então alguém começa a falar com Shaquana, e depois mais alguém, e há tamanha agitação ao redor dela, tanta urgência, tanto movimento. Kadiatou pensa "Tudo isso por minha causa". E se sente grata, mas também fica perturbada, pois devia ter sido por um bom motivo, algo benéfico para ela. Talvez se Binta estivesse gravemente doente, ou se ela estivesse doente, toda aquela confusão faria sentido. Shaquana está dizendo que ela pode pedir a presença de algum especialista durante o exame para se certificar de que o atendimento vai ser humanizado, mas pode abrir mão disso se preferir, e Kadiatou olha para ela espantada, sem saber direito o que significa "humanizado". Seria ter alguém para protegê-la, como um segurança, para impedir quaisquer maus-tratos, mas ela não sabe por que precisaria daquilo ali.

"Você entendeu?", a enfermeira pergunta a Kadiatou, e então se vira para Shaquana. "Ela fala francês? De repente eu posso usar o Google Tradutor."

"Eu entendi", diz Kadiatou.

Um policial de uniforme aparece, com uma câmera grudada no peito e um walkie-talkie na manga. Ele pede que ela lhe conte o que aconteceu, exatamente o que aconteceu. Pergunta se ela fez algo errado, com uma luz vermelha piscando na câmera do uniforme. Kadiatou conta que já tinha passado a hora do check-out e que Jeff disse que o quarto estava vazio, e ela avisou três vezes que era a camareira, e ninguém respondeu, e ela entrou, e um homem branco nu correu para cima dela. Diz isso bem alto, para Shaquana ouvir também, para Shaquana não esquecer que ela bateu à porta e avisou que era a camareira. Ela seguiu as regras, não foi entrando no quarto.

"E depois, o que aconteceu?", pergunta o policial.

"Ele me... agarrou... me forçou."

"Agarrou? Agarrou onde, senhora Bah?"

Kadiatou olha para baixo, envergonhada por estar dizendo aquilo para um homem que não conhece. Ele lhe dá a sensação de que seria melhor não denunciar nada, ficar em silêncio sobre tudo aquilo. O uniforme do policial parece apertado; os uniformes deles sempre parecem apertados, desconfortáveis, com todas as armas presas na cintura. Ela se pergunta se eles não conseguiriam correr com mais facilidade em roupas menos apertadas. Mas eles não correm, os policiais americanos; eles atiram mais do que correm. Atiraram em Amadou Diallo.

"Senhora Bah!", diz o policial, com certa irritação, como se quisesse chamar sua atenção. "Preciso que a senhora me diga exatamente o que aconteceu, senhora Bah, com o máximo de detalhes possível."

A enfermeira que vai examiná-la chegou. Embora seja jovem, ela tem uma aura maternal, uma autoridade sorridente. Uma tensão surge entre a enfermeira e o policial.

"Meu nome é Krystal. Eu sou enfermeira legista, especialista em violência sexual. Fui treinada para ajudar pessoas que passaram pelo que você passou", diz a enfermeira a Kadiatou. Seu cabelo amarelado está preso num rabo de cavalo, mas, na foto do crachá pendurado em seu uniforme, o cabelo está muito mais escuro, quase preto. Ela fala para o policial, com certa aspereza: "Teria sido melhor se esse interrogatório tivesse acontecido depois de eu examiná-la". A enfermeira leva Kadiatou até um quarto, fecha a porta com firmeza e fecha também as cortinas, e Kadiatou fica feliz por ter aquele casulo, aquele espaço onde talvez possa esquecer o que aconteceu. Krystal pergunta se ela está com alguma dor e Kadiatou diz que não, apesar de seu ombro estar em chamas naquele momento, com uma ardência irritadiça.

"Tem certeza? Pode me dizer se estiver sentindo alguma dor."

Com isso, Kadiatou diz: "Aqui, mas não está doendo muito".

Krystal aperta devagar o ombro dela e depois move devagar seu braço, e um pequeno som escapa da boca de Kadiatou, a dor a surpreende e ela fica envergonhada por não conseguir suportar. "Vamos precisar tirar um raio X", diz Krystal. "Mas vamos fazer o exame primeiro, tá bem?", continua ela.

Kadiatou assente.

"Quero que você me conte o que aconteceu. Conte o que puder. Conte o que lembrar. Nada do que disser vai estar errado, você não fez nada de errado, e eu lamento que isso tenha acontecido com você", diz Krystal, como se soubesse, ou de alguma maneira tivesse escutado, a forma como o policial falou com ela. Kadiatou fica tão agradecida por essa pequena gentileza que o aperto dentro dela relaxa, seu coração se acalma, e é mais fácil contar para Krystal. A enfermeira ouve, fazendo anotações, assentindo de tempos em tempos, para encorajar, às vezes em solidariedade. Ela nunca parece chocada ou surpresa, e Kadiatou sabe que é porque já ouviu essa história muitas vezes: em formatos diferentes e de mulheres de todos os tipos, mas a mesma história no final das contas.

"Você está com uma mancha no pescoço, bem aqui", diz Krystal. "Dói?"

"Não."

"Mancha roxa no pescoço, meia-calça rasgada", Krystal grava no celular e depois olha a tela, com a cabeça inclinada para trás para ter certeza de que o celular escreveu o que ela disse.

"Vamos ter que ficar com essas roupas, elas são provas. Você tem outra para vestir? Se não tiver, não tem problema, eu trago uma."

"Não, sim, tenho", diz Kadiatou. Eles vão mesmo ficar com o uniforme dela? Ela tem dois, mas aquilo já lhe parece uma perda, um fracasso. Krystal diz que vai se retirar para que Kadiatou possa tirar suas roupas, guardá-las numa grande sacola plástica e se deitar debaixo da coberta descartável do hospital. Sozinha no quarto, Kadiatou tira o uniforme e dobra o avental e o vestido, dispondo-os sobre a mesa. Ela estremece. O quarto está gelado. Kadiatou coloca o sutiã e a calcinha dentro da bolsa, sob a calça jeans, por uma questão de privacidade, até poder voltar a vesti-los. Ela deita, nua, com cobertas finas de papel sobre o corpo, querendo se abraçar para se aquecer, mas não faz isso, parece errado por algum motivo, como se Krystal fosse ficar ofendida com tal postura e, assim, ela deixa os braços jogados ao lado do corpo, como um cadáver. Não quer ofender ninguém; já deu trabalho demais. Krystal bate à porta antes de entrar.

"Vou te examinar da cabeça aos pés, tá? Vou tirar foto de tudo. A qualquer momento você pode me pedir para parar ou me fazer uma pergunta, qualquer pergunta mesmo", diz ela.

Quando Krystal põe as luvas, Kadiatou observa, tensa, sem saber bem como vai ser aquele exame.

"Eu vou coletar amostras de partes do seu corpo, tá?"

Kadiatou abre a boca; ela não quer se sentir tão tomada por uma vergonha incandescente, mas se sente. Krystal insere um cotonete fino e comprido dentro de sua boca, e depois outro e mais outro.

"Vou ter que erguer a coberta e olhar o seu peito, tudo bem?"

Krystal toma o cuidado de cobrir todas as partes do corpo de Kadiatou que não está examinando, como se quisesse devolver toda a honra possível àquele corpo. Um cotonete úmido no rosto, nos lábios, no pescoço, na perna.

"Vou tirar uma foto da sua perna, tá? Você está com uma mancha roxa no joelho."

Ela chegou às pernas, pensa Kadiatou, então já deve estar quase acabando. Kadiatou está tentando se convencer a relaxar quando Krystal diz, gentilmente: "Agora, Kadiatou, preciso examinar suas partes íntimas".

Krystal afasta a perneira da maca e pede que Kadiatou coloque os pés nela e deslize para baixo.

"Tudo bem?", pergunta a enfermeira.

Não está tudo bem, seria impossível estar tudo bem, mas Kadiatou diz "Sim". Deitada ali, com as pernas abertas, com os pés mais altos do que o corpo, ela lembra do parto do filho no hospital daquela cidade mineradora cheia de poeira. A coberta fina, encolhida na altura da cintura, parece inútil. Ela está exposta. Expor-se para ter um filho ou para fazer um exame em prol de sua saúde, sim; mas aquilo, aquilo é uma afronta.

"Você está com um pouco de inchaço e vermelhidão na área da vagina", diz Krystal. "Está sentindo alguma dor?"

"Não."

Dessa vez ela diz não porque não é dor, é uma profanação, e jamais será curada. Outra onda de raiva a percorre. Seu período menstrual tinha acabado de terminar, mas e se ela estivesse menstruada naquele dia? E se aquele hóspede animal tivesse profanado seu corpo com ela menstruada? E se ela tivesse tido que se abrir daquele jeito enquanto sangrava?

"Eu vou tirar algumas fotos, tá?", diz Krystal.

Kadiatou se senta de súbito e a coberta de papel que está sobre seu peito escorrega e cai no chão. Ela faz menção de pegá-la. Krystal entrega a coberta para ela.

"Uma foto dali?", pergunta Kadiatou, horrorizada.

"Está tudo bem, Kadiatou. Sei que isso parece uma invasão de privacidade. Eu sinto muito. Temos que documentar tudo. Precisamos nos certificar de que não vamos deixar passar nada que possa ajudar com o seu processo. Eu sei que é difícil, mas precisamos nos certificar de que a justiça vai ser feita."

Kadiatou fecha os olhos. É insuportável ver alguém tirar fotos suas daquela maneira. Krystal pede que ela fique de joelhos para tirar mais fotos. Ficar de joelhos?

"Sim, sinto muito. Eu sei que é difícil."

Kadiatou se sente uma condenada, uma coisa inútil e detestável. Ela fica de quatro, com a coberta pendurada nas costas como uma piada cruel, sem cobrir nada, enfatizando sua humilhação. Ela acordou na manhã daquele dia para ir trabalhar e agora uma estranha estava fotografando suas partes mais íntimas. Para onde vão aquelas fotografias? Quem irá vê-las?

"Precisamos fazer de tudo para ajudar com o seu processo", diz Krystal, num tom apaziguador. As palavras "seu processo" fazem Kadiatou sentir um pânico repentino. O que ela não daria para acabar com tudo aquilo, para voltar a arrumar um quarto vazio e depois ir ao cinema com Binta ver *Missão madrinha de casamento*.

"Você precisa usar o banheiro ou de alguma outra coisa?", pergunta Krystal.

"Eu quero lavar a boca", responde Kadiatou.

Diante da pia, ela enche a boca de água, gargareja, cospe e enche a boca de água de novo. Gargareja sem parar, lava a mão e, com o dedo, raspa a língua. Enche a boca de água diversas vezes.

"Tudo bem aí?", pergunta Krystal do lado de fora do banheiro minúsculo.

Kadiatou vê seu rosto no espelho e fica surpresa por estar com a mesma aparência; depois de tudo o que aconteceu, ela ainda está com a mesma aparência. Ela volta para o quarto, ainda enrolada nas cobertas. Krystal lhe dá um frasco de pílulas para a dor no ombro e diz quantas tomar e os horários.

"Tenho que fazer algumas perguntas, mas você não precisa responder a todas", diz Krystal.

Kadiatou não entende isso; por que lhe fazer uma pergunta e depois dizer que ela não precisa responder? Krystal pergunta há quanto tempo ela trabalha no George Plaza, se trabalhava antes, onde mora, há quanto tempo mora lá.

"Preciso fazer algumas perguntas demográficas", diz Krystal, e o estômago de Kadiatou se revira, ela sente uma pressão, temendo perguntas sobre seu pedido de asilo. Mas Krystal só indaga de qual país da África ela é e se tudo bem colocar a raça dela como negra, e Kadiatou se pergunta de qual outra raça ela seria.

"Você foi muito bem, Kadiatou", diz Krystal.

Krystal lhe dá um pacote fechado de calcinhas de algodão e fala: "Acho que essas são do seu tamanho".

Há três calcinhas no pacote, uma rosa e duas brancas. Kadiatou o pega, o revira e olha a foto da mulher branca com um corpo bonito e fornido usando uma calcinha rosa daquelas até a altura do umbigo.

"Até minha roupa de baixo?"

"Sim, a polícia vai precisar de tudo o que você estava usando quando a agressão foi cometida."

Krystal lhe dá uma sacolinha e Kadiatou hesita antes de olhar lá dentro, como se temesse encontrar mais roupas de baixo. No interior há uma escova de dente, um creme dental, um sabonete, um desodorante, um hidratante e panfletos com fotos de mulheres de aspecto triste. Kadiatou toca o desodorante, sentindo-se envergonhada de novo, como se estivesse sendo recompensada pela própria violação.

Krystal sai do quarto para ela poder se vestir e Kadiatou pega sua calcinha e seu sutiã. Os dois são pretos, o sutiã é seu preferido, firme e confortável, esfiapado nas costas de tanto ela abrir e fechar os ganchos. Kadiatou olha a calcinha. Tem um fio pendurado na parte da frente e ela sente vontade de arrancar, mas não arranca. Se soubesse que precisaria dar sua roupa de baixo para eles, teria usado o sutiã mais novo, pelo menos não estava tão gasto. Ela suspira. Não há nada de errado com sua roupa de baixo, mas não são peças que ela quer que as pessoas vejam. Kadiatou as coloca na sacola plástica em cima da mesa, junto de seu uniforme. Ela rearranja as coisas para que o uniforme esconda a roupa de baixo e então olha a sacola e toca o plástico, triste por deixar suas coisas para trás, como se as estivesse abandonando. A calcinha nova não cai bem, se enfia entre suas nádegas assim que ela põe. Kadiatou veste o jeans. Que estranho, vestir seu suéter sem sutiã. Ela não vai pedir um a Krystal, não quer ser presunçosa, mas a sensação de estar sem um sutiã é desconcertante; ela nunca saiu de casa sem um.

Krystal bate à porta para saber se ela está bem, se quer uma água ou um café antes de tirar o raio X. "Não, obrigada", responde Kadiatou. A ideia de qualquer coisa na sua boca lhe dá náuseas.

Krystal a leva a uma sala para coletar sangue. Um homem a olha como se estivesse com pena dela e, quando ele amarra um cabo fino com força em seu braço, Kadiatou, num impulso, estica a mão para arrancá-lo; fica assustadiça, nervosa, em pensar em qualquer coisa que a impeça de se mover. Quando a agulha afiada se aproxima de sua pele, ela desvia o olhar. Krystal a leva

236

para outra sala e, mais uma vez, Kadiatou tira o suéter, fica de pé com as costas nuas pressionadas contra um metal muito frio. O homem pede que ela fique paradinha, paradinha mesmo, sem se mexer, e ela sente vontade de ficar assim, imóvel, em silêncio, afundando no metal do esquecimento. Krystal lhe dá um abraço terno, se despede e, num tom mais baixo, diz "Se cuide". Kadiatou agradece e então sente uma onda de pânico; não quer que Krystal vá embora. Ela é tomada pelo alívio ao ver Shaquana esperando perto do elevador. Fica agradecida por não estar sozinha, e lamenta por Shaquana estar ali por causa dela, num hospital, em vez de caminhando pelos corredores do hotel, supervisionando as camareiras. Shaquana diz a Kadiatou que o detetive está esperando por elas lá embaixo e vai levá-las de carro de volta para o hotel. O estômago de Kadiatou despenca. O detetive à espera significa mais um começo, e ela deseja muito um fim. O detetive não usa uniforme e Kadiatou fica confusa por um instante, sem saber se ele é mesmo um policial. Não quer contar aquela história de novo, não para um homem. Mas não tem escolha. "Como você está?", pergunta o detetive. Seus olhos são cálidos, pacientes, como os de um tio muito protetor. Ele quer que Kadiatou mostre exatamente onde tudo aconteceu e diz que sabe que é difícil, mas necessário. Kadiatou entra no hotel ao lado do detetive, com os olhos baixos, torcendo para o gerente não estar lá. Não quer ver o rosto dele, testemunhar a estranha desorientação que ela causou. Eles vão para o saguão onde fica o elevador de serviço. Ela quase não quer entrar. Shaquana abre a porta e o detetive entra primeiro.

Alguém está tirando fotos com uma grande máquina fotográfica diante do rosto. Há quatro ou cinco outros homens. O detetive pede que Kadiatou lhe mostre exatamente onde: onde ela estava parada de pé quando viu o hóspede nu, onde ele a puxou, onde ele a empurrou para obrigá-la a se ajoelhar. Assim que ela aponta o lugar onde cuspiu, um dos homens se abaixa e começa a cortar o tapete ali com uma faquinha que zumbe. Kadiatou fica horrorizada. Não, ela quer dizer, não, por favor, não destrua isso. Ela vai perder o emprego, eles destruíram o carpete do quarto por sua causa. Kadiatou sente um sufocamento súbito por dentro, um peso no peito. Se esse hóspede não tivesse sido tão rápido, tão parecido com um animal ensandecido, tão sem controle, ela não teria ficado abalada daquele jeito e teria tido tempo para se acalmar, para não denunciar nada, e tudo estaria normal agora. O peso em seu peito aumenta. Kadiatou sabe, naquele momento, que perdeu o emprego, que não vai voltar ali para arrumar quartos, para colocar mundos em ordem. Como vai conseguir outro trabalho? A agência de emprego que ajuda Kadiatou vai dizer que ela ficou no George Plaza tempo suficiente para obter uma carta de recomendação, mas Kadiatou não sabe se o gerente vai escrever uma depois de ela ter denunciado algo que o deixou tão abalado.

"Tudo bem, Kadiatou?", pergunta o detetive. Ele está falando ao celular, mas o afasta da boca para se dirigir a ela.

"Sim." Ela quer ir para casa. Quis terminar de arrumar os quartos, mas na verdade quer muito ir para casa, sentar em sua cama para pensar em como manter o emprego, dar um abraço em Binta.

"Quer se sentar? A gente já vai terminar aqui", diz o detetive, indicando a poltrona na sala de estar da suíte. Kadiatou se encolhe. Não, não. Claro que ela não pode se sentar naquela poltrona; imagine sentar numa poltrona naquela suíte VIP. Quando ela arruma os quartos, não se senta em nada, pois assim não põe o emprego em risco. O detetive explica que ela vai identificar o hóspede quando eles chegarem à delegacia, como se ela já soubesse que vai dali para a delegacia.

"Posso ligar para a minha filha?", pergunta Kadiatou.

"Pode, claro", responde o detetive.

Ela sussurra em pulaar para Binta, diz que houve um acidente no trabalho e que depois conta os detalhes. "Desculpe, mas não vou poder ir ao cinema", fala para Binta.

"Mãe, por que você está sussurrando?", pergunta Binta. "Você se machucou? Como assim um acidente?"

Kadiatou diz que não foi nada grave e que vai explicar quando chegar em casa. Ela encerra a ligação se sentindo envergonhada. Vai ter que contar à filha que um estranho violou sua boca. Aquela não é uma conversa que quer ter com a filha. Talvez possa lhe contar outra coisa, inventar uma história. Mas, se perder o emprego, vai precisar explicar por quê. Não, ela vai contar a história toda para Binta. Binta é madura, está no segundo ano do ensino médio e é mais sábia que outros jovens de sua idade. O detetive pergunta se Kadiatou quer comer alguma coisa e ela balança a cabeça antes mesmo que ele termine de perguntar, sem conseguir nem pensar em comida.

Na delegacia, ela encara o chão enquanto caminham, lamentando não ter um lenço para esconder o rosto. A delegacia é mais barulhenta que Kadiatou esperava, várias vozes falando ao mesmo tempo, muitas pessoas, e ela as imagina a encarando. A calcinha continua a entrar entre suas nádegas. Kadiatou fica constrangida demais para ajeitá-la e, por isso, caminha sem jeito, e seu andar aumenta seu embaraço. Numa saleta com uma mesa e algumas cadeiras, o detetive pergunta de novo se Kadiatou quer algo para comer ou beber. Ela balança a cabeça. Ele diz que sabe que é difícil, mas que precisa de cada detalhe de que Kadiatou conseguir se lembrar e que, antes, ela precisa identificar o agressor. Pronuncia a palavra "agressor" baixinho. Kadiatou começa a balançar a cabeça, com medo de confrontar o hóspede, porque ele se comportou como um animal e porque ele é um VIP.

"Ele não vai te ver, Kadiatou. Ele vai estar em outra sala e você vai olhar através de um vidro que não vai deixar o cara te ver. Tudo bem?"

O detetive conversa com Kadiatou como se ela fosse alguém. Esse é o melhor tipo de americano, um homem simples, sábio e que trabalha duro; Kadiatou percebe que ele vê as pessoas como pessoas. Em seu íntimo, ela pede bênçãos para o detetive e sua família.

A sala está na penumbra e ela olha o cômodo ao lado, vê os homens em pé lá dentro. Sem hesitar, aponta para ele, o quinto da fila. O hóspede. É aquele ali, sim. Kadiatou seria capaz de reconhecê-lo em qualquer lugar. "Número cinco", diz ela. Os homens saem em fila do cômodo e outro grupo entra enfileirado, e lá está ele, o hóspede, o terceiro, e o mais baixo. Ela aponta de novo e diz "Número três".

O hóspede parece irritado, com o rosto contorcido, como se eles o estivessem incomodando.

O detetive pede que Kadiatou conte a história outra vez e, conforme ela fala, tem a sensação de que o hóspede está violando sua boca de novo, o nojo lhe sobe à garganta. Finalmente o detetive e seu parceiro a levam de carro para casa. Kadiatou faz uma bolinha com um lenço de papel e, durante o trajeto, cospe no lenço, levando-o à boca discretamente, sem fazer barulho. Mal pode esperar para tomar um banho.

Binta abre a porta antes que Kadiatou consiga destrancá-la. Estava de pé ali ao lado, atenta.

"O que aconteceu, mãe?"

Kadiatou a abraça, a aperta, inala o seu aroma. Uma coisa frutada que ela compra no shopping.

Então, ela se afasta, receando que Binta note que está sem sutiã.

No silêncio misericordioso de seu apartamento, o corpo de Kadiatou fica subitamente confuso. Ela desvia o olhar, evitando encarar Binta.

"Antes preciso tomar banho e escovar os dentes", diz.

"Quer que eu faça ndappa para você?", pergunta Binta. Kadiatou sempre faz comida para a filha, e seu coração se aquece ao ouvi-la se oferecendo para cozinhar para ela.

"Não, não estou com fome. Obrigada, minha filha querida."

"Quem eram aqueles homens?"

Kadiatou leva um instante para responder. "Eram da polícia."

"Da polícia?"

"Não se preocupe, não é nada sério. Vou só tomar banho."

O quarto dela é como um abraço. Kadiatou olha para a cama ali embaixo, olha para cima e vê as manchas de mofo no teto, olha para o tecido leppi dobrado em cima da cômoda, o leppi que ela usou na festa de aniversário do filho de uma prima, duas semanas atrás, e olha para sua TV, na qual assistiu a um filme de Nollywood que Binta colocou para ela, e, no meio do filme, Kadiatou tirou foto de uma atriz que usava uma peruca de que gostou. Kadiatou se despe e tem vontade de ir correndo para a lavanderia naquele exato momento, atirar as roupas numa máquina de lavar. No chuveiro, esfrega uma bucha no corpo todo, uma, duas vezes. Fica tão agradecida pela água quente; nunca ficou tão agradecida pela água quente que sai de seu chuveiro, um milagre americano maravilhoso, que purifica. Kadiatou se seca e senta na cama. Quer mandar uma mensagem de áudio para Shaquana e perguntar do emprego, ou talvez simplesmente apareça no trabalho no dia seguinte. Se eles a virem no dia seguinte, pronta para trabalhar, pode ser que não a demitam. Ela vai ligar para Lin e perguntar o que fazer, talvez falar com o representante do sindicato. Está confusa, o peso em seu peito voltou. Liga a TV e se levanta para chamar Binta, ainda pensando em como contar a ela, em até que ponto contar. A princípio, não nota a foto na tela. A imagem na TV quase passa despercebida até que Kadiatou para, chocada, e fica olhando. O hóspede. O rosto dele ocupa a tela inteira. Um grito escapa da boca de Kadiatou. Na tela, ela vislumbra palavras que não consegue ler, mas então vê "camareira", que reconhece. Aparece um vídeo do homem falando francês. O hóspede é francês! Binta entra no quarto e pergunta: "Mãe, o que foi? O que foi?". Confusa, a menina olha da televisão para a mãe. Kadiatou ainda está gritando, incrédula.

No sonho de Kadiatou, Amadou batia com força à porta da casa da avó dela na aldeia, e ela acordou com o som de batidas, pensando que ainda estivesse sonhando. Alguém batendo, batendo, com cada vez mais força. Aquela porta, a porta de seu apartamento nos Estados Unidos, a que ficava a uma distância curta do seu quarto. Seu coração estava disparado. Kadiatou se sentou de supetão, confusa, chamando Binta. O apartamento estava vazio. Binta tinha ido para a escola.

Quem quer que estivesse na porta devia tê-la ouvido. Eles tinham começado a gritar.

"Kadiatou, abre por favor! Kadiatou, a gente quer saber o seu lado! Kadiatou, é assim que você vai conseguir fazer justiça!"

Kadiatou se levantou, tremendo de medo. Quem eram eles? Como encontraram seu apartamento? Ela caminhou muito devagar, o mais silenciosamente que pôde, até o olho mágico. Conseguiu ver quatro pessoas, duas segurando câmeras. Uma batida súbita na porta a fez dar um salto.

"Kadiatou! Só queremos falar com você!"

Quando eles apareceram? Será que Binta os tinha visto? Ela se lembrou então das duas pílulas que a filha lhe trouxera na noite anterior, com um copo d'água numa bandeja. "É para resfriado, mas vai ajudar a senhora a dormir, mãe." A cabeça de Kadiatou parecia cheia de algodão. Ela olhou o celular. Havia uma mensagem de áudio de Binta dizendo que estava bem, na escola, e que a veria mais tarde. "Por favor, come alguma coisa, mãe", disse Binta no final.

Batidas e mais batidas na porta. Parecia que havia mais gente ali fora. Kadiatou tremia. Como isso podia acontecer nos Estados Unidos? Estranhos esmurrando a sua porta, exigindo que ela os deixasse entrar. Ela não confiava neles de jeito nenhum. Alguns talvez fossem jornalistas mesmo, mas e se o hóspede tivesse mandado alguém matá-la? Gente poderosa podia fazer qualquer coisa. E se eles atirassem na porta dela? Kadiatou tinha ouvido falar de alguém que havia sido baleado atrás da porta. Ela ficou de quatro e engatinhou até o quarto. As batidas recomeçaram. "Kadiatou! Abre a porta! A gente só quer fazer algumas perguntas!"

Seu telefone estava tocando e a chamada era de um número que não conhecia. Ela recebeu mais ligações, todas de números desconhecidos. Mandou uma mensagem de áudio para Binta, mandando-a ir para a casa de sua amiga Yaa depois da aula. "Tem pessoas batendo forte na porta, eu não sei o que fazer", disse Kadiatou. E depois se arrependeu, pois não queria preocupar Binta. Engatinhou de volta para a sala e empurrou o sofá, com movimentos minúsculos, o mais silenciosamente possível, até colocá-lo contra a porta. Estava tremendo. Voltou ao quarto e se trancou nele. O apartamento era tão pequeno que ouvia as batidas claramente dali, como se estivesse diante do olho mágico na sala. Novas vozes gritavam: "Kadiatou!".

Ela tremia. O hóspede ia mandar gente atrás dela. Um homem tão importante quanto ele, não havia como não mandar alguém matá-la. Pensou em Bappa Moussa e em seus olhos assustados, dizendo que homens poderosos poderiam matar você e ninguém falaria nada. Começou a tremer mais. Será que eles também tinham descoberto a escola de Binta? Kadiatou ligou para Binta algumas vezes. O celular da filha provavelmente estava no armário dela, pois era horário de aula, mas Kadiatou telefonou mesmo assim. Suas mãos oscilavam. Ela não conseguia pensar direito. Seu celular não parava de tocar, era tanta ligação que Kadiatou não conseguia telefonar para ninguém. Desligou o celular. Ligou-o de novo e telefonou para Chia depressa.

"Oi, Kadi", disse Chia.

O zumbido de outra chamada fez a ligação ficar entrecortada.

"Dona Chia, ele vai mandar alguém me matar! Ele vai mandar alguém me matar!" Kadiatou sentiu que estava perdendo o controle, o medo a partindo em pedacinhos.

"Kadi, o que está acontecendo? Onde você está? Por que está falando isso?"

"Ontem, no hotel, um hóspede me forçou..."

Chia gritou: "Não! Eu acabei de ver na televisão! Ia perguntar sobre isso! Foi você? Ah, meu Deus. Kadi, você está bem?".

O espanto de Chia teve um efeito tranquilizador, permitiu que Kadiatou se contivesse, pensasse com mais clareza. Ela contou a Chia que havia estranhos na sua porta, que estava com medo de eles lhe fazerem algum mal. Chia mandou Kadiatou ligar para o detetive, pedir ajuda para sair do apartamento e ir para a casa dela imediatamente. Kadiatou telefonou para o detetive e ele disse que lamentava, que eles estavam mesmo falando de colocá-la no programa de proteção a vítimas antes de seu nome vazar para a imprensa. Ela não entendeu direito o que ele falou. O detetive pediu que ela não abrisse a porta e disse que mandaria alguém buscá-la. Kadiatou fez uma pequena mala, desorientada. Pôs a calça jeans na mala e depois tirou. Dois policiais uniformizados estavam diante da sua porta. Ela os ouviu dizendo "Polícia!" e pedindo à multidão para, por favor, dar licença, por favor, se afastar. O detetive, ao celular, pediu que Kadiatou destrancasse a porta da frente e entrasse em seu quarto, assim os policiais abririam a porta por fora. Não queria que ninguém tirasse fotos dela. Até os policiais a amedrontaram, homens brancos grandes, com armas presas na cintura, ocupando todo o espaço de seu pequeno apartamento. Eles carregavam um pano branco, uma espécie de cobertor. Perguntaram se Kadiatou estava pronta para ir e então colocaram o pano sobre a cabeça dela e a levaram para fora, passando pelos estranhos reunidos diante da porta rumo à viatura estacionada na rua. Um pano branco, igual àquele que se usava no país dela para enrolar cadáveres antes de enterrá-los. No frio impiedoso do final da manhã, a viatura cheirava a café velho, e o policial ao volante parecia irritado. "Como está o calor?", perguntou ele rispidamente para Kadiatou, e ela quis responder "Desculpe", achando que tivesse feito alguma coisa, até que se deu conta de que ele se referia à temperatura do aquecedor. Durante o trajeto, ela ficou olhando um rasgão no banco de trás e suas pernas não paravam de tremer. Kadiatou pensou em como mal tinha conseguido enxergar através do pano branco, com a mão firme do policial a guiá-la, e em como seu desejo era continuar daquele jeito, uma nuvem branca que se movia às cegas. Eles explicaram que iam levá-la para a delegacia primeiro, mantê-la lá durante algum tempo, para o caso de alguns jornalistas os terem seguido, e que então outra viatura a deixaria na casa de Chia. "Obrigada", disse Kadiatou. "Obrigada."

* * *

Ela contou a Chia o que tinha acontecido, assim como havia contado para o detetive, a enfermeira, o gerente, o investigador; mas, quando contou a Chia, permitiu-se reviver aquilo segundo por segundo, o homem branco nu correndo em sua direção, sua força. Ele usou a força de maneira despreocupada, tão despreocupada, como se estivesse manuseando uma coisa inanimada e impossível de quebrar. Um objeto. Ele já havia feito aquilo muitas vezes, Kadiatou tinha certeza, por causa daquela agressão tão casual, tão natural e impensada. Não houve hesitação em meio à sua indiferença, nenhuma pontada de consciência. Mas Kadiatou não era uma coisa. Era uma mulher, e podia quebrar. Ele era um homem poderoso, podia ter todas as mulheres que quisesse, mas ainda assim fez aquilo com ela. Sua vida antiga tinha acabado, a vida cuidadosa que havia construído para si e Binta, o futuro com Amadou; suas certezas, todas haviam se esvaído. Seu medo estava azedando e afundando tudo, e então a raiva cresceu dentro dela, foi fazendo círculos e se erguendo, até que Kadiatou não conseguiu sentir mais nada além de raiva.

Ninguém entendia. Ela se sentia inteiramente sozinha. Chia e dona Zikora reclamavam que ela estava sendo chamada de "faxineira" na imprensa, e ela não entendia o motivo da queixa. E daí se a chamassem de faxineira? Ela era faxineira, afinal de contas; amava seu trabalho e tudo o que queria era fazer o tempo retroceder e voltar a ser uma faxineira com uma filha perfeita e um homem que enfim estava prestes a retornar para casa. Depois que contou o que tinha acontecido a Amadou pelo telefone, segundos de silêncio se arrastaram devagar e então veio o som de soluços. Ele estava chorando. "Eu não estou aí para te proteger, fiz uma coisa idiota, me prenderam e não estou aí para te proteger", disse ele. As lágrimas de Amadou fizeram Kadiatou sentir repugnância. Ele devia ser estoico, como um homem fula de verdade. Mais tarde, Amadou a consolou, dizendo que tudo ia ficar bem, e gritou ao falar sobre aquele velho branco filho da puta, aquele desperdício de gente, mas, então, seu choro já tinha deixado um resquício de ressentimento. Amadou disse que o hóspede era rico, que ia ter que pagar, ia ter que dar milhões para ela, aquele cretino filho da puta. Seu tom entusiasmado, a voz mais alta quando falou "milhões", em inglês, a aborreceu, como se aquilo fosse um jogo que eles ganhariam. Kadiatou gritou com Amadou; ele não sabia que o hóspede podia mandar gente fazer mal para ela e Binta, e por que ele não parava de falar em dinheiro, dinheiro, dinheiro? Ela não estava bem com seu emprego? Seus irmãos mais novos não estavam estudando na Guiné, sua mãe não estava bem cuidada? Kadiatou desligou na cara de Amadou e disse "Não" quando a telefonista perguntou se ela queria atender a uma ligação a cobrar do Arizona. Seu celular não parava de tocar, seus parentes ligavam incessantemente. Uma prima petulante perguntou: "Foi isso mesmo que aconteceu? Você contou a história inteira para nós?". Outro primo disse: "Kadi, você nunca foi ambiciosa desse jeito", como se fosse ambição ser agredida por um homem branco importante. Tantie Fanta falou: "Ele é o diretor do Nações Multilaterais, tem o cargo mais alto de lá, é um homem poderoso no mundo", como se isso fosse o mais importante, e Kadiatou desligou o telefone em silêncio, fingindo que a ligação tinha caído. Não queria falar com Tantie Fanta nem com mais ninguém, nem com a mãe. Mama colocou uma maldição no hóspede, nos filhos dele e nos filhos dos filhos, com a voz mais forte que o normal, como se sua saúde, que nos últimos tempos andava fraca, houvesse de repente se restabelecido. Ela perguntava o tempo todo o que aconteceria, o que iria ser do emprego dela, e Kadiatou respondia que não sabia, simplesmente não sabia. Cada vez que o celular tocava, Kadiatou o encarava, até que Binta esticou o braço, pegou o aparelho e disse: "Eu vou desligar isso, mãe. A senhora precisa descansar".

Mas é claro que Kadiatou não descansou, não conseguiu descansar. O detetive explicou que ela e Binta iam precisar sair da casa de Chia e ser inseridas no programa de proteção a vítimas durante algum tempo, uma, duas, três semanas, ele não sabia dizer. Elas ficariam num hotel sem os celulares e Binta não ia poder ir à escola. Por quê? Ela não sabia, não entendia. O anseio por seu apartamento era como uma dor profunda, aquele pedacinho do mundo que era só seu. O consolo da cozinha. Kadiatou pensou no dia, não muito tempo atrás, quando estava na cozinha, em sua folga, e sentiu um contentamento, tranquilizador, ondas refrescantes de puro contentamento enquanto seguia ali, de pé ao lado da pia, a peneirar fubá, quebrar peixe seco e observar uma pimenta inteira flutuar na panela, entregando sabor e ardência.

* * *

Zikora disse que um advogado americano, um especialista em casos de agressão, queria representar Kadiatou sem honorários. Mas Elhadji Ibrahima já tinha encontrado um advogado, um afro-americano que, segundo ele, havia ajudado muitos guineanos a legalizar sua situação no país. Kadiatou confiava em Elhadji Ibrahima para saber o que era melhor, ele que sempre nutriu por ela um amor de tio durante todos aqueles anos. Ela hesitou enquanto detalhava a ele o que havia acontecido no quarto de hotel, envergonhada ao pensar que sua história pudesse deixá-lo com nojo, um nojo que ele sentiria por ela também. Mas o tom de condenação resoluta na voz de Elhadji Ibrahima a libertou. O status do hóspede não o intimidou ou apagou o fulgor da coragem dele. Em nenhum momento ele sussurrou. Disse que havia muito existiam histórias de funcionários de hotel sobre o comportamento de homens poderosos.

"Ele estava nu esperando uma camareira. Poderia ter sido qualquer camareira, qualquer mulher. Que criatura abominável", disse ele. "Estamos nos Estados Unidos, aquele homem vai pagar por seus crimes, não importa quem seja. Ele te desonrou, Kadi, mas Deus tem um plano para você. Prevejo que as próximas gerações vão honrar o seu nome, pois esse caso vai impedir que esses animais que se dizem homens abusem das camareiras. Nosso advogado é bom e esse é um processo fácil de ganhar. Você vai ver, muitos irão abençoá-la no futuro."

E enquanto ele falava, Kadiatou chorou, mas suas lágrimas, daquela vez, foram mais leves e menos angustiadas.

E então Zikora pediu a Chia o nome do advogado.

"Vou dar uma pesquisada, nunca ouvi falar nele", disse Zikora, séria.

Quando Zikora se levantou para sair, Kadiatou foi até o portão atrás dela. "Obrigada, dona Zikora", declarou. Não queria que Zikora se sentisse ofendida. Se ela não tivesse um advogado, é claro que escolheria quem quer que Zikora sugerisse. Mas jamais poderia rejeitar nada que viesse de Elhadji Ibrahima.

"Não tem problema, Kadi", disse Zikora.

Zikora era diferente de Chia; era fechada, enquanto Chia era aberta. Queria que você a conhecesse só até onde ela permitia, nada além. Desde o início, Kadiatou sentiu que elas eram semelhantes; ela também entendia o desejo de se derramar para dentro, de volta para o interior de si própria. Kadiatou reconheceu a fragilidade nova que havia surgido em Zikora depois que alguém jogou uma maldição em Kwame, a paranoia, a paralisia, a perplexidade de estar amaldiçoado, sem poder se salvar. Mas a potência malévola das maldições enfraquecia com o tempo, e Kwame voltaria para Zikora e para a paternidade. Kadiatou não dizia mais isso para Zikora, e havia se passado mais tempo que tinha previsto a princípio, mas ela estava certa de que Kwame voltaria. Um dia, ele seria desamarrado. O pequeno Chidera ainda teria um pai.

"Obrigada, dona Zikora", repetiu Kadiatou.

Ela não estava querendo se encontrar nem com o advogado indicado por Elhadji Ibrahima. Mas Chia disse que era preciso. "Kadi, eu sei que você não gosta de falar muito, mas vai precisar falar para que a justiça seja feita para todas nós. Vou estar do seu lado. Omelogor e Zikora podem participar por chamada de vídeo também."

Chia queria levá-la de carro até o escritório do advogado, mas ele disse que iria até elas; não queria correr o risco de alguém reconhecer e seguir Kadiatou. Zikora estava ocupada no trabalho e não pôde participar por chamada de vídeo, mas Omelogor sim, e a tela do laptop de Chia foi tomada por seu rosto. Kadiatou estava tensa. O nome do advogado era sr. Junius. Ele chegou usando um terno bem cortado e uma gravata azul que a intimidaram; e pensar que tinha vindo de carro da capital vestido daquele jeito só para se reunir com ela. Para Kadiatou aquilo pareceu um desperdício de roupa. O sr. Junius tinha um ar afável e descontraído, que não parecia combinar com aquele terno tão chique. Ele se sentou na ponta do sofá da sala de estar de Chia, como se quisesse se concentrar melhor, e se se afundasse ali mais confortavelmente isso não aconteceria.

O sr. Junius perguntou a Kadiatou de onde ela era e disse que conhecia bem a Guiné, tinha viajado pelo país todo, por Cancã, Quindia, Koundara. E Conacri, claro.

"Por quê?", perguntou Omelogor.

"Como?" Ele se virou para o laptop, que estava na sua lateral.

"Por que a Guiné? Não é um país muito conhecido. Uma vez alguém na minha turma da pós-graduação ainda a chamou de Guiné Francesa."

Ele riu, um som inesperado, Omelogor riu também, e, no mesmo instante, uma dupla foi formada: ele e Omelogor de um lado, e as pessoas que não conheciam a Guiné do outro.

"Bom, motivo número um: Stokely Carmichael. Fui criado numa família muito consciente. Meu pai não ia nem tolerar me ouvir chamar ele de Stokely! Mas eu também era fascinado pelo país e pela ligação dele com o movimento pelos direitos civis. John Lewis fala sobre ter visitado Sékou Touré. Ninguém na Geórgia lhe deu dignidade, mas todo mundo na Guiné deu."

"Fannie Lou Hamer também foi à Guiné", disse Omelogor.

"Ah, claro, claro. Muitos outros…"

Chia interrompeu. "A Kadiatou está ansiosa com essa história toda, como você pode imaginar."

O sr. Junius pareceu relutante em tirar os olhos do rosto de Omelogor na tela do laptop. Ele disse a Kadiatou que iria orientá-la durante todo o processo, que ficaria tudo bem e que eles ganhariam o processo. Afirmou "vai ficar tudo bem" tantas vezes que Kadiatou soube que não era verdade. Se um interrogatório fosse tão fácil, ele não teria dito essa palavra tantas vezes, preparar você para o interrogatório, o interrogatório, o interrogatório.

Todos os dias, Kadiatou via a hora no relógio digital do micro-ondas, com os números mudando minuto a minuto, pensando que, naquele momento, ela estaria passando aspirador num quarto, ajeitando um lençol, conversando com Lin no intervalo.

Lin sempre ligava para saber de Kadiatou. Contou que o hóspede, o homem nu que avançou para cima de Kadiatou, tinha convidado diversas funcionárias do hotel ao longo dos anos para ir ao quarto dele tomar champanhe. Shaquana disse que ele a havia convidado algumas vezes. A camareira haitiana contou que fazia pouco tempo que ele a chamou.

"Quer dizer que ninguém subiu para tomar o champanhe dele? Só as que recusaram estão falando sobre isso. Acho que ele não gosta de chinesas baixinhas, porque nunca me chamou", disse Lin.

Lin estava tentando fazer piada, mas Kadiatou não teve energia para rir.

"Em vez de te chamar para tomar um champanhe, ele atacou e forçou você. Que homem horrível. Vai ter que te pagar uma bolada de dinheiro, Kadi, e você vai poder se aposentar."

Kadiatou se ajeitou e Lin, percebendo o desconforto dela, afirmou: "Aqui nos Estados Unidos, dinheiro é justiça. Não vê como eles celebram quando alguém ganha uma bolada de dinheiro num processo? Esse homem te atacou, e você merece a justiça daqui: dinheiro".

Kadiatou não respondeu.

"Vai ficar tudo bem, Kadi", disse Lin. "Tanta gente te apoia. Sabia que estão chegando muitas cartas para você? Algumas até por *courier*, de outros países."

Kadiatou não sabia. Ela pediu que Lin as abrisse e lesse para ela. A primeira carta lida por Lin era da França, enviada pela DHL, e o envelope diferente fez crec-crec do outro lado da chamada de vídeo quando Lin o abriu. *Você vai morrer. Você acabou com um homem bom. Ele é inocente. Você vai morrer.* Lin parou e ergueu o cartão para Kadiatou ver, como se não acreditasse no que estava lendo. Alguém em algum lugar da França tinha procurado o endereço do hotel, se sentado e escrito num cartão *Você vai morrer*, num cartão azul e rosa, com um campo cheio de flores na parte da frente. Lin disse que não ia ler nenhum outro. "De repente mais tarde. Descansa, Kadi, descansa." No dia seguinte, Lin mandou para Kadiatou um frasco de remédios chineses para dormir, pedaços em espiral de casca de árvore que não pareciam nada apetitosos e que uma amiga de Lin deixou diante da porta de Chia.

O homem pedia que ela lhe contasse, de novo, e de novo, o que tinha acontecido no quarto. Não parava de se mexer na cadeira, com seu corpo transbordando irritação e impaciência. Kadiatou sentiu que ele queria que seu relato mudasse, mas não entendeu por quê. Seus olhos azuis gélidos raramente piscavam, fixos nela, concentrados nela, era um olhar hostil cheio de desdém. Tom Bone, até o nome soava frio naquele homem branco de cabelos claros e rosto pálido com uma expressão neutra que continha a promessa de permanecer neutra. Ele era o promotor público. Chia dissera que o promotor estava do lado dela, lutando por ela, mas Kadiatou soube, assim que chegou, que não estava entre amigos. Ele não perdeu tempo com gentilezas nem com o conforto dela; começou a fazer perguntas assim que Kadiatou chegou, antes de ela se ajeitar direito. O cômodo estava quente demais, a água tépida no copo de papel tinha gosto de água sanitária. Já havia uma mulher sentada à mesa. Ela parecia africana, com tranças ghana malfeitas presas num rabo de cavalo. "Eu me chamo Mariama", disse ela. "Sou fula que nem você e vou ser sua tradutora. Eles me pediram para dizer que você precisa contar toda a verdade e responder a todas as perguntas, e que eles vão gravar tudo." Kadiatou achou difícil compreender a mulher, como se cada palavra tivesse sido borrada antes de ser dita. Aquilo era fulo, mas não da Guiné, era língua fula do Senegal, falada com um sotaque que parecia misturar língua uólofe. Havia palavras que os dialetos não tinham em comum, assim Kadiatou precisava deduzi-las. "Você conhecia o hóspede, já o tinha visto alguma vez, antes de bater àquela porta?", perguntou Bone.

Kadiatou entendeu, mas, mesmo assim, para ter certeza, esperou a tradutora repetir a pergunta.

"Não", respondeu ela.

"Não?", perguntou Bone.

"Não."

"Não? Tem certeza?"

Kadiatou assentiu e depois balançou a cabeça, confusa, pensando de novo na pergunta em busca de significados perdidos, afinal por que ele continuaria a perguntar se ela tinha certeza, quando já havia respondido mais de uma vez que não o conhecia.

"O que aconteceu quando você abriu a porta?", perguntou Bone. "Pense com cuidado e me conte exatamente o que aconteceu."

Mas Kadiatou já tinha contado três vezes. Ela começou a contar de novo. Em pulaar, era mais fácil descrever a força surpreendente do hóspede, quão atônita ela ficou ao vê-lo correndo nu em sua direção, uma aparição tenebrosa cuja imagem ficaria para sempre na mente dela. A tradutora pediu que Kadiatou repetisse algumas vezes, talvez para intuir o significado de algumas palavras.

Depois da torrente de inglês da tradutora, Bone disse: "Você voltou e arrumou o quarto depois da agressão? Não é possível!".

"Não, não", respondeu Kadiatou, sem esperar pela tradutora. Para Kadiatou, aquela mulher, Mariama, não estava dizendo exatamente o que parecia ser o certo, mas ela não sabia inglês suficiente para intervir e corrigi-la. Talvez Kadiatou devesse falar em inglês, devagar, para Bone entendê-la.

"Não, eu disse que fui para o quarto do lado do elevador. Entrei e saí depois de…" Kadiatou parou de falar, sem saber ao certo que nome dar àquela profanação. Eles chamavam de "agressão", os americanos. Ela só passou a conhecer aquela palavra quando Shaquana contou ao gerente. Ele a agrediu. "Depois de ele me agredir."

Bone apertou os olhos. "Por que você precisa de uma tradutora?"

Kadiatou teve certeza de que tinha entendido errado. "Ele está perguntando por que eu preciso de uma tradutora?", perguntou a Mariama em pulaar. Mariama, ofendida, respondeu que sim.

"Seu inglês me parece bom. Você não precisava de uma tradutora", disse Bone. Em outro momento e outro lugar, Kadiatou teria ficado feliz de ouvir um americano dizer que seu inglês era bom. Aquele homem parecia ter certeza de que ela era culpada de um crime que ela não sabia qual. Mas ter uma tradutora certamente não era crime. O advogado de Kadiatou explicou que ela podia pedir um e falar em pulaar, se preferisse, e claro que ela tinha ficado aliviada: não ia precisar procurar em seu cérebro as palavras certas em inglês, que muitas vezes nunca eram encontradas.

"Você pediu uma tradutora para ganhar tempo ao responder às minhas perguntas?", perguntou Bone.

"Não", respondeu Kadiatou. Ela não sabia o que ele queria dizer, apenas que estava sugerindo uma intenção sombria da qual precisava se defender.

"Você tem que ser honesta, totalmente honesta", disse ele.

Kadiatou assentiu, confusa.

"Eu vou fazer algumas perguntas sobre o seu pedido de asilo aos Estados Unidos", disse Bone, e o coração de Kadiatou disparou. O que seu pedido de asilo tinha a ver com aquilo? Amadou sempre dizia que os imigrantes nunca perguntavam uns aos outros como tinham vindo para os Estados Unidos, a história de cada pessoa era um mistério privado, o que importava era que eles estavam nos Estados Unidos. Kadiatou nunca falou de seu pedido de asilo para ninguém.

"Todos os detalhes que você deu no seu pedido de asilo eram verdade?", perguntou Bone.

"Sim."

"Tem certeza disso? Você precisa ser totalmente honesta."

Por que ele estava perguntando se ela tinha certeza? Kadiatou não conseguia imaginar o que ele queria dizer, mas sentiu que estava caminhando aos tropeços na direção de uma armadilha. "Não. Sim", disse.

"Não? Sim? Qual dos dois, sim ou não?"

"Sim."

Bone revirou os olhos e atirou a cabeça para trás, transbordando exasperação. Kadiatou temeu que tivesse acabado de atender às expectativas negativas dele.

"Qual foi a base do seu pedido de asilo?", perguntou Bone. "Por que você pediu asilo?"

"Eu não sei."

"Você não sabe por que pediu asilo nos Estados Unidos?"

Kadiatou esticou o braço, pegou o copo de água tépida e bebeu. Não entendia por que ele estava fazendo perguntas sobre seu pedido de asilo com os modos de uma pessoa que conhecia um segredo horrível seu. Ela sentiu o suor debaixo dos seios. Aquele homem devia estar procurando um motivo para enviar ela e Binta de volta para a Guiné e, assim, acabar com toda aquela confusão sobre o hóspede. Bone trabalhava para o hóspede. Ou, talvez, só estivesse com raiva por ela ter denunciado um homem VIP, uma camareira insignificante como ela, causando tanta perturbação.

"Você não respondeu a minha pergunta", disse Bone.

"Eu contei o que aconteceu no quarto."

"Na verdade, a gente ainda não sabe o que aconteceu naquele quarto."

Kadiatou olhou Bone, pasma. Ele não acreditava nela. Achava que o que ela contou não fosse verdade. Ela entrou num quarto para fazer seu trabalho e um hóspede virou um animal selvagem e correu em sua direção. Kadiatou já tinha contado isso a Bone muitas vezes, na mesma sequência, com as mesmas palavras, e, durante todo aquele tempo, ele achava que ela estava mentindo. Não era por ter se atrevido a denunciar um homem VIP. Era por não acreditar no conteúdo da denúncia. Mas por que ela mentiria? Não queria nada daquilo. Queria voltar ao trabalho, falar com Amadou ao telefone, ir com Binta ao cinema, fazer attiéké nos fins de semana, cuidar da casa de Chia, assistir a seus filmes de Nollywood. Sua vida era boa. Por que ela mentiria sobre algo que não queria de jeito nenhum?

"Eu contei o que aconteceu no quarto", repetiu Kadiatou. "Por que eu ia mentir?"

"Ora! Por quê?", disse Bone.

Havia espinhos feios na atmosfera, verdadeiras crenças sendo reveladas, um abismo cada vez mais intransponível de ambos os lados. Ela não olhou para ele. Pela janela, viu flocos de neve melancólicos sendo levados pelo vento.

"Esse processo inteiro depende da sua credibilidade. Você entende isso?" Bone ergueu um pouco a voz. Seu rosto estreito, sua barba branca, seu cabelo branco, seus olhos vidrados. Ele a assustava.

Então, Bone perguntou sobre o dinheiro que Amadou tinha colocado em sua conta e ela quase gritou de pânico. Ouviu um zumbido alto, como se estivesse embaixo d'água. Como Bone sabia daquilo, algo que havia acontecido anos atrás? Se ele estava perguntando sobre Amadou, então talvez soubesse da fita que Amadou lhe deu, com a mulher falando sobre os soldados, palavras gravadas para sempre em sua mente. Talvez Bone soubesse como tinha sido fácil, como a mulher gentil da entrevista do pedido de asilo havia lhe dado os parabéns depressa demais. Mas o que aquilo tinha a ver com esse caso? Algo aconteceu num quarto de hotel e Bone estava perguntando sobre o pedido de asilo dela?

Mariama batia a caneta na capa do caderno e o movimento mudo daquela caneta deixou Kadiatou zonza. Tinha a sensação de que tudo estava errado. Ela havia ido àquele local falar da profanação cometida pelo hóspede para alguém que diziam estar ao seu lado, mas, em vez disso, estava sentada ali, tensa e com a língua pesada na boca.

"Qualquer mentira que você tenha contado quando pediu asilo precisa aparecer agora", disse Bone.

Mas ela não tinha mentido. Por que ele não parava de insinuar isso? Tudo o que Kadiatou falou naquela entrevista ou era verdade — que sua tia usou uma lâmina de barbear para cortá-la — ou havia se tornado verdade — que ela não queria que Binta fosse cortada também. Desde aquele momento, anos antes, em que Amadou pusera na sua cabeça que uma menina podia se casar sem ser cortada, Kadiatou tinha refletido sobre o assunto e, com o tempo, se convenceu de que era melhor Binta não ser cortada.

"Se houver qualquer discrepância no seu pedido de asilo, qualquer uma, eu preciso saber agora", insistiu Bone.

Uma dor de cabeça crescente, de pensar demais, e o turbilhão de confusões que ela causava. Ele queria algo dela, mas ela não sabia o quê.

"Não", disse Kadiatou.

"Não? O que você está escondendo?", perguntou Bone. "O quê? O que você não me contou?"

De repente, as palavras da fita cassete flutuaram para a superfície da mente de Kadiatou e saíram aos borbotões de sua boca.

"Foram quatro soldados. Eles disseram que eu tinha desobedecido ao toque de recolher. Já chegaram bêbados no restaurante. Um dos homens disse que ia usar uma arma na vez dele. Eu fiquei toda…" Ela parou abruptamente, com um frio assustador no estômago.

"Você foi estuprada no seu país natal?", perguntou Bone.

"Não, não."

"Acabou de me dizer que foi estuprada."

"Não, eu errei. Era só a fita."

"Você errou e disse que foi estuprada?" E ele deu uma risada que parecia um latido. A tradutora se recostou, como se quisesse se afastar de Kadiatou.

"Era uma fita cassete", disse ela. "Mas eu não usei a fita."

"Que fita cassete?", perguntou Bone.

O que ela fez? Kadiatou desejou que um raio caísse, que alguém abrisse de repente a porta, que acontecesse qualquer coisa para interromper aquilo. Talvez, se ela se atirasse no chão, conseguiria distrair Bone. Assim, ela arrastou a cadeira para trás e se jogou, se contorcendo no chão e forçando lágrimas a saírem de seus olhos.

"Acho que a gente precisa fazer um intervalo", disse alguém.

Kadiatou aceitou ajuda para se levantar. Suas lágrimas forçadas tinham virado lágrimas reais, e ela chorou, com o nariz escorrendo. Como aquilo tudo podia ter acontecido com ela, e aonde aquilo ia parar?

Ao sair da sala, Kadiatou ouviu Bone dizer: "Ela é uma vigarista".

Mais tarde, perguntou a Binta: "O que quer dizer 'vigarista'?".

"Alguém que mente muito bem, que engana as pessoas."

"Ah." A respiração de Kadiatou ficou presa no peito.

"Por quê? Alguém chamou a senhora de vigarista, mãe?"

"Não, não", respondeu Kadiatou.

* * *

Zikora foi à casa de Chia e levou garrafas de zobo para Kadiatou. Kadiatou não gostava da versão nigeriana do suco de hibisco, mas disse "Obrigada" e bebericou uma das garrafas. O clima na cozinha estava pesado com o aumento da expectativa. Omelogor participava por chamada de vídeo, no iPad que estava na vertical na ilha da cozinha. Chia estava empoleirada num banquinho, ao lado de Kadiatou, que sentiu uma vontade enorme de se levantar e ir embora, como quem deixava uma cerimônia inquietante à qual tinha sido forçada a comparecer.

Zikora, de pé perto da janela, começou a ler as acusações no celular.

Importunação sexual
Assédio sexual
Cárcere privado
Tentativa de estupro
Estupro qualificado

"Qual é o mais grave?", perguntou Omelogor.

"Importunação sexual. Ele pode pegar vinte e cinco anos de cadeia por isso", respondeu Zikora.

"Que bom", disse Chia.

"Bom. O acusado só é condenado em cinco por cento dos casos de estupro", afirmou Zikora.

"Cinco por cento?", repetiu Chia, arregalando os olhos.

"Isso é monstruoso", disse Omelogor. "Sério. Por que os homens estupram?"

"Você provavelmente vai explicar tudo pra gente, e vai ter alguma coisa a ver com pornografia e com o seu site", disse Zikora.

"Na verdade, a pornografia faz parte disso. A violência na pornografia contemporânea pode fazer os homens acharem que o estupro não é uma coisa tão ruim."

"Também é por causa da pornografia que os homens roubam, matam e mentem?", perguntou Zikora.

"Fala sério, Zikora", respondeu Omelogor com frieza.

Chia parecia abatida e exausta. "Qual vai ser a defesa deles, Zik?"

"Eles dizem que foi consensual."

"Ele não deu dinheiro para ela. Ele não é bonito. Foi rápido demais para ser uma sedução. Então, por que ela ia trepar com ele?"

"Omelogor! Não use essa palavra! A gente está falando de uma agressão!", exclamou Zikora.

"Eu estou reagindo à defesa deles, de que foi consensual. Se não aconteceu como Kadiatou contou, então como foi nessa versão consensual? Em onze minutos, ela morre de tesão por ele e já concorda em fazer sexo, ou, em onze minutos, uma transação é logo fechada sem, por algum motivo, envolver dinheiro?"

"A história deles só faz sentido se você pensar que a mulher envolvida é uma idiota completa", diz Chia.

Kadiatou se encolheu diante das palavras delas, com o estômago embrulhado, imaginando palavras como aquelas sendo atiradas, mas num espaço maior, num tribunal desconhecido, com americanos falando depressa, o nome dela na boca de estranhos, eles cortando sua história em pedaços com uma faca, como se alguém além dela pudesse discernir o que realmente tinha acontecido. Essa imagem do tribunal adquiriu uma sombra gigantesca em sua mente. Eles iriam atacá-la a machadadas e chamar os abutres, enquanto ela ficaria ali prostrada, ainda viva, com as feridas abertas.

Na televisão, Kadiatou viu funcionárias de hotel reunidas diante do tribunal, usando seus uniformes, que eram parecidos com os dela, e pensou em seus dois uniformes, um abandonado no seu armário no hotel e o outro num saco plástico na delegacia. Algumas das mulheres estavam sendo entrevistadas por jornalistas. "Acontece com frequência", disse uma. "Hóspedes poderosos nos agridem. Já aconteceu comigo duas vezes, mas eu não contei."

Kadiatou lamentou ser a causa de tudo aquilo, perturbar o dia delas; torceu para que recebessem pelas horas que estavam passando lá fora, protestando e dando apoio. O mundo estava girando e se recusava a desacelerar, seu celular sempre tocando e emitindo bipes, Chia a rodeando e Binta a observando. Uma foto apareceu em seu celular, enviada por uma de suas primas. Kadiatou olhou, sem compreender, confusa, porque era uma imagem de duas pessoas brancas, mas não fazia sentido, porque elas estavam no quintal de

Mama, em sua aldeia. No fundo havia árvores que ela conhecia, perto da horta onde colhia azedinha. Kadiatou conhecia aquele piso de marmorite cinza-amarronzado com figuras geométricas, tinha mandado dinheiro para Mama comprá-lo; conhecia os baldes e bandejas de metal empilhados no canto. "Tem jornalistas na aldeia interrogando todo mundo", disse a prima numa mensagem de áudio. "Bhoye comentou que vai dar a eles uma foto sua se pagarem bem."

Eles tinham esmurrado sua porta, expulsando-a de seu apartamento, haviam ficado de tocaia diante da escola de Binta e agora tinham ido até à África, à Guiné, à sua aldeia em Futa Jalom. Seus dias tinham adquirido a textura de um sonho do qual ela ansiava por acordar.

Quando Kadiatou viu o rosto de Binta, soube que alguma coisa não estava sendo dita.

"O que foi?", perguntou.

Binta respondeu "Eu vi isso ontem", e então, relutantemente, virou o celular para a mãe. Era uma manchete de jornal em letras grandes, acima de uma foto dela. PROSTITUTA. Kadiatou conhecia aquela palavra, mas não acreditava.

"Isso é o que eu estou pensando?", ela perguntou a Binta.

Binta assentiu. "Mãe, eles não conhecem a senhora", disse ela baixinho.

Kadiatou olhou aquilo, sem acreditar. Como? Como eles podiam chamá-la de prostituta? Graças a Deus seu pai tinha morrido, graças a Deus ele estava morto havia muito tempo, fora poupado daquela vergonha, vê-la sendo chamada de prostituta na frente do mundo todo. Kadiatou começou a chorar. Tudo o que não tinha chorado, todas as lágrimas contidas saíram dela em gritos ferozes e, quando percebeu, estava no chão, e ao seu redor havia espalhado um desespero terrível. Aquilo não acabaria nunca; ela não via como aquilo acabaria um dia. Ela nunca limparia aquela mácula. Sua vida jamais seria a mesma. Como ela iria se reerguer, a partir de que ponto, como arrumaria um emprego se agora era uma prostituta aos olhos do mundo? Ela nunca tinha desejado mal aos outros. O que havia feito para merecer aquilo?

Chia tinha entrado no cômodo, Kadiatou não sabia quando, mas Chia estava ao seu lado no chão, tocando-a com dedos leves como plumas, dizendo: "Você não está sozinha, Kadi. Você não está sozinha, Kadi". Mas ela estava sozinha, se sentia sozinha; nunca na vida tinha se sentido tão só quanto naquele momento.

OMELOGOR

É manhã cedo do início de janeiro e o ar está tão frio e seco que parece que vai se partir. Eu estou na minha sacada, observando o novo dia. Uma camada de poeira ocre caiu sobre o mundo, deixando a luz vaga, e os morros ao longe se tornaram borrões espectrais. O harmatã tem seus aborrecimentos — lábios rachados, tosse seca, olhos coçando e letargia —, mas algo nessa estação sempre me agradou, com tudo o que é vivo ficando ressecado até chegar a um estado espartano que parece mais puro, mais verdadeiro, desprovido de excesso, como se a terra nos dissesse que existe em abundância aquilo que não precisamos. O vento se move. Logo, redemoinhos de vento varrerão tudo, deixando uma cobertura ainda mais grossa nas árvores, nos carros e nas placas. Minhas janelas permanecem fechadas em janeiro, pois buscar ar fresco agora é encontrar poeira fresca. O barulho alto da buzina de um caminhão soa no portão e Mohammed sai correndo da guarita, enfiando os pés nos chinelos. Dá para saber quando ele está lá dentro por causa dos chinelos azuis de borracha que ficam diante da porta. De cima, ele parece uma coluna fina de pano branco sendo soprada pelo vento.

Ele olha de relance para cima, acena e diz alto: "Bom dia, senhora".

"Muito bem, Mohammed!", exclamo.

Mohammed abre o portão, e o caminhão de diesel entra devagar, velho e barulhento, soltando chiados e arrotos. A mistura de gases do escape com a poeira provavelmente destrói os pulmões, mas inalo profundamente, pois gosto do cheiro. Mohammed grita para o motorista do caminhão parar e desviar para a esquerda, para evitar as flores da senhora. Meus compridos lírios do harmatã exibem seu tom alaranjado. Adoro o formato esperançoso deles, de que busca algo, a maneira como sobrevivem ano após ano, e o fato de ousarem florescer sem a chuva. Mohammed deve achar uma indulgência boba, minha preocupação excessiva com as plantas. Não que ele demonstre isso, com seu rosto estreito sempre inexpressivo, daquele jeito estoico que passa uma sensação de segurança. Ele devia ter visto a maneira febril como minha mãe protegia as flores do terreno que tínhamos no campus durante a minha infância. Mohammed faz gestos mandando o caminhão parar, longe das minhas plantas, mas perto o bastante do tanque de diesel. O tanque está quase vazio, dá para ver através do plástico branco empoleirado sobre o gerador. O motorista do caminhão pula para fora e começa a desenrolar a mangueira. As palavras de tia Jane ainda estão rodopiando na minha cabeça. *Não finja que você gosta da vida que leva.* Ela ligou hoje de manhã, a vibração do celular me acordou, e disse que tinha algo importante para discutir comigo. Todo mundo está falando do vírus chinês, mas essa é a preocupação dela, me ligar de manhã para dizer que eu deveria adotar uma criança.

"Omelogor, eu queria ter falado com você na aldeia, mas você disse que precisava voltar para Abuja por causa de uma reunião importante."

Você disse. Como se eu não tivesse mesmo uma reunião importante.

"É, tia, eu tinha uma reunião."

"Você é muito bem-sucedida e agradecemos a Deus por isso, mas todo esse trabalho espantou os homens e deixou você sem filhos aos quarenta e seis anos. É uma pena que o tempo tenha passado e que agora a única opção seja adotar um bebê. Eu rezei pedindo orientação e peguei informações num ótimo lar para crianças sem mãe em Awka."

Não era pra eu ter ficado tão surpresa. A tagarela e intrometida tia Jane, cujos retângulos pretos na testa deveriam passar por sobrancelhas, fala sem parar sobre as coisas mais insignificantes. Nunca vou entender como é possível ela e meu pai terem os mesmos pais. Nas nossas reuniões de Natal, as palavras de tia Jane sempre flutuam sobre a nossa cabeça e se dissolvem no esquecimento, como uma música de fundo. Durante muitos anos, ela me perguntou diversas vezes se não havia homens nos lugares onde eu trabalhava, até que, cerca de dois anos atrás, parou de perguntar, talvez derrotada pela realidade da minha idade. E agora, do nada, ela liga, com a urgência de uma revelação secreta, para dizer que eu deveria adotar uma criança.

"Tia, *mba*, obrigada, mas eu não quero adotar", respondi, com a voz gentil que é sempre melhor usar com pessoas desequilibradas.

"Na verdade, é melhor adotar dois e criar como se fossem gêmeos, para eles brincarem um com o outro."

Como ela passou tão depressa de adotar um bebê para adotar dois?

"Tia, eu não quero adotar."

"É a única opção que resta para a gente ter certeza de que sua vida não vai continuar tão vazia", disse tia Jane, como se já tivéssemos concordado que minha vida era vazia. "Só porque um marido não apareceu para você não significa que precisa levar uma vida vazia. Até antigamente as mulheres solteiras adotavam. Você faz algumas cerimônias e, se for um menino, ele vai ser um membro da nossa linhagem com todos os direitos, e herdar propriedade como qualquer outro homem da família."

"Tia, eu não quero adotar um filho."

"Omelogor", disse ela, suspirando. "Não finja que você gosta da vida que leva."

Essas palavras me perfuraram, penetraram minha pele, me cortaram. *Não finja que você gosta da vida que leva.*

Meu motorista, Paul, entra na propriedade, bem-arrumado como sempre de calça jeans justa e camisa social. Está um pouco atrasado. Com aqueles olhos sorrateiros e atentos, sei que me viu lá em cima na sacada, mas age como se não tivesse visto. Paul nunca me dá o troco de nada que compra para mim, a não ser que eu peça, e ultimamente vem me mandando mensagens de texto longuíssimas implorando por dinheiro. Desconfio que esteja atolado em apostas online, pois vive grudado no celular. Pouco antes do Natal, um dos faxineiros do trabalho veio me procurar, chorando como um ator, para me dizer que tinha perdido tudo no Nigerbet. "Senhora, eu vou beber Sniper se não encontrar quem me ajude com a mensalidade da escola dos meus filhos. Tenho Sniper em casa e juro que vou beber."

"Então corra pra tomar o veneno de rato!", disse eu, reagindo ao drama com mais drama. Mas, mais tarde, o chamei e coloquei um pouco de dinheiro na conta dele, dizendo-lhe que aquela era a primeira e última vez. Preciso conversar com Paul antes que ele chegue àquele estágio de idiotice ardilosa que espera que outra pessoa pague suas dívidas.

O caminhão de diesel está saindo de ré da propriedade e Paul começa a acenar e gritar com o motorista.

"Espere! Eu vou tirar o carro dali antes que você esmague as flores da senhora."

É um showzinho para mim. Se eu não estivesse aqui em cima olhando, ele ia deixar o carro exatamente onde está, torcendo para que as manobras do caminhão de diesel esmagassem minhas plantas para poder vir me contar, deliciado, que o motorista do caminhão é um inútil. Eu me debruço, olhando para baixo, toco o balaústre envolto em poeira fina e, quando tiro as mãos, leves impressões dos meus dedos ficam no metal. Meus pés de ixora estão secos e suas flores caíram, mas, daqui a poucas semanas, estarão explodindo em milhares de vermelho-vivo, quase insuportáveis de tão belas. A buganvília afinal subiu e se espalhou, deixando os muros inteiramente cobertos de folhas e, sempre que chego em casa, sinto o encantamento etéreo de um jardim secreto só meu. Há estrelas brancas na cobertura de lona verde da garagem e o topo alto e curvado de meus dois suvs estão discerníveis por debaixo dela.

O caminhão de diesel foi embora, uma névoa silenciosa cai, e me emociono por estar em pé na minha sacada numa nova manhã desse novo ano. Sou senhora de tudo o que contemplo. Na verdade, tia Jane, gosto da minha vida, sim. Às vezes fico me remoendo em busca de um sentido para ela, talvez com frequência demais, mas é uma vida abundante, e ela me pertence. Descobri que não consigo ficar sem ter pessoas ao meu redor e também sem ter extensos intervalos de isolamento. Estar sozinha nem sempre é estar solitária. Às vezes, passo semanas afastada apenas para ficar comigo mesma, e me afundo em leituras, o grande prazer da minha vida, e penso, e desfruto do silêncio das minhas próprias reflexões. Às vezes, me deleito com longos períodos de uma satisfatória falta de sexo, livre do fardo das necessidades corporais. Às vezes, as luzes da minha casa ardem com jantares e noites de jogatina, e junto grupos diferentes de amigos que, se não fosse por mim, talvez jamais se conhecessem. Pessoas com quem passei a infância em Nsukka conhecem amigos da faculdade de Enugu, e gente que conheci nas muitas facetas da minha profissão encontram aqui outras pessoas de Abuja que conheci fora do ambiente de trabalho. Muitos dos meus amigos são pessoas de quem dependo, em quem posso confiar, de quem sou próxima; Jide é o mais antigo e mais próximo, e tem a Hauwa, claro. Nos últimos anos teve a Hauwa. Fico feliz ao lembrar do som alto e cristalino de sua risada e da concentração em suas sobrancelhas quando ela dá uma tragada profunda no baseado. Hoje em dia, passo menos noites fora, mas ainda gosto de tomar uísque puro, de dançar nas boates até de manhã e de voltar para casa com a maquiagem dos olhos borrada, cansada, feliz e chapada. Eu devia ter respondido para a tia Jane: "Sempre há outras maneiras de viver, tia. Há outras maneiras de viver".

Philippe bate à porta do meu quarto e fica parado na soleira com aquele seu jeito tímido que parece fingido, perguntando se pode desmontar a árvore de Natal. Respondo que sim e pergunto o que ele está planejando cozinhar. Alguns amigos vêm me ver às oito da noite, um grupo menor que o normal, já que nem todos voltaram das viagens de fim de ano e alguns não puderam retornar por causa dos voos domésticos cancelados devido à névoa do harmatã. Está tão densa em Kano que as pessoas estão dirigindo à tarde com os faróis acesos. Ou pelo menos foi o que Hauwa disse, apesar de não ter ido passar o fim de ano na sua cidade natal; foi com as crianças para Dubai e o marido ficou alguns dias lá também. Ela vai chegar cedo ao jantar porque precisa sair cedo; só fica até dez e meia quando o marido está na cidade. Vai aparecer exalando o aroma daquele perfume de baunilha oriental, como se fosse a anfitriã do jantar junto comigo, me ajudando a planejar tudo, e vamos poder fofocar à vontade antes de os outros chegarem.

"Madame quer o café da manhã?", pergunta Philippe.

"Quero. Lá embaixo."

No meu celular aparece uma mensagem do meu pai, aquele homem amável que vive perguntando "Alguém viu meus óculos?" mesmo quando está com eles no nariz. Ele e mamãe querem saber se a minha tosse melhorou. Respondo que sim, que mascar orobô ajudou, e que vou ligar para eles mais tarde, colocando um emoji de coração no final. Emojis, claro, nunca aparecem nas mensagens meticulosas do meu pai, em que nunca faltam pontos-finais ou vírgulas. Também mando um emoji de coração para minha mãe, sabendo que ela pode passar dias sem vê-lo, tamanha é sua falta de habilidade ao usar o celular para qualquer coisa além de ligações.

Passo os olhos pelas manchetes antes de procurar notícias sobre o caso de Kadiatou, algo que venho fazendo todos os dias, numa espécie de vigília, como se ao ler essas notícias eu pudesse, de alguma forma, protegê-la. Uma manchete pergunta: "Kadiatou Bah: anjo ou demônio?". Outra especula se ela é parte de uma armação feita pelos adversários políticos do homem que a estuprou. Dou uma risada anasalada ao ler isso, da ideia de Kadiatou fazer parte de uma conspiração política sombria. Vou telefonar para ela dali a algumas horas, quando estiver acordada, para ver como está. Kadiatou nunca fala muito quando eu ligo, não que falasse tanto assim antes. Sempre penso no rosto dela naquele dia de dezembro, quando a polícia a levou para a casa de Chia, como tinha a expressão que uma pessoa talvez tenha no momento em que é atingida por um raio.

Philippe serve meu café da manhã em uma bandeja de laca que Chia comprou para mim em Seul, cujas bordas são decoradas com imagens de pássaros de pescoço comprido em pleno voo. Ele dobrou o guardanapo de papel no formato de uma tenda em miniatura. O café da manhã é sempre abará e frutas, uma refeição que consumo dia após dia com um prazer inalterado. Philippe aprendeu a fazer abará exatamente como gosto: sem lagostins nem ovos, apenas purê de feijão e tomates cozidos no vapor em folhas frescas que se abrem camada por camada, como num presente delicioso. Eu comeria abacaxi todos os dias, feliz, mas Philippe às vezes faz saladas de frutas ambiciosas, com mangas e bananas cortadas em cubinhos, e sempre como as bananas primeiro, porque fico com a impressão de que bananas expostas por muito tempo são um risco à saúde. Philippe é de Cotonou; todo chef de cozinha da Nigéria parece ser da República do Benim, mas não consigo imaginar nenhum com mais pretensões francófilas. Há anos ele tenta me convencer a comer o que ele chama de "cuisine", como se essa palavra só pudesse descrever a comida feita pelos franceses.

"Madame só come abará, sopa com garri, arroz jollof, inhame e ensopado. Sempre a mesma coisa."

Enquanto lista esses alimentos, ele toca a ponta dos dedos, para mostrar a terrível pobreza de tão poucas opções.

"Eu posso fazer um suflê para a senhora", ele diz de vez em quando.

"Sei que você pode, Philippe, mas você não vai."

"E bouillabaisse, madame? A senhora vai gostar."

"Não, Philippe. Prefiro sopa de frutos do mar de Cross River."

Só deixo Philippe cozinhar o que quiser quando dou jantares, mas sempre exijo que inclua arroz jollof no cardápio. Anos atrás, assim que começou a trabalhar para mim, minha mãe me visitou e trouxe okpa, não qualquer okpa, mas okpa de Ninth Mile. Não existe okpa melhor que o das mulheres ágeis que vendem o prato na rua em Ninth Mile, com bacias equilibradas sobre a cabeça. Fiquei tão animada que disse a Philippe que comeria no mesmo instante, de café da manhã, e em resposta ele murmurou "*Sauvage*".

De pé no meio da minha cozinha espaçosa, com o ventilador de teto girando, usando seu uniforme branco de manga curta, Philippe disse "*Sauvage*". Meus pensamentos se dispersaram depressa e, sem perceber, comecei a gritar com ele como nunca gritei antes. "Idiota! Burro ignorante! Vá e faça as malas e saia agora! Você está demitido! Saia daqui!"

Philippe ficou com os olhos e a boca redondos, chocado. Ou talvez confuso. Mais confuso que chocado. Minha mãe tinha acabado de subir para tomar banho. A faxineira, Mary, veio correndo; uma jovem parente minha, que estava em Abuja para fazer um teste vocacional e hospedada comigo na época, veio correndo. Atasi estava no internato naquela época.

"O que aconteceu, senhora?", perguntou Mary.

"O que aconteceu, tia?", perguntou a parenta.

Elas encaravam Philippe com olhos apertados e uma expressão de condenação, porque ele só podia ter roubado alguma coisa. Contei que ele tinha dito que eu era uma selvagem por querer okpa no café da manhã, e elas ficaram perplexas e logo se afastaram, arrastando os pés. Acabaram falando para os outros que Philippe tinha insultado a patroa e ela quase o havia mandado embora. Mas isso não era verdade. Mais tarde, expliquei a Philippe que quase o havia mandado embora porque não aceito africanos que odeiam a si mesmos dentro da minha casa.

"Você sabia que okpa é muito mais nutritivo que os seus crepes?", perguntei. Ele respondeu que sim mansamente, mas só porque ainda estava em choque por quase ter sido demitido. Não acreditou em mim e continua não acreditando, mas agora é astuto o suficiente para expressar sua francofilia sem desprezar a comida africana. Jide já contou essa história muitas vezes para amigos nos meus jantares e eles sempre riem.

O coitado deve ter pensado que a patroa tinha enlouquecido!

Só você mesmo, Omelogor!

Esse é o problema de ler livro demais, Omelogor. Okpa não é coisa da ro-ça, afinal de contas?

Eu rio também, não porque concordo, mas porque vejo o motivo de eles acharem graça. Só uma vez minha reação esmaeceu, quando Jamila me disse: "Parece que você fica muito irritada com coisas pequenas".

"São coisas pequenas apenas para mentes pequenas", respondi, e fiz uma cara para mostrar que estava só brincando, embora na verdade não estivesse. Jamila tinha o charme controlado de uma pessoa que pode se tornar totalmente desagradável num segundo. Eu a tolerava, mas só um pouco, porque era amiga de infância de Hauwa.

"Ui!", exclamou Ehigie.

"Jamila, isso quer dizer que você tem cabeça de amendoim", Chinelo disse.

"E a sua cabeça está cheia de água de coco", respondeu Jamila, num tom alegre exagerado, para mostrar o quanto estava inabalada. Foi a primeira vez que Hauwa ouviu a história e ela riu também, mas depois olhou para mim com uma ternura admirada e disse: "Você é tão intensa. Acredita mesmo naquilo que acredita".

Ainda é uma das coisas mais bonitas que já me disseram na vida.

Acordo pensando na tia Jane. Já se passaram vários dias e suas palavras ainda me incomodam. Esse desconforto prolongado deve significar alguma coisa, mas o quê? Que ela chegou perto da verdade? Ou eu não estaria pensando nisso agora. Como é fácil inventar um problema; nunca tinha pensado se gostava da minha vida, quanto mais em provar que gostava, até tia Jane dizer aquilo. Deveria enviar a ela um link para ler o *Só para Homens*, mas, mesmo que ela entenda o objetivo do site, e não vai entender, como ele mostra que eu gosto da minha vida? Você pode escrever posts populares em um site, pode ser dono de uma infinidade de coisas e, ainda assim, ter uma vida vazia; então, de fato não há como provar para outra pessoa que você leva uma vida plena. A única prova é sua própria experiência.

À noite, em meio à calidez dos meus amigos reunidos, saio de mim e me assisto, como se quisesse avaliar uma das cenas fugazes da minha vida. Sirvo vinho tinto, escolho playlists no celular e provoco Belema devido à grossa corrente em seu tornozelo, perguntando: "Tem certeza de que consegue andar com essa coisa?". Risos abafam a música antiga tocada em volume baixo. Nove pessoas que, sem mim, talvez não fossem amigas, estão comendo e compartilhando seus pequenos triunfos e tristezas. Ehigie diz que sua resolução de Ano-Novo é parar de fumar maconha, Jide afirma que isso é uma autopunição desnecessária e Belema pergunta se ele tem maconha em casa, pois ela pode passar lá e pegar. Hauwa não diz nada, levando o copo d'água até os lábios, e admiro os desenhos de hena que circundam seu pulso em espirais intrincadas e que descem lindamente pelo seu dedo. Ela é cautelosa, quase furtiva, e, embora todos saibam que não bebe, nem todos sabem que fuma. No centro da mesa, Philippe colocou um vaso cheio d'água com folhas flutuando, e elas têm um visual impressionante e emanam um aroma de ervas.

"Com licença, o Philippe quer que a gente coma esse troço também?", pergunta Chinelo, espiando. Chinelo é a amiga alegre, um jarro colorido que transborda piadas. Nós nos conhecemos no Corpo Nacional de Serviço Juvenil e adoro seu júbilo incansável, embora não acredite que alguém consiga ser tão feliz o tempo todo. Ahemen está dizendo que a época do Natal a deixa deprimida. Eval e sua esposa, Edu, se olham e começam a rir, pois estavam dizendo exatamente isso no carro a caminho da minha casa.

"No próximo Natal não vamos viajar nem fazer nada", diz Edu.

"Isso é a melancolia que vem com a pobreza em janeiro. Vocês estão deprimidos porque estão arrependidos de todo o dinheiro que gastaram", diz Chinelo, acrescentando mais um pedaço de peru apimentado no prato.

"O meu problema é que todo mundo em Abuja está postando foto de pijama no Instagram. Só de olhar para elas já fico cansada", diz Adaora.

Belema conta que a oração de Ano-Novo de sua família foi para que ela se reconciliasse com o marido. "Ele continua desempregado! Eles deviam rezar para ele arrumar um emprego. Era eu quem alimentava aquele homem, e ele me batia. Se quiser continuar me batendo, devia pelo menos trabalhar."

Todos colocaram um pouco de arroz jollof no prato e fico feliz de ver que o peru apimentado e o ensopado de cabrito estão fazendo mais sucesso que o frango francês de Philippe, que tem um cheiro forte demais de mostarda. Jide espeta um pedaço com o garfo, enfia na boca e diz: "Essa coisa de vírus na China está feia", e, por um instante, penso que está falando da comida.

"Como assim, a coisa está feia?", pergunta Hauwa.

"Eles estão escondendo algo", explica Jide. "Meu primo mora na China. Veio passar o Natal aqui e decidiu que não vai voltar. Ele mora em Guangzhou, que é onde muitos nigerianos moram, e, embora não seja perto da cidade onde esse vírus está, ele disse que os hospitais estão cheios de pessoas infectadas e que o vírus está se espalhando loucamente." Jide fica de pé para pegar mais uma lata de cerveja em meio às bebidas no aparador. Ele sempre tem a aparência desgrenhada, como se alguma coisa em suas roupas precisasse ser ajeitada, e em incontáveis ocasiões, depois de uma olhada rápida, fui puxar seu colarinho ou alisar a calça que estava amassada na altura do passador de cinto. Jide tinha bochechas gordas quando éramos crianças e agora tem o corpo todo gordo.

"E se chegar na Nigéria? Vai ser o fim", diz ele.

"Mas o vírus não vem de um negócio que eles comeram no mercado daquela cidade?", pergunta Edu.

"Eles comem de tudo na China, até rã", responde Chinelo.

"Não sei o que eles comeram, mas já comeram, e esse negócio começou. Se chegar na Nigéria, vai ser o fim", repete Jide. Ele está bebendo rápido demais, lata após lata de cerveja, como sempre faz depois de um telefonema dos pais. Quero acalmá-lo. Minha língua arde por causa do peru apimentado e também por causa do excesso de pimenta no arroz jollof.

"Jide, não vai chegar na Nigéria. Eu li o relatório da OMS. Não tem transmissão de humano para humano", respondo.

"Jide, é Omelogor falando, então o assunto está encerrado", diz Ehigie.

"Meu primo disse que é muito pior que o ebola", afirma Jide, quase em tom de desafio.

"Deus me livre", diz Chinelo.

Ahemen, como se quisesse mudar de assunto, nos conta de novo a história sobre as empregadas domésticas que roubaram suas joias duas vezes. A gente pode estar falando de foguetes indo para o espaço que Ahemen vai encontrar uma maneira de mencionar as empregadas perversas que roubaram todo o seu ouro. Ela agora tem empregadas filipinas e sempre me diz, com um vago ar de ameaça, que os meus empregados um dia vão me mostrar quem são de verdade.

"Com os estrangeiros, a gente paga e acabou. Eles não roubam você nem falam da dor na perna da mãe e do problema nos rins da irmã", diz Ahemen ao final daquela história muitas vezes repetida. Ela não consegue aceitar que eu, na verdade, gosto dessa falta de limites claros com os funcionários, que é tipicamente africana. Se não gostasse, não pagaria a mensalidade da escola dos filhos de Paul, as contas de hospital da mãe de Mohammed ou o aluguel da loja de costura onde Mary passa o restante de cada dia quando termina a faxina.

Philippe aparece e começa a levar as travessas vazias.

"As *pommes au gratin* estavam muito gostosas", diz Eval.

"É assim que chama aquela batata sem gosto cheia de queijo?", pergunta Chinelo. "Esse é o problema de estudar fora, a pessoa começa a dar nomes complicados para comidas sem gosto."

"É isso aí, irmã", diz Ahemen, concordando.

Para a sobremesa Philippe traz, com um gesto orgulhoso, uma *tarte tatin* de abacaxi.

"Com vocês, Monsieur Philippe!", eu digo; todos aplaudimos e damos vivas, nossa performance usual, e me lembro de Chinelo me dizendo certa vez: "Sabe por que todo mundo gosta de vir aqui? É uma casa grande, não tem marido para deixar a gente constrangido e você é uma anfitriã incrivelmente generosa. Muitas dessas pessoas ricas, a gente vai na casa e elas não servem nem comida".

Fatias açucaradas de abacaxi brilham na torta. Philippe pede desculpas e corre até a cozinha para pegar uma faca. Uma ternura sobe, suave, dentro de mim, e se espalha, suave, primeiro pelos meus amigos sentados ao redor da mesa, banhados de luz, e depois por todo o mundo fosforescente. Eu gosto da minha vida, sim. Hauwa se debruça sobre a mesa para cheirar o vaso de ervas de Philippe. "Que delícia", diz ela. Brincos de diamante no formato de dois Os entrelaçados brilham em suas orelhas. Hauwa sempre vai trabalhar com eles. Quando nos conhecemos, eu logo os notei, diamantes grandes e vistosos demais para o escritório, bem o que se esperaria da mulher que Amanze havia contado ser a esposa nortista mimada de um homem muito rico. Amanze, a rainha da fofoca, sendo maldosa ao falar de todo mundo em Abuja. Ela disse que Hauwa era como todos os outros nortistas, uma ignorante que trabalhava numa agência do governo só por conhecer as pessoas certas. "Vaso vazio", foi a expressão que Amanze usou. "Aquela Hauwa é só um vaso vazio e eles colocaram ela de chefe de departamento, apesar de ela não saber nada."

Assim, quando Hauwa me trouxe alguns documentos de contabilidade que tinham sido preparados de maneira clara e ordeira, perguntei: "Quem preparou esses documentos? Quero fazer umas perguntas".

Ela deu uma gargalhada com um quê de insolente. Tinha um ar brincalhão e ligeiro que não parecia adequado para um trabalho formal.

"Disseram para você que todos os nortistas daqui são filhos de Big Men e não sabem de nada", disse ela.

"É", respondi, sem rodeios. Tinha acabado de voltar dos Estados Unidos e ainda devia estar com um vestígio da rispidez proveniente da saga amarga que vivi lá. Só queria fazer bem aquele projeto, me convencer de que tinha tomado a decisão certa ao sair do banco para abrir uma empresa de consultoria.

"Eu preparei os documentos", disse Hauwa. "Fiz mestrado."

Foi só então que me atentei a ela. Tantas mulheres nortistas são bonitas de uma maneira convencional, com feições regulares e pele clara, e Hauwa era assim, mas ao mesmo tempo não era. Tinha grandes olhos curiosos e um arco do cupido bem marcado numa boquinha infantil. Parecia ser uma pessoa que fazia perguntas à vida. Disse "Fiz mestrado" sem nenhum traço de riso na voz, e lamentei ter dito aquele "É" de maneira tão brusca. Quão frequentemente ela devia lidar com o veneno do que era presumido, e com quanta facilidade soltava aquela gargalhada para se proteger dele. Eu entendia um pouco daquilo, da pressão de precisar provar a própria capacidade.

"Já vi que quem me disse isso estava errado", falei, pensando que deveria simplesmente me desculpar pelo que foi dito, mas sem saber como.

"Não estava errado", disse Hauwa. "Todos os outros nortistas daqui são imbecis. Não peça nada para as mulheres do segundo andar, elas só sabem fofocar e planejar que roupa usar nesse ou naquele *nikah*."

O rosto de Hauwa estava impassível no meio da auréola formada por seu lenço cor-de-rosa. Eu a encarei e pensei: Essa é uma pessoa que gosta de deixar os outros desconfortáveis. Ela parecia ter ensaiado o que disse. Já tinha dito aquilo várias vezes para muitas pessoas e, de súbito, aquele pensamento me irritou, pois desejei que me dissesse apenas o que jamais havia dito para ninguém.

"Como você sabe?", perguntei, com frieza considerável.

"O quê?" Hauwa pareceu decepcionada com a minha reação. Eu devia ter rido de sua ousadia surpreendente, devia ter admirado a coragem necessária para zombar daquela maneira do seu próprio povo.

"Como você sabe que elas só fofocam?", perguntei. Pelo menos, não acrescentei: "Você não fofoca com elas também?".

"Era brincadeira", respondeu Hauwa.

Eu me voltei para os documentos e disse: "Obrigada".

Hauwa fez menção de ir embora, mas não foi. Rimos disso depois, pois ela contou que, se tivesse saído daquele escritório, teria odiado aquela mulher igbo grossa e arrogante pelo resto da vida.

É meia-noite quando todos vão embora, com exceção de Jide, que está esparramado no sofá com a milésima lata de cerveja equilibrada em cima do peito.

"Minha mãe encontrou outra menina", diz ele. "E, presta atenção, ela foi numa *politécnica*. Uma politécnica. Lembra de quando ela dizia 'Jide, você devia se casar com uma médica'? Olha como minha mãe está desesperada. Ela até começou a chorar e vir com aquele papinho sentindo pena de si mesma: Por que meu filho é diferente? Todas as minhas amigas já têm neto, isso e aquilo. Minha mãe nunca me pergunta como eu estou antes de começar a falar. E depois meu pai veio dizer que eu preciso cavar um poço na nossa propriedade na aldeia."

O tom nasal da voz resmungona de Jide me irrita, e me sinto culpada por me irritar. Ele é o único filho homem e já sofre demais com o fardo das expectativas, mesmo sem essa pressão para casar. Um dia desses, os pais de Jide lhe disseram que precisaria começar a construir uma casa na aldeia deles, como se ele, alguém que trabalha com telecomunicações, tivesse dinheiro para mandar construir uma casa.

"Omelogor, a gente pode se casar?", pergunta Jide.

Eu o encaro, surpresa. "O quê?"

"E ficar casado alguns anos, para eles pararem de me incomodar?"

"A energia incestuosa ia ser absurda, Jide. Nem seus pais iam acreditar", respondo. Mesmo assim, me imagino casada com Jide. Que jeito de me desforrar da tia Jane. *Olha, tia, eu arrumei um marido! Que vida vazia que nada!*

"Eles só querem que eu case, e que case com uma mulher com quem queira casar", diz Jide, com a voz pastosa.

Jide perdeu o controle da própria língua; suas palavras saem mutiladas e mastigadas até ele deixar o queixo cair sobre o peito, dormindo. Seus roncos altos vão num crescendo, vibram e morrem numa nota melancólica. Coloco um cobertor sobre ele. Seu corpo ocupa toda a largura do sofá. Lembro de uma ocasião, anos atrás, quando Jide me disse "Fica no sofá", enquanto esfregava um pano ensaboado no meu colchão. Passei tão mal que vomitei por todo lado, na cama, nas paredes, no chão. Quando Jide estava limpando um resto qualquer no chão, ergueu o rosto para me olhar e falou "*Ndo*, desculpe, fica no sofá", como se quisesse me proteger dos meus próprios fluidos. Ele nunca mencionou isso e, quando mencionei, pouco tempo atrás, não quis continuar o assunto. Meus olhos se enchem de lágrimas só de observar Jide dormir e pensar naquele dia.

Atasi entra na sala e no mesmo instante sei que quer me pedir alguma coisa; ela só pede quando sabe que andei bebendo, e não sei se essa esperteza é um comportamento perdoável de adolescente ou algo com o qual deva me preocupar.

"Você ainda está acordada?", pergunto. Espero que ela não note minhas lágrimas nem pense que estava chorando bêbada. Há um gatinho fofo estampado em sua camisola azul. Atasi está tão magra que a camisola a engole. Ela me responde que precisa de um personal trainer para ajudar com seu problema.

"Que problema?"

"Eu tenho um afundamento nos quadris", diz Atasi.

"E o que é isso?"

Ela dá uma explicação enorme, mas só entendo quando puxa a camisola contra os quadris. De acordo com um vídeo no Instagram, os quadris dela não fazem uma curva para fora como deveriam, e as pequenas depressões que Atasi tem são uma anormalidade repugnante que, para nossa sorte, alguns exercícios feitos com orientação talvez possam corrigir. Volto a pensar na tia Jane e em como é fácil inventar um problema que antes não existia.

"Quando você soube?", pergunto.

"Soube o quê?"

"Você sabia que tinha um afundamento nos quadris antes de ver o vídeo no Instagram?"

Atasi suspira e olha para o teto, em vez de revirar os olhos.

"Atasi, alguém acordou, tomou café e decidiu dizer que uma parte do corpo perfeitamente normal era um 'afundamento nos quadris' e transformar isso num problema, pois querem criar conteúdo, ou vender alguma coisa, ou simplesmente se sentir importantes ou melhores. Seu corpo é normal, e normal é ótimo." E acrescento, em tom de provocação: "Se você comer um pouco mais, vai passar de normal para perfeita".

Mas ela não sorri. Sai emburrada, sem dizer mais nem uma palavra. Vive fazendo biquinho e tirando fotografias de si mesma com o celular preso num tripé, ou com Philippe ou Mary fazendo as vezes de fotógrafo, enquanto ela se posta perto das flores em alguma pose contorcida, com a barriga à mostra e um cropped grudado no corpo ossudo. Folhetos de cursos de modelo aparecem magicamente quase todos os dias sobre a mesa de jantar ou, às vezes, no meu escritório, com imagens retocadas de meninas com o olhar vago e pele inalcançável. Mas meu não é não; não vai ter curso de modelo nenhum. "Tenha mais autoconfiança", dizia um dos folhetos, e expliquei a Atasi que o contrário era verdade. "Ser modelo vai te deixar com baixa autoestima", disse, e ela me olhou com — de todas as coisas — pena. Mas não por tempo bastante para isso ser considerado falta de respeito.

Atasi era a estrela da corrida de cem metros na escola, mas parou abruptamente na SS1 por medo de ficar musculosa e parecer um homem.

"Pessoas musculosas vivem uma vida mais longa e mais saudável", me lembro de ter dito para ela, e agora acho que deveria ter dito outra coisa. Deveria ter afirmado que é claro que ela nunca ia parecer um homem, e que exercício é bom para saúde. Com Atasi, eu digo coisas e, depois, desejo que o que disse desaparecesse.

Jide acorda sóbrio e sério, dizendo que precisa ir para casa e que sim, ele sabe que casar comigo não ia dar certo. Parece um travesseiro amassado gigante ali deitado, com a infelicidade deixando marcas profundas nas sombras de seu rosto. Há anos Jide tem vontade de se mudar para Lagos, de escapar do lento desperdício que tem sido sua vida amorosa aqui. Ele diz que Abuja é como um palco pré-fabricado, com funcionários públicos mais velhos procurando transações e homens mais novos querendo apenas tomar e

nunca dar, enquanto o que Jide deseja é o encantamento simples do tête-à-
-tête, do toque e do tempo. Ultimamente, ele não para de perguntar se eu não
sinto a ameaça que paira no ar da cidade. Sua infelicidade está pronta para
dar frutos, mas não o leva a tomar uma atitude, como se bastasse apenas ser
testemunhada por outra pessoa. "Vá para o Canadá, Jide. Os nigerianos estão
colonizando o Canadá agora. Eu pago tudo até você se ajeitar", digo com
frequência, e, toda vez, ele diz tudo bem, que vai se informar, mas nunca
mais fala no assunto até eu mencioná-lo. Jide é alguém que acena um movimento, mas não o conclui; ele dá início às coisas ou faz menção de dar
início, mas então para. Fico frustrada por nada ser intolerável demais para
Jide suportar, e por ele suportar tudo, tão melancólico e tão passivo. Não se
deve parar no anseio, e sim usar a força do anseio para tornar real a vida que
se quer, ou, pelo menos, tentar fazer isso. Eu disse algo parecido a Jide certa
vez, não me lembro quais foram minhas palavras exatas, e sua resposta me
deixou perplexa com o vislumbre de um ressentimento que eu nem sabia que
existia: "Nem todo mundo é tão destemido quanto a grande Omelogor".

Jide está se erguendo devagar do sofá. Eu me casaria com ele se casar
com ele fosse ajudar, mas qualquer um que nos conheça, mesmo de leve, irá
facilmente perceber a farsa evidente. Nós nos conhecemos no jardim de infância da escola de ensino fundamental da universidade, mas ficamos melhores amigos na série 2G, quando a gente sentava um ao lado do outro na turma
do sr. Ngwu. Jide ia à minha casa brincar depois da aula e eu ficava maravilhada por ele ter permissão para atravessar o campus sozinho. Gostávamos de
correr atrás das borboletas que viviam sobrevoando as plantas da minha mãe.
Certa vez, Jide soltou um pum alto e eu gritei, numa acusação jubilosa "Você
contaminou o ar!", e ele respondeu de bate-pronto: "Não fui eu, foram as borboletas!". Lembro-me do que ele vestia naquele dia, uma camiseta do *He-Man
e os Mestres do Universo*, com o He-Man de auréola, brandindo uma espada.
Já se passaram mais de trinta anos e ainda fazemos piadas sobre borboletas
que soltam pum.

Nós dois fomos neófitos em Abuja juntos, Jide e eu, na época em que
conseguimos nosso primeiro emprego aqui. Não conhecíamos as estradas;
saíamos de carro para ir ao mercado e íamos parar em ruas residenciais ladeadas

de árvores. Não sabíamos que havia meninos ricos nortistas fazendo pega com carros caros nas estradas, ou como o calor do sol podia ser abusivo. Não conhecíamos a sonolência dos escritórios às sextas-feiras, quando tanta gente vai às mesquitas, e nem sabíamos que alguns salões de cabeleireiro não deixam homens entrar. Certo sábado, procurei na internet um salão para cabelos naturais e pedi que Jide me encontrasse lá para que, assim que eu terminasse minhas tranças, pudéssemos ir ver o apartamento de um quarto que ele queria alugar. Na época ele ainda morava com o tio. O salão não tinha o cheiro da maioria dos salões, não tinha aquele leve odor de cabelo queimado nem o perfume adocicado de produtos químicos fortes. Tinha um aroma de coco, manteiga de karité e óleos essenciais de lavanda e menta. Havia cremes para cabelo recém-preparados em cumbucas sobre os balcões, tão apetitosos que pareciam comestíveis. As mulheres eram todas nortistas, com seus lenços de cabelo pendurados no espaldar das cadeiras. Tinham os cabelos tão lindos, com cachinhos perfeitos e balançantes e pontas cheias e bem desenhadas, que me pareceu uma grande perda que elas fossem arrumá-los e depois voltar a escondê-los do mundo.

Uma delas disse: "Minha cozinheira fez um pote grande de iogurte para mim antes de eu sair de casa".

Tão estranhas e exóticas, essas nortistas, comendo um pote grande de iogurte caseiro. Eu não tinha uma imagem do que seria um pote grande de iogurte caseiro, pois, para mim, iogurte era algo que se comprava em potinhos na seção de refrigerados do supermercado. Elas eram pessoas cujos ancestrais criavam vacas, enquanto eu era alguém com antepassados que viviam na floresta, e essa diferença antiquíssima as tornava interessantes para mim, mais que o fato de elas serem muçulmanas e eu, cristã. Elas falavam língua hauçá com algumas palavras em inglês aqui e ali. Mesmo naquela época, meu hauçá já era bom, aprendido nos poucos meses transcorridos entre a entrevista para o meu emprego e o dia que comecei nele.

"Eu sempre faço mercado em Londres. Pego um voo noturno da British Airways, passo o dia lá e depois volto", disse a que tinha comido um pote grande de iogurte. Ela olhou furtivamente de um lado para o outro, como se quisesse ter certeza de que todas a tinham ouvido, com o cabelo cascateando sobre o pescoço como uma lã preta lustrosa. Quando Jide apareceu na porta do salão, a recepcionista deu um grito agudo e aquelas mulheres majestosas, completamente horrorizadas, esticaram os braços para pegar lenços e toalhas e cobrir seus cabelos, enquanto procuravam por todo canto a usurpadora que tinha levado um homem ali. Assim que entendi, devia ter dito "Desculpe, por favor, eu não sabia que homem não podia entrar", devia ter admitido minha culpa e encarado os olhos furiosos delas. Mas não fiz nada. Jide tinha saído correndo e fiquei em silêncio, e não atendi a seus telefonemas para não ser desmascarada. Queria ser uma das pessoas que sabiam o que todos os outros sabiam. Havia tanto que eu não sabia naquele começo e, como estava acostumada a saber das coisas, aquilo me desorientava. Eu conhecia bem a Ibolândia e conhecia Lagos razoavelmente bem, mas o norte tinha uma textura tão diversa; não que Abuja seja de fato no norte, pois se encontra bem no centro do mapa da Nigéria. A capital, a sede do governo, cidade cheia de parques com árvores frondosas. Sempre tinha imaginado uma vida em Lagos, mas o emprego que consegui aqui era bom demais para ser recusado, muito melhor que o trabalho que os recém-formados em geral conseguem. Eu estava tramando escalar ainda mais alto e se para isso precisasse morar numa cidade inerte e sem imaginação, que fosse. Abuja era enfadonha demais, enjaulada demais na formalidade da própria existência, uma cidade construída por um motivo preciso, como uma casa de Lego. Ou era isso que eu pensava até que, um dia, numa loja de celulares no shopping Ceddi Plaza, alguém gritou meu apelido de adolescência: "Logos!". Era uma mulher de pele muito clara usando um bubu e rasteirinhas de marca, o uniforme casual dos socialmente eleitos. Olhei para ela com a cabeça inclinada. Talvez conhecesse alguém que me conhecia.

"Logos! Sou eu, a Nodebem", disse a mulher, transbordando carinho e doçura. "Da escola de ensino médio da universidade."

Ela não se parecia nada com Chinodebem, uma menina de pele tão escura que as pessoas chamavam de "Maria Preta" no ensino médio, além disso os meninos diziam que tinha um cecê forte e dentes descoloridos que escovava raramente. Naquela ocasião, os dentes que Chinodebem mostrou estavam tão brancos que me desconcentraram; parecia que ela havia colado papel de impressora na boca. Eu jamais a teria reconhecido com aquele rosto amarelo, blasé, da esposa preguiçosa de um homem igbo rico, um rosto reto devido às camadas de base passadas sem muita atenção aos contornos que existem nos rostos humanos.

"Todo mundo me chama de Nodie hoje em dia", disse ela, movendo a bolsa de marca cheia de tachinhas de uma das mãos à outra, para que eu não deixasse de vê-la. Trocamos números de telefone sabendo que eu jamais ligaria, mas, quando Chinodebem se afastou, admirei-a por ousar construir uma nova versão de si e pela audácia necessária para dizer afavelmente "Sou eu, a Nodebem, do ensino médio", como se o clareamento dramático de pele que havia feito não fosse nada. Ela abalou meu modo de ver as coisas e me fez perceber que as fronteiras em Abuja não eram bem definidas. Havia lugar nas margens da cidade para a reinvenção, e comecei a pensar que ali talvez não fosse apenas um lugar onde eu estava temporariamente por causa de um emprego, mas um local onde fosse permanecer. E, assim, começaram a surgir as sombras e surpresas de um lugar que ainda estava por conhecer. No meu primeiro curso de treinamento para o mercado financeiro, um curso de rotina sobre análise de risco, pediram que fizéssemos um exame toxicológico. O coordenador nos deu um crachá, uma apostila e um pote de plástico para coletar urina. Fiquei atônita, só que mais ninguém pareceu surpreso, então tentei fazer a mesma cara que os outros. Fomos para o banheiro feminino, que fedia a cresol concentrado, onde uma mulher corpulenta com um crachá de faxineira estava parada perto das pias com um ar solícito e levemente instável.

"Por favor, faz xixi para mim", disse uma mulher chamada Hadassah para a faxineira. Hadassah usava um relógio espalhafatoso cheio de pedras preciosas e um lenço azul em volta da cabeça. Entregou o pote para a faxineira, que imediatamente entrou numa cabine. Outra faxineira entrou no banheiro, uma mulher com um ar manso de matrona, e olhou em silêncio para cada uma, se oferecendo tacitamente para fazer xixi. Ela fazia aquilo com frequência; provavelmente tinha corrido para estar ali antes do início do curso de treinamento, era evidente que se podia ganhar uma graninha daquele jeito. Uma mulher chamada Chikamso, que usava uma blusa de seda sob o conjunto de saia e blazer, deu seu pote para a segunda faxineira e disse: "Eu transfiro para a sua conta, não tenho dinheiro vivo".

Entrei numa cabine. Ouvi alguém dizer que a faxineira precisava beber água para fazer mais xixi, e outra pessoa respondeu: "Eu tenho uma garrafa de água mineral Eva aqui". Fiquei assustada por todas essas mulheres estarem preocupadas com o que sua urina iria revelar. Será que tinham usado drogas no fim de semana ou cheirado alguma coisa enquanto colocavam aquelas roupas sérias para ir trabalhar? No final, todas as mulheres que entraram no banheiro para entregar uma amostra de urina saíram de lá com a amostra de uma faxineira, exceto eu. Chikamso e eu ficamos muito amigas e, às vezes, entre nossas conversas, eu dizia: "Por favor, faz xixi para mim!".

Mais dias se passaram e continuo pensando se estou fingindo, e em por que tia Jane acreditaria que estou fazendo isso. *Não finja que você gosta da vida que leva.* Parece tão pouco benéfico alguém fingir que gosta da própria vida. Você finge para si mesmo ou só para o mundo? E se finge para si mesmo, o fingimento se torna real de alguma maneira? E o que é real, afinal de contas? As opiniões de pessoas desimportantes para mim sempre escoaram com facilidade para fora da minha mente, então por que fui sequestrada pelas palavras de uma tia maluca? Talvez seja meu cerne supersticioso me alertando que esse novo ano está tendo um começo não auspicioso. Fico deitada na cama um longo tempo depois de ter acordado, sentindo minha alma azedar, meu corpo pesado de um modo estranho, como se precisasse se despojar de algumas partes. Provavelmente eu deveria andar na esteira, embora deteste me exercitar. Caminhar ao ar livre é a única coisa tolerável, mas o sol está escaldante, então vou ter que esperar pelo frescor do crepúsculo. Digo a Philippe que não quero nada de café da manhã e ele pergunta: "E um pouco de abacaxi para a madame?".

"Tá, só abacaxi."

Como fatias de abacaxi frescas enquanto passo os olhos pelas notícias. A OMS agora está dizendo que o vírus tem transmissão de humano para humano, o que significa que eles não sabem do que estão falando e provavelmente nunca souberam. Mas como poderiam saber? Um coronavírus novo é novo porque ninguém nunca viu antes. Há centenas de notícias recentes sobre o processo de Kadiatou e, em todas, colocaram aquela foto feia dela, na qual seus olhos estão inchados e com um brilho vulgar. Uma coluna a descreve como "uma escolha improvável". Uma escolha improvável para ser vítima de estupro. A coluna começa com as palavras "A camareira não tem a aparência que seria de esperar", e depois afirma que ela deve ter concordado em fazer sexo por dinheiro. Quem escreve uma coisa dessas e depois vai para casa e dorme bem à noite? Saiu no *Post*, mas quem sentou e digitou que Kadiatou é boa suficiente para receber dinheiro para fazer sexo, mas não boa suficiente para não ser vítima de estupro? Há alguns artigos sobre ele, o homem que a estuprou. Todos têm um tom de lamento e elencam tudo o que ele já realizou e os sonhos dos quais terá que abrir mão. No mês passado, quando eu assisti à audiência de acusação dele na televisão, tentei decifrar sua expressão toda vez que a câmera dava um close. Ele estava com a barba por fazer, com os lábios rigidamente retos e, de tempos em tempos, olhava o tribunal e parecia se controlar para não balançar a cabeça diante do absurdo que era ter que lidar com aquele exemplo inexplicável de ignorância. O fato de estar exasperado, nada menos que exasperado, mostrava que se via como o injustiçado da história. Havia uma mancha pequena e arroxeada em seu queixo e pensei que talvez sua esposa tivesse lhe dado uma bofetada e deixado a marca lá para o mundo todo ver. A esposa rica e atraente cuja foto é estampada com destaque em cada nova matéria sobre o caso. Ela alugou uma casa em Georgetown, uma gaiola dourada com sete quartos, onde eles vão ficar até o julgamento começar. Chia contou que Luuk a conheceu brevemente na França e disse que a mulher é adorável. Claro que é. Eles sempre têm esposas adoráveis.

No Só para Homens recebo uma mensagem de um rapaz que juntou dinheiro para que ele, a mãe e a irmã fizessem a travessia até Lampedusa num barco de pesca de madeira e viu a mãe e a irmã se afogarem quando o barco virou. Ele está em Lomé e sua mulher quer largá-lo, pois chora o tempo todo e gasta o pouco que eles têm em gim barato. Todos deveriam entender que seu coração ficará partido para sempre, mas ninguém entende. Seus parentes estão mandando que ele seja homem, agora que sua vida melhorou e ele tem um emprego e uma casa que ganhou do sogro. Ele precisa fazer o papel de herói da história, porque é homem, mas e se não quiser ou não tiver vocação para isso? Quero escrever um post que diz você não precisa ser um herói, mas talvez possa encontrar outras maneiras de seguir mesmo com a dor — tentar beber menos gim e passar mais tempo enxergando o que está presente, sua mulher e seu bebê — ou talvez possa pensar no que sua mãe gostaria que fizesse. Mas as palavras não vêm. As palavras não vêm, por isso fecho o laptop. Da minha janela, vejo Mohammed rezando no canto perto dos muros da propriedade. A elegância que ele tem ao se ajoelhar, colocar a testa no chão e depois se erguer de novo; a humildade quando se curva e se ajoelha. Seus movimentos são sinceros e fluidos, quase alegres, como se a alegria fosse contida; não é apenas hábito ou dever, ele acredita de verdade naquilo. Sempre tive a sensação de que é por isso que Mohammed é tão honesto, com uma língua que não consegue formar uma única mentira. Confio nele de olhos fechados. Será que ele é uma daquelas pessoas que nascem com a boa sorte de ter pureza de espírito, ou será que ser criado na fé forjou essa pureza? Talvez as duas coisas. Afinal, muitas pessoas criadas numa fé não são nada parecidas com Mohammed. Os homens que assassinaram tio Hezekiah foram criados na fé. Tenho a mesma sensação de sempre quando penso no tio Hezekiah: um turbilhão interior, o som de água corrente nos ouvidos. Se não me sento, meu corpo oscila e ameaça cair. Tio Hezekiah, o único irmão do meu pai, um homem que eu amava, mas por quem não chorei quando morreu. O que poderia ter sido explicado pela distância, já que eu só o via algumas vezes por ano, mas por que caí em lágrimas pouco tempo depois quando outro homem foi assassinado, um homem que era um estranho para mim? Chorei, destroçada, e passei semanas amortalhada na lassidão, vagando por aí tomada por ela. Procurei livros sobre o luto e aprendi que o luto é imprevisível, que nosso corpo sabe qual é a melhor maneira de vivenciá-lo e que, às vezes, choramos muito depois do ocorrido de fato. Assim, chorar por um estranho foi chorar pelo meu tio. Vivo dizendo isso a mim mesma, mas não me convenci. A mancha da traição e da vergonha permanece. Meu tio Hezekiah era um homem gentil e bom, um homem merecedor, e não entendo o que há de tão problemático em mim que me impediu de apenas conseguir chorar por ele. Quão humilhante, quão aviltante, ter chorado por ele ao chorar por outra pessoa.

É um domingo sonolento e Hauwa passa aqui depois de deixar os filhos na casa de um amiguinho. Ela me traz um saco de chips de banana-da-terra, daqueles chiques que ela encomenda em pacotinhos amarrados com um barbante dourado.

"Obrigada", digo, e só depois de dizer obrigada ouço o desânimo na minha voz.

"Omelogor, o que está acontecendo? Você anda diferente. Aconteceu alguma coisa na aldeia?" O rosto dela tem uma expressão doce preocupada.

Não sei bem por que não contei o que tia Jane disse, mas não contei. Talvez Hauwa torça para que algo de ruim tenha acontecido na aldeia, já que me implorou para não ir até lá e, em vez disso, acompanhá-la em Dubai, e eu disse não. Sei que isso é injusto e que quase com certeza não é verdade, mas, mesmo assim, é o que penso. Lembro-me de Hauwa perguntando, com certa impertinência: "Por que vocês, igbos, vivem indo para suas aldeias, afinal de contas? O que tem lá?".

Minha resposta foi mostrar a ela fotos do castelo do pai de Chia, pois nenhuma palavra descreve melhor aquela casa, e ela passou as imagens para o lado e disse "Dá para ver que ninguém usa as quadras de tênis", com aquela sua risada tilintante. Era verdade, havia ervas daninhas saindo do concreto nas laterais das quadras, mas, mesmo assim, senti que Hauwa tinha dito aquilo só para me irritar. Mas eu não devia ter mostrado aquelas fotos. Foi uma atitude impulsiva e boba, como se o tom de sua pergunta exigisse que eu levantasse minha guarda, e de uma maneira previsível: exibindo mansões. Tudo para dizer que a aldeia não é como Hauwa imagina. É claro que a casa do pai de Chia não tem nada a ver com meu apego a Abba, e é claro que a casa é um unicórnio e que boa parte da aldeia é exatamente como Hauwa imagina. Se eu passo o Natal e o Ano-Novo em qualquer outro lugar, tenho a sensação de que me serviram uma refeição de sobras que já estão quase apodrecidas. Adoro o aroma da aldeia, um cheiro ancestral, de séculos de água da chuva, fogueiras e adoração à terra, e adoro olhar os morcegos voando na hora do crepúsculo, como se tivessem sido subitamente libertados de uma prisão. Penso numa época em que as mulheres tiravam suas cangas no riacho, num gesto de adoração, trazendo para as deusas seus sacrifícios e desespero. Adoro a cadência da língua igbo do interior, as conversas diretas e despudoradas de quem não tem paciência para bobagem. E a luta, a luta, todo mundo querendo abrir um pequeno negócio, todo mundo com grandes sonhos comerciais. Sempre como demais, ukwa fresca que minha mãe faz com peixe seco, salada abacha que a minha tia Nneka traz de Agulu, sopa de onugbu que a velha Nne Matefi, irmã da minha avó, faz no casebre de barro fumarento que usa de cozinha e que se recusa a mandar demolir. Nossos parentes brincam com Chia e dizem que ela é estrangeira porque detesta ukwa e nem toca na sopa de onugbu da panela cheia de fuligem. Nesse Natal ela disse para a nossa tia-avó "Tá bem, eu como", e a encarei, mandando-a parar de agradar todo mundo, mas ela engoliu mesmo a sopa e os bolinhos de inhame e depois disse, com a voz fraca: "Omelogor, eu vou vomitar", ao que respondi: "Em mim não, Chia, por favor".

Assim que cheguei, dias antes do Natal, uma mulher magricela e musculosa chamada Nwando veio até nosso portão exigindo me ver, para me mostrar o autorriquixá que dirige como um táxi. Ralhei com ela e disse que não deveria ter vindo, pois sabe que a única maneira de me agradecer é ajudar outra mulher. Mas, secretamente, meu coração se encheu de orgulho. Dois anos atrás, quando eu a tornei beneficiária do fundo Robyn Hood, ela vendia pequenos pimentões vermelhos numa bandeja enferrujada. De todas as mulheres na minha aldeia que ajudei com o fundo Robyn Hood, só uma delas, uma costureira, abriu um negócio e faliu. Hauwa não vai entender por que eu volto de tudo isso me sentindo sagrada e saciada.

"Aconteceu alguma coisa na aldeia?", Hauwa volta a perguntar. "O que aconteceu? Você só olha para baixo. Ou não quer a minha companhia?"

Quão rapidamente Hauwa vai de brincalhona a birrenta; ela sabe que não tem nada a ver com sua companhia. A próxima coisa que vai dizer é "Tá bem, eu vou embora", o que é um sinal para que eu diga "Não, não vá".

Como quem segue um roteiro, Hauwa diz: "Se eu estiver incomodando você, se quiser que eu vá embora, é só me dizer".

Ela está com uma expressão mal-humorada que eu descreveria como uma cara de megera, mas penso isso com culpa, pois não gosto de palavras como "megera" e "víbora", por não terem equivalentes masculinos.

"Hauwa, você sabe que não está me incomodando", digo. "Não aconteceu nada. Só o normal da aldeia, todo mundo rezando para eu arrumar marido."

"Sério? *Wallahi*. Você não disse que eles tinham parado?"

"Achei que tivessem."

"E você não quer mesmo casar", diz Hauwa, me observando como se estivesse tendo uma revelação. "É sério que não sonhava com um vestido de noiva e essas coisas todas?"

"Não", respondo. Às vezes, eu sonhava com um filho, um menininho, com o ato de segurar a mão dele quando a gente fosse atravessar a rua, mas nesses sonhos semiescuros nunca havia um marido.

"Já eu gosto de ser uma mulher casada. Se você se casar, fica livre para fazer o que quiser. Se não se casar, eles vão viver pegando no seu pé. Pelo menos, se case e depois se divorcie", diz Hauwa.

Ela quase nunca fala de seu casamento. Só sei que o marido é parente de sua mãe e vive viajando a trabalho. Hauwa o menciona mais como um motivo que como uma pessoa. *Rabiu está aqui, então não posso ficar até tarde.*

"Estamos cínicas hoje, hein", respondo.

"Só estou falando a verdade. Eu sempre falo a verdade para você", diz ela, com ênfase no "você", como se, para os outros, dissesse mentiras. "É meio engraçado, e não quero piorar a pressão da aldeia, mas eles vão parar de falar sobre você em Abuja se se casar."

"Como assim?"

"O irmão de Hadassah está dizendo que você namora o vice-presidente e que ele jura que foi você quem estragou a proposta de licitação dele."

Seu tom de fofoca me surpreende e causa em mim uma onda de irritação. As histórias sobre mim são as mesmas que perseguem todas as mulheres jovens ou mais ou menos jovens com dinheiro em Abuja. Dizem que eu só namorava caras ricos na universidade e comecei a transar com governadores naquela época, que fui promovida porque transava com o CEO, que obtive contratos de ministros com quem transei e que minha empresa de consultoria é de fachada para lavar o dinheiro de um ex-governador. A última parte é parcialmente verdade, claro, embora eu tenha lavado o dinheiro quando ainda trabalhava no banco. Eles contam essas histórias porque são os homens que constroem as cavernas secretas onde as fortunas são feitas, e a presença de uma mulher nelas precisa ser explicada de alguma maneira. Certa vez, num jantar, Jamila mencionou um boato sobre mim, com um sorriso malicioso, e Hauwa fez um gesto rápido de quem não queria saber daquilo. "Todas as pessoas que falam da Omelogor querem estar onde ela está", disse, olhando ao redor da mesa e mudando de assunto. Senti uma explosão de energia no meu sangue, orgulho e prazer por causa do modo como ela havia cortado Jamila. E então Hauwa me vem com esse tom de fofoca, fazendo as histórias ganharem importância.

"O irmão de Hadassah deve ser muito importante para que você de repente desse bola para uma fofoca sem fundamento", respondo.

"Achei que você deveria saber, só isso." O tom de Hauwa é de mágoa; ela acha que levou uma reprimenda injusta. Estamos no meu quarto e ela se levanta da penteadeira e caminha até a porta que leva à sacada. Veste jeans e uma túnica com botões, e seu cabelo está num daqueles turbantes cheios de pedrarias.

"Você vai fumar?", pergunto.

"Não posso fumar?"

"Achei que você ia buscar as crianças."

"E daí? Você acha que eles percebem quando estou chapada? Diga logo que não quer que eu fume. Você sempre fica esquisita quando eu fumo."

"Não é verdade, Hauwa."

Fumar maconha me deixa primeiro com coceira e depois atordoada, mas, às vezes, Hauwa decide se esquecer disso e me oferecer um baseado e, quando recuso, diz que estou sendo moralista.

"Tudo bem, não vou fumar, desculpe", diz Hauwa, num tom que me faz lembrar de quão mais nova ela é. Oito anos. Fico aliviada quando meu celular vibra e é minha mãe e, embora saiba que é só uma dessas ligações de rotina para saber como estou, faço um gesto para Hauwa indicando que eu e minha mãe precisamos ter uma conversa séria. Quero que Hauwa vá embora. Nunca quis que Hauwa fosse embora antes, mas agora quero. Sinto uma agitação interna cujas fronteiras não consigo mapear. Ela não acena direito, apenas ergue a mão conforme apanha a bolsa que estava sobre a minha cama.

Na manhã seguinte, envio três mensagens de texto perguntando como Hauwa está, que ela ignora. Finalmente, escrevo: "Não estávamos em equilíbrio ontem", e ela me liga quase na mesma hora e pergunta: "O que isso significa?".

"Achei que mandar uma coisa idiota dessas podia fazer você reagir", explico.

Hauwa fica em silêncio por um instante. "Omelogor, às vezes você é fria. Muito fria. Como um homem."

Ser chamada de fria não é novidade para mim, mas ser chamada assim por ela me abala. "Desculpe", digo.

"Está acontecendo alguma coisa que você não quer me contar."

"Não é nada. Ir à aldeia me fez pensar, só isso."

"Você vive pensando, mas dessa vez é diferente."

"Não é, Hauwa, juro." Faço uma pausa. "Você ouviu falar que uma pessoa morreu desse vírus na China?"

"Ouvi, sim. E tem casos confirmados no Japão e na Tailândia. Precisamos tomar cuidado para ninguém contar ao Jide que esse negócio está se espalhando."

Eu rio e ela também.

"Por que quero tanto a sua aprovação?", questiona Hauwa, e essa pergunta me deixa feliz de repente.

"E eu quero a sua. Amizade não é isso, querer a aprovação um do outro?", pergunto, me sentindo levemente falsa. A amizade deveria ter prefixos, sufixos, gradações. Para capturar especificamente o contentamento que sinto em ter Hauwa perto de mim.

"É? Eu tenho muitos amigos, mas nunca conheci ninguém como você."

Voltei dos Estados Unidos com uma alma doente e um humor de meia-noite. Sem Hauwa, talvez não tivesse me recuperado tão depressa. Hauwa foi toda pequenos presentes e pequenas descobertas: onde comprar o melhor kulikuli com gengibre e pimenta, como usar óleos para banho que eu disse que fariam uma bagunça tremenda na minha banheira e ela disse "Só experimenta" e, quando me perguntou como tinha sido, respondi, timidamente, que havia sido relaxante. Eu adorava a risada de Hauwa, principalmente depois que ela fumava maconha, quando sua voz ficava aguda e quase histérica. "Não gosto de comer salada, porque faz meu cocô sair todo em bolinha, que nem cocô de cabra", disse ela com sua risada histérica.

Discutimos uma vez ao conversar sobre um grupo de muçulmanos xiitas assassinados pelo Exército nigeriano depois que invadiram uma estrada e bloquearam o acesso dos carros.

"Eles não deviam ter bloqueado a estrada", disse Hauwa, olhando cores de esmalte.

"Você só está dizendo isso porque eles são xiitas. Se fossem sunitas, ia se importar mais."

"Claro que eu ia me importar mais. Você se importa da mesma forma com a sua mãe e uma mulher aleatória da rua?"

Fiquei em silêncio e não consegui pensar numa resposta. A simplicidade casual e franca de suas posições era uma novidade bem-vinda, a maneira como ela era instintiva, quase impulsiva, a leveza que trazia. Hauwa, ao contrário dos meus amigos mais antigos, não estava interessada no período que passei na América, e isso me deu liberdade para botar na estante minha parte ferida.

* * *

Eu já conhecia Hauwa havia alguns meses quando fui à casa dela pela primeira vez. Ela mesma abriu a gigantesca porta de madeira da frente para me deixar entrar. Na entrada havia uma fileira de enormes vasos esmaltados, cada um com um pé de buxo falso perfeitamente redondo, o que a deixava com um aspecto familiar, como um vasto e genérico saguão de hotel. Os filhos de Hauwa estavam no andar de cima com as babás. Seu marido estava viajando. Ela quis me mostrar os livros que guardava num pequeno cômodo quadrado cujas paredes eram inteiramente cobertas por prateleiras.

"Eu te falei que tinha livros", disse Hauwa, com sua risada aguda. "Está vendo, eu te falei que meu pai me deu umas edições antigas de Shakespeare."

"Eu não duvidei."

"Duvidou, sim. Achou que gente como eu não lia livros."

Ela usava um bubu de cetim roxo que envolvia seu corpo num tom majestoso e, conforme caminhava, as franjas de suas mangas flutuavam.

"Tem algum quadro na sua casa que não seja de cavalos galopando?", perguntei.

"Você está me julgando."

"Como não estaria? Esses quadros são horríveis."

"Nem todo mundo tem um gosto refinado e entende de arte, madame Omelogor", disse Hauwa, pronunciando meu nome errado, naquele sotaque nortista que eu amava.

"Sério, Hauwa. Você podia comprar uns quadros decentes."

"Prefiro comprar uma bolsa nova ou uma joia. Como posso desperdiçar dinheiro em quadros?"

"Bolsas são péssimos investimentos."

"Se dá prazer, então é um bom investimento. Já eu gosto de comprar diamantes. Todo mundo gosta de ouro, mas eu não."

Estávamos na sala de estar de Hauwa, ou numa de suas muitas salas de estar. Ela cruzou as pernas e seu bubu subiu, revelando uma correntinha fina reluzindo ao redor de seu tornozelo. Havia uma foto dela com o marido pendurada na parede. Ele era mais velho do que eu tinha imaginado, devia ter uns cinquenta e muitos anos, era corpulento e bonitão, com um ar abastado.

"Bom, Omelogor, quero te contar uma coisa. Tem uma festa na sexta de uma amiga minha. Não sei se você vai querer ir."

"Você podia convidar com um pouco mais de animação."

"Bom, não é... É um pouco alternativa. Tá, olha, ela vai chamar umas strippers e uns caras para fazer massagem tântrica. Não sei se você vai se interessar, quer dizer..."

"Você está falando sério?"

"Eu ia brincar com isso?"

"É claro que me interesso."

Hauwa começou a rir, aliviada. "Eu estava com medo de como você ia reagir."

"Por quê?"

"Você sabe que você não é normal, né?"

Naquela época, eu já estava acostumada com as curvas inesperadas da vida em Abuja, mas, mesmo assim, fiquei surpresa por Hauwa me convidar para uma festa com strippers num apartamento alugado.

"Sua amiga está comemorando o quê?", perguntei.

"A vida", respondeu ela. "Só vai ter mulher, e todas somos casadas. Você é a única solteira."

Na festa, tive um raro ataque de timidez trêmula. Apartamentos alugados por temporada me deprimem com sua aura de impermanência, como se um batalhão de pessoas entrasse e saísse de lá sem se sentir realizado. Toquei a campainha e alguém gritou "Tá aberta!". A música estava baixa e suave e devia haver alto-falantes nas paredes de todos os cômodos. Um chef de branco fazia salgadinhos na cozinha, dava para sentir o cheiro de puff-puff, enquanto um homem de uniforme azul montava narguilés na sala. Espiei o interior do apartamento. Duas mulheres no sofá olhavam algo num celular e riam. Fui entrando sem saber para onde ir, procurando Hauwa. No primeiro quarto, havia uma mulher nua numa cama larga e um homem com zero por cento de gordura no corpo massageando suas costas. O quarto estava escuro e, por um instante, achei que a mulher fosse Hauwa, até que vi, através da luz vinda do banheiro, os apliques do cabelo dela caindo sobre seus ombros. Não era Hauwa. Os gemidos da mulher pareciam teatrais e fiquei na porta observando, eu mesma me sentindo um pouco teatral e pensando que os músculos do homem pareciam teatrais também, brilhando na luz fraca como as de um halterofilista lambuzado de óleo.

"Você quer um final feliz?", perguntou o homem, e a mulher gemeu de novo e respondeu: "Não, tem umas strippers chegando. Vou me guardar". Ela riu. O homem se voltou para mim e indagou: "Quer que eu massageie você?".

Não gostei do descaramento do homem, não havia me dado conta de que ele tinha percebido a minha presença ali e nada podia ser mais eficiente para cortar o tesão que seu sotaque de matuto. "Não", respondi, com frieza. Fui tomada por um nojo de mim mesma por estar naquele lugar cafona vendo aquela cena e ser abordada por aquele homem, com um quê de zombaria e desrespeito na voz. Mas Hauwa apareceu e a sensação sumiu. Foi a primeira vez que a vi sem lenço, com o cabelo em *cornrows* que iam até o pescoço; ela parecia mais jovem, menor e mais vivaz, como uma monitora muito bonita e muito popular do ensino médio.

"Eu fui lá embaixo procurar você!", exclamou. "Vem. Fiz questão de mandar comprar uísque bom."

As duas strippers chegaram, esguias, bem torneadas e com no máximo vinte e cinco anos, e eu as observei dançar nuas, se tocando, se lambendo, rebolando. Uma delas, de brincadeira, fingiu que ia colocar o mamilo na minha boca, e sorri, tirei a boca de perto e perguntei: "Há quanto tempo você trabalha com isso?".

"Omelogor! Deixa a menina em paz! Nem tudo é um estudo intelectual!", exclamou Hauwa, rindo.

"Esta aqui é tão linda", disse uma das mulheres, tocando a cintura extraordinariamente fina da stripper.

"Até que não é ruim, mas tem uma menina que vai na minha casa me comer sempre que o meu marido viaja. Ela, você devia ver", disse outra mulher.

Uma das strippers passava a língua pelo corpo de Jamila.

Hauwa virou para mim e perguntou: "Quer que ela faça isso com você?".

"Não", respondi. "Não é o que eu curto."

Hauwa ficou de pé, tirou seu bubu comprido pela cabeça e o jogou no sofá. Por baixo, usava uma combinação preta e justa de alcinha fina e, por um instante, achei que fosse tirá-la também e chamar a stripper. Mas ela ficou de combinação, se levantou e disse que ia ligar para o seu traficante, pois não tinha gostado da maconha dali. "É fraca demais, não está batendo!"

Jamila pegou o baseado de Hauwa e inalou. "Como pode dizer que não está batendo? Nada está batendo pra você hoje."

Fui para a varanda com Hauwa. Com a combinação, seus ombros nus pareciam deliciosamente macios. Logo, Chi-Chi e Jamila vieram se juntar a nós.

"Você tem comida?", Hauwa perguntou ao traficante no telefone. "Sete gramas. Anda logo, por favor."

"Pede para ele trazer bolado!", disse Chi-Chi, mas Hauwa balançou a cabeça e desligou.

"Você sabe que eu só fumo o que eu mesma bolo. Estou com o meu tabaco aqui", falou Hauwa.

"Hauwa é especialista, ela bola baseado até com jornal molhado", disse Jamila.

O traficante fez a entrega depressa. As folhas verde-acinzentadas que Hauwa desembrulhou me fizeram lembrar das ervas que minha mãe secava e colocava nos ovos que comia de café da manhã. Contei a Hauwa que nunca tinha fumado na vida, porque nunca havia me interessado em fumar.

"Omelogor, as pessoas vão te ver assim, toda gata, e não vão saber que você é tão careta."

Ela estava rindo de mim, e gostei disso. Entendi, então, que aquela noite era um voto de confiança, e que ela queria que eu a visse por completo, que visse aquela parte secreta de sua vida.

"Vamos botar uma careta na cara da careta. Bola um para mim", eu disse, e Hauwa obedeceu.

Inalei e tossi, e a coceira começou depois que inalei de novo. Mas não liguei, estava aprendendo a inalar com Hauwa sentada ao meu lado, nossos rostos tão próximos que quase se tocavam. Hauwa inalando com o cenho franzido, como se estivesse refletindo. Hauwa exalando e jogando a cabeça para trás numa espécie de êxtase. Hauwa, que podia segurar chamas como se fossem flores e flores como se fossem chamas. Hauwa.

Alguém que estava só de sutiã se debruçou sobre nós e me perguntou: "Posso dar um tapa?".

"Não", respondi.

Hauwa soltou aquela risada tilintante. "Omelogor, todo mundo divide tudo."

"Eu, não. Não quero os germes de ninguém", disse eu, com firmeza.

A mulher de sutiã foi embora e Hauwa me perguntou: "E os meus germes?".

E então veio o ataque de timidez. De repente, não consegui encarar Hauwa, por isso me levantei e fui para a cozinha, dizendo que queria uns salgadinhos que não estava com a menor vontade de comer. Voltei e vi que tinha alguém passando pilulazinhas brancas num prato. Quando o prato chegou em mim, só o passei adiante. Como as pessoas engolem algo que não sabem de onde veio? Inalar, tudo bem; mas engolir? Engolir parecia algo mais íntimo, com consequências mais graves. A mulher de sutiã, cujo sutiã era brilhante de strass e cristais, brincava com um balão, soprando-o e depois deixando o ar sair.

Hauwa disse: "Eu não gosto dos balões, a onda é curta demais. Você enche o balão de gás e inala".

"Ah", respondi, pois nem sabia o que o balão era.

Os olhos de Hauwa já estavam vidrados e ela começou a falar sem parar, dizendo que as pessoas davam valor demais à cocaína, que um libanês de Kano fornecia para ela, mas fazia seu nariz sangrar e a onda nem era suave. "Para mim, o negócio é maconha!", disse Hauwa, como se proclamasse algo.

Chi-Chi se aproximou de nós e começou a fazer uma dança lenta e afetada. Era gorda e chamativa, tudo nela tinha altos decibéis.

"Omelogor, você não quer nos abençoar nos deixando ver esse seu corpo?", disse Chi-Chi. Eu era a única que não tinha tirado nem uma peça de roupa, ainda de calça pantalona e um top de cetim decotado.

"Você não ganhou o direito de receber essa bênção", respondi.

Chi-Chi deu o tipo de risada que não daria se não estivesse doidona. "Tá, mas cuidado com as velhas ricas e gordas desta cidade!"

"Por que você está dizendo isso?", perguntei, achando graça.

"Elas gostam de mulher gostosa que nem você, com peito e bunda, e vivem procurando mulheres recém-chegadas em Abuja."

"Omelogor não é uma recém-chegada", disse Hauwa, com rispidez. "Ela estava nos Estados Unidos fazendo pós-graduação e voltou. Sabe muito bem como tratar essas tias velhas."

Quando Chi-Chi foi embora, Hauwa me disse: "Por que você estava rindo com ela?".

Se Hauwa fosse homem, eu teria sabido como lidar com sua possessividade, teria logo cortado ou acolhido o sentimento, mas dei de ombros, em silêncio, ainda sob a influência dos tremores finais daquela timidez.

Acordo rodeada por uma névoa de melancolia que não consigo dissipar, e culpo o tempo porque preciso culpar alguma coisa. Afinal, o harmatã pode alimentar um lado niilista, quando você vê o mundo afogado na poeira, iluminado pela poeira, borrado pela poeira e começa a se perguntar: para que serve a água, para que serve a vida? Num impulso, abro o laptop e pesquiso por lares para crianças sem mãe em Awka, me perguntando com qual deles tia Jane entrou em contato. Talvez eu devesse mesmo adotar uma criança. Que ideia ridícula. Ainda assim, fico curiosa para saber como funciona. Você entra numa sala e escolhe um bebê? Como você sabe qual bebê escolher, e como seu coração não se parte quando deixa para trás uma sala cheia de crianças sem mãe com olhar esperançoso? Passo os olhos pelas manchetes em busca de casos confirmados de coronavírus na França, na Alemanha e na Itália. Esse vírus parece um invasor repugnante, aparecendo sem aviso e de modo indesejado por todos os lados. Mando uma mensagem de texto para Chia dizendo que talvez ela não devesse ir para Bilbao por enquanto; vamos esperar e ver o que vai acontecer com esse vírus. Chia responde que já adiou a viagem para a Espanha e me pergunta se eu vi que a mídia descobriu Amadou, o namorado de Kadiatou. Ela está deitada na cama em Maryland, sem conseguir dormir, preocupada com o processo de Kadiatou, e quer fazer uma chamada de vídeo em grupo com Zikora, para nós três pensarmos juntas. Pensarmos juntas, ora essa. Por que eu e Zikora temos que pensar juntas, eu não sei. Na mente de Chia, somos um trio unido, como se a intimidade que ela tem com cada uma de alguma maneira tivesse juntado todas, uma ilusão que não compreendo. Como ela é incapaz de ver o veneno de Zikora, minha adorada Chia.

Leia a matéria, escreve ela na mensagem.

A matéria sobre Amadou já está criando tentáculos na internet, sendo republicada por diferentes sites, às vezes com leves mudanças, às vezes não. Uma das manchetes diz: "O traficante condenado que é namorado da camareira". Parece que ele é um chefão da máfia em vez de um homem que vende bolsas falsas que todo mundo sabe que são falsas e que, de tempos em tempos, também vendia pequenas quantidades de maconha. Eu me lembro de Kadiatou, certa vez, timidamente mostrando a Chia uma bolsa de marca falsificada que ganhou dele, uma bolsa grande de alça de couro falso com detalhes de metal barato.

Chia manda por mensagem o horário em que quer fazer a chamada de vídeo em grupo e, apesar de eu estar sem disposição, não consigo recusar diante da preocupação dela. Na chamada, Zikora está de maquiagem, com a pele homogênea, os cílios longos e cor de fuligem. É sábado de manhã no lugar onde ela está e, se eu não estivesse na chamada, tenho certeza de que ia estar de pijama, sem ter lavado o rosto e com o lenço que usa de noite na cabeça.

Chia está com os olhos inchados, claramente precisando dormir. "Como eles podem publicar todas essas mentiras sobre Kadi? As pessoas estão lendo e acreditando! Acabei de ler uma matéria que alega que ela é traficante porque o Amadou colocava dinheiro na conta dela! Não sei como ajudar. Zikor, a gente pode contratar alguém, tipo um assessor de imprensa?"

"Um assessor de imprensa só vai poder ajudar até certo ponto", responde Zikora.

"O que o advogado dela, o Junius, está dizendo?", pergunto.

"Ele, na verdade, é especialista em violação de direitos civis", responde Zikora.

"Então você não acha que é o advogado certo para ela?", indago.

"Pode ser uma questão, mas vamos ver", diz Zikora.

Aquela palavra americana, "questão", outro termo escorregadio e nojento, fácil de metamorfosear e moldar com diferentes significados por quem não quer se comprometer, como "explorar" assuntos difíceis na pós-graduação. *Pode ser uma questão*. Não sei se Chia está dizendo que o advogado é incompetente ou não, e não sei por que essa questão só surgiu agora.

"Seria melhor ela procurar outro?", pergunto.

"O advogado chegou a Kadi através do tio do Amadou, que ela respeita", explica Chia. "Ela não vai procurar outro."

"Deixe que eu falo com ele primeiro", diz Zikora. "Enquanto isso o inútil do Amadou está na prisão e a Kadi fica mandando presentes para ele. Esses homens. Sinceramente. Sabia que ele tem um filho e ficou anos sem contar para ela? Aposto que vai querer lucrar com essa situação."

"Acho que não. Ele tem defeitos, mas gosta da Kadi", diz Chia.

Zikora dá uma risada de desdém. "É, gosta tanto que usou escondido a conta de banco dela para depositar dinheiro que ganhou com o tráfico. Ela precisa parar de conversar com ele sobre o processo."

Chia faz menção de que vai dizer algo, mas não diz. Minha melancolia aumenta. Estou me arrependendo de ter concordado em participar dessa chamada catastrófica. Depois que o pai de seu filho a abandonou, uma parte de Zikora apodreceu e virou uma amargura que ela imagina ser sabedoria. É sem cabimento pedir a Kadiatou que pare de conversar com Amadou sobre a ruína que se tornou sua vida. E se Amadou for o único consolo real de Kadiatou? E se ele for a única pessoa que compreende os silêncios dela?

"Um homem com o histórico de Amadou vai ver isso apenas como uma oportunidade de ganhar dinheiro. E vai mentir. Eles são todos iguais. Mentem sobre tudo. Às vezes, as mentiras que escolhem contar nem fazem sentido. É como seu inglês, Chia, que esqueceu de contar que era casado."

"Qual o sentido de mencionar isso, Zikora?", pergunto. O inglês de Chia, pelo amor de Deus. De dez anos atrás.

"O sentido, que me parece bastante óbvio, é que toda mulher tem uma história assim, de um homem que mentiu para ela, ou a traiu e a largou com as consequências. Olhem só para a Kadi, que corre o risco de ficar com a reputação manchada simplesmente porque confiou no Amadou."

"É verdade", diz Chia, e penso que ela deve estar querendo apenas pacificar Zikora; essa chamada com certeza não está indo como ela planejou.

"Toda mulher", repete Zikora.

"Exceto Omelogor, é claro", brinca Chia. Provavelmente, ela não devesse ter falado isso, mas diz de brincadeira, para aliviar o peso da chamada.

O silêncio de Zikora é cheio de expectativa, chega mesmo a ser encorajador; ela quer que eu diga que Chia está errada. Uma história sobre como descobri no Facebook que um namorado estava noivo de outra, ou sobre como um namorado me pediu dinheiro para fechar um negócio de mentira, ou sobre como de repente ele parou de me telefonar depois de me pedir em casamento, e ela diminui o volume de seu veneno.

"Acho que tive sorte e estive com homens bons, de maneira geral", digo.

"E todos detestam pornografia, com certeza", diz Zikora, com a expressão de ódio de quem encara um traidor. Ela se identifica com outras mulheres só por meio da dor causada a elas pelos homens. O fato de eu não trocar histórias sobre as minhas feridas amorosas é uma falha imperdoável minha.

Depois que a chamada termina, Chia me liga rindo, e fico feliz de ouvir o som de sua risada. "Homens bons, de maneira geral? Por favor, com qual deles você ficou tempo o bastante para saber que eram bons de maneira geral?"

Chia cunhou a sigla BAP, que significa "breve ataque de paixão". Conto a ela que conheci alguém e ela cantarola: "Alerta de BAP novo!". Jide diz "mata-sede", que serve tanto para a pessoa como para o processo, e que muitas vezes ele encurta para "mata". "Você vai ver seu mata hoje?", pergunta, ou diz: "Esse coitado desse mata está se apaixonando e não sabe que a sede já está chegando ao fim". Eu chamo de emoção. "A emoção aconteceu", é como descrevo. Conheci alguém e a emoção aconteceu. Às vezes, acho que a emoção vai acontecer com um homem que se conhece bem, com um intelectual ou com um cara de pele muito escura, algo que normalmente me atrai, mas, às vezes, não acontece. Às vezes, com o homem mais improvável surge uma eletricidade no ar e no nosso olhar compartilhado de busca, e sinto um arrepio me descendo pelo pescoço. Entro num estado sublime, no qual tudo é exagerado; o olhar dele se torna um farol e meus pensamentos vêm em torrentes. A emoção acontece, uma enxurrada e uma avalanche de emoção. Ela sempre traz a felicidade em ondas imprudentes. Não cresce; me atinge já formada, elétrica e intensa, deixa minha mente encharcada daquele homem e quero tudo no mesmo instante, hoje, agora. Dura alguns meses, no máximo. Em geral sou eu que começo e sempre sou eu que ponho o ponto-final. Nunca me arrependi, a não ser com o Big Man presunçoso logo antes de eu ir para os Estados Unidos, meu caso mais curto e mais estranho até agora. O primeiro perfume que ele me mandou era para ser um presente neutro, um agradecimento por quão bem tínhamos aconselhado a Adic-Petroleum acerca da melhor maneira de angariar fundos para construir suas instalações. Depois, vieram telefonemas, mensagens de texto e mais perfumes que dei para minhas amigas. Ele não era meu tipo de Big Man, o meu tipo de Big Man é modesto, e esse era inchado de orgulho que nem um grão de feijão na água fervendo. Quando o projeto começou, ele questionou minha competência, perguntando "Ela é a líder da equipe?" com uma sobrancelha arrogante erguida. Eu o achei um matuto enfadonho, um homem pouco instruído que enriqueceu por acaso; ele dizia "O indivíduo comunicou que adquiriu o veículo para a instituição de terceiro grau", porque achava que fosse simples demais e, portanto, pouco impressionante, afirmar "O homem disse que comprou o carro para a universidade". Não respondi a suas mensagens de texto ou retornei suas ligações até que ele apareceu na porta do meu escritório certa manhã, perguntando: "O que eu tenho que fazer para você atender ao meu telefonema?". Estava sorrindo e, quando sorriu, a emoção aconteceu e o ar ficou elétrico, ou, pelo menos, foi isso que pensei. Eu o convidei para ir à minha casa e ele ficou deliciado, mas falou que precisava se preocupar com a segurança e preferia receber as pessoas em sua casa de hóspedes. "Bom, eu não sou qualquer pessoa", disse eu, e o Big Man riu. Chegou à minha casa com um boné empoleirado na cabeça, como se não tivesse conseguido enfiá-lo direito. Um certo tipo de homem nigeriano de meia-idade pensa que parecer mais jovem é usar tênis e boné. Tirou o anel enorme do dedo médio e o relógio, colocando ambos na minha mesa de cabeceira com um cuidado cerimonioso. Eu sabia que ele seria cheio, seus ternos sempre pareciam esticados, mas fiquei impressionada com o tamanho da barriga solta. "Estou machucando você?", perguntava o Big Man sem parar, e pensei: Me machucando com o quê? Mal senti qualquer coisa, e não consegui me entender direito com aquela pança. Vi que ele tinha deixado para trás uma fileira de mulheres que haviam fingido; só assim podia perguntar "Estou machucando você?".

O Big Man foi ao banheiro e voltou, e depois andou até a janela para abrir as cortinas, sem nenhuma inibição, aquele homem nu corpulento que amava tanto suas partes inadequadas. Achei que ele devesse ter tido a elegância de ficar ao menos um pouco acanhado.

"Vou fazer por você o que nenhum outro homem jamais fez", disse ele, e seu sorriso lascivo me causou repugnância. Assim como sua estatelada pós-sexo, com pernas abertas na minha cama como se fosse dele. Por que tinha convidado aquele homem? Ondas de nojo me fizeram suar frio. Ele tentou me abraçar de novo e escapuli para ver que horas eram no meu celular.

"Por favor, você tem que ir embora. Eu preciso rezar."

"Hã?"

"Eu rezo num horário específico todas as noites", expliquei, e a surpresa do homem se transformou em aprovação, ou admiração, ou ambos. Ele catou suas roupas e disse: "Tudo bem. Me mande uma mensagem quando você acordar".

Eu nunca tinha usado aquela desculpa antes — *Eu rezo num horário específico à noite* —, mas imaginei que fosse funcionar, pois alegar religiosidade sempre funciona. Basta a menção de uma prece para desligar qualquer pensamento. E também há o lado supersticioso, pois o fato de eu rezar num horário específico à noite não apenas me faria ganhar pontos morais aos olhos do homem, como ele também não ousaria questionar a prática, com medo de que algo de ruim fosse acontecer. Troquei os lençóis e me esfreguei como se quisesse arrancar da pele o nojo de mim mesma. Os homens sempre me dizem: "Você é tão diferente. Nunca conheci uma mulher que nem você". Para a maioria, isso é um elogio; para outras, não. Para o Homem Arrogante não foi, pois ele não conseguiu compreender quando passei a evitá-lo. "Que tipo de mulher é você?" Essa foi uma das muitas mensagens de texto não respondidas que inundaram meu celular antes de eu bloquear o número dele. O homem fez uma reclamação oficial com o CEO, dizendo que eu tinha cometido um erro gigantesco nos documentos do financiamento; a pequeneza dele não deveria ter me chocado, mas chocou.

O CEO riu. "Alguns homens são muito infantis. Sei que ele está correndo atrás de você e não conseguiu o que queria."

Mas será que não conseguiu? Quando voltei dos Estados Unidos, perdi dois projetos de consultoria para duas empresas de serviços à indústria de exploração e produção de petróleo, um atrás do outro. Mais tarde, descobri que o Homem Arrogante havia dito a essas empresas que eu era incompetente, e que o CEO me recomendava só como recompensa por esquentar a cama dele. Dois anos inteiros tinham se passado e fiquei chocada ao me dar conta durante quanto tempo o ego ferido dele havia sangrado e o tamanho da poça que o sangue formou. Recentemente o vi no casamento da filha de um senador, em Lagos, um senador a quem ajudei a comprar uma casa em Dubai com dinheiro lavado. Senti que alguém me observava e, quando me virei, notei seus olhos fixos em mim, apertados de expectativa, ansioso para ver qual seria a minha reação. Se tivesse imaginado que o veria, talvez ficasse furiosa na minha mente. Mas ele era apenas um dos muitos Big Men que, por algum motivo, se recusam a pedir que seus alfaiates façam a parte de cima de seus caftãs com doses mais generosas de pano e que, por isso, saem por aí com a barriga enorme esticando o algodão, gemendo em busca de liberdade.

Se senti alguma coisa, foi por mim, não por ele: uma perplexidade no cerne de um ódio de mim mesma. Como eu podia ter aberto minha porta para aquele homem, um homem que não desejava, que era impossível jamais ter desejado? Falei dele para Chia, de como tinha um negócio de tamanho insuficiente, com, ainda por cima, o obstáculo de uma pança significativa, e ainda assim teve o atrevimento, enquanto resfolegava, de perguntar sem parar: "Estou machucando você?".

Chia riu como sempre ria das minhas histórias sobre homens, mas eu soube que percebeu meu nojo por mim mesma, o quão diferente aquilo era, para além dos detalhes. Se eu precisasse ter mais certeza de que esse não tinha sido um acontecimento de emoção, a prova foi a tempestade dolorosa de arrependimento que desabava sobre mim sempre que me lembrava dele. Nenhum dos outros fez com que me arrependesse e todos tiveram finais melhores. O final com Arinze, a quem por um breve instante me perguntei se amava, porque ele foi o que mais durou, completando onze meses, não foi tão indolor quanto os outros dois, mas, mesmo assim, não me causou arrependimentos. Sei que o fim está próximo quando começo a conversar com as minhas cortinas, dizendo palavras que quero dizer para o homem ao mesmo tempo que olho as cortinas cor de bronze fechadas sobre as minhas janelas.

Teve um homem com dedos longos e elegantes. Um cara encantador e cheio de segredos, com uma mente repleta de becos sombrios. Eu suspeitava que ele roubasse dados de cartões de crédito, mas ele afirmava que trabalhava com importação de carros. Ríamos tanto juntos. Conversávamos a noite toda e pela manhã adentro sobre coisas que logo esquecíamos, às vezes até eu ter que me levantar e me arrumar para ir ao trabalho, me sentindo desnorteada e desajuizada.

"Não perdi a habilidade de dirigir durante o dia", ele me disse, já quase no fim.

"O quê?"

"Para o caso de você achar que o sol está forte demais para eu dirigir. Porque você parou de me convidar durante o dia, só convida durante a noite agora, e bem tarde."

Terminamos rindo e ainda somos bons amigos. Teve um homem que dizia "Eu te amo" sem parar na cama, como quem repete palavras mágicas para ressuscitar os mortos, o que distraía e interrompia o meu desejo.

"Pare de falar isso, por favor", pedi para ele.

O cara me olhou, desconfiado. Ele era de uma igreja pentecostal e li seus pensamentos. O que, além de um demônio, levaria uma mulher a falar que não quer ouvir alguém dizendo "eu te amo"? Esse homem me pediu em casamento pouco depois de me conhecer, afirmando que o Espírito Santo havia revelado que eu seria sua esposa. Eu colava adesivos de coração em todas as suas coisas: sapatos, bolsa de laptop, e, sempre que achava um, ele ria e perguntava de qual estojo de criança eu tinha roubado aquilo.

Teve um homem lindo que ficou me olhando fixamente numa conferência em Lagos, até eu abordá-lo e pedir seu telefone. Ele gostava de corvina grelhada, então eu pedia corvina grelhada e mandava entregar para ele em horários aleatórios. No final, ele me perguntou: "Fiz alguma coisa errada? Diga o que foi que eu corrijo". O fato de ele ter dito "corrijo" e acolher tanto a culpa me fez sentir uma leve vergonha e uma saudade melancólica.

"Não, não, sou eu. Desculpe. Eu desligo e pronto. Não consigo ter o tipo de compromisso que você quer", expliquei.

Teve um homem que lamentei não ter amado, um homem que quis amar. Chijioke. Sempre me sentia confortável com ele. Ouvi a voz de Chijioke antes de ver seu rosto. "O *private equity* é um câncer horrível, ele sempre ganha no final", ele dizia ao telefone, caminhando na minha frente no corredor de um banco. Era o meu tipo, erudito, seguro e não esmagadoramente bonito; nada me entedia mais que a autoestima de homens que passaram a vida inteira sendo elogiados pela aparência. Mas, quando finalmente nos conhecemos, não senti aquela força crescente, aquela explosão de entusiasmo puro. O CEO mandou contratar Chijioke na Inglaterra e ele falava como alguém que tinha morado lá desde os seis anos. Nas reuniões, seu sotaque britânico polido era chocante, deslocado. Quando os diretores falavam casualmente de um empréstimo que precisava desaparecer, ele ficava assentindo como um aprendiz ansioso. Amanze disse que os diretores o chamavam de Bode Londrino. No escritório do CEO, eu o ouvi reclamando de alguém na equipe. "Ela mentiu, mas as provas estão lá. Ela mentiu na minha cara." Ele soava atônito. O CEO foi brando e vago, murmurando que a pessoa seria interrogada, mais interessado em manobrar uma questão de *compliance*.

Não houve nenhuma onda de emoção, mas senti uma necessidade de protegê-lo ou de preservá-lo.

Quando saímos da sala do CEO, convidei Chijioke para almoçar. Estava me sentindo durona, sofisticada e cheia de sabedoria. Queria ensiná-lo a sobreviver nesse país.

"Olha, você precisa entender que mentir e enganar não são questões morais no cotidiano daqui, são só ferramentas, meios de sobrevivência", expliquei a ele. "A contrição nem é uma opção, pois primeiro as pessoas precisariam pensar nisso como uma questão moral. E muitas pessoas daqui simplesmente não pensam assim. Quando os nigerianos falam de questões morais, estão falando de sexo, e alguns dos mais nobres, de corrupção. Mas existe uma espécie de amoralidade nas hipocrisias e nos fingimentos do cotidiano, porque eles são só meios de sobrevivência. Então, não fique tão chocado por ela ter mentido, você devia esperar por algo do tipo e lidar com isso, mas não demonstre o quão chocado está."

Chijioke pareceu cansado, com os olhos fixos em sua garrafinha d'água.

"Sei que a vida é difícil para as pessoas", disse, por fim. "Esse é um país pobre, afinal de contas."

"Existem países mais pobres que não têm essa loucura."

Ele me olhou como quem se perguntava o que eu queria dizer exatamente. Seu almoço estava intocado no prato, frango ensopado com duas fatias de pimentão verde.

"O problema não é a Nigéria ser pobre, mas ter um materialismo virulento", falei. "O dinheiro está no cerne de tudo, absolutamente tudo. Não admiramos os princípios ou os propósitos. Nem as pessoas que têm dinheiro suficiente para levar as ideias e os ideais a sério levam. Não convivemos com a grandiosidade."

Chijioke arregalou um pouco os olhos e até eu me perguntei de onde tinha vindo aquilo. Minha intenção era deixá-lo com a casca mais grossa para aguentar a vida aqui, aquele filho recém-retornado a um país que era ao mesmo tempo estranho e seu, e ali estava eu, divagando sobre a grandiosidade.

Mas ele estava dando um sorriso tenro e, mais tarde, disse que se apaixonou quando mencionei a grandiosidade.

"E você?", perguntou.

"O quê?"

"Você admira os princípios e os propósitos?"

Quis dizer que sim, mas senti que aquilo era me absolver com facilidade demais e, por isso, fiz uma expressão facial que era equivalente a dar de ombros. Pouco tempo depois, Chijioke deixou o banco para abrir uma butique de investimento e vivia me pedindo para ir trabalhar para ele. "Estou corrompida demais, Chijioke", eu sempre respondia. "Você merece coisa melhor."

Quando Jide está bêbado e alegre nos meus jantares, se gaba sobre quão rápido os homens se apaixonam por mim, enquanto eu entro e saio dos relacionamentos sem me envolver. Os outros riem, me chamam de dama de ferro e se perguntam, de brincadeira, como vai ser o homem que finalmente vai me derrubar. Jamila, com aquele seu jeito ardiloso, ouviu a história de Jide da primeira vez e depois se virou para mim e perguntou: "Você acha que ia se esforçar mais com os homens se não tivesse dinheiro?".

"A Omelogor sempre foi assim", respondeu Jide, mas Jamila não se convenceu.

"*Wallahi.* É porque ela tem dinheiro", disse ela.

Eu não tinha dinheiro aos dezesseis anos quando disse ao menino mais popular, Obinna, de quem eu gostava, que não queria ser sua namorada porque queria ficar livre. Mas o que Jamila quis dizer, na verdade, é que o dinheiro é uma armadura, e ela tem razão. O dinheiro é uma armadura, mas é uma armadura porosa. Não, o dinheiro é uma armadura e é *também* uma armadura porosa. Ele protege, alimenta você com a droga potente da independência, te dá tempo e escolhas. Por causa do dinheiro, posso ir aonde quiser, quando quiser, e isso ainda me inebria, me intoxica. Quando comecei a ganhar mais dinheiro do que imaginava, precisei me convencer a gastar, sussurrando para mim mesma: "Eu consigo pagar por isso agora; consigo, de verdade". E então veio a implosão de dinheiro, quase do dia para a noite, quando o PGT se tornou uma empresa de capital aberto e as ações nos transformaram em milionários — e, por nós, quero dizer um círculo minúsculo e íntimo, os homens na caverna secreta e eu. Fiquei olhando os números na minha conta pessoal, dizendo para mim mesma que aquilo era realmente meu e não de um cliente, empolgada e zonza, pensando no que ia poder fazer para as pessoas que amava, como podia estender o braço e tocar sonhos que, no dia anterior, eram impossíveis demais para serem sonhados. Mas o dinheiro é traiçoeiro em relação ao quanto não é possível evitar, e em relação ao que não pode te proteger.

Acordo sem me sentir descansada, abalada por um sonho. Não devia ter lido o livro sobre células terroristas alemãs antes de dormir. Deve ser por isso que sonhei com o tio Hezekiah. No sonho, um homem de jilaba branca suja amarrava uma venda apertada sobre os olhos do tio Hezekiah e, no começo, eu corria para longe, mas, depois, passei a correr na direção deles, e tio Hezekiah estava de joelhos enquanto o homem de jilaba me provocava, dizendo que pouparia a vida dele se eu corresse depressa suficiente, e corri sem parar, até que tropecei e acordei ouvindo a risada de escárnio do sujeito e vendo o brilho de uma faca erguida. Estou trêmula. Quase nunca tenho sonhos vívidos e, sempre que isso acontece, me pergunto por quê, pois não pode ser aleatório o fato de alguns sonhos serem em cores e outros não. Se é um sonho perturbador, ele fica pairando, sombrio, sobre todos os acontecimentos do dia, com o peso de mau augúrio, afinal entendo os sonhos como vislumbres da vida após a morte e creio que morremos quando nos tornamos aquele eu que sonha. Em geral, escovo os dentes antes de ler as notícias de manhã, mas estou lendo as notícias primeiro, impaciente, como se quisesse encontrar uma pista para o meu sonho ou um motivo para essa sensação de catástrofe iminente. Mais pessoas infectadas com o coronavírus morreram na China. Agora isso é oficialmente "uma emergência de saúde pública de âmbito internacional". O médico chinês que alertou sobre a gravidade do vírus morreu por causa dele. Sua foto na tela, seu rosto franco, agradável e crédulo, me faz ter, pela primeira vez, um mau pressentimento sobre esse vírus. E se ele chegar mesmo à Nigéria? A voz de Jide ecoa na minha cabeça: "Vai ser o fim, vai ser o fim". Se pelo menos houvesse precauções a tomar, se pelo menos não fosse uma coisa tão besta quanto lave as mãos, lave as mãos e não toque no rosto.

Minha mãe me liga para dizer que tia Jane pediu a ela que me convencesse a entrar com o processo de adoção, só para o caso de o vírus chinês chegar à Nigéria.

"Tia Jane disse que um anjo apareceu para ela?", pergunto. "O que é essa obsessão com a ideia de eu adotar um filho?"

Minha mãe dá um suspiro e responde: "A família do seu pai é toda estranha".

"É", concordo, sabendo que, se uma irmã dela fizesse a mesma coisa, ela não diria que era estranho.

"A intenção da Jane é boa", diz minha mãe, quase com relutância. "Ela se preocupa com você."

Às vezes sinto que decepciono minha mãe por não estar me lamentando pelo fato de não ter tido filhos. "Não se preocupe, os filhos não estão no destino de todo mundo", ela me diz às vezes, procurando uma tristeza em mim. Nunca lamentei não ter tido filhos, mas as palavras de tia Jane fizeram surgir uma goteira fria de melancolia diante da realidade de que, aos quarenta e seis anos, é quase certo que isso seria impossível para mim. É a possibilidade que eu desejo, as portas ainda abertas. Se uma porta que jamais quis atravessar se fecha, lamento algo perdido.

"Como está o papai?", pergunto.

"Hoje é o aniversário da morte do seu tio Hezekiah. Você sabe como é."

"Hoje é o aniversário da morte dele?", pergunto, quase gritando. Um arrepio faz os pelos do meu corpo todo ficarem de pé. O que significa isso, eu ter sonhado com o meu tio no aniversário da morte dele, do qual eu nem me lembrava?

"É. Por quê?"

"Não, nada. Eu só não me lembrava."

Contar à minha mãe é abrir a porta para um catálogo de preocupações e mais e mais conversa. Conforme ela vai envelhecendo, suas superstições vão se multiplicando, e ela atribui causas sobrenaturais a coincidências e doenças. No dia do Ano-Novo, um pobre pássaro confuso se chocou contra o vidro da janela de seu quarto e minha mãe desatou a rezar, falando de forças espirituais desconhecidas e armas fabricadas para nos atacar.

Mando uma mensagem de texto para Chia e conto a ela que sonhei com o tio Hezekiah no aniversário da morte dele, data que eu nem sequer me lembrava, e termino a mensagem com um emoji de carinha confusa. *De certa forma é bonito você ter sonhado com ele hoje, você lembrou no seu inconsciente*, responde ela. Chia diz que lamenta não ter lembrado e que acabou de mandar uma mensagem de texto para a tia Nneka, esposa do tio Hezekiah. Também envio uma mensagem para a tia Nneka, dizendo: *Que a alma gentil do meu tio continue a descansar em paz.*

Quando consegui o emprego no banco, alguém me disse: "Falar hauçá em Abuja abre portas". Liguei para a tia Nneka na hora e, ao longo de algumas semanas, ela me ensinou hauçá suficiente para ter conversas básicas. Era um idioma elegante, mavioso e fácil de aprender, mas aprendi tão depressa que achei que talvez a minha língua ainda tivesse lembranças esmaecidas do hauçá simples que tio Hezekiah tinha me ensinado quando eu era criança. Ele vinha de Kano nos visitar e trazia pedaços de cana numa sacola de sisal e, quando me ensinou a contar de um a dez em hauçá, inventou uma melodia. Um-*daya*, dois-*bui*, três-*ukwu*, quatro-*hudu*... e, ao dizer as últimas palavras, dez-*gwomma*, batia palmas para mim, como se eu tivesse realizado um grande feito. Ele era doce, assim como meu pai, e eles passavam horas sentados na sala de estar, na penumbra, conversando baixinho. Durante anos, achei que ele tivesse um nome igbo, Izikaya, até ver meu pai escrevê-lo num cartão de Natal; achei engraçado e, na vez seguinte em que o vi, chamei-o de HEZEKIAH com uma solenidade adolescente e ele sorriu e disse "Não pronuncie meu nome assim na aldeia porque ninguém vai saber de quem você está falando". Eu estava na faculdade quando ele foi assassinado. Algo no meu pai ficou adormecido. Ele passou a dizer, com frequência e sem motivo, num tom de quem cismava: "Éramos quatro". Sempre que dizia isso, eu contava, contava mesmo: meu pai, a mãe de Chia, tio Hezekiah e tia Jane. Eles eram quatro.

No meu último aniversário, mandei fotos da minha pequena festa para os meus pais, e minha mãe quis saber quem era todo mundo, o que eles faziam e de onde eram e, quando perguntou de Hauwa — "Essa nortista linda, ela é de onde?" —, eu não quis responder Kano, porque Kano lembrava meu tio Hezekiah e lembrava o homem cuja cabeça foi enfiada e carregada numa estaca onde antes havia uma placa de trânsito, e por isso disse: "Ela é de Kaduna". Era perto o suficiente de Kano sem trazer a ferida de Kano.

Meu sonho vívido deixa na minha boca um gosto de medo, um medo difuso à espreita. Ao longo do dia inteiro, sinto medo, e não sei explicar de quê. Talvez seja uma característica africana que herdei, ver ocorrências incomuns não com curiosidade, mas com medo. No velório do meu tio Hezekiah, minha tia-avó Nne Matefi me deu um saquinho plástico de orobô. "Precisamos tomar cuidado", disse ela solenemente, e me contou que os filhos de Okonkwo tinham ido à aldeia para o velório da avó e, ao irem embora alguns dias mais tarde, estavam muito doentes, com o corpo repleto de furúnculos que minavam pus. Foram descuidados, não tomaram precauções, como sempre estar com um pedaço de orobô na boca. Os aldeões tinham tanta inveja que ficavam esperando as pessoas bem-sucedidas voltarem à aldeia para os velórios e então faziam *ogwu* para você morrer ou ficar doente, ou para o seu negócio falir. Não respondi com o tom zombeteiro de sempre, não disse: "Por que as pessoas não podem fazer *ogwu* para nunca faltar luz ou para tapar os buracos das ruas?".

Em vez disso, durante os três dias do velório do tio Hezekiah, andei de um lugar para o outro com a bochecha um pouco inchada devido ao pedaço de orobô que deixei na boca, sem engolir. E, de tempos em tempos, colocava a mão no bolso do vestido e esfregava com os dedos a superfície lisa das sementes, o que, estranhamente, me acalmava. Chia tinha acabado de tirar o apêndice nos Estados Unidos e não pôde ir ao velório, e ela riu, perguntando se o orobô não havia deixado um gosto nojento na minha boca. É um pouco seco, mas nada nojento. Eu nunca tinha provado orobô, achei que fosse ter um amargor absoluto como a noz-de-cola, mas tinha a aura de uma erva medicinal. Agora, como orobô ao primeiro sinal de um resfriado, e o amargor refrescante me limpa e sempre faz o resfriado durar menos. Não acredito que aquelas sementinhas me protegeram de forças espirituais malignas no velório do tio Hezekiah, mas, depois dele, comecei a pensar que sou capaz de respeitar aquilo em que não acredito. A crença em *ogwu* não fazia sentido, essa imensa mistura rígida sem nenhuma lógica no cerne. Mas há tantas outras coisas sem lógica. Qual é a lógica de fazer sacrifícios para um Deus onisciente, a ponto de Jesus ter que morrer perante Deus para nos salvar? Talvez a essência da fé não seja a lógica; talvez seja o desafogo.

Chia acha graça quando digo essas coisas. No Natal antes de ela se formar na faculdade, Chia veio à Nigéria com uma amiga afro-americana, a LaShawn. Passamos um dia dando uma volta na aldeia, com LaShawn querendo fotografar tudo. Uma mulher que vendia apliques de cabelo numa barraquinha perguntou a ela, em igbo, por que estava tirando fotos de barraquinhas sujas e, de repente, LaShawn começou a chorar. "Ela acha que eu sou daqui, ela acha que sou igbo", disse LaShawn. Ao observá-la, senti que tinha tropeçado e caído dentro da história. Talvez ela fosse mesmo daqui, seu ancestral talvez tivesse sido levado da região duzentos anos atrás. Aquilo me comoveu e me fez gostar dela e, quando voltamos para a casa de Chia, lhe dei um livro sobre a história da nossa aldeia, mal impresso, aberto na página que fala do irmão do meu avô, que foi roubado quando era menino. Naquela noite, a principal matéria no noticiário era sobre o homem que tinha sido preso em Lagos com uma sacola com partes de corpo humano, dois seios, uma cabeça, um rim e duas mãos, tudo recém-cortado.

Mostraram o sujeito sentado no chão da cela de uma delegacia, usando uma regata suja e uma cueca, emaciado, como se seus crimes houvessem lhe sugado o corpo e o deixado com a aparência de alguém que passava fome.

"Eu não confiaria *nele* se quisesse um rim novo", comentou LaShawn.

Chia deu uma gargalhada e explicou para LaShawn que aquelas partes de corpos não eram para transplantes de órgãos, as pessoas as usavam em rituais para enriquecer. Chia estava rindo, como quem diz "tudo isso é tão idiota", e LaShawn começou a rir também, o que me deixou desconfortável e, depois, irritada com Chia. Mais tarde, falei para ela: "Não ria de nós, você vai fazer com que LaShawn deixe de sentir orgulho de suas raízes africanas". Chia me olhou, incrédula. "Rituais feitos com partes de corpos nos representam? Desde quando?" Ela estava com aquela expressão resignada que queria dizer que Omelogor estava sendo Omelogor, como se não pudesse fazer nada com a prima que dizia maluquices às vezes.

"Não estou falando de ritual de assassinato, mas de jazz em geral, tem a ver com um sistema de crenças e uma visão de mundo. Existe jazz bom e jazz ruim, e aquele homem obviamente estava fazendo o ruim, mas, quando você ri daquele jeito, faz parecer que todo jazz é ruim", disse eu, e Chia, rindo, respondeu: "Parece aquela peça, *Nosso marido enlouqueceu de novo*".

Na faculdade, aprendi a chamar de jazz e não de *ogwu*, pois era o nome mais atualizado de uma geração mais jovem, e pan-nigeriano, afinal se tratava de uma palavra em inglês, então era possível falar de jazz iorubá, de jazz hauçá e de jazz igbo. No último ano, uma menina com quem eu mal falava e cujo quarto ficava no mesmo andar que o meu no alojamento disse que outra menina do meu departamento tinha dito que o único motivo pelo qual os meninos viviam correndo atrás de mim era porque eu usava jazz. Eu me imaginei com a coluna bem curvada para entrar na casa assombrada de um *dibia*, com suas tartarugas, seus pintinhos mortos e sei lá mais o quê, e depois saindo com frasquinhos sujos de poções, ou talvez com um barbante ao redor da cintura que faria os homens me seguirem quando eu passasse por eles. Para fazer a menina fofoqueira ficar satisfeita diante da minha mágoa e esperar um confronto meu com a outra menina, ergui a voz e disse: "Que bobagem! Como ela pode falar isso de mim?". Ela foi embora com um ar contente; tem gente que sente satisfação em armar o palco para as batalhas dos outros. Nunca confrontei a menina do meu departamento, claro, mas, sempre que a via, olhava-a com fascínio, pensando: "Ela acredita nisso, acredita de verdade".

O sonho com o tio Hezekiah, o coronavírus se espalhando, a cobertura da imprensa sobre Kadiatou. Tudo é demais, e fico examinando, distraída, o arroz e o ensopado no meu prato, sem apetite nenhum. Philippe não diz nada, tirando a mesa e fechando a porta da cozinha com mais gentileza que de costume. Ando devagar e sinto um líquido interno se espalhando, como se, caso fizesse um pouco de esforço, minhas entranhas fossem derreter. De repente, tudo o que eu quero é me sentar ao lado de Atasi. Quando era pequena, Atasi se sentava no meu colo e eu lia para ela, ou, enquanto eu comia, ia lhe passando um pedaço de peixe ou carne de tempos em tempos. Apenas um ou dois anos atrás, eu ainda conseguia convencê-la a sair de seu isolamento para assistir a programas de auditório na TV, ou, às vezes, dar uma caminhada. Agora, parece que só conversamos quando ela quer me pedir alguma coisa. Eu a encontro em seu quarto, deitada na cama, com revistas de moda espalhadas. Atasi me olha com uma expressão intrigada, como se precisasse haver um motivo para eu ter entrado em seu quarto, mas não conseguisse lembrar qual é.

"O que você está fazendo?", pergunto.

Atasi dá de ombros e me entrega o celular, mostrando a foto de uma menina de biquíni.

"Esse é o abdome que eu quero", diz ela.

"Essa pobre alma passou vinte horas sem comer antes de tirar essa foto e está encolhendo a barriga", afirmo.

Atasi olha para o teto, como se quisesse mostrar que esperava que eu a decepcionasse como sempre, e lamento não ter dito outra coisa.

"Você ouviu falar das mulheres de Lagos que morreram depois de fazer enxerto de gordura no bumbum?", pergunto, mostrando o meu celular, como se agora fosse a minha vez de oferecê-lo para ela. Uma de vinte e dois anos e a outra de vinte e três. Não tinham dinheiro para pagar o médico formado nos Estados Unidos com o qual todo mundo se consultava e, quando uma enfermeira se ofereceu para fazer a cirurgia por um valor menor, elas aceitaram. Nas mídias sociais, há fotos da enfermeira naquilo que ela chamava de sua sala de cirurgia, e imagens das meninas com as palavras "Descansem em paz" escritas sobre os corpos, meninas bonitas com sobrancelhas arqueadas e iluminador nas bochechas.

"É muita maldade o que a enfermeira fez", diz Atasi.

"É horrível", digo. Torço para que fale mais alguma coisa, mas não fala.

Pergunto se ela já decidiu o que vai vestir na festa do dia seguinte, os dezesseis anos de uma amiga.

"Ainda não", responde Atasi, e me olha esperando que eu vá embora.

"É a Maitama?"

"É."

"O Paul leva você."

"A Chiso e a Cynthia podem vir se arrumar na nossa casa?"

"Podem", respondo, gostando de ouvi-la dizer "nossa casa".

Minha mãe não gostou quando comprei essa casa. Andou com relutância de um cômodo ao outro, como se temesse que demonstrar entusiasmo desse à casa uma aprovação que ela não merecia.

"Esse chão de mármore não é um pouco escorregadio?", perguntou ela, de pé no meio da minha vasta sala de estar.

"Não", respondi.

"Você é jovem demais para ter uma casa assim. Os homens ficam intimidados. Por que não um apartamento, um bem grande, maior que o seu último?", indagou ela.

"Não tem nenhum apartamento grande no mercado", falei, de brincadeira.

Ela parou na porta do quarto ao lado do meu, sem entrar. "Olha só, tem coisas aqui."

"Esse é o quarto de Atasi", expliquei.

Minha mãe suspirou. "Por que ela tem um quarto? Um homem que queira se casar com você pode não gostar desse arranjo."

"E se eu encontrar um homem que goste?"

Ela estava em Abuja porque, na semana seguinte, eu ia levá-la aos Estados Unidos para fazer um check-up. Minha mãe não estava se sentindo mal, mas disse que queria fazer um check-up lá. Entre suas amigas, a última vantagem a ser contada era que seu filho ou sua filha estava organizando um check-up para você no exterior. A Índia era popular, a medicina era tão boa quanto na Inglaterra e mais barata, mas os Estados Unidos tinham o maior peso na hora de se gabar. Ouvi minha mãe dizer ao celular: "A Omelogor vai me levar aos Estados Unidos para fazer um check-up. Você sabe como são os filhos, eu disse a ela que está tudo bem e que não precisa, mas ela insistiu".

Segurei o riso. A habilidade da minha mãe na falsa modéstia muitas vezes me deixava perplexa. Eu estava aguardando ansiosamente a viagem só para ver Chia. Minha adorada Chia. Certa vez minha mãe disse "Você tem bastante tempo para a Chia", como se quisesse que eu não tivesse.

"Ela é minha prima."

"Você tem outros primos."

Durante toda minha infância, minha mãe insistiu para que eu ficasse próxima da filha do irmão dela, Chinyere, mas ela e eu nunca tivemos muito assunto. Chinyere tinha uma personalidade apagada, como se em outra vida, talvez, pudesse ter sido vibrante. Então, Chinyere morreu dando à luz e, durante semanas, evitei pensar nela, pois ficava tomada por uma culpa irracional, pela sensação de que, se tivesse sido mais simpática com aquela prima e respondido a suas mensagens de texto enfadonhas, ela talvez não teria morrido.

Sim, tenho tempo para Chia. Chia é fácil de amar, mas mesmo se não fosse, eu a amaria. Às vezes, dois seres humanos têm espíritos que se sentem completamente relaxados um com o outro e, para nossa sorte, também somos parentas. Minha mãe gosta de dizer: "Chia fica só vagando, sem fazer nada de sério. Se o dinheiro ficar todo nas mãos dela, vai ter evaporado até a próxima geração".

Que Deus abençoe minha amada mãe, mas ela bebe um copo de arrogância toda manhã, arrogância com um forte sabor igbo, do tipo que deixa parentes distantes tranquilamente convencidos de que tudo aquilo que você se esforçou para obter, de alguma maneira, pertence a eles.

"A pessoa não consegue usar mais ouro italiano que aquilo", minha mãe sempre dizia sobre a tia Adaeze na minha adolescência, quando seu ressentimento estava no auge.

"Mamãe, a tia Adaeze não nos deve nada." Então, eu listava tudo o que tia Adaeze tinha feito, comprado um carro para o meu pai, mandado dinheiro quando os professores universitários estavam em greve e o governo suspendeu o pagamento dos salários.

"Eles poderiam ajudar mais e nem ia fazer falta. Podiam ter mandado você estudar fora, sabem como você é inteligente." Minha mãe então resmungava que meu pai era muito distraído e desinteressado nessas coisas, ou poderia ter pressionado a irmã para ajudar mais. Eu não queria que tia Adaeze nos ajudasse mais, pois não queria me afogar no lago dos obrigados. Queria poder eu mesma nos ajudar mais, a mim, aos meus pais e ao meu irmão caçula, Ifeatu, deixando minha pele livre das chagas da gratidão eterna. Aos catorze anos, já planejava estudar administração no campus de Enugu porque tinha lido uma matéria sobre um rapaz que havia trabalhado num banco e ficado ricaço. Depois que os resultados das nossas provas de terceiro ano do ensino médio saíram, minha professora preferida, a sra. Orjiani, começou a moldar zelosamente o meu futuro. "Omelogor é nossa melhor aluna, é claro que ela vai estudar medicina", disse ela na sala dos professores, e dei um sorriso simpático, sabendo que ela estava errada.

Com o dinheiro das ações do PGT, pude financiar a pesquisa do meu pai, mandar meu irmão para o Reino Unido e apaziguar a arrogância ancestral da minha mãe. Ifeatu foi fazer mestrado em engenharia e, em todos esses anos, nunca voltou à Nigéria; mora no País de Gales, um recluso que nunca telefona. "Não sei, talvez Ifeatu devesse ter ficado na Nigéria", diz minha mãe, num tom que carrega a mais leve reprovação. No entanto, foi ela quem insistiu e insistiu para que eu pagasse pelo mestrado e pelo aluguel de Ifeatu até ele arrumar um emprego. Insistiu na casa nova na aldeia, na casa perto do campus em Nsukka, no carro, nas joias de ouro que descreve como "tão caras" num tom lamentoso ao mesmo tempo que pede por elas mesmo assim. Para mim, minha mãe não merecia mais o luxo de se ressentir de tia Adaeze e de Chia, mas isso faz parte dela há tanto tempo que não conseguiu parar com as farpas, os cálculos e as medidas.

Minha mãe estava de visita em minha casa quando o avião da Malaysia Airlines desapareceu e, na televisão, as pessoas perguntavam como era possível um avião inteiro sumir daquele jeito.

"Melhor ver se sua prima não estava no avião que desapareceu, já que ela vive voando para cima e para baixo", disse ela. Foi a primeira vez que um comentário maldoso seu sobre Chia me deixou profundamente chateada. Aquilo me pareceu rancoroso, baixo, uma piada inaceitável.

"Então se a Chia estiver mesmo viajando, é assim que a senhora vai falar?"

"É claro que eu sei que ela não está na Malásia."

"Como a senhora sabe?"

Minha mãe me olhou, com o rosto imóvel de dúvida e hesitação. "Não está, está?", perguntou, baixinho.

Eu sabia que Chia estava na Alemanha com o novo namorado, o sueco com cabelo comprido de hippie, mas, mesmo assim, fui idiota e telefonei para ela, só para me certificar. "É, estou em Berlim", disse Chia, parecendo desanimada, sua voz um murmúrio baixo ao telefone.

"*Kedu?* Tudo bem?", perguntei, mais preocupada que o normal, pois os comentários da minha mãe tinham me deixado tensa.

"Tudo. Acabamos de voltar de um jantar na casa dessa alemã. Depois eu conto."

"Mas sem problemas?"

"Sem problemas", respondeu ela.

O sueco parecia ser aquele tipo de branco que não é sério e fica feliz sem ter um emprego de verdade. Chia já tinha aquele gene não sério, precisava de alguém com os pés firmes no chão e, se era para ser um cara branco, que fosse alguém como Luuk. Quando conheci Luuk em Nova York, saímos para jantar e, ao ver o cardápio, ele fez um som que expressava ter achado algo absurdo. "O que é isso, tinta de lula? Parece ruim, não? Se eles precisam servir um prato com tinta de lula, então podiam dar um nome diferente; quem gosta de comer tinta? E tinta de uma lula?"

Gostei dele na hora. (Quando fomos nadar, observei-o boiando, comprido e magro, e sua brancura me fez pensar num frango cru. Vi Chia nadar para perto dele e tocar ternamente a lateral de seu rosto, e pensei: É incrível como a gente gosta do que gosta.)

Luuk pelo menos tinha senso de humor, ao contrário de Darnell, o amor da vida de Chia, que não sentia nenhuma emoção, mas sabia falar sobre a semiótica da emoção. Eu me lembro de como Chia continuava a tentar cavar aquela terra dura e impenetrável, buscando defeitos em todos os lugares, menos nele. Segundo ela, o inglês foi seu grande amor, mas foi Darnell quem a deixou aos pedaços com cicatrizes. Minha adorada Chia, tão sofisticada e viajada e, ao mesmo tempo, tão inocente e inexperiente.

Há um quê de feminilidade indefesa nela, com aquele rosto lindo e aquele corpo pequeno e esguio; no fato de ser quebrável, de ser sonhadora.

Eu me sinto fraca e com o nariz congestionado como se estivesse prestes a ter um resfriado, prestes a receber mais uma porção do mal-estar do harmatã. Uma notícia aparece na tela do meu celular, sobre como o coronavírus pode se tornar uma pandemia, uma calamidade como a peste bubônica. Não consigo suportar essa melancolia especulativa. Para me distrair, pesquiso por lares para crianças sem mãe, a princípio apenas no estado de Anambra e depois em toda a Nigéria, lendo os parcos detalhes disponíveis na internet. Alguns usam o nome orfanato ou serviço de acolhimento de crianças. Nas páginas no Facebook, há fotos de pessoas famosas posando ao lado de sacos de arroz e caixas de macarrão instantâneo Indomie, de crianças brincando ao ar livre, de crianças numa festa de aniversário, ao redor de um bolo meio murcho. Em uma dessas fotos, há um menino num canto usando uma camiseta rasgada que cai até os joelhos, grande demais para o seu corpinho. Sinto uma tristeza crescer dentro de mim ao pensar em crianças passando a infância num lugar que tem o nome de lar, mas não é, sem sombra de dúvida, um lar. Em um comentário no Facebook, alguém pergunta por que custa duas mil nairas a mais para adotar um menino e a resposta postada diz: *Devido à escassez e à demanda.* Para que estou lendo essas coisas? O que é esse estilhaçar interno que sinto? Em vez de fazer isso, devia ler as mensagens no Só para Homens e escrever alguns posts para publicar ao longo da semana. Nos anos em que passei escrevendo esses posts, aprendi que existem muitas lacunas no mundo que deviam ser preenchidas com amor, mas não são. E que é fácil demais, na internet, fingir ser expert em algo. A falta de amor nos faz acreditar em experts quando não temos motivos para isso, pois a falta de amor cava buracos dolorosos em nós e os preenchemos com o que quer que acreditamos que vai nos consolar. Tenho tantos assinantes que precisam acreditar que essas lacunas podem ser preenchidas que sei do que estou falando justamente porque há tanta dor flutuando no mundo. Às vezes, acho que ajudei algumas pessoas, mas, às vezes, acho que não. Hoje, não ajudei.

Querido homem,

Entendo que você não goste de aborto, mas a melhor maneira de diminuir o número de casos é ser responsável pela destinação de seus fluidos corporais masculinos. Não saia espalhando esses fluidos por aí e não os deixe em lugares que não merecem.

Lembre que estou do seu lado, querido homem.

Querido homem,

Tenho certeza de que você foi criado para ser emocionalmente forte, machão, e que, quando fica assoberbado, sente que não pode demonstrar isso, pois seu papel é ser estoico. Assim, você carrega tudo sozinho e em silêncio. Alguns homens conseguem ser estoicos e outros não. Minha sugestão é: se você não consegue ser estoico, não seja. Muitas mulheres querem um homem desse tipo e muitas querem homens que conseguem demonstrar quando estão assoberbados. Não se preocupe com os relatos alarmistas que dizem que só existe uma maneira de ser homem. Existem muitas maneiras, o bastante para todo mundo.

Lembre que estou do seu lado, querido homem.

Querido homem,

Me solidarizo muito com a sua situação e entendo o que você quer dizer ao afirmar que as mulheres nunca pedem desculpas ou nunca se responsabilizam por nada hoje em dia. Que tolinhas. No entanto, alguns homens (nem todo homem! nem todo homem! nem todo homem!) são tomados por uma fúria irracional quando as mulheres falam, quando as mulheres se levantam, quando as mulheres brilham. Por favor, tenha certeza de que esse não é o seu caso antes de prosseguirmos.

Lembre que estou do seu lado, querido homem.

Querido homem,

Você posta milhares de fotos de relógios, joias e carros no Instagram e diz que as mulheres são interesseiras porque só querem saber de dinheiro? Posso, gentilmente, sugerir que você faça um experimento? Poste foto sua construindo uma ponte com as próprias mãos ou distribuindo comida para os sem-teto. Depois me conte como foi. Você atrai aquilo que chama.

Lembre que estou do seu lado, querido homem.

Querido homem,

Sua namorada gamer não está exagerando. Mulheres que amam jogar online não gostam de usar a própria voz porque, assim que fazem isso, alguns homens começam a ameaçá-las de estupro. Caras legais como você precisam denunciar isso. Se você é um desses que ouve a voz de uma mulher e começa a ameaçá-la de estupro, só está mostrando o babaca que é, e, sendo um babaca, melhor não anunciar isso por aí. Deixe seu lado babaca na moita.

Lembre que estou do seu lado, querido homem.

Querido homem,

Olha, eu entendo. Tudo que disseram que era coisa de menino quando você era criança, de repente, não é mais coisa de homem. Mas ninguém sabe bem como ficou a situação agora, ninguém parece mesmo saber. Dizem que você é machista quando suas intenções foram boas. Então, você fica com raiva e, como está com raiva, bebe e bate em pessoas que são menores que você. Mas a questão é: abusar das mulheres e abusar do álcool, na verdade, só quer dizer que você é fraco, não que é forte e está com raiva. Homens, vocês são fortes SIM. Qualquer pessoa que diga que os homens não são fortes está mentindo. Então, dê um passo à frente e demonstre isso. Ser forte significa ter autocontrole. Converse com outros homens. Faça eles tomarem jeito.

Lembre que estou do seu lado, querido homem.

Jide liga para dizer que está no trabalho há apenas uma hora e mal pode esperar pelo fim do expediente. Eu o imagino na mesa, com a tela do computador à sua frente, a gravata torta, as calças um pouco amassadas. Um colega dele acabou de conseguir um visto americano e está correndo para ir embora da Nigéria, pois está com medo. Os Estados Unidos estão banindo quem vem da China e, daqui a pouco, podem banir quem vem de qualquer lugar. Percebo que a partida desse colega deixou Jide deprimido.

"Eu não devia estar nessa cidade, não tem nada para mim aqui", diz ele.

"Por que você não tenta ir para os Estados Unidos? Tenta conseguir um visto."

"Os Estados Unidos, que você odiou."

"É, mas eu sou minoria. Pode ser que você não odeie."

"Eu às vezes me vejo no Reino Unido. A cena americana é racista demais. O Nnaemeka contou que ele não usa foto de perfil nem seleciona uma etnia nos aplicativos de namoro, só coloca os interesses. Um monte de gente entra em contato com ele, daí começam uns papos superanimados, pedem uma foto dele e, assim que ele manda, é bloqueado. Nnaemeka disse que isso já aconteceu seis vezes, seis vezes, e ele nem é gordo que nem eu. Vive na academia."

Sinto a irritação de estar tendo uma conversa que já tive muitas vezes, todas igualmente engessadas e que não levam a lugar nenhum. Jide pensa que suas esperanças estão frustradas antes mesmo de nascerem.

"Nunca se sabe", digo, e me esforço para não soar como se estivesse pensando que ele não tenta nem termina o que começa, embora seja exatamente isso que tenho em mente. Fiquei magoada da última vez, quando ele disse "Nem todo mundo é tão destemido quanto a grande Omelogor", mas não falei nada. Jide tentou ir embora de Abuja uma vez, quando enviou seu currículo para a empresa de design gráfico em Lagos que oferecia o emprego dos sonhos dele. Responderam com um não simpático. Tive um palpite e o mandei encurtar o primeiro nome e usar o nome do meio como sobrenome, então ele passou de "Jideofor Thomas Okeke" para "Jide Thomas" — de um nome igbo óbvio para um que soava iorubá. Ele reenviou o currículo e ficou chocado quando lhe ofereceram o emprego.

"Como eu posso trabalhar lá sabendo que eles não querem gente igbo?"

"Jide, esse é o emprego dos seus sonhos." Eu queria que ele fosse porque, caso se mudasse para Lagos, iria passar óleo nas asas e se libertar, e poderia arrumar outro emprego, ou descobrir que nem todo mundo na empresa era como a pessoa que fazia as contratações.

"Não consigo", disse Jide, e não foi.

O incidente com o porteiro do prédio de Jide me encheu de fúria, e torci para que essa situação finalmente o impelisse a tomar uma atitude, mas isso não aconteceu. O antigo apartamento de Jide em Gwarinpa não tinha água corrente e o portão era estreito demais para um caminhão-pipa passar, então ele sempre dava dinheiro para aqueles meninos hauçás trazerem água em galões de plástico, fazendo várias viagens até encher sua cisterna. Assim, Jide achou um novo apartamento, perfeito para ele, arejado, limpo, com um poço no terreno e espaço suficiente para estacionar carros na garagem. O porteiro parecia inofensivo, até que um dia bateu à porta de Jide e disse: "Eu vi aquele homem no fim de semana passado. Ele não é seu irmão e dormiu na sua cama".

Jide contou que demorou um instante até que as palavras se formassem em sua mente como a ameaça que tinham a intenção de ser. Ele entrou, voltou com algum dinheiro e deu ao porteiro, que disse *"Oga*, isto é pouco"; então, Jide pediu o número da conta do homem e o porteiro esperou pela transferência de braços cruzados, como se estivesse recebendo um pagamento pendente por um trabalho honesto.

Soube, ao ouvir Jide contar a história, que a minha foto com o presidente finalmente seria útil. O CEO me levou para almoçar com o presidente e um membro do Parlamento europeu; era mais fácil ver o presidente quando ele estava no exterior. Um salão elegante e antigo num hotel em Bruxelas, com toalha branca nas mesas. O presidente procurou desajeitadamente nos bolsos por algo que pareceu não encontrar. Pensou em pedir uma salada verde com queijo e primeiro apanhou uma colher, e depois um garfo. Em dado momento, pousou os talheres na mesa e, com os dedos finos, massageou os pulsos ligeiramente inchados. "Disseram que é artrite", falou para o membro do Parlamento europeu sentado ao seu lado, estendendo o braço como se o homem pudesse lhe dar um palpite mais certeiro sobre a condição de seus pulsos. Durante toda a refeição, ele se debruçou com frequência na direção do europeu de uma maneira que me deixou constrangida, numa deferência ancestral e inconsciente. Seu comportamento me fez considerar os homens de sua geração meninos ansiosos em escolas coloniais, com diretores ingleses exigentes reverenciados por eles.

"A Nigéria é extremamente corrupta", disse o presidente, e o europeu assentiu depressa, tentando esconder o quanto tinha se assustado. O presidente bebericou um copo d'água e deixou uma mancha de comida mastigada na borda do copo. Como era possível eu ter nascido num país governado por aquele homem, que não tinha absolutamente nada de extraordinário? Estar próxima dele era sentir o desprezo crescendo como um botão de flor e se abrindo numa explosão.

Mais tarde, quando tiramos fotos, com o CEO ansioso e entusiasmado, senti o cheiro da colônia do presidente, um aroma de uma outra época, de um mundo de muito tempo atrás.

"Fale para a nossa assessoria de imprensa se certificar de que essas fotos vão circular bastante", disse o CEO.

"Sim, senhor."

Fiquei vagamente constrangida pela minha foto com o presidente. Mas ela foi a arma perfeita para usar com o porteiro de Jide. Fui de carro até a casa dele, parei no portão e fiz um gesto, mandando o porteiro se aproximar. Ele parou diante da minha janela e disse que o sr. Jideofor não estava, ao que respondi que sabia, que estava procurando por ele mesmo. Mostrei no celular minha foto ao lado do presidente e a boca do homem se escancarou de espanto. "Eu tenho o telefone do presidente aqui", falei, batendo com o dedo na tela do celular para tornar o momento mais dramático. "Tenho o telefone dele bem aqui. Jideofor é meu irmão. Se alguém tem um problema com ele, tem comigo também. Se você tentar aquele truquezinho com ele de novo, você e sua família inteira vão desaparecer. Entendeu?"

Torci para o porteiro não conseguir enxergar minha incerteza naquela encenação, naquele melodrama exagerado e fecundo que é a vida nigeriana. Ele estava agitando as duas mãos, dizendo desculpe, desculpe, e então, para seguir o mesmo roteiro que eu, caiu de joelhos, ainda dizendo desculpe, desculpe, nunca mais vai acontecer de novo.

"Prevejo que os países vão começar a fechar as fronteiras", disse Jide.

"Ninguém quer saber das suas previsões", respondo.

Olho pela janela e observo meu jardim tranquilo e iluminado pela poeira. Paul passa levando um balde d'água da torneira nos fundos e desaparece na garagem para lavar os carros. À tarde, ele vai levar Atasi à casa dos pais; muitas vezes ela brinca, dizendo que eu tenho guarda compartilhada com eles. A mãe quer que Atasi fique mais comigo, mas me pergunto se ela não vai se tornar mais resiliente se passar mais tempo com os pais. Alguém buzina no portão e Mohammed abre, deixando entrar um SUV preto com película nas janelas. Uma amiga de Atasi chamada Chiso pula para fora usando um short provocativo, com um naco da parte de baixo do bumbum exposta como um desafio. Elas vão passar um tempo juntas até estar quase na hora de Atasi ir para a casa dos pais, e então Chiso vai embora. A outra vida de Atasi, com os pais, é como se fosse um clube privado, mas não secreto, fechado para as amigas do internato. Vou à sala de estar do andar de baixo e as encontro sentadas lado a lado no sofá, debruçadas nos celulares, com fones sem fio enfiados nos ouvidos. Chiso tira um fone e cutuca Atasi. "Ela disse que ele é namorado dela e ele não disse nada, então acho que agora é verdade."

Sinto um calafrio de apreensão no peito, mas finjo que não ouvi. É assim que elas acham que os relacionamentos começam nos dias de hoje, com as meninas maquinando e depois presumindo? Era para ser melhor na geração delas; as filhas deviam ter uma situação melhor que a das mães.

"Bom dia, tia Omelogor", diz Chiso quando me vê.

Atasi ergue os olhos para mim, eu sorrio, e ela volta a olhar para a tela, séria. Sinto uma distância inevitável entre nós na qual não desejo pensar muito, pois fazer isso seria imaginar que ela talvez nunca diminua. Talvez eu não devesse ter mandado Atasi para o internato. Mas era isso que seus pais queriam, e os imagino dizendo com orgulho para os parentes: "Ela está num internato privado". Ultimamente, Atasi vem pulando mais refeições, pedindo a Philippe que faça caldo de osso para ela, e está com os braços tão finos quanto pernas de passarinho. Não paro de procurar a tristeza em Atasi e não paro de encontrar, uma tristeza submersa, cujos contornos não são inteiramente conhecidos nem por ela própria. Atasi está obcecada pela profissão de modelo, aquele mar de tristeza cintilante, uma profissão na qual a falta de alegria é premiada. Quão editados os prazeres parecem, sem nada de sensual ou real. Sempre que ela me mostra mais uma foto de modelos na passarela, penso em como elas devem comer pouco. Aquelas sílfides ossudas de ombros quadrados, com clavículas proeminentes como nós dos dedos, e sempre taciturnas, insípidas e taciturnas, o mesmo caráter taciturno visto em todas, pois até o fato de ter personalidade saiu de moda.

"Era só tirar a gordura da barriga dela que já vira uma lipoaspiração automática", diz Atasi, e Chiso responde: "E das coxas também, eles precisam colocar mais gordura porque algumas das células de gordura morrem depois de um tempo".

Elas estão falando das meninas de Lagos que morreram por causa da cirurgia de enxerto de gordura no bumbum. Não estão questionando o anseio por bundas grandes que faz alguém concordar em tomar uma anestesia geral num quarto escuro com a tinta das paredes descascando. Elas sabem o que é ironia, o que é hipérbole e o que é ser atrevida, mas desconhecem o que é amor-próprio. Lembro de mim com dezesseis anos. Era uma época de ritmo mais lento e nossos problemas eram diferentes, claro, mas não estávamos tão propensas a reconhecer o pior de nós mesmas. Se nossas filhas não sabem o quanto são lindas sem que precisem mudar nada, sem dúvida fracassamos.

Ligo para Chia só por ligar e ela diz: "Hoje não está sendo um bom dia para você, dá para perceber".

Digo que estou preocupada com Atasi e que sinto que fracassei em dar a ela o que precisa. É fácil ser triste, a tristeza é algo que se alcança sem dificuldade. A esperança e a felicidade são mais difíceis de agarrar e não ensinei a Atasi como se faz isso.

"Ela não come, está só pele e osso", conto.

"Você acha que ela está com raiva?", Chia pergunta, e isso me parece uma indagação típica e exclusiva dos americanos. Até seu tom é americano e ela diz "raiva" como uma americana, mastigando a primeira sílaba.

"Raiva?", repito, apesar de ter entendido.

"De você. Por ser a benfeitora dela, dela e da família."

No meio da minha preocupação, surgiu um galhinho de irritação, como geralmente acontece quando alguém esfrega os Estados Unidos de novo na minha cara. É por isso que meninas como Atasi estão tristes. Os Estados Unidos dizem bobagens como essas para elas. Fique com raiva da pessoa que está ajudando você e sua família, fique com raiva da pessoa que paga a mensalidade da sua escola e o aluguel dos seus pais.

"Chia, eu não tenho energia para esse americanismo agora."

"Tá, é um americanismo, mas você acha que ela está com raiva?"

Eu me sinto murcha e exausta. "Provavelmente, sim", respondo.

Atasi não foi uma criança fácil de amar. Soube disso desde aquele primeiro dia, quando o destino a empurrou para o ponto na estrada na mesma direção em que eu dirigia. Não estava dirigindo depressa, mas distraída. Foi no começo, logo que chegamos em Abuja e Abuja era tão desconhecida para nós. Jide estava afundado no banco da frente, lendo informações na internet sobre papanicolau. Estávamos numa estrada cujo nome eu ainda não sabia, um pedaço largo e acidentado da estrada, onde pessoas passavam correndo por entre os carros e havia uma mistura de barraquinhas vendendo tudo o que se pode imaginar, vegetais, roupas usadas, pneus e pão. Eu estava a caminho da clínica para refazer o papanicolau. A médica ligou e disse que o resultado tinha sido irregular, e que isso podia não ser nada, mas ela queria ter certeza. Eu morava no meu primeiro lar em Abuja, um conjugado minúsculo em Wuse, e fiquei com o celular pressionado com força contra a orelha e em silêncio enquanto a médica falava, pensando que ela não tinha terminado a frase, pois a frase completa era que podia não ser nada, ou podia ser câncer. No primeiro check-up, a médica viu meu sobrenome e perguntou se meu pai era o grande professor, e depois não se apressou na hora de me examinar, apertando a minha barriga com mais firmeza do que eu gostaria. Ela me disse para tomar cuidado em Abuja, pois todo mundo tomava ou tramadol ou Benylin com codeína. "Todo mundo nessa cidade toma alguma coisa. Os pobres mais miseráveis cheiram as latrinas a céu aberto para ter onda", disse, e me perguntei por que ela achou que eu precisasse daquele alerta, ou se aquilo era algo que dizia para qualquer pessoa recém-chegada na cidade.

Podia não ser nada, ou podia ser câncer, e por isso eu estava dirigindo distraída. Meu primeiríssimo carro, o *hatchback* com os amortecedores ruins, comprado tão pouco tempo após eu começar a trabalhar que, é claro, surgiram rumores de que um homem tinha comprado para mim. Eu dirigia com cuidado, com medo daqueles cruzamentos insanos de Abuja onde ninguém dava a preferência para ninguém, com todo mundo se enfiando ao mesmo tempo. Em geral, ficava alerta com as pessoas paradas nos acostamentos das estradas, principalmente em estradas como aquela, onde havia gente tão perto dos carros. Jide disse algo antes de eu atropelar a menininha. Não ouvi o que ele falou, mas ouvi o pânico em sua voz, e foi seu tom que me fez colocar, inconscientemente, o pé no freio. A menininha, um borrão em movimento, um lenço vermelho na cabeça. Jide gritou "Meu Deus! Meu Deus!". Parei e já saí a toda do carro, mas Jide estava tentando me puxar, me manter lá dentro. A menininha estava deitada de lado. Estava imóvel como uma boneca de madeira. Ao redor havia vozes, pessoas, buzinas e poeira.

A vida às vezes muda por causa do que poderia ter acontecido, mas não aconteceu. A menininha não morreu. Ficou me olhando com um rosto redondo sem expressão e tive medo de que algo tivesse acontecido com seu cérebro. Então, ela olhou o sangue da ferida na coxa que tinha deixado o vestido manchado de um vermelho puxado para o escuro. Sua mãe estava sentada sob um guarda-chuva pequeno vendendo pacotes de biscoito desbotados pelo sol e doces, e só se deu conta de que a filha tinha se machucado quando alguém gritou seu nome. Fui dirigindo freneticamente para o hospital com a mãe da menina sentada no banco de trás, chorando e dizendo: "Eu disse para ela não brincar perto da estrada, pra não brincar perto da estrada". Ela fez menção de segurar a filha, mas a menina a empurrou. Ficou sentada sozinha, sem ninguém para abraçá-la ou confortá-la. Era tão pequena. Pensei: Por que deixam essa menina chegar perto daquela estrada?

O nome dela era Atasi. Ela falava a língua hauçá, mas eles eram guaris, o povo indígena de Abuja, os donos da terra que o governo roubou sem mais nem menos para construir uma capital. O pai da menina era faxineiro de um ministério e a mãe ligou para ele do celular, falando com urgência no idioma deles e repetindo o nome do hospital. Eu nunca tinha estado na ala pediátrica de um hospital e a melancolia imunda daquela me deixou perplexa. Crianças em camas estreitas chorando ou dopadas de remédio, crianças com dor, e mães cansadas esticadas em tapetes ao lado do leito delas. Havia um prato esmaltado engordurado perto de uma das mulheres deitadas nos tapetes. As enfermeiras andavam devagar, como se nada fosse urgente. Atasi foi colocada numa cama sem lençol. Examinei as enfermeiras, escolhi uma com sobrancelhas finas desenhadas a lápis e a chamei para conversar em particular. Dei-lhe algum dinheiro e perguntei onde ficava o caixa eletrônico mais próximo e, assim, comprei uma defensora para Atasi. O adolescente na cama ao lado da de Atasi estava com uma perna quebrada e ainda sem gesso. A enfermeira me disse: "A mãe desse menino traz comida, senta na cama dele e come tudo sozinha".

"Por quê?"

"Para dar uma lição nele. Ele quebrou a perna quando foi roubar cimento numa construção."

"E o que ele come?"

"A comida do hospital que nem a gente."

Vi a mãe do menino mais tarde naquele dia e, quando ela disse o nome do filho, Olisa, falei com ela em igbo. "Ah, minha irmã, boa noite", respondeu a mulher. Ela se sentou e começou a comer um pedaço de agidi desembrulhado das folhas em que estava enrolado. Disse para o filho apenas "Olisa, o médico veio?", e depois mais nada. Olhou para mim, para Atasi e para a mãe de Atasi, que estava sentada na cabeceira da cama, perto da cabeça da filha.

"Gente que nem você não vem em hospital que nem esse", afirmou para mim em igbo.

"A gente sofreu um acidente. Esse era o mais próximo."

"Eu vi seu marido conversando com a enfermeira."

"Ele é meu amigo", expliquei.

Ela me olhou de soslaio. "As pessoas da sua idade estão se casando e você continua com essa história de amigo."

Achei graça. Perguntei se a mulher não achava que o filho estivesse com fome e ela respondeu que ele não precisava de comida, precisava era de uma boa palmada para tomar jeito. Tinha gastado tanto para chegar ali, contou, depois de um dia na correria para conseguir os documentos para que o pessoal da força-tarefa não demolisse de novo a barraquinha em que vendia suas coisas.

"E o pai do Olisa?", perguntei.

"Ah, aquele desempregado voltou correndo para a aldeia há muito tempo, não conseguiu aguentar. Sou eu que estou criando os meninos."

De repente, a mulher me encarou com os olhos apertados, maquinando. Onde eu trabalhava? Eu podia ajudá-la com o problema da renovação dos documentos da barraquinha de mantimentos que tinha? Bem naquele momento, Jide veio dizer que a gente podia ir embora, pois o quadro de Atasi era estável, e perguntou se eu tinha ligado para a mulher da clínica. Não tinha. Disse a Jide que queria ficar ali. Olhei para Atasi, pensando: E se essa menina tivesse morrido?

Atasi ficou olhando para o nada em silêncio, uma criança reflexiva e solitária. Quando tentei abraçá-la, ela se encolheu, seu rosto ainda sem expressão. Mais tarde, Jide me contou que havia tentando me impedir de sair do carro porque tinha ouvido falar que as multidões nos bairros violentos de Abuja se juntavam e linchavam o motorista depois de um acidente, então a melhor coisa era dirigir até a delegacia mais próxima. Não sei onde ele tinha ouvido essa história, afinal havíamos acabado de chegar em Abuja e Abuja era desconhecida para nós.

Quando Atasi sai, o silêncio na casa fica ensurdecedor. Sei que os jornais mentem, mas fico perplexa ao ler as matérias sobre a vida de Kadiatou, com detalhes inteiramente inventados. Ela fazia parte de um esquema de prostituição de funcionárias de hotel, era a cafetina de um bordel, foi traficada na infância, havia planejado roubar o celular do hóspede, tinha mesmo roubado o celular dele, havia recebido dinheiro do governo francês, tinha mandado uma mensagem para o homem pedindo dez milhões de dólares e, sobretudo, o caso todo havia sido armado. Kadiatou trabalha com os inimigos políticos do hóspede e foi paga para armar contra ele. Chia manda uma mensagem pedindo por mais uma chamada de vídeo desnecessária em grupo para pensarmos juntas.

"O advogado da Kadi quer que ela dê uma entrevista para a televisão e conte seu lado da história. Ele acha que esse é o único jeito de reagir às histórias que estão saindo na imprensa", diz Chia.

"Antes do julgamento? Isso não é estranho?", pergunto.

"Ela não tem nada a perder", diz Zikora. "Conversei com o Junius e ele acha que uma entrevista vai fazer com que as pessoas vejam a Kadiatou como um ser humano, e talvez force a mídia a cobrir o caso de maneira mais justa. Por enquanto, quase toda a cobertura está fazendo parecer que a acusada é a Kadiatou, e não um francês muito importante."

"Aparentemente, os promotores estão fazendo a mesma coisa", diz Chia. "Vocês sabem que a Kadi não é de falar muito, mas ontem ela comentou algo sobre os promotores. Disse: 'Eles estão me interrogando como se eu é que tivesse feito algo errado'."

"Vai ser em inglês, Zikora?", pergunto.

"O quê?"

"A entrevista vai ser em inglês?"

"Imagino que sim", responde Zikora, com a paciência difícil de quem tem que lidar com uma pergunta idiota.

"Podem conseguir um intérprete de língua pulaar para ela?", pergunto.

"A Kadi fala inglês", diz Zikora.

"Vai ser fácil desacreditá-la se ela não estiver falando a língua que domina."

"A Kadi fala inglês", repete Zikora. Não sei se é só para discordar de mim ou se ela tem aquela qualidade americana de mentir sobre pessoas que não são privilegiadas. O inglês de Kadiatou não é bom, e fingir que é não vai ajudá-la. Nas semanas de recuperação que passei com Chia, depois de os Estados Unidos me maltratarem, a africanização de Kadiatou foi como um bálsamo, a maneira como ela se debruçava sobre o prato quando comia, o modo como dizia "Dona Omelogor, eu já vou" e continuava parada ali, naquela pausa radiante de reciprocidade que significava eu te fiz uma cortesia e você a reconheceu.

"Quando vai ser a entrevista?", pergunto.

"Eles ainda estão combinando com os canais de televisão", responde Zikora.

O coronavírus está aqui. Um italiano que trabalha em Lagos foi passar o Natal em Milão, voltou e testou positivo, e agora está de quarentena em Yaba. Fico olhando a notícia durante algum tempo.

Jide me liga, em pânico. "Eu falei, Omelogor, eu falei!"

"É só uma pessoa."

"A gente nunca vai conseguir controlar esse troço. É o fim."

"Jide, fica calmo. O ebola chegou na Nigéria, lembra? Nós todos morremos?"

"A gente não tem nem teste para esse coronavírus."

"O estado de Lagos diz que tem."

"É o fim. Ouvi dizer que não tem nenhum ventilador pulmonar no National Hospital e só um tanque de oxigênio."

"A situação não pode estar tão ruim assim."

"É melhor todos os políticos deste país irem aos bancos suíços pegar de volta o dinheiro roubado, porque a gente vai precisar para combater esse troço."

Eu rio. "Jide, para mandar de onde para onde?"

"Estou falando sério. Um dia desses disseram que não tem dinheiro no banco central. Vamos precisar de dinheiro."

"A maior parte do dinheiro roubado não está nos bancos suíços, não mais. Está bem aqui, na Nigéria. E está em dólar, em contas bancárias nacionais, não no banco central."

Sei disso muito bem. Fui eu que dei a ideia para o CEO. Gostávamos dos bancos de Zurique porque eles faziam poucas perguntas e as transações eram sempre discretas e rápidas, como se temessem que você pudesse mudar de ideia. Até que o governo americano começou a prestar atenção, procurando sonegadores de impostos e sei lá mais o quê, então os bancos suíços ficaram assustados e cautelosos, e o CEO disse que não podíamos mais transferir dólares para a Suíça, que íamos precisar procurar outro lugar. "Mas por que outro lugar?", perguntei e, diante da indagação nos olhos dele, disse: "Por que não fortalecemos nossas contas bancárias nacionais para os clientes poderem guardar o dinheiro aqui?".

Ele assentiu, com a cabeça balançando devagar para cima e para baixo, e eu soube que iria convocar uma reunião e dizer para todo mundo que a ideia tinha sido dele. Eu não precisava de reconhecimento, só queria ser seu braço direito, sussurrando em seu ouvido e brandindo o poder indireto e seguro da influência. Quis isso desde o meu primeiro dia no emprego, quando mal havia organizado minhas coisas num cubículo e vieram me dizer que o CEO queria falar comigo. Sua sala era toda feita de mármore e vidro, banhada pela luz das janelas largas, com persianas imponentes completamente baixadas. Ele estava sentado de terno, um homem pequeno quase engolido pela imensidão de bordas douradas que era sua mesa.

"Bom dia, senhor", disse eu.

Ele pareceu surpreso. Seus olhos baixaram do meu rosto e depois voltaram a me encarar.

"Você tirou a melhor nota na nossa prova de admissão?", perguntou, como se esperasse que eu fosse dizer não.

"Sim, senhor."

O sr. David se ergueu do canto onde estava sentado lendo documentos e se aproximou, me avaliando.

"Ah, é essa a pessoa? Deus abençoou você com inteligência e também com peito e bunda desse jeito?"

"Mais bunda que peito, senhor", respondi.

Por um instante eles ficaram espantados e então, desarmados, começaram a rir.

"Gostei dessa menina!", disse o sr. David.

Mas, apenas um ano depois, ele já não gostava nem um pouco de mim, pois ganhei poder demais depressa demais. Toda vez que nos encontrávamos na sala do CEO, ele me examinava com olhos desconfiados e perscrutadores, como se quisesse calcular os detalhes das minhas intenções sombrias mais recentes. Se eu fosse ele, o diretor mais próximo do CEO, também me ressentiria da minha fome jovem e ágil, da minha avidez, da letra escarlate vívida da minha ambição crua. Eu tinha estudado a empresa e decorado suas entranhas, e via a apatia vazia em seu âmago. Via como a maioria dos empregados era negligente. Escolhiam a atitude de menor esforço e a saída mais fácil; deixavam passar detalhes e não prestavam muita atenção nas coisas, como se todos tivessem concordado em ter uma força de vontade mixuruca, em fracassar maciçamente em ver além. Quase todos os livros-caixa verificados por mim na auditoria interna tinham análises erradas de empréstimos que estavam se tornando improdutivos. Aquilo me deixou mais ousada. Eu apresentava ideias novas para o CEO e sempre dizia: "Precisamos fazer isso antes que eles façam, senhor", sendo que "eles" era o outro dono de banco de Lagos que, em público, era amigo do CEO. Em particular, o CEO pronunciava o nome dele como se estivesse cuspindo algo repugnante. O ódio era mútuo e fervente, devido a uma série de traições profissionais ocorridas no início da carreira de ambos. Eu ficava falando para o CEO sobre o legado dele — seu legado precisa ser maior que o deles, senhor; pense no seu legado, senhor —, até que ele absorveu a palavra e começou a dizer o meu legado isso, o meu legado aquilo. O ego dos homens é um fenômeno fácil de prever. O CEO caminhava com passos curtos apropriados para sua baixa estatura, e mantinha a cabeça erguida e os olhos desfocados, como se estivesse ocupado demais para pessoas e assuntos menores, e, conforme atravessava os corredores, os funcionários se escondiam nos cantos. Na sede do banco em Lagos, ninguém saía nos corredores até ele entrar na própria sala.

A primeira vez que deixei o CEO impressionado foi quando contei que tinha um espião com uma posição importante no banco do homem que era seu amigo-inimigo, o que era mentira, mas só me tornei seu braço direito quando fomos investigados no caso dos títulos do Tesouro americano. Aquelas semanas longas e tensas, todos correndo de um lado para o outro em silêncio, o CEO gritando como um menino de dois anos e atirando coisas em nós — agenda, celular, até a caneta macia e cara. Um homem adulto se comportando daquele jeito, o tipo de coisa que se vê nos filmes. Os diretores ficaram encolhidos de medo diante da raiva frustrada dele, todos trêmulos, todos gagos, e o sr. David tirou uma licença médica, afirmando que tinha tido um miniAVC, mas depois voltou ao trabalho no final do caso parecendo mais saudável que antes. As transações tinham ocorrido antes de eu ser contratada, mas o CEO me insultou aos gritos, dizendo que meu cargo na auditoria interna era um desperdício de tempo, me chamando de idiota, de prostituta, de imbecil. Eu sempre baixava os olhos até o ataque de nervos dele passar e então continuava a ler documentos para mostrar que estava tudo bem. Ficava até mais tarde no escritório, repetia platitudes, transbordava autoconfiança e demonstrava ter mais esperança que de fato tinha. *Eles não têm como verificar todas as transações bancárias, senhor. Não têm como provar que houve conluio, senhor, porque não houve conluio. Senhor, precisamos deixar claro que importamos tudo e que é por isso que precisamos ter moeda estrangeira.* Não gaguejava nem dizia "sim, senhor, sim, senhor, sim, senhor" antes de o CEO terminar de falar, como os outros funcionários faziam, discordava de suas sugestões, desenterrava documentos que ele preferia esquecer. Memorizava detalhes minúsculos e os recitava para ele e, quando alguém deixava algo passar, eu apontava. Mas, em meio à minha ousadia, nunca deixei de demonstrar respeito. Um equilíbrio delicado com homens poderosos como ele, cujas cascas incrivelmente finas passei a conhecer bem. Um dos diretores gritou comigo quando eu disse que havia um erro na análise de sua equipe. "Você está me insultando? Eu sou da sua idade?" Ele parecia uma barraqueira histérica do mercado, sempre pronta para arrancar a canga e se meter numa briga. Bastava tão pouco para que aqueles homens, aqueles homens que tinham tanto poder na palma das mãos, se dissolvessem como cubos de açúcar no chá, incapazes de receber qualquer crítica. O CEO era melhor que a maioria, justiça seja feita, e até teve a capacidade de me pedir desculpas depois que o banco não foi acusado de nada no caso dos títulos do Tesouro americano.

"Omelogor, desculpe pelo jeito como falei, eu estava estressado", disse ele.

"Teria acontecido com qualquer um, senhor", respondi.

O CEO me observava. Seus óculos engoliam seu rosto, que estava muito mais fino depois das diversas semanas de tensão.

"Percebi uma coisa em você. Você não chora", disse ele.

"Eu não vim trabalhar para chorar, senhor."

O CEO riu, balançou a cabeça e pensei: Estou alcançando meu objetivo de me tornar indispensável para ele. Eu ria de suas piadas vulgares e ignorava a lascívia de seus amigos. Quanto mais eles falavam da minha inteligência, menos mencionavam o meu corpo, ou pediam meu telefone ou brincavam que iam me levar em casa. Treinei muito tempo na frente do espelho do banheiro até aperfeiçoar a minha cara neutra, com feições desprovidas de qualquer expressão, impávida, porém aberta: minha cara estratégica. Usava-a todos os dias, como se fosse um par de sapatos de trabalho. Quando alguém mencionava um acordo ilegal, eu falava sobre a melhor maneira de documentá-lo e sobre qual estratégia usar, o CEO me chamava e eu passava direto por sua assistente e entrava na sala.

Ali, vi o cerne pútrido do mercado financeiro nigeriano e o pus que minava dele. Eu já sabia das pequenas enganações do mundo bancário, dos pequenos lucros espúrios obtidos em acordos com moeda estrangeira, do cliente sem crédito que recebia um pequeno empréstimo em troca de uma parte do empréstimo, mas, com o CEO, vi pilhas imensas de empréstimos improdutivos e dinheiro mágico que desaparecia com uma assinatura rabiscada. Fiquei perplexa ao descobrir que os homens mais ricos pegavam empréstimos com a intenção clara e tranquila de nunca quitá-los e, quando não quitavam, o banco engolia o prejuízo; ao colocar o empréstimo no demonstrativo de lucros e perdas, ele simplesmente desaparecia. Era um tipo de roubo — aliás, era roubo mesmo. Esses mesmos homens exibiam uma riqueza que sabiam ser apenas uma casca, inteiramente vazia por dentro. Se eu roubasse tanto, não ia me exibir com carros e jatinhos, mas o roubo descarado nunca partiu de pessoas sutis. Os estrangeiros falam muito sobre os desafios dos mercados emergentes sem saber que o maior deles é a arrogância temerária de homens irresponsáveis.

Um dos homens ricos brigou com o CEO. Ele deu uma entrevista a um jornal dizendo que o banco do CEO era nacional e que ele preferia usar bancos estrangeiros, embora seu empréstimo fosse um dos maiores, e então o CEO mandou o departamento de empréstimos improdutivos ao escritório dele. O homem rico os recebeu aos berros, ameaçou o CEO e disse que iria invadir o banco com o Exército e expulsá-lo de lá.

"Ele está me ameaçando porque não quer pagar o que deve? Que loucura. Como pode alegar agora que estou perseguindo ele por ser iorubá? Se eu também fosse iorubá, ele não se atreveria a me desrespeitar."

Sempre que o CEO brincava que era de um grupo étnico minúsculo de Cross River do qual ninguém nunca tinha ouvido falar, eu via a enorme marca do ressentimento que levava no corpo, por baixo de seus ternos bem cortados.

"O senhor tem que revidar para honrar a si próprio e ao seu legado. É bom deixar algumas dessas pessoas um pouco alerta, mas sem assustá-las demais."

E o CEO assentiu daquela maneira dramática. Mandou cobrar o empréstimo e os hotéis do homem rico em Abuja foram fechados, e seus prédios em Lagos estavam quase sendo fechados também quando o homem rico se dobrou e ligou para o CEO e disse: "Meu irmão, vamos conversar, não vamos brigar", e o CEO, com uma risadinha de satisfação, esqueceu o empréstimo.

Tanta coisa no mundo bancário girava em torno de quem era capaz de deixar o ego de lado, de quem tinha uma força de vontade frágil, de quem iria se ajoelhar na frente de quem. Foi mais ou menos nessa época que o CEO me promoveu à diretora de tesouraria. "Sei que você vai examinar com cuidado a questão de quem deve receber nosso superávit financeiro na forma de empréstimos", ele me disse solenemente, como se estivesse numa aula de finanças para iniciantes. Mas logo descobri que o próprio CEO tinha pedido dinheiro emprestado ao banco e não havia quitado a dívida, e soube de imediato que aquilo era um teste. Ele queria saber qual seria minha atitude. Entrei na sala dele com os documentos preparados e disse: "Senhor, conheço uma maneira melhor de disfarçar tudo isso".

Resmungos sobre a rapidez de minhas promoções surgiram e se espalharam por todos os departamentos do banco, nebulosos como um céu cheio de nuvens, e as pessoas tinham razão em reclamar, mas ninguém fez isso diretamente. O CEO era senhor de tudo.

"Seu mentor", as pessoas começaram a dizer, com o escárnio oculto sob um sorriso, me pedindo favores ou para entrar em contato com o CEO. *Seu mentor*. E ele foi meu mentor, de certa maneira, se um mentor for alguém que você não respeita. Ele me promoveu à diretora assistente depressa demais e disse que gostaria de me promover à diretora-executiva, mas que antes isso teria que passar pelo conselho do banco. "E não queremos chamar muita atenção, assim podemos continuar com o trabalho que estamos fazendo", afirmou. O trabalho que estávamos fazendo era ajudar os políticos amigos dele. "Sua excelência precisa da nossa ajuda", era tudo o que o CEO precisava me dizer. Gotas de suor brotavam da testa do homem do gabinete do governador, que chegava com sacolas enormes repletas de dinheiro recém-impresso. Sempre no final da tarde, quando nosso prédio já estava quase vazio. Num canto da vasta sala do CEO, ficava uma poltrona de couro vermelha e macia. As sacolas de dinheiro eram depositadas perto dela e as contadoras de cédulas eram trazidas. Os governadores têm poderes medievais e suas aquisições ágeis e ávidas eram impressionantes.

Eu colocava milhões em contas novas, comprava dólares e os devolvia para o governador em malas cujos zíperes fechava com cadeados prateados. Tinha orgulho dessas malas; pôr camadas de cédulas numa mala era mais arrumado e agradável que enfiá-las naquelas sacolas amarfanhadas de feira com o estampado xadrez. Em geral, o secretário particular apanhava as malas. Às vezes, era só o motorista pessoal dele e um assistente com uma arma comprida pendurada num dos braços. Nem sempre era dinheiro vivo; na maioria das vezes não era. Dávamos garantias adiantadas de pagamento por contratos inflacionados em trezentos ou quatrocentos por cento, e eu tirava o excedente da conta da empreiteira contratada e depositava em contas que eram do governador, mas que, é claro, não estavam no nome dele. Uma estava no nome do cozinheiro do governador. Outros titulares eram amigos, irmãos com sobrenomes diferentes, empresas registradas no Caribe. O governador colocava seus amigos como proprietários legais de suas casas no exterior, sabendo o quão errado isso poderia dar se a ganância deles se tornasse maior que sua lealdade. Era a frágil segurança da riqueza roubada. Ele vivia rodeado por muitas pessoas, mas confiava em poucas, pois seu poder tinha lhe roubado a habilidade de confiar. O CEO gostava de contar a história de um político que deixou o motorista como único titular de uma conta, e então o motorista sacou milhões de dólares — dólares, não nairas — e fugiu para o Canadá. O político não fez nada, pois o que se pode fazer quando alguém rouba o que você roubou? A moral da história, dizia o CEO, era "Use empregados confiáveis que você conhece há anos".

O CEO com frequência falava que os governadores perdiam a imunidade no fim do mandato, e suas palavras davam às nossas ações um quê de cautela ritual.

"Uma transação sensível que não vai poder ser rastreada após a troca de poder", dizia o CEO para mim, e eu às vezes dizia "sensível" até antes dele. Usávamos a palavra "sensível" como se fosse um mantra, um código especial que nos unia na sensação vertiginosa de quem compartilha um segredo. As histórias vazavam de qualquer maneira, pois há pessoas demais envolvidas num roubo em grande escala e elas contam para alguém em quem confiam, ou a quem amam, ou a quem desejam impressionar. O empreiteiro, a pessoa que organiza a proposta de licitação falsa, a datilógrafa que digita tudo, os motoristas, os assistentes, os seguranças na porta. Movimentei centenas de milhões pela Tailândia e pelos Estados Unidos, ou alguma variação disso, e o dinheiro voltava parecendo ser limpo. O Liechtenstein foi fácil, com suas leis frouxas. Depositamos o dinheiro lá e, quando perguntaram "Fonte da renda?", respondemos "Consultoria". Consultoria significava o que você quisesse que significasse, tinha a aura abençoada do oculto. Em apenas alguns anos, eu tinha aprendido a disfarçar a fraude de maneira a torná-la bela. Sabia o que colocar nos livros-caixa para esconder uma transação com detalhes incorretos e como fazer transações fictícias parecerem verdadeiras, e escrevia memorandos elegantes aprovando empréstimos para empresas-fantasmas. Como garantia, aceitava títulos de propriedade falsos, escrituras sem valor e documentos deploráveis sem significado. O CEO foi generoso, recebi diversos bônus e dois carros da empresa, e ele sempre aprovava meus cursos de treinamento no exterior. Mas eu queria mais e mais. Eu escutava conversas alheias e lia todos os documentos, até das transações nas quais não estava envolvida. Espiei dentro das cavernas onde as fortunas nigerianas são criadas, cavernas repletas de homens, alguns inteligentes, outros não, mas todos conversando, compartilhando e conspirando. Então, na semana em que os ouvi murmurando sobre as ações do PGT e as comprando, peguei dinheiro de contas inativas de clientes esquecidos e comprei ações para mim.

O fato de o governador vir em pessoa e não simplesmente mandar seus funcionários, como sempre, deixou o CEO agitado. Ele ficou o tempo todo empurrando os óculos nariz acima, embora eles não estivessem escorregando. A equipe avançada chegou primeiro, três homens com óculos escuros bem pretos de plástico e ternos baratos que caíam mal. Os homens marcharam pela sala do CEO com um ar cômico de importância, certificando-se de que ela era segura, antes de o governador surgir. Ele era mais bonito na televisão, um homem de aparência comum, com o ar de alguém que se distraía com facilidade. Diziam que certa vez ele tinha sido preso por fraude em Londres. Na luz forte da sala do CEO, o homem tinha a palidez de uma pessoa com alguma doença, talvez algo a ver com os rins. Olhei com mais atenção e achei que não fossem os rins, a palidez artificial e as manchas descoradas deviam-se aos cremes clareadores. Como as vaidades podem ser estranhas. Ele me fez pensar numa ex-estagiária minha que estava clareando a pele com cremes baratos. Eles transformaram seu rosto num limão descascado, e tudo isso porque, anos antes, tinha se candidatado a uma vaga de recepcionista num evento corporativo e lhe disseram que sua pele era escura demais. Seria de esperar que esse governador, com seus poderes medievais, ao menos usasse cremes de melhor qualidade, dos tipos que Michael Jackson deve ter usado.

O governador andou pela sala, sentou na cadeira do CEO e a girou para um lado e para o outro. "Então, é desta cadeira que vem o verdadeiro poder, é daqui que você controla tanto dinheiro! Tanto dinheiro!", disse ele.

"Vossa excelência, isso não é poder comparado com o seu", declarou o CEO com o tom bajulador que usava com todos os políticos, até que o mandato terminava e ele parava de atender aos telefonemas deles.

O governador tinha trazido o próprio conhaque. O assistente dele tirou a garrafa de uma caixa comprida de camurça, pediu um copo e entrou no banheiro do CEO para lavá-lo, como se pudéssemos tê-lo envenenado. O governador tomou o conhaque de um gole só e começou a falar no melhor bairro de Dubai para comprar outra casa; ele tinha uma em Green Community, mas ia comprar outra em Emirates Hills. Então, ele se virou de repente para a televisão do outro lado da sala e apontou para a apresentadora na tela. "Eu quero aquela mulher. Quero o telefone dela."

O CEO pareceu um pouco confuso, mas logo se recuperou, murmurando "Claro, claro, claro". Estávamos ajudando o governador a movimentar bilhões de dólares e ele mal olhou os documentos que lhe mostrei. Foi tão casual, tão despreocupado, esparramado no sofá com as pernas esticadas. Se algo desse errado, sempre haveria mais dinheiro para roubar. Olhei os números na minha tela: tantos zeros, um depois do outro, descarados e estarrecedores. Quantas vidas todo aquele dinheiro poderia mudar. Quantos sonhos poderiam tornar reais. Pensei na mãe de Olisa, que vivia me mandando mensagens de texto para manter contato. *Como você está, irmã Omelogor? Feliz Mês Novo, irmã Omelogor. Quero cumprimentar você, irmã Omelogor.*

O que ela estava querendo dizer, na realidade, era lembre-se de mim e me ajude quando puder. Sua paciência era uma estratégia e eu admirava isso. Imagine o que a mãe de Olisa poderia fazer com uma porção ínfima daquele dinheiro. Imagine se ela tivesse uma porção ínfima daquilo tudo. Ora, e se tivesse mesmo? Eu nunca tinha pensado naquilo antes, mas, naquele instante, um mapa claro surgiu na minha mente, como se havia muito tempo estivesse escrito que ele surgiria. Sempre registrávamos empresas novas para movimentar dinheiro, por isso liguei para o advogado e pedi que verificasse se já existia alguma chamada Robyn Hood, com Y. Quando ele respondeu que não, tive vontade de dar uma gargalhada louca de felicidade. Não senti nenhum medo quando tirei os primeiros maços de notas de uma sacola que estava sendo levada para a sala do CEO naquela noite. A perda poderia ter ocorrido por culpa do pessoal do gabinete do governador, do motorista que colocou a sacola no porta-malas, do homem que a levava até a sala do CEO. Não que o governador fosse checar. Que diferença fazia algumas centenas de milhares de nairas? Da vez seguinte que chegou uma sacola de dinheiro, coloquei dois maços na bolsa do meu laptop. Um segundo depois, coloquei outros dois. Maços de dólares eram muito mais finos e fáceis de manusear que os de naira. Depois, passei a ir com bolsas grandes para o trabalho, e comecei a tirar o dinheiro no final, naquele tempo imóvel depois de ele ter sido contado, mas antes de ter sido guardado nos cofres. Jide falou que era uma ideia louca, sair por aí simplesmente dando dinheiro para mulheres donas de pequenos negócios.

"Dinheiro de graça, assim? Elas vão gastar. Nunca vão usar nos negócios", disse ele.

"Você não conhece as mulheres", afirmei.

"Existem dois tipos de gays, os que amam as mulheres e os que odeiam as mulheres. Para sua sorte, adivinha de que tipo que eu sou?", perguntou Jide. Era uma das coisas que ele mais gostava de dizer quando estava bêbado e alegre.

"Amar as mulheres não significa conhecer as mulheres", respondi.

Quando eu estava no ensino médio, li nos jornais do meu pai sobre o Tribunal dos Bancos Falidos do general Abacha, sobre os Big Men que ele jogou nas prisões em escombros de Lagos por serem os responsáveis pelos bancos falidos. Estes também eram chamados de bancos quebrados, como se houvessem tropeçado e quebrado sem querer, como se tivessem simplesmente se fragmentado. Nunca me esqueci de uma matéria sobre uma mulher e seus olhos. Era uma professora que estava ficando cega e poupava um pouco todo mês para fazer uma cirurgia ocular. Quando finalmente tinha o bastante, foi ao banco tirar o dinheiro e uma caixa, com uma expressão tensa, disse: "Lamento, senhora, mas não tem mais dinheiro".

"Não tem mais? Como assim?" Foi o que a mulher perguntou. Na foto do jornal, ela parecia atordoada, com óculos de lentes grossas e olhos esbranquiçados. A mulher nunca recuperou o dinheiro, nenhuma das pessoas comuns jamais recuperou. O que terá acontecido com ela, a mulher que estava ficando cega? O que terá acontecido quando ficou cega? Pensei nela na primeira viagem que fiz para o Robyn Hood, quando fui à minha aldeia dar dez quantias do fundo. Vi uma mulher que estava perdendo a visão, mas que continuava a tecer num tear antiquíssimo, e dei-lhe duas vezes mais do que dei para as outras, como se quisesse compensar por aquela professora de anos atrás.

Mas, antes das mulheres da minha aldeia, dei uma quantia do fundo para a mãe de Olisa. Fui à sua barraca no final de tarde, quando os clientes eram escassos e os outros vendedores estavam fechando tudo e dobrando as coisas para andar até o ponto de ônibus. A mãe de Olisa gritou, dançou, me abraçou e disse que seu pastor tinha garantido que ela veria um sinal, e que a pessoa que a ajudaria iria aparecer naquela semana. "Eu soube, desde o primeiro dia, que Deus trouxe você para a minha vida por um motivo."

Ela perguntou se eu tinha mantido contato com a menininha que havia sofrido aquele acidente anos antes e, quando contei que Atasi morava comigo parte do tempo, disse: "Só por causa daquele acidente pequeno. Você pagou a conta do hospital. Precisava levar a menina para morar com você também? Quem faz isso?".

"Para de falar bobagem, senhora mãe do Olisa."

"Eu tenho sete filhos, se você quiser outra criança para pagar a mensalidade da escola", disse ela, e então começou a rir e a me abraçar de novo, afirmando que ia rezar por mim e pedir para Deus me arranjar um marido antes do fim do ano.

Eu conhecia um pouco as primeiras mulheres a quem dei quantias do fundo. Elas eram da minha aldeia, Abba, e de aldeias próximas — Abagana, o lar ancestral da minha tia-avó; Umunnachi, onde minha avó materna tinha nascido; e Nimo, onde meu avô havia morado. Parei em suas barracas e as cumprimentei, e elas me cumprimentaram de volta, felizes por eu estar passando ali, Omelogor, a filha do professor, aquela que estava ganhando dinheiro em Abuja.

"Quero apoiar seu negócio. Use isso apenas para o seu negócio, não conte para ninguém e, se quiser me agradecer, basta ajudar outra mulher quando você puder."

Choque, deleite, preces, danças, canções, e o dinheiro vivo, inacreditavelmente, em suas mãos.

"Não desperdice", eu disse, mas sabia que elas não iam desperdiçar, pois estavam transbordando sonhos. Aquelas mulheres criadas na aldeia que mal tinham terminado o ensino fundamental, rabugentas, sábias, mordazes; elas economizavam dinheiro, gastavam com bom senso, nunca deixavam escapar nada. Sentei diante delas e ouvi o que diziam enquanto olhavam o dinheiro que tinham nas mãos. *Quero ir a Anam comprar banana-da-terra. Venho pensando em comprar outro secador para o meu salão. Vou comprar um moedor para poder moer meus feijões eu mesma. Vou comprar uma máquina de costura elétrica.*

Peguei um avião para Asaba e fui de táxi até uma cidade que não conhecia. Havia uma mulher fritando acarajé no acostamento, um empreendimento ambicioso com três panelas grandes, alguns ajudantes, uma pequena multidão de clientes. Esperei que ela terminasse de vender antes de estender a mão com o envelope cheio de dinheiro. Era o final da manhã e uma galinha solitária ciscava na lama. A mulher secou a testa com a ponta da canga e me olhou, desconfiada. Isso era alguma enganação, o dinheiro era falso, era um jeito de obrigá-la a participar de um ritual? Por que dar dinheiro do nada, e ainda por cima tanto? Ela balançou a cabeça e sacudiu as mãos no ar. "Não, não, pode ficar com o seu dinheiro. Eu não quero."

Quando voltei para o táxi, o motorista disse: "Tia, a senhora não falou em Deus".

"O quê?"

"Você disse que quer ajudar o negócio dela, mas não falou em Deus. Deus e os negócios andam juntos."

Olhei, espantada, para o pequeno queloide na nuca do motorista. E para que ele estava ouvindo minha conversa?

"Qual é seu nome?", perguntei.

"Eze."

Contratei Eze para procurar mulheres donas de pequenos negócios nas aldeias. Ele era um homem magro e generoso, com um pescoço comprido e um jeito direto e verdadeiro que era perfeito para aquele trabalho. Eze me dava relatórios e sugestões, e eu pegava voos até os aeroportos de Asaba, Owerri ou Enugu e ia com ele de carro até a aldeia que tinha descoberto para colocar o dinheiro nas mãos de uma mulher, mostrar meu crachá do banco e dizer: "Deus me abençoou e quero abençoar outras mulheres. Use isso no seu negócio. Nunca me procure para me agradecer. *I mekatakwana bia I kene m*. Basta você rezar por mim. Se quiser me agradecer, ajude outra mulher quando puder".

Eu me afasto de brincadeira, sem abraçar meu primo Afam. "É seguro? Vocês de Lagos estão com o vírus."

O italiano contaminado pode até estar de quarentena, mas agora dizem que as pessoas que estavam no mesmo voo que ele se recusam a fazer o teste, assim como as pessoas da clínica dele, em Lagos. Os médicos não têm o equipamento de proteção necessário. Alguns deles testaram positivo, mas se recusaram a fazer quarentena.

"É seguro. Não andei perto de nenhum italiano", diz Afam.

Nosso abraço é caloroso e longo. Digo a Afam que ele está começando a ter o símbolo de um homem nigeriano bem-sucedido: uma pança. Quando ele sorri, vejo o pai de Chia nas rugas gentis de seus olhos e nos seus dentes, com os dois da frente um pouco mais largos. Afam sempre vem me ver quando está em Abuja a trabalho, e nós dois curtimos nosso tempo juntos. Ele tem um ar caloroso e benigno, ao contrário de seu gêmeo, Bunachi, aquele homem que é como um gás mortal. Chia sempre diz que ninguém nunca pode deixar Bunachi e eu a sós num cômodo, pois o resultado vai ser um cadáver e um moribundo. Afam me trouxe um uísque, e coloca a garrafa num aparador, dizendo: "Para um cara". Fui com Afam a um casamento em Lagos e esse homem que ele conhecia começou a me rodear, pedindo meu telefone, perguntando o que eu queria beber. Eu disse uísque sem gelo, e ele não gostou e respondeu: "Isso não é bebida de mulher, é bebida para um cara". Afam riu que se acabou. "Deixe esse roceiro para lá", ele me disse, mas desde então passou a me mandar mensagens de texto, dizendo *Como está, cara?*.

"Estou com medo desse negócio de coronavírus", digo a Afam.

"Acho que não vai nos afetar muito. Você sabe como a Nigéria tem a tendência de estar fora do centro das coisas, para o bem e para o mal", diz ele, e algo em sua voz, razoável e sã, faz com que eu me sinta melhor.

"É, eu sei."

"E então, como está a consultoria solo?"

"Está indo bem. Você devia ver minha lista de clientes."

"O cara da Vestex Investments te ligou?"

"Ligou. Obrigada, Afam, primo querido da minha vida."

"Eu ainda não disse a porcentagem da comissão que quero pela indicação."

Rimos. "Eu ainda não voltei ao escritório esse ano, decidi tirar um tempo e ficar em casa sem fazer nada."

"Não fique complacente", diz Afam.

"Você me conhece, não vou ficar."

"Não tem tanto glamour, estar numa empresa só sua", diz Afam, e reflito como, durante anos, gostei de ver as minhas fotos nos jornais, ao lado dos ricos e poderosos, nos eventos do banco e em outras grandes ocasiões corporativas. Mas não sinto falta. Empanturrei-me naqueles anos e não preciso me servir de mais nada.

"Você se arrepende de ter saído de lá?", pergunta Afam, e nem penso duas vezes antes de responder com firmeza: "Não".

Devo ter pensado em sair do banco de tempos em tempos, ao longo dos anos, distraída e fugazmente, mas tomei a decisão quando minha mãe me contou que o sr. Nduka havia morrido. Foi na véspera do meu aniversário e minha cabeleireira tinha vindo colocar uma peruca de cabelo alisado em mim. Fiz um gesto mandando que ela parasse de provar e prendesse a peruca para eu poder me concentrar no telefonema. O sr. Nduka não recebia a aposentadoria havia onze meses, e o governo não parava de adiar e empurrar o pagamento, marcando infindáveis provas de vida, pois tinha gente que estava morta, mas continuava a receber, e o sr. Nduka chegou às sete em ponto para provar que não estava morto, e passou horas esperando no sol, e não estava se sentindo muito bem, e desmaiou e morreu e, do centro de verificação da aposentadoria, foi levado no porta-malas de um carro até o instituto médico--legal. O sr. Nduka era um velho amigo do meu pai, um funcionário público das antigas, e, na imagem que eu tinha dele, estava sempre de camisa de manga curta e gravata. Eu tinha acabado de lavar dinheiro para o governador de seu estado. Uma porcentagem minúscula poderia ter pago a aposentadoria de milhares de trabalhadores como ele.

Quando me formei como primeira da turma, o sr. Nduka me trouxe um presente, um galo cinza com uma crista vermelha caída, e nós o criamos durante semanas, até que finalmente o galo virou comida num almoço de domingo. Na noite em que o sr. Nduka morreu, sonhei com ele e, apesar de na vida real ser um homem corpulento, no sonho estava magro e franzino. Então, desmaiou e imediatamente virou uma pilha de ossos. Uma pilha de ossos esbranquiçados.

O governo não pagava as aposentadorias porque dizia que havia gente recebendo o benefício de parentes mortos, mas coloquei bilhões em dinheiro estadual em aplicações de alta renda em curto prazo, tirei após alguns meses e depositei os juros nas contas privadas do governador, e depois botei o dinheiro em outra aplicação de alta renda. Fiz o dinheiro público circular para criar dinheiro privado. Enquanto o sr. Nduka lentamente caía e morria, sua aposentadoria rendia juros para o governador de seu estado, algo feito de maneira irretocável por mim. Meu autodesprezo veio em ondas que me deixaram nauseada. Após rodear os medíocres, eu tinha me juntado a eles, e então me tornado um deles.

Minha mãe deve ter achado que minha expressão estava um pouco doída demais por um homem que eu não conhecia direito. "*Nne*, tem alguma coisa errada?"

"Não, só estou com pena."

"É triste, mas não tem nada a ver com você."

Ela não tinha ideia do que eu fazia de verdade; meus pais eram ingênuos diante das muitas enganações da Nigéria. Eles esperavam, com confiança, que a universidade depositasse seu salário todo mês na conta bancária, e só tinham uma conta e não entendiam o que era investir. Acreditavam que eu estava fazendo um trabalho honesto e brilhante. No dia do meu aniversário, meu pai começou sua mensagem para mim com as palavras "Nosso maior orgulho". Meus empregados domésticos trouxeram de surpresa um bolinho e um cartão feito à mão em que cada um deles tinha escrito uma mensagem em caneta azul. Fiquei surpresa ao saber que Mohammed sabia escrever em inglês; a mensagem dele era a mais curta e dizia: *A senhora é boa*. Pareceu-me uma provocação, uma reprimenda, ou uma chance final de redenção. Por que eles não tinham feito o mesmo que nos meus aniversários anteriores, quando apareciam na sala para me dar os parabéns com sorriso tímido e me agradeciam pelo bolo que Philippe havia feito para eles?

Todos os novos funcionários do banco começaram a ser contratados por meio de uma agência, e descobri que ela pertencia ao CEO. Dar empréstimos para si mesmo que nunca quitaria era uma coisa, mas ser dono de uma agência que abocanhava pequenas fatias dos salários já baixos de seus novos funcionários? A ambição mesquinha dele não fazia sentido. O CEO vivia reclamando de uma úlcera, espremendo o rosto de dor no meio das reuniões, e parecia cada vez mais frágil, sem o vigor de antes. Um dia, chegou ao trabalho com óculos de armação preta grossa plantados no rosto, e parecia um velho que tinha roubado os óculos modernos do filho.

"Não gostou?", perguntou.

"A sua armação fina de metal fica mais bonita no senhor", respondi.

"Quem sabe, quando você assumir o meu cargo, a gente tenha uma CEO que consegue usar óculos originais de marca que fiquem bem nela", disse ele. Às vezes, o CEO dizia coisas assim, mencionando uma sucessão, jogando pequenas migalhas como quem deseja atrair um pássaro para uma armadilha. Mas eu já estava olhando em outra direção, tomada por um desejo de limpar o meu paladar moral e lavar a minha vida.

Eu ficava esperando o momento certo de dizer ao CEO que queria pedir as contas. Um dia, ele mandou que eu cuidasse de uma transação com um cliente privado do banco, um cliente novo, que ele tinha convencido a deixar o banco de seu amigo-inimigo com a oferta de uma taxa de juros que não fazia sentido nos negócios. O cliente vivia naquelas listas de africanos mais ricos que saem nas revistas, mas não tinha metade do dinheiro que elas alardeavam. Usava um relógio espalhafatoso com o ar exibicionista de um arrivista desagradável.

"Omelogor? Que nome é esse?", perguntou.

"É o meu nome, senhor."

"Nunca ouvi esse nome antes. É de onde? Do estado de Rios?"

"De Anambra."

"Ah. Uma menina igbo." Os cantos da boca dele fizeram uma pequena curva para baixo. "Você sabe o que está fazendo? Não quero uma pessoa que vá me fazer entrar em uma transação maluca."

Talvez ele não gostasse de igbos, ou talvez se ressentisse de mulheres autoconfiantes, ou ambos. Ou talvez fosse apenas mais uma pessoa com o dom natural de ser insuportável. Mas algo naquele momento foi selado.

Eu me levantei. "Com licença, senhor. Deixe-me ver se um dos meus colegas está disposto a conversar com um cliente grosseiro, porque eu não estou."

Saí da sala, já imaginando a raiva do CEO, como ele iria gritar comigo e depois se desdobrar para apaziguar o homem. E fez isso mesmo, mas também me observou com os olhos apertados, pensando em como minha reação tinha sido atípica. Eu já havia ignorado coisa pior, rido de um homem que me disse que não confiava em nenhum banqueiro igbo, dado de ombros diante de outro que tinha pedido para falar com um homem, pois as mulheres ficavam nervosas ao fazer transações grandes.

"Aconteceu alguma outra coisa?", perguntou o CEO.

"Não, senhor." Uma pausa. "Quero tirar uma licença e fazer pós-graduação nos Estados Unidos."

"Ora, ora, porque eu gritei com você?"

"Não, não é de hoje que o senhor grita comigo."

"Então, por quê?"

"Estou sentindo que preciso de um tempo para recarregar o cérebro."

"Tudo bem. A gente paga o treinamento executivo."

Ele achou que eu estivesse falando de um desses cursos curtos e caríssimos que as pessoas de negócios fazem para poder colocar o nome de universidades americanas idolatradas em seus currículos pobres.

"Na verdade, quero fazer um mestrado", expliquei.

"Não que você precise de um MBA", disse o CEO.

"Não é um MBA. É um mestrado em estudos culturais. Estou interessada em pornografia."

"Pornografia", repetiu ele, e riu, como se fosse só mais uma das coisas estranhas que eu dizia. "E depois você vai voltar e compartilhar suas novas habilidades com o banco?"

"Sim, senhor."

O CEO assentiu, mas ele não era um homem idiota, e vi que percebeu que, sob a minha tranquilidade, as placas tectônicas estavam se movendo.

Passei a me interessar por pornografia quando um homem mais novo deu um tapa no meu peito. Onde, me perguntei, aprendemos o que aprendemos? E de que maneira aprendemos o que sabemos?

Minha amiga Ejiro não parava de falar de homens mais novos, dizendo: "Você precisa experimentar um cara mais jovem, com vinte e seis anos ou menos. Eles realmente se importam em dar prazer".

"Vinte e seis é estranhamente específico", respondi. "Por que não vinte e cinco ou trinta? Acontece alguma coisa aos vinte e seis anos? A partir daí, eles não sabem mais dar prazer às mulheres?"

"Pode escrever o que eu disse", disse Ejiro.

O homem mais novo dela tinha um amigo com os braços inteiros tatuados. Ejiro marcou um encontro duplo discreto e, em dado momento, o rapaz se inclinou para perto de mim e me perguntou: "Quer ver as tatuagens nas minhas costas?".

"Não", respondi. Era isso que ele dizia para seduzir as mulheres? "As tatuagens vão ficando feias conforme a gente envelhece; vão ficando num cinza esverdeado e parecendo algas num laboratório."

O rapaz me olhou, perplexo.

"As minhas estão boas", disse, finalmente.

"Elas só enfeiam conforme a gente vai ficando mais velho", expliquei.

"Ah."

"Quantos anos você tem?", perguntei.

"Por que você está perguntando?"

O fato de o rapaz ter dito "Por que você está perguntando?" mostrou que queria provas do meu interesse antes de começar a discutir o potencial obstáculo da diferença de idade. Achei fofo. Ele tinha vinte e seis anos. Justamente a idade-limite de Ejiro, por sorte. Eu tinha catorze anos quando ele nasceu. Podia ter sido sua babá. Quase dei uma risada ao pensar nisso. Bebemos muito e fumamos narguilé. O rapaz e o amigo estavam conversando sobre algumas celebridades e carros e relógios que elas tinham, e meu enfado me fez me sentir velhíssima. Em dado momento, ele disse, mostrando a base e a mangueira do narguilé: "A água limpa, então faz bem".

"Não, fumar narguilé é dez vezes pior para a saúde que fumar cigarro normal. A gente está se matando", disse eu.

O rapaz me olhou desconfiado, como se estivesse se perguntando onde tinha se metido.

"Não se incomode com Omelogor, ela sempre fala desse jeito", disse Ejiro. "Tirando essas maluquices, é uma pessoa muito legal."

Eu me encontrei com ele mais algumas vezes, para ter certeza de que não era um psicopata, e então o chamei para passar a noite em casa.

Ejiro tinha dito: "Eles se importam em dar prazer, querem que você chegue lá". E, no caso desse homem mais jovem, isso foi mesmo verdade, mas tive uma sensação estranha. Ele ficou no mais completo silêncio, não disse nenhuma palavra, seus dedos passaram pelo meu corpo todo de uma maneira que me fez pensar na palavra "imitação". O rapaz estava recriando algo que tinha visto em algum lugar. De repente, eu não queria mais aquilo e não queria mais aquele rapaz na minha cama. O que eu queria? A imperfeição do real. Ele fez mais movimentos treinados com os dedos e a língua. Senti que estava se observando, que era a plateia cativa de si mesmo. Não consegui gozar. Quis conseguir, pelo menos para que aquilo não fosse uma grande perda de tempo, mas então me dei conta de que seria uma vitória dele se eu gozasse. Eles se importam mesmo em dar prazer, mas só para depois poderem se gabar "Uau, olha só o que eu fiz". É mais um autoelogio que uma doação. Decidi que ia dar alguns gemidos dramáticos e então pedir que o rapaz parasse.

Diria que estava estimulada demais, não que estava entediada. Queria proteger o ego do rapaz, pois gostava dele; ele era fofo, e tinha dito, no dia anterior: "Olha o que está acontecendo com os meus dedos. A pele em volta das unhas está soltando. Você sabe o que é isso?". Por que aquele rapaz achou que eu fosse saber o motivo de a pele ao redor de suas unhas estar soltando, pelo amor de Deus? Mesmo assim, o fato de ele perguntar me comoveu. Tinha me parecido um ato franco e doce, como se fôssemos amigos que se importassem profundamente um com o outro. Dei o segundo gemido e estava prestes a dizer por favor, pare, quando ele me deu um tapa no peito. Olhei para ele. Outro tapa. No peito esquerdo, e não foi um tapa leve, embora nem um tapa leve fosse diminuir o meu choque. "Você enlouqueceu?", perguntei. "Pare com isso." O rapaz pareceu confuso, como se não soubesse bem se eu estava falando sério.

Depois que ele foi embora, liguei a TV, que estava num canal de MMA; ele devia ter trocado de canal em algum momento.

"Ele estava vendo MMA", contei para Jide. "É isso que as crianças veem hoje em dia?"

"Eu vejo também", respondeu Jide.

Para mim, aquele rapaz foi apenas Um Homem Mais Novo, um experimento, e, porque era fofo, fiquei um pouco culpada por pensar nele daquela forma. Mas talvez eu tenha sido um experimento para ele também. Quando eu estava só de roupa de baixo, o rapaz disse "Você é bonita", e não acrescentou "para a sua idade", mas deve ter pensado isso, pois senti sua fascinação e sua leve repulsa por mulheres mais velhas.

"Por que ele deu um tapa no meu peito? Não acariciou, deu um tapa. Um tapa de verdade", disse a Jide.

"Se você visse filme pornô, não ia achar tão estranho. É isso que eles fazem em pornô de hétero." Jide riu. "Você normalmente só transa com homens mais velhos que viam pornô na época em que os atores ainda tinham pelos pubianos e as mulheres eram tratadas melhor, então eles não fazem essas maluquices novas."

"Nossa", disse eu, aturdida e quase decepcionada comigo mesma por não saber.

Muito antes de esse homem mais novo dar um tapa no meu peito, minha prima Mmiliaku, filha da tia Jane, me contou uma história sobre um cinto. Ela e o marido vão à missa aos domingos e então o Emmanuel deixa Mmiliaku e os filhos em casa e volta para a igreja para participar da Opus Dei. Ele não come carne às sextas-feiras e acredita que métodos contraceptivos são um pecado terrível. Pouco depois de eles se casarem, Mmiliaku começou a dizer "Sempre é melhor se casar com alguém semelhante a você", pois Emmanuel não tinha feito faculdade — mas tinha um negócio muito bem-sucedido.

Mmiliaku estava bebendo achocolatado Bounrvita à minha mesa, com a xícara perto dos lábios, quando disse: "Algumas pessoas não conseguem raciocinar".

"O que o Emmanuel fez agora?", perguntei.

"Fez o de sempre, que é montar em mim quando eu estou dormindo. Acordei com dor e comecei a empurrá-lo para longe. Ele ficou com raiva, então deixei que ele terminasse. Quando ele voltou à noite, eu me arrumei e, depois que comemos, comecei a beijá-lo, a tocá-lo, e ele me empurrou e disse que eu devia parar de me comportar como uma prostituta. Só quero que a gente faça um sexo bom e se conecte como casal. É horrível, sempre a mesma coisa: ele força o meu corpo quando eu estou dormindo. Bom, mais tarde, falei: 'Vamos tentar ver um filme erótico para ver se a gente aprende alguma coisa'. Não disse que era para ele aprender, e sim que era para a gente, assim ele não consideraria um insulto. O Emmanuel começou a gritar. 'É isso que você faz agora? Vê filme erótico? É por isso que ficou tão vagabunda?' Então ele tirou o cinto, levantou e me bateu, três vezes, e era um cinto grosso de couro." Mmiliaku falava com a voz embargada, mas então começou a rir. "Ele tem um equipamento que não sabe usar e não quer aprender como usar. Dá para imaginar? E diz que eu sou vagabunda."

Vagabunda. Aquela palavra: vagabunda. No ensino fundamental, diziam que você era vagabunda se conversasse com os meninos. Vagabunda era uma palavra lambuzada de sujeira e sexo, e de tudo o que era relacionado a sexo e não se podia mencionar. As meninas eram vagabundas. Eu nunca ouvi, no ensino fundamental, um menino ser chamado de vagabundo.

"Você acha que assistir a um filme erótico é um bom jeito de aprender?"

"Onde mais a gente vai aprender?", perguntou ela.

Depois que Mmiliaku me contou essa história, mas antes daquele rapaz dar um tapa no meu peito, houve outro motivo, e esse motivo foi o homem cujo cabelo eu puxei. Arinze, o mais longo dos meus acontecimentos de emoção. Duramos onze meses e eu estava começando a pensar que aquilo, afinal, talvez fosse o amor do qual os outros falavam. Arinze era inteligente, mas não criativo; lia muito e dava interpretações interessantes ao que outros tinham escrito, o que, para muitas pessoas, teria sido suficiente. Mas não para ele, pois o que realmente queria fazer era criar, e então sua vida se tornou uma reação ressentida à sua inabilidade de fazê-lo. A maioria dos romances contemporâneos era repleta de clichês, dizia Arinze. Recusava-se a ler qualquer coisa publicada depois de 1960 e revirava os olhos ao ouvir praticamente qualquer música atual. Ele era diretor de uma agência de publicidade e zombava dos comerciais que a própria empresa produzia. Tão básicos, dizia, sem imaginação. Certa vez, Arinze me deu para ler um conto muito formal que tinha escrito e, quando eu lhe disse que estava formal demais, ele respondeu que essa era a ideia: a escrita era formal demais de propósito para refletir o personagem que era formal demais.

Quando tínhamos acabado de nos conhecer, Arinze não conseguia quebrar um ovo direito. Pedacinhos de casca se soltavam e eu o observava tentar pescá-los da tigela com um garfo, com um ar aborrecido e focado, e achava aquilo engraçado e bonitinho. Sua determinação em fazer uma omelete para mim em sua cozinha quase nunca usada, com a etiqueta ainda presa na torradeira. Quando terminamos, eu já tinha passado a achar aquilo autoindulgente e desleixado: quão difícil é quebrar um ovo direito? Aquilo que havia me encantado no começo se tornou o que me enfurecia no fim. Cuidado com as primeiras fontes de encanto. Às vezes, assim que conheço um homem, sei de antemão o que vai me irritar nele em breve, mas, com Arinze, isso não aconteceu; ele era tão diferente, um mistério instigante que eu queria resolver.

Comecei a achar que talvez fosse amor quando ele quase me matou de susto ao me acordar uma manhã aos gritos por causa de uma câimbra na batata da perna. Arinze deu socos na perna, seu rosto se contorceu, e senti sua agonia no meu coração. Ele entrou em pânico, ficou tão preocupado. Aquilo nunca tinha acontecido comigo e um homem, sentir a dor do outro.

"Vou te levar ao hospital, vamos para o hospital agora", disse eu, mesmo depois de a câimbra ter passado.

"Foi só uma câimbra."

Durante o resto do dia, eu o observei, fiz chá para ele, perguntei se deveria chamar meu massagista. Talvez fosse amor.

Foi Arinze que me disse "Você é tipo um homem", porque eu queria que me deixassem quieta depois do sexo, para poder dormir em paz. No começo, ele tentava me abraçar, e eu me desvencilhava, deixando-o surpreso e confuso. Até que ele entendeu e me deixou quieta, me provocando de tempos em tempos. *Você é tipo um homem.*

E foi Arinze que me disse: "Sinto que não te conheço, que é impossível te conhecer. Você é incognoscível".

"Todo mundo nesse mundo é incognoscível. Não podemos conhecer os outros totalmente se, às vezes, somos estranhos para nós mesmos", respondi, e ele deu uma risada de desdém e disse por favor, não cite poemas, embora aquilo, é claro, não fosse uma citação.

E ele também falou: "Você não gosta dos homens".

"Não?", perguntei, brincando, e olhando-o de cima a baixo de maneira sugestiva.

"Quero dizer, os homens enquanto grupo, enquanto classe. Você não gosta dos homens que não são seus parentes ou seus amigos."

"Então você gosta de mulheres aleatórias?", perguntei, o que foi um subterfúgio, pois eu sabia o que ele queria dizer, mas escolhi desviar do assunto, o que era mais fácil naquele momento.

"Além do mais, você disse que eu sou tipo um homem. Então, qual dos dois é verdade: eu não gosto dos homens, ou sou tipo um homem?"

"Você está evitando a pergunta", respondeu Arinze.

"Eu gosto de você", disse eu.

Poderia ter dito "Eu te amo", mas ele ainda não tinha tido aquela câimbra, e eu ainda acreditava que só era capaz do fantasma do sentimento, não do sentimento real. Há tanto tempo me vejo como alguém que sente emoções sem estar dentro delas, como se sentir fosse apenas observar, comigo e as emoções permanecendo separadas, eternamente incapazes de nos fundir.

Arinze gostava de pornografia. Ele queria que víssemos algo juntos. Levou meses para me contar.

"Tá bem", concordei. Para mim era indiferente; tinha visto alguns filmes eróticos rapidinho na adolescência, mas eles não me interessaram muito.

"Achei que você ia me julgar", disse Arinze.

"Por quê?"

"Com toda essa nobre altivez sua. Olhe só para isso, por exemplo", disse ele, e apontou um quadro com uma frase de Thomas Sankara que havia na parede do meu quarto.

A *revolução e a liberação das mulheres andam de mãos dadas. Não é um ato de caridade ou um impulso de humanismo falar da emancipação das mulheres. É uma necessidade fundamental para o triunfo da revolução.*

"Não estou dizendo que é algo juvenil ter palavras na parede", disse Arinze.

"Golpe baixo demais para ser sentido", respondi, e rimos.

Vimos o filme no laptop dele, ambos deitados de barriga para baixo, com as laterais do nosso corpo encostadas.

Não eram cenas sombrias com homens bigodudos como as do filme dos anos 1980 que eu tinha visto na casa de uma amiga no ensino médio. Não esperava que fossem, mas, mesmo assim, fiquei espantada com a boa iluminação, o bom gosto da produção. Assistimos em silêncio a princípio, e então Arinze quis saber o que eu estava gostando na cena. A falsidade dos gemidos da mulher me deu vontade de rir, mas vi que ele estava levando aquilo a sério, e me segurei.

"Por que ele está apertando o pescoço da mulher e puxando o cabelo dela?", perguntei.

Arinze se voltou para mim, achando graça. "Porque isso aumenta o prazer", respondeu.

"De quem?"

Ele se voltou para mim de novo. "Ei."

Não respondi e, como Arinze percebeu que não estava entusiasmada, ele disse: "Vamos ver outra coisa".

"Tá bem", falei, e me afastei, deixando uma fatia de espaço entre o corpo dele e o meu.

Decidimos assistir a um documentário na televisão, mas minha mente ainda estava ocupada por cenas do filme. "Lembro de um menino no ensino fundamental que disse 'Ser ator de filme pornô é vergonhoso, mas, pelo menos, você fica milionário'", comentei.

Arinze riu. "Eu era assim."

"Já era mulher-feita quando li alguma coisa sobre a indústria pornô, sobre como ela é terrível, e o meu eu do ensino fundamental ficou chocado."

"O que significa que você, inconscientemente, ficou tentada com a ideia de ficar milionária desse jeito."

"Bobo. Não, sério, parecia horrível. Pagam muito mal, coagem as mulheres. Não parece valer a pena de jeito nenhum."

"Sim, mas é como essas fábricas com condições desumanas de trabalho, uma parte do capitalismo moderno."

"Mas essas fábricas, pelo menos, produzem coisas úteis."

Ele estava me olhando. "Você não entende que essa indústria é quem mais ensina os homens no mundo? Onde você acha que os homens aprendem sobre sexo?"

Não respondi, porque não queria continuar aquela conversa sobre pornografia, e o sorriso torto de Arinze de repente me pareceu desagradável, como se ele tivesse um lado sórdido que eu não conhecia; mas pensei em suas palavras, *Onde você acha que os homens aprendem sobre sexo?*, e comecei a sentir pena dos homens. Posso dizer isso, que comecei a sentir pena dos homens? Demorou algum tempo até que eu criasse um site e pagasse por análises e anúncios, e, após algumas semanas, os homens começaram a me mandar mensagens, uma mulher anônima que falaria a verdade, mas que estava do lado deles.

Um dia, fiquei com raiva de Arinze. Muitos meses haviam se passado sem que víssemos um filme pornô juntos; ele não tinha pedido e achei que não fosse pedir. Estava com raiva dele, e era uma raiva sem motivo; aquela sua arrogância muito eficiente tinha começado a me irritar, só isso. A arrogância nas mulheres pode ser empolgante, pois é subversiva; mas, nos homens, é sempre reacionária e, portanto, enfadonha, em especial a arrogância dos cavalheiros, aquela *noblesse oblige* do sexo mais forte. Arinze tinha um comportamento do tipo "Sou uma dádiva para o mundo", e aquilo me enfurecia. No dia em que estava com raiva dele, estávamos na cama e olhei sua cabeça, completamente coberta de cabelos. Estiquei o braço e envolvi com a mão um tufo daquele afro curto e macio e, antes de puxá-lo com violência, fiz um breve carinho em seu couro cabeludo. Nunca tinha pensado em puxar o cabelo de Arinze na cama; minha raiva, até então, havia sido uma reação à sua presunção, mas, naquele momento, ela se aglutinou num único raio de luz enquanto um tufo do cabelo dele estava na minha mão.

Arinze deu um pulo e soltou um pequeno som de surpresa e dor.

"O que é isso?", perguntou.

"Para aumentar o prazer", respondi.

Ele se sentou, se afastando de mim e, em seus olhos — onde havia incredulidade, raiva e um princípio de desconfiança —, eu me vi como uma pessoa louca.

"Que merda é essa?", perguntou Arinze. "O que você tem na cabeça? Está procurando um motivo. Não precisa procurar."

Ele estava se levantando, atrapalhado, e se vestiu às pressas para ir embora. Do que senti falta depois que acabou: de usar a camisa dele. Daquelas noites repletas da correria de desamarrar, lamber e morder. Das noites felizes e sem sexo, quando desfrutávamos da companhia um do outro conversando. E das risadas, tantas risadas; nós dois tínhamos dito certa vez que uma vida sem riso era impossível de viver.

Arinze me disse: "Eu nunca vou te esquecer. Nunca tinha conhecido uma mulher que detesta beijo de língua de manhã, antes de ter escovado os dentes".

Quando, no começo, eu me afastei pela primeira vez dos beijos que ele tentou me dar ao acordar, Arinze me perguntou se havia algo errado.

"Não gosto de beijo de língua de manhã, antes de ter escovado os dentes", expliquei. Tínhamos rido daquilo, mas fiquei magoada quando ele citou a frase no final. Foi um gesto refletido e inteligente, como o próprio Arinze, e ele sabia que me magoaria o fato de escolher aquela coisa desimportante para se lembrar de mim. Eu também o tinha magoado com a minha raiva injusta. E assim acabou, e levamos nossas mágoas conosco.

Digo aos meus amigos que talvez aquele seja o nosso último jantar, pois acho impossível não entrarmos de quarentena. O pessoal todo está aqui, com cadeiras trazidas do andar de cima, alguns empoleirados no sofá da sala segurando pratos. Hauwa parece uma pilastra entalhada da mais pura elegância. Um lenço cor de pêssego flutua sobre seu turbante de tecido ankara, e ela está coberta dos pés à cabeça com o mesmo estampado pêssego-acinzentado, com um batom de cor próxima à de pêssego do lenço. "Beleza demais para uma pessoa só", digo, e sei que ela gosta que eu fale isso quando vou ser ouvida por outras pessoas.

A grande presença é Chijioke, que me ligou para dizer que tinha vindo de Lagos para Abuja. Meus amigos o rodeiam, desacostumados e interessados por ele.

"Se você não fosse um homem tão gato, eu não ia me sentar do seu lado. Não sei se vocês de Lagos estão infectados", diz Chinelo, e Chijioke ri.

"Como está Lagos?", pergunta Ehigie.

"Lagos é Lagos", responde Chijioke. "As pessoas ainda continuam saindo, mas um amigo meu mandou instalar uma pia na porta da frente para quem vai lá lavar as mãos."

"Se eu estivesse em Lagos, não ia nem receber ninguém na minha casa", diz Jide.

"Você não para de falar em Lagos, mas como sabe se esse troço já não chegou aqui em Abuja?", pergunta Edu.

"Mas as pessoas daqui não parecem estar preocupadas", disse Chijioke. "Passei em Jabi para ver a minha tia. Quando disse que ia jantar na casa de uma amiga, ela disse 'Tome cuidado', e achei que era com o coronavírus, mas, na verdade, ela disse: 'Tome cuidado na hora de comer em casa de mulher'. Eu morri de rir."

"O quê, ela está dizendo que as mulheres vão fazer jazz com a sua comida?", perguntou Hauwa, num tom não generoso.

"Isso, ô. As mulheres andam desesperadas", diz Ahemen. "E com alguém como o Chijioke? Ah, elas vão fazer todas as poções de amor que existem."

Alguém como Chijioke: um homem bonito, razoavelmente rico, sem trapaças, nem mulheres traídas e amargas do passado.

Em tom de flerte, Ahemen pergunta: "E por que você não se casou, Chijioke?".

"Não encontrei a pessoa certa." Chijioke olha para mim, e eu olho para ele, de novo desejando conseguir despertar não apenas um acontecimento de emoção, mas mais que isso. Finalmente, mais que isso.

"Por favor, alguém pode fazer jazz para destruir esse coronavírus?", pede Chinelo.

"Eles não deviam ter deixado aquele italiano entrar em Lagos, francamente", diz Jide.

"Mas ele não estava vindo da China", afirma Ahemen.

"Todos os imigrantes chineses mal pagos que fazem bolsas de marca na Itália devem ter visitado seu país natal e trazido o vírus na volta", digo eu.

"Não entendi", diz Ahemen.

"Os estilistas não podem mandar fazer as bolsas na China, porque assim eles não têm como pôr uma etiqueta nelas dizendo 'Feito na Itália'. Se colocam uma etiqueta dizendo 'Feito na China', o valor que se paga pela marca evapora. Então, eles levam trabalhadores chineses mal pagos até a Itália para fazer as bolsas e, quando lemos 'Feito na Itália', pensamos que elas foram manufaturadas por uma família graciosa que recebe um pagamento ético pelas criações e que trabalha com couro há quinhentos anos."

"Estou ouvindo uma crítica ao conceito de maximizar o lucro? Você não está mais falando como uma boa capitalista", diz Chijioke. Eu rio e percebo que Hauwa está nos observando com uma expressão especulativa nos olhos, que se movem dele para mim e de volta para ele.

"Com certeza eles vão fechar as fronteiras e decretar quarentena; é questão de dias", diz Ehigie.

"E minha noite só para mulheres? Já reservei o restaurante", diz Chikamso.

Ela organiza uma noite das mulheres de tempos em tempos. Dez ou quinze de nós contratamos maquiadores bons para alterar nosso rosto e cabeleireiros bons que vão de casa em casa para colocar perucas frontais e fazer *baby hair*. Depois, jantamos no restaurante que for mais novo ou estiver mais badalado, uma gangue de mulheres glamorosas e autoconfiantes. Vamos ao lounge em Wuse 2 ou ao bar em Maitama para nos acabar em coquetéis, dançar umas com as outras e dizer coisas bobas, como "A gente vai fechar isto aqui!". Hauwa não pode nos acompanhar porque não sai tarde para locais públicos.

"A noite das mulheres vai ter que ser suspensa", diz Ehigie.

"Deus me livre. A vida não pode parar por causa do vírus", diz Chikamso.

"Quando eles mandam a gente não tocar no rosto, é porque o vírus já está em todos nós e, quando tocarmos no nosso rosto, ele vai nos infectar?", pergunta Chinelo.

Rimos, mas nosso riso está repleto de perguntas.

Jide diz que não vai mais falar desse vírus e pergunta se eles sabem que eu conheço a camareira da Guiné que apareceu no noticiário e que finalmente vai contar a própria versão da história numa entrevista amanhã. Um arrepio de irritação percorre meu corpo. Jide está quase oscilando enquanto tagarela, com olhos injetados de bêbado, transformando num show uma coisa sobre a qual sabe que não quero falar. Nunca falei de Kadiatou para os meus amigos, porque devo a ela esse fiapo de privacidade. Tanta coisa já foi deixada em frangalhos.

"A camareira que disse que foi estuprada pelo diretor do Nações Multilaterais?", pergunta Ahemen.

"Ela não disse que foi estuprada, ela foi estuprada", responde Jide.

"Foi uma armação. Ninguém estuprou aquela mulher. Ela precisa deixar isso quieto", diz Ahemen.

"Só um idiota faria uma armação tão amadora", afirma Jide.

Ahemen dá uma risada de escárnio. "Por que um homem como ele precisaria estuprar? E estuprar alguém como ela?"

"Homens bonitos estupram, homens bem-sucedidos estupram, homens ricos estupram. Os homens estupram bebês, estupram velhinhas", diz Jide.

"Talvez ele não tenha dado o valor combinado para ela. Espero que ela receba o dinheiro que quer. O dinheiro está no centro dessa história toda", declara Ahemen.

"Eita, Ahemen. A mulher te fez alguma coisa?", pergunta Chinelo.

Ahemen dá de ombros. "A gente precisa ser honesto."

Olho para ela e penso que sua reação não é àquele estupro em particular. É a qualquer estupro. Ahemen prefere os homens. Diante de qualquer história sobre estupro, ela vai elaborar as desculpas mais esplêndidas para os homens, enquanto seu instinto vai lhe dizer para desconfiar das mulheres.

"Não se esqueça que ele é francês. Eles são diferentes com essas coisas. Muitas francesas apoiam esse homem. Algumas até deram declarações dizendo que não foi estupro", acrescenta ela.

Penso nos venenos regressivos da galantaria francesa. Da imaturidade em seu âmago, de sua infantilidade tacanha, que é infantil na pior acepção do termo. Acabei de ler o artigo assinado por algumas francesas apoiando o francês, e os vestígios do meu desalento ainda me perturbam.

"Como essas mulheres sabem que não foi estupro?", pergunto.

"Como você sabe que foi?", retruca Ahemen.

"Ahemen, a Omelogor conhece a camareira pessoalmente", diz Jide.

"Você conhece mesmo ela?", pergunta Ahemen, firme em sua batalha, ainda soltando fogo pelas ventas; ah, se o francês pudesse ver aquele seu soldado dedicado.

"Minha prima Chia conhece", digo. Não vou dissecar Kadiatou para entreter ninguém.

Chinelo está brincando com Lon, cujo nome completo é Lalong Jang: "Vocês de Plateau têm uns nomes que parecem chineses. Espero que você não esteja com o vírus, ô".

"Chega de piada sobre a China", diz Ehigie.

"O que vocês acham de asfixia erótica?", pergunto.

"Asfixia erótica?", repete Chijioke.

"É assim que a Omelogor vive nos perguntando sobre a nossa vida sexual, ô", diz Chinelo.

"Eu gosto de asfixia erótica, mas não com muita força", responde Belema.

"Deus me livre disso. Se algum homem tentar me asfixiar, nós dois vamos morrer nesse dia", diz Chikamso.

"Não pensei que ia gostar disso, mas agora estou achando gostoso", declara Chinelo, e pergunto: "Agora você está achando asfixia erótica gostoso?", mas ela está puxando para si uma travessa das batatas assadas em leite e manteiga de Philippe.

Todos ficamos soltinhos com o álcool, provocando uns aos outros e rindo. *Jide, você e a comida!*

Omelogor, tem certeza de que essa bundona vai caber nessa cadeira?

Você pirou!

Imagino esse tipo de brincadeira acontecendo no meu círculo de não amigos na pós-graduação americana e começo a rir descontroladamente.

Chia me manda um link para eu assistir à entrevista. A tensão deixa meu estômago pesado.

Kadiatou está amarelada, com uma base mal misturada, e já a vi com uma peruca melhor na cabeça. A jornalista transborda compaixão e, a todo momento, assente de maneira sensível e pensativa com a cabeça. Faz as perguntas com a expressão de alguém determinado a ser gentil.

Kadiatou é uma pessoa totalmente estranha a ela, é uma curiosidade, alguém que existe fora de sua imaginação. Se ela fosse colocada no mundo de Kadiatou, sairia às cegas, tropeçando. Kadiatou pausa, gesticula, pausa, gesticula. Uma ou duas vezes, a jornalista termina uma frase com uma palavra que não era a que Kadiatou buscava, mas Kadiatou aceita a palavra e segue adiante, com dificuldade. Imagino produtores nos bastidores logo antes da entrevista, perguntando a Kadiatou: "Tudo bem? Você precisa de alguma coisa?". Quando eles perguntam se você precisa de alguma coisa, estão se referindo a água, a ibuprofeno, a usar o banheiro. O que ela precisa é de um intérprete de língua pulaar e de uma entrevistadora que entenda que os imigrantes estão desesperados para criar filhos que acreditem que têm o direito de sonhar; o que ela precisa é de uma versão dos Estados Unidos que compreenda isso. A entrevista acaba e, na última tomada antes de os créditos subirem na tela, Kadiatou se recosta na cadeira, com o rosto exausto e aliviado, como se soubesse que não se saiu muito bem, mas que, pelo menos, aquilo terminou.

Penso na gentileza da jornalista e no poder cru e radiante dessa gentileza. Com quanto descuido os americanos brandem o seu poder.

A primeira vez que fui aos Estados Unidos, meu voo fez uma escala em Frankfurt e, no aeroporto, os alemães falavam num tom normal, mas, quando pousamos em Atlanta, os americanos não falavam, eles latiam. Desde a pessoa dizendo "Cidadãos americanos, por aqui" até a pessoa de rosto impassível que examinava os passaportes, todos usavam o mesmo tom não civilizado. Aquilo me fez lembrar de como o CEO sempre falava com seu motorista gritando, quer estivesse contente ou descontente, como se falar normalmente pudesse fazer o motorista esquecer da íngreme montanha de poder que havia entre eles. É claro que a funcionária que fez a entrevista do visto na embaixada americana em Lagos estava gritando no microfone para mim, já que falar num tom normal estava fora de questão para eles. *Você é um risco em potencial para o governo dos Estados Unidos.* Eu tinha um visto americano de turista no passaporte, dinheiro nas contas bancárias e uma casa e uma empresa em Abuja. Por que seria um risco para o governo americano? Atrás do vidro, os olhos da funcionária faiscaram em resposta à minha deferência insuficiente. *Qual exatamente é a fonte dessa renda? Por que eu deveria acreditar nisso?* Ela talvez nunca mais tivesse um cargo de poder como aquele, por isso ia chupá-lo até a última gota. *Para de resmungar!*, gritou a mulher. Nunca ninguém tinha me mandado parar de resmungar na vida. Eu sempre tinha achado fácil ignorar quem desdenhava de mim, contanto que atingisse meu objetivo, mas algo naquele momento cavou um buraco profundo na parte em que guardo as minhas mágoas. Foi aquele cargo de poder fétido e a maneira santarrona como a funcionária o usava, como ela mastigou minha dignidade e a cuspiu só porque podia. Para de resmungar! A intenção foi me fazer sentir pequena. As pessoas pagavam tão caro pelas taxas dos vistos e iam até ali tímidas de esperança, só para serem humilhadas antes de ouvir um não. Se a mulher quisesse, podia negar o visto deixando a dignidade delas intacta. Não que eu quisesse ir à China, mas pelo menos os chineses só faziam você pagar quando o visto era aprovado. *Como um diploma de mestrado em... estudos culturais de uma universidade americana vai ser útil para você na Nigéria? O que você sabe sobre estudos culturais?* Senti uma grossa camada de antipatia na língua. Por que estava fazendo aquilo, esquecendo que tinha opções? Podia ir para o Reino Unido, ou para algum lugar na Europa. Podia ir para o Canadá. Não precisava ficar ali como uma prisioneira, implorando que me dessem uma liberdade supervisionada. Assim, interrompi a mulher e perguntei: "Por que você está gritando?". Ela estremeceu e se recostou um pouco, como se fosse dar um bote. Então, empurrou o formulário por debaixo do vidro e respondeu: "Lamento, mas seu visto foi negado. Você pode solicitar outro se suas circunstâncias mudarem".

Minhas circunstâncias não mudaram. Simplesmente solicitei o visto de novo algumas semanas depois e, dessa vez, outro entrevistador examinou meus documentos, falando pouco, e me pediu para pegar o visto em dois dias.

Considerei um mau augúrio aquela entrevista de visto e depois as dores de cabeça que começaram nos Estados Unidos, poucas semanas após o início do semestre. De tempos em tempos, durante semanas, eu sentia um elástico rijo amarrado ao redor do meu crânio, firme e resistente.

Tinha planejado ir aos museus de Nova York nos fins de semana, como sempre fiz em visitas passadas, mas aquelas viagens anteriores pareciam diferentes, melhores, como se eu tivesse visto um outro país na época, uma versão alternativa dos Estados Unidos. De qualquer maneira, como ia conseguir ver obras de arte se minha cabeça estava amarrada com correntes? Na clínica da universidade, eles me mandaram fazer uma tomografia. Ao deslizar para dentro e para fora daquela máquina cavernosa, me imaginei morrendo de um tumor que estava crescendo no meu cérebro e pensei: Será que vão mandar meu corpo de volta num caixão ou só envolto num pano, para ser mais eficiente?

Nunca tinha tido pensamentos mórbidos assim antes, mas também nunca tinha morado num lugar que não me pertencia de jeito nenhum. O crachá do técnico dizia "Kofi". O sotaque dele era de Gana. Dei um sorriso íntimo, querendo dizer "Meu irmão africano", mas ele, com uma expressão de que tinha entendido, desviou o olhar.

"Certo, já acabou e você foi muito bem, foi ótima", disse ele. Se Kofi dissesse isso em Acra, uma conterrânea incrédula dele responderia: "Como assim, eu fui muito bem?". Pelo menos, ele não disse "Tenha um bom dia!" com aquela alegria americana tão claramente falsa que eu me perguntava por que se incomodavam em fingir.

Saí do prédio com um ressentimento amargo de Kofi, pois, naquele momento que passou comigo, ele tinha feito uma escolha deliberada. E não escolher a África era como não escolher a mim nem à solidariedade num mundo não familiar. Telefonei para Chia, vivia ligando para Chia, e contei daquele vendido irritante de Gana que, ao me ver, tinha decidido ser mais americano que os próprios americanos.

"*Você foi muito bem, foi ótima!*", imitei, com um sotaque ganense ruim.

"Você não sabe como é a vida dele. Talvez seus colegas sejam condescendentes, talvez ele não queira ser africano no trabalho."

"Não tinha nenhum colega ali. Só ele e eu. *Você foi muito bem, foi ótima!*"

"É porque você não ficou claustrofóbica nem gritou ou alguma coisa assim", disse Chia, com uma risadinha. Ela claramente aprovava que alguém dissesse um lugar-comum elogioso para as pessoas apenas por elas terem feito alguma coisa que deviam fazer e que era para o seu próprio bem. Chia, a americana.

Não apareceu nada na tomografia. Na clínica da universidade, um médico magricela me perguntou o quanto eu me exercitava, olhando com uma expressão duvidosa para o meu corpo, cujas partes estavam todas maiores e mais redondas desde que eu tinha chegado aos Estados Unidos. Respondi que ia andando para as minhas aulas. Eu estava comendo bem? Sentia saudades de Philippe. Quase todos os dias, pedia cabrito ao curry de um restaurante caribenho, que vinha muito salgado, e bebia muita água depois, mas continuava com sede. Quantas horas de sono eu dormia por noite e como fazia para lidar com o estresse? Contei que fazia ioga e o médico magricelo foi honesto demais para esconder sua incredulidade. Então, sorri e disse que nunca tinha feito ioga na vida. No final, declarou: "Talvez fosse bom para você se consultar com um psicólogo". Suas palavras me fizeram sentir profundamente deficiente, um caso perdido, mas que mal faria tentar?

Psicologia era algo que eu só conhecia pelos livros, e que sempre tinha um estigma de fraqueza indulgente. Eu sabia que era diferente agora, mas ainda me fazia pensar em pessoas brancas mimadas esparramadas num sofá. O consultório da psicóloga, perto do campus, estava muito iluminado no meio da tarde. Havia duas lâmpadas fluorescentes. Ela usava vários lenços ao redor do pescoço e toda hora perguntava: "A luz está forte demais para você?". E então, indagou: "Você sente o fardo aqui ou aqui?", apontando para o peito e a barriga, com um olhar cúmplice, como se ainda fosse conseguir me desvendar por completo. No parapeito de sua janela, havia uma orquídea com flores roxas de aspecto falso na ponta de um caule. Eu não conseguia tirar minha atenção delas. "Essa planta é de verdade?", perguntei, e a psicóloga respondeu que era.

"Tem alguma coisa que você queira me contar?", perguntou ela.

Eu não disse "Vim para os Estados Unidos em busca de uma restauração, mas não encontrei". Devia ter dito, mas isso a teria deixado sem nenhuma resposta para mim.

"O que quer que você esteja sentindo é válido", ela me disse. Válido. A palavra tomou a sala com toda sua falta de significado. Válido: era como receber um troféu por ter se esforçado e não por ganhar, um reconhecimento que você não merecia realmente. A psicóloga a repetiu diversas vezes, *válido válido válido*. Ela fez um barulho estridente e perturbador nos meus ouvidos, como o de um mosquito, e piorou minhas dores de cabeça. Parei de ir lá. Além das dores de cabeça, logo passei a ter palpitações também. Chia disse que era estresse por causa de todos os meus deveres e de todas as disciplinas extras que tinha enfiado na minha grade. Mas os deveres não eram nada difíceis. Eram leves demais, como uma espuma aerada e oleosa. Tudo tinha a ver com explorar: estávamos todos explorando, sempre explorando, e podíamos dizer que não tínhamos as respostas, porque estávamos só explorando, e, por isso, não precisávamos correr o risco ousado de chegar a conclusões claras. Afundados no pântano da exploração, deixamos de lado a clareza. Havia pouca pressão e nenhum rigor real. Na disciplina de graduação que cursei como ouvinte porque o nome "Neurociência e emoção" me interessou, um aluno levantou a mão e disse que atrasou a entrega do trabalho porque seu cachorro estava com uma otite. Achei que fosse brincadeira e motivo de risada, mas a professora respondeu tudo bem e perguntou como estava o cachorro. Era assim que os Estados Unidos iam ser os líderes mundiais? Se a Rússia ou a China fossem jogar uma bomba em você, você ia pedir mais tempo para limpar o ouvido do seu cachorro?

No meu curso de pós-graduação senti, desde muito cedo, que a minha vida era errada aos olhos deles. A rápida troca de olhares quando eu dizia alguma coisa, a distância quando nos reuníamos na cafeteria, com todos os outros inclinados para longe de mim, como que repelidos por raios que eu emitia inconscientemente. Todos eram mais jovens, recém-formados; um rapaz havia trabalhado numa ONG, outro tinha aberto uma empresa na Califórnia que vendia camisetas de surfe. Eles falavam de maneiras fortemente amarradas que recusavam as fronteiras não demarcadas ou a mistura de ideias diferentes.

Quando falei do meu trabalho em Abuja, eles trocaram olhares, fizeram caretas, olharam para o nada, e por fim entendi que achavam o sistema bancário ruim; não os excessos dos bancos, mas o sistema bancário em si. O sistema bancário tem falhas inerentes, me disse uma mulher chamada Kaley, *tem falhas inerentes*, e comecei a gaguejar, porque não sabia como argumentar sobre algo que me parecia tão evidente.

"Onde você deixa seu dinheiro?", perguntei, finalmente.

"Esse não é um bom argumento. Eu não tenho escolha, mas isso não significa que as escolhas sejam boas."

"O que os holandeses poderiam ter feito de diferente quando inventaram o sistema bancário?", perguntei.

Uma mulher chamada Eve respondeu: "Isso é coisa da direita!". Ela dizia que tudo com o que discordava era coisa da direita, e dizer que era coisa da direita era colocar um ponto-final. Era isso e acabou.

Um rapaz de pele morena com frequência dizia "eu, que sou multirra-cial", antes de apresentar seu argumento. Eu não sabia a quais raças ele se referia, e estava curiosa, mas perguntar seria errado, é claro. Ele era a estrela da turma, com pulseiras de miçangas que davam várias voltas nos punhos e um cabelo que era uma imensa auréola de cachos. Os outros se inclinavam na direção dele e aguardavam seus pontos de vista. Ele assentiu, aprovando, quando Eve disse que a solução da desigualdade era os ricos abrirem mão do seu dinheiro — não em doações minúsculas que podiam deduzir do imposto de renda, mas da maior parte do seu dinheiro.

"Ninguém vai dar dinheiro assim", afirmei. "Faz mais sentido consertar um sistema que permite que as pessoas acumulem tanto do que esperar que seres humanos sejam santos."

"Diz a pessoa que movimenta dinheiro para ditadores sanguinários", res-pondeu ela.

Eu tinha dito que alguns dos meus clientes eram políticos, mas Eve trans-formou isso em "ditadores" e, como ditador aparentemente não era o bastan-te, acrescentou "sanguinários".

"Não é assim que se cria um mundo melhor. Não se cria um mundo melhor partindo de uma fantasia", falei.

E o multirracial misterioso respondeu: "Diga isso para todas as pessoas que de fato mudaram o mundo".

Meu pai sempre dizia: "Seu alcance social é acima da média", e eu sabia que queria dizer que eu tinha muitos amigos, talvez amigos demais. Mas, nos Estados Unidos, não tinha nem um amigo.

Havia Andy, o sul-africano branco, mas ele era uma pessoa agressivamen-te amistosa, que era amiga de todo mundo, sempre chamando o pessoal para ir tomar um drinque em algum lugar, e eu o considerava não um amigo de verdade, mas alguém que colecionava pessoas e que tinha me incluído na coleção. Andy se autodeclarou meu guia, me dizendo os melhores lugares para comer, que bares eram bons, quem eram as melhores pessoas de conver-sar e quem devia ser ignorado.

Ele me apresentou para uma mulher chamada Jerry, que passou décadas falando com um entusiasmo exagerado sobre ter comido cogumelos silvestres que tinha colhido nas montanhas Catskill. E depois disse que seu irmão, um cara rico da área de informática, injetava nas veias o sangue de homens jovens para viver mais, e contou isso dramatizando um arrepio, mas percebi que, no fundo, sentia admiração.

Mas Andy não gostava de Chinedu, um nigeriano-americano mais novo que eu, que cursava mestrado em relações internacionais e usava um casaco *puffer* estiloso.

"Ele é um babaca da Federalist Society que não entende que aquele povo nunca vai gostar dele", disse Andy, e de repente senti um impulso protetor em relação a Chinedu. Acabei me envolvendo quase sem querer com Chinedu porque ele, ao menos, não parecia ser uma pessoa que estava procurando tudo que havia de errado em mim. Durou algumas semanas. Ele amava filmes da Marvel. E me levou a um jogo de futebol americano. Alguém tinha lhe dado as entradas e Chinedu disse que nunca tinha imaginado sentar tão perto do grande combate, mas eu achava futebol americano incompreensível, o campo minúsculo uma piada. Por que os jogadores precisavam de intervalos? Eles já tinham visto um campo de futebol de verdade? Chinedu ficou entusiasmado quando fomos ver um filme, e invejei nele essa habilidade de ter emoções tão fortes com algo que só dava prazer. Fiquei sentada ao seu lado no escuro do cinema, vendo os efeitos espalhafatosos na tela, aquelas coisas grandes e lustrosas, fogo, fumaça e barulhos de explosão. O entretenimento americano tinha um coração infantil. Talvez por isso a pornografia americana fosse a mais ridícula, aquela na qual os homens eram mecânicos, exagerados, como robôs cuja programação estava em pane.

Certa vez, fui com Andy e seus amigos beber no O'Malley's. Ele me apresentou para todo mundo, mas esqueci os nomes no mesmo instante, com exceção do de um homem com um nome irlandês interessante, o Darragh.

Por isso, sorri para Darragh e disse que tinha gostado do nome dele.

"Você chegou bem em casa naquela noite?", Darragh perguntou.

Eu o olhei, espantada, certa de que estávamos nos conhecendo naquela ocasião.

Andy, com uma fala rápida e fluida, mudou depressa de assunto e perguntou se eu queria experimentar uma cerveja daquela vez.

"Você me confundiu com outra pessoa?", perguntei a Darragh.

Darragh começou a pedir desculpas, com o rosto vermelho, e sorri, curiosa para saber com quem ele tinha me confundido. "Espero que ela seja bonita, pelo menos", estava prestes a dizer, quando Andy me interrompeu e falou: "Não tem problema, não tem problema, vamos pegar uma cerveja".

Depois, eu disse a Andy: "Nunca mais faça isso". E ele ficou magoado, ferido, sentindo-se terrivelmente injustiçado, como se não pudesse acreditar que eu tivesse me atrevido a ficar insatisfeita com a maneira como ele lidava com as coisas.

Chinedu deu um sorrisinho sarcástico quando contei essa história. "Esse é o problema com esse povo progressista. Eles querem acabar com o racismo, mas não conseguem nem conversar honestamente sobre o assunto. Tente falar com eles sobre grandes questões, como racismo e aborto, e, de repente, eles não estão mais debatendo o assunto; estão só criticando a maneira como você se expressa e usando palavras vazias da moda e, no final, você acaba discutindo semântica e o problema em si é esquecido. Com os conservadores, você pode falar do que está falando."

"Pode ser", disse eu, "mas as posições conservadoras ainda são uma bobagem."

"Qual, por exemplo?"

"Sério?"

Chinedu vivia dizendo empírico isso e empírico aquilo, o livre mercado decide isso e o livre mercado decide aquilo, e eu falava: "O seu problema é que você decorou tudo o que disseram nas aulas, mas não sabe como as pessoas vivem".

"O problema é que os progressistas não são realistas." Sua resposta usual.

"Sindicatos, regulamentações e seguridade social parecem realistas como ponto de partida para uma sociedade que funciona. É preciso regras para que o livre mercado continue livre. Nunca é possível ter um livre mercado se as empresas puderem ficar grandes demais."

"Olha só, eu não fico ofendido quando você me diz que meus pontos de vista são bobagem, apesar de saber que está errada."

"Parabéns para você."

"Então vamos virar marxistas e dar dinheiro para quem não trabalha."

"Marx não queria dar dinheiro para quem não trabalha. Ele era super a favor do trabalho. Só queria que as pessoas que realmente colocam a mão na massa desfrutassem de alguns dos benefícios desse trabalho."

"Continua não sendo realista", disse Chinedu.

Ele nunca tinha ido à Nigéria e, depois que terminamos, falei: "Você precisa ir a Abuja qualquer dia desses e ficar hospedado na minha casa".

Minha orientadora me deixava confusa. Ela fazia jus àquele título ilustre, com seus longos cabelos prateados e o rosto sério. "Há cada vez mais pesquisas sobre os horrores da indústria pornográfica e quão inescapavelmente predatória e exploradora ela é, mas cabe a nós, creio, prestar atenção nas sensibilidades envolvidas, estando, é claro, cientes de que o trabalho sexual é trabalho."

Estando, é claro, cientes. Como ela sabia que eu estava ciente, e por que deveria estar, e se não estivesse? Até mesmo sua maneira de dizer — "estando, é claro, cientes" — não deixava espaço para discordância.

"Estou interessada na pornografia enquanto ferramenta educacional", expliquei.

A orientadora deu um sorriso pouco entusiástico, como quem quisesse dizer "Fale sério, por favor". Comecei a explicar que me referia à questão de onde nós aprendemos o que é sexo e ela pôs-se a falar de novo, dizendo muitas palavras, e a todo momento repetindo "liberação". Tudo o que dizia era mole e afundava ao ser tocado.

"Liberação? Como assim? Como seria isso?", perguntei. A orientadora achou que eu a estivesse provocando, mas, na verdade, não estava. Às vezes, eu pensava que o fato de não ter feito faculdade nos Estados Unidos talvez fosse o motivo pelo qual tudo me parecia oculto sob camadas de véus; assim que eu arrancava um, vários outros surgiam.

"É claro que você sabe o que eu quero dizer com liberação", respondeu a orientadora.

Mais tarde, ela me disse que não sentia que poderia orientar minha dissertação na direção que eu queria tomar e recomendou outra pessoa com quem eu poderia tentar trabalhar. Mas, àquela altura, eu não queria trabalhar com mais ninguém. Só queria ir para casa.

As dores de cabeça já tinham começado quando falei do tio Hezekiah na aula. Falei sobre ele e sobre Gideon Akaluka, cuja cabeça foi levada numa estaca de metal pelas ruas de Kano. Mais tarde, desejei não ter falado nada e, à vergonha que sentia por não ter chorado pelo tio Hezekiah, acrescentei mais vergonha por ter falado dele para uma turma de americanos perdidamente intoxicados pelas próprias certezas. Transformei a morte dele em algo que eles podiam trivializar e enterrar na poeira. A turma discutia os civis nas guerras civis, e eu não devia ter aberto a boca; afinal, uma multidão atacando igbos cristãos no norte da Nigéria não era uma guerra civil. Não tinha sido nem um dos principais ataques, e sim algo pequeno, tão pequeno que um jornal de Lagos descrevera como um distúrbio fatal.

A barba do tio Hezekiah continuou a crescer mesmo depois da morte, contou tia Jane. Ela foi ver o corpo dele, um dos corpos trazidos de volta empilhados num trailer para as famílias fazerem o reconhecimento de seus entes queridos em meio a outros cadáveres empapados de sangue. Tio Hezekiah foi assassinado quando eu estava na faculdade por homens que faziam compras em sua loja de conveniência, homens com quem ele trocava cumprimentos havia anos. Mas só quando Gideon Akaluka, que eu nem sequer conhecia, foi assassinado na delegacia onde ele fora pedir socorro depois que sua esposa foi acusada de usar uma página do Livro Sagrado para limpar o cocô do seu bebê, eu chorei, vendo uma foto granulada e macabra. Uma cabeça. Uma cabeça humana. Eu devia ter chorado pelo meu tio, mas, em vez disso, chorei por um estranho.

Minhas palavras se costuraram como as palavras às vezes fazem e, assim que terminei de falar, me arrependi de tê-las dito. Seguiu-se o silêncio. Ninguém na turma estava se remexendo, tossindo, pigarreando ou trocando olhares. Então, a pessoa multirracial falou.

"Já existe tanta islamofobia no mundo; não acrescente mais."

Ele estava inclinado para a frente em sua carteira, me fitando. Seu comportamento transbordava repugnância, mas não era pelo sofrimento bárbaro do tio Hezekiah, mas por mim. Seus olhos continham aquele tipo de condenação tornada pior por acreditar ser uma condenação correta e bondosa. Eu o encarei, pasma demais para responder.

"Você está transformando a perda da sua família numa arma, e isso é problemático", disse ele.

Olhei ao redor da sala naquele gesto africano que pergunta "Quem mais está testemunhando isso comigo?". Uma mulher colocou o cabelo atrás da orelha com firmeza e continuou a olhar fixamente para a frente. Um homem estava assentindo. Muitos desviavam o olhar, perturbados demais pelo meu crime a ponto de nem sequer me encarar.

Fiquei tão perplexa que só consegui afastar minha cadeira, pegar a bolsa e ir embora. Se minha cabeça e meus ouvidos não estivessem se enchendo de um líquido, se meu corpo não estivesse cambaleando, eu teria perguntado: "Vocês não sentem mais nada? Os compartimentos de seu coração não são espaçosos o bastante?". A professora olhava suas anotações, batendo com a caneta do iPad na mesa, como um juiz corrupto numa partida fingindo ser imparcial. A questão não foi nem que eles tivessem se sentido ofendidos; mas que não tivessem sentido mais nada. Aqueles progressistas americanos santarrões. Contanto que você embarque no trem ideológico deles, sua maldade será ignorada. Defenda uma causa legítima e você ganha o direito de ser cruel.

Eu tinha vindo para os Estados Unidos na esperança de encontrar uma parte de mim que fosse mais nobre e boa; vim em busca de conserto. Como queria desesperadamente olhar para o alto e me lembrar de coisas nas quais pudesse acreditar de novo; minha desilusão doeu. Uma desilusão desapontada, ou um desapontamento desiludido, um sentimento com um cerne de pedra, como se uma tia muito amada a quem eu tivesse pedido amparo tivesse se virado e me atingido de surpresa com uma série de bofetadas. No meu prédio havia um salão de jogos, um deque no telhado e um lounge relaxante onde passavam aspirador de pó duas vezes por dia. Eu atravessava a porta de vidro desejando que meu interior combinasse com aquele lounge iluminado. O desalento sempre tinha me parecido uma grande emoção dramática, mas descobri que ele era pequeno, que vinha a conta-gotas, que era uma submersão em águas rasas que parecia eterna.

Então, o desalento se transformou em raiva, e a raiva ficou faminta e precisou ser alimentada. Eu entrava em discussões que pareciam tão sem sentido.

E sempre era eu quem começava. Não, os democratas nem sempre ligaram para a África; nenhum dos dois partidos liga para a África, não precisam ligar. Qual foi o partido que jogou bombas na fábrica farmacêutica no Sudão? Qual foi o partido que destruiu a Líbia? Qual foi o partido que se meteu nas eleições do meu país e nos impôs um imbecil? Eu torcia para alguém morder a isca, para podermos chafurdar juntos, mas ninguém mordia. Eles queriam que eu deixasse o copo na mesa, me levantasse e saísse do bar para poderem continuar a se divertir. "A raça é uma construção social", dizia um bóton na camisa de alguém, e apontei para ele e perguntei com desdém: "Então como a anemia falciforme e a fibrose cística sabem a quem afetar?".

É claro que eu entendia o significado: a raça não é uma ideia entalhada em pedra, sempre tem a ver com o contexto social, pois uma pessoa pode ser considerada negra nos Estados Unidos, mas no Brasil ou na África do Sul ser definida como de outra raça. Depois de perguntar "Então como a anemia falciforme e a fibrose cística sabem a quem afetar?", acrescentei: "Isso não basta. Não é só chegar, dizer algo assim e se sentir o tal. A raça é uma construção social, mas — e sempre tem um 'mas' — a raça também é a língua do sistema de saúde, com consequências reais. As mulheres negras têm cânceres de mama mais agressivos, têm miomas maiores, morrem no parto com mais frequência".

Todos me olharam, com uma exclamação suspensa no ar e o desprezo claro nos olhos. As camadas de roupa que eu tinha colocado por causa do inverno me faziam sentir amordaçada; meus pensamentos estavam abafados e eu não conseguia me ouvir.

"Não valeu a pena ficar com tanta raiva disso", disse Chia para mim mais tarde.

"Valeu, sim."

"A depressão pode se manifestar como raiva, sabia?"

A depressão pode se manifestar como raiva. Os Estados Unidos tinham nos ludibriado a todos. Todos estamos definindo nossos mundos com palavras que vêm de lá.

"Eu não me lembro a última vez que você riu", disse Chia.

"Ajudaria ter um motivo para rir. Essa gente não ri", respondi.

"Você está deprimida."

"Eu não estou deprimida", afirmei e, para meu horror, vi que meus olhos tinham se enchido de lágrimas e eu estava chorando.

Os Estados Unidos não me deviam uma restauração, mas eu sentia que deviam, e que tinham voltado atrás numa promessa que jamais fizeram. Bebia uísque sozinha no meu apartamento e ia à loja de bebidas com tanta frequência que o homem no balcão me cumprimentou e perguntou se eu queria experimentar o *single malt* novo que tinha chegado. Estava bebendo quando empacotei as coisas no meu apartamento e gostava do aroma companheiro de uísque no meu hálito. Comecei a escrever o único post do Só para Homens que não era uma resposta a alguma mensagem recebida, mas o deletei dias mais tarde quando estava na casa de Chia, me sentindo um pouco melhor e comendo o fonio de Kadiatou, que eu nunca tinha provado.

Alguns pensamentos sobre o meu breve período numa universidade americana, e que têm alguma relação com o fato de eu estar do seu lado, querido homem.

Os Estados Unidos são tão provincianos, como um homem gigantesco de uma aldeia no meio do mato que sai por aí aos tropeços com uma certeza suprema, sem saber que é matuto porque sua força o deixa cego. Se você passou a vida inteira numa parte sensata do mundo — ou seja, na África, na Ásia ou na América Latina —, cuidado ao ir para os Estados Unidos fazer um mestrado na área de humanas. Na área de exatas não tem problema e um MBA não tem problema, contanto que você não se importe em virar um robô que só repete o que escutou. Assim que comecei meus estudos, falava várias coisas erradas, mas eu não sabia por que eram erradas e eles não me explicaram, pois até perguntar por que eram erradas era errado. Eles esperavam que eu soubesse. Bem-vindos ao mundo dos americanos santarrões. Estávamos falando da questão racial na Europa e mencionei que o Lord Haw-Haw, um nazista britânico, afirmou que o pai de Churchill tinha sangue africano. De repente, alguém me interrompe e diz: "Isso é um jogo intelectual para você, mas os negros estão morrendo!".

Fiquei intrigada. De fora, os Estados Unidos fazem mais sentido. Querem que a sua vida combine com as teorias malformadas deles e, quando não combina, eles explodem com as certezas provincianas deles.

Alguém estava lendo um romance sobre a Guerra de Biafra e disse: "É fascinante, mas para ser sincero ainda não entendi direito por que os igbos foram massacrados". Expliquei que, para entender os igbos na Nigéria, é preciso pensar neles como se fossem judeus. As pessoas não confiam nos igbos porque eles querem controlar tudo; eles amam dinheiro e são insistentes demais.

Uma mulher disse: "Ai, meu Deus, não diga isso, não dá para comparar nada com os judeus". Como assim não dá? O que na genética cultural dos americanos os leva a acreditar que eles podem decidir como o resto do mundo deve pensar? Nunca soube que existia um grupo de pessoas que sente ter um direito tão absoluto sobre a mente dos outros.

Londres era o centro dos meus sonhos de infância, e, embora eu tivesse ido a Cambridge com meu pai quando criança, só senti que veria a Inglaterra quando tivesse visto Londres. Então, assim que tive dinheiro, fui para lá. Fiquei decepcionada porque os funcionários do meu hotel chique eram todos poloneses e falavam um inglês ruim, pois aquela não era a Londres que eu esperava.

E um americano explode e diz: "Como você pode ser tão fascista e anti-imigração e perpetuar um nativismo perigoso?".

A professora não disse "Vamos manter a civilidade". Aliás, eles amam a palavra "civilidade". Mas, quando a mulher branca estava caçoando de outras mulheres brancas por pagar babás jamaicanas para cuidar de suas crianças brancas, e eu falei que aquilo era uma bobagem regressiva, pois ao longo de toda a história as mulheres tiveram ajuda para cuidar das crianças, sempre foi um parente qualquer ou um parente do marido, ou a comunidade, e agora isso significa pagar por ajuda, mas e daí, a babá jamaicana está mandando construir uma casinha nos arredores de Kingston para os pais — aí a professora disse "Vamos manter a civilidade".

Vamos manter a civilidade, ora essa, como se a maldade silenciosa deles não fosse a verdadeira falta de civilidade. A falta de civilidade da maldade silenciosa.

Certa vez uma mulher sino-americana estava falando num bar sobre os pais chineses dela e como eles eram racistas por não querer que sua irmã se casasse com um homem negro. Ela disse: "Cortei relações com eles e estou zangada com minha irmã por ainda atender quando eles ligam", e todo mundo naquele círculo maldito comentou como a mulher era corajosa. Ela era tão transparente, dava para ver o brilho de sua alma santarrona. A mulher achou que reluzisse de correição, mas era só uma pessoa incapaz de amar. Essa gente que se acha boazinha não sabe amar nem conhece o amor. Até a maneira como eles se ajudam uns aos outros é tão intensa e desprovida de alegria.

Eu disse que adorava Quigali e eles disseram ah, meu Deus, lá é uma ditadura. Mas os policiais são esbeltos, os mercados são limpos, as pessoas ficam nas filas e sinto orgulho de lá, porque é uma cidade africana e eu sou africana. Perguntei: Vocês entendem que o amor e o orgulho complicam? Eles também implicam, mas, primeiro, vocês precisam ver como complicam. Mas eles não conseguem, pois não enxergam com o coração. Seus corações são cegos. Eles são tão insensíveis às falhas humanas, esses americanos santarrões. E não riem. Não o verdadeiro riso, aquele som criado pela natureza para aliviar o peso do nosso coração e acalmar nossa pressão arterial.

Um dia mencionei meu motorista Paul, e uma mulher com um piercing no nariz disse você está falando de mão de obra explorada, chame pelo nome certo — todos os empregados domésticos do Terceiro Mundo são mão de obra explorada. Ela era uma acadêmica feminista famosa, mas não gostava de mulheres. Só gostava da ideia de mulher. Postava citações crípticas sobre o feminismo que não eram para instruir a pessoa, mas para deixá-la culpada, e condições vagamente ameaçadoras para ser feminista, tipo: se você não sabe blá-blá-blá sobre Bangladesh, então não é feminista; se você não liberar isso e aquilo, então não é feminista. Os seguidores dela a amavam por sua amargura e, mesmo se um dia ela quisesse deixar a alegria entrar, não poderia, pois perderia os aplausos. Além disso, de qualquer maneira, teria que ser alegria enquanto resistência. Ou alegria enquanto projeto subversivo antipatriarcal. Nunca apenas alegria. Enquanto alegria.

Um dia estávamos listando os muitos horrores do Facebook e eu disse que, para ser perfeitamente franca, tinha acabado de colocar um anúncio no Facebook procurando uma pessoa para cuidar da logística da minha empresa em Abuja, alguém com trinta e cinco anos ou mais.

Um americano explode: "É ilegal mencionar a idade em anúncios de vagas de emprego!".

Bom, na Nigéria, não é. Vocês americanos precisam sair do berço. Vocês acham que o mundo é americano; não percebem que só os Estados Unidos são americanos. Imagine ser tão provinciano e nem saber que é.

"São os ricos que saem do país que estão pegando esse corona", diz Paul, e noto um movimento mínimo, uma inclinação para a frente com a cabeça, como quem diz "Pessoas *como você*".

Minha mãe me liga e diz: "Não use o ar-condicionado. Dizem que espalha o corona. Abra todas as janelas".

Meu pai pergunta: "Você estocou comida suficiente?".

Ele está aliviado porque tia Adaeze e o pai de Chia acabaram de chegar de Paris. "Eles estão fechando as fronteiras. Essa coisa, ninguém sabe como vai ser", diz.

"Ninguém sabe", concordo.

Meus pés de ixora deram flores no vermelho mais lindo, como alguém que, de repente, se põe a cantar. Na cozinha, Philippe mantém o ânimo, secando as mãos num pano de prato. Ele diz que isso não é sério, essa doença de que estão falando, ela não afeta os africanos. E, contanto que você pegue um pouco de sol da tarde todos os dias, vai ficar bem.

CHIAMAKA

Em meio ao confinamento, eu me sentia presa em casa, com a sensação de que meus dias estavam sendo apagados, não vividos, não vivenciados. Vagava de um quarto para o outro, nessa casa, nesse refúgio, para onde voltava das viagens a fim de escrever no escritório, com suas paredes em tom pastel e seus tapetes felpudos. A entrada de pé-direito alto, o cheiro que lembra limão e pairava nos quartos, o rumor reconfortante do liga-desliga do ar-condicionado central. Eu gostava de me sentar na varanda e observar as folhas ganhando o matiz dourado do outono na bela reserva de vegetação que minha mãe chamava de floresta. Agora as árvores pareciam me atacar, com galhos hostis e pontudos, desprovidos de folhas. Eu sonhava em escapar, mas me sentia ansiosa demais até mesmo para descer a ladeira da entrada de casa e ir checar a caixa do correio. Um dia, estava parada na porta da frente, querendo muito dar uma caminhada. Tantas vezes já tinha percorrido a trilha perto dali, andando com passos leves e ligeiros e com os punhos cerrados no ar, às vezes diminuindo a marcha para observar a plumagem cor de laranja de um pássaro, uma tartaruga caminhando na ponta dos pés ou outros pequenos tesouros. Quando voltava para a estrada, recebendo o aceno amigo de um vizinho que passava dirigindo, sentia-me realizada. Quão preciosa aquela simples caminhada tinha se tornado. Observei, por longos minutos, a entrada da casa, as plantas murchas nas margens, a grama morta. Destranquei a porta e saí para respirar o ar lá de fora pela primeira vez em semanas, mas hesitei, pensando na mulher que tinha aparecido no noticiário por ter contraído o vírus após abrir um pouco a janela. E ela também vivia em um subúrbio espaçoso. Tornei a fechar o trinco sem abrir a porta. Como podia estar ao mesmo tempo indolente e inquieta? Mas estava. Havia rumores de um fim iminente; os protestos na televisão contra o confinamento pareciam gestos de consolo, da possibilidade de um final.

Eu me preocupava com Kadi. Ela estava emagrecendo; a pele flácida a deixava com um aspecto envelhecido. Ela era a única pessoa cujas chamadas de vídeo eu ainda atendia. Na tela, parecia mais magra, com as clavículas salientes, as faces encovadas. Embora eu visse apenas seu rosto, podia perceber sua postura desanimada. Estava sofrendo. Seu rosto trazia tanto peso, o peso de problemas insolúveis. Os advogados a orientavam em chamadas de vídeo, os procuradores a interrogavam também em chamadas de vídeo. Eu mal conseguia imaginar a intensidade de tudo aquilo.

"Isso é normal?", perguntei a Zikora. "É normal que os procuradores ajam como se não estivessem do lado dela?"

"Deve ser porque eles querem deixar o caso bem amarrado."

"Mas é certo ela estar sentindo tanta desconfiança deles?"

"Chia, eu sou especialista em direito societário."

"Não parece certo."

"Pode ser complicado, mas se eles trabalharem bem, devem ganhar fácil, mesmo com o monte de advogados famosos do estuprador. Se eles se ativerem ao que aconteceu no dia. Só naquele dia. Um ato consensual só acontece em onze minutos em circunstâncias muitíssimo improváveis."

"Pois é!" Zikora finalmente estava falando como eu queria que ela falasse, deixando de lado sua neutralidade de advogada. Eu sempre imaginava Kadi descendo os degraus do tribunal com uma auréola ao redor da cabeça e os olhos tendo recobrado o brilho. Se, pelo menos, o julgamento pudesse começar logo.

"Kadi, sabia que uma mulher na França, uma mulher branca, disse que ele fez a mesma coisa com ela?"

Kadi deu de ombros, desinteressada. "Não sabia."

Vi a mulher na televisão, esbelta e sensata, falando com a coragem que a verdade pode trazer. Ela tinha ido entrevistá-lo em um apartamento e ele a agarrou; num momento, ela estava lhe fazendo uma pergunta e, no outro, tentava se desvencilhar, o jeans dela já aberto com fúria. Era uma mulher impressionante. Senti uma nova tristeza por Kadi, por saber que ela não acha que tem o direito de lutar furiosamente contra ele. Omelogor comentou uma vez que lamentava que Kadi não tivesse fechado seus dentes no sujeito com bastante força.

LaShawn mandou uma mensagem dizendo: *Mamãe se foi. Não consigo acreditar.*

A mãe de LaShawn. Passei um Dia de Ação de Graças com as duas no último ano da faculdade, e a mãe dela me contou do período que participou do Corpo da Paz, nos anos 1960; tinha viajado pela África Ocidental e adorado estar na terra de seus ancestrais, exceto quando as pessoas lhe falavam para não mastigar o fufu antes de engolir. Que sentido havia em engolir sem mastigar?

"Que sentido o fufu tem?", ela me perguntava toda vez que eu a encontrava depois disso, e nós duas caíamos na risada. Foi ela que me apresentou à torta de batata-doce. Tinha criado quatro filhos em uma cidade de gente branca na Geórgia e os mantinha em casa todo Dia de Martin Luther King, embora o estado não reconhecesse o feriado. E ela havia partido. Um vírus miserável decidiu apagar cedo demais toda uma geração. Liguei para LaShawn e, quando ouvi sua voz, caí no choro, dizendo: "Sinto muito, LaShawn. Nem sei o que falar".

"Ela adoeceu e morreu assim, sem mais nem menos. Foi tão rápido. Não tenho ideia de como pegou essa doença. Tomamos tanto, tanto cuidado. E ela morreu assim, sem mais nem menos."

"Ah, LaShawn."

Pensamos que temos tempo, mas não temos, não temos mesmo.

Mamãe mandou mensagens de áudio dizendo: "*Anyanwu ututu m*, por favor, me deixe ver seu rosto". E eu, sentindo remorso por deixá-la preocupada, com pensamentos sombrios por causa da morte da mãe de LaShawn, voltei às chamadas por Zoom. Assim que o fiz, me arrependi. A sensação lúgubre retornou. De um ápice prematuro, o planeta começou a se estilhaçar, à beira do colapso, e a arrastar junto tudo o que era claro e certo. Bunachi contava os milhares de mortos na Europa. Afam dizia que os políticos nigerianos estavam roubando mercadorias que tinham sido compradas para amenizar a situação dos pobres, e eu ficava imaginando aquela gente abastada estocando pilhas de arroz e sacos de macarrão instantâneo Indomie em casa, enquanto os esfomeados vagavam pelas ruas.

Omelogor disse que estava preocupada porque deixei de aceitar chamadas de vídeo; ela sabia que eu não estava escrevendo e então começou a me enviar mensagens de texto imaginando que fossem me fazer sorrir, brincando com o fato de eu estar remoendo o passado.

Não se esqueça da sua fase de homens brancos, magros e altos, escreveu ela. E me fez sorrir mesmo, relembrando como Omelogor tinha analisado a fotografia de Luuk, depois a do inglês e dito: "As pessoas gostam de coisas estranhas".

Conheci Luuk pouco depois do inglês, após um tempo curto demais, com as semanas posteriores à minha volta de Londres tão estéreis que eu devia estar tentando fugir da história incomparavelmente trágica da minha vida. Eu me encolhia diante das lembranças do inglês, banindo-as, afogando-as, trancando-as, mas a memória se impõe, mesmo com fotos e mensagens apagadas. A toda hora, o imaginava em sua casa, revisando originais, esperando a mulher voltar do trabalho, recebendo carinho dela. Pensava nela como uma mulher com jeito de enfermeira, um determinado tipo de inglesa, objetiva, votando no Partido Conservador, brusca, fria, com um ar meio masculino, uma pessoa a quem você não ousaria irritar. O livro dele foi publicado não muito depois disso e, um dia, quando estava com Luuk em Londres, o vi na estante da Waterstones, em Picadilly. Peguei um exemplar e em seguida me obriguei a devolvê-lo na prateleira sem olhar a foto do inglês na orelha da contracapa.

Luuk de fato era parecido com o inglês, muito alto e magro, mas eu dizia a mim mesma que aquilo não podia ser uma atração por transferência, já que a semelhança era só na superfície. Luuk não se parecia nada com ele. Era curioso, só que mais a respeito de coisas do que de ideias. Transbordava daquela mistura de informação e insegurança tão comum em homens que querem comprar as bugigangas tecnológicas mais recentes. O inglês o teria considerado vulgar, com sua mala de viagem com monograma e seu cabelo bem cuidado. Luuk o consideraria apagado e desprezível.

"Você é uma artista?", Luuk me perguntou, em uma galeria de arte na Cidade do México. Eu era a única mulher negra no recinto, com seu pé-direito alto e as pinturas delicadas penduradas nas paredes muito brancas. Respondi que estava escrevendo um ensaio de viagem sobre a cena artística na Cidade do México.

"Você escreve para onde?"

"Sou freelancer."

"Freelancer", repetiu ele. "Meu inglês não é muito bom. Minha língua nativa é o holandês. Aprendi espanhol e francês antes de aprender inglês. Então me perdoe se entendi errado, mas freelancer significa sem compromisso? Ou seja, você está livre para tomar um drinque comigo."

Ele transbordava um charme flamejante, evidente. Era óbvio demais, era tudo demais, e ainda assim não deixava de ser atraente. Aceitei o convite para o jantar; seria um programa para a minha última noite na Cidade do México. O restaurante tinha umas paredes vulcânicas, exóticas. Luuk puxou minha cadeira com uma mesura e, quando pedi um suco de maçã, ele brincou: "Você sabe que minha ideia era um drinque de verdade, não sabe?". O garçom ficou tempo demais na nossa mesa, hipnotizado por Luuk, rindo de suas piadas. Luuk perguntou a opinião dele sobre tudo e escutou, concordando, até que aceitou sua sugestão: tacos de figo para começar, seguidos por um prato de coelho. A ideia de comer coelho nunca me agradou, mas o garçom foi tão entusiástico que fiquei quieta.

"Quer provar?", Luuk perguntou, me oferecendo seu coquetel de agave. Balancei a cabeça, divertida. Era tão inapropriado ele me oferecer, a mim, uma estranha, um gole do seu drinque, mas era também uma coisa que desarmava. Os modos dele pareciam familiares, quase africanos: ele era expansivo, atento ao status, imprudente e inofensivo ao passar dos limites. Era executivo em uma empresa holandesa e estava à frente de uma subsidiária mexicana havia um ano, com a promessa de se tornar CEO de tudo ao voltar para

Amsterdam. Eu teria ficado mortificada em me autoelogiar como ele estava fazendo, as palavras lhe saindo aos borbotões como se ignorando o autoelogio. Ele já havia chefiado grandes empresas no Brasil, na Índia e na Rússia e foi escolhido como o melhor CEO em todas elas; velejava e fazia mergulho de profundidade, além de pilotar pequenos aviões; era excelente no golfe e ainda melhor no tênis. Era uma daquelas pessoas tagarelas que não precisam de um ouvinte, alérgico ao silêncio, e de tempos em tempos minha mente vagou para longe dali. Lembro-me do instante em que despertei para ele; não foi gradual, foi um momento exato, um despertar singular de afeição. Ele falava sobre uma visita a uma fazenda produtora de maçãs na qual tinha investido, e de como havia se espantado ao ver campos de macieiras atrofiadas. "As macieiras batiam na altura dos meus joelhos", disse. "As árvores! Dá para imaginar? Era uma coisa tão antinatural. Não quis nem olhar para elas." Pela primeira vez, a voz dele havia se tornado rouca, sombria, e me comovi ao vê-lo tão afetado por aquela coisa errada que eram macieiras atrofiadas. De repente, tive vontade de dar um abraço apertado nele. Havia cortes profundos em sua vida, sensibilidades esgarçadas, escondidas por trás daquele charme. Entendi que voltaria a vê-lo, mais e mais vezes. Senti, estranhamente, um desejo de ser para ele um escudo protetor, de salvá-lo.

Luuk era divorciado; eles não tinham se casado no papel, mas, como passaram onze anos juntos, ele chamava sua separação de divórcio. Tinha aceitado aquele emprego no México para fugir das tentativas de reconciliação por parte dela. O nome dela era Brechtje. Ele não a chamou de "minha ex", falou Brechtje, como se eu também a conhecesse. Eles tinham criado juntos o filho dela.

"Deve ter sido difícil para você. O divórcio sempre é", falei.

"Sim, mas às vezes um relacionamento termina muito antes de aceitarmos que terminou. No fim das contas, me senti solto." Ele deu um gole no drinque e repetiu. "Solto."

"É essa palavra mesmo que você queria usar em inglês? 'Solto'?"

"É. Foi como sair de uma prisão que não é tão ruim, mas que, mesmo assim, é uma prisão."

"Ah", disse eu.

"Você já passou por isso também?", perguntou ele.

"Não", respondi, não querendo espalhar velhas cinzas sobre novas superfícies.

"Fico muito contente em apoiar as galerias daqui. Se não fosse por isso, não teria te conhecido. Fiquei nervoso na hora de falar com você na galeria."

"Você não parecia nervoso."

Ele riu, e riu como se espera que ria um executivo bem-sucedido e confiante, com um som vigoroso e satisfeito. "Você achou?"

"Achei que talvez tivesse um fetiche por mulheres negras."

"Fetiche?"

"Que estivesse interessado em mim porque eu sou negra."

"Ah, eu tenho, sim, um fetiche, mas é por mulheres lindas", disse ele.

Eu sorri. Era impossível não me deixar levar pelo glamour dos galanteios de Luuk. Dava-lhe poder, aquele ao qual você se rende sem resistir, mansamente. Quando voltei para Maryland, ele flertava comigo com aquele seu jeito extravagante, e foi algo tão previsível que parecia improvável. Finas caixas de joias envoltas em papel matte chegavam por *courier*, exigindo assinatura; embalagens elegantes de comida gourmet congelada apareciam na minha porta, seguidas por elaborados arranjos de rosas, alguns tão pesados que eu precisava pedir ajuda ao entregador para levá-los até a ilha da minha cozinha. Toda vez eu pensava: Ai, meu Deus, o que é que Luuk mandou agora?, balançando a cabeça, mas, ainda assim, passava o dia inteiro flutuando numa nuvem de prazer. Eu não gostava de rosas e quase nunca usava pulseiras, mas me sentia especial por ele pensar em mim daquela maneira, por viver de forma suntuosa em sua mente. Disse-lhe que adorava lírios e tulipas e ele me mandou um arranjo de tulipas exóticas, com cores matizadas e pétalas franzidas, e deu uma risada indulgente quando comentei que na verdade preferia as tulipas comuns.

Com Luuk, eu vivia em um universo de tato, onde a palma da mão dele vivia tocando minhas costas, meu ombro, minha cintura. Não era algo territorial, era mais suave, um ato de espanto, como se dissesse "Nossa, você está mesmo aqui". Ele era tão alto que eu brincava que precisava ficar na ponta dos pés quando a gente dava as mãos. Na cama, eu fingia orgasmos, mas fazia isso com satisfação. Eles não vinham, então fingi que sim, por ter certeza de que um dia viriam. Como não viriam, com aquele homem carismático, a cabeça aninhada entre as minhas pernas, os braços acima da cabeça, como se em uma crucificação de paciência infinita. Eu passava longos fins de semana com Luuk na Cidade do México, e às vezes em Monterrey, onde ele tinha um segundo escritório. Depois do café da manhã ele saía, penteado e cintilante em seu terno bem cortado, e voltava horas depois, parecendo tão impecável quanto antes e falando sem parar, cheio de planos sobre o que iríamos fazer. Vivíamos fazendo alguma coisa: indo a shows de *stand-up*, à estreia de uma peça que ele tinha financiado, a uma galeria de arte com a qual havia colaborado, a um novo restaurante, a uma festa de gala, a coquetéis e jantares com parceiros de negócios que estavam na cidade. Ele encomendava vestidos para mim e eu os tirava do embrulho dizendo: "Luuk, eu tenho seios. Isto é decotado demais", e Luuk respondia: "É por isso que escolhi esse, você vai ficar um mulherão, da cabeça aos pés, um mulherão".

Ele me olhava cheio de orgulho, mas suas expectativas me tolhiam e assustavam. Como a insegurança vai surgindo, e se espalhando até estrangular sua mente, como uma erva daninha? Eu ficava lisonjeada por ser o troféu que ele gostava de exibir, mas me sentia pouco à vontade, como se fosse o prêmio errado. Para a festa anual de gala da empresa dele, abandonei minhas tranças e botei apliques longos e encaracolados, passando horas em um salão em Washington, D.C., porque aquele penteado me pareceu mais adequado.

Kadiatou deu um muxoxo quando viu o penteado. "Se eu tivesse um cabelo como o seu, nunca poria nada artificial. Esses apliques são para gente como nós."

E arrancou o lenço, esfregando as têmporas carecas.

"Não, Kadi, eu acho que ele vai gostar disso, é glamour mainstream", expliquei.

Mas o sorriso de Luuk sumiu quando ele foi me pegar no aeroporto. "Mas o seu look africano é o melhor, as tranças são lindas, e gosto mais ainda dos *cornrows*."

Gosto mais ainda dos cornrows. Como as palavras de um homem são capazes de infundir confiança. Dizem que devemos buscá-la em nós mesmas, e algumas pessoas, como Omelogor, conseguem fazer isso, mas minha autoestima aumentou com o fato de Luuk gostar da minha aparência. *Gosto mais ainda dos* cornrows. Eu usava salto alto e os vestidos que ele comprava para mim, justos, mas de bom gosto, e sorria ao ver a surpresa de algumas pessoas ao nos conhecer, pois eu não era o que elas esperavam dele. Em qualquer evento, ele se punha a tentar conquistar todo mundo, com a cabeça acima do aglomerado de gente. A atração exercida por aquela altura ágil e esguia, o inegável esplendor de seu charme, o som explosivo de sua risada. Os homens gostavam de sua franqueza, do jeito como dizia "filho da puta" quando ninguém esperava. E as mulheres se sentiam atraídas por ele, sugeriam possibilidades, até disponibilidade, e soltavam comentários inócuos que pingavam duplo sentido. Ele elogiava e flertava, sempre com leveza, para demonstrar que sua devoção era claramente a mim. *Gosto mais ainda dos* cornrows. Às vezes, o sucesso de outros homens se tornava uma afronta para ele, e Luuk logo buscava significados em suas ações ou palavras.

"Ele disse que é algo difícil numa empresa da Fortune 500, o filho da puta. Isso é uma indireta para mim. Será que ele não viu a receita que divulgamos? Só porque eles ocupam as posições mais altas da lista?", perguntou ele, no caminho de volta para casa.

"Não acho que foi o que ele quis dizer, Luuk", falei, em tom de consolo.

"Viu como ele apertou minha mão? Como se dissesse 'eu sou melhor que você'", continuou ele.

"Não, na verdade acho que ele te admira. Você é mais jovem que ele e está prestes a virar a grande estrela de Amsterdam."

"Você acha?"

"Acho. E ele sente inveja por não poder se vestir como você. Esses ternos americanos quadradões são sempre horríveis, mas o dele é imbatível."

Luuk gostou disso, e riu. Eu sabia que ia rir; ele reparava nos relógios, nas gravatas, nas coisas dos homens. Tinha comprado seu primeiro iPad porque um dia, em um aeroporto, estava lendo as páginas cor-de-rosa do *Financial Times*, quando notou que os homens ao redor liam o jornal no iPad. E se sentiu bobo. Quando me contou isso, falei que não devia ter se sentido assim, que aqueles homens provavelmente tinham achado que ele fosse um desses caras charmosos que são do contra, e que afinal a gente lê mais coisa no jornal impresso que nas seções picotadas dos aplicativos. É estranho como nos movemos nos pântanos da vida pensando que nossa insegurança é só nossa. Se eu estivesse observando Luuk como a um estranho, não imaginaria que ele tinha se interessado em usar o iPad porque outros homens usavam. Seus interesses pareciam algo bem pensado, escolhidos a dedo, como sua incrível coleção de relógios. "Gosta deste?", ele perguntava, ao me mostrar um novo. Eu não sabia muita coisa sobre relógios caros; para mim, todos eram parecidos, com seus mostradores artesanais cheios de elementos.

"Muito legal", eu respondia. "Acho que meu pai tem um parecido."

A única coisa de Luuk que não era de última geração era seu veleiro *day sailer*. Eu gostava de acompanhá-lo no velejo porque achava que fosse a única coisa que o deixava completamente à vontade, sem ficar prestando atenção na reação das pessoas, sem ficar notando ou comparando. Com meu colete salva-vidas bem ajustado, eu observava Luuk, sentindo-me mais instável do que jamais tinha me sentido ao velejar. Via suas manobras ligeiras, seus braços erguidos magros e musculosos, e pensava: Aí está uma pessoa fazendo algo apenas por prazer. Também achava que me sentia feliz quando ficávamos na casa dele em Monterrey, nadando e batendo papo, a piscina com seu azul insondável à luz do sol. Ou quando nos sentávamos em seu jardim coberto de grama na Cidade do México, com o canto dos pássaros em volta. Ele dizia "nossa casa" e "nós", e eu falava "nós" também, e gostava que nós dois disséssemos "nós", apesar de às vezes me sentir à margem daquela vida compartilhada.

Um dia, Luuk voltou do trabalho dando passos elásticos com um entusiasmo infantil porque o presidente ególatra da empresa finalmente ia sair e, dali a alguns meses, ele voltaria para Amsterdam e assumiria seu cargo.

"Em breve, quando eu viajar com você, não vamos mais de econômica!", disse ele.

Eu ri, me balançando na rede da varanda e, por ele, desejei que aquilo tivesse importância para mim. A empregada de Luuk, Yatzil, apareceu com uma bandeja. Ela o idolatrava, corava quando ele brincava com ela ou a elogiava, e sempre procurava se superar, com mais um prato de frutas frescas, outro cozido de *mole* mexicano. Sempre me dirigia um olhar apertado pela desconfiança, como se duvidasse de minhas intenções. Eu me perguntava se aquilo era comigo ou se ela agiria assim com qualquer outra mulher. Durante todo o período que passei com Luuk, Yatzil só sorriu para mim uma vez, um sorriso rápido, que na mesma hora ela sugou de volta como se tivesse se traído. Ela havia trazido um prato de frutas, com graviola, *mamey* e mangas, e falei: "Muito obrigada, Yatzil. Eu amo graviola! Quando era pequena, tínhamos pés de graviola em casa e sempre tentávamos esperar que elas ficassem maduras e macias, mas também colher antes que os passarinhos comessem. Às vezes, chegávamos tarde e precisávamos cortar fora os pedaços com os buracos dos passarinhos. Esta aqui está tão fresca! *Soursop*, é como se chama graviola em inglês".

O sorriso dela foi o de alguém que me viu de forma diferente, ao menos daquela vez, como uma pessoa com uma história, com uma família e árvores em um país, não apenas a namorada de Luuk.

Luuk disse: "Yatzil trouxe a graviola especialmente para você". Ele não percebia a desconfiança de Yatzil, e estava convencido de que ela gostava de mim. Não o corrigi. Não me importava que ela não simpatizasse comigo, eu entendia, mas Luuk ficaria chateado se soubesse, porque ele gostava que as coisas fossem do jeito que ele tinha decidido que seriam.

Ele estava lendo uma revista de viagem, toda brilhante, e arrancou uma página, dizendo: "Este aqui é o lugar para onde a gente vai esse ano. Estão falando que todos os descolados vão para lá no verão".

Soltei um grunhido dramático. "Não me venha com outro lugar da moda, por favor." Tínhamos ido às Ilhas Virgens americanas porque uma revista disse que lá era O lugar. Ele queria as coisas que estavam em alta, e eu queria as interessantes.

"Ok, então você escolhe entre estes dois."

"Não, você escolhe", falei. "Seja lá o que decidir, terá que ser depois da minha volta de Ramallah."

"Se você conseguir o visto, não é?"

"Luuk! Você não está sendo muito otimista."

"Bom…" Ele deu de ombros e riu.

Luuk não queria que eu fosse para a Palestina. "É tudo uma tristeza", disse, quando contei que pretendia escrever sobre os restaurantes e a cena culinária de Ramallah.

"Fico me perguntando como seria, alguém que quer visitar o seu país e tem que pedir permissão a um outro país", comentei.

"Horrível", disse Luuk. Ele espiou a tela do meu laptop, onde eu via um documentário no YouTube sobre o massacre de Deir Yassin.

"Preciso conhecer um pouco da história de lá", expliquei.

"Ok. Chega disso. Vamos agora assistir a alguma coisa mais animada, está bem?"

"Não é possível que você queira uma comédia", falei. Eu brincava com ele por gostar demais de comédias. Quando mergulhava, ele levava o celular dentro de uma caixa à prova d'água para poder assistir a comédias durante as longas paradas para descompressão. Eu o imaginava no fundo do mar assistindo a *Fawlty Towers* com leões-marinhos flutuando em volta. Às vezes, tinha a impressão de que a vida de Luuk era vivida numa perpétua fuga da tristeza. Ele se mexia muito dormindo. Muitas vezes me acordava, com o corpo tremendo como se tomado por uma rebelião interna, e eu o abraçava e acalmava até que os espasmos parassem.

Luuk ficava encantado com meu relacionamento com meus pais. Quando nos falávamos ao telefone, ele chegava perto de vez em quando, balançando a cabeça, admirado. "Conversando esse tempo todo? E rindo desse jeito?"

"Minha mãe gosta de falar", expliquei. "Meu pai também, mas não como ela. E seu pai, como era?"

"Nunca falava. Preferia a ação. Mais eficiência, entendeu?"

"Como assim?"

"O melhor exemplo é o seguinte: uma vez, ele enfiou a minha cabeça em uma lixeira, na nossa rua, e disse que se algum dia eu engravidasse uma garota ele ia me fazer comer lixo."

Luuk deu aquela sua gargalhada explosiva. Fiquei olhando para ele, pensando nos vários usos do riso. Riso como escudo. Riso como defletor.

"Quando foi que ele faleceu?"

"Faz sete anos."

"E sua mãe é... era... de conversar? Antes, quero dizer." Eu tentava ser cuidadosa com a questão da demência da mãe dele.

"Menos ainda." Ele fez uma pausa, como se fosse falar mais alguma coisa, mas mudou de repente de assunto e perguntou se sua bestie Omelogor estava vindo, para que ele pudesse levá-la para pular de paraquedas. Não me surpreendeu a facilidade com que eles ficaram amigos. Omelogor disse que Luuk era um nigeriano nascido num corpo europeu, incluindo aí o perfume forte que usava, e Luuk sorriu, satisfeito. Isso foi em Nova York. Omelogor tinha vindo para uma conferência e eu acompanhava Luuk em uma viagem de negócios. Estávamos na suíte do hotel de Luuk. Ele recebeu uma mensagem dizendo que a amiga de sua esposa tinha desmaiado ao pular de paraquedas na Suíça.

"A mil pés de altura!", disse ele, como se fôssemos entender se aquilo era bom ou ruim.

"Ela morreu?", perguntei.

"Não, está se recuperando."

Omelogor falou: "Eu não entendo por que é que as pessoas pulam de aviões". A frase fez Luuk rir. "Você é muito direta, não?", perguntou para Omelogor. Respondi: "Talvez ela seja uma mulher holandesa nascida em um corpo nigeriano", e Omelogor me lançou um olhar furioso.

"Vou te levar para pular de paraquedas e você vai entender por quê", disse Luuk. "A força da gravidade é poderosa. Faz a gente entender como somos pequenos nesta Terra."

"Eu já sei disso", retrucou Omelogor.

A certa altura, ela perguntou a Luuk: "Onde você aprendeu o que era sexo?". Era a pergunta que estava fazendo para todo mundo.

Tinha perguntado a Zikora, que se empertigou e respondeu que havia aprendido nos livros, ofendida por Omelogor presumir que tivesse sido com pornografia.

"Mas Zik, todas nós éramos curiosas na infância", falei.

"Nunca vi filme para adultos", disse ela. Zikora tinha um quê de puritanismo e, se sua vida tivesse saído da maneira como queria, Zikora poderia ter se tornado extremamente conservadora, desconfiada da franqueza.

A resposta de Luuk para Omelogor foi: "Não é uma coisa sobre a qual eu tenha pensado".

"Você deve ter assistido a um filme ou visto uma revista pornô quando era adolescente", insistiu ela.

"Mas aprender com isso? Não sei, acho que aprendi na prática."

Luuk me olhou, e apertou as orelhas de brincadeira, enquanto dizia: "Agora não estou me lembrando!".

Quando Luuk finalmente me contou sobre sua mãe, eu me lembrei de como ele mudava depressa de assunto assim que ela era mencionada. Naquela época, estava fascinada com as mudanças geográficas na Europa. Essa cidade que era na Romênia agora pertencia à Ucrânia ou à Hungria; aquela ali era alemã, mas agora pertence à Polônia. As cidades não se mexiam, claro, mas as fronteiras sim, e você podia sair de casa em um país e, ao voltar para a mesma casa muitos anos depois, estar em outro. A Alsácia-Lorena era da Alemanha depois de uma guerra, passou a ser da França após outra, pertenceu outra vez à Alemanha na Segunda Guerra Mundial e voltou a ser da França no fim da guerra. Será que a alma das pessoas também mudava de um lado para o outro? E o que elas faziam com os passaportes? Eu provavelmente teria guardado os antigos, para facilitar as coisas caso as fronteiras mudassem de novo. Num restaurante, fiquei, discretamente, tentando adivinhar quem era turista e quem era uma daquelas pessoas cuja história continha duas nações. Eu passava por cidadezinhas pitorescas, vendo casas com toras de madeira, que pareciam saídas de um conto de fadas benigno; mas teria me sentido claustrofóbica se morasse nelas. As cegonhas tinham feito seus ninhos altos no topo de alguns telhados, empilhando gravetos, galhos e grama, e vi algumas delas em seu voo majestoso, com as asas bem abertas, cortando o ar. O motorista que eu havia contratado para o dia falou sem parar sobre as cegonhas, repetindo o que já tinha dito: que elas são mudas e batem os bicos para se comunicar, que são fiéis aos seus ninhos, não aos parceiros, e que trazem boa sorte segundo a superstição local. Comentei como aquilo era encantador, e ele caiu na gargalhada quando perguntei: com cegonhas no telhado, eles acordavam com titica espalhada por todo canto?

Mais tarde, o motorista deixou de lado sua persona de guia turístico e me contou que o passeio subterrâneo de champanhe era chato e que eu ia sentir frio. Fui assim mesmo e no meio do caminho já estava tremendo, o que foi ainda pior porque meu estômago ficou revirado por causa da quiche que comi em um restaurante pitoresco. Tudo ali era pitoresco demais. O motorista falou que havia um festival literário em uma cidadezinha no meio da Floresta Negra, e fomos até lá, mas só chegamos a tempo de ouvir o final da leitura de uns poemas irônicos de um autor esloveno. Mais tarde, fui caminhar pelas ruas; mais longe do centro, as casas eram mais juntas. Os locais me olharam com uma expressão nada amistosa. Não eram muitos; devo ter topado com talvez uma dúzia de pessoas. Uma mulher, que me lembrou uma avó russa de cinema, diminuiu o passo para me observar, me escrutinando da cabeça aos pés. Eu tinha visto uma pessoa negra no festival literário, mas nas ruas não. Se não havia negros ali, por que eles eram hostis em vez de apenas curiosos? Eu já tinha uma ideia para a minha matéria: "Sentindo-me negra na Floresta Negra". Contei isso a Luuk, dizendo: "Eu me pergunto de onde vem a visão que eles têm dos negros". Falei isso sem raiva, mas o pescoço de Luuk ficou vermelho e ele explodiu: "Os alemães são horríveis! Horríveis! Como é que você pergunta de onde vem o racismo deles? Olha só o que eles fizeram!".

"Puxa, que bom que não fui embora quando a gente se conheceu, porque achei que você fosse alemão. Seu sotaque parecia alemão", falei.

"Não!", disse ele, sem sorrir. "Sabe onde foi que esses filhos da puta mataram o maior número de judeus na Europa Ocidental? Na Holanda."

A expressão dele me confundiu, uma transformação profunda naquele estado permanente de bem-estar que eu não nunca esperaria. "Luuk, meu bem, desculpe. Não queria chatear você", disse.

Ele balançou a cabeça, como se quisesse afastar o aborrecimento.

"Minha avó, a mãe da minha mãe, teve um amante nazista durante a guerra. Você já ouviu falar das mulheres holandesas que eles castigaram quando o país foi libertado? Batiam nelas, as exibiam pelas ruas, raspavam a cabeça delas, lambuzavam o corpo com piche, tudo isso. Minha avó foi uma dessas. Estava grávida da minha mãe. Ninguém falava nesse assunto. Eu já era adolescente quando descobri, depois que um parente do meu pai fez um comentário desagradável sobre a minha mãe."

Fiquei olhando para ele, pasma, sem saber ao certo o que dizer.

"Meu irmão continua dizendo que o amante alemão não era nosso avô. Que nosso avô era o soldado holandês de quem nossa avó era noiva. Esse soldado morreu cedo na guerra, em 1940. Minha mãe nasceu em 1945. Dá para imaginar? Minha família agora opera milagres." Ele deu uma risada sarcástica e me aproximei, abraçando-o e me aninhando a ele. Será então que era isso que o tinha transformado naquele poço de charme estudado? O fato de ter crescido com uma vergonha herdada? Ou será que eu estava simplificando as coisas? Mas boa parte da nossa vida pode ser explicada de forma simples; herdamos as cicatrizes de nossos pais, muito mais que imaginamos.

"Nossa casa sempre teve cheiro de chouriço," disse ele. "Minha mãe mantinha a casa arrumada, costurava e cozinhava, e o tempo todo a casa cheirava a chouriço."

Eu não sabia como era o cheiro dos chouriços holandeses nos anos 1970, mas quando fomos à Holanda e passamos pela casa dele em Haarlem, imaginei o cheiro de chouriço no ar.

Ele apontou. "A lata de lixo ficava ali. Onde meu pai ameaçou enfiar minha cabeça."

Fomos visitar a mãe dele em uma casa de repouso, em um quarto triste com janelas pequenas, cadeiras de braço estofadas com tecidos desbotados. A mãe dele já não o reconhecia. Fitou-o com um olhar vazio, com suas íris azuis esbugalhadas. Luuk deu a ela um buquê de tulipas e a mãe o pegou e o colocou no colo. Eu quis sair do quarto para dar a eles alguma privacidade, mesmo que ela não o reconhecesse mais, mas Luuk disse não e apertou com força minha mão. Ela estava bem cuidada, com o cabelo ralo, prateado, muito limpo e bem escovado. Olhei-a e imaginei sua infância, passada em meio a uma nuvem de vergonha. Teria sido um alívio para ela afastar-se da própria mente, incapaz de relembrar as feridas do passado? Antes de irmos embora, eu me aproximei e a abracei, e depois fiquei sem saber por que tinha feito isso. Ela nem se esquivou, nem respondeu a meu abraço. No carro, os olhos de Luuk estavam úmidos. "Sua ternura africana é tão tocante. Fico muito feliz por ter trazido você junto."

Aquele tom sombrio, a visita em si, tudo tinha mexido comigo.

"'Trazido você junto'", eu o imitei. "É tão bonitinho você falando assim: 'você junto'."

"Está errado?"

"Quero dizer que você podia dizer simplesmente 'trazido você'."

"Então vou parar de falar 'você junto'."

"Não, não pare, não. É muito bonitinho."

Brechtje não andava bem e Luuk quis visitá-la antes de irmos embora da Holanda. Perguntou se eu me importava, como se quisesse que me importasse. Então sugeriu o que eu poderia fazer enquanto ele estivesse fora: uma massagem no spa do hotel, ou o motorista podia me levar para fazer compras. Alisei seu rosto com a ponta dos dedos e falei: "Luuk, meu bem, eu não me importo. Acho legal você ir visitá-la".

"Vou falar com Brechtje sobre você. Claro que não é por sua causa que eu e ela não voltamos. Mas ela merece saber", disse ele.

Eu me senti quase culpada imaginando essa mulher, Brechtje, com cabelo escuro, curvilínea e bonita nas fotografias, e o filho, que chamava Luuk de papai, ambos desolados, ainda esperançosos — e agora, na primeira visita desde que Luuk tinha ido para o México, sendo informados de que havia outra mulher na vida dele. Que ponto-final, que golpe.

"Talvez seja melhor não contar, não agora. Imagino que ela vá ficar muito chateada."

"Vai ficar ainda pior quando souber que você é negra."

Seguiu-se um silêncio, ecoado por ainda mais silêncio. Eu não falei nada, porque não sabia o que dizer. A honestidade dele me comoveu e a honestidade dele me enojou. O que, nas camadas de humanidade de Brechtje, que vazio vital, que fratura aberta, faria com que se sentisse pior por eu ser negra?

"Ela vive dizendo que são os negros que fazem barulho no trem, que não se importa tanto com os turcos e os surinameses, mas que os rapazes marroquinos e os negros… Você conhece o Pedro Negro, da Holanda? Ela diz que as pessoas deviam parar de reclamar dessa tradição, porque a pele dele é preta por causa da chaminé. Perguntei, então por que os lábios dele são tão grossos, aquilo também é por causa da chaminé?" Luuk soava triunfante. Ele era o herói imaculado da história, o correto, e só isso importava. Ele não imaginou como eu veria aquilo. E quão grande era sua virtude, se Brechtje podia lhe dizer essas coisas?

"Não, não conheço essa história de Pedro Negro", falei, embora conhecesse, e mudei de assunto, sugerindo que nós dois fizéssemos uma massagem para casais quando ele voltasse. Algumas superfícies prefiro deixar intocadas por temer o que posso encontrar embaixo.

Quando Luuk voltou, parecia esgotado, olheiras azuladas sob os olhos. E falou: "Ela não parava de chorar".

Senti uma onda de pena por ela, mas logo me chateei com Luuk por me contar isso, e outras coisas.

"Luuk, não preciso saber mais nada sobre a Brechtje."

"Quero dividir tudo com você."

Então me senti ingrata. Não era isso que as mulheres queriam, um homem que não erguesse muralhas? No entanto, eu não queria ouvir nem mais uma palavra. Luuk quis me mostrar os jardins em Keukenhof, e saímos caminhando por aquela paleta de cores vibrantes, com o cheiro de flores da primavera e as flores em si, como explosões de cor, me alegrando o espírito. À noite, encontramos o irmão dele em um restaurante, que parecia envolto em maciez, com um piano tocando baixinho e um conjunto de candelabros modernos cintilando no alto. Willem. Uma expressão surgiu depressa em seu rosto quando fomos cumprimentá-lo. Surpresa, uma surpresa confusa. Luuk não tinha lhe contado que eu era africana. Ele disse olá e prazer em conhecê-la e pedimos um vinho. Sentamos perto da janela, com a vista coruscante de Amsterdam lá embaixo, quilômetros de luzes espalhadas como joias derrubadas no chão. A atmosfera entre os irmãos parecia levemente carregada de maldade. Luuk era o mais velho e mais bem-sucedido e o irmão tentava empatar o jogo; ele também tinha uma altura alarmante, mas era um pouco mais gordo que Luuk. Willem contou que tinha ido a um restaurante novo em Londres na semana anterior. Luuk disse que sim, conhecia o lugar, não era ruim, tinha duas estrelas Michelin. Não, três estrelas, retrucou Willem. A rivalidade adolescente entre eles havia amadurecido, mas nunca tinha se aberto para libertá-los. Willem falou alguma coisa em holandês e Luuk respondeu com um tom que era um rosnado baixo que eu nunca tinha ouvido antes. Willem se empertigou, deu um gole no vinho e, em seguida, se virou para mim, buscando aliviar a tensão entre eles.

"Você já teve oportunidade de apreciar nossa linda cidade?", perguntou.

Por que os europeus faziam isso? Chamavam suas cidades de lindas, como se você não tivesse outra saída a não ser concordar com eles. Eu gostava da Nigéria, mas não esperava que os outros gostassem, por isso não conseguia compreender essa presunção nos europeus. Sempre respondia que sim e concordava que a cidade era linda, mesmo que não achasse. Mas alguma coisa em Willem me irritou. Depois dos nossos olás iniciais, ele não tinha voltado a se dirigir a mim, mal me olhava e, ao falar com Luuk, não me incluía em seu raio de visão. Aquele súbito interesse me pareceu fortuito e insincero. Ele só estava precisando de um amortecedor de emergência e qualquer pessoa teria servido naquele momento. Até um gato ou um cachorro teriam servido. Qualquer coisa viva para a qual ele desviasse o assunto. E também não pude deixar de pensar na mulher que eu não conhecia, Brechtje, e de fundir os dois na minha imaginação. Eles provavelmente se davam bem.

"Você já teve oportunidade de apreciar nossa linda cidade?", repetiu ele, sem necessidade; talvez também achasse que eu era lenta para compreender.

"Sim, e esta não é minha primeira vez aqui", respondi, alegremente. "Amsterdam tem um charme mofado."

Ele franziu o cenho. "Mofado?" Ele olhou para Luuk, para confirmar o significado da palavra em inglês. "Você quer dizer com mofo?"

"Isso", confirmei.

Luuk caiu na gargalhada e seu riso foi como uma saraivada de dardos na direção do irmão. O irmão ficou vermelho. Senti remorso, depois me censurei por querer apaziguar aquele homem que claramente não tinha nenhum interesse por mim.

"Foi uma brincadeira de mau gosto", falei, embora achasse, sim, que Amsterdam tinha um charme mofado: os canais e as casas que se debruçavam nele pareciam precisar de um bom esfregão. "A arquitetura é uma beleza. Há uma autoconfiança na ideia de construir casas perto de canais."

"É verdade", disse ele, pacificado; não era mesmo dos mais inteligentes.

Pelo restante da noite, Luuk falou sem parar, fazendo para Willem uma litania sobre seus sucessos, e me perguntando alguns detalhes que ele fingiu não lembrar, enquanto passei praticamente o tempo todo olhando as luzes de Amsterdam. "Estávamos em Monterrey ou na viagem da empresa para as Bermudas quando saiu a lista da *Harvard Business Review* sobre os CEOs mais eficientes?", ele perguntou. Falei que estávamos nas Bermudas.

Na volta para o hotel, perguntei a Luuk: "O que seu irmão disse que te deixou zangado?".

Ele deu de ombros. "Ah, só uma daquelas bobagens dele. Sabe de uma coisa, agora nem comento quando compro um carro novo, porque ele logo quer comprar um igual, e claro que não tem dinheiro para isso."

Na manhã do nosso último dia na Holanda, fomos a pé tomar café e, à nossa frente, um casal de idosos caminhava, duas pessoas brancas com cabelos grisalhos e um pouco encurvadas. Eles andavam devagar, de mãos dadas, e então pararam um pouco para olhar uma vitrine. Quase não falaram, com os rostos a poucos centímetros um do outro. Ficaram um tempo observando a vitrine da loja e depois continuaram andando, com o pé dele subindo enquanto o dela descia. Havia entre eles alguma coisa que indicava uma união doce e longeva; um conhecia o outro de um modo como ninguém mais no mundo seria capaz. Ao observá-los, comecei a chorar.

Luuk viu minhas lágrimas. "Chia? O que houve?"

Balancei a cabeça.

"Você está com cólica?", perguntou ele, me trazendo para si. "Vamos entrar aqui e pedir um chá, uma coisa quente? Ou a gente volta e eu te faço uma massagem nas costas, no hotel?"

Ele tinha se informado sobre transtorno disfórico pré-menstrual e, quando eu estava naqueles dias, me preparava chás, massageava minhas costas, me convencia a me movimentar. "Vamos só dar uma voltinha em volta da piscina", dizia, freando seu ritmo acelerado.

"Sim, melhor voltarmos para o hotel", falei, deixando-o pensar que minhas lágrimas eram por causa dos hormônios, e não pela melancolia avassaladora de ver aquilo que tanto desejava e que temia nunca ver realizado. Mais tarde, quando Luuk e eu estávamos a caminho do aeroporto, observei pela janela do carro aquela calma quase provinciana, as mulheres empurrando carrinhos de bebê à tarde, em seu dia de folga no trabalho de meio expediente. Já sentia a dor da solidão. Jamais conseguiria ser feliz ali.

Voamos para a Cidade do México e de lá para Monterrey. No avião, um homem sentado do outro lado do corredor não parava de me olhar, um mexicano de cabelo preto, um pouco comprido demais, um homem com cara de canalha, com a camisa desabotoada e uma echarpe enrolada descuidadamente no pescoço. Sorriu para mim, como um homem que está louco para se livrar de sua antiga vida, e sorri de volta. Imaginei uma vida nova para ele, cada dia repleto daquele entusiasmo que faz o coração disparar. Aterrissamos e vi quando ele abraçou um garoto autista, na esteira de bagagem; os movimentos repetitivos da mão e a expressão desarmada e inocente do menino me encheram de vergonha por ter me atrevido a desejar um homem cujo filho precisava tanto dele.

"Pronta?", perguntou Luuk, depois de botar nossas duas malas no carrinho. Ele parecia intrigado, como se intuísse meu recolhimento recente. Na pressa da nossa vida opulenta, eu tinha me sentido como uma espectadora, saciada, contente, mas ainda assim uma mera espectadora. Não tínhamos chegado ao fim, mas eu soube, naquele dia no aeroporto em Monterrey, que estávamos quase lá.

* * *

Nos últimos dias de confinamento, fiquei deitada na cama, pensando em todas as coisas que não tinha dito ao longo dos anos e em todos os meus futuros que nunca se realizariam. Por que nos lembramos do que nos lembramos? Que filmes do nosso passado ganham nitidez e quais continuam nebulosos, fora do nosso alcance? Eu recordava de alguns encontros fugazes com tanta clareza que cheguei a me perguntar se o próprio recordar era significativo. O homem catari que conheci na Harrods, em Londres, logo lá, e que disse que havia ido buscar a irmã. "Oi, linda", foi como ele me cumprimentou. Soou tão artificial que foi interessante. *Oi, linda.* Talvez ele achasse que era assim que devia se dirigir a uma mulher, uma mulher negra, que acabou de encontrar e com a qual, num impulso, decidiu conversar na Harrods.

"Só queria dizer o seguinte: você é linda", declarou ele.

Ele parecia mais jovem que eu, com a pele excepcionalmente lisa, como se tivesse toda coberta com base. Aquele jeito meio rapper rico dele, as roupas esportivas caras e os tênis gigantescos deviam ter me repelido. Mas, quando falou comigo, achei que seu sotaque árabe fosse o mais sexy do mundo, não quis que ele parasse mais de falar e imaginei outras coisas sendo ditas com aquele sotaque. O homem estava inquieto, mudando o celular grande e reluzente de uma mão para a outra. Esse nervosismo me encantou, porque indicava inexperiência. Sua irmã estava no andar de cima e ele perguntou se eu daria meu número, e respondi: "Vá buscar sua irmã primeiro", porque quis ser sensual e misteriosa. Ele hesitou. Foi o menor dos silêncios, mas naquele espaço de tempo me ocorreu uma coisa; lembrei que alguém já tinha me dito que os homens árabes namoram mulheres negras, mas só escondido.

"Ok, vejo você daqui a pouco então, tá bem?", disse ele, acrescentando: "Prometa que não vai sair daqui".

Ele se virou para subir a escada e peguei a saída e fui embora para a rua. Aquela hesitação, aquele breve debate com a incerteza, significava que ele não queria que a irmã me visse. Mais tarde me perguntei se depois ele tinha saído vasculhando os departamentos da Harrods atrás de mim. E se eu estivesse errada e ele só tivesse hesitado por temer que eu saísse sem dar meu número? Por que eu não tinha simplesmente concordado e dado uma chance para aquilo?

E teve também o argentino de sobrenome dinamarquês que conheci em Santiago. Seu rosto vincado indicava muito tempo passado ao ar livre; ele escalava montanhas e jogava futebol. Num bar, nós nos provocamos de brincadeira, falando dos times de futebol da Argentina e da Nigéria. "Vocês são bons, mas nós somos melhores", disse ele, e retruquei: "Não, nós somos melhores, só não temos organização", e ele falou: "Sim, o que significa que nós somos melhores". Ele ficou impressionado com o quanto eu entendia de futebol.

"Tenho dois irmãos", expliquei. "Nunca vou esquecer o dia em que a Nigéria ganhou da Argentina nos Jogos Olímpicos de Atlanta. Era como se eu flutuasse no ar."

"O Jay-Jay e o Kanu! Nunca vou perdoar esse time."

"Nosso time dos sonhos!"

"Você precisa visitar a Argentina de novo", disse ele. "Levo você a uma partida."

"Na verdade, tenho pensado em ir a Bariloche para ver os lagos, mas ouvi dizer que foi lá que todos os nazistas que fugiram da Alemanha se esconderam. Será que saio viva se for?", brinquei.

"Eu protejo você", disse ele, com o joelho roçando o meu.

Estávamos flertando, e gostei daquela atmosfera leve e quis que continuasse assim, mas depois de dois drinques ele ficou mais intenso, chegando perto demais, com os olhos de um cinza lavado.

"Estou olhando para uma mulher linda. Uma mulher muito linda. Você sabe o que nós dois queremos."

"E o que é?"

"Você sabe o que nós queremos. Sabe. Quer ir até o meu hotel ou quer que eu vá para o seu?"

Com que rapidez os delicados fios da promessa se tornam crus e ásperos. Uma melancolia caiu sobre mim. Será que eu tinha dado o sinal errado? Mas como, e quando? Estava flertando, aberta, sem saber como terminaria, pagando para ver, mas ele já tinha enxergado o fim e presumia que eu também. Estragou tudo. A penumbra do bar se transformou numa ameaça sombria.

"Preciso ir ao toalete. Volto já", falei.

"Posso tomar conta da sua bolsa, não precisa levar", disse ele.

Gaguejando, expliquei: "Não, é que eu preciso do meu hidratante". Tinha sido uma ameaça? Ele estava tentando me controlar, me impedir de sair dali? Caminhei na direção do toalete, desviei para a porta e saí do bar. Mais tarde, me perguntei se talvez o fracasso daquele dia não tivesse sido um fracasso de comunicação — meu espanhol era ruim e o inglês dele era só razoável; muitas vezes ele fazia uma pausa em busca das palavras. Será que eu tinha interpretado mal e perdido uma oportunidade?

Teve também um queniano que conheci num voo da Ethiopian Airlines. Quando embarcamos em Addis, ele perguntou à comissária se ela tinha uma caneta. Sua voz me atraiu, educada e confiante, com a elegância do inglês da África Ocidental. Falei oi e ofereci minha caneta para ele, mas depois fiquei tímida e me escondi atrás do meu iPad. Eu nunca tinha dito oi primeiro nem oferecido uma caneta a um estranho. Ele perguntou se podia perguntar meu nome, e achei graça. "Tudo bem se eu perguntar o seu nome?" Ele pronunciou Chiamaka perfeitamente.

"Nunca conheci uma africana que faz literatura de viagem", disse ele, com simpatia. Ele nem sabia se eu era boa e mesmo assim já estava aprovando. "Precisamos de africanos que fazem literatura de viagem para escrever até sobre a África. Existem livros de viagem horríveis sobre o Quênia, escritos por pessoas que até hoje chamam o país de 'Keenya'."

Por que eu não visitava mais países africanos? Tinha estado só em três. Contei a ele que adorava Accra, aquela cidade doce, e Dakar, por sua compreensão da beleza só pela beleza, e a elegância de Abidjan, com seu crescimento, expandindo-se e espalhando-se, e suas ruas sem buracos. Em pouco tempo, a atmosfera estava repleta do nosso interesse mútuo. Ele contou que era um homem de negócios e que sabia alguma coisa de política e, pela modéstia bem treinada de seu tom, intuí que fosse famoso. Em seu dedo anelar brilhava uma aliança fina. Continuou falando sobre a África, sobre como negligenciávamos as riquezas do nosso passado, não divulgávamos nossos gloriosos mitos e sufocávamos nossa imaginação.

"Precisamos de moedas regionais. Imagine o que não surgiria se tivéssemos comércio e turismo intracontinental bem estruturados..."

As palavras dele cintilavam. Elas me impeliram, e decidi visitar o máximo de países africanos que pudesse para me redimir com nosso continente. Ele ia ficando mais atraente à medida que falava, a silhueta imponente de seu perfil, a testa larga, as maçãs do rosto salientes.

"A cultura quicuio é muito parecida com a igbo, de muitas formas", disse ele, sugestivamente, e acolhi todas as sugestões possíveis de suas palavras. No entanto, quando aterrissamos em Dulles, saí rápido do avião, na frente dele, e desci a rampa que ia dar nos táxis, já que não tinha despachado mala.

Não foi muito tempo depois de Darnell, eu ainda podia sentir na boca o gosto azedo dele, e o queniano era um acadêmico como Darnell, embora não brandisse seu conhecimento como uma arma, como Darnell fazia. Eu deveria ter esperado para trocarmos números. Por causa dele, fui ver as ruínas de Gede. Eu abriria mão de uma abordagem mais leve e faria alguma coisa de maior peso sobre a África, e o que podia ser melhor que uma próspera cidade africana do século XII? Planejava ir à ilha de Robben depois de Gede e já imaginava uma matéria sobre Mandela ser um produto de um passado rico e cosmopolita. Se o queniano lesse meu artigo, ficaria impressionado. A embaixada queniana era muito rígida com os passaportes nigerianos e, quando meu visto finalmente saiu, não pude incluir a África do Sul, porque o processo deles era ainda mais complicado. (Mais tarde, decidi que era bobagem tratar a África de um jeito diferente, escrevendo de forma solene e só sobre coisas sérias, e na minha viagem seguinte, fui conhecer os restaurantes da Zâmbia.)

Em Gede, o guia turístico, um homem magro, muito intenso, de Mombasa, nos levou quase com relutância para conhecer as ruínas, apontando e resmungando. Três negros americanos, um jamaicano e uma mulher inglesa, branca. O jamaicano falava sobre sua próxima viagem, à Etiópia.

"O que foi que você disse que aquilo era?", perguntou a mulher inglesa ao guia turístico, apontando para algo que, a meu ver, parecia um toco. Ele resmungou alguma coisa e ela perguntou: "Tem certeza? O quê?".

"É latrina! Latrina moderna!", gritou o guia, e dei um pulo. "Vocês pensam que inventaram a latrina? Nós é que inventamos, na África!"

De resmungos para uma raiva feroz em poucos segundos, e ele não estava nem aí para o nosso choque.

"Nós inventamos a latrina na África!", repetiu, e se virou para mim, sua irmã africana, com um olhar que queria dizer "Essa gente". Assenti, em solidariedade. Não ousei demonstrar que estava achando graça. Entendi que sua raiva era pela pergunta dela e por milhares de outras marcas de desprezo. Havia quanto tempo aquele homem guiava esses estrangeiros queimados de sol, com suas sandálias e roupas de linho, que duvidavam do que ele dizia? Estranhamente, foi ao queniano fugaz que imaginei compartilhar essa história. Eu repetiria "Nós inventamos a latrina na África!". E cairíamos na risada, um riso íntimo e cúmplice, a ser compartilhado apenas por africanos.

Minha lembrança mais clara era a mais antiga, um jovem indiano em uma locadora de vídeos em Lagos. Tinha olhos de pálpebras pesadas, semicerradas, como se passasse o tempo todo sonhando. Era alto, moreno e bonito, com cabelos fartos de um preto profundo, e estava me encarando; toda vez que eu me virava, dava com seu olhar. As locadoras de vídeo desapareceram porque os videocassetes desapareceram, mas a lembrança permaneceu, daqueles olhos e das prateleiras repletas de fitas. Há olhares e olhares; um objetifica, o outro dignifica. Olhei para ele e desviei o olhar depressa, porque senti uma vontade súbita e intensa de chorar. O desejo naqueles olhos, tão melancólico, tão desperdiçado. Será que ele sairia disfarçadamente de perto dos amigos e viria falar comigo? Claro que não. Omelogor já tinha encontrado todos os vídeos que queria pegar e disse: "Chia, vamos!". O governo do general Abacha tinha acabado de matar Ken Saro-Wiwa, e todos estávamos tristes, mas Omelogor agia como se o conhecesse pessoalmente, brusca e amarga com todo mundo. Foi pouco antes de eu fazer os exames de qualificação para a universidade. Tio Nwoye estava de licença na Universidade de Lagos e eles moravam em uma pequena casa, com portão, em Ilupeju, cujo apelido era Pequena Índia; na esquina, camelôs vendiam abóboras desconhecidas que só os indianos compravam.

"Chia!", chamou Omelogor.

Fui embora com ela, relutante, e queria voltar e olhar para o rapaz, mas não o fiz. Nunca esqueci seus olhos. Voltamos à locadora de vídeo alguns dias depois e me demorei lá dentro até Omelogor perguntar o que havia de errado comigo. Anos depois, em Delhi, os homens me assustaram com seus olhares, e pensei no rapaz de olhos semicerrados na loja de Ilupeju. Uma revista de avião se recusou a publicar meu artigo sobre Delhi caso eu não retirasse a seguinte frase: *Os homens olharam para mim de um jeito como eu nunca tinha sido olhada, um jeito duro, direto, não com uma admiração inocente, mas com uma intenção sombria que me amedrontava.* Tirei a frase e eles publicaram.

O confinamento tinha acabado e fui caminhar e passear do lado de fora. Os carros passando na estrada tortuosa do subúrbio, uma árvore carregada de flores, um trinado na grama. Peguei a trilha e à minha frente ia um homem que de repente parou e espiou um passarinho numa árvore, e pensei como era maravilhoso parar durante uma caminhada e observar um pássaro. Ainda estávamos atentos para as pequenas maravilhas. A vida talvez voltasse a ser a vida. Liguei para Omelogor e disse que a vida podia se tornar normal de novo, e ela disse: "Sim, vamos sonhar até torná-la realidade".

"Para de rir de mim."

"Acabei de demitir Paul. Ele estava me roubando havia muito tempo, mas dessa vez me cansei. Qual o sentido de abrir caixas de leite que deveriam ser mandadas para lares de crianças sem mãe, tirar metade do conteúdo e voltar a lacrá-las? E ele nem sentiu remorso de verdade, o idiota."

Por trás do tom duro de Omelogor, eu percebia uma mágoa.

"Ele vai aparecer implorando e dizer 'pela minha esposa e pela minha filha', e você vai gritar e gritar e contratá-lo de volta."

Omelogor deu uma risada de escárnio. Da última vez em que eu tinha ido visitá-la, antes do Natal, Paul sempre parecia nervoso e inquieto, como se a ponto de cometer um crime. Omelogor zombava de mim toda vez que eu dizia que a Nigéria tem um cheiro, mas tem. Principalmente Lagos, o cheiro de camadas de podridão, de calhas entupidas e esgoto, de ar salgado que vem do oceano. Dessa vez, achei que Abuja tivesse cheiro de espaço — vastos espaços, a sensação de uma atmosfera generosa, de mais ar para respirar. Entendi por que Omelogor tinha ficado ali, com Lagos não mais em seus planos. Ela me levou para o trabalho, me exibindo, e disse "Essa é minha prima Chia", primeiro para o patrão, o homem um pouco baixo que chamava de CEO. Nas portas das salas, ela batia de leve, abria e entrava, com um só movimento fluido, sem esperar permissão. Um dos gerentes ergueu os olhos, irritado, e me senti desconfortável por ser o motivo de ela ter invadido a sala dele.

Mesmo assim, o homem forçou um sorriso, fazendo a vontade dela. Senti uma intensa onda de orgulho ao observar o poder de Omelogor: era impossível desprezá-la ou ignorá-la. Ela despertava emoções fortes nas pessoas —

admiração e aversão, inveja e devoção —, mas nunca o deserto da indiferença. Até os que não gostavam dela a escutavam. Sua vida parecia encantada. O círculo eclético de amigos nos jantares, algumas com aquele estilo feroz das mulheres nigerianas que me deixava zonza e sem saber para onde olhar, se para suas perucas de uma maleabilidade jamais vista, para suas maquiagens que pareciam máscaras com sobrancelhas grossas, ou para as roupas, apertadas e cintilantes, se arrastando pelo chão.

Depois do jantar, eles brincaram de mímica e de verdade ou consequência na sala de estar de Omelogor. Falaram de seus empregados domésticos com um desdém lânguido. No meio do jantar, Ejiro foi para a varanda fumar um baseado; eles chamam maconha de *loud*. Omelogor certa vez me contou que, na festa de aniversário de Ejiro, os garçons passavam a cada meia hora com bandejas cheias de copos com uma pilulazinha branca em cada. A cada trinta minutos.

"Foi como se eles não conseguissem suportar um só instante sem nada na mente além de si mesmos", disse Omelogor.

"Eu não sabia que tinha tanta droga em Abuja", respondi.

"Chia, quem te escuta pensa que aqui é um antro de devassidão."

"Eu quis dizer que essas histórias mais parecem coisa de Lagos."

"Bom, as pessoas não saem por aí doidonas todos os dias."

Aquele tom defensivo, incomum em Omelogor, era por causa de Hauwa, sua amiga, a amiga mais ou menos recente. A amizade me surpreendeu, uma proximidade tão improvável, leve e pesada ao mesmo tempo. Hauwa se parecia um pouco com um passarinho, um pássaro colorido e feminino, rápido e bonito, sem nunca parar em nenhum lugar por tempo suficiente para que lhe conhecessem. Achei que Omelogor fosse considerá-la rasa e desinteressante. Mas a afeição sempre torna nossa visão menos nítida. Hauwa estava mandando uma mensagem para seu motorista pedindo para comprar biscoitos amanteigados. "Preciso mandar uma foto para ele, senão pode ter certeza de que vai me trazer manteiga", disse ela. Não foi a coisa mais engraçada do mundo, mas Omelogor deu uma risada orgulhosa, como quem dizia: "Olha como a Hauwa é engraçada".

Omelogor tinha me perguntado se eu queria passar o dia na Ibolândia para distribuir quantias do seu fundo. Claro que eu quis, sentindo um arrepio de entusiasmo. Fazer parte da ousadia mágica da minha prima, pegando dinheiro roubado para redistribuir para os pobres. ("Você não podia ter dado outro nome para a empresa?", perguntei quando ela me contou, e Omelogor respondeu: "Um certo nível de descaramento deve ser descarado até o fim".)

Então, ela disse que Hauwa queria ir também.

"Ela sabe da Robyn Wood?", perguntei, aborrecida e surpresa por estar tão aborrecida. "Você mal a conhece."

"Como assim, eu mal a conheço?", repetiu Omelogor, irritada. "Você pensa que agora não sei em quem confiar?"

De qualquer maneira, Hauwa não foi conosco, porque o marido tinha voltado mais cedo ou qualquer coisa assim, e ela quase nunca saía quando ele estava na cidade. Em Owerri, paramos no banco da rua Douglas para Omelogor tirar mais dinheiro, e havia uma pilha enorme de lixo nojento do lado do prédio do banco, com seu brilho metálico moderno. Um dos caixas reconheceu Omelogor, a famosa especialista da filial de Abuja, e logo o gerente da filial quis cumprimentá-la. Nós nos sentamos em sofás superfofos na sala dele, com imensas pilhas de pastas sobre a escrivaninha que pareciam antiquíssimas, uma relíquia de uma era pré-computador.

"Nós temos duas filiais na rua Douglas", disse o gerente e Omelogor interrompeu e falou: "Douglas era um administrador colonial que matou centenas de igbos inocentes e então demos o nome dele para a maior rua da capital do estado. A estupidez eterna dos colonizados".

"Bom", disse o gerente, achando certa graça. "Eles não querem que a gente aprenda nossa história, você sabe."

"Quem são 'eles'? Você acha que alguém se importa o bastante para inventar uma conspiração para te afastar da sua história? Vá aprender sua história. Não é responsabilidade de ninguém te ensinar."

O homem ficou pasmo. "Peraí, a gente está brigando?", perguntou.

"Você quer que a gente brigue?", perguntou Omelogor, sugestiva e combativa, e eu o vi se dissolvendo diante dela, como sempre acontecia com os homens. Vi seus olhos se desfocarem e sua mente desabar de tanto imaginar; Omelogor viu também e, mais tarde, me perguntou, em tom de brincadeira: "Devo explorar aquele homem?".

Ela estava de mau humor e tinha a ver com Hauwa, com as minhas perguntas sobre Hauwa, mas eu não sabia bem por quê. Estava pensando em como perguntar, em como desanuviar a atmosfera entre nós. No carro, depois de

Omelogor ter dado dinheiro para onze pessoas, ela disse: "A Hauwa na verdade não sabe os detalhes da Robyn Hood. Ela acha que o dinheiro é só meu".

"Tá bem", falei, esperando mais.

"Você teve razão de questionar o quanto ela sabe. Eu não devia ter me irritado. Só você e Chijioke sabem os detalhes."

"Tá bem."

"Você não gosta dela", afirmou Omelogor.

"Não, não é isso." Hesitei um instante. "Bom, não tem muito o que gostar ou desgostar."

"Ui!", exclamou Omelogor, rindo, e a tensão se dissipou. Foi então que ela perguntou sobre o gerente do banco: "Devo explorar aquele homem?".

Naquela noite, Omelogor mandou uma mensagem para ele perguntando se queria encontrá-la em seu quarto de hotel, e claro que ele quis, e ela surgiu de manhã parecendo relaxada e feliz.

"Quando os homens dizem que teriam casado com você, será que alguma vez eles já se perguntaram se você teria casado com eles?", perguntou Omelogor para mim.

"Pelo menos, ele vai ter as duas semanas que lhe cabem", respondi.

"Ele não tem curiosidade intelectual", disse ela, e comecei a rir.

"Então, nada de duas semanas para ele?"

Omelogor é diferente. Seus breves ataques de paixão me fascinam. Mas, se eu vivesse desse jeito, meu coração seria um deserto, acometido de uma sede insaciável, jamais satisfeita.

"Mas, falando sério, você nunca sonhou com uma vida completamente diferente?", perguntei a ela quando o confinamento acabou.

"Não com uma vida que não seja possível na prática", ela respondeu. "Apesar da tia Jane ter conseguido me abalar quando falou que a minha vida é vazia."

"Abalou porque você, na realidade, sonha com alguém que te conheça de verdade", afirmei.

"Chiamaka, pare de ficar procurando uma sócia para essa sua maluquice. E o que, afinal de contas, significa alguém te conhecer de verdade? Você quer alguém que te estude e decore tudo como se fosse uma cartilha?"

"Sim, e que adivinhe os meus desejos."

"Que adivinhe os seus desejos."

"Se você viver a sua vida e morrer sem uma pessoa que te conheça completamente, vai ter mesmo vivido?"

"Bem, eu conheço você completamente."

"Mas tem que ser num relacionamento romântico."

"Por quê?"

"Porque sim."

"Sua tese não se sustenta. Então você não está querendo ser conhecida apenas; está é procurando por um homem heterossexual que estude você como se fosse um livro."

"Dito assim não parece tão bonito."

Estávamos as duas rindo e pensei em como tinha sentido falta da minha prima, e como queria poder abraçá-la de novo.

"Perdi muito tempo com o Darnell", afirmei. "A ex dele se cortava, era uma mulher que nitidamente sofria, e ele transformou isso numa coisa glamorosa e me sentia mal por não ser como ela."

"Sua voz ficou diferente."

"O quê?"

"Quando você estava falando do Darnell, sua voz mudou."

"Por que ele quis ficar comigo? Ele nem gostava de mim. Por que continuar com uma pessoa só para ser cruel com ela?"

"Vocês, americanos, não dizem que tudo é culpa dos pais? Talvez eles não tenham abraçado o Darnell todas as noites antes de dormir."

"Ele vem de uma família sólida. A mãe dele era maravilhosa, dona de um salão. O pai adorava o Darnell e tinha um emprego estável no Departamento de Águas."

"Chia, você está esquecendo de se perguntar por que é que *você* estava com ele."

"Como assim?"

"Você pode ser a vítima e outra coisa, não só a vítima. Se conseguir assumir um pouco da responsabilidade, se conseguir admitir assim: 'Ok, ele foi cruel, mas eu permiti que ele fosse cruel', então também pode dizer: 'Da próxima vez, não vou deixar um homem ser cruel comigo'."

"Eu sempre soube que permitia coisas que não devia ter permitido", admiti, envergonhada. "Mas é porque acredito que o amor sempre exige alguma coisa da gente."

"Aquele homem não servia nem para engraxar seu sapato. Você se lembra do sueco nazista? E de como você disse que o término de vocês foi tranquilo?"

"O quê? Ah, o Johan."

"Uhum. Como você pode ter esquecido de alguém com quem disse que ia se casar?"

"Eu nunca disse isso."

"Disse, sim. Até o dia em que a amiga dele defendeu o Holocausto ou algo assim."

"Eu disse que era fácil estar com ele. E ele não é nazista!", falei, rindo.

"Então você não procurou por ele?"

"Não."

"Então sua contagem dos sonhos está incompleta!"

Como é que eu tinha esquecido o Johan? Aquele homem sueco de torso longo, com a aparência de uma gazela europeia pálida, se é que isso existe. Mandei uma foto dele para Omelogor e ela me escreveu de volta: *Os homens ingleses definitivamente mudaram seu padrão.*

Protestei em voz alta, mas fiquei pensativa. Depois de Luuk, lá estava eu com outro homem branco alto. Johan era loiro, com o ar despojado de um aventureiro capaz de viver semanas só com uma mochila. Não era capaz de nenhum tipo de permanência e desde o início senti que estávamos navegando em águas rasas porque a profundidade não era uma opção.

"Você conhece o ditado de que o amor romântico dura três anos?", perguntou ele, como se quisesse me preparar, embora a gente não tenha ficado juntos nem um ano, com os dois assistindo tranquilamente às costuras do nosso relacionamento se esgarçarem. Com ele, vivi um breve momento em que me senti conhecida, e foi quando andava por entre as gôndolas de uma feira orgânica, com o ar recendendo à perfeição das coisas imperfeitas.

"De qual delas eu gosto, de pêssegos ou nectarinas?", perguntei a ele. Eu mesma não me lembrava.

"Nectarinas. Você não gosta dos pêssegos porque são peludos", respondeu Johan e, naquele instante, o esplendor me envolveu.

Nós nos conhecemos em um festival literário no Brooklyn durante um encontro sobre literatura de viagem, que acabou sendo insípido. O moderador falou demais sobre si mesmo, enquanto os debatedores ficaram ali, num silêncio constrangido, com um deles fazendo rabiscos na contracapa do próprio livro. Johan estava sentado perto de mim e cochichou que alguém devia mandar aquele homem calar a boca, e tive a sensação de estar sozinha com ele naquela sala cheia de gente. Johan não tinha um dente da frente e, sempre que ele ria, eu tentava não prestar atenção naquele buraco quadrado. Tinha sido um acidente, contou ele. Johan havia sofrido uma fratura de crânio e, depois de uma cirurgia e suas complicações, a falta de um dente parecia desimportante. O acidente tinha servido para alertá-lo, e ele percebeu como sua rotina era inerte e que vivia como uma pessoa à espera de viver. Largou o emprego na área de cultura de um jornal de Estocolmo, virou freelancer e passou a viajar.

"Eu podia ter morrido sem ter feito nada das coisas que realmente queria fazer", disse.

Achei que entendesse aquele sentimento e que, portanto, o compreendia.

Ele ria das minhas piadas e dizia toda hora: "Você é engraçada". Eu não era muito engraçada — não podia ser, talvez ele não conhecesse ninguém muito engraçado —, mas achei aquilo uma glória, me ver como uma pessoa divertida, minha habilidade de fazê-lo rir com facilidade. Quando conversamos sobre viagens, nossas palavras saíram fáceis, ansiosas por dividir e comparar, sob o encantamento de uma paixão mútua.

"E Trieste? Você já foi a Trieste?", perguntou ele.

"Já," respondi. "Li o livro da Jan Morris sobre a cidade e decidi ir."

"Uau!"

Ele adorava a Alemanha e tinha morado por um período curto em Frankfurt e Berlim. Riu quando eu disse que Frankfurt era encardida e que havia alguma coisa em suas esquinas que parecia passada do ponto. Achou graça quando contei que tinha ido a Berlim no ano anterior só para alugar um carro e sair procurando as casas do *Gründerzeit*.

"Você não viu a verdadeira Berlim", declarou ele.

"Por que as partes mais sujas é que são reais? As pessoas desses lugares toscos só moram lá porque não têm outro jeito, não porque querem parecer reais. Elas sairiam de lá se pudessem."

"Mas são esses lugares que revelam a verdadeira cidade, a personalidade real dela."

"Pois acho que vou continuar indo para as partes irreais."

Johan riu. Falei para ele que havia cidades que eu tinha amado quase no instante em que o avião aterrissou, cidades de braços abertos das quais eu sabia que poderia ser amiga; umas que não tinham me despertado nada; e outras que me sufocaram com uma hostilidade e às quais eu sabia que nunca ia voltar.

"Quais não despertaram nada em você?", perguntou ele.

"Cracóvia. Santiago."

"Por quais você se apaixonou no instante em que aterrissou?"

"Londres, claro. Colombo. Auckland. Dakar. Rio."

"E aquelas para onde não vai voltar?"

"Moscou. Sydney. Buenos Aires."

"Racista? Imagina", disse ele, e eu ri.

"Eu sempre me preparo para enfrentar hostilidade em cidades pequenas, mas às vezes é nas cidades grandes que você percebe a negritude como uma coisa pesada, que você não pode deixar te arrastar para baixo. Moscou foi assim. Não foi uma sensação boa."

"Nunca fui à Rússia."

"Eles não sabem fazer privada; você dá descarga e a coisa continua lá, boiando e te olhando."

"Mas ainda é melhor que as latrinas ao ar livre que usei na China!" Ele estava aprendendo mandarim. Queria escrever artigos que conectassem as culturas americana e chinesa. "Ninguém está fazendo isso. Como pode seu maior mercado ser também seu maior inimigo? Devia haver cooperação. Se eles cooperassem, se beneficiariam, e o mundo inteiro também. Mas tudo é ego, dos dois lados."

Falei que o Japão e a Coreia me interessavam, mais que a China.

"A China é o futuro," disse ele. "Vamos programar uma viagem juntos no outono? Ah, eu sei que é difícil eles darem vistos para nigerianos. Nem acredito no que você passa tendo um passaporte nigeriano. É uma loucura." E me olhou como se eu tivesse aberto uma nova e excitante realidade.

No início, explicamos nossa realidade um para o outro, e foi muito envolvente, a maneira como íamos desfiando camadas e enxergando nossa própria vida de um jeito novo. Depois ficou cansativo e o culpei por não saber coisas que era mesmo impossível de ele saber.

"Essa obrigação de mandar dinheiro para as pessoas na Nigéria é fascinante", disse ele.

"Não é para pessoas. Mando dinheiro para os meus parentes."

"É muita gentileza."

"Não é gentileza. É uma coisa que preciso fazer."

"Então é, sim, uma obrigação."

"Não, não é. Não da maneira como você entende obrigação."

Quando ele contou que só tinha passado seis meses nos Estados Unidos, eu disse: "Seu inglês é tão americano".

"É mesmo?", perguntou Johan, e deu um sorrisinho; ficou feliz em ter sotaque americano. "Aprendi inglês assistindo a programas americanos na televisão."

Sua paixão pegajosa pelos Estados Unidos me desconcertou, o modo como ele desfiava com a maior facilidade detalhes sobre filmes e música americanos, especialmente música afro-americana. Johan tinha visitado Detroit alguns anos antes só porque adorava a gravadora Motown, o que não era nenhuma surpresa, já que seus pais diziam que ele tinha sido concebido com The Commodores tocando no último volume. Ele se iluminava ao falar sobre Tupac, Tina Turner e Prince, não apenas sobre a música deles, mas também sobre seus contratos com os estúdios e seus relacionamentos, e me pareceu quase perverso que conhecesse tanto um país onde nunca tinha morado. Da Suécia quase nunca falava.

"Talvez você seja na verdade um americano que morou na Suécia", falei, e ele riu.

Viajamos juntos para a Alemanha porque ele estava querendo entrevistar um artista chinês em Berlim. Johan havia morado por um tempo em Berlim e tinha amigos lá, e uma delas daria um jantar. Fiquei surpresa ao ver a casa enorme, num bairro de ar altivo só com casarões, repleto de gramados bem aparados e portões de ferro baixos.

"Sua amiga é rica, ou seja, ela não é real", disse eu, e Johan riu e respondeu que ela tinha herdado a casa; como se isso fizesse diferença. A amiga, Anna, era uma alemã estilosa que caminhava com uma bengala; era magra, de cabelo escuro e usava jeans com uma camisa branca nova, aberta até quase a metade do peito, deixando à mostra os pequenos meios-globos dos seios. Ela parecia combinar com a decoração eclética da casa, onde havia sofás retos e modernos, cômodas antigas e quadros imponentes. Ao falar com uma pessoa, a olhava nos olhos, mantendo o olhar por um período um pouco longo demais, como se se divertisse com o desconforto que isso causava. Os convidados já estavam animados com o álcool, todos falando em alemão, em torno de uma mesa cheia de queijos e frios.

Johan falou em inglês: "Chia só fala inglês, pessoal".

"Não, tudo bem. Gosto do som do alemão", falei, o que era mentira. A aspereza de algumas palavras alemãs me incomodava.

"Somente inglês", decretou nossa anfitriã, me observando. Eles mudaram de alemão para inglês e lamentei que alguns convidados gaguejassem, atrapalhados por um idioma que não estava na ponta da língua. O pessoal estava contando histórias engraçadas, falando mais alto que eu esperava, mergulhando as mãos em potes de pretzels salgados fininhos.

"A trajetória de sucesso da classe média alemã é fazer faculdade em Berlim, conseguir o primeiro emprego em Hamburgo e casar e criar os filhos em Munique, com seu rio cristalino — todo mundo ama aquele rio", disse alguém com desprezo.

"Vamos contar piadas!", disse outro, bêbado de cerveja. Johan contou uma história engraçada sobre uma conversa que teve na Índia com um funcionário do aeroporto, e todos riram. Eu era a próxima e não sabia o que contar. O que me importava divertir aqueles estranhos? Toda vez que estiver na dúvida, deboche de si mesmo. Falei que, quando era criança na Nigéria, li sobre bagels em um romance e imaginei que fossem algo elegante, como macarons ou cupcakes. E fiquei chocada ao finalmente comer um bagel nos Estados Unidos. O fim da minha fala foi: "Pedi um bagel, não um donut duro!". Assim que terminei de falar, lamentei não ter contado outra história engraçada, mais irônica e menos folclórica. Houve risos esparsos.

"Bagel", disse Anna, intrigada. "Bagel é uma comida judaica, não é?"

Ela tinha uma espécie de soberba, uma arrogância intencional alojada em sua autoconfiança. Havia enfatizado a palavra "judaica", pronunciando-a devagar, com um ritmo diferente do resto da frase, dando uma ênfase não merecida. Houve um movimento na atmosfera que não devia ter ocorrido. Seu sotaque alemão, sua expressão, as sobrancelhas levemente erguidas e os lábios um pouco curvados tornaram-se um clichê, e me senti de repente mergulhada na história da Alemanha. Fiquei aturdida e um arrepio que me eriçou os pelos se espalhou por minha pele. Pensei em fechar bem os olhos para fazer passar aquela vertigem.

"Não é uma comida judaica?", repetiu ela, com os olhos fixos em mim.

Alguém respondeu que sim, era uma comida judaica. A conversa continuou, como se ela não tivesse perguntado "Não é uma comida judaica?" referindo-se a um bagel.

Até Johan ficou indiferente, inclinando a cabeça para beber do gargalo de sua garrafa de cerveja. Qual seria a história da família dela? As paredes da sala se moveram. Uma pintura abstrata pendurada do outro lado pareceu de repente crescer, com um ar acusatório. Imagens se formaram em minha mente, de filmes e documentários sobre a Alemanha durante a guerra, os nazistas em seu uniforme impecável, perfeitamente cultos e implacavelmente assassinos. Talvez aquela mulher fosse uma neta recalcitrante. Talvez essa casa tivesse sangue em suas sólidas fundações de pedra. Até irmos embora, evitei olhar para Anna, como se temesse enxergar alguma prova que preferia não ver.

"Como é que, hoje em dia, alguém pensa num bagel como 'comida judaica'?", perguntei a Johan, assim que saímos.

"Acho que você deu a isso uma interpretação americana", respondeu ele.

Olhei, pasma, para seu rosto com a barba por fazer, os pelinhos loiros. Fiquei chateada com ele também.

"A questão para ela foi a comida judaica. Que importância tem se é ou não é comida judaica, a história não era sobre isso, e a expressão no rosto dela e o jeito como perguntou…"

"Você viu tudo do ponto de vista americano", disse Johan, e me senti interrompida. "Aqui não é igual. As pessoas nem comem bagels."

"Sério?", perguntei. Ele balançou a cabeça e mudou de assunto, perguntando se a gente podia ir para Kreuzberg mais cedo do que tínhamos planejado, pois o artista chinês tinha transferido a entrevista para o final da tarde. Olhei para ele. Eu, na verdade, não o conhecia; não havia qualquer motivo para estar surpresa. Nossa separação foi a mais tranquila porque foi a mais superficial. Não tínhamos nos dado ao trabalho de conhecer um ao outro e, por isso, nos separamos sem o fardo do ressentimento que, para crescer, exige conhecimento mútuo.

O fim do confinamento se desenrolou como uma canção esquecida. Se ao menos a vida pudesse voltar logo a ser o que era. Alguns bares e restaurantes tinham aberto, todos meio hesitantes, com regras que mudavam a cada dia. Zikora e eu nos encontramos em um restaurante no centro de Washington, D.C., e nos sentamos em cadeiras de palhinha do lado de fora, sob um toldo. Olhei em volta, para os outros três clientes. Estávamos amedrontados e de máscara; parecíamos abatidos, derrotados por um mundo mudado.

"Não faz sentido vir de máscara e depois tirar ela para comer e beber."

"É."

Zikora pegou um frasco de álcool em gel, passou na palma das mãos e esfregou uma na outra vigorosamente. Eu fiz o mesmo.

"Quando estava dirigindo para cá, notei uma viatura da polícia e entrei em pânico. Que bobagem, estava pensando nos primeiros dias em que havia a ordem de ficar em casa, quando os policiais passavam pelas ruas vazias e paravam os poucos carros desobedientes, pedindo provas de que a gente era 'trabalhador essencial'", disse Zikora.

"Ouvi dizer que alguém levou um tiro no Walmart por causa de papel higiênico. Mais normal seria brigar por comida", comentei.

"Deixamos aflorar nosso lado animal", disse Zikora.

"Mas também nosso melhor lado. As pessoas ajudaram tanto umas às outras. Eu chorava assistindo TV, quando via gente saindo para aplaudir os trabalhadores essenciais."

Zikora baixou a máscara e mostrou umas rachaduras vermelhas em volta da boca. "Estou pensando em me juntar aos malucos trumpistas que não querem usar máscara."

"Nossa! *Ndo*. Você está passando alguma coisa? Tenho um creme para fissuras na pele que comprei na Colômbia."

"Minha mãe sugeriu creme à base de zinco, ela sempre lê sobre todo tipo de coisa. Acho que até ajudou um pouco. Chia, menina, a gente sobreviveu a uma peste. Chidera agora acha que usar máscara é normal; ele viu uma fotografia minha antiga, ficou chocado e disse 'mamãe não está usando máscara'!"

"Sinto saudade dele, daquele cheirinho delicioso que ele tem."

"Ele adorou aquele quebra-cabeça que você mandou. Pode ficar com ele esse fim de semana. Minha mãe leva ele na sua casa."

"O lugar onde a gente gostava de comer homus fechou."

"Muitos lugares fecharam. A gente ainda não sabe ao certo qual foi o estrago. Vamos ver, nas próximas semanas, tudo o que foi arrancado. Como um coco do qual alguém arrancou a polpa e juntou de novo as metades da casca."

O garçom, de máscara dupla e luvas, quase jogou as bebidas em cima de nós, tal a distância que manteve da mesa.

"Bem, pelo menos ele conseguiu não derramar na gente", falei e nós rimos. Nosso riso me alegrou a alma. "Mas é mesmo uma porcaria, trabalhar desse jeito, atendendo o público."

"É. Encontrei um ótimo site de terapia online. Mas você não precisa dessas coisas, precisa, Madame Leite Manteiga? Afinal, enquanto as pessoas normais morriam de ansiedade durante o confinamento, você estava ocupada procurando seus antigos namorados na internet e fazendo a contagem de corpos."

"Minha contagem dos sonhos", corrigi.

"E, afinal, quantos sonhos você já sonhou?"

"O mundo se transformou e a gente fica olhando para trás de modo a fazer um balanço de como viveu. E são tantos arrependimentos", comentei. Não quis ter usado aquela palavra, "arrependimentos". Chidera já estava com quase cinco anos e os pais de Kwame ainda não sabiam da existência dele.

"Arrependimento é uma coisa inútil", e Zikora fez uma pausa e passou mais álcool em gel nas mãos. "E qual foi a conclusão da sua contagem dos sonhos?"

Eu mexia no meu copo, ainda cheio, correndo os dedos pela alça. Estava relutante em beber, porque beber significaria baixar a máscara. "Eu devia ter insistido com Chuka. Achava que querer manter um relacionamento não era suficiente para mantê-lo. Pesquisei no Google, vi as fotos do casamento dele e senti…"

"O quê?"

"Não sei. Aquela sensação de querer voltar ao passado e fazer tudo de novo."

"Você é tão molenga e cheia de vontades, Chia", disse Zikora, com ternura. "Leite Manteiga."

Quando Zikora fez uma chamada de grupo com Omelogor e comigo, sem que tivéssemos combinado, logo vi que era sobre Kadiatou, e soube também que as notícias não eram boas.

"O caso vai ser arquivado", ela foi logo dizendo. "Disseram que ela mentiu sobre muitas coisas e que não é confiável."

"O quê?", ouvi meu grito como se fosse de outra pessoa. "O quê?"

"Vão *arquivar* o caso? Assim, simplesmente? E acabou?", perguntou Omelogor.

"Vão."

"Não acredito." A voz de Omelogor estava embargada.

"Disseram que ela mentiu?", perguntei. "Como é que eles sabem que ela mentiu?"

"Não mentiu sobre a agressão. Disseram que há fortes evidências que comprovam a versão dela do acontecido, mas, como Kadiatou não foi honesta sobre seu passado, não podem confiar nela e acham que um júri também não vai."

"Então ninguém que trabalha na promotoria nunca contou uma mentira", disse Omelogor.

"Vi o comunicado à imprensa", falou Zikora. "Eles estão mesmo sendo duros com ela. Quase como se estivessem irritados com a Kadiatou. É muito estranho."

"Ela não mentiu sobre o estupro, mas, como mentiu sobre outra coisa do passado, um júri de pessoas normais não vai acreditar que o estupro aconteceu", disse Omelogor.

"Mas a Kadi não mentiu", falei.

"O que eu estou dizendo é: mesmo que ela tenha mentido sobre outra coisa do passado, como isso significa que está mentindo sobre todo o resto? Por que eles não podem só se concentrar no que aconteceu naquele quarto, naquilo que é a acusação dela?", disse Omelogor.

"O que é que eu vou dizer para a Kadi?", perguntei. Estava estupefata, zonza; milhares de pontos de luz dançavam na minha vista e eu ouvia a voz de Kadiatou na minha cabeça, dizendo *Ele vai mandar alguém me matar! Ele vai mandar alguém me matar!*

"Ainda tem a opção de um processo civil. É quase certo que ela ganha um processo civil, o que resultaria em algum dinheiro e ela poderia abrir o restaurante", disse Zikora.

"Mas é uma porcaria de prêmio de consolação," falou Omelogor.

"O quê?"

"Ganhar num tribunal civil. Detesto ver como os americanos acham que dinheiro é justiça. Ganhar uma indenização num processo civil não é justiça. Como é que o governo vai poder arquivar o caso criminal? Nossa, todo mundo nos Estados Unidos perdeu a valentia. Então, qual é a história alternativa deles? Se você rejeita a veracidade de uma história, precisa contar qual é afinal a história verdadeira."

"Eles não estão dizendo que a história dela é mentirosa. Estão alegando que não conseguem provar ser verdadeira por causa de coisas que ela afirmou no passado", explicou Zikora.

"Mas o que o passado tem a ver com o que aconteceu?", perguntei.

"O promotor é só um tremendo covarde agindo em causa própria, com medo de trabalhar de verdade. Os Estados Unidos são uma porcaria!" A voz de Omelogor estava falhando.

"Sim, e a Nigéria é melhor", debochou Zikora.

Omelogor pareceu quase magoada, como se aquele não fosse o momento adequado para as provocações delas. "Zikora, a Nigéria não se autodenomina a terra dos homens livres e corajosos."

"Eu não sei como vou contar para ela", falei.

"Chia, você precisa ir lá vê-la. Para que seja você a contar, e não o advogado", disse Omelogor.

"É, assim vai ser mais fácil para ela", concordou Zikora. "Posso passar lá depois do trabalho."

"Chia?", falou Omelogor.

"Tudo bem", respondi.

E, assim, liguei para Kadi, uma chamada de áudio porque eu não queria que ela visse meu rosto.

"Kadi, preciso ir ver você. Tenho algo para contar. A Zikora recebeu uma informação."

Ouvi o som de ar inalado, um breve silêncio tenso, e então ela falou: "Eles vão me deportar? Mas Binta fica aqui. Binta fica aqui".

"Não, Kadi, não é isso não. Ninguém vai deportar você. Daqui a pouco vou aí."

"Está bem."

Que importância tinha a roupa que eu botasse para ir falar com Kadi? Mas troquei de roupa três vezes. Meu vestido cinza-escuro opaco pareceu adequado, sombrio o suficiente. A entrada do apartamento dela cheirava a cogumelos. Binta abriu a porta, usando uma máscara branca, e me abraçou, com nossas máscaras descartáveis roçando uma na outra. O olhar dela estava triste, aquela jovem adorável, que não deveria estar vivendo espremida naquele apartamento pequeno com a mãe, à espera de justiça. Mantive-a apertada contra mim por um longo tempo. Kadi tinha cozinhado e o cheiro me lembrou da minha própria cozinha, quando ela preparava folèrè. O chão velho de madeira do apartamento dela tinha o brilho da esfregação frequente. Esfregação à moda antiga, com escovinha. Kadi certa vez me contou que Amadou brincava, dizendo que ela não precisava se preocupar em trazer pratos no apartamento dele em Nova York, que ele ia pôr a comida no chão e comer, pois o chão era tão limpo que não o usar seria um desperdício. Ouvi o barulho martelado de um aquecedor. Lá fora o calor aumentava, mas o aquecedor estava ligado. A sala estava meio sombreada, as janelas não forneciam uma luz muito generosa, e encontrei Kadi sentada no canto mais escuro, numa poltrona cujo braço ela segurava com força. Era uma poltrona bem gasta, parecia um lugar onde ela afundava depois de um longo dia de trabalho, a fim de assistir aos filmes de Nollywood que tanto amava. Havia um abajur de franjas em uma mesa lateral, parecendo deslocado.

"Kadi", disse eu.

"Dona Chia", ela respondeu. Parecia amedrontada e quase impaciente; sabia que eu trazia más notícias e queria acabar com tudo logo de uma vez. Se o ar fosse feito de tecido, ele estaria todo enrugado. Binta ficou por ali, sua ansiedade palpável, como se eu pudesse estender a mão e sentir o ar carregado dela. Respirei fundo, sentindo uma pena indizível de Kadi. Depois de todas as entrevistas que ela tinha enfrentado, de interrogatórios e mais interrogatórios, depois de tudo, ia acabar assim, em nada.

"Kadi, eles vão encerrar o processo judicial. Arquivaram o caso. Não vai ter julgamento."

"O que significa isso, tia?", perguntou Binta.

Kadi pareceu confusa, com o cenho franzido. "Eles arquivaram?"

"Sim, é ridículo, mas eles alegaram que não podem provar sua acusação, mas também é porque ele tem advogados poderosíssimos." Fiz uma pausa, sentindo-me inapta. Eu não estava conseguindo explicar direito.

"Então não vai ter julgamento? Não vai ter tribunal?", perguntou Kadi.

"É isso, mas, Kadi, existe uma coisa chamada tribunal civil..."

Ela me interrompeu. "Então, dona Chia, o caso não vai para o tribunal? Eles arquivaram tudo?"

Tive uma sensação inquietante de que alguma coisa não estava certa, de que o tom agudo na voz dela era errado, a expansão de uma energia imprópria para aquela notícia. Será que ela não tinha entendido?

"Sim, eles arquivaram o caso. Agora não vai acontecer nada."

Os olhos de Kadi se arregalaram, com descrença, mas não com medo; era aquele outro tipo de descrença, cautelosa, perguntando *Será que ouso acreditar nisso?*

"Não vai ter tribunal?", perguntou ela.

"Não."

E então Kadi sorriu. Observei seu rosto mudado, como aquelas animações reversas, que mostram uma flor murcha voltando a desabrochar. Ela se levantou, retomando seu porte imponente e, num átimo, ela e Binta estavam nos braços uma da outra, agarradas, com Kadi fazendo um ruído que não era nem choro nem riso, mas um grito baixinho.

Eu me senti fraca, minha própria tensão se esvaía.

"Ai, tia Chia", disse Binta. "Ela estava apavorada com a ideia de ir ao tribunal. Rezava para isso não acontecer. Não queria ficar lá em pé e ter que responder àquelas perguntas sobre sua vida íntima, e às vezes, quando o advogado telefona, ela não atende, de tão cansada que está de treinar as respostas, e fica apavorada toda vez que os promotores ligam e nem está dormindo direito, passa a noite toda chorando."

Binta agora estava chorando e sorrindo através das lágrimas.

Kadi andou de um lado para outro na sala, depois se jogou no sofá, perto da janela, e Binta se sentou ao lado dela, segurando sua mão. Eu sentia que estava observando algo extraordinário, o desabrochar de Kadi, que se tornava uma nova mulher diante dos meus olhos. Como ela se despojou, num instante, do desespero.

"Ah, dona Chia", disse Kadi.

Meu telefone estava tocando. Era Omelogor, mas não atendi. Mais tarde, quando estivesse dirigindo para casa, ligaria para ela de volta, e o celular mal ia soltar um bipe antes de sua voz nervosa perguntar: "Chia, como foi? Ela deve ter ficado arrasada". E eu responderia, com um leve tom de triunfo: "Na verdade, não. Não ficou mesmo". Mas, por enquanto, ia deixar tocar. Queria saborear aquele momento por um pouquinho mais de tempo, Kadi e Binta, essas duas pessoas tão decentes, mãe e filha, sentadas num sofá de mãos dadas, com o rosto banhado de luz.

Nota da autora

Os romances nunca são, na verdade, sobre o que são. Pelo menos não para esta autora. A *contagem dos sonhos* é, sim, sobre os desejos interligados de quatro mulheres, mas, de uma maneira profundamente pessoal e não óbvia para o leitor — ao menos, não de imediato —, é, na verdade, sobre a minha mãe. Sobre a perda da minha mãe. Um luto que ainda teima em continuar no ponto inicial, com suas chamadas etapas não tendo exatamente começado, mas sendo por completo irrelevantes, seus contornos intactos e intocados — a confusão e a incredulidade, a miríade de arrependimentos.

Quando minha mãe morreu, pouquíssimo tempo depois do meu pai, a cobertura da minha vida foi arrancada, deixando para trás uma sensação de nudez, de estar à deriva, um esforço e um desejo de fazer voltar o tempo, um vício desesperado em desviar o olhar, um terror do reconhecimento, um medo do ponto-final e, acima de tudo, uma tristeza e uma raiva infindas, que às vezes emergiam envoltas uma na outra. Não é de admirar, então, que haja tanto neste livro sobre mães e filhas, o que é enfatizado pela cena de Kadiatou e Binta no final, mãe e filha, recomeçando.

Eu não poderia ter imaginado escrever a personagem Kadiatou, inspirada em Nafissatou Diallo, quando, em maio de 2011, ouvi falar dela pela primeira vez, uma imigrante guineense que limpava quartos em um renomado hotel de Nova York. Ela estava no noticiário porque acusou um hóspede — Dominique Strauss-Kahn, diretor do Fundo Monetário Internacional — de agressão sexual. Acompanhei a história com atenção e até fascínio. Ela tocava em muitos pontos críticos da vida americana moderna: poder e agressão sexual; gênero, imigração e raça. Os detalhes eram viciantes como os de um melodrama barato: a camareira humilde, o homem que queria ser presidente, a prisão dele num avião prestes a decolar para Paris. E senti um leve impulso protetor, pois, apesar de Nafissatou Diallo ser diferente de mim em muitos aspectos, ela também era uma mulher da África Ocidental que morava nos Estados Unidos, e, portanto, familiar, intuitivamente cognoscível; e surgiram em mim os sentimentos de uma irmã.

Meu interesse tinha se transformado numa decepção amarga quando publiquei um ensaio sobre o caso em agosto de 2011, que continha o trecho:

Quando Dominique Strauss-Kahn foi preso em maio, acusado de estuprar Diallo em um quarto de hotel, aplaudi o sistema judiciário americano: uma mulher sem poder nenhum havia denunciado uma agressão cometida por um Big Man e o Big Man havia sido preso imediatamente. Na Nigéria, onde nasci, isso não aconteceria. Tampouco aconteceria na Guiné, de onde Nafissatou Diallo vem. Embora eu tenha me encolhido de horror ao ver Strauss-Kahn sendo levado algemado na frente das câmeras — algo que, na verdade, deveria ser proibido fazer com qualquer acusado, porque sugere culpa automática —, sua prisão me lembrou do que admiro nos Estados Unidos. Agora, o caso foi arquivado não porque os promotores têm certeza de que Strauss-Kahn é inocente, mas porque Diallo não é uma santa.

Os promotores têm provas de que ocorreu uma "relação sexual apressada". Diallo sempre afirmou que não deu seu consentimento para que ela ocorresse. Nunca tinha visto aquele homem antes. E ele tampouco jamais a vira. Minutos após conhecê-lo, ela estava cuspindo seu sêmen no chão. Os colegas que a viram após o ocorrido confirmaram que ela estava abalada. Os advogados dele insinuaram que o encontro sexual foi consensual. Como pode acontecer sexo consensual entre estranhos em dez minutos? Não é impossível, mas é improvável, e um julgamento poderia ter esclarecido isso. Na televisão, o advogado de Strauss-Kahn chamou Nafissatou Diallo de "maligna ou patética ou ambas as coisas". Ele também repetiu "ela mentiu", e, quando dizem "ela mentiu" diversas vezes, como muitos comentaristas fizeram, isso se torna uma verdade absoluta. E ela se torna apenas uma mentirosa. Mas sobre o que ela mentiu?

O restante do ensaio é semelhante, com um tom não exatamente alegre. A acusação de Nafissatou Diallo representou um momento cultural significativo nos Estados Unidos, uma oportunidade pré-Me Too de repensar as percepções convencionais sobre agressão sexual contra mulheres, especialmente em casos em que o agressor era protegido por estar numa posição de poder. O ocorrido levantou questões sobre o sistema judiciário americano, a trajetória política da França, a cobertura da mídia sobre agressões sexuais, a intersecção da imigração com gênero e raça. Em suma, era um caso importante demais para ser abandonado de maneira tão descuidada.

Eu não conseguia parar de pensar na mulher no centro de tudo isso, e em seus maneirismos da África Ocidental durante uma entrevista na TV, sua voz baixa enquanto falava sobre ter as partes íntimas examinadas num hospital após a agressão. Ela parecia certa em seu relato, mas incerta em meio àquele mergulho forçado na vida pública. Sua filha, disse ela, havia lhe dito: "Mãe, prometa que você vai parar de chorar". Esse detalhe me despedaçou e me comoveu, permanecendo dentro de mim por anos.

Com o caso arquivado, com advogados a chamando publicamente de mentirosa, sem um tribunal para desafrontá-la ou não, ela se tornou, na minha imaginação, um símbolo, uma pessoa com quem um país em que ela confiava falhou, que teve seu caráter mutilado por histórias falsas na imprensa e a vida para sempre destruída.

O impulso criativo pode ser despertado pela vontade de corrigir um erro, não importa se de maneira oblíqua. Neste caso, corrigir um erro por meio do ato de escrevê-lo, no equilíbrio das histórias. Nafissatou Diallo havia acusado um homem tão conhecido e tão exuberantemente em evidência que era impossível reduzi-lo a uma única coisa: um homem acusado de agressão. Mas ela se tornou, na imaginação pública, a mulher cujo processo contra um homem importante foi arquivado porque disseram que ela mentiu. Uma representação sem generosidade, sem dignidade, incompleta e simplista.

O que também se torna inspiração para criar uma personagem fictícia como tentativa de recuperação da dignidade. Um realismo de olhos abertos, mas tocado pela ternura. Um retrato completamente humano, não ideológico, porque a ideologia impede visões diferentes, e a arte requer muitos olhos. Em especial uma qualidade surgida há pouco e peculiar da ideologia contemporânea que parece não apenas incompatível, mas oposta à arte, de evitar a possibilidade profundamente humana da contradição e buscar respostas antes que as perguntas sejam feitas, se é que jamais o são.

O objetivo da arte é olhar para nosso mundo e ser comovido por ele, e então se lançar numa série de tentativas de ver esse mundo de forma nítida, interpretá-lo, questioná-lo. Em todas essas tentativas, deve prevalecer uma espécie de pureza de propósito. Não é possível só tentar impressionar, é preciso ser verdadeiro em algum nível. Somente assim podemos alcançar a reflexão, a iluminação e, afinal, se possível, a epifania.

O que significa tentar humanizar uma pessoa através da ficção? "Humanizar." É claro que ela é humana. Trata-se, na verdade, de criar uma personagem como uma ponderação sobre o que essa noção frequentemente citada de humanizar significa. Como ideia, ela é solene, séria, grave. Mas, como experiência, é bagunçada e amorfa, risos e dor, covardia e bravura, é como decepcionamos a nós mesmos e aos outros, como deixamos ou não para trás nossos defeitos, como somos mesquinhos, como tentamos superar obstáculos e nos esforçamos para melhorar, como chafurdamos na pena que temos de nós mesmos, como fracassamos, como nos agarramos tenazmente à esperança. Há grandeza em nossa humanidade, mas ser humano todos os dias não é, e não deveria ser, um desfile interminável de virtudes. Uma vítima não precisa ser perfeita para merecer justiça.

(Falando em virtude, importava que a "mentira" ligada a Nafissatou Diallo não era, na verdade, sobre o que aconteceu naquele quarto de hotel?)

As histórias morrem ou se apagam da memória coletiva simplesmente por não serem contadas. Ou uma única versão prospera porque outras versões são silenciadas. Quando elas são recontadas e reimaginadas, isso importa. A literatura de fato ensina e deleita — ou pelo menos é capaz de fazê-lo. A literatura mantém a fé e conta a história para lembrar, para servir de testemunha, para ser um registro. As histórias nos ajudam a nos ver e a falar sobre nós mesmos. Como Seamus Heaney escreveu, citando o que Neruda disse sobre a arte dos mestres holandeses, "A realidade do mundo não deixará de ser observada".

Mas como pode ser feita essa observação? Quando estava escrevendo meu segundo romance, *Meio sol amarelo*, sobre a Guerra de Biafra, sabia que a geração nascida no pós-guerra e criada em meio ao silêncio que se seguiu a ela veria o romance como história, tanto quanto arte. E, ao mesmo tempo que minha imaginação vagou livremente, em tom e tonalidade, não manipulei, nem esbati, nenhum fato importante sobre aquela guerra. Não senti que tinha o direito moral, por exemplo, de fazer mudanças significativas em episódios de massacres. Eu poderia iluminar com detalhes, mas me neguei a criar cenas que pudessem mudar a compreensão razoável de uma pessoa sobre aquela história. Fazer isso seria aviltar uma história monumental que desfigurou a vida de milhões de indivíduos. Isso tornaria sem sentido a frase "baseado em uma história real".

O relato de Nafissatou Diallo sobre a agressão me parecia sacrossanto. Essa agressão, afinal, é o motivo pelo qual ela se tornou uma figura pública, uma pessoa tão amplamente presente no noticiário a ponto de inspirar uma personagem num romance. Para mim, a cena da agressão, conforme descrita por ela, seria a semente em torno da qual eu teceria minha imaginação. É a única parte de A contagem dos sonhos que mantive o mais fiel possível ao relato de Nafissatou sobre o que aconteceu. Kadiatou é inspirada em Nafissatou, mas Kadiatou não é Nafissatou. Ela não pode ser, já que tudo o que sei sobre Nafissatou Diallo é o que está em domínio público. Nada do que consta neste livro sobre a vida de Kadiatou antes de ir para os Estados Unidos é baseado em qualquer fato conhecido sobre Nafissatou. As cenas pós-agressão são apenas ligeiramente baseadas em fatos — sabemos que ela passou por um exame hospitalar e que teve um advogado, mas as nuances e os detalhes das experiências de Kadiatou foram criados por mim. Assim como toda sua vida emocional. A escrita imaginativa fracassa quando não vai até o local mais alto que a imaginação pode alcançar. Não sei como Nafissatou Diallo se sentiu, porque isso é impossível, mas posso imaginá-lo na vida de uma personagem fictícia e então convidar leitores dispostos a participar dessa tentativa de recuperação da dignidade.

Sabemos, por suas entrevistas, que Nafissatou Diallo ficou magoada quando as acusações criminais foram arquivadas. Uma reação esperada e compreensível. Mas a imaginação artística também é o mundo do "e se". E se, em vez de ficar devastada, ela visse o arquivamento das acusações como uma maneira de escapar de um sistema que sabia que não estava configurado para beneficiar pessoas como ela? E se ela visse isso como um alívio complicado, tendo-lhe sido negada a chance de fazer justiça, mas também como o ganho da possibilidade de recuperar sua vida, congelada no gelo do desconhecido?

Às vezes, quando escrevemos ficção, momentos mágicos caem do céu, personagens se mostram e partes reveladoras formam cenas, como aconteceu no fim deste romance. Fiquei profundamente comovida com aquele final gestado no terreno selvagem da dor pessoal e, ainda assim, tão afastado da dor.

Minha mãe, acho, teria gostado da personagem Kadiatou. Eu a imagino lendo este romance e então suspirando e dizendo, com uma espécie de resignação e empatia: *"Nwanyi ibe m"*. Mulher, como eu.

1ª EDIÇÃO [2025] 3 reimpressões

ESTA OBRA FOI COMPOSTA PELO ACQUA ESTÚDIO EM ELECTRA E IMPRESSA
EM OFSETE PELA LIS GRÁFICA SOBRE PAPEL PÓLEN DA SUZANO S.A.
PARA A EDITORA SCHWARCZ EM JUNHO DE 2025